Né à Stockholm le 3 février 1948, Henning Mankell a passé son enfance dans le Härjedalen (nord de la Suède). Romancier, essayiste engagé, auteur de pièces de théâtre et d'ouvrages pour la jeunesse, il partageait son temps entre son pays et le Mozambique, où depuis 1996 il dirigeait à Maputo la troupe du théâtre Avenida, « la passion de sa vie ». Il avait d'ailleurs écrit ses premiers textes pour le théâtre à l'âge de dix-neuf ans. Mais ce sont ses romans policiers, traduits dans une trentaine de langues, qui lui valent une immense célébrité. De nombreux prix littéraires – Grand Prix de l'Académie suédoise, Deutsche Krimi-Preis allemand, CWA Gold Dagger anglais, prix Mystère de la critique, prix Calibre 38 et Trophée 813 en France – ont récompensé la série d'enquêtes menées par Kurt Wallander et son équipe du commissariat d'Ystad, en Scanie. Henning Mankell est l'auteur tout aussi remarqué de dix romans qui ont trait à l'Afrique, à des questions de société et aux mystères de l'âme humaine, notamment *Les Chaussures italiennes*, qui ont enthousiasmé les lecteurs. Il est décédé en octobre 2015.

Henning Mankell

DAISY SISTERS

ROMAN

Traduit du suédois
par Agneta Ségol et Marianne Ségol-Samoy

Éditions du Seuil

TEXTE INTÉGRAL

TITRE ORIGINAL
Daisy Sisters
ÉDITEUR ORIGINAL
Leopard Förlag, Stockholm
© Henning Mankell, 1982

Cette traduction est publiée en accord avec Leopard Förlag, Stockholm,
et l'agence littéraire Leonhardt & Høier, Copenhague

ISBN 978-2-7578-5885-1
(ISBN 978-2-02-103019-8, 1re publication)

© Éditions du Seuil, 2015, pour la traduction française

À Marius, Mårten
et Thomas

Ceci est un roman. Toute ressemblance avec des personnes existantes ou ayant existé ne saurait être que fortuite.

L'auteur

Prologue

Eivor vient de terminer son service devant la porte ouest de l'usine sidérurgique de Domnarvet, à Borlänge. Elle frissonne dans le crépuscule automnal. Lentement, presque à contrecœur, elle se penche pour défaire la chaîne autour de la roue de son vieux vélo. Ses gestes trahissent son exaspération muette d'avoir encore eu ses règles cet après-midi. De ne pas être enceinte ce mois-ci non plus, bien qu'elle ait surveillé son ovulation de près, qu'elle ait placé des coussins sous ses fesses et malgré une vie sexuelle opiniâtre, entêtée.

Eivor Maria Skoglund est conductrice de pont roulant depuis trois ans. Depuis octobre 1977, pour être exact. Elle a trente-neuf ans, et sa vie n'a été jusqu'alors qu'une longue souffrance.

Chez elle, il y a un homme. Son troisième, si l'on veut être précis. Peo, veilleur de nuit, qui, tel un boxeur mis au tapis, est allongé sur le canapé en similicuir de l'appartement. Il cherche le sommeil. Désespérément. Il a besoin de dormir, et aussi de rêver pour avoir la force d'assurer ses nuits interminables dans les grands magasins et les bureaux municipaux désertés.

Couché en chien de fusil, les poings moites serrés entre les jambes, il fait de son mieux pour ne pas

9

penser. En vain. Les heures passent et il reste éveillé jusqu'au retour d'Eivor.

En toile de fond, il y a ses enfants à elle, qui ont des pères différents. Ce sont maintenant presque des adultes. Et puis, surtout, il y a sa mère : Elna, la brune.

Il est arrivé qu'en dînant dans leur triste appartement mal insonorisé à Hallsberg, Elna se soit exclamée abruptement :

– Si je n'avais pas été assez conne pour aller me balader à vélo en Dalécarlie à côté de la frontière norvégienne, je ne serais pas tombée sur ton père et tu ne serais pas née, ma petite. *N'oublie jamais ça ! Jamais !*

Ça devait être en 1952, ou en 1953, Eivor ne sait plus très bien. Sa mère serait-elle méchante pour lancer ce genre de chose ? Ou insensible, voire stupide ? Non, bien au contraire. Elna, la mère d'Eivor, a l'esprit clair et le cœur ouvert. De plus, elle a une règle de conduite très rare : l'honnêteté ! De l'avis de tous, sa fille lui ressemble. Pas seulement physiquement. Ses jurons ne sont pas aussi fréquents ni aussi grossiers que ceux de sa mère, même si parfois elle aimerait que ce soit le cas.

Pourquoi Hallsberg ?

Pour le savoir, il faut d'abord remonter les vallées vers les montagnes norvégiennes. Et remonter le temps jusqu'en 1941.

1941

1941. Troisième année de guerre. Un hiver effroyable rachète sa rigueur par un été long, sec et brûlant dans tout le pays.

Vivi et Elna sont parties à vélo dans un pays qui pour l'instant se trouve en dehors de la guerre. Sur le modèle américain, elles se font appeler les Daisy Sisters. Deux jeunes filles qui aiment chanter ont nécessairement un nom, même si leur répertoire se limite à quelques rengaines un peu niaises et des chansons apprises à l'école. Elles ont d'abord envisagé de s'appeler les Ziegler Sisters en référence à la chanteuse danoise Lulu Ziegler, ou les Serrano Sisters d'après la rossignole chilienne Rosita Serrano. Elna trouvait que ça sonnait bien. Mais à peine étaient-elles sorties d'Älvdalen, où le train les avait déposées avec leurs vélos, qu'elle avait déjà cédé devant l'insistance de Vivi. Vivi s'est rapidement révélée être quelqu'un de tenace.

Peu importe. C'est l'été – ça au moins c'est sûr – et Elna sera violée. Ou presque.

Ou presque. Ce sont ses propres mots. Elle tient à rester honnête jusqu'au bout de son humiliation même si c'est douloureux. S'est-elle réellement débattue autant qu'elle aurait dû ? A-t-elle donné des coups de pied ? A-t-elle mordu ? N'avait-elle rien à portée de main

11

pour se défendre ? Une pierre qu'elle aurait pu attraper pendant qu'il se démenait ? Et, sincèrement, elle n'a jamais eu vraiment peur. D'ailleurs, comment aurait-elle pu ? Ce n'était qu'un tout jeune conscrit, pâle et boutonneux, qui était aussi effrayé qu'elle...

Deux bicyclettes grises et le monde qui ne demande qu'à être conquis. Deux bagages identiques, excepté le petit sac gris que Vivi a attaché au-dessus de sa roue arrière. Une petite valise et un sac de couchage enveloppés dans un imperméable et ficelés sur le porte-bagages. C'est tout. Elles n'ont pas besoin de plus.

Elles ont le même âge et sont toutes les deux nées sous le signe du Verseau. L'une le 22 janvier, l'autre le 2 février 1924. Elles sont les Daisy Sisters bien qu'elles ne soient pas sœurs. Vivi habite à Landskrona dans le Sud, Elna à Sandviken dans le Nord. Elna était en dernière année de l'école primaire quand son institutrice est arrivée un jour avec une enveloppe grise dans la main en demandant si quelqu'un voulait une correspondante. Elna a dit oui sans réfléchir. Elle n'avait jamais écrit une lettre de sa vie. Elle a d'ailleurs failli ne pas le faire cette fois-là non plus. Lorsqu'elle s'est présentée devant l'institutrice, celle-ci lui a tendu l'enveloppe et lui a dit qu'elle espérait que son écriture serait un jour présentable. Elna a eu envie de lui balancer la lettre à la figure. Mais pour ne pas mettre en péril ses notes déjà en mauvaise posture, elle s'est retenue.

C'est dans la cuisine de leur logement d'où on voit l'Usine se dresser de l'autre côté de la fenêtre qu'Elna lit la lettre. Dagmar, sa mère, qui est en train de préparer le dîner, s'en étonne mais ne lui demande rien.

Si Elna veut échapper aux questions de son père et de ses deux frères aînés qui ne vont pas tarder à revenir de l'Usine, elle doit la lire maintenant.

– D'habitude tu ne reçois jamais de lettre, lui dit sa mère.

Plutôt que de répondre à un commentaire aussi stupide, Elna relit encore une fois les quelques lignes stupéfiantes.

Je m'appelle Vivi Karlsson. J'ai lâché une épingle au hasard sur la carte de la Suède mais sa tête est tombée dans la mer, quelque part dans le golfe de la Botnie. Vu que personne n'y habite, je crois, je l'ai lâchée une deuxième fois et la tête s'est retrouvée à Skillingaryd. Le nom m'a paru trop triste. Alors j'ai fait un troisième essai et là, c'est à Sandviken qu'elle est tombée. Au moins je sais que cette ville a une bonne équipe de foot qui a joué chez nous contre BOIS mais ça ne s'est pas très bien passé. Mon père travaille au chantier naval. Il est grand et faisait de la lutte avant d'avoir des problèmes veineux. Ça s'appelle des hémorroïdes. Ma mère s'occupe de la maison. Nous habitons dans un deux-pièces-cuisine. J'ai deux frères, Per-Erik et Martin. Martin est parti en mer et Per-Erik va faire maçon. Nous sommes communistes, du moins mon père. Toi que je ne connais pas, si tu as envie de m'écrire, mon adresse est...

En relisant la lettre pour la énième fois, Elna essaie d'imaginer à quoi peut bien ressembler cette Vivi Karlsson. Mais quand sa mère la bouscule en s'affairant avec ses assiettes et ses casseroles et qu'elle entend des

13

pas lourds dans l'escalier, elle se dépêche de ranger l'enveloppe. Ils ne lui ficheront pourtant pas la paix pour autant.

Les pommes de terre ne sont pas épluchées et l'odeur de chaussettes d'homme vient tout juste d'atteindre ses narines quand sa mère annonce :

– Elna est rentrée de l'école avec une lettre.

– Qu'est-ce que t'as encore foutu ? râle le père Rune en gesticulant avec sa fourchette.

Elna préfère ne pas répondre.

Son frère, Nils, a seize ans, un visage couvert de boutons et un nez qui coule en permanence. Elle l'aime bien, même s'il n'arrête pas de l'embêter. C'est sa manière à lui de montrer qu'il se soucie d'elle.

– Elle a un fiancé, bien sûr, dit-il en rougissant et en avalant rapidement le contenu de son assiette.

Et le repas se poursuit autour du même sujet. Une lettre que personne n'a vue occupe leur conversation pendant que le hareng et les pommes de terre disparaissent du plat.

Elna fait la tête, c'est sa lettre et elle ne veut rien dire.

Après le dîner, Arne, le frère aîné, descend se laver dans la cave. C'est mercredi et il va à Gävle, la ville voisine, danser à la Maison du Peuple. Il a vingt ans, l'âge où la notion de fatigue n'existe pas. Un travail pénible n'exclut pas des nuits sans sommeil.

Nils lâche un rot et s'allonge sur la banquette de la cuisine sans enlever ses chaussettes nauséabondes. Le père fait un petit somme dans la chambre tandis qu'Elna et sa mère essuient la vaisselle.

Puis ils s'attablent de nouveau pour prendre le café. Personne n'évoque plus la lettre et Elna en profite pour lancer une question, innocemment, comme s'il s'agissait de l'école :

14

– Papa, c'est quoi des hémorroïdes ?

Le père Rune se fige, la tasse à mi-chemin entre la table et sa bouche ouverte. Contrairement à la plupart des adultes qu'Elna connaît, son père donne toujours une réponse claire et précise.

– Ça se trouve dans le cul, dit-il tranquillement. Si on chie des cailloux pendant quelques années, on finit par en attraper.

– On est en train de prendre le café, fait remarquer sa mère.

Nils rigole. Il est curieux de nature et avide de connaître tout ce qui touche aux mystères du corps.

– Comment ça, « ça se trouve dans le cul » ? demande Elna.

Son père repose la tasse et se gratte le nez.

– Tu connais Einar, non ? Celui avec qui je travaille et qui habite au-dessus de la boulangerie. Il en a, lui. Ça ressemble à des grappes de raisin qui lui poussent dans le cul, à ce qu'il paraît. Il dit aussi qu'il arrêterait volontiers de manger pour ne plus chier, tellement ça lui fait mal.

– Vous êtes vraiment obligés de parler de ces saletés à table ? soupire la mère en se levant.

– Si ma fille me pose une question, il faut bien que je lui réponde, se défend le père. D'ailleurs, les bonnes femmes peuvent en attraper, elles aussi, si elles poussent trop fort quand elles accouchent.

La mère se retire dans la chambre en claquant la porte. Personne n'y prête attention.

– C'est donc une maladie, résume Elna.

Son père opine du chef et tend sa tasse pour qu'on la remplisse de nouveau.

– Les pédés, ils peuvent en avoir aussi ? demande soudain Nils en rougissant de tous ses boutons.

15

– Toi, tais-toi, lui ordonne son père, qui sait aussi mettre des limites.

Les pédés, c'est un sujet qu'on n'aborde pas.

Mais Elna a une vague idée de ce que c'est. Les discussions qu'elle écoute à la récréation lui apprennent beaucoup de choses, bien plus que pendant les heures tristes et interminables en classe.

Les pédés font « ça » entre eux, d'après ce qu'elle a compris.

Et ils mériteraient une balle dans la tête, tout comme ces salopards de nazis, cette ordure d'Hitler, ces saletés de communistes...

Vivi Karlsson écrit dans sa lettre que son père est communiste. Peut-être que toute la famille l'est, elle ne le dit pas clairement. Elna regarde son père fourrer du tabac à chiquer entre sa lèvre et ses dents gâtées. Elle l'observe. Il est social-démocrate. Sa mère et Arne aussi. Pour Nils, elle ne sait pas mais il ne peut pas être communiste. Ce serait inacceptable. Aux yeux de Rune, ce sont des ennemis jurés. Elna en conclut que le père de Vivi ne ressemble pas au sien.

– Leur révolution, ils peuvent se la foutre où je pense, a-t-il l'habitude de dire. Pour nous, il faut plus de temps, n'empêche que chaque brin d'herbe est soigneusement taillé.

Voilà ce qu'il dit. Ils parlent rarement politique à la maison. Si on n'appelle pas « politique » leurs sempiternelles conversations au sujet des temps difficiles, de la peur permanente d'être licencié, des restrictions, de la baisse des salaires, bref : *le pain quotidien*. Parfois, après avoir bu un coup, il arrive au père Rune de pousser une gueulante en traitant de réactionnaires tous ceux qui se trouvent à proximité. Son ardeur peut alors lui faire perdre son bon sens.

Il est capable de lancer une casserole par la fenêtre et d'adresser un discours enragé à la nuit. Et il vaut mieux que la mère ne s'avise pas de refermer la fenêtre, au risque de se prendre une gifle. Elle préfère s'enfermer dans la chambre. Claquer la porte et se rendre invisible, voilà sa manière à elle de protester. Elle n'en connaît pas d'autre. Elle n'a jamais appris à exprimer sa colère.

Rune ne boit pas souvent. Même pas tous les week-ends. Il tient à bien faire son boulot à l'Usine. Il se rend fidèlement aux réunions du syndicat et à celles de l'unité locale du parti social-démocrate. Il s'installe toujours au fond de la salle parce que « l'air y est meilleur », comme il dit, et il n'a encore jamais pris la parole, il ne l'a d'ailleurs jamais demandée. Peut-être l'a-t-il fait lorsqu'il était membre des Jeunes socialistes, mais ça remonte à des temps immémoriaux.

À présent, il a quarante-deux ans et il commence à se faire vieux. Le passage continuel entre une chaleur intense et un froid mordant lui a valu des rhumatismes et une angine de poitrine chronique. Il doit se lever toutes les nuits pour remuer ses jambes et obliger son sang à circuler. Mais sa bonne humeur est restée intacte. Il ne lui faut pas grand-chose pour rire. Une histoire cochonne, des ragots sur un contremaître suffisent pour que son visage se fende en un grand sourire. Qu'il lui manque des dents ne le préoccupe pas le moins du monde. C'est le prix à payer au temps qui passe...

Elna ressemble à son père : mêmes cheveux bruns et indisciplinés, mêmes yeux bleu clair, même bouche un peu oblique qui tire vers la gauche quand elle sourit. Et un sourire qui illumine son visage. Elle n'est peut-être pas belle mais elle est intensément vivante.

Quelle serait la réaction de Rune s'il savait qu'elle avait une correspondante communiste ?

Où peut bien se situer Landskrona ? Il faut qu'elle le sache avant de répondre à Vivi.

Le soir, elle va voir Ester qui habite à l'étage en dessous. Elles ont un lien de parenté mais lequel ? Elle l'ignore. Au-dessus de la banquette dans sa cuisine, il y a une carte de la Suède. Elna cherche longuement avant de repérer la ville de Landskrona.

La Scanie c'est quoi ? Une province ? Elle regarde la carte en imaginant des gens s'affairer dans les villages aux noms imprononçables.

Nils Holgersson voyagea sur une oie qui criait et chiait sur tous les toits, récite-t-elle dans sa tête. C'est donc là, quelque part, tout en bas, qu'habite Vivi...

Elna et Nils dorment dans la cuisine. Arne aussi mais lui, il ne rate pas une occasion pour fuir l'exiguïté des lieux. Il prétend que beaucoup de femmes lui proposent une place dans leur lit. Mais Elna n'est pas dupe. Elle sait que, la plupart du temps, il dort par terre chez un ami dans le foyer des célibataires de l'Usine. S'il connaissait réellement autant de femmes, il ne continuerait pas ses besognes sous la couverture les rares fois où il passe la nuit dans la cuisine et qu'il croit tout le monde endormi. Elna s'efforce de ne pas l'entendre haleter et soupirer.

Quand la respiration de Nils devient calme et régulière, Elna se lève silencieusement, allume une bougie et s'installe devant la table pour répondre à Vivi. Les courants d'air font vaciller la flamme qui donne l'impression de vouloir s'échapper de cette cuisine sombre. Le parquet est froid. Elna remonte ses pieds sous ses fesses, elle arrache prudemment une feuille de son cahier bleu et taille son crayon avec l'ongle de son pouce.

Que va-t-elle bien pouvoir écrire ?

Elle relit la lettre encore une fois. L'écriture est anguleuse et impatiente, rien ne rappelle les lettres rondes et sages d'Elna. Celles de Vivi semblent mener leur propre vie rebelle, ce qui donne des informations sur cette correspondante inconnue.

Elle finit par répondre à Vivi dans les mêmes termes, mais en parlant d'elle-même et de sa famille. Malgré ses efforts, son écriture ronde et régulière fait penser à une succession de petits porcelets bien nourris.

Voilà comment débute leur correspondance. Elles n'échangent pas seulement des mots et des pensées de plus en plus intimes mais aussi des images, des fleurs séchées, des cartes postales, des coupures de journaux. Cependant, plusieurs années passent sans qu'elles aient l'idée de s'envoyer leur photo. Pourquoi ? Elles se le demandent, elles aussi.

Peu de temps après leurs premières lettres, toutes les deux quittent l'école. Vivi écrit que le jour même elle a commencé un travail au Grand Hôtel de Landskrona en tant que femme de chambre. Elle a été obligée de partir de la fête de fin d'année en courant pour ne pas être en retard. Son passage entre l'école et la vie active n'a duré qu'une dizaine de minutes. Elna a plus de chance. Deux jours après la fin de sa scolarité, elle se trouve derrière la porte de service de la villa de l'ingénieur Ask. Embauchée comme bonne à tout faire. Quelques semaines plus tard, à peine, leurs lettres prennent une autre tournure. Les fleurs séchées sont remplacées par des rêves d'avenir et elles envisagent sérieusement de se rencontrer.

Mais la guerre éclate en 1939. Cette ordure d'Hitler, qu'on aurait dû zigouiller depuis cinq ans déjà, hurle tellement à la radio qu'Elna en fait des cauchemars. Quand les temps sont difficiles, on n'ose pas quitter un emploi, encore moins entreprendre un long voyage pour aller retrouver une amie. D'autre part Elna n'est pas si mal chez l'ingénieur Ask, bien que son salaire soit minable et qu'elle ait rarement une journée de libre.

Il faut attendre, s'écrivent-elles. La guerre ne peut pas durer éternellement, pas plus qu'on ne peut pas éternellement faire le ménage dans un hôtel ou chez un ingénieur. Les jours ne sont ni assez longs ni assez nombreux pour ça.

La paix viendra à coup sûr, tôt ou tard, et on finira bien par se rencontrer, s'écrivent-elles. En attendant, nous continuerons à nous parler de nos rêves.

Mais un changement se produit. Les troupes d'Hitler paraissent invincibles et les lettres de Vivi se modifient. Elles deviennent plus courtes, presque fuyantes. Cela a un rapport avec son père.

Vivi écrit que ça devient difficile d'être communiste. Elna croit comprendre. Elle a vu et entendu pas mal de choses, surtout chez la famille Ask où la maîtresse de maison voue ouvertement une grande admiration à Hitler et à ce qu'on appelle l'Ordre nouveau. Alors que l'ingénieur lui-même, petit, obèse, l'air constamment préoccupé, demeure sceptique et hésitant. La guerre est pourtant profitable à la production de l'Usine.

Le soir, lorsque Elna sert le café dans la bibliothèque et que la radio diffuse les dernières nouvelles de la progression de cet Attila allemand aux dépens d'un monde en apparence veule, elle entend l'ingénieur murmurer « *Étranges*, ces garçons », « *Dangereux*, ces garçons ».

Mais pour l'instant, la Suède, tout aussi veule que le reste du monde, n'est pas encore encerclée par les bouches de canon.

Un jour, Elna est le témoin du déballage d'un buste en plâtre d'Hitler. Mme Ask le sort délicatement du papier de soie et le place sur le piano à queue du salon au vu et au su de tous. À travers la porte, elle entend le mari demander prudemment à son épouse si c'est vraiment indispensable. Le bourg n'est pas grand et le personnel a des yeux et des oreilles.

L'épouse crache comme un chat furieux, l'ingénieur se retire en murmurant et Elna continue de poser le *Dagens Eko*, édité par l'association pronazie Manhem, à sa place habituelle en attendant l'heure du thé.

La guerre est à la fois très lointaine et très proche. Le père d'Elna garde ses convictions. Ces salopards ont bien conclu un pacte avec le gorille du Kremlin, non ? Et ça signifie quoi ? Staline et Hitler sont comme cul et chemise. Et les communistes les soutiennent ! Ils appellent ça de la stratégie ! Perfidie et haute trahison, voilà ce que c'est ! Que celui qui pense le contraire se lève et m'explique !

Elna s'efforce d'y voir un côté pratique. La crémerie en bas de la côte est tenue par une vieille femme qui s'appelle Ekblom, qui a les cheveux blancs, un pied bot et qui porte une chaussure orthopédique avec une semelle compensée de dix centimètres. Gentille et aimable, elle ne refuse jamais de faire crédit, et elle est communiste. Ouvertement.

Serait-elle susceptible de trahir la patrie ?

Elna écoute et pose des questions, mais les réponses sont bien trop complexes pour elle. Hess – qui prend l'avion pour l'Écosse et qui, selon Mme Ask, est un sale espion répugnant – devient, dans la bouche de son père, un transfuge étonnamment sensé pour un Allemand. Himmler, Munich, Reichskanzlei, Obersturmbannführer, Messerschmitt... Une série de mots dont elle ignore le contexte. Et puis il y a sa mère qui serre les coupons de rationnement dans sa main et qui, dans une rage frénétique et muette, tricote des chaussettes en laine, comme si le Jugement dernier attendait déjà derrière la porte.

Alors elle écrit à son amie Vivi et lui dit les choses telles qu'elles sont. Que tout ça est très confus pour elle et qu'elle n'y comprend rien. Une longue lettre.

Vivi peut-elle lui expliquer ? Est-ce qu'elle comprend, elle ?

Elles s'écrivent, essaient d'interpréter les pensées de chacune, s'efforcent d'acquérir des connaissances qui semblent tellement, désespérément nécessaires pour pouvoir vivre et se débrouiller dans cette vie si compliquée.

Le printemps arrive, Vivi et Elna ont dix-sept ans et décident de se rencontrer. Enfin. Qu'il y ait la guerre ou non. Les temps difficiles semblent jouer les prolongations. Tant pis. Leur impatience est trop grande. Comment s'y prendre ? Ni l'une ni l'autre ne peut compter sur ce qu'on appelle des vacances. Dans une lettre furieuse, Vivi raconte qu'un seul jour de maladie lui vaudrait la perte de son emploi. Elle en a déjà fait l'expérience, puisqu'elle a été obligée d'aller travailler à l'hôtel avec une angine. La route entre Sandviken et Landskrona est longue, mais elles parviendront bien à mettre quelques malheureuses couronnes de côté et à emprunter des vélos et de vieux sacs de couchage...

Le destin vient à leur secours en leur apportant aussi bien le moyen que le but. Début mai 1941, l'hiver semble enfin vouloir se retirer et céder la place à un printemps timide qui, sans grande conviction, promet de réchauffer les âmes frigorifiées. Un jour où le retour des papillons et de la végétation n'est plus un espoir vain, il se produit un événement incroyable : le père Rune rentre en annonçant à la cantonade qu'il a reçu des nouvelles de son oncle qui habite à Skallskog, au sud du lac Siljan. Celui-ci lui apprend que si jamais ses gosses ont envie de lui rendre visite et de participer à la fenaison, ils seront les bienvenus.

– Jusqu'à maintenant, la famille ne l'a pas intéressé, dit Rune sur un ton agacé. Mais tout d'un coup, on est devenus importants. La guerre unit, tiens tiens ! Comme il est sacrément pingre, je suis sûr que ce qu'il veut, c'est une main-d'œuvre bon marché. Son valet de ferme a dû être enrôlé et voilà qu'il craint d'avoir à manier la fourche lui-même.

L'oncle de Skallskog a rarement été évoqué dans la famille. Elna a toujours perçu une vague jalousie flotter autour du nom de ce fermier aisé qu'on n'appelait jamais autrement que l'Éleveur de poules. Affubler les parvenus de surnoms médisants est une manière efficace de réduire leur importance et de les rendre inoffensifs.

– Il n'est pas question que tout le monde parte, déclare Rune avec force. Mais toi, Elna, est-ce que ça te dit ? À mon avis, ça emmerderait le vieux de voir une fille se pointer à la place d'un jeune gars musclé !

Bien sûr qu'elle en a envie. Et Rune ne voit pas d'inconvénient à ce que Vivi l'accompagne. Bien au contraire.

– Deux jeunes filles menues ! Il ne doit pas s'attendre à ça, glousse-t-il, ravi à l'idée de jouer un tour à son oncle.

Elna regarde sa mère qui ne dit rien. Qui aurait l'idée de lui demander son avis ? Qui pourrait imaginer qu'elle aussi aimerait quitter la maison pendant quelques semaines ?

Elna a appris qu'il ne suffit pas d'avoir la foi et d'espérer. Au contraire, elle fait preuve d'un certain scepticisme envers ce qui peut paraître attrayant, comme c'est le cas à présent. Mais tout s'arrange de façon inattendue. Vivi, débordante de joie, raconte dans une lettre que son patron tant détesté lui a accordé deux semaines de congé suite à une cuite monumentale. Sans salaire, évidemment, mais tant pis. Elle voue une reconnaissance sans borne aux deux représentants de commerce qui ont mis le directeur dans un état de remords tel qu'il a accordé des vacances à une de ses esclaves. Quant à l'ingénieur Ask, il accepte généreusement de donner des vacances sans solde à Elna. D'autant plus que sa famille s'apprête à passer quelques semaines dans l'archipel de Stockholm avec le gratin de la société de la capitale.

Un après-midi en 1941, peu après la Saint-Jean, Elna attend le train du sud à la gare de Borlänge. Vivi se trouve dans un des wagons et elle va agiter un mouchoir rouge par la fenêtre. Ça fait trois ans qu'elles s'écrivent – plus de cent lettres, d'après les calculs d'Elna – et elles vont enfin se rencontrer. Elles ont décidé de mettre leurs vélos dans le train jusqu'à Älvdalen, puis de pédaler en direction des montagnes et de la lointaine frontière norvégienne. Plus tard, elles repartiront vers le sud, vers le lac Ejen et la fenaison chez l'Éleveur de poules à Skallskog. L'éternité semble enfin mesurable. Les deux amies ont deux semaines devant elles. Et chaque jour leur fera découvrir un peu plus la liberté.

Elna attend sur le quai, sa valise posée entre ses pieds. Elle est jolie avec sa robe jaune, ses sandales et ses chaussettes blanches. Un ruban blanc retient ses cheveux bruns récalcitrants. Elle a dix-sept ans. Sa respiration est haletante comme si cet avant-goût de l'avenir lui avait coupé le souffle. Et elle est inquiète, bien entendu. Elle qui a eu la modestie de naître dans une maison ouvrière d'un bourg insignifiant d'où on ne voit pas la mer – même en grimpant en haut du clocher – imagine Vivi, une fille du Sud, plus belle et plus dégourdie qu'elle.

Une joie impatiente se mêle à son inquiétude. Si elle avait su qu'elle donnerait naissance à une petite fille suite à ce voyage, une petite fille qui, dans un avenir lointain, mènerait une vie malheureuse justement dans cette ville, elle rentrerait dare-dare à Sandviken. Mais la vie n'est pas ainsi faite. Si le hasard peut parfois être gérable, il est en revanche imprévisible. L'avenir a une fâcheuse tendance à montrer le bout de son nez taquin…

Vivi ne va pas tarder à arriver. Dans un vacarme de crissements et de soupirs, la locomotive entre en gare. Elna devine un mouchoir rouge derrière la fenêtre d'un wagon de troisième classe à peine visible dans la vapeur, puis elle entend un hurlement dans un drôle de dialecte :

– Tu es là, Elna ?

Vivi. Vivi Karlsson. La fille d'un ouvrier du chantier naval de Landskrona. La voilà, donc. Ses cheveux sont très blonds, presque blancs, elle a un nez en trompette criblé de taches de rousseur et une dent noircie dans la mâchoire supérieure suite à une chute nocturne dans l'escalier des toilettes extérieures. Elle est fluette, pas très grande, et ne semble pas avoir froid aux yeux.

Elna grimpe à bord du train avec sa valise et son sac de couchage, puis se laisse tomber sur la banquette en bois en face de Vivi.

Les deux filles se regardent sans un mot. Le train se met en branle d'un coup sec.

Elles se rencontrent enfin.

– Bonjour, dit Elna.

– Bonjour, dit Vivi.

Puis elles éclatent de rire. Bien qu'elles ne se soient jamais vues, elles se connaissent déjà tellement bien. Elles constatent rapidement que l'image mentale qu'elles s'étaient faite l'une de l'autre ne correspond pas à la réalité, mais qu'importe ! C'est quand on ne sait rien que l'aspect extérieur compte. À présent, seule la vérité a de l'importance.

Insjön, Leksand, le lac Siljan qui scintille, Mora. Dans la soirée lumineuse, elles descendent du train à Älvdalen et récupèrent leurs vélos. Une petite pluie douce comme un murmure les accueille. Elles passent leur première nuit dans un wagon de marchandises qui empeste le fumier. Avec la détermination d'un chien de chasse, Vivi part à la recherche de vieux journaux qu'elle étale par terre pour protéger leurs sacs de couchage.

Elles discutent tout au long de la nuit d'été, se taisent parfois pour écouter les gouttes de pluie s'écraser contre le toit arrondi. Dormir fait partie d'un vieux monde abandonné. Elles se serrent l'une contre l'autre, sentent la respiration de l'autre. Peut-on être plus proches que ça ?

Vers deux heures du matin, Vivi demande à Elna si

elle est vierge. La question est franche et ne s'accompagne pas du moindre petit rire gêné.

Elna ne sait pas très bien quoi répondre. Jamais elle n'avait imaginé qu'on lui poserait un jour une telle question.

L'est-elle ou ne l'est-elle pas ? Bien sûr qu'elle l'est. Elle n'a jamais disposé de beaucoup de temps pour sortir avec des garçons. Le père Rune l'a toujours surveillée. Ses yeux scrutateurs l'ont suivie partout. C'est aussi lui, et non pas sa mère, qui lui a donné, pêle-mêle, des informations vagues, inquiètes. La seule chose qu'elle ait réellement comprise est la nécessité de respecter l'Abstinence qui lève son doigt autoritaire et moralisateur. Il est cependant arrivé qu'un garçon mette sa main sous sa jupe, mais ça s'est arrêté là. Une fois, un balourd de Hofors l'a surprise, elle n'a pas eu le temps de réagir que sa main s'était déjà aventurée plus loin. Il s'appelait Birger et venait d'être embauché à l'Usine. Elna s'en souvient à peine. Ils se sont fréquentés quelque temps, en toute innocence. Elle trouvait Birger gentil, il était grand, étonnamment propre et avait un rire communicatif. Mais un samedi soir, il a jeté le masque derrière lequel se cachait un jeune homme lubrique qui n'a pas hésité à utiliser la force pour essayer de la dominer. Après cela, elle s'est mise elle-même à explorer son corps avec avidité et honte, prudemment pour ne pas réveiller Nils. Et des sensations, elle en a découvert ! Fascinantes, effrayantes, excitantes. Mais enfin, elle sait résister aux garçons qu'elle rencontre, qu'ils soient balourds ou non. Tomber enceinte serait la mort.

Jamais elle n'a parlé avec quelqu'un comme elle parle avec Vivi cette nuit-là. Elle rougit, pouffe de rire, elle a du mal à prononcer certains mots, craignant à chaque instant de voir surgir le père Rune. Elle l'entend même rugir : « De quoi parlez-vous, nom de dieu !? » Mais Sandviken est loin et elles continuent de chuchoter et de rire à en avoir le hoquet. Lorsque l'aube pointe, elles sont capables d'aborder tous les sujets. Mesurer leurs forces, sonder les préjugés, se rapprocher des pensées défendues et dangereuses. C'est aussi ça, la soif de vivre.

— Et si Hitler était là ! dit soudain Vivi. Tu te rends compte s'il était là, entre nous deux !

Leur imagination prend son envol.

Elles le qualifient des pires sobriquets, le transformant en un monstre répugnant.

Serpent, cadavre, rat pourri porteur de peste.

Comme quoi il est possible de s'attaquer au grand pontife de l'Ordre nouveau même dans ce paysage estival.

Il est à peine quatre heures quand elles perçoivent les premières lueurs du jour. Elles quittent le wagon, attachent leur bagage sur les vélos et prennent la route. Il ne pleut plus mais les nuages sont lourds. Elles frissonnent dans l'humidité âpre. Le soleil dans le dos, elles se mettent à chanter en pédalant sur les routes creusées d'ornières et, dès les premières montées, elles sont en sueur. Quelques kilomètres plus loin, elles trouvent leur nom : *Daisy Sisters*.

Dieu, si tu existes, si jamais tu existes…, songe Elna.

À l'entrée de Rot, elles font une pause et se préparent le café volé par Vivi dans le garde-manger de l'hôtel. Elles partagent ce qu'elles ont apporté et vivent leur première matinée commune. Vivi, ivre de joie de pouvoir bouger en toute liberté, monte et descend sans cesse le talus.

– Chez nous, en Scanie, il n'y a que des escaliers, crie-t-elle. Ici, si on tombe, au moins on ne se casse pas les dents.

Elle se jette à plat ventre dans l'herbe mais atterrit dans une bouse de vache. Le visage tout barbouillé, elle éclate de rire et va se laver dans le fossé.

Ensemble, elles sont entrées au cœur de l'été.

Au bout de quelques jours, elles ne peuvent plus avancer. Au nord de Gröveldalsvallen, d'où elles devinent déjà la montagne Långfjället au nord-ouest, elles se font arrêter à un pont par un garde-frontière. Un homme grassouillet et en nage qui porte son fusil comme une palanche. Elna et Vivi descendent des vélos et se trouvent nez à nez avec la Défense suédoise. Bien que le soldat ait un faux air d'un acteur célèbre, elles sentent la gravité de la situation. C'est de l'autre côté de cette frontière invisible que se déroule la guerre. D'une voix flegmatique, il s'enquiert de leur destination. Il leur dit qu'elles peuvent continuer encore un peu, mais pas plus loin qu'à Lövåsen, au pied de la montagne. Elles reprennent la route, cette fois sans chanter.

Une grange à moitié effondrée devient leur refuge, un ruisseau leur mer. Le peu de nourriture dont elles ont besoin, elles l'achètent dans une ferme où on ne leur demande pas de tickets de rationnement. Durant ces quelques jours d'été, elles essaient de se faire une idée de la guerre. Mais à part les quelques fermiers qui vaquent à leurs tâches et quelques voitures noires qui passent sur la route, tout est étonnamment tranquille. Le calme règne. Peut-être est-ce aussi ça le visage de la guerre, se disent-elles, autant que le grondement des canons et le hurlement des avions de combat. Le calme, un ciel sans nuages et un soleil qui se déplace lentement d'est en ouest.

Elles avancent à tâtons dans cette tranquillité, elles se promènent, elles prennent des bains de soleil, elles bavardent. Dans un peu plus de dix ans elles seront trentenaires, que feront-elles à ce moment-là ? La guerre sera-t-elle terminée en 1953 ? Et dans vingt ans ? En 1963 ? Qui écouteront-elles à la radio le samedi soir ? Et après ? Quand mourront-elles ? Seront-elles encore là en l'an 2000 ? Elles se baladent autour de la montagne comme elles se baladent dans leurs pensées et dans leur imagination.

Vivi nourrit le vague rêve de voyager dans le monde. Elle ignore encore où et comment. Les rêves d'Elna sont plus modestes. S'installer à Stockholm la comblerait. Travailler dans un bureau. *Dieu, si tu existes, je n'en demande pas plus !* Mais Vivi n'est pas d'accord. Un jour, alors qu'elles sont assises côte à côte près du ruisseau, Vivi plonge ses mains dans la terre mouillée en expliquant que c'est ainsi qu'elle voit sa vie. En dessous de toute chose, dit-elle, se cachent des choses inattendues. Ce qu'elle veut, c'est les découvrir. Elle croit savoir qu'on appelle ça « l'archéologie », mais elle n'en est pas certaine. Elna, qui n'a jamais entendu ce mot auparavant, ne peut pas l'aider.

Vivi parle de son père. Un jour il est parti pour un grand voyage, mais il s'est fait arrêter quelque part dans le sud de la France et a été renvoyé chez lui. Sa destination était l'Espagne et une autre guerre. Elna se rappelle avoir déjà entendu Rune utiliser le mot *martyrs* pour désigner avec ironie les volontaires de la guerre civile d'Espagne. Elle le dit. Vivi fait une grimace, sans répondre, tout en donnant des petits coups de pied dans l'eau du ruisseau. Un bref instant, Elna a l'impression que son amie lutte contre la colère, mais ça passe.

– L'avenir nous dira qui a raison, conclut Vivi avec un haussement d'épaules.

Elna aurait bien voulu continuer à en parler, mais elle a remarqué que Vivi se ferme dès qu'il est question des convictions politiques de sa famille. Surtout de celles de son père. Elle mentionne à peine la raison de son voyage. Si elle l'a évoqué, c'est parce que sa destination était un pays lointain et qu'il a été brutalement interrompu. Mais elle ne dit rien de plus, excepté que son père avait l'intention de se joindre aux brigades internationales.

Les brigades, c'est quoi ? Vivi emploie des mots et des notions inconnus pour Elna, ce qui prouve que son amie a plus d'expérience qu'elle. Elna pose des questions, mais souvent, sans savoir pourquoi, elle sent qu'il vaut mieux y renoncer.

Un jour, leur balade les conduit dans une zone interdite. En réalité, elles s'y rendent sciemment après en avoir pris la décision la veille. L'initiative est venue de Vivi, comme toujours. Elle a soudain jailli de son sac de couchage – Elna dormait déjà – en annonçant que le lendemain elles entreprendraient une expédition interdite.

– Tout ce qu'on risque, c'est qu'on nous empêche de continuer, a-t-elle déclaré. Que pourraient-ils faire d'autre que de nous renvoyer ? On dira qu'on s'est trompé de route, voilà tout.

Elna n'a pas eu besoin de demander pourquoi Vivi tenait tant à y aller, elle ne le savait que trop bien. C'était la frontière qui l'attirait, le point défi-nitif : au-delà de cette limite attend un autre pays.

Et la guerre. À quoi peut bien ressembler la ligne frontalière ? Est-ce qu'il y a une clôture métallique ? Une barrière en bois ? Des tours de guet reliées par des chaînes ? Et le paysage, change-t-il subitement de caractère ?

Peu après quatre heures, elles partent sur leurs vélos pour connaître les réponses à toutes ces questions. L'aube est humide, elles frissonnent. Une brume blanche qui flotte au-dessus du sol les enveloppe et restreint leur champ de vision. La chaussée est caillouteuse, leurs pneus grincent.

Vivi roule en tête, bien entendu. C'est elle la chef de l'expédition. Elna suit quelques mètres derrière.

En route pour la frontière et la guerre ! Au revoir la tranquillité et le calme !

Mais la frontière continue de les narguer. Elles ne sont pas arrivées bien loin quand deux jeunes gardes-frontières se détachent de la brume. Contrairement au gardien grassouillet du pont, ces deux-là sont vifs et déterminés malgré l'heure matinale. Leurs visages hâlés brillent de façon irréelle. Ils se tiennent au milieu de la route, un fusil dans la main. Vivi joue son rôle comme convenu. Elle descend de son vélo et s'approche d'eux. Avec son accent scanien, elle crie d'une voix stridente qu'elles ont dû se tromper de route dans la brume et qu'elles sont perdues.

– Il n'y a qu'une route ici, réplique un des hommes en souriant. On ne peut pas se tromper.

Plus tard elles apprendront qu'il s'appelle Olle, sur-nommé La Poigne.

Si Elna avait pu décider, elles auraient immédiate-ment rebroussé chemin, mais Vivi prend la situation en main, fait son innocente et demande le nom de l'endroit où elles se trouvent. Le soldat la regarde en plissant les yeux puis fait un pas vers elle et lui pose les questions qu'exige le règlement lorsque des civils sont repérés dans la zone interdite. Vivi parle de la grange et aussi de l'hôtel à Landskrona, puis, sans se laisser impressionner, demande si elles peuvent jeter un œil sur la frontière.

– Bien sûr, répond-il avec un grand sourire. Revenez ce soir. À sept heures. Ici même.

Vivi promet qu'elles seront là, à l'heure, toutes les deux.

Olle agite son fusil et elles repartent à pied en poussant leurs vélos.

Vivi est tout excitée à l'idée de découvrir la frontière, mais Elna est hésitante. Elle a même peur.

– On ne voit rien le soir, fait-elle remarquer.

– Il doit y avoir des projecteurs, répond Vivi.

– Peut-être qu'ils ne viendront pas.

– Dans ce cas, nous irons voir seules. Il nous a donné l'autorisation, non ? Le gars nous a bien dit qu'on pourra voir la frontière si on est là à sept heures.

Mais comment connaître l'heure quand on n'a pas de montre ? Il leur reste au moins douze heures. D'ici là, elles auront trouvé une solution, promet Vivi.

– On ne sait même pas comment ils s'appellent, objecte Elna sans conviction.

– Quelle importance ?

Elna hausse les épaules en admettant que les noms, ça ne signifie rien.

Il est encore tôt, la brume se dissipe lentement. Elles s'engagent dans un sentier envahi par la végétation, descendent de leurs vélos et montent à pied une côte escarpée. Elles espèrent trouver un lac pour se baigner. Mais le terrain devient de plus en plus inaccessible et la brume revient. Une fois en haut de la crête, elles enfourchent de nouveau leurs vélos et dévalent le sentier vers une vallée étroite. Les roues bondissent sur les racines qu'elles essayent d'esquiver en freinant comme elles peuvent. Vivi crie qu'elle a faim. Si seulement il était possible de manger tout ce blanc…

Au fond de la vallée, elles découvrent une ferme modeste en rondins de bois gris avec, par endroits, des touffes de lichen qui rappellent la barbe d'un vagabond. Il y a aussi une petite étable et des latrines au bout du jardin. Une vache noir et blanc broute sur la pente herbeuse, de la fumée sort de la cheminée. La ferme vogue dans la brume tel un navire fantôme sans autres signes de vie que la vache et le filet de fumée. Les filles garent leurs vélos dans l'espoir de pouvoir acheter un peu de lait. Elna va frapper à la vieille porte car elle se dit que les habitants de cette contrée isolée ne comprendront probablement pas l'accent de Vivi.

Elle s'étonne de voir les rideaux fermés. Les fermiers dorment-ils encore ? Mais il y a de la fumée dans la cheminée et les gens qui possèdent une vache sont généralement matinaux. Elle frappe de nouveau, plus fort, et cette fois elle entend bouger. Un homme d'un certain âge apparaît sur le seuil et lui adresse un signe de tête interrogateur. Elna salue en faisant une petite révérence.

– Serait-il possible d'acheter un peu de lait ?

L'homme réfléchit un instant, puis s'écarte et invite les deux filles à entrer. Quatre personnes se devinent dans la pénombre de la cuisine exiguë : deux femmes et deux enfants, un garçon et une fille. La plus jeune des femmes, qui doit avoir dans les trente ans, leur jette un regard inquiet. La plus âgée est en train d'épouiller la petite fille. Le garçon, qui n'a pas plus de six ans, joue par terre avec une bûche.

– Elles veulent juste acheter du lait, explique l'homme. On doit bien pouvoir leur vendre un litre, non ?

Le regard de la femme âgée passe des cheveux de la petite aux deux jeunes filles devant la porte, puis elle acquiesce d'un gentil signe de tête.

– Mais seulement un litre, dit-elle, on a besoin du reste.

L'homme conduit Vivi et Elna vers une cave creusée dans la terre derrière la maison. Il se renseigne prudemment sur leur identité et la raison de leur visite dans ce coin perdu. En entendant le dialecte de Vivi, il esquisse un sourire, probablement parce qu'il ne comprend rien de ce qu'elle dit, et verse un litre de la délicieuse première traite dans le pot au lait qu'Elna lui tend. Elle paie les vingt-cinq öre qu'il demande puis ils remontent dans la brume.

– Je m'appelle Isak Fjällberg, dit l'homme à voix basse, comme s'il craignait d'être entendu par des oreilles malveillantes. Dans la cuisine vous avez vu ma femme et une réfugiée norvégienne avec ses enfants. Ça n'a rien d'illégal, mais ce n'est pas la peine d'en parler.

Au même moment apparaît la fillette, qui doit avoir onze ou douze ans. Elle s'arrête à quelques mètres d'elles et regarde intensément un petit peigne avec lequel Vivi retient ses cheveux et qu'elle a chipé dans un magasin à Landskrona.

– Ils sont chez nous depuis cette nuit, explique Isak Fjällberg. Ils doivent repartir tout à l'heure et ont besoin de repos. Avant d'arriver ici, ils ont marché pendant une semaine dans la forêt.

Vivi, qui est quelqu'un d'impulsif, détache le peigne de ses cheveux et le tend à l'enfant. Celle-ci le prend timidement, remercie avec une petite révérence et retourne dans la maison en courant.

Mon Dieu, ce qu'elle a dû endurer, cette petite !

Isak Fjällberg sourit et murmure quelques mots inaudibles.

Vivi et Elna échangent un regard entendu. Elna sait qu'elle gardera cette scène gravée dans sa mémoire jusqu'à la fin de ses jours.

Isak Fjällberg leur propose de prendre leur petit déjeuner sur les marches de la maison. Isak est fatigué. Il est passeur, ce qui signifie qu'il aide les réfugiés norvégiens à traverser la frontière pour échapper aux nazis et aux bandes de dénonciateurs. Il constitue la dernière maille d'une chaîne qui s'étend du sud de Röros au nord de Trysil.

Vivi et Elna renoncent à l'idée de partir à la recherche d'un lac. Elles préfèrent rester dans la petite ferme et Isak Fjällberg juge plus sûr de les garder jusqu'à ce qu'il emmène la jeune femme et ses enfants au centre d'accueil pour réfugiés. Ils partiront dans l'après-midi, dès que la famille norvégienne aura suffisamment récupéré.

Lorsque la Norvège a été attaquée par l'Allemagne, en avril 1940, Isak et sa femme Ida n'ont pas hésité à apporter leur aide à ceux qui quittaient leur pays. Isak a la réputation d'être un homme fiable et courageux, toujours prêt à donner de son temps pour les autres. Il y a des périodes où il ne ferme pas l'œil de la nuit, mais cela ne l'empêche pas d'assurer son travail de bûcheron le jour. Le rôle d'Ida est de soigner et de rassurer les réfugiés, souvent en état de choc. Personne n'arrive à comprendre comment elle se débrouille pour leur trouver de la nourriture et des vêtements. Isak et Ida sont des petits paysans montagnards qui ne vivent pas dans l'opulence, mais quand il faut il faut...

D'habitude ce n'est pas Isak qui est chargé de conduire les réfugiés jusqu'au centre d'accueil, mais ce jour-là il remplace un homme qui est malade.

Pendant que la mère se repose dans la chambre avec son fils, Toril, la petite fille, cherche la compagnie de Vivi et d'Elna. Elle éprouve le besoin de raconter ce qu'elle a vécu pour se libérer de son angoisse. Sa timidité s'atténue peu à peu.

Il y a moins de vingt heures, Toril a vu de vrais Allemands. Pour Vivi et Elna, ce n'est pas commun. Dans son norvégien chantant (que Vivi et Elna s'étonnent de comprendre aussi facilement), elle raconte leur voyage depuis la Norvège. Elle en arrive bientôt à la dernière partie de son récit, au moment le plus critique de leur fuite, juste avant que le passeur suédois, Isak, les prenne en charge. Sa mère avait mis un somnifère dans du vin rouge qu'ils avaient fait boire au petit Aage pour qu'il reste calme. Le passeur norvégien le portait dans ses bras. Il faisait noir et ils devaient traverser un chemin surveillé par des soldats allemands. C'est alors qu'un camion militaire allemand a surgi avec des soldats qui devaient remplacer les gardes-frontières et ils ont dû se cacher dans le fossé. Le passeur ignorait que les horaires de la relève avaient changé. Aage s'est réveillé et sa mère l'a serré contre sa poitrine pour étouffer ses pleurs. Terrorisée, Toril a vu deux soldats allemands s'arrêter à moins de deux mètres d'eux. Elle a vu leurs casques, leurs uniformes verts, elle les a entendus donner des ordres en allemand, cette langue qu'elle craignait tant. Heureusement ils n'ont pas été découverts et ils ont pu reprendre leur fuite.

Il n'y a rien d'étonnant à ce que Toril craigne ces soldats. Son père fait partie de la résistance norvégienne et elle, sa mère et son frère ont dû quitter Hamar à la hâte pour ne pas être pris en otage. Ils disposaient d'une demi-heure pour s'en aller et ont dû tout laisser derrière eux. Aage n'a même pas eu le droit d'emporter son nounours.

Vivi et Elna regardent la petite fille pâlotte venue de l'autre côté de la frontière en se disant qu'elle leur a donné une image de la guerre.

Isak rappelle à la gamine qu'elle a cinq kilomètres de marche devant elle et qu'elle ferait mieux d'aller se reposer, elle aussi. La voiture qui sert d'habitude à transporter les réfugiés est tombée en panne. Il va essayer de trouver un cheval et une charrette mais il n'est pas sûr d'y parvenir. Sa maison n'est pas assez grande pour héberger tout le monde et il sait que d'autres réfugiés ne tarderont pas à venir. Son informateur de l'autre côté de la frontière lui a appris que la Gestapo a découvert plusieurs réseaux de résistance et qu'il faut s'attendre à une fuite massive.

– La situation est particulièrement dangereuse pour ces trois-là, dit-il avec tristesse. Le père n'est pas seulement résistant, il est aussi membre du parti communiste.

Tiens, le voilà de nouveau, ce mot ! Elna tend l'oreille, Vivi aussi.

Dans l'après-midi, Isak s'en va avec la famille norvégienne. Toril serre le peigne entre ses doigts, l'unique objet qu'elle possède. Vivi et Elna disent au revoir à Ida et reprennent leur chemin. Arrivées en haut de la crête, elles s'arrêtent pour souffler. Le vent s'est levé mais l'air est doux. De gros nuages sombres s'accumulent au nord-ouest, tel un curieux décor de théâtre. Elna a jeté un coup d'œil à la montre d'Isak et sait qu'il est environ seize heures. Elles ont donc encore un peu de temps avant leur rendez-vous avec les soldats censés leur montrer la frontière.

– On est samedi, constate Vivi.

Samedi, déjà ! Le temps a avancé à une vitesse folle. Cinq jours se sont écoulés depuis leur départ de la gare de Borlänge et il va bientôt falloir se rendre à Skallskog où les attendent les fourches et le foin.

Le temps devient infiniment précieux, il ne faut pas en perdre une seconde. Elles ont dormi l'une à côté de l'autre, elles se sont baignées nues dans les ruisseaux et les étangs, elles se sont forgé une personnalité relativement solide en mélangeant leurs différents caractères.

Mais bientôt, cette solidité va être mise à l'épreuve.

Du sommet de la colline, elles regardent le paysage en dessous : il y a là un véritable échantillon géographique de montagnes, de forêts et de pâturages. Un petit bout de la Suède à la fois semblable et différent de ce qu'elles connaissent. Elna retrouve les forêts de pins monotones de Sandviken, Vivi le paysage plat autour de Landskrona.

Le visage de Vivi se ferme soudain. L'air absent, elle se met à gratter une piqûre de moustique sur son bras. Elle peut passer sans transition d'un état à un autre. Se montrer insolente et provocante et, l'instant d'après, se fermer comme une huître, absorbée par une réflexion ou la contemplation de quelque chose.

Soudain elle redevient accessible, elle rejette ses cheveux en arrière et observe Elna.

– Tu as compris maintenant la situation de mon père ? Tu as entendu ce qu'il a dit, le vieux ?

Elna est quelqu'un de gentil et de conciliant. Se contenter de peu lui évite ainsi de voir que le monde est étonnamment injuste.

Regard rivé au sol, caractère adaptable qui ne cherche pas à se rebeller... Elna serait donc comme ça ? Non, bien sûr que non. Mais son feu est caché, on ne le voit pas, il n'attire pas l'attention. Elna s'est aperçue que ces cinq jours et cinq nuits en compagnie de Vivi ont été importants pour elle. Ils lui ont donné du courage. Un sentiment qui est en train de ranimer son feu intérieur. La première ébauche d'une nouvelle image d'elle est en train de prendre forme. Vivi mâchonne un brin d'herbe et lui demande si elle a compris. Compris quoi ? Elna a toujours su qu'il y avait une différence entre les communistes et les sociaux-démocrates, mais elle trouve ça normal. Les gens sont différents. Ce qu'elle vient de découvrir, en revanche, c'est la réalité que cette différence implique : il existe des gens qui choisissent délibérément de s'exposer au danger. Qui estiment que leurs convictions ont un prix.

Vivi a dit qu'elle ressemble à son père, Elna est elle-même une copie du sien, enfin... pas pour tout, heureusement. Et elle et Vivi sont différentes. Elles sont toutes les deux issues de la classe ouvrière, mais beaucoup de choses les séparent.

– Mon père est social-démocrate, dit Elna en appuyant sa tête contre ses genoux repliés.

– On voit ta culotte quand tu es assise comme ça, observe Vivi en souriant.

Pas méchamment, mais de façon ambiguë.

Gênée, Elna tire sur sa robe. Elle trouve étrange la remarque de Vivi.

– Mon père dit qu'il n'y a rien qu'il déteste plus que les sociaux-démocrates, poursuit Vivi. En fait, je sais que ce n'est pas vrai puisque la plupart de ses amis et ses collègues le sont. Mais il le dit quand même. Il est grande gueule comme moi.

Elle ferme les yeux et s'allonge dans l'herbe. Elna cherche une réponse à donner.

– Pour mon père, c'est la même chose mais l'inverse, finit-elle par dire. En fait, c'est les bourgeois qu'il déteste le plus. Et moi aussi. Pas toi ?

Vivi lève la tête et regarde Elna en plissant les yeux.

– Bien sûr, dit-elle. Mais comment les atteindre si même nous, on ne peut pas s'entendre entre nous ?

Qui ça, *nous* ? Nous on s'entend bien, songe Elna. À moins que ce ne soit seulement par lettre ou le temps d'une brève promenade à vélo ?

Elle commence à se le demander.

Mais sa réflexion ne va pas plus loin. Le soleil est trop chaud et la discussion s'essouffle. Le comportement direct et franc de Vivi a laissé des traces en elle, mais elle y réfléchira plus tard. Le soleil est en train de descendre, l'heure de se rendre à la frontière approche.

– Ils étaient mignons, dit soudain Vivi.

– Qui ?

– Les gardes-frontières, voyons !

Vivi et Elna voient les deux soldats apparaître derrière un buisson. Elna a l'impression qu'ils les ont observées un moment avant de se montrer. L'un d'entre eux n'est pas le même que ce matin.

– Ce soir on a une permission. Mon nom est Olle mais on m'appelle La Poigne parce que personne ne me bat au bras de fer, explique celui qu'elles ont déjà rencontré.

Il se tient au milieu de la route, les jambes écartées et les mains dans les poches.

Vivi pose son vélo dans le fossé, elle donne leurs noms en ajoutant qu'elles n'en ont pas d'autre. Les Daisy Sisters n'est qu'un jeu puéril dont on ne parle pas quand on a dix-sept ans.

Le deuxième soldat est un jeune homme pâle et grand comme une échasse. Il ne dit rien. Juste qu'il s'appelle Nils.

Les voilà au milieu de la route, tous les quatre, posés comme les dernières pièces dans la partie finale d'un jeu d'échecs. Vivi et Olle se trouvent au centre, assez proches l'un de l'autre. Elna reste derrière Vivi, Nils derrière Olle.

La Poigne les emmène vers un petit sentier forestier.

– On a le droit ? demande Vivi.

– Oh non, c'est interdit, répond-il. Nous, on risque la peine de mort, ou au moins la suppression de notre perm. Mais bon, merde…

Vivi s'est glissée à côté de lui. Elna et le pâlot marchent en silence quelques pas derrière.

Elna regarde le jeune homme en catimini. Il n'est pas beau. Et boutonneux en plus. Tellement timide et mal à l'aise qu'il ne doit pas arrêter de se prendre les pieds partout, songe-t-elle en réprimant un sourire.

– Qu'est-ce qu'il y a ? demande-t-il.

– Rien. Qu'est-ce que tu veux qu'il y ait ?

Avant de rencontrer Vivi, elle n'aurait jamais osé une réponse pareille.

– Si jamais on croise un officier, ne dites surtout pas que vous connaissez nos noms, prévient La Poigne. On est les numéros 34 et 72, rien d'autre.

Ils poursuivent leur chemin. Toujours les mains dans les poches, La Poigne précise que la frontière qu'ils surveillent est la plus importante et la plus exposée du pays, insinuant qu'ils connaissent de grands secrets.

Ils arrivent sur une hauteur près d'un immense lac qui se perd dans le lointain. La forêt s'assombrit peu à peu.

C'est là, quelque part au milieu de ce lac, que se trouve la frontière. Invisible mais pas moins réelle pour autant.

Une barque avance sur l'eau. Sinon, tout est calme et silencieux.

Elna est plongée dans ses réflexions lorsqu'elle sent que Nils s'est approché d'elle et elle voit que La Poigne a sorti une main de sa poche pour prendre celle de Vivi.

– On s'assoit, dit La Poigne.

Elna se détourne pour empêcher Nils de suivre son exemple.

Il n'y a cependant rien d'inquiétant. Ils sont là, tous les quatre, à regarder le soleil du soir briller à travers la cime des arbres. Puis c'est l'heure de faire demi-tour. Ils pressent le pas, les moustiques sont plus agressifs le soir. La séparation est brève mais La Poigne a le temps de demander une récompense pour avoir pris le risque de les accompagner. Vivi accepte de se faire embrasser mais s'écarte rapidement quand la langue de La Poigne devient trop insistante. Nils et Elna ne font rien.

Les deux garçons disent pouvoir s'échapper de nouveau le lendemain soir et ils décident de se revoir tous les quatre, cette fois dans la grange.

Sans échanger un mot, Vivi et Elna repartent en pédalant de toutes leurs forces pour lutter contre le froid.

Quand elles se sont glissées dans leurs sacs de couchage, encore tout essoufflées, Vivi dit :

– Ils étaient mignons. De braves garçons, ajoute-t-elle en prenant une voix grave, un honneur pour notre défense suédoise. As-tu reconnu l'homme que j'imite ?

Non, Elna ne l'a pas reconnu.

– J'étais donc si mauvaise que ça ? demande Vivi, vexée. C'était Per-Albin Hansson, notre Premier ministre, voyons. Tu n'écoutes jamais la radio ? Il est pourtant social-démocrate ! Ton père doit être collé à la radio quand il parle.

– Il préfère lire les nouvelles dans les journaux, répond Elna, qui sent l'irritation monter en elle.

Elle n'aime pas qu'on dise que son père « est collé à la radio ». Elle est peut-être susceptible, mais quand même…

– Et toi, qu'est-ce que tu penses de ces garçons ? demande Vivi du fond de son sac de couchage.

Oui, elle est d'accord, ils étaient mignons.

Et demain ils vont se revoir.

Demain c'est dimanche. Et lundi, au plus tard, elles doivent partir vers le sud. Leurs jours de liberté se réduisent, il ne leur reste plus beaucoup de temps. En tout cas elles ont vu la frontière, même si ce n'était qu'un lac sur lequel glissait un bateau à rames.

Elles montent la fermeture Éclair des sacs de couchage pour se protéger des moustiques, puis elles s'endorment.

Le dimanche, à sept heures du soir, les deux jeunes soldats sont installés dans la grange avec un harmonica prêté par Ekström, le numéro 42, et une bouteille d'alcool achetée en douce au boulanger Lundström à Särna. De l'arak dont le goût fait penser à l'odeur des pieds du diable mais qui soûle vite et bien. Lundström est quelqu'un de précieux pour ceux qui surveillent la frontière dans cette région. Il voue une haine profonde aux Allemands. Ayant été déclaré inapte pour l'armée à cause de son obésité et de ses pieds plats, il encourage la défense suédoise en lui fournissant son alcool de boulanger. C'est sa participation à lui. Il a bien l'intention de continuer jusqu'au jour où les autorités ne se contenteront plus de râler à cause des quantités colossales d'arak qu'il utilise pour sa pâtisserie et décideront de procéder à une vérification ou, pire, de ne plus rien lui accorder.

Les jeunes hommes ont apporté deux bouteilles, dont une a été à moitié vidée en chemin. Ils étaient gonflés à bloc quand ils pédalaient sur leurs vélos en se lançant des plaisanteries grivoises. Quant à l'organisation de la soirée et au partage des filles, ils s'étaient mis d'accord la veille, en les attendant derrière le buisson.

Le foin sent le moisi, mais les moustiques sont moins pénibles dans la grange que dehors. Nils se débrouille à peu près avec l'harmonica. Qu'importent les nombreux couacs et les fausses notes, les autres ont envie de chanter. Ils entament d'abord en chœur des chansons plutôt mélancoliques, chacun s'appliquant à prouver qu'il a une belle voix, puis ils entonnent pour s'amuser des chansons niaises de leur enfance, et pour finir ils passent aux compositions du célèbre poète Evert Taube et à quelques morceaux de swing, une musique à la mode mais dont les rythmes ne sont pas faciles à suivre.

Le but des garçons est de faire boire les filles. Ils passent la bouteille d'abord à Vivi, qui n'hésite pas à avaler une bonne gorgée. Quand c'est le tour d'Elna, elle fait pareil bien qu'elle ait une expérience très limitée dans ce domaine. Il lui est arrivé quelquefois de tremper le bout de ses lèvres dans le verre de schnaps de son père, mais c'est tout. Vivi, en revanche, est à l'aise. La Poigne est étonné par son assurance et sa détermination, presque déstabilisé. Si on veut parvenir à ses fins avec les filles de la campagne, un peu d'alcool est généralement suffisant, mais cette fille boit comme si elle n'avait jamais rien fait d'autre. Qu'est-ce que ça signifie ?

Pour Elna, l'effet est rapide. L'alcool lui chauffe les joues et elle est prise d'une envie irrésistible de rire. Persuadée de jouer de l'harmonica à la perfection, elle se penche pour ramasser l'instrument par terre mais s'étale de tout son long. Quelle importance ? Les sacs de couchage sont doux et confortables, le foin aussi. Sa tête est agréablement engourdie. En revanche, elle a du mal à maîtriser ses mouvements. Et aussi ses pensées. Même sa langue se comporte bizarrement quand elle essaie de parler. Vivi, elle, se contrôle. Elle sait quand elle a atteint la limite à ne pas franchir, alors que ce n'est pas le cas d'Elna. Chaque fois que la bouteille passe devant elle, elle en prend une goulée. Elle n'aime pas le goût, elle a mal au cœur, mais tant pis, elle boit quand même.

Vivi et La Poigne se retirent dans le coin le plus sombre de la grange. Elna a besoin de respirer de l'air frais et sort. Nils l'accompagne. Mais pourquoi emporte-t-il un sac de couchage ? Il a décidément de drôles d'idées, ce garçon, et en plus il n'est pas beau. Finalement, ce n'est pas désagréable de s'allonger sous le ciel nocturne. La fraîcheur humide fait du bien et là-haut les étoiles tournent comme des guêpes illuminées. À moins que ce ne soient des éclairs dans sa tête ?

Voilà qu'il s'obstine à vouloir grimper sur elle. Qu'il le fasse, puisque c'est ce qu'il veut, mais elle sait où l'arrêter. Il devient de plus en plus entre-

46

prenant. Quand il passe ses mains sous sa robe et se met à toucher ses seins, elle en a marre et roule sur le ventre. Bon…, bien…, il semble s'être calmé. Elle l'entend qui s'agite à côté d'elle mais ça lui est égal. L'herbe est humide et fraîche contre sa joue, elle a envie de dormir, elle sent que ses rêves seront intéressants… Soudain, il est de nouveau couché sur elle et, avant qu'elle ait eu le temps de réagir, il a remonté sa robe et baissé sa culotte. Non, elle ne veut pas de ça ! Elle se débat pour se libérer, mais l'excitation le rend fort et elle lutte un bon moment avant de réussir à se retourner. Elle s'aperçoit alors qu'il a ôté son pantalon : son membre bleuâtre et gonflé se dresse sous sa chemise. Il lui arrache sa culotte et l'oblige à écarter les jambes. Elle lui tire les cheveux, mais il lui bloque les bras et lui administre une gifle cinglante. Elle se tord comme un ver de terre et parvient à lui attraper les testicules qu'elle pince de toutes ses forces. La douleur ne fait que multiplier l'ardeur de Nils qui la pénètre avec un grognement sauvage. La violente gifle brûle encore sa joue. Tout est flou. Dans son corps comme dans son esprit. Elle se défend avec la force du désespoir, mais n'arrive pas à se défaire de cet homme qui se démène entre ses jambes. Elle a l'impression qu'il est entré très loin dans son ventre. Quelques violentes secousses et il retombe sur elle en gémissant et en bavant. Elle frappe avec ses poings, pousse ce corps lourd et haletant, et peut enfin se dégager. Elle ramasse sa culotte dans l'herbe, s'aperçoit que ses cuisses sont poisseuses. Elle n'a qu'une seule pensée en tête : dormir. En titubant, elle traîne le sac de couchage contre le mur de la grange, se glisse dedans et le remonte au-dessus de la tête. Dormir, dormir. Ce qui vient de se passer n'est jamais arrivé, demain tout sera différent. Une longue route les attend, Vivi et elle.

Quand elle se réveille, il fait jour et les garçons sont partis. Vivi prépare le café sur le petit réchaud. La matinée est belle, un bourdon vole au-dessus de sa tête. Elle a la bouche sèche et un terrible mal de crâne.

– Bonjour, dit Vivi. Tu t'es bien arrangée, dis donc !

Elna va chercher un petit miroir dans la grange et découvre des traces de griffures sur sa joue et un bleu sur son cou. Un suçon ou le résultat d'un coup de poing ? La gifle lui revient en mémoire.

– Et toi, comment tu vas ? demande-t-elle à Vivi tout en buvant son café.

– Pas mal. On s'est bien amusés avec La Poigne. Il a lourdement insisté et s'est mis en rogne quand il n'a pas pu faire ce qu'il voulait, surtout que j'ai aussi refusé de le branler. Mais bon, c'est comme ça et il a fini par comprendre qu'il ne pouvait pas me forcer, malgré l'alcool et ses promesses de se retirer à temps. Après, il a été plutôt sympa. Et quand on a vu Nils se pointer pour dire qu'il valait mieux s'en aller, on t'entendait ronfler depuis un moment déjà. Et toi, c'était comment ?

Elna ne veut même pas y penser. Dès qu'elles auront de nouveau enfourché leurs vélos, ce cauchemar disparaîtra.

– À peu près pareil, dit-elle. Mais il a fallu que je m'enferme dans le sac de couchage pour qu'il me fiche la paix.

Vivi répète qu'ils étaient mignons, Elna murmure une réponse inaudible.

La semaine à Skallskog passe à toute vitesse. Quand l'Éleveur de poules voit arriver les deux adolescentes

48

maigrichonnes que Rune lui a envoyées, il pique un coup de colère. Il avait compté sur une aide efficace et n'hésite pas à le dire, mais là, ce sont Vivi et Elna qui se fâchent. Elles mettent les bouchées doubles et s'épuisent au travail pour prouver qu'elles sont capables.

La chaleur persiste, les longues journées de labeur ne leur laissent guère la force de faire autre chose que de manger et de se laver rapidement avant d'aller se coucher dans la chambre du valet de ferme. Rune avait raison. Le fils de l'Éleveur de poules et son valet ont bien été recrutés par *landstormen*, la milice populaire. Malgré les nombreuses demandes écrites adressées aux autorités militaires, l'Éleveur de poules n'a pas obtenu qu'on leur accorde une permission pour la fenaison. Ce qu'il n'a vraiment pas compris c'est pourquoi ces pauvres garçons ont été affectés dans l'archipel de Blekinge, eux qui n'ont pas la moindre notion du travail de la mer. Comment pourraient-ils être efficaces ? La défense est décidément gérée par les lois mystérieuses du hasard. Il paraîtrait d'ailleurs que la garde de la forteresse Kärnan à Helsingborg a été confiée à des gosses des petites fermes du centre de la Laponie ! Comme quoi, il faut s'attendre à tout. Au bout de quelques jours de doute, l'Éleveur de poules doit cependant admettre que les deux jeunes filles font du bon boulot. Si seulement il comprenait ce que dit la Scanienne à la langue bien pendue, tout serait au mieux.

Le foin est engrangé sans retard. Les deux filles préparent leur retour. Lorsqu'elles s'apprêtent à monter sur leurs vélos pour se rendre à la gare de Rättvik, l'Éleveur de poules, dans un accès de générosité, leur glisse à chacune un billet de dix couronnes. Il leur offre aussi un solide casse-croûte, les invite à revenir à l'occasion et les charge de transmettre son bon souvenir à Rune et à sa famille. La guerre peut durer, on ne sait jamais, et les garçons ne seront pas autorisés à rentrer de sitôt. C'est du moins ce qu'ils laissent entendre dans leurs lettres sporadiques.

Un matin, à six heures, Elna et Vivi se séparent sur le quai de la gare de Borlänge, à l'endroit même où elles se sont rencontrées. Elles sont bronzées et reposées, malgré le dur travail aux champs. Elles continueront à s'écrire, cela va de soi, avec encore plus d'enthousiasme maintenant qu'elles se connaissent et savent qu'elles s'entendent bien. Elles se promettent de se revoir rapidement, quoi qu'il advienne, qu'il y ait la guerre ou non.

Lorsqu'elle se retrouve seule dans le train, Elna sent remonter en elle la crainte qu'elle refoule depuis une semaine. Pourvu qu'elle ne soit pas enceinte ! Maintes fois, elle a passé en revue le moment où elle était avec le soldat devant la grange et, elle est bien obligée de l'admettre, ce qui ne devait pas arriver a bel et bien eu lieu. Elle regarde le lac Runn étinceler entre les arbres : Seigneur, faites que je ne sois pas enceinte !

Comment s'appelait-il déjà ? Nils ? Mais encore ? Où vit-il quand il n'est pas soldat ? Qu'est-ce qu'il fait dans la vie ? Mon Dieu, elle ne sait rien de lui...

Le train cahote et couine. Falun, Hofors, puis Sandviken. Ça y est, elle est de nouveau chez elle.

Cinq semaines plus tard, mi-août, elle en a la certitude. Elle est bien enceinte.

Elle est désormais logée dans la villa de l'ingénieur Ask, promue première domestique dès son retour puisque Stina, son ancienne collègue, a profité de leur séjour dans l'archipel de Stockholm pour se faire la malle. Cette fille ingrate a eu le toupet d'accepter la proposition d'embauche d'une veuve à Kommendörsgatan, en plein centre de Stockholm, a expliqué Mme Ask, mais nous vous faisons confiance, Elna. Vous qui êtes si conciliante et si peu exigeante.

Sa chambre derrière la cuisine a la taille d'un box à veau, mais c'est une chambre indépendante. Et c'est dans le lit de cette chambre qu'elle se réveille tous les matins en espérant trouver du sang sur les draps. Mais son espoir est vain. Ses règles ont un mois de retard lorsqu'elle est prise de vomissements en préparant le petit déjeuner de l'ingénieur. Son malheur est une réalité. Tout s'écroule. Elle a un bébé dans le ventre.

Elle écrit à Vivi et lui donne la vraie version de ce qui s'est passé cette nuit-là. Elle lui raconte tout. La violence, la gifle, la douleur fulgurante dans son sexe, le liquide poisseux entre ses cuisses, les taches jaunâtres dans sa culotte. Elle a tout fait pour y échapper mais il était trop fort et, elle, trop ivre. Elle n'a plus ses règles, elle doit être enceinte. À moins qu'il y ait encore un intime espoir qu'elle se trompe… *Réponds-moi dès que tu peux, s'il te plaît, Vivi. Je n'ai plus que toi. Impossible d'en parler à la maison. Si seulement tu n'étais pas aussi loin ! Au secours ! Réponds-moi. Je ne veux pas de ça ! Je vais me noyer.*

Non, elle n'exagère pas. À qui pourrait-elle se confier ? L'idée d'en parler avec sa mère et Rune lui est plus effrayante que tous les cauchemars réunis. Elle serait immédiatement rejetée, elle le sait, considérée comme une fille de mauvaise vie. Sa mère se réfugierait dans sa chambre, son père deviendrait fou. De fureur et de honte. Il la battrait, il lui donnerait des coups de pied, la pousserait dans l'escalier et la mettrait à la porte avec l'interdiction de revenir à la maison. Elle aurait préféré ne jamais être née.

Elle est si ignorante ! Il y a tant de choses dont on ne parle pas chez eux. Ça ne se fait pas. Quand elle a eu ses règles pour la première fois, elle a cru qu'elle était en train de mourir, que son corps se vidait de son sang. Prise de panique, elle est allée voir Ester, la voisine d'en dessous : celle-ci lui a expliqué ce qui lui arrivait, lui a donné des serviettes et fourni de quoi s'en fabriquer. *Ne t'approche pas des hommes* était la seule ligne de conduite qu'on lui avait donnée. Et son frère Arne ? Si un dixième de ses histoires amoureuses n'était pas que des rêves et des mensonges, aujourd'hui il aurait plein d'enfants… Il y a tant de choses qu'elle ne comprend pas.

En 1937 a été promulguée une loi autorisant la vente de contraceptifs. Elle en a entendu parler dans la cour de l'école. Elle a même vu une capote. Elle se souvient de quelque chose de flasque, de transparent, de dégoûtant. Une femme est censée accepter d'avoir ça en elle ? Jamais !

Elle serre les dents et vaque à ses nombreuses tâches sous le regard vigilant de Mme Ask. La guerre ne l'intéresse plus, elle se fiche comme d'une guigne des discussions de ses patrons. Parfois elle a envie de hurler qu'elle est enceinte. Vous m'entendez ! J'attends un enfant et je ne le veux pas ! Mais elle ne hurle pas, bien sûr, elle ne dit rien.

Elna est anéantie. Incapable de formuler une pensée sensée. Totalement vide à l'exception d'un nuage de désespoir qu'elle porte en elle et qui enserre un énorme NON.

La lettre de Vivi finit par arriver. Elna s'enferme alors dans sa chambre au lieu d'aller battre les tapis dans la cour. Seules comptent les paroles de Vivi.

Décidément, Vivi la surprendra toujours. Elle en a parlé avec sa mère qui connaît la question pour avoir subi elle-même quelques avortements. *Même sa mère !*

C'est une longue lettre à l'écriture serrée avec des ratures, des pâtés et des rajouts. Plusieurs pages. En voyant à quel point Vivi se soucie d'elle, Elna éprouve une profonde reconnaissance.

Elle la lit et la relit encore. Soudain Mme Ask entre dans sa chambre sans frapper et lui demande si la lecture de lettres fait partie de ses attributions. Elna demande pardon, glisse l'enveloppe dans la poche de son tablier et sort dans la cour. Tout en se repassant les mots de Vivi dans sa tête, elle bat les épais tapis avec rage.

Vivi et sa mère sont réalistes : elles sont persuadées que ça ne sert à rien de porter plainte pour viol. Il ne faut pas oublier que ce sont elles, Vivi et Elna, qui ont invité les deux soldats et qu'elles avaient bu. Non, ce n'est même pas envisageable. Il ne reste plus que l'avortement illégal, ce à quoi de nombreuses femmes ont recours tous les ans.

Je ne connais pas Sandviken, écrit Vivi, *mais je sais que Gävle qui n'est pas loin est une grande ville avec un port et tout ce qu'il faut. Il y a forcément quelqu'un qui peut faire ça. Mais ne te confie pas à n'importe qui, ça peut être dangereux. Le mieux serait de trouver une femme qui soit déjà passée par là et qui saura te renseigner.*

Gävle ?

Ruisselante de sueur, elle continue de battre les tapis. Qui connaît-elle à Gävle ? Vivi, tu es si loin... Je n'y arriverai pas sans toi. Elle tape, elle tape. Derrière la grande fenêtre du salon, Mme Ask hoche la tête de satisfaction. C'est une fille courageuse qui n'épargne pas ses efforts. Elle serait presque prête à lui pardonner. Que la fille ait un fiancé qui lui écrit, quoi de plus normal, après tout ?

Le soir, dans la solitude de sa chambre, Elna prend sa décision qui doit à tout prix rester secrète. Si jamais la nouvelle de sa grossesse s'ébruitait, elle se trancherait la gorge. Elle va suivre le conseil de Vivi, mais elle a besoin d'aide. Elle ne peut pas aller se poster à la gare de Gävle et annoncer à qui veut l'entendre qu'elle cherche quelqu'un pour lui mettre une sonde. Qui pourrait venir à son secours ? Elle ne voit qu'une seule personne. Mais est-ce qu'elle peut lui faire confiance ? Arne, son frère aîné. Elle ne sait pas comment il réagira. Il va souvent à Gävle pour rencontrer des femmes et danser. Non, elle n'a pas le choix. Il ne faut plus réfléchir, sa décision est prise. Elle s'endort en pleurant.

Le dimanche, il y a un match de foot à Sandviken. Elna sait qu'Arne y sera et elle décide de l'attendre en bas de la tribune. Après le match, elle le voit se diriger vers la sortie mais elle se rend compte qu'il n'est pas seul.

Il est juste devant elle lorsqu'il l'aperçoit. Se doutant qu'elle n'est pas là par hasard, il prévient ses amis qu'il doit parler avec sa sœur.

– Je ne savais pas que tu aimais le foot, dit-il.

– Je t'attendais.

La victoire de son équipe était belle, le dernier but magnifique.

– Un coup franc de vingt-cinq mètres, dit-il. En haut à gauche dans la lucarne. Putain ! Le gardien n'a rien pu faire, il était là comme un imbécile à regarder le ballon entrer ! Au fait, qu'est-ce que tu me veux ?

Ils marchent jusqu'au lac Storsjön et s'assoient sur un des pontons. Arne jette un regard interrogateur à sa sœur.

Après lui avoir fait promettre de garder le secret et de ne rien dire à personne – à personne, tu entends ! – elle lui apprend qu'elle attend un enfant et qu'il faut qu'elle trouve quelqu'un à Gävle qui... Tu ne connaîtrais pas quelqu'un ? Il le faut ! Il le faut vraiment ! À tout prix !

– Dans quel pétrin tu t'es foutue, merde ! Ils diront quoi, à ton avis, nos vieux ?

– Ils ne diront rien puisqu'ils ne le sauront pas ! Tu as promis de ne rien dire.

Elle fond en larmes. Il vérifie qu'il n'y a personne à proximité. Une petite sœur qui chiale, ça peut être lourd pour un jeune homme comme lui.

Il veut des détails. Qui ? Où ? Sans autre explication, elle lui prend le bras, enfonce ses ongles dans sa main calleuse en le suppliant de l'aider.

– Je ne connais rien à ça, dit-il mollement. Tout ce que je sais, c'est ce que j'ai entendu dire. Et je suis sûr que ce ne sont que des racontars.

– Et tes copines ? insiste-t-elle. Tu en as plein. Il y en a bien une parmi elles qui...

Il est d'abord flatté, puis offusqué. C'est vrai qu'il fréquente beaucoup de filles à Gävle, mais jamais il ne les a mises dans cet état. Il sait, lui, comment se débrouiller pour ne pas avoir à payer pour un gosse. Mais...

Il n'y a pas de « mais ». Il faut l'aider.

Il finit par admettre qu'il va à Gävle le soir même. Il verra ce qu'il peut faire.

– Mais comment as-tu pu être assez conne pour… ?
répète-t-il.

– Justement parce que je suis conne ! hurle-t-elle.

– Tais-toi, dit-il en lançant de nouveau un regard
autour de lui.

Elle est complètement hystérique, sa sœur. Ce n'est
quand même pas la fin du monde si…

Elle se lève.

– Demain j'irai t'attendre devant l'Usine, dit-elle
en mettant le poids de son désespoir derrière chaque
mot. Je m'arrangerai pour me libérer. Et débrouille-
toi pour sortir après papa et Nils. (Manque de chance,
celui qui l'a entraînée dans ce malheur porte le même
nom que son frère.)

Oui, il promet, il va essayer. Mais il ne faut pas
qu'elle s'attende à une solution. Merde, comment a-t-elle
pu être assez débile pour ne pas faire attention ? S'allonger comme ça ! Quelle famille, merde !

Le lendemain, elle quitte la villa blanche en douce
et court jusqu'à l'Usine où elle se cache derrière des
buses en ciment entassées. Parmi le groupe d'ouvriers
fatigués qui sortent du travail, elle voit Rune et Nils.
Arne arrive un peu après.

– J'ai peut-être une piste, dit-il. Il paraît qu'il y a
quelqu'un qui connaît quelqu'un qui l'a fait.

Pour l'instant, il ne peut pas en dire plus. Mercredi,
il retournera à Gävle et il aura peut-être d'autres renseignements. C'est un sale boulot qu'il a accepté mais
quand on a une sœur qui n'est pas foutue de serrer les
cuisses, on est bien obligé de…

Ce mercredi-là, au bal, il rencontre quelqu'un qui
lui présente quelqu'un qui mentionne le nom d'une
femme. Rut. Une vieille ouvrière qui n'hésite pas à
faire la pute quand la famine gronde derrière la porte.

C'est à la pause, quand Arne boit un soda, que Viola lui indique ce nom. Pour quelle raison Arne s'intéresse-t-il à ces choses-là ? Par curiosité, c'est tout. Et elle habite où, cette Rut ? La musique reprend et ils changent de sujet. Viola se lasse soudain de la compagnie d'Arne et s'éclipse pour aller se donner un coup de peigne. Avant de partir, elle lui lance que Rut loge dans une masure sur le port, du côté des troquets. Derrière L'Ancre, à ce qu'il paraît.

– Débrouille-toi avec ça, dit Arne à sa sœur, qui l'attend de nouveau devant la porte de l'Usine.

Il ne veut plus entendre parler de cette sale affaire. Enfin, bon, il a fait ce qu'il a pu.

Le jour suivant, Elna va trouver Mme Ask dans le salon. Celle-ci est plongée dans ses journaux et se lamente à cause des commentaires des libéraux et des sociaux-démocrates quant à l'évolution de la guerre. Comment ces gens peuvent-ils être à ce point lâches et de mauvaise foi ? Ils ne comprennent donc pas que la guerre ne pourra se terminer que d'une seule manière ? La stratégie de la Blitzkrieg utilisée par Hitler contre le repaire bolchévique est proprement surprenante et tactiquement extraordinaire ! C'est le début de la croisade décisive qu'attendent tous les honnêtes gens depuis vingt-cinq ans, depuis 1917, n'est-ce pas ? Oh non, la Suède est décidément un petit pays. Mais chez nous aussi, l'Ordre nouveau balaiera le rebut démocratique. Dès qu'Hitler aura le temps, une fois ses grands projets mis en œuvre…

– Qu'est-ce que vous voulez ?

– J'aimerais pouvoir disposer d'un après-midi, dit Elna.

– Vous avez déjà vos dimanches et un mercredi

après-midi sur deux, soupire Mme Ask, le nez dans son journal.

Elle n'aime pas être dérangée quand elle lit. N'ayant pas d'enfant, c'est aux journaux qu'elle consacre son trop-plein d'énergie.

– J'ai une amie à Gävle qui a été grièvement brûlée dans un accident, ment Elna, qui s'est préparée avec soin. Elle va peut-être mourir.

Mme Ask fronce les sourcils et baisse le journal.

– Brûlée ?

– Oui, une grande bassine d'eau bouillonnante s'est renversée sur elle alors qu'elle était accroupie devant la cuisinière. Elle a eu le dos et la tête brûlés et elle n'a plus de cheveux.

Parcourue d'un frisson de malaise, Mme Ask souhaite ne plus rien entendre. Elle lui accorde le congé, accompagné d'un avertissement :

– Je ne veux plus que ça se produise.

– Vous êtes très aimable, madame Ask, dit Elna en faisant une courbette.

Elle déteste cette espèce de rapace derrière son journal, elle la hait et elle hait aussi l'humiliation qu'elle lui inflige.

Le lendemain, Elna se rend chez la femme dont Arne lui a parlé. D'un geste nonchalant, le videur d'un bar lui indique le chemin d'une arrière-cour où Rut vit parmi les poubelles, les latrines et les rats.

Dans une cage d'escalier sans lumière, Elna frappe à une porte de guingois. Un bout de papier sale signale que c'est le domicile de Rut Asplund. À moins que ce ne soit Asklund, l'écriture est à peine lisible. Elna entend un bruit de pas traînants et la porte s'entrouvre sur deux yeux injectés de sang qui la scrutent.

– T'es qui ? demande une femme qui doit avoir dans les trente-cinq ans mais qui en paraît soixante.

Une haleine fétide, lourde d'effluves d'alcool, frappe le visage d'Elna.

Elle pénètre dans une cuisine noire de suie dont l'unique fenêtre est opaque de crasse. Par une porte entrebâillée, elle voit une pièce éclairée d'une ampoule nue et un fauteuil cassé dont les ressorts pendent sous les assises défoncées. Partout des monceaux de bouteilles et de paquets de cigarettes. Sur un tas de vêtements traîne une capote. C'est la deuxième fois de sa vie qu'Elna en voit une. Celle-ci n'a pas l'air d'avoir été utilisée. Il y a aussi un lit aux draps tachés et plusieurs matelas posés contre le mur. Ça sent le moisi. La pièce n'a pas dû être aérée depuis des années...

Deux petites filles pâles et apeurées sont blotties dans un coin, visiblement prêtes à s'habiller et à sortir si un monsieur venait rendre visite à leur mère. Elles doivent alors sans doute attendre dans la cour ou dans la rue. L'aînée a environ dix ans, l'autre un peu moins.

Le premier réflexe d'Elna est de tourner les talons et de s'en aller en courant. Non pas qu'elle soit choquée par l'état des lieux, ce n'est pas pire ici que chez beaucoup de gens. C'est la raison de sa présence ici qui la pousse à repartir. Mais elle reste. Rut ordonne à ses gosses de sortir, propose une bière à Elna et demande ce qui lui vaut l'honneur de sa visite.

– Si tu veux faire la pute, faut que t'ailles à Stockholm, dit-elle en donnant un coup de pied à un chat ébouriffé qui sort de sous le lit. Quand on est jeune comme toi, c'est là qu'on échappe le mieux à toute cette merde. En tout cas, c'est préférable que de baiser dans la soute puante d'un bateau. Faut dire que les marins sont généralement de braves types, ils payent et ils ont de l'alcool à offrir. La plupart sont si excités qu'ils n'en ont jamais assez. Mais y a aussi tous les marins étrangers qui ont des exigences pas toujours marrantes. Non, faut que t'ailles à Stockholm, si c'est ça ta demande… À moins que quelqu'un t'ait mise en cloque ? Pourquoi tu dis rien ? C'est pas par curiosité que t'es là, quand même ? Qui t'envoie ?

Rut est ivre. Elle ne titube pas et elle sait ce qu'elle dit, elle a juste bu assez pour ne pas sombrer. L'alcool ne rend pas son logis moins sordide, ni ses gosses moins pâles, mais il rend sa vie plus supportable. Qu'est-ce qu'elle veut, cette petite ? Pourquoi ferait-elle le trottoir ? Ferait-elle partie de ces filles qui croient trouver le bonheur en rencontrant un homme riche ? Elle paraît assez bien nourrie, bronzée par-dessus le marché, et ses vêtements sont en bon état. Non, elle n'a pas l'air d'être de ce genre-là. Rut a appris à évaluer les gens. Si elle ne savait pas le faire, ça ferait belle lurette qu'un cinglé l'aurait expédiée dans l'au-delà. Pour sûr, elle est enceinte, la petite. Les gens viennent souvent chez Rut parce qu'ils ont besoin d'adresses et de remèdes. Elle a l'habitude.

– Faut quand même que tu finisses par desserrer les dents, dit Rut en balançant un autre coup de pied au chat qui va reprendre sa place sous le lit.

Finalement Elna raconte son malheur, confirmant ainsi les soupçons de Rut, puis elle fond en larmes. Rut fait la grimace. Les pleurs, ça a un goût amer parce que c'est vrai. Il n'y a même que ça de vrai, en fait. Rut le sait d'expérience, elle a eu sept enfants et un seul d'enterré. Les quatre qui ne sont pas avec elle lui ont été enlevés et placés de force dans des familles dont elle ignore tout. Sept enfants avec cinq pères différents. Seules les deux filles sont du même. Entre les deux il y a eu un garçon, la capote s'est déchirée dans la soute d'un navire anglais. Elle ne se souvient plus du nombre d'avortements et de fausses couches qu'elle a subis. Pas moins de huit, en tout cas. Son col de l'utérus est tellement amoché qu'elle ne peut plus en avoir d'autres. Une chance, d'ailleurs. Et elle a survécu. Par contre, elle n'a plus son boulot à la brasserie. On l'a mise à la porte le jour où elle est arrivée saoule et couverte de vomi. Elle en a connu des puanteurs dans sa vie ! Des puanteurs indélébiles qu'elle n'essaie même plus de faire disparaître. La seule chose qui compte pour elle à présent, c'est de parvenir à garder les deux gamines qu'on ne lui a pas encore enlevées et de réussir à les faire entrer dans la vie. Après, advienne que pourra. Est-ce que toutes ces puanteurs vont la suivre jusque dans sa tombe ? Elle le craint. Elle ne supporte pas l'idée de les emporter dans son cercueil. Tout, sauf ça. Quand elle a bu un coup de trop, il lui arrive de demander à qui veut bien l'écouter de veiller à ce qu'elle soit incinérée après sa mort.

Rut, cette pute pétrie de sagesse, a raison en disant que la grossesse est pour Elna une maladie grave et qu'une maladie, ça demande à être guérie.

– Il existe de nombreuses façons de faire ça, explique-t-elle quand Elna a séché ses larmes. S'il y en a tant, c'est qu'il n'y en a aucune qui soit sûre. Il se peut que quelques capsules de quinine et quinze centilitres d'aquavit soient suffisants. Ou bien du chiendent mélangé à de la pâte d'amande… Il y a aussi les médicaments, mais pour ça il faut une ordonnance, et tu penses bien qu'y a pas de médecin pour en prescrire. Il appellerait plutôt la police ! Ce qui marche sur une fille n'a pas forcément d'effet sur une autre… T'en es où, ma petite ? Un mois. Bon, dans ce cas, c'est pas bien grave. Tu sais où se trouve la rue Österportsgatan ?

Non, Elna ne sait pas, Rut doit lui expliquer. Faut prendre la montée, passer devant les baraquements où ça sent la naphtaline, puis à gauche et ensuite à droite. C'est marqué Johansson sur la porte. L'entrée est dans la cour, faut sonner : trois sonneries longues et deux courtes. J'y suis allée moi-même et ça s'est bien passé. Mais vérifie qu'il se lave les mains et qu'il ne soit pas trop saoul. T'attends pas à ce qu'il soit à jeun mais il doit être capable de se toucher le bout des doigts les yeux fermés. Sinon, faut que tu te sauves. Combien ça coûte ? Ça dépend. Autre chose ?

Elle ne veut pas effrayer inutilement cette petite. Elle le saura bien assez tôt. Johansson et ses caprices… Et pourquoi lui faire du mal en disant que c'est terriblement douloureux, surtout pour quelqu'un qui n'a pas encore accouché ? Pourquoi rendre le mal encore pire ? La malheureuse finira par se résigner, comme tout le monde…

Pourvu qu'il n'y ait pas de complications ! Il peut y avoir des infections et des abcès. La mort guette toujours derrière la porte quand il est question d'avortement clandestin. Si un seul des hommes haut placés, un politicien, un pasteur, un tambour-major, peu importe, si un seul d'entre eux se trouvait allongé sur une table crasseuse, les jambes écartées, et qu'un ivrogne aux mains tremblantes essayait d'introduire une sonde sale… Si un seul de ces hommes vivait ça… les choses seraient différentes. Qu'une femme accouche dans la douleur, soit, mais qu'elle meure ou qu'elle pourrisse de l'intérieur parce qu'un type minable a été infoutu de se retenir ou de se retirer à temps ! C'est pourtant ça, les conséquences de la loi contre l'avortement.

Merci de m'avoir aidée. De quoi tu me remercies ? Me payer ? Parce que t'as de l'argent, toi ? Allez, ouste ! Va-t'en maintenant. Rappelle-toi, à gauche puis à droite. Trois longs et deux courts. Si tu te trompes, il n'ouvrira pas. Tu sais bien que ce qu'il fait est illégal. Allez, pars et ne reviens pas. J'ai de la peine pour toi, ma petite. Ça me rend dingue, cette société de merde ! Allez, va-t'en et prie le bon Dieu.

Dans la cage d'escalier, Elna croise un homme ivre coiffé d'un élégant chapeau qui lui cache le visage. Il entre chez Rut d'un pas chancelant. Sa déchéance n'est donc pas totale puisqu'il y a encore d'honnêtes bourgeois qui viennent la voir. Certains de ces hommes trouvent sans doute excitant d'aller s'encanailler de temps en temps dans ce monde de misère et de crasse.

Trois longs et deux courts. Le dernier train pour Sandviken ne va pas tarder mais il faut qu'elle prenne rendez-vous avec ce médecin avant de repartir.

L'homme vêtu d'une robe de chambre noire qui lui ouvre la porte n'a rien d'un médecin. Elna l'avait imaginé habillé d'une blouse blanche. Il doit avoir la cinquantaine, il est chauve, pas rasé et ses yeux sont sans éclat. Est-ce vraiment lui ? Sans un mot, il la fait entrer dans un vestibule sombre. Elle croit entendre quelqu'un gémir derrière une porte fermée…

Elle peut revenir dans une semaine. Ça coûtera cent couronnes. Ou un objet d'une valeur égale. Puis il la repousse vers la sortie.

Le crépuscule d'août s'installe lentement pendant son retour à Sandviken. Une femme enceinte est assise en face d'elle dans le train. Elle est pauvre et son ventre est déjà gros. Ses yeux inexpressifs sont tournés vers le carreau sombre. Elle doit avoir à peine quelques années de plus qu'Elna.

Cent couronnes. Comment trouver autant d'argent ? Ça équivaut à trois mois de salaire. La seule possibilité est de demander une avance. Heureusement, c'est l'ingénieur qui la paye et non pas sa femme. M. Ask lui adresse parfois un sourire mélancolique et il serait sans doute capable de gentillesse si sa femme n'était pas là pour l'en empêcher.

Tout autour d'elle est soudain sale et abject. Elle s'efforce de ne plus penser au chauve, mais ce n'est pas lui qui la dégoûte le plus. Pour elle, il représente la possibilité de s'en sortir.

S'il n'arrive pas à enlever l'enfant, il ne restera plus à Elna qu'à se suicider. Mais elle a tellement envie de vivre.

Les gares sont espacées. De temps en temps, elle voit une lumière scintiller dans l'obscurité. Le train avance par secousses, la femme enceinte d'en face s'est isolée derrière ses yeux fatigués.

Après les nouvelles du soir, Elna débarrasse le café de l'ingénieur. Elle en profite pour faire sa demande.

– Une avance de trois mois de salaire c'est beaucoup, dit-il d'un air étonné.

– Si je n'avais pas besoin de cet argent, je ne vous le demanderais pas, répond Elna.

– Non, évidemment…, bon, je vais réfléchir.

– Il me le faudrait assez vite, insiste Elna.

Le lendemain, il lui donne cinquante couronnes. Il en a discuté avec son épouse qui refuse d'en accorder plus. Inutile de faire appel à son bon cœur. Si la mégère s'est prononcée, l'ingénieur n'osera pas faire autrement que de se plier. Elna prend le billet de cinquante couronnes en lui assurant qu'elle lui est très reconnaissante. Mais où trouver le reste ? Les quelques pièces qu'elle possède doivent payer son aller et retour en train.

Emprunter à ses parents ? Mais quel prétexte leur donner... au cas où ils auraient mis de l'argent de côté ?

Non, elle n'oserait jamais. Elle serait assaillie de questions et le père Rune n'est pas un imbécile, il aurait des doutes. Elle serait incapable de résister à sa colère.

Les mots du chauve lui reviennent. Il a aussi parlé d'une valeur équivalente. Il accepterait donc une timbale en argent d'une valeur de cinquante couronnes par exemple ? Enfin, si elle en avait une. Mais elle ne possède rien. Absolument rien !

En époussetant la salle à manger, elle voit briller le service en argent derrière la vitrine du buffet. Elle se rappelle avoir entendu une conversation à son sujet. Sa valeur serait entre trois et quatre mille couronnes. Elle ne se souvient plus exactement. Mais la somme était colossale. Dire qu'elle n'arrive pas à emprunter plus de cinquante couronnes dans cette maison cossue ! Les objets de la salle à manger financeraient cinquante avortements à eux seuls ! Si quelques cuillères en argent venaient à disparaître, le couple Ask ne s'en apercevrait même pas. Mais si, voyons, la mégère le remarquerait tôt ou tard. Son occupation principale est de suivre les exploits d'Hitler et de surveiller sa bonne !

Qu'aurait fait Vivi à sa place ? Elle se serait débrouillée pour trouver l'argent, c'est sûr.

Une colère retenue l'enflamme soudain, aussi puissante que celle du père Rune lorsqu'il a bu. Devant la preuve palpable de l'énorme injustice qui règne dans ce monde, les larmes lui montent aux yeux. Si c'est à cette colère que Vivi fait allusion en parlant de la conviction politique de son père, elle comprend mieux. Elle voit clair maintenant. Ces vases en porcelaine qu'elle nettoie soigneusement, pour quelle raison obscure se trouvent-ils rassemblés ici ? À un seul endroit ? Sans savoir comment, elle tient deux cuillères en argent dans la main. Elle les regarde. Ces deux petits objets lui éviteraient de plonger dans le malheur (ou au fond des eaux noires d'un lac) et rendraient possible une vie porteuse de sens. Celle dont elle a eu un bref aperçu au cours de ses deux semaines d'été.

Mais elle ne vole rien, évidemment. Elle n'est pas comme ça. La propriété c'est sacré, bien que sa distribution soit faite de curieuse façon. Elna n'a même pas besoin de penser aux leçons de catéchisme, les paroles de sa mère résonnent dans sa tête : la propreté et l'honnêteté, voilà le sceau de notre dignité. Il suffit d'être propre et honnête, le salut suivra.

Cinquante couronnes, c'est la somme dont elle dispose. Il ne lui reste qu'à espérer que le chauve l'autorisera à payer en plusieurs fois. Elle a un emploi stable, elle peut fournir un contrat de travail.

La veille de son départ pour Gävle, elle descend dans la cave, se déshabille et se lave soigneusement de la tête aux pieds. Plutôt que d'utiliser le savon noir habituel, elle a râpé quelques flocons du savon de la mégère. Son odeur suave lui rappelle un parfum qu'elle a senti cet été.

Elle pose la main sur son ventre en essayant d'imaginer qu'il y a un futur enfant à l'intérieur. Aimerait-elle le garder ? Elle ne peut même pas se permettre de se poser la question. Tout le lui interdit.

Elle prépare des vêtements propres et va au lit. Elle commence à écrire une lettre à Vivi (*Je t'écris de nouveau. C'est pour demain...*), mais s'interrompt au bout de quelques lignes. Le stylo lui glisse de la main. Elle a peur, son cœur cogne fort dans sa poitrine. Elle enlève la couverture pour ne pas transpirer, elle tient à rester propre. Au moins ça. Elle éteint. Devrait-elle adresser une prière à Dieu, lui qui veut que tout se passe au mieux pour chacun d'entre nous ? Non, elle ne peut pas. Alors, que peut-elle faire ? Rien.

Absolument rien.

Soudain elle voit Nils apparaître devant elle. Pas son frère, mais lui. L'autre. Son pantalon est descendu sur ses jambes blanches, son membre est dressé, il la veut, là et tout de suite.

– Quelle importance ? dit-il. Maintenant tu ne risques plus rien. Allez, donne-moi ton cul, on va essayer par là...

Si elle avait pu, elle l'aurait tué et pris cent couronnes dans son porte-monnaie, puis elle l'aurait dépecé et bouffé. Ensuite elle se serait fait vomir comme un chat qui a mangé de l'herbe.

Elle reste immobile dans le noir. Les heures s'égrènent.

Quand l'après-midi arrive enfin, elle monte dans le train pour Gävle. Elle a beau lutter, ses aisselles ruissellent de sueur.

Elle se trouve de nouveau dans le vestibule sombre. Cette fois, elle ne pourra plus y échapper. Les yeux du chauve sont encore injectés de sang mais il ne semble pas avoir bu. Que disait Rut déjà ? *Toucher le bout des doigts les yeux fermés.* Mais comment le lui demander ? Sans un mot, il lui indique un portemanteau, puis il ouvre la porte derrière laquelle elle avait entendu gémir. Elle découvre une pièce ordinaire aux murs marronnasses qui ne ressemble pas à un cabinet médical. Si, il y a un paravent et une table roulante avec un plateau en zinc. Elle recule machinalement en voyant les instruments et un torchon taché de sang dans un coin. Des ampoules faibles donnent un caractère flou et irréel à la pièce dont les rideaux sont fermés. Au milieu trône une table rectangulaire posée sur des cales en bois et recouverte d'une toile cirée. En dessous est posé un seau.

Une femme en blouse grise surgit soudain d'une porte invisible. Elle scrute Elna du regard sans prononcer un mot, puis disparaît derrière un rideau. Elna avait décidé de parler des cinquante couronnes manquantes après l'intervention, mais elle n'ose pas attendre. Elle l'annonce lorsque le chauve prépare les instruments devant la table roulante. Bizarrement il ne se fâche pas, il ne devient même pas désagréable. Il la regarde et s'approche d'elle, un sourire aux lèvres.

– Alors, disons cinquante couronnes et une petite gâterie.

Sa voix est basse et libidineuse. Et en même temps autoritaire. Il ne cesse de sourire.

Il veut dire que… Elna recule malgré elle. Non, ça ne peut pas être vrai ! Il veut qu'elle… Dans des circonstances pareilles ? Mais c'est odieux !

– Ce sera vite fait. Nous serons moins tendus et tout se passera bien. Je serai très gentil avec toi. Il suffit que tu la prennes dans ta bouche.

Il commence à défaire son pantalon, s'interrompt, se dirige vers une armoire et verse un liquide dans un verre.

– Bois ça, dit-il d'une voix blanche. Ça calme.

68

Ensuite tu me montreras ta poitrine pour que j'aie quelque chose à regarder.

La boisson ressemble à ce qu'elle a bu dans la grange.

– Non, dit-elle. Je ne le ferai pas. Je peux payer, j'ai un emploi fixe, j'ai apporté mon contrat de travail.

Le chauve change soudain d'attitude. Son sourire se crispe en un rictus. Ses lèvres tremblent.

– Pas de crédit, couine-t-il. Maintenant ! Tout de suite ! Sinon tu peux t'en aller.

Il tripote sa braguette, son débit est haché.

La suite ne mérite pas de commentaire. Il oblige Elna à s'agenouiller devant lui. Tout va très vite. Elle a l'impression d'étouffer, elle veut vomir…

Après ça, la femme en gris revient et ordonne à Elna d'enlever le bas tout en l'aidant calmement à remettre sa chemise et son corsage. Ses mains sont bienveillantes, ses yeux tristes et compatissants. Et aussi craintifs.

Elna se retrouve allongée sur la table les jambes écartées, une serviette posée sur les genoux qui fait écran. La femme lui a glissé un petit bâton en caoutchouc entre les dents en lui chuchotant de mordre pour ne pas crier. Elle s'exprime avec un accent étranger. Elna entend le cliquetis du seau de l'autre côté de la serviette et ferme les yeux.

La femme lui plaque les épaules contre la toile cirée. La douleur est terrifiante, infernale. Elna a l'impression qu'on lui enfonce un clou chauffé à blanc dans le bas-ventre. Elle serre les dents au point de percer le caoutchouc. La panique la submerge, elle se force à se dire qu'après ça sera fini. Fini. La douleur lui fait perdre toute notion du temps. Elle ne sait pas si son calvaire dure quelques secondes ou une heure. Une pensée solitaire virevolte dans sa

69

tête tel un oiseau emprisonné : pourquoi ne perd-elle pas connaissance ?

Elle est près de sombrer quand elle entend l'homme chauve jurer et la femme en gris prononcer un flot de paroles dans une langue étrangère. Elna réagit à peine. La douleur s'est atténuée et elle sent un liquide chaud couler le long de ses jambes. En quoi ça la concerne si ces deux-là s'engueulent ? Ils ne semblent pas d'accord. Mais ça ne la regarde pas, elle qui vient tout juste de revenir à la vie…

Elle soulève légèrement la tête et voit du sang entre ses jambes et deux visages effrayés. La femme enfonce un chiffon entre ses cuisses et le maintient avec des bandes blanches. Puis elle lui crie de serrer les jambes.

— Serre ! hurle-t-elle. Serre fort !

Que se passe-t-il donc ? La femme a l'air de se disputer avec le chauve qui, visiblement désemparé, secoue la tête, une sonde ensanglantée dans la main. Il se met soudain à rugir dans la même langue qu'elle, à la frapper avec la sonde. Il a dû retrouver ses esprits. La femme rhabille Elna qui est toujours allongée sur la table. L'homme prend même la peine d'aller lui chercher son manteau dans le vestibule.

Elna veut payer et tend la main pour attraper son porte-monnaie dans sa poche, mais il refuse d'un geste.

Pourquoi ne veut-il pas qu'elle paye ?

— À l'hôpital ! dit-il. Tout de suite. Sors dans la rue, prends la première à gauche puis tu verras l'hôpital. Vas-y. Pas trop vite ni trop lentement. Serre les jambes, respire profondément. Ne t'arrête pas. Marche. Vas-y. Entre et dis que tu saignes. Rien d'autre, seulement ça.

Sa voix est ferme mais Elna est assez lucide pour se rendre compte qu'il a peur. Pourquoi ? Elle est trop fatiguée pour poser la question. Les yeux du chauve sont durs quand il la saisit avec brutalité par les épaules.

– Tu n'es jamais venue ici, dit-il. Si tu dis que tu es venue, tu risques de passer le restant de ta vie en prison. Tu as compris ? Tu n'es jamais venue !

– Un taxi ! crie la femme. Un taxi, appeler un taxi !

Le chauve émet un bruit guttural pour lui ordonner de se taire. Il traîne Elna vers le vestibule, jette un coup d'œil rapide dans la cage d'escalier afin de s'assurer qu'il n'y a personne, puis il la pousse dehors.

– Vas-y tout de suite, dit-il. Pas vite, pas lentement. Et serre bien les jambes. N'oublie pas que tu n'es jamais venue ici. Je ne t'ai jamais vue.

Il claque la porte.

Elle est dans la rue. Elle éprouve une chaleur bizarre entre les jambes. Elle se sent faible et aimerait pouvoir s'asseoir, s'appuyer contre un mur. Dès qu'elle croise quelqu'un, elle inspire profondément et continue d'avancer. Sa tête est vide. Ne pas marcher trop lentement, ni trop vite. Ne pas réfléchir. Un liquide chaud ne cesse de couler le long de ses cuisses et l'épuise. Ses jambes ne veulent pas la porter, elle manque de tomber, mais elle se rattrape et continue de marcher. Les genoux serrés, qui frottent l'un contre l'autre. Arrivée à l'hôpital, elle appuie sur une sonnette. Quelques instants plus tard, elle devine une personne en blanc puis tout devient flou, elle tombe, hors du temps…

Elle se réveille dans une chambre blanche.

Sa mère est assise au pied de son lit.

C'est vraiment elle ? Oui, c'est bien elle. Elle tient son vieux chapeau noir entre les mains et le tripote nerveusement. En voyant qu'Elna s'est réveillée, elle quitte la chambre sans un mot et appelle une infirmière.

Une jeune femme entre et prend le poignet d'Elna, cherche son pouls et compte. Après avoir reposé sa main sur le drap, elle lance un regard furtif à sa mère qui est d'une pâleur cadavérique, puis elle se tourne vers Elna en souriant.

– Ça va bien, dit-elle. Maintenant il faut boire beaucoup d'eau. S'il y a le moindre problème, ta maman m'appellera, moi ou une de mes collègues. Tu as mal ?

Non, elle n'a pas mal. Après avoir de nouveau jeté un regard à sa mère, l'infirmière s'en va.

Mais qu'est-ce qu'elle fait là, sa mère ? L'hôpital ? Ça y est, elle se rappelle. *Pas trop vite, ni trop lentement*. Puis le brouillard…

Elle est soudain saisie d'effroi. Pourquoi est-elle à l'hôpital ? Si sa mère est là, c'est qu'elle est au courant ! Oh mon Dieu !

Que s'est-il passé ? Sa mère est blanche comme un linge. Pourquoi ne dit-elle rien ?

Son silence devient insupportable. Et pourquoi porte-t-elle son chapeau noir ? Elle ne le sort qu'à des occasions solennelles.

Est-ce une occasion solennelle ?

– Qu'est-ce que je fais ici ?

Sa mère a un mouvement de recul, puis elle regarde autour d'elle pour vérifier qu'il n'y a personne et se penche vers Elna.

– Comment as-tu pu nous faire une chose pareille, à ton père et à moi ? chuchote-t-elle.

Elna l'entend à peine.

Elle est donc au courant. Par quel biais ? C'est Arne qui n'a pas pu se taire ?

– Quelle honte tu nous infliges !

On dirait un chat qui crache.

Elna essaie de comprendre. Elle a dû être malade après l'avortement et, à l'hôpital, ils ont retrouvé son nom et son adresse, cousus derrière le col de son manteau, pour prévenir sa mère.

Elle dit qu'elle a honte. Pourquoi ? Ah oui, tout ce sang...

– Tout le monde peut saigner, dit Elna.

Sa mère ne semble pas l'entendre. Tout en serrant son chapeau entre ses mains, elle continue de chuchoter « quelle honte, quelle honte épouvantable ».

– Tu aurais pu mourir, dit-elle d'une voix dépourvue de compassion.

Elle exagère, bien sûr. Un peu de sang, ce n'est pas mortel.

Elna ferme les yeux. Enfin, quoi qu'il en soit, c'est fini et elle va enfin pouvoir recommencer à vivre. Si sa mère a honte parce qu'elle est à l'hôpital, tant pis. Si elle n'avait pas fait ce qu'elle a fait, elle aurait eu une bonne raison d'avoir honte.

– Depuis combien de temps je suis ici ? demande Elna sans ouvrir les yeux.

– Vingt-quatre heures.

Vingt-quatre heures ? Mon Dieu ! Et son travail !

– J'ai prévenu Mme Ask, dit sa mère sur un ton formel, comme si elle avait lu dans ses pensées. Et elle t'a renvoyée sur-le-champ, bien sûr.

– Mais pourquoi ?

– Tu comprends bien qu'ils ne veulent pas garder quelqu'un comme toi.

Elna déteste l'amertume dans la voix de sa mère, mais plus rien ne compte à part le fait qu'elle est libre. Le chauve n'a pas voulu de son argent. Bizarre... Quant au reste... elle préfère ne pas y penser, c'était trop répugnant. Mais tout est fini maintenant.

– Ton père est bouleversé, poursuit sa mère de sa voix glaciale. Je reviendrai te chercher demain mais je ne sais pas où tu vas pouvoir aller.

La porte se ferme derrière sa mère qui s'en va, le chapeau dans la main.

C'est bien d'être seule. Elna pense à Vivi. Dès qu'elle sera sortie de l'hôpital, elle lui enverra une lettre pour lui dire que c'est fini et qu'elle va tout effacer de sa mémoire. Non, pas tout, elle se souviendra de Rut. Et peut-être aussi de la femme en gris, de ses mains et de ses yeux tristes.

Une joie tranquille se répand en elle. Toute cette histoire est terminée et elle va s'employer à apaiser la colère de son père. Ces difficultés vont peut-être lui donner une grande force.

Quand elle se réveille de nouveau, un docteur et deux infirmières sont à côté de son lit. Ils ont tous l'air grave.

– Vous avez eu de la chance, dit le médecin sur un ton revêche, mais vous avez perdu beaucoup de sang. Vous l'avez fait vous-même ? Avec quoi ? Une aiguille à tricoter ?

Elna se rappelle les paroles du chauve. Elle acquiesce.

Le médecin la regarde longuement avant de répéter qu'elle a eu de la chance.

– Vous avez réussi à faire beaucoup de dégâts, explique-t-il, mais la membrane fœtale est intacte. Nous avons pu sauver le fœtus.

Il sort de la chambre en annonçant qu'elle pourra rentrer le lendemain.

C'est trop rapide. Elle n'a pas eu le temps de s'armer.

Ça n'a donc pas marché. Si le chauve a refusé

son argent c'est parce qu'il n'a pas réussi à enlever l'enfant. Elle est toujours enceinte. L'enfant est toujours là, sous sa peau, et il grandit chaque fois qu'elle respire.

Elle hurle. Elle n'en veut pas ! Non, elle n'en veut pas ! Elle tape des pieds et des mains, mais à quoi bon ? On lui donne à boire et elle s'endort. Elle ne veut plus jamais se réveiller.

Son père est assis devant la table de la cuisine, les mains posées comme deux masses sur la toile cirée. Il a mis Nils dehors, Arne a choisi lui-même de s'écarter. En arrivant, Elna a vu le visage d'Ester derrière le rideau du rez-de-chaussée. Plus rien ne la touche. Avec un peu de chance, son père la tuera. Ou la lancera par la fenêtre comme il le fait avec les casseroles quand il a bu. Non, il reste là, silencieux et immobile. Pas un mot. Mais son regard ne la quitte pas.

Elle comprend qu'il a honte, mais est-ce qu'il comprend, lui, qu'elle aimerait se blottir dans ses bras ? Est-ce qu'il comprend ça ? Sa mère non, Elna le sait. Elle a déjà sombré dans le bourbier de la honte…

Une heure passe, peut-être plus. Sa mère s'est enfermée dans la chambre.

Elna est assise au bout de la banquette de la cuisine, le regard tourné vers la fenêtre. Chaque respiration de son père est lourde et fatiguée. Sa poitrine siffle.

– C'est qui ? finit-il par demander.

Elna se pose la même question. Elle peut lui donner son prénom et aussi son numéro militaire, mais c'est tout. Si. Aussi son signalement : grand comme une échasse, boutonneux, timide, un physique banal. Un appelé, un gardien de la neutralité. Originaire de quelque part en Suède. Elle dit les choses telles qu'elles sont. Elle dit aussi qu'elle n'en sait pas plus. Le silence qui suit est long. Que se passe-t-il dans la tête de son père ?

Elna détourne son regard de la fenêtre et voit qu'il a les yeux rivés sur la toile cirée.

Elle ne peut pas s'empêcher d'essayer :

– Papa, dit-elle, papa, il faut que tu m'aides.

Sans lever le regard, il lui répond par une autre question :

– Tu le veux cet enfant ?

– Non, pour rien au monde.

– Il faudrait rechercher ce garçon. Il doit payer pour le plaisir qu'il a eu et il se peut aussi que ça l'intéresse de savoir qu'il va avoir un enfant. Si ça ne l'intéresse pas, il doit le savoir quand même.

On dirait qu'ils ont réussi à creuser un passage dans la glace. Il la regarde en soupirant.

– Je ne voulais pas, dit Elna. Il m'a battue et je n'ai pas pu m'échapper.

– Il t'a battue ?

Ses lèvres se crispent. Seigneur, il est au bord des larmes. Mais il se maîtrise, comme d'habitude.

– Oui, dit Elna, je ne voulais pas et il m'a battue.

– Je peux difficilement tuer le père de l'enfant de ma propre fille, dit-il d'une voix tremblante. Mais sache que ce n'est pas l'envie qui me manque.

– .Si vous voulez, je quitterai la maison, dit Elna. Pour que vous n'ayez pas à avoir honte.

– Pour aller où ?

Sa voix exprime plus d'inquiétude que d'étonnement. Elle sait maintenant qu'il tient toujours à elle.

Soudain, sa colère explose.

– Tu irais où, merde ? Dans la rue ?

Il est interrompu par la mère qui sort de la chambre.

– Pas si fort, dit-elle. Pense aux voisins.

Les voisins ? Mais qu'est-ce qu'ils en ont à foutre ? Ne comprend-elle donc pas qu'il se fout royalement des voisins ? S'il faut constamment veiller à ce que rien ne traverse les fines cloisons, autant cesser de parler et se contenter de communiquer sur des bouts de papier.

– Je sors, rugit-il.

Il se lève et attrape sa veste.

– Dehors, on me fichera peut-être la paix !

Au grand étonnement d'Elna, sa mère ne se laisse pas aller à ses lamentations habituelles quand le père Rune s'en va. Au contraire, elle s'assied devant la table, passe sa main sur son tablier et demande d'une voix douce à Elna comment elle se sent.

C'est tellement inattendu que cela éveille sa curiosité. Elna ne se souvient pas de la dernière fois où sa mère s'est montrée aussi gentille. Ça doit remonter à sa petite enfance. D'évidence, sa gentillesse n'est pas feinte.

En réalité, elle ne sait rien de sa mère. Elle la voit se déplacer entre la cuisinière, la buanderie, la cour et l'épicerie. Enfermée dans un cycle éternel dépourvu de changements et de surprises, elle assure ses tâches quotidiennes au point d'être devenue invisible.

Sa mère est présente dans son existence, mais invisible.

– Très mal, bien sûr, répond Elna.

– Il va falloir essayer d'arranger ça au mieux, dit sa mère. Il va falloir s'habituer à ce nouveau venu. Mais je ne sais pas trop comment. On est déjà à l'étroit ici.

– Je vais m'en aller, dit Elna.

Pour aller où ?

Ses parents essaient réellement de l'aider, de la soutenir. Mais pas en même temps. Elna a l'impression qu'ils se cachent l'un de l'autre. Quand toute la famille est réunie, personne ne parle. Nils ricane mais il n'est pas désagréable, seulement mal à l'aise. Arne lui donne des bonbons en lui faisant un clin d'œil gêné.

Elle ne pleure pas. Elle ne crie pas. En fait, elle ne montre aucune réaction.

Au bout de deux jours, elle reçoit un message de la mégère déclarant qu'elle s'attend à ce qu'Elna reprenne son emploi dans la villa blanche. L'avance versée sur son salaire en est une des raisons, bien entendu. Le licenciement n'a pas besoin d'être immédiat. Elle pourra continuer à travailler tant que cela sera possible.

Autrement dit, tant que ça ne se verra pas, en conclut Elna. Le box derrière la cuisine présente des avantages. Elle y sera tranquille et ce sera toujours mieux que les repas en silence avec ses parents et ses frères.

Elle accepte la proposition, reprend la préparation des repas, le nettoyage des carreaux, les achats et le sempiternel époussetage.

Elle n'arrive pas à écrire à Vivi et pourtant elle reçoit au moins une lettre par semaine de Landskrona. Vivi s'inquiète, que se passe-t-il ? Elna pleure, incapable d'affronter cette bienveillance. Elle n'a pas la force d'expliquer. Pour l'instant.

Les paroles de la mégère sont encore plus humiliantes qu'avant, son arrogance plus palpable. Elna baisse la tête, s'efface. L'ingénieur la regarde avec compassion, parfois prêt à lui parler, mais rien ne sort de sa bouche.

Une semaine passe, puis une deuxième. C'est bientôt la mi-septembre, le mois des sorbiers. Dans le grand monde, l'empire d'Hitler semble de plus en plus invincible. Dans le petit monde, Elna devient de plus en plus prisonnière de son enfant. Il est bien là, quoi qu'elle se dise, quoi qu'elle fasse, où qu'elle aille. Se suicider ? Elle a baissé les bras. Le monde extérieur et le monde intérieur forment tous les deux un même grand vide.

Elle finit par écrire à Vivi, une lettre toute simple :

... la nature qui était verte cet été est maintenant rouge et jaune. C'est beau. J'imagine que c'est la même chose chez toi en Scanie. Ce que j'ai essayé de faire a raté, l'enfant est toujours là. Je ne peux pas y échapper. Je rêve que j'essaie de courir mais que je n'avance pas. Ce n'est pas moi qui me déplace mais les arbres, les maisons et les gens. Je ne sais plus quoi faire. L'autre jour, en épousetant la bibliothèque, j'ai repéré un petit livre derrière l'étagère. Il était peut-être tombé, à moins que quelqu'un l'ait caché. À mon avis, c'est plutôt ça. Je l'ai feuilleté et je suis tombé sur ces lignes : « Les pleurs et les nuits sans sommeil transforment nos enfants chéris en de sales gosses... et un beau jour, on s'aperçoit que le désir d'avoir un enfant est devenu une crainte angoissée d'en avoir un autre. » Le titre du livre est Enfants non désirés. *Si j'avais su tout ça avant, ma situation aurait peut-être été différente. Pour l'instant, je n'ai plus la force d'écrire, il va falloir attendre un peu...*

Elle termine par un appel au secours mais barre les mots. Vivi ne peut rien pour elle. Elle garde la lettre quelques jours avant de l'envoyer.

Elna termine son emploi chez la famille Ask le 30 novembre après avoir passé une semaine à expliquer toutes les tâches à faire à la nouvelle bonne, une femme qui a au moins dix ans de plus qu'elle. La nouvelle a les mêmes opinions politiques que la mégère et son arrivée est le résultat d'une petite annonce dans le quotidien *Dagens Eko*, tant détesté et craint par l'ingénieur. Mais ce n'est pas le problème d'Elna.

Le dernier jour, alors qu'elle est en train de repasser des cols de chemise, l'ingénieur vient la trouver.

– Surtout ne vous interrompez pas, dit-il en la voyant reposer le fer à repasser.

Il lui tend un billet de dix couronnes.

– Je voudrais juste vous donner ceci. Je suis sincèrement désolé. Si j'avais pu décider…

Il s'éloigne en marmonnant. Elna devrait lui être reconnaissante, mais ce n'est pas le cas. Elle est trop fatiguée.

À six heures du soir, elle traverse le bourg sous la neige. Elle a mal au dos, elle se sent vieille et usée. Elle a dix-sept ans…

Elle marche d'un pas lourd, les yeux rivés sur le sol pour ne pas glisser. Les gens doivent penser qu'elle a honte mais son malheur est d'une espèce différente : elle pleure une vie perdue.

En arrivant devant chez ses parents, elle voit Ester qui l'attend devant la porte d'entrée.

– Entre un instant, si tu n'es pas trop pressée, dit-elle.

Ester l'aide à enlever son manteau et l'invite à prendre un café. Un vrai. Pas de l'ersatz. Elle a gardé quelques grains. Si Elna veut bien les moudre pendant qu'elle sort le gâteau.

Ester est petite et très grosse, presque obèse. Son visage est cramoisi, sa respiration saccadée, ses jambes enflées, et elle transpire en permanence. Mais elle se déplace avec une légèreté étonnante et elle arrive même à se mettre à quatre pattes pour frotter les sols. C'est comme ça qu'elle gagne sa vie. Personne n'est capable de rendre les parquets aussi propres et aussi odorants. Quand il y a une réception importante à préparer à l'hôtel où elle travaille, elle donne un coup de main au cuisinier. Son mari, lui, travaille à l'Usine. Ses deux filles sont coursières dans une droguerie et une mercerie. Toutes les deux espèrent un jour devenir vendeuses.

– On est de la même famille, tu saurais m'expliquer comment ? demande soudain Elna.

– Ta mère et la mienne sont cousines éloignées, je crois. Allez, goûte-moi ce gâteau !

Elna prend une tranche de quatre-quarts. Depuis quelque temps, elle a une irrésistible envie de sucre, probablement à cause de sa grossesse. Elle se rappelle avoir entendu une de ses camarades de classe expliquer que sa mère avait compris qu'elle était enceinte parce qu'elle avait de drôles d'envies.

Le gâteau est délicieux et Elna se sent bien chez Ester. Elle aurait préféré rester ici au lieu de retourner dans l'appartement silencieux de ses parents.

– Sers-toi encore, insiste Ester. Je l'ai fait pour toi. Je savais que tu rentrerais aujourd'hui. Et je suis certaine que ça va bien se passer. Tu n'es pas la première à qui cela arrive. Ni la dernière, ajoute-t-elle avec amertume. Si une de mes filles se trouvait dans la même situation que toi, je l'aiderais de mon mieux et mon bonhomme n'aurait pas intérêt à râler ! Je sais que ça ne sera pas facile pour toi là-haut, chuchote-t-elle. Sache que tu pourras toujours venir me voir si ça devient trop difficile. Ce n'est pas parce que nous sommes de la même famille que je te dis ça, ni parce que tu me fais de la peine, mais parce que je t'aime beaucoup. Je voulais que tu le saches avant de monter.

Elna est émue aux larmes par sa gentillesse. Ester lui sert le reste de café en faisant semblant de ne rien voir.

– Reviens quand tu veux, insiste Ester.

Volontiers. Elle va avoir tout son temps maintenant qu'elle n'a rien d'autre à faire qu'à attendre.

Attendre quoi ? Qu'elle mette un enfant au monde. Et après ? Elle ne parvient pas à imaginer la suite.

Sur le seuil, elle se retourne et regarde Ester.

– Comment ça va se passer après ? demande-t-elle. Avec…

Ester pose ses mains rouges et enflées sur ses épaules.

– Tu verras ça le moment venu, dit-elle. Tu ne le sauras pas avant.

– Je ne veux pas de cet enfant ! crie Elna.

Son désespoir explose soudain. Au lieu de lui dire de se calmer, Ester l'encourage à libérer ses larmes, à taper, à griffer… Mais rien ne sort. La seule manifestation de son désespoir est ce cri.

– Pour l'instant, tu n'as pas envie de voir la réalité en face, dit Ester. Mais le gosse est là, que tu le veuilles ou non. On décidera de ce qu'il faudra faire plus tard.

La neige peint le bourg en blanc. Elna passe ses nuits éveillée, allongée sur la banquette de la cuisine. Nils dort sur un matelas entre la table et le plan de travail. Il est mal à l'aise et a arrêté de la taquiner. Il n'arrive même plus à croiser son regard et elle ne fait rien pour lui faciliter la tâche. Il lui est impossible de trouver le sommeil car elle éprouve une haine profonde envers celui qui l'a poussée dans ce malheur et une grande inquiétude pour ce qui va suivre. Elle refuse de se dire que sa vie est foutue. Quand elle était avec Vivi, elle a eu un aperçu d'un avenir possible, même s'il n'y a pas de justice sur cette Terre. Mais tant qu'il y a de la vie…

Parfois, elle a l'impression que l'obscurité qui l'entoure n'est pas si désespérée que ça, qu'elle ne se trouve pas dans une longue nuit sans fin. Qu'il existe une solution.

Elle pourra toujours abandonner le gosse. Il y a des couples sans enfant qui ne demanderaient pas mieux. Elle n'aura même pas besoin de le voir si elle n'en a pas envie.

Mais est-ce ça qu'elle veut ? La première fois qu'elle a senti l'enfant bouger et réalisé qu'elle portait un être vivant dans son ventre, elle a aussi ressenti autre chose. Les mots dont elle dispose ne suffisent pas pour expliquer la sensation qu'elle a éprouvée. Ce n'était pas de la joie, de la curiosité non plus, ni du désir, ni… Non, elle n'arrive pas à le formuler. Tant de questions et de réflexions la taraudent pendant ses nuits sans sommeil.

Dans quelques jours c'est Noël, et Elna a confectionné des gâteaux avec sa mère. Ils ne vont pas tarder à passer à table. Le boudin noir attend au chaud sur la cuisinière. Un bruit de pas dans la cage d'escalier annonce l'arrivée des hommes. Elna ajoute une assiette pour Arne qui vient exceptionnellement dîner aujourd'hui. Le père Rune est silencieux, il semble fatigué. Il a le dos courbé et le regard constamment tourné vers le sol. C'est devenu une habitude. Sa fatigue date du début de l'automne. L'histoire d'Elna le tourmente. Puis il y a ses jambes et ce putain de sang qui ne veut pas circuler comme il devrait dans son corps. Il n'a plus d'appétit, il touche à peine au boudin dans son assiette. Le dîner est muet. De l'autre côté de la fine cloison, chez Wretman et sa bonne femme, une dispute a commencé. Les gosses hurlent, les portes claquent, on balance des objets contre le mur. L'ambiance bruyante chez les voisins rend le silence autour de la table encore plus pesant.

Wretman travaille à la gare de triage, sa femme s'occupe du foyer. Leur appartement exigu grouille d'enfants. En neuf ans, ils en ont eu sept et pas un seul enterré au cimetière. Étonnant, vu le petit gabarit de la bonne femme. La toux de Wretman est inquiétante, il doit avoir un problème aux poumons.

Le père Rune repousse son assiette, accepte le tabac à priser que lui propose Arne puis se tourne vers Elna.

– Ça y est, j'ai eu la réponse, dit-il.

Le silence autour de la table s'alourdit. Ils savent tous à quoi il fait allusion. Il a décidé de rechercher le salaud qui est à l'origine du voyage vers la misère que vient d'entamer sa fille.

Le père Rune a dû ravaler sa fierté et s'est adressé au procureur du département pour savoir comment retrouver le lascar qui a abusé d'elle. Avec beaucoup de délicatesse, le procureur s'est contenté de poser quelques questions et de prendre des notes avant de promettre de lancer les recherches. Mais c'est tout de même exaspérant que la police soit obligée de passer du temps à chercher un loustic qui n'a pas su se maîtriser, n'a-t-il pas pu s'empêcher d'ajouter. Quant aux filles, elles pourraient être un peu plus… Voyant le regard triste de Rune, le procureur s'est arrêté là. La petite n'avait que dix-sept ans et il était lui-même père de trois filles au seuil de l'adolescence. L'ennemi est partout. À l'extérieur des frontières comme à l'intérieur, a-t-il repris, sans parler de toute la flopée de gosses conçus par la fervente défense suédoise. Si les gars se montraient aussi énergiques pour remplir leurs obligations, la situation serait différente. Pour qui prenaient-ils Hitler ? Pour un gentil yodleur des Alpes de l'Allemagne du Sud ? Cet homme n'hésiterait pas à mettre le feu à l'air que nous respirons, s'il en avait la possibilité. D'accord, je ferai ce que je pourrai, a-t-il promis. Les autorités militaires ont même créé une unité spéciale chargée des affaires de paternité que notre époque inquiétante engendre fatalement. Hélas. Revenez me voir mi-décembre, j'aurai peut-être quelques renseignements à vous donner. Votre fille n'a réellement aucune idée du nom de famille de cet individu ? C'est vrai que ce galopin était censé garder son nom secret, même son prénom... Ô Seigneur, quelle misère !

Cet après-midi, Rune a quitté l'Usine à la hâte, après avoir obtenu l'accord du contremaître, pour se rendre chez le procureur. Celui-ci a sorti un classeur et a lu à voix haute une lettre écrite sur une feuille à en-tête des autorités militaires : « Aucun appelé correspondant aux indications fournies n'a été chargé de surveiller la frontière en question au cours de la période mentionnée. Aucune information d'un intérêt quelconque n'a pu être obtenue. L'affaire est classée sans suite. Signé... » Je suis incapable de déchiffrer le nom du signataire, a dit le procureur en refermant le classeur. Votre fille peut toujours passer une petite annonce dans la presse nationale. Il se peut que le garçon ouvre parfois un journal et les petites annonces sont souvent lues, comme le sport et les bandes dessinées. Et aussi la publicité pour la lingerie féminine. Nous pouvons difficilement lancer un avis de recherche. Nous ignorons tout de ce garçon sauf son prénom. Il doit bien y avoir un demi-million de

Nils dans notre pays. Non, il va falloir que votre fille accepte les choses telles qu'elles sont et admette que le père est inconnu.

Rune ne fait pas un compte rendu détaillé à table, bien sûr. Il dit seulement qu'ils n'ont pas retrouvé le type. Puis le silence s'installe de nouveau.

Elna regarde son père. Elle souffre de le voir souffrir. Et sa mère... Elna est capable de tout supporter, sauf leurs reproches silencieux et leur douleur. Elle n'arrive pas à faire taire sa mauvaise conscience. C'est elle qui est responsable de leur chagrin. Peu importe qu'elle soit victime d'un viol. C'est d'ailleurs souvent comme ça, la victime doit expier les péchés...

Le Jour de l'an. Douze coups de minuit et on est en 1942. Elna a reçu une carte de Vivi. Une vue aérienne floue de Landskrona. Elle a honte de ne pas avoir eu la même idée. Dès que les fêtes seront terminées et qu'elle sera un peu tranquille, elle lui écrira une lettre.

La guerre continue de faire rage. Le soir du réveillon, le père Rune s'emballe sur la situation mondiale après avoir bu quelques verres de trop. Le son des trompettes du Jugement dernier se fait de plus en plus fort, dit-il, la fin du monde est proche. À moins que...

– Quoi ?

À la surprise générale, c'est Nils qui ose poser la question et elle ne reste pas sans réponse. Jusque tard dans la nuit, Rune s'évertue à expliquer comment il voit les choses. Elna s'endort presque sur sa chaise. Son dos lui fait mal, son ventre est lourd et le gosse n'arrête pas de donner des coups de pied. Qu'est-ce qu'il fabrique ? Il est en train de se retourner ? *Il ?* Ou peut-être *elle ?*

– Hitler, affirme Rune avec conviction. Une fois par siècle, on voit arriver quelqu'un comme Hitler. Il faut se montrer vigilant, ce genre d'homme est capable de détruire le monde. Puis il faut un siècle pour le reconstruire avant que le suivant se présente. Napoléon, César... et aussi notre cinglé à nous : Charles XII. Quand je pense qu'il a fallu demander aux Norvégiens d'intervenir pour que ça s'arrête ! On n'a même pas été foutus de nous occuper de notre propre lessive. Eh oui... Tu as compris ce que je t'ai expliqué ?

Non, Nils n'a pas compris. Quand il s'énerve, les boutons sur son visage brillent de mille feux mais ça lui est égal. Il a pris une résolution pour la nouvelle année : il ne va plus se taire quand il n'est pas d'accord. Que ce soit avec son père ou avec le reste du monde. Il ne pense pas que ce soit vrai qu'un Hitler revienne à intervalles réguliers.

Le Jour de l'an constitue la phase finale d'une série de fêtes. Grâce aux nombreux jours fériés, les ouvriers de l'Usine ne s'épuisent pas au travail et il leur reste une petite réserve d'énergie pour cette ultime fête. Il faut en profiter au maximum avant que le véritable hiver ne s'installe avec son froid rigoureux et son obscurité. C'est une période où le printemps et l'été paraissent encore plus inimaginables que la paix.

Les cages d'escalier résonnent de vœux de bonheur et de santé. On passe chez les uns et chez les autres. Les hommes boivent un coup, les femmes prennent le café avec des gâteaux. Généralement du mauvais ersatz mais aussi du vrai café. Les conversations vont bon train, toujours autour des mêmes sujets : l'année qui se termine, le rationnement qui devient de plus en plus dur. Les rumeurs qui courent. Comment Untel a-t-il pu se débrouiller pour se procurer du café ? Le marché noir c'est pour les riches, pas pour le commun des mortels ! Et puis il y a cette nouvelle taxe sur la consommation à laquelle personne ne comprend rien. Comme si la vie n'était pas assez chère ! *Mais tant que le pantalon tient, on garde espoir*, comme disait l'autre. À la tienne et bonne année ! L'Usine tourne à plein régime et on a tous du boulot, n'empêche que ce n'est pas franchement drôle de bosser dans une armurerie, vu l'état du monde.

Le monde. Où que l'on pose son regard sur une carte, il y a la guerre. Des flèches noires, des lignes de front en zigzag. Et ces salauds de jaunes qui ont attaqué les États-Unis et l'Angleterre. C'est pire que de nous avoir battus au foot il y a cinq ans. La guerre est partout, les zones blanches sont de moins en moins nombreuses. Il ne reste plus que la Suisse, la Turquie, l'Amérique du Sud et quelques États bizarres en Afrique dont tout le monde se fout... Et la Suède. Celui qui pense qu'on va réussir à se maintenir en dehors est un imbécile. Alors, même si c'est pénible, il faut accepter que les impôts servent à renforcer la défense. Maintenant qu'on oblige des travailleurs à se tirer dessus, on ne peut plus avoir d'illusions. Et le pire n'est probablement pas encore arrivé. Pourvu que notre pays ait au moins une année de liberté devant lui... Mais les Allemands finiront sans doute par nous occuper, nous aussi. Ça serait dommage pour des tas de raisons. Enfin bon, levons nos verres pour que l'année qui vient soit bonne...

Nils a bu un peu d'aquavit en cachette. Ça lui a fait du bien et ça l'a rendu bavard. Puis il a mis de l'eau dans la bouteille pour remplacer ce qui manquait. En fait, il ne risquait pas grand-chose vu le nombre de personnes qui sont passées chez eux.

Peu à peu, l'ambiance devient plus calme. Chacun rentre chez soi et les Skoglund se retrouvent de nouveau en famille. Enfin, sans Arne qui passe la soirée avec des copains. Ce soir-là, il n'y a pas de dispute, pas de bagarre, pas de gosses qui crient. Tout le monde aspire à la paix et au calme.

Minuit approche. Les flocons de neige tombent dans la nuit noire. La mère ouvre la fenêtre de la cuisine pour faire entrer le son des cloches de l'église qui se mêle à celles de la cathédrale à la radio. Ils viennent d'écouter ensemble le traditionnel poème lu par le grand acteur Anders de Wahl. C'était un moment émouvant. Les yeux du père Rune sont encore remplis de larmes. Il se fait vieux bien qu'il n'ait pas cinquante ans. Pour un ouvrier au travail pénible, la vieillesse vient vite. Et puis il y a ce sang qui ne veut pas circuler. Il n'est pas certain de pouvoir finir l'année. Il le faut pourtant. Il veut aider sa fille, la pauvre malheureuse qui se trouve dans une situation si compliquée. Mais comment ? Que peut-il faire ? Se montrer gentil, bien sûr, mais en quoi ça peut l'aider ? Il a envie de terminer les quinze centilitres d'aquavit qui lui restent. Il a eu raison d'en garder un peu. Pourvu que les cloches se taisent bientôt. Le Nouvel An nous conduit imperturbablement plus près du *grand vide*, la seule certitude en ce monde.

La mère observe Elna dont le regard se perd dans la nuit. Il n'y a rien qu'elle souhaite plus que d'avoir un petit-enfant, mais pas de cette manière-là... Et Elna est bien trop jeune. Elle sent la fatigue prendre le dessus. Les fêtes exigent beaucoup de la part des millions de femmes qui veulent que leur maison soit propre et leur table soit garnie de mets délicieux. Tout est si incertain. La guerre, Elna, et surtout son Rune chéri qui souffre tant des jambes. On ignore tout de l'avenir sauf que le chemin est semé d'embûches. Où trouver la force pour les franchir ? Où ? Pourtant il le faut. Pourvu qu'Arne se comporte correctement ce soir, qu'il ne boive pas trop, qu'il ne fasse pas de bêtises. Les générations se succèdent, comme dit le poème. Nous constituons une infime partie d'un grand Tout incompréhensible...

Nils a les mains enfoncées dans les poches de son pantalon. Il serre son membre. Il a appris à le faire sans que ça se voie. C'est la dernière fois qu'il passe le Jour de l'an chez ses parents, il s'en fait solennellement la promesse. L'année prochaine, il sera couché dans un lit avec une fille.

Quant à Elna, elle est debout devant la fenêtre ouverte et elle regarde les flocons qui tombent, blancs et silencieux, telles des notes de musique. Elle sent la fraîcheur de la nuit sur son visage. Le son sépulcral des cloches renforce son impression de se trouver au bout d'un chemin. Soudain l'enfant se manifeste dans son ventre. Elle se retourne. Les cloches ont cessé de sonner. Sa mère tend la main pour éteindre la radio.

– L'enfant bouge, dit Elna.

Le père Rune se fige, son visage s'empourpre, ses lèvres remuent comme pour dire quelque chose. Puis il lui caresse maladroitement le visage de sa main calleuse. Elna voit qu'il a les larmes aux yeux. Gêné, il marmonne et sort dans la cour pour pleurer. Nils émet un petit rire. C'est répugnant que les gosses sortent *par là*. La mère éteint la radio et pose sa main sur le ventre d'Elna. Oui, c'est vrai, il bouge.

– Il va sûrement très bien, sourit-elle.

– C'est peut-être une fille, dit Elna.

– On verra.

Elles se taisent. Pourtant, c'est à ce moment précis que l'enfant devient une réalité. Pour eux tous. La mère devrait évoquer avec sa fille la possibilité de le faire adopter. Mais elle n'y parvient pas. Pas encore. Il faut d'abord que l'enfant naisse, après on avisera.

Rune revient, à présent de meilleure humeur. Il a tiré un trait sur sa réaction de tout à l'heure qu'il n'a pas su maîtriser. Il se sert les dernières gouttes d'aquavit.

– Bonne année ! crie-t-il en donnant une tape sur les fesses de sa femme.

Il ne faut voir là qu'une manifestation de sa bonne humeur. Pour quelle raison ne serait-il pas de bonne humeur ? C'est la première nuit de la nouvelle année et il lui reste encore plusieurs heures avant d'avoir à affronter de nouveau la chaleur brûlante de l'Usine.

– Prépare-moi un peu de ce prétendu café ! lance-t-il. Avez-vous réalisé que la guerre entre maintenant dans sa quatrième année ? Hitler est l'exemple même de l'homme engendré par les péchés accumulés au cours du siècle. Celui qui apparaît une fois tous les cent ans.

Nils n'hésite pas à répéter, avec une certaine arrogance, qu'il n'est pas d'accord avec cette idée. Le père Rune n'aime pas être contredit, surtout pas par son fils. À la surprise générale, Nils montre que ses propos ne sont pas sans fondement, qu'il a réfléchi à la question. C'est le résultat de bouts d'informations glanés par-ci par-là. Au boulot, dans les journaux, à la radio. Pour finir, il s'est constitué ce qu'on appellerait une opinion. En gros, il est d'accord avec son père concernant la progression des Allemands, mais sa vision de l'Union soviétique est entièrement différente. Sans parler de la neutralité suédoise. Un pays qui permet aux divisions allemandes de traverser son territoire est-il un pays neutre ?

– J'admets que c'est gênant, consent le père. Mais c'est un cas isolé et il vaut mieux ça que la guerre.

– Même si on ne leur avait pas permis, on n'aurait pas été occupés, l'interrompt Nils. Les Allemands ont déjà assez à faire comme ça. Et contrairement à la Norvège et au Danemark, nous avons une défense. Nous avons eu le temps de nous préparer.

– Et puis-je te demander où seraient allés tous les réfugiés si nous avions été entraînés dans la guerre, nous aussi ? s'énerve Rune. Notre pays constitue un lieu de répit. La résistance peut s'organiser chez nous.

– Si les Allemands nous avaient attaqués, leur position en Norvège et au Danemark aurait été plus faible et la résistance meilleure.

– Tu racontes des conneries, fiston. Les Allemands disposent d'une réserve de soldats infinie.

– Contre vingt millions de Russes ?

– D'où tu tiens tous ces Russes ?

– Du Soviet.

– Tu te fous de moi ?

– Je dis les choses telles qu'elles sont !

– Comment veux-tu que Staline mobilise vingt millions d'hommes, lui qui tire sur ses paysans depuis le milieu des années trente ? Aujourd'hui, il aurait bien besoin d'eux, mais puisqu'il les a tués…

– Pour moi, ce que nous faisons chez nous, c'est du pareil au même. Nous enfermons des hommes dans des camps d'internement cachés dans la forêt.

– Ce sont des traîtres. Si Staline venait, ils seraient sur le quai pour l'accueillir.

– J'aimerais bien savoir pourquoi on n'enferme pas

ceux qui accueilleraient les troupes d'Hitler ? Qui le font déjà, d'ailleurs.

– C'est des conneries tout ça !

– C'est mon opinion !

– Les petits merdeux comme toi n'ont pas d'opinion ! s'exclame le père en tapant du poing sur la table.

Elna écoute. Même la mère reste là. Ça l'amuse de voir son fils commencer à se mesurer à son père. Pourvu qu'il n'aille pas trop loin.

La discussion dérape, évidemment. Et lorsque Nils, furieux, déclare que les seuls qui soient prêts à défendre le pays sont les communistes, la situation dégénère. Le père pousse un rugissement, se lève, chancelle, retrouve l'équilibre, pointe la porte du doigt en criant qu'il ne veut pas de communiste chez lui. Mais le temps des miracles n'est pas encore révolu ! Elna lève la main et, sans hausser la voix, elle leur demande de se calmer, parce qu'elle ne se sent pas très bien…

C'est l'enfant qui décide. Rune lance un regard noir à Nils et se retire dans sa chambre en ronchonnant.

1942. Dans à peine un mois, elle aura dix-huit ans. Dans trois mois, elle aura un enfant. Un enfant de l'hiver. En fait, un enfant qui relie l'hiver au printemps. Elle essaie d'imaginer où se trouve le père du petit. Assure-t-il son poste quelque part dans la nuit hivernale ? Elle n'arrive même plus à se souvenir de son visage. C'est aussi bien. Il n'existe pas.

Un dimanche clair et froid à la mi-janvier, Elna marche dans le bourg. C'est encore tôt le matin et les rues sont désertes. Le chasse-neige a entassé la neige le long du chemin, recouvrant en partie les vieux murs fissurés des maisons. L'hiver 1942 ne s'annonce pas plus doux que celui de l'année précédente et il est

93

important d'essayer de maintenir un peu de chaleur dans les foyers. Même le climat semble protester contre ce qui se passe dans le monde. Son arme offensive, c'est le froid. Elna marche d'un pas rapide bien qu'elle soit essoufflée et que son ventre pèse lourd. Son manteau et l'écharpe qu'elle a enroulée autour de sa tête ne suffisent pas à repousser le froid. Il n'y a pas de vent, heureusement. Elle traverse le centre, longe l'Usine dont les deux cheminées ressemblent à deux cornes, passe devant les villas blanches où vivent les directeurs et les ingénieurs et rejoint la grand-route. Elle s'engage au hasard dans un chemin forestier déblayé. Une corneille s'envole de la cime d'un sapin, faisant tomber silencieusement une grosse plaque de neige.

Elle avance sans but, laissant ses pensées suivre leur propre chemin. Marcher l'apaise. Elle n'a plus le courage de rester à ne rien faire à la maison. L'air qu'elle respire est froid et rafraîchissant. Elle se retrouve dans une clairière. Près du sentier qui serpente entre les arbres, elle découvre une tour de surveillance aérienne. Une structure banale en bois gris avec un escalier qui mène à une plateforme. Une pancarte en interdit l'accès. La forêt est calme, elle est seule, elle ne voit pas de soldat et, sans savoir pourquoi, elle monte les marches en les comptant. Lentement pour ne pas avoir le vertige. ... 43, 44, 45. À la 62e, elle est tout en haut. La plateforme n'est constituée que de quelques planches en bois brut entourées d'un garde-fou. Elle se trouve au-dessus des cimes des arbres. Un faible vent souffle sur la forêt.

Elle contemple le paysage hivernal, promène ses yeux sur les collines boisées qui se perdent dans leur propre infinité. Seuls les champs étalés comme des draps blancs rompent la monotonie. Par-ci par-là, elle voit une grange solitaire. Au loin, elle devine un skieur qui finit par disparaître, englouti par la forêt comme s'il n'avait jamais existé.

C'est un paysage d'hiver froid et uniforme, mais à ses yeux il n'y a rien de plus beau. Elle l'aime, ce paysage. C'est ici qu'elle vit. Elle n'en connaît pas d'autre. Peut-on aimer ce que l'on ne connaît pas ?

Elle se hisse sur la pointe des pieds, appuie son ventre contre le garde-fou et se penche en avant pour regarder les traces de ses pas tout en bas.

Si je saute, tout sera terminé en quelques secondes, songe-t-elle. Je n'aurai pas le temps de penser ni de sentir la douleur. Ce serait tellement facile. Elle grimpe sur un vieux banc bancal. De là, plus rien ne l'empêche de basculer dans le vide.

Elle n'est pas prise d'une soudaine lubie. Les longues nuits sans sommeil l'ont épuisée. Elle est si fatiguée. Même la présence d'Ester ne suffit plus à la rassurer. L'idée d'en finir occupe son esprit de plus en plus souvent. S'allonger dans la forêt et s'endormir. Sortir sur un lac gelé, se laisser engloutir par les eaux noires. Et maintenant cette tour de surveillance. Ce vide qui l'attire...

Au bout d'un long moment, elle descend du banc et se recroqueville sur elle-même, grelottant de froid. À présent, elle sait. Elle ne sautera pas. Pas par manque de courage mais parce qu'elle ne veut pas.

Mourir n'est pas une solution. Elle attrape un clou rouillé et grave son prénom et la date dans le bois.

Elna. 16/1 1942.

Malgré le froid, elle s'attarde à contempler son royaume. Telle une reine.

Prudemment, pour ne pas glisser, elle redescend et

rentre par le même chemin. Elle suit ses propres pas, dirigés dans le sens opposé.

Le soir, elle s'installe dans la cuisine avec sa feuille et son stylo. Tout le monde respecte l'habitude qu'elle a prise de s'isoler pour écrire à Vivi. Ils se montrent discrets et ne lui posent pas de question.

J'ai décidé de vivre, écrit-elle, *nous verrons bien ce qui arrivera.*

Puis elle passe aux préoccupations quotidiennes :

Ici il fait froid, je suis en bonne santé. Comment vas-tu dans ta Scanie lointaine ? Ton boulot à l'hôtel est-il toujours aussi dur ? Les autres femmes de chambre ont-elles toujours un meilleur salaire que le tien ? Y a-t-il de la neige à Landskrona ? Sinon, tu peux venir en chercher à Sandviken, ici il y en a à revendre. Il paraît que l'hiver sera long. Ton père est-il toujours enfermé dans un camp dans le Nord ? Il sera forcément rapidement libéré puisqu'il n'a rien fait de mal. Maintenant c'est la guerre aussi entre l'Allemagne et l'Union soviétique. Tu crois qu'elle se terminera un jour ? Elle continuera peut-être jusqu'à ce qu'il n'y ait plus de soldats. Ou plus d'hommes sur la Terre... Je t'embrasse.

Elna

Elle a raison. L'hiver sera effectivement long.

Tellement long que, le matin du 16 mars 1942, il n'y a toujours aucun signe annonciateur de l'arrivée du printemps. Ce jour-là, elle donne naissance à une petite fille qui pèse 3 450 grammes.

Elle s'appellera Eivor Maria.

Skoglund en nom de famille. Comme Elna.

96

La première fois qu'Elna voit son enfant, elle a l'impression de se voir elle-même. Aussi fragile. Sans défense.

Dehors la neige tombe.

Sans interruption.

1956

Il y a de tout sur cette Terre.

Par exemple, qui a entendu parler d'un homme chasseur de moustiques professionnel ? L'emploi a certes été de courte durée, mais l'homme prétend avoir pu en vivre pendant presque sept mois. Ses dires sont d'ailleurs confirmés par un document qu'il porte en permanence sur lui, dans sa poche intérieure gauche, tout près du cœur. Mais il a rarement l'occasion de montrer cette preuve écrite à ses interlocuteurs qui préfèrent changer de table quand il entame son récit. À moins qu'ils ne lui ordonnent tout bonnement de se taire.

Pourquoi écouter de pareilles bêtises ?

Il se tait, car il n'a aucune envie de s'abaisser à donner des nouvelles du vaste monde à des gens qui n'ont pas la capacité de comprendre.

Quelle serait leur réaction s'ils savaient que cet homme s'appelle Abd-ur-Rama ? Sans doute le chasseraient-ils à coups de bâton de ce petit bourg suédois. Et peut-être serait-ce mieux ainsi. Il va bientôt avoir soixante-dix ans mais il a la bougeotte gravée en lui et n'est pas près de l'effacer. On ne change pas comme ça quelqu'un qui a passé la plus grande partie de sa vie sur les routes.

Assis au buffet de la gare de Hallsberg avec une

bière, il réfléchit au destin qui est le sien. On est déjà début avril. Où se cache donc le printemps ? Le temps avance à une vitesse vertigineuse. Ça fait maintenant trois ans qu'il vit dans ce trou perdu. Trois ans monotones, qui se sont ajoutés à son âge, lui ont enlevé encore quelques dents et compliqué un peu plus la maîtrise de sa vessie.

Trois ans auparavant, sa sœur lui a légué une petite maison dans la périphérie de Hallsberg. Il lui en est bien entendu reconnaissant. Elle aurait pu en faire don à une Église dissidente. En l'occurrence la Svenska Missionsförbundet, l'Alliance missionnaire suédoise. C'est malgré tout rassurant d'avoir un lieu à soi. Il n'aurait pas fait long feu dans une maison de retraite et il n'est plus assez costaud pour supporter les nuits d'hiver dans des granges. Un bon sommeil, c'est ce qui sauve le vagabond. Lui qui était capable de dormir sous un pont en Hollande comme dans un fossé à Staffanstorp a eu, durant ses dernières années sur les routes, de plus en plus de mal à fermer l'œil. C'était devenu un véritable enfer de passer la nuit dans un fossé humide. Non, bien sûr qu'il a éprouvé de la gratitude envers sa sœur quand il a trouvé la lettre dans la boutique de cigares de Hugo Håkansson à Vetlanda. Hugo et lui se connaissent bien pour avoir tous les deux fait les marchés dans les années vingt. À l'époque, Hugo était contorsionniste, et assez avisé pour mettre un peu d'argent de côté et ne pas faire de marmots au cours de ses déplacements dans le pays. Il a ainsi pu se payer une boutique de cigares qui a servi d'adresse postale à Abd-ur-Rama et où celui-ci se rendait deux ou trois fois par an. En général, il repartait bredouille après avoir dormi quelques nuits dans un vrai lit et fait un brin de toilette. Mais il y a trois ans, cette lettre l'attendait donc. Envoyée un mois plus tôt par maître Åkerman à Örebro. Et c'est ainsi qu'il est devenu le propriétaire d'une maison meublée.

Cela aurait pu être absolument parfait si la maison n'avait pas été située à Hallsberg. Il ne supporte pas ce trou où la vie étriquée tourne autour des trains qui arrivent et qui repartent.

Si quelqu'un descend à la gare, c'est pour changer de train et repartir aussitôt. Lui qui a passé sa vie à voyager trouve franchement insupportable d'être réduit au rôle de spectateur.

Son vrai nom n'est pas Abd-ur-Rama, bien sûr. Il ne s'agit là que d'un de ses nombreux noms d'artiste. Quand il est né à Broddebo en 1886, ses parents l'ont appelé Anders, comme son grand-père. Pas un instant ce jeune couple de paysans pauvres n'aurait pu imaginer que leur petit serait un jour fakir. Ni chasseur de moustiques salarié. Pas plus que tout le reste qui a rempli sa vie mouvementée.

De nombreux souvenirs traversent la tête d'Anders quand il passe ses journées à boire de la bière au buffet de la gare de Hallsberg. Trois bouteilles par jour. C'est la ration qu'il s'accorde. Une bouteille toutes les deux heures, ce qui lui donne le temps de réfléchir.

Par exemple à l'histoire des moustiques, à laquelle personne ne veut croire bien qu'il puisse en fournir la preuve. Les habitants de ce trou perdu ne s'intéressent qu'aux trains. Et aux progrès sociaux incroyables. À partir de cette année 1956, le temps de travail passera de quarante-huit heures hebdomadaires à quarante-cinq. Depuis six mois déjà, le carnet de rationnement d'alcool est supprimé. La vie a pris en effet une bonne tournure. L'industrie tourne à plein régime, les salaires augmentent et bientôt les gens pourront se payer une voiture et une maison de campagne. Voilà ce qu'il entend au buffet de la gare où les cheminots prennent leur café et leurs sandwichs apportés de la maison. Il arrive parfois qu'un voyageur s'y fourvoie, mais l'âpre odeur de tabac et de bottes en caoutchouc le fait aussitôt rebrousser chemin.

C'est donc ici que l'ancien comique troupier, le fakir et l'amuseur de foire passe sa triste vieillesse. Personne ne se doute que ce vieillard hirsute aux vêtements démodés a travaillé un jour comme chasseur de moustiques dans le monde merveilleux du cinéma.

Au début de l'année 1930, Anders entreprend un voyage à travers l'Europe, fermement décidé à ne jamais remettre les pieds en Suède. Plus personne ne s'intéresse à son art. Ce qui plaît aux gens, ce sont des danseuses et des spectacles de variétés dans des salles luxueuses. Des lieux auxquels lui, même vêtu de ses plus beaux habits, ne pourrait accéder. Son temps est irrémédiablement révolu. Qui viendrait écouter ses chansons de comique troupier et ses histoires drôles ? Même le musée de Skansen refuserait probablement d'exposer son corps empaillé en tant que relique des temps anciens. Il est vrai qu'il n'a jamais connu de vrai succès, qu'il n'a jamais été qu'un amuseur médiocre dont le rôle principal était de chauffer le public avant l'arrivée des vedettes. Alors autant s'en aller. Vers l'Europe, où les hivers sont moins rigoureux qu'en Suède. Puis mourir. Mais sait-on jamais, le monde est grand.

Sans savoir comment, il finit par se retrouver devant un vrai studio de cinéma au sud de Paris. Fidèle à ses habitudes, il propose ses services, prêt à accepter n'importe quel emploi qui lui permettrait de s'acheter un peu de pain et un verre ou deux de vin rouge, si incroyablement bon marché dans ce pays.

Durant ses années d'amuseur sur les marchés suédois, il a su imiter les dialectes des différents patelins. Ses histoires n'étaient pas franchement drôles et sa voix ne se prêtait pas au chant. En revanche, il a toujours eu une bonne oreille. Son talent résidait dans sa capacité à saisir au vol une manière de parler et cela lui a bien rendu service lors de son voyage à travers l'Europe. Il a vite fait d'apprendre les mots indispensables.

À l'entrée du studio de cinéma, il est accueilli par un petit homme au visage de rat et avec des plombages plein la bouche. Celui-ci lui annonce qu'il a une proposition à lui faire. S'il veut bien se donner la peine de l'accompagner… Le jour même, un directeur de production épuisé et furieux lui a ordonné de trouver la solution à un problème catastrophique.

Le mélodrame dont il a la responsabilité se déroule dans un décor de grand luxe, qui nécessite de nombreux projecteurs. Or ceux-ci n'arrêtent pas d'exploser, ce qui provoque des crises d'hystérie chez les acteurs et des retards onéreux de l'équipe de tournage. Le producteur fulmine. À l'origine de ce désastre : des moustiques. Attirés par la lumière, ils rebondissent contre les lentilles des projecteurs et provoquent leur explosion.

L'ex-amuseur de foire se retrouve ainsi engagé dans la chasse aux moustiques pour une durée de sept mois. Muni d'une tapette, il grimpe aux échelles et le long des rampes de projecteurs. Il y met tout son cœur, si bien qu'au bout de quelques semaines le producteur constate que le retard a été sensiblement rattrapé et donne même l'ordre à la comptabilité d'augmenter son salaire. Au début, Anders s'efforce de suivre le tournage, mais comme c'est une histoire mièvre à l'eau de rose il se concentre sur sa chasse aux moustiques. Les quelques francs qu'il touche lui payent la nourriture, le vin et un lit dans le grenier d'un des techniciens. Que demander de plus ? Le temps est agréablement doux, bien que Noël ne soit pas loin, ce qui ne fait qu'augmenter son plaisir.

Il a bien été chasseur de moustiques, mais il emportera ce secret dans sa tombe.

Son terminus à lui sera donc ce nœud ferroviaire où personne ne descend du train pour rester. L'existence lui est apparue sous ses différents masques, aussi bien comiques que tragiques, mais aucun n'est aussi effrayant que l'idée de terminer sa vie et d'être enterré à Hallsberg. Dieu l'en garde !

Il est presque sept heures du soir quand il se lève pour rentrer chez lui.

La petite maison rouge est entourée d'un jardin envahi par la végétation. Seuls le vieux pommier noueux et le champ de pommes de terre sont entretenus. La maison se compose d'une cuisine, d'une pièce et d'une alcôve avec un lit derrière de fins panneaux d'Isorel. L'année avant son décès, sa sœur a fait installer l'électricité, recouvrir le plancher d'un lino et rénover la cuisine. Ses vieux meubles sont toujours là, de même que ses broderies aux dictons religieux.

Après être passé chez le notaire Åkerman pour récupérer son attestation de propriété et un livret de banque, Anders est arrivé à Hallsberg par le train. Le contenu de sa valise rafistolée se composait d'une paire de bottes en caoutchouc, de quelques chemises sales, d'un gilet à fleurs, d'un miroir fissuré et de vieilles cartes publicitaires d'Abd-ur-Rama, le comique troupier chantant. Voilà ce qu'il possède, en plus d'un passeport et de divers certificats.

Il passe le plus clair de son temps à rêvasser devant la table de la cuisine, souvent sans se donner la peine d'allumer la lampe, l'obscurité étant propice à la concentration. Ça fait maintenant trois ans qu'il fait remonter ses souvenirs de leurs cachettes et qu'il les regarde, un par un, avant de les remiser au fond de sa mémoire. Mais les choses ne sont pas aussi simples, bien entendu. Il a pris sous son aile un petit chaton sauvage qui lui témoigne une affection sans limites. Il l'a trouvé un matin devant la porte de la maison, miaulant, plein de poux et presque sans poils. Il lui arrive de disparaître la nuit, attiré par les cris des chattes, et de revenir le matin, blessé et les oreilles déchirées. Il revient toujours et reprend alors sa place sur les genoux d'Anders.

En face de sa maison, il y a un immeuble jaune. Depuis sa fenêtre, il voit trois cuisines et trois chambres, ce qui lui permet de se faire une idée de la vie quotidienne de ses contemporains. Sa propre vie s'est figée, il n'appartient plus à la réalité. Ce sont des cheminots qui occupent l'immeuble. Au rez-de-chaussée habite la famille Sjögren. Mme Sjögren est une jeune femme d'à peine trente ans qui a la bonne habitude de se déshabiller sans fermer les rideaux. Elle est brune et belle, ses gros seins bougent quand elle se déplace. Les jours de chance, elle se penche en avant et lui offre un aperçu de ces merveilles.

Elle se coiffe généralement devant la fenêtre. Parfois, elle reste immobile et son regard se perd dans la nuit. Anders essaie de deviner à quoi elle pense. Sans doute pas à des soucis liés à sa condition de vie, vu les progrès que fait la société actuelle et qui profitent à tous. Non, ça ne doit pas être ça. Peut-être est-ce son avenir qu'elle voit au fond de la nuit...

Une grande question le taraude : tout ça est-il destiné à disparaître ? Un jour, ne restera-t-il plus rien ? Est-ce ainsi que le monde change ? On colle un papier peint sur un autre papier peint et personne ne se souvient du précédent ?

Il a hérité de neuf mille couronnes. Une grosse somme épargnée par sa sœur. Comment a-t-elle fait pour mettre autant d'argent de côté ? Elle dont le métier était de faire le ménage dans les trains ? Et plus étrange encore : pourquoi a-t-elle voulu que ce soit lui qui en profite ? Ils sont restés en contact, c'est vrai. Chaque fois qu'il se trouvait à proximité de Hallsberg, il s'est arrangé pour lui rendre visite. Et bien qu'elle soit membre d'une Église dissidente, elle n'a jamais hésité à se déplacer pour assister à ses spectacles. Peut-être était-il important pour elle de sauver son frère des humiliations de la vieillesse, aussi important que d'enseigner le christianisme dans la lointaine Afrique. C'est la seule explication qu'il voit. En signe de reconnaissance, il s'occupe de sa tombe. Ce n'est pas grand-chose, mais c'est tout ce qu'il peut faire pour elle.

À son tour, il pourra faire une donation de la maison à l'Église de sa sœur. Après sa mort. L'argent pourra servir à la guerre sainte en Afrique.

Oh non, quand même pas. Il ne faut pas pousser. Il sait très bien comment utiliser cet argent...

Nous sommes en avril 1956 et sa décision est prise. Une nuit sur deux, il se réveille dans un lit trempé, ne parvenant plus à contrôler sa vessie. L'odeur est telle que même son chat fronce le nez. Le moment d'agir est donc venu. Autant se faire à cette idée. Tout ce qui l'attend est la putréfaction lente mais inexorable de son corps. S'il a vécu plus de soixante-dix ans, c'est surtout grâce à sa volonté, et cette volonté va lui rendre un dernier service.

Il lui reste deux mille couronnes de son héritage. Juste assez pour tenir jusqu'à Noël. Après, ce sera terminé. Ça lui convient parfaitement. Au cours des huit prochains mois, il va se tuer à l'alcool. Il va passer la fin de sa vie à boire, rêver et s'occuper de son chat.

Et après ? Il n'y aura pas d'après. Au Nouvel An, à la période la plus froide de l'année, il sera mort. Quel plaisir de soustraire sa proie gelée à l'hiver ! Il a toujours détesté l'hiver et il va enfin pouvoir se venger de toutes les nuits qu'il a passées dans les parcs et sous les porches, grelottant de froid.

L'alcool va le conduire à la déchéance et à la mort. Qui se souciera de la disparition d'Abd-ur-Rama ? Personne dans cette satanée bourgade en tout cas. Ici où même les trains hésitent à s'arrêter.

Mais des événements inattendus se produisent parfois.

Un soir, fin avril, alors qu'il sirote son mélange d'aquavit et de vin rouge dans sa maison sombre, il entend du bruit. Or le chat dort parmi les bouteilles sur la table. Au bout de quelques minutes de silence, il replonge dans ses pensées qui l'ont conduit à une foire, l'été 1911, où le fakir Abd-ur-Rama avalait des clous de deux pouces neuf fois par jour.

Un nouveau bruit l'interrompt. On essaie de forcer la porte d'entrée. Anders a une peur bleue des dangers qui circulent dans ce monde, mais cette fois-ci il éprouve surtout de la curiosité. Qui peut bien espérer trouver quoi que ce soit d'intéressant dans sa maison ? Il est vrai qu'elle peut donner l'impression d'être inhabitée.

Au moment où la porte s'ouvre, Anders allume le

plafonnier qui inonde la cuisine de lumière. Un ado-
lescent maigre et sale apparaît dans l'embrasure. Tel un
animal effrayé, il se fige, paralysé par la lumière subite.

Anders se lève, voyant tout de suite qu'il n'a pas
affaire à un individu dangereux. Ni pour lui ni pour
ses biens, il en est certain.

– Ne bouge pas, dit-il. N'essaie surtout pas de te
sauver !

Il lui donne l'ordre d'approcher. À l'évidence, la
frayeur du garçon n'est pas un masque.

– Assieds-toi ! Et ne dis rien !

L'intrus est bizarrement habillé. Il porte des chaussures de ski, un pantalon de golf trop court, une chemise
à carreaux déchirée sous une veste en cuir ouverte. Le
tout enfilé à la hâte, vraisemblablement volé.

Ses cheveux bruns hirsutes sont imbibés d'une matière
graisseuse. Il semble avoir environ dix-sept ans.

– Comment t'appelles-tu ?

– Lasse.

– Mais encore ?

– Nyman. J'ai cru qu'il n'y avait personne. Je n'ai
pas voulu…

– Tais-toi jusqu'à ce que je te demande de l'ouvrir !

Le garçon fond soudain en larmes. Des larmes de
colère et d'amertume. Anders l'observe avec curiosité.
Ça fait plus de trente ans qu'il n'a pas versé une larme
et, dans son esprit, les gens ne pleurent qu'au cinéma.

Lasse Nyman se ressaisit rapidement et s'essuie les
joues avec sa main.

– Ça va ? lui demande Anders. Tu n'as rien à
craindre. Il n'y a que moi et le chat ici.

Le garçon émet un petit rire inattendu, dévoilant des
dents dans un état déplorable.

– Tu veux boire un coup ?

Anders fait un signe de tête vers les verres sur l'évier.

Oui, il veut bien un peu d'aquavit. Anders lui verse une rasade qu'il vide d'un coup sec. Dans ce pays, il n'y a qu'à la cour royale et dans la haute société que le vin est apprécié, songe Anders en lui-même.

– Raconte-moi maintenant. Mais si tu mens, gare à toi.

– Tu veux bien me laisser une chance ? demande Lasse Nyman.

Anders constate qu'il a un fort accent des quartiers sud de Stockholm.

– Elle te servirait à quoi, cette chance ? dit-il en prenant le même accent que le garçon, qui reste bouche bée. À présent, raconte-moi pour quelle raison tu te balades dans les rues de Hallsberg en pleine nuit.

– Hallsberg ? s'étonne le garçon. Hallsberg…

Il ne sait donc pas où il est. Serait-il tombé du train ? Anders le voit hésiter et se ronger les ongles.

– Je n'avais pas le choix, finit-il par répondre. Je me suis fait la malle. De la prison pour mineurs à Mariefred. Je suis parti vendredi.

Ce qui signifie qu'il a mis quatre jours pour venir de Mariefred à Hallsberg.

– Bon, il va falloir que tu me donnes quelques explications, dit Anders, mais si tu mens, je te fous une baffe.

Dans une langue pauvre truffée de jurons, Lasse Nyman raconte sa vie qui n'a rien de bouleversant en soi. C'est encore une fois la sempiternelle histoire d'une existence qui a mal débuté et qui continue mal sur sa lancée.

Lasse Nyman est le fils d'un ivrogne brutal qui, en plus de battre sa femme, a réussi à l'engrosser régulièrement. Il a grandi dans une pièce unique et humide de la rue Hornsgatan, dans les bas quartiers du sud de Stockholm. Dès qu'il a pu, il s'est réfugié dans la rue. Il recevait des coups et travaillait mal à l'école, mais comment se concentrer sur les devoirs quand une nouvelle branlée l'attendait tous les jours à la maison ? À douze ans, il a tenté de creuser un sillon dans son enfer en tapant sur la tête de son père avec une hache. Le coup a été violent. Lasse y a mis tant de colère accumulée qu'il a oublié de viser et qu'il lui a seulement tranché l'oreille. Le sang a giclé, sa mère s'est évanouie et la police est venue le chercher. C'est ainsi qu'il s'est retrouvé pour la première fois dans les dossiers du ministère des Affaires sociales. Considéré comme un jeune assassin potentiel, il a été placé dans une famille d'accueil à la campagne, la seule solution envisageable pour les enfants ayant pris le chemin de la délinquance. Personne ne s'est jamais donné la peine de regarder son passé de près. Trancher l'oreille de son père n'était pas défendable. Oh non, il y avait forcément de la criminalité dans ses gènes, à ce garçon. Il fallait le dresser à la campagne parmi les vaches. Pour Lasse, l'école était un chapitre terminé. Il savait tout juste écrire, mais tant pis ! À quoi cela lui servirait-il, d'ailleurs ? Au mieux, il pourrait vouer sa vie à un métier manuel, par exemple dans une usine… Il fut donc placé dans une ferme à proximité de Vara, où il était censé réfléchir à ses péchés et se repentir. Le soir de son arrivée, le fermier a tenté de le violer et Lasse a utilisé l'unique défense qu'il connaissait : ses poings. Nouveau rapport. Nouvelle ferme. Cette fois à Strömsund. Dans cet endroit sinistre, la rue Hornsgatan de son enfance s'est rapidement effacée. Lever à quatre heures du matin, coucher à vingt et une

110

heures, jamais un mot gentil. À quatorze ans, il a volé la voiture du médecin de campagne et a réussi à se rendre jusqu'à Slussen, dans le centre de Stockholm. Une fois dans cet enchevêtrement de rues à la circulation intense, il a foncé dans un taxi et a ainsi franchi la frontière séparant la délinquance de la criminalité. Après quelques cambriolages plus ou moins réussis, il a fini par intégrer l'endroit qui devait être le sien : la prison pour mineurs à Mariefred, puisqu'il avait l'âge d'y aller. Il s'en est cependant rapidement échappé et a marché jusqu'à Hallsberg à travers la forêt. La maison rouge lui paraissait vide, la faim lui tordait le ventre… qu'avait-il à perdre ?

Rien.

Anders lui offre quelques pommes de terre froides et un bout de saucisse que le jeune homme avale goulûment avec une carafe d'eau. Puis il s'endort, la tête sur la table. Il n'attend rien du lendemain.

Rien.

La meilleure cachette d'un évadé se trouve dans son sommeil.

Lasse Nyman reste chez Anders pour la simple raison qu'Anders ne voit pas de raison qu'il reparte. Du moins pour l'instant. Après on verra…

– Tu peux habiter ici autant que tu veux. Arrange-toi un peu, lave tes vêtements, achète-toi des chaussures. Je te donnerai de l'argent. Et sors, sois naturel et ne te retourne jamais. Tu es mon cousin venu me rendre visite.

Il lui cède son lit et s'installe dans la cuisine. C'est d'ailleurs là qu'il se sent le mieux.

Lasse Nyman coiffe ses cheveux noirs en une banane parfaite, lave ses vêtements dans l'évier et les met à sécher. Puis il se rend dignement dans un magasin pour s'acheter des chaussures à bouts pointus de la meilleure fabrication suédoise. Il n'est pas très rassuré mais ne se retourne pas. Malgré tout, il a l'impression d'être en sécurité dans ce petit bourg. C'est dans les quartiers sud de Stockholm qu'on le cherche. Mais ils peuvent toujours chercher, ces salauds !

Sur le chemin du retour, ses nouvelles chaussures aux pieds, il manque de se faire écraser par une fille à vélo qui sort de la cour de l'immeuble en face. Il fait un bond sur le côté en poussant un juron, elle poursuit sa route en rougissant. Il sait qu'il ne doit pas se retourner, mais il ne peut pas s'en empêcher.

– C'est qui, elle ? demande-t-il un peu plus tard à Anders.

– Elle ? Qui elle ? Ah oui, elle ! D'après ta description, ça doit être la fille Sjögren. Cheveux sombres, joli visage, grande et efflanquée mais vive et franche.

Anders sait que c'est la fille de Mme Sjögren mais pas de M. Sjögren. Enfant unique. Le couple n'a pas d'enfant commun.

– Tu dois parler d'Eivor.

Lorsque Anders a pris possession de sa maison, elle était encore une gamine maigrichonne qui jouait à la marelle. Dès le premier jour, elle a engagé la conversation avec lui. Tu vas habiter ici ? lui a-t-elle demandé. On va être voisins. Moi je m'appelle Eivor. Et toi, tu t'appelles comment ? Il y a trois ans de ça. Maintenant elle a des seins, elle se maquille et s'habille différemment. Elle continue de le saluer mais plus avec le naturel d'une petite fille.

– Ça fait quoi d'être vivant ? demande-t-il soudain à Lasse Nyman.

– C'est quoi, cette putain de question ?

Cette question trop directe est effectivement surprenante, mais Anders, qui aimerait bien connaître la réponse, insiste.

– Qu'est-ce qu'on cherche ? On veut échapper à quoi ? On rêve de quoi ? Tu comprends ce que je veux dire ?

Oui, Lasse comprend. C'est un garçon intelligent et ce vieux bonhomme qui lui montre autant de gentillesse le fascine. Il lui a même donné de l'argent pour s'acheter des chaussures et des cigarettes. Et il ne semble pas avoir envie de le renvoyer en prison.

Est-il sénile ? Non, apparemment pas. Il a la tête assez claire et pourtant il picole du matin au soir et du soir au matin. Lasse Nyman a une autre image de l'alcool. Pour lui ça signifie bagarres, cris, gueule de bois. Il éprouve de la sympathie pour cet homme malgré l'odeur d'urine qui émane de lui. En revanche, il semble ne rien savoir sur ce qui se passe dans le monde. Concernant les voitures, par exemple. Lasse essaie de lui expliquer qu'il n'y a rien de plus important que de posséder une bonne voiture. Une américaine, bien entendu. Une Ford ou une Chevrolet.

Il faut pouvoir se déplacer rapidement et partir n'importe où, dit-il. Bien au chaud, même s'il fait un froid de canard dehors. On peut s'entasser dedans avec une bande de copains. Ou être seul avec une copine, et se faire rembourser le voyage en nature.

Sans voiture, on n'est qu'un spectateur de la vie.

Avec l'expérience limitée de sa jeunesse, Lasse Nyman a tiré la conclusion que la différence entre le présent et le passé réside dans l'acquisition d'une voiture. Aujourd'hui, tout le monde peut s'en acheter une. Sauf lui et des gens de son espèce qui doivent en emprunter aux autres.

Anders écoute tout en buvant. Ce jeune évadé n'est pas un imbécile. Son propos est clair. Il comprend ce qu'il veut dire. Oh, s'il avait possédé une voiture du temps où il était encore vivant !

– On peut dormir dedans ? demande-t-il.

– Évidemment.

Anders est un peu sceptique.

– Il doit y avoir d'autres choses quand même. Il n'existe plus de riches et de pauvres ? La politique…

– La politique, on s'en fout, riposte Lasse Nyman. Il y a ceux qui ont tout dès le départ, ceux dont le berceau est plein de blé. Ça a toujours été comme ça, on n'y peut rien. Mais il suffit d'être astucieux, de réagir vite et d'avoir assez de culot pour se procurer ce dont on a besoin.

Leurs conversations ne durent jamais très longtemps. Lasse Nyman dort autant qu'il peut pour préparer son départ. Il a compris que Hallsberg est une bonne planque, mais il va falloir continuer. Ici il n'y a pas ce qu'il faut pour quelqu'un d'ambitieux comme lui.

Au réveil, Anders a toujours une gueule de bois épouvantable. Aussi a-t-il de la bière à portée de main en attendant de pouvoir aller à Systemet[1].

Il évite d'y aller le samedi quand il y a la queue et aussi dès l'ouverture le matin, quand tous les poivrots ont besoin de leur remontant. Dix heures, c'est une bonne heure. Peu de monde et un service rapide. Il ne se considère pas comme un poivrot. Il boit de façon consciente. Sa motivation est profondément philo-

---

1. Systembolaget (familièrement appelé Systemet) est une chaîne de magasins de vins et de spiritueux appartenant à l'État suédois qui détient le monopole des ventes de boissons alcoolisées. *(Toutes les notes sont des traductrices.)*

sophique. Son comportement suicidaire n'a rien à voir avec les silhouettes tremblotantes au visage aviné qui ont peur de repartir bredouilles après avoir essuyé un refus à la caisse. Non, Anders, lui, passe sa commande poliment et d'une voix ferme.

Ce qui l'épate, c'est que les gens aujourd'hui touchent une retraite qui leur permet de se payer leur alcool. D'où vient cet argent ? Il suffit de montrer un mandat de versement à la poste pour recevoir une somme. Sans travailler ! Étrange !

Ce pays qu'il a toujours considéré comme pauvre et misérable, comment a-t-il pu changer à ce point ?

Il aimerait bien que Lasse Nyman le lui explique avant de s'en aller.

Un jour qu'Anders revient à la maison avec son aquavit, son vin rouge et un nouveau pantalon en Térylène, il trouve la porte de la chambre fermée et il entend chuchoter derrière. Lasse Nyman a de la visite. Anders tend l'oreille. À un moment, il perçoit un petit rire. Lasse a donc réussi à se trouver une compagnie féminine à Hallsberg au bout de seulement quelques jours ! Rapide et culotté, c'est comme ça qu'on doit être... Il a fermé la porte, bon, c'est son affaire. Anders se sert un bon verre d'alcool après avoir donné à manger au chat et s'installe dans la cuisine. Une demi-heure plus tard, il est suffisamment saoul pour pouvoir retourner en arrière dans ses pensées. Ce petit rire a réveillé des souvenirs. Quand il se trouvait au sommet de sa vie, il était relativement actif de ce côté-là, lui aussi. Lors de ses voyages interminables à travers la Suède, il y avait souvent un bal après son spectacle dans des salles glacées, dans des tentes, dans des Maisons du Peuple nouvellement construites. Il lui

115

arrivait de passer la nuit chez une femme bien disposée. Il revoit des visages, parfois aussi des corps, mais il se souvient rarement des noms. Ni de l'acte lui-même qui était grosso modo le même. D'abord le petit rire méfiant quand il commençait à retirer sa chemise, puis ses promesses de faire attention et, pour finir, l'acte, souvent bref, qu'il interrompait en aspergeant le ventre chaud de la femme. Pas une seule fois il n'a pris le risque de féconder l'une d'entre elles.

Avec Miriam c'était différent. Il aurait voulu tout lui donner, mais elle n'est pas tombée enceinte malgré leurs tentatives répétées. Il l'a rencontrée un samedi soir à la Maison du Peuple de Varberg, où sa tournée l'avait conduit en 1914. La guerre venait d'éclater. Pour la première fois, il était follement amoureux, avec une force qu'il avait crue impossible jusque-là. Au bout d'une semaine, elle est venue le rejoindre à Göteborg et elle l'a ensuite accompagné à travers le pays pendant quatre ans. Oh, tous ces souvenirs qui remontent de l'oubli ! Leurs voyages interminables dans des wagons de troisième classe cahotants, dans des cars pleins de courants d'air, dans des charrettes tirées par des chevaux… toujours main dans la main. Ses yeux bleus, ses cheveux châtains… Ils étaient pauvres et ne mangeaient pas souvent à leur faim, mais quelle importance ? Leur rêve d'une maison est resté un rêve mais qu'importe ! Leur bonheur leur donnait plus de courage qu'il ne leur en fallait.

Il se sert un autre verre, la moitié d'aquavit, l'autre de vin rouge d'Algérie. Un satané mélange au goût épouvantable mais, au moins, ça l'aidera à mettre un point final à sa vie avant le retour de l'hiver. Et il vaut mieux profiter des souvenirs de ces années de bonheur pour boire.

Le printemps est enfin arrivé. À travers la fenêtre, il aperçoit le soleil et quelques pas-d'âne. C'est une belle période mais elle ne le concerne plus. Dans ses souvenirs, il se trouve à une tout autre époque et dans un tout autre lieu.

En 1917, à Vagnhärad. Miriam et lui viennent de rentrer de Trosa où il s'est produit devant un groupe de paysans. Une trentaine de spectateurs qui ont surtout apprécié ses chansons de comique troupier qui devaient leur rappeler leur service militaire et leurs exercices dans les landes suédoises. Plutôt rassurant dans ce monde en guerre. Miriam l'a encouragé depuis les coulisses et il y a mis tout son cœur en poussant ses grimaces, ses gesticulations et ses pitreries plus loin que d'habitude. Son jeu a surpris le public. Bref, ça a été une de ces soirées où il ne s'est pas considéré totalement comme un raté.

Il a été bien payé et ils ont pris un bon petit déjeuner au lit dans la pension de famille où ils étaient descendus. Serrés l'un contre l'autre sous la couverture pour garder la chaleur, ils écoutaient leur respiration commune. Un moment d'un calme éthéré... À part une horloge qui râlait dans le lointain et un cheval qui hennissait, l'immobilité de l'hiver avait pris possession de tout.

Une journée libre les attendait. La représentation suivante d'Anders était prévue pour le soir à Tysteberga, à quelques kilomètres de là. Contrairement à la plupart de ses collègues, il préférait se rendre le plus tard possible sur le lieu où il se produisait.

– Je hais l'hiver, a dit Anders.

– J'ai un peu mal au ventre, a répondu Miriam en se recroquevillant.

– Ça va passer. Tu as mangé trop vite.

À la fin de la journée, Miriam était morte. Son mal de ventre s'était transformé en une occlusion intestinale galopante. Le médecin, appelé en urgence, est resté impuissant et ils n'ont pas eu le temps de la transporter à l'hôpital. Les yeux terrifiés et les ongles enfoncés dans les mains d'Anders, Miriam est morte dans d'affreuses souffrances.

Ce soir-là, pourtant fou de douleur, Anders a tenu son engagement à Tysteberga. Il est ensuite parti à Stockholm pour se saouler. Ce n'est qu'au bout d'un an qu'il a repris ses voyages, mais dorénavant avec des cicatrices profondes à cet endroit inconnu qu'on appelle l'âme...

Encore de l'aquavit. Encore du vin rouge. Surtout ne pas oublier de soulager sa vessie au moins toutes les trente minutes pour éviter de mouiller son pantalon. Dehors le soleil brille, il voit Mme Sjögren qui sort de l'immeuble en face pour aller faire du *shopping*, comme on dit... Ses souvenirs datent d'il y a bientôt quarante ans... Sa dernière visite sur la tombe de Miriam doit remonter à vingt-cinq ans, si ce n'est plus. En fait, elle avait disparu...

Pourquoi ne réussit-il pas à pleurer alors que même quelqu'un comme Lasse Nyman y arrive ? Allez, vide ton verre, puis remplis-le de nouveau. Le monde d'aujourd'hui est sans doute meilleur que celui dans lequel tu as vécu, mais tant pis, tu n'y peux rien. Tu as eu ta part et on ne décide pas de la date de sa naissance. On ne décide pas de beaucoup de choses, d'ailleurs.

Qui peut bien être dans la chambre avec Lasse Nyman ?

Ce pauvre gars n'a pas eu une vie facile. Et rien

ne laisse présager qu'elle le sera davantage... Être constamment en fuite...

Anders s'est endormi devant la table quand on frappe à la porte. L'air effrayé, Lasse Nyman sort précipitamment de la chambre.

– Calme-toi, lui dit Anders, retourne là d'où tu viens et ferme la porte derrière toi. J'ignore qui ça peut être mais...

C'est Mme Sjögren. Quelle surprise ! Elle le salue en inclinant la tête.

– Bonjour. J'espère que je ne vous dérange pas, dit-elle.

– Pas du tout.

– Je voulais juste savoir si Eivor est chez monsieur...

– Mon nom est Jönsson. Prénom Anders. Je ne pense pas m'être déjà présenté.

La voyant reculer, il comprend qu'il doit avoir une haleine épouvantable d'alcool rance et de dents sales. Heureusement qu'il n'a pas mouillé son pantalon. À moins que... Non, un regard rapide le rassure.

– Je suis donc Mme Sjögren.

– Oui, je sais.

– Mon prénom est Elna.

– Je l'ignorais.

– De nos jours on ne connaît pas toujours le nom de ses voisins.

– C'est vrai.

Devrait-il lui proposer d'entrer ? La cuisine ressemble à un champ de bataille. Que veut-elle déjà ? Il aurait besoin d'au moins deux verres de sa mixture pour avoir les idées claires. Non, il ne peut pas lui proposer d'entrer.

Mais si, bien sûr qu'il le peut ! Lui qui est en train de se tuer à l'alcool n'a aucune raison de jouer la comédie. Quand il pense à toutes les fois où il l'a regardée en cachette… N'est-il pas en train de bander par-dessus le marché ?

– Entrez, je vous en prie, dit-il rapidement.

Sans se préoccuper de l'état des lieux, elle s'assied et prend le chat sur ses genoux.

Il est ému. Pour lui, Mme Sjögren – enfin Elna – n'appartient pas à la réalité. Le fait qu'elle soit assise en face de lui détruit d'une certaine manière l'image qu'il avait d'elle. Même quand un homme a soixante-dix ans et se présente sous l'aspect d'un vieillard en pleine décrépitude, il a du mal à renoncer à ses rêves. N'empêche qu'il bande et se demande s'il n'y aurait pas la possibilité de…

En la voyant de si près, il se rend compte qu'elle est encore plus belle qu'il ne le pensait. Il émane d'elle une générosité sans limites. Et sa façon de caresser le chat est à la fois raffinée et décidée.

– Eivor, répète-t-elle. J'ai cru la voir entrer ici.

C'était donc la petite qu'il a entendue rire tout à l'heure. Anders est à la fois inquiet et agacé. Inquiet du malheur éventuel que ce gangster pourrait causer. Agacé parce qu'il se permet d'inviter sa voisine sans lui demander l'autorisation. Il lui a conseillé d'adopter un comportement normal, mais allez savoir ce que Lasse Nyman considère comme normal. N'a-t-il pas parlé de banquettes arrière de voitures et de se faire rembourser le voyage ? Anders a peut-être eu tort de prendre cela pour de la vantardise. Qui sait ce qu'il est capable de faire, ce garçon.

Anders se lève et va ouvrir la porte de la chambre en s'efforçant de marcher droit. Autant regarder la vérité en face, si toutefois il y en a une et si elle promet d'être supportable.

Eivor et Lasse jouent aux cartes.

Tous les deux lèvent la tête. Lasse Nyman semble indigné d'être dérangé.

– Salut, dit Eivor joyeusement.

Anders reste sur le seuil. Il est rassuré par ce qu'il voit.

– Ta mère est là, annonce-t-il. Elle t'attend dans la cuisine.

Eivor fait une grimace, hésite puis lance ostensiblement les cartes sur le lit. Elle passe devant Anders et va retrouver sa mère.

– Qu'est-ce que tu veux ? demande-t-elle.

– Je voulais juste savoir si tu étais là.

– Maintenant tu le sais.

Sans un mot de plus, Eivor retourne dans la chambre et ramasse ses cartes. Lasse Nyman jette un regard impérieux à Anders. Ce qu'il lui demande est clair : Ferme la porte !

Anders s'exécute et retourne dans la cuisine.

– C'est un de mes cousins, explique-t-il. Ils ont le même âge. J'ignorais que les jeunes jouaient aux cartes de nos jours.

D'évidence, il y a un problème. L'insolence de la fille, le visage figé de la mère, ses mains qui ont arrêté de gratter le dos du chat. S'il lui préparait du café ? Il peut difficilement lui proposer du vin rouge. Et certainement pas un coup d'aquavit.

Il ne sait pas quoi faire. Il lui tarde de retrouver sa solitude. Les souvenirs peuvent aussi être désagréables, mais au moins peut-on les maîtriser lorsqu'ils deviennent trop gênants. En revanche, contrôler la réalité, c'est une autre paire de manches.

En l'absence de réaction de Mme Sjögren, il lui demande si elle vient de Gävle.

– Ça s'entend ? dit-elle sur un ton amusé.

– Oui.

– Non, je ne viens pas de là.

– Mais des environs, non ?

– De Sandviken.

S'est-il déjà produit à Sandviken ? Oui, sûrement, même s'il ne s'en souvient pas. Ça serait sans doute plus facile de se rappeler les endroits où il n'est pas allé.

– Je suis venue habiter ici juste après la guerre, raconte-t-elle. J'ai rencontré mon époux en allant voir une amie en Scanie. Nous étions assis l'un en face de l'autre dans le train et avons commencé à discuter. Et voilà.

Elle est interrompue par Eivor qui surgit dans la cuisine. Anders constate que la fille ressemble de plus en plus à la mère. Le même visage, les mêmes cheveux.

L'adolescente est furieuse. Les mots se bousculent dans sa bouche et ont du mal à sortir dans le bon ordre.

– Tu es encore là ? Pourquoi tu ne rentres pas ?

Elna garde son calme. Anders n'arrive pas à voir si ça lui demande un effort ou non.

– Je discute avec Anders.

– Tu me surveilles ?

– Pas du tout. Je n'ai pas le droit de saluer celui qui t'a invitée ?

– Non.

Eivor retourne dans la chambre et claque la porte, mais cette fois la fille est allée trop loin. La mère se lève précipitamment, ouvre la porte, entre dans la chambre et tend la main à Lasse Nyman.

– Je m'appelle Elna, se présente-t-elle.

– Lasse Nyman.

Eivor lance le jeu de cartes par terre en hurlant :

– Merde ! Fous le camp, vieille peau !

– Tu ne me parles pas comme ça !

Anders écoute la scène depuis la cuisine. Il est abasourdi.

Lasse, pourtant habitué aux cris et aux insultes, est tout aussi sidéré. Il se réfugie dans la cuisine.

– Pourquoi elles crient ? demande-t-il à Anders.

– Je ne sais pas.

En fait, Elna prétend ne pas être venue pour surveiller Eivor mais pour rendre visite à son voisin. Elle se dit inquiète parce que Eivor travaille mal à l'école et qu'il est important d'avoir de bonnes notes. Eivor crie qu'elle se fout de l'école et qu'elle a l'intention de se chercher un emploi dès que possible.

– Tu ne comprends donc pas qu'il faut faire des études maintenant que tout le monde en a la possibilité ? Tu ne comprends pas ce qui est bon pour toi ? Moi, j'aurais tout donné pour pouvoir étudier mais à l'époque c'était impossible !

– Parce que tu es tombée enceinte !

– Tu n'as pas honte, sale gamine ?

Une gifle claque, suivie d'un hurlement. Eivor pleure, Elna vient dans la cuisine et fond en larmes à son tour.

Mon Dieu, quelle histoire ! Cette journée qui avait pourtant si bien commencé avec un beau soleil printanier et un nouveau pantalon...

Le vieux et l'évadé échangent un regard. Ils se trouvent dans une drôle de situation entre les deux femmes en pleurs.

– Qu'est-ce qui t'a pris de l'amener ici ? siffle Anders, qui se met à engueuler son invité de passage.

– Va te faire foutre ! est la réponse de l'évadé.

Il ne faut pas qu'il se fasse des idées, le vieux. On peut être correct et aimable, bien sûr, mais on peut considérer les choses sous des angles différents.

Finalement, les deux hommes se séparent. Lasse

Nyman va rejoindre Eivor qui sanglote, pelotonnée par terre dans la chambre, et Anders se tourne vers Elna assise sur une chaise, la tête enfouie dans ses mains.

Le jeune homme, que personne n'a jamais consolé, n'a pas la moindre idée de la manière dont il faut s'y prendre. Comment mettre fin à ses pleurs ? La seule réaction qui lui vient à l'idée est de lui administrer une bonne gifle en la sommant de se taire. Mais il hésite, il ne peut quand même pas frapper cette gosse ! Désemparé, il attrape les cartes et se met à faire une réussite.

Quant à Anders, il se poste derrière Elna et lui tapote l'épaule. Elle ne s'arrête pas pour autant de pleurer. Il continue à tapoter son épaule sans rien dire.

Le jour se mue en après-midi.

Le calme revient progressivement, d'abord dans la cuisine, puis dans la chambre. Eivor rejoint sa mère et s'assoit à côté de la fenêtre, les yeux vides. Lasse Nyman jette un regard rapide dans la cuisine mais, estimant le silence trop pesant, retourne aussitôt à ses cartes. Mal à l'aise, Anders sort dans la cour pour uriner. Que faire ? Il hésite. Doit-il retourner dans la maison ? Il n'y a pas de place pour lui. La cuisine est occupée par deux filles et un délinquant joue aux cartes dans sa chambre. Il ne peut pas non plus rester dehors en chaussettes. Finalement, il décide de rentrer et trouve Eivor assise en face de sa mère. À présent, elles se parlent. Elles sont conscientes de sa présence mais elles ne s'interrompent pas pour autant.

Elna reproche à sa fille de trop se maquiller.

– Sinon je ne peux pas aller au cinéma voir des films interdits aux mineurs.

Elna attaque, Eivor se défend. La distance entre leurs points de vue semble infinie.

Mais le mascara, le rouge à lèvres ne sont que des

détails. Elles parlent surtout de ce qu'il y a de plus important.

L'avenir.

Le collège.

– Tu veux peut-être que je passe le bac aussi ? dit Eivor en se tripotant les cheveux.

– Oui, répond Elna. Je veux au moins que tu ailles au collège. Ça te permettra d'être secrétaire.

– Je ne veux pas.

– Qu'est-ce que tu veux, alors ?

– Passer mon permis de conduire.

– Ce n'est pas ça qui te permettra de vivre.

– De toute façon je ne pourrai pas faire le métier que je veux.

– Pourquoi ?

– Mes jambes sont trop moches. Et mon nez trop gros. C'est seulement les yeux et la bouche que j'ai de bien. C'est pour ça que je les maquille. Pour qu'on les voie.

– Moi je te trouve jolie. Et personne ne peut vivre de son visage, voyons !

– Bien sûr que si. À condition d'avoir quelque chose à montrer.

– Tu rêves.

– Tu peux penser ce que tu veux ! Je n'en ai rien à foutre !

– Ne jure pas.

– Toi non plus. C'est toi qui m'as appris à le faire.

Anders se sent comme un intrus dans sa propre maison. En quoi leurs chicaneries le regardent ? Leur discussion ne l'intéresse pas. Ce qui le rassure un peu, c'est que le nouveau monde ne semble pas dépourvu de problèmes. Il y a des jeunes qui croupissent dans des prisons pour mineurs, des mères et des filles qui s'engueulent et qui se balancent des gifles. Le fait qu'Elna soit belle à regarder et que sa fille soit en passe de le devenir est autre chose. Le reste, ce n'est pas son affaire.

– Maintenant, je vais vous demander de partir, dit-il, renfrogné comme un enfant dont la fête d'anniversaire est ratée.

Cette phrase déclenche le retour à la vie quotidienne. À un comportement normal. Elna présente ses excuses pour ce qui vient de se passer. Elle en rougit même. Eivor murmure un faible « Salut » à Lasse Nyman au moment de s'en aller avec sa mère. La cuisine redevient aussi vide qu'avant. Le chat sort de sa cachette en jetant des regards méfiants autour de lui. Anders reprend sa place devant la table et Lasse commence, furieux, une nouvelle réussite dans la chambre.

– Demain je m'en vais, annonce-t-il d'une voix agressive.

Ce n'est pas à Anders qu'il en veut mais au monde.

– Tu trouves aussi qu'elle se maquille trop ? demande Anders, de nouveau sous l'emprise de l'alcool.

– Pas assez, répond Lasse sur un ton railleur. Et elle avait des boutons dans la nuque.

– Comment tu sais ça ? grommelle Anders.

– Je t'emmerde ! répond Lasse Nyman pour clore la conversation.

Le lendemain matin, Anders donne cinquante couronnes à Lasse, qui remercie d'un signe de tête rapide avant de partir sans dire où.

Plusieurs semaines s'écoulent.

Anders finit par penser que le grand tumulte d'il y a quelques semaines n'a eu lieu que dans sa tête. Lorsqu'il croise Elna ou qu'il voit Eivor traîner, désœuvrée, devant la porte, ils font comme si de rien n'était. Ils se regardent du coin de l'œil et s'adressent des sourires sans rien dire. L'alcool l'ayant rendu très sensible à la lumière, Anders a du mal à voir l'expression de leurs yeux. À présent, il préfère aller s'acheter son aquavit et son vin par temps couvert, de préférence quand il pleut et quand l'air est frisquet. Le printemps est arrivé si vite qu'il l'a vécu comme une agression. Il a beau se dire que c'est son dernier et qu'il ne sera plus de ce monde la prochaine fois que la chaleur viendra remplacer le froid, il ressent seulement une vague impuissance qui lui donne une boule dans la gorge. Il ne veut pas de ça. Pour y échapper, il se réfugie dans ses souvenirs.

Il continue cependant à regarder Elna se déshabiller, ce qui l'excite toujours autant. Bizarrement, cette pulsion ne semble pas vouloir diminuer, ni cesser d'exister.

Et Lasse Nyman, qu'est-il devenu ? Englouti. Disparu. Anders se surprend souvent à espérer qu'il a trouvé une solution pour s'en sortir. Mais il en doute. Ceux qui sont malmenés par la vie restent malmenés. C'est l'expérience qu'il en a. Les jeux sont faits dès notre apparition sur la Terre. Mais on peut continuer à espérer. Et qui sait ? Lasse Nyman est peut-être un jeune homme pétri de talents ? Peut-être possède-t-il un don inattendu qui transparaîtra soudain ? Une belle voix ? Il aura peut-être une révélation mystique et fondera une secte ?

Qui sait ?

Peut-être sera-t-il champion de cartes ?

Mais comment Lasse a-t-il pu découvrir les boutons dans la nuque d'Eivor ? Que pouvaient-ils bien fabriquer ? La petite n'a que quatorze ans. Son corps est encore celui d'une gamine même si ses vêtements de printemps dévoilent quelques rondeurs par-ci par-là.

Le cœur propose et Dieu dispose. Il y a tant de réflexions qui se baladent dans la tête d'Anders.

C'est à cette époque qu'il commence à parler à voix haute dans sa cuisine. Souvent c'est Miriam qu'il a en face de lui et à qui il sert un verre de vin bien qu'elle ne boive pas. Ils discutent de tout. Des chemises en nylon infroissables, des promenades le long des quais de Göteborg, de l'augmentation de la circulation routière, des spectacles où il s'est fait siffler, des spectacles annulés… Miriam sait écouter. Elle n'est jamais fatiguée, elle lui donne toujours les réponses qu'il attend.

Tous les jours, il échange aussi quelques mots avec son chat. Et son chat est d'accord avec lui quand il affirme que l'Amérique est le pays qui a le plus changé. Si son chat ne le contredit pas, c'est qu'il doit avoir raison.

Le 1er mai arrive. Un ciel de cumulus. L'air est chargé de pluie, la température est lourde. Un jour à rester dans la cuisine. Les bouteilles sont alignées tels des soldats prêts à être décapités et vidés de leur sang.

Soudain lui vient l'idée de faire un petit tour dans la réalité. Il a lu dans le journal qu'il va y avoir une manifestation et le discours d'un politicien social-démocrate qu'on appelle *Kinna*. Drôle de nom. Les politiciens auraient-ils pris des noms d'artiste, eux aussi ? Présenteraient-ils leur message en chantant ? La différence entre eux et les comiques troupiers ne doit pas être si grande, après tout… Pourquoi ne pas aller jeter un œil ? Une chemise propre, son nouveau pantalon, son vieux veston, les bottines à boutons et un chapeau pour se protéger de cette fichue lumière. Un dernier verre et en route !

Placé devant la gare à l'ombre d'un arbre, il regarde passer le groupe clairsemé et silencieux. Les seuls bruits qu'on entend sont le claquement des chaussures contre le bitume, l'aboiement d'un chien qui suit les manifestants et, parfois, le klaxon d'une voiture. Lui-même n'a jamais participé à une manifestation. En revanche, il en a souvent regardé, toujours en se tenant à l'écart comme maintenant. Ce ne sont pas les banderoles qui l'intéressent, mais les expressions des visages. C'est là qu'il arrive à lire les messages et les revendications.

Ses yeux douloureux déchiffrent avec difficulté le texte d'une pancarte : *ATP pour la sécurité et la tranquillité de la famille – une retraite complémentaire légalisée.* Ça sonne bien. Qui peut être contre la sécurité et la tranquillité de la famille ? Mais la retraite complémentaire, ça le déroute. Il en a entendu parler au buffet de la gare. Ils appellent ça ATP, mais il a du mal à voir à quoi ça correspond.

Il a la bouche sèche, il aurait dû apporter une bouteille. À force de rester debout, il a la tête qui tourne. Mais, c'est bientôt fini, les manifestants ne sont pas nombreux.

Quant aux visages... Que racontent-ils ? Que personne n'a faim et que personne n'est malade. Ils sont encore pâles, évidemment, l'hiver vient tout juste de se terminer. Comparés aux visages qu'il voyait il y a cinquante ans, la différence est énorme. Et toutes ces couleurs pastel lui font penser à des fleurs des champs ! Dans le temps, tout était sombre. Marron, noir et gris. Les manifestations étaient de véritables cortèges funèbres avec des participants sous-alimentés aux visages fantomatiques.

Là, tout respire un confort douillet. Pas de mots d'ordre coléreux. Pas de défilé serré pour marquer la volonté commune. On dirait plutôt un groupe de voyageurs qui suit un guide invisible en route pour une destination inconnue.

Inutile de se poser des questions. D'autant plus qu'il a soif et que ses yeux sont douloureux. Il ferait mieux de rentrer. Mais son envie d'écouter le politicien qui va exposer ses idées sous un pseudonyme prend le dessus. Du côté ombragé de la rue, il suit les manifestants.

Quelques rangées de bancs sont installées devant une estrade. Des gens sont assis dans l'herbe autour. Anders s'assied dans une pente herbeuse et s'évente avec son chapeau. Il a le cœur malade et serait mieux chez lui, mais tant pis, il a décidé d'écouter le discours.

Le premier à s'exprimer est un social-démocrate local. Sa voix est si faible qu'Anders n'entend pas ce qu'il dit. C'est tout de même incroyable que les gens qui parlent en public ne sachent pas poser leur voix !

Il aimerait descendre la pente, écarter l'homme inaudible et présenter un de ses numéros à succès. Mais il ne le fait pas, bien sûr. Quelle idée stupide !

N'empêche que la vue du public et de l'estrade l'excite. C'est le public qui l'a fait vivre. Pas facile d'accepter l'idée que tout ça est terminé. Et il serait tellement meilleur que cette espèce de cloporte inaudible en costume gris !

Pris d'un soudain vertige, il est obligé de s'allonger dans l'herbe. Les nuages tournent au-dessus de lui. Il a peur de mourir. Il ne veut pas mourir ici, ce n'est pas ce qu'il avait prévu. Il ne faut pas que sa vie se termine de façon aussi abrupte, il n'a même pas le temps de… Mon Dieu, ce que ça tourne. Mon cœur ne bat presque plus. J'ai besoin d'aide. Je ne veux pas mourir comme ça. Quelle idée d'être sorti…

Il ignore combien de temps cette angoisse persiste. Peut-être s'est-il évanoui.

Il ne meurt pas.

Il se réveille et ouvre les yeux.

Cette fois, ce ne sont pas les nuages qu'il voit au-dessus de lui mais les yeux inquiets et maquillés d'Eivor.

– Vous êtes malade ? demande-t-elle.

Profondément heureux de pouvoir s'accrocher à quelqu'un et de ne pas être seul, il serre sa petite main fine. Elle tressaille mais ne la retire pas.

– Ça va passer, murmure-t-il. Reste un moment avec moi. Ça va passer. J'ai juste eu un vertige.

– Vous voulez que j'appelle quelqu'un ?

– Non, reste là, dit-il en s'efforçant de rire. Reste là.

Il ferme les yeux. Cette petite main chaude le rassure. Le vertige lâche son emprise et il se redresse, non sans mal.

– Je suis vieux, dit-il, et parfois j'ai la tête qui tourne. Ce n'est pas dangereux.

– Vous avez fait pipi, dit-elle en retirant sa main.

Mais oui, c'est vrai. Une tache sombre s'étale sur son pantalon en Térylène et ça sent l'urine. Mon Dieu. Pas ça !

Eivor s'écarte, mais elle ne part pas. Elle met ses bras autour de ses genoux pliés en mâchant un brin d'herbe. Sur l'estrade, quelqu'un commence un discours d'une voix imposante avec l'accent de Västergotland.

– C'est Kinna-Ericsson, dit-elle. Je ne savais pas que vous viendriez ici.

– Moi non plus, répond Anders.

– Je suis venue seule, explique Eivor. Ma mère et Erik sont allés regarder une voiture d'occasion.

– Ah oui ?

Ils tendent l'oreille pour écouter l'orateur.

– Tu comprends de quoi il parle ? demande Anders au bout d'un moment.

– Non, pas un mot. Et vous ?

– Pas grand-chose non plus.

Kinna-Ericsson sait poser sa voix. Il s'exprime avec autorité et n'a rien d'un clown. Il a ôté sa veste et lève de temps à autre son bras dans un grand geste, puis il marque une pause qui déclenche des applaudissements polis.

– Ça va ? demande Eivor.

– Oui, mais je ferais quand même mieux de rentrer.

Elle se lève et l'accompagne jusqu'au portail de sa maison où ils restent un moment sans rien dire. Eivor donne des petits coups de pied dans le gravier.

– Tu veux entrer ? propose finalement Anders.

Ils s'installent dans la cuisine. Anders se verse deux bonnes rasades de son mélange qu'il boit cul sec. Eivor ne semble ni surprise ni curieuse.

– Maintenant raconte-moi, dit Anders.

– Quoi ?

– N'importe quoi. Je vais mieux, j'ai la force de t'écouter.

– Je ne sais pas quoi vous raconter.

– Tout le monde a des choses à raconter.

– Sauf moi.

– Si, toi aussi.

Lui, il préfère ne pas toucher aux souvenirs confus et désagréables qui lui restent de sa propre jeunesse, mais Eivor, elle, doit avoir des tas de choses à dire. La jeunesse ! Cette période bénie ! Eivor qui ne souffre pas de faim et qui a assez de vêtements pour en changer tous les jours, ne pourrait-elle pas au moins dire qu'elle va bien ? Enfant unique, qui plus est !

Mais ce sont des pensées très différentes qui occupent l'esprit d'Eivor. Il aurait dû le comprendre.

– Où est Lasse ? demande-t-elle soudain à voix basse.

Il répond qu'il ne sait pas, qu'il n'en a pas la moindre idée. Il aimerait bien savoir ce qu'elle sait réellement de ce Lasse Nyman qu'il a présenté comme son cousin. Que se sont-ils raconté derrière la porte fermée ?

– Il m'a promis de me donner de ses nouvelles, dit-elle.

– Ah bon, il a dit ça ?

Anders n'est pas surpris. Lancer des promesses à tout-va est l'éternelle solution de l'homme en fuite. D'un côté il veut rester libre, de l'autre côté il tient à garder les portes ouvertes derrière lui.

Mais Lasse Nyman ne lui donnera pas de ses nouvelles. Il court les bois, tel un Pan des temps modernes, n'empêche que c'est un hors-la-loi.

– Tu l'aimes ? demande-t-il d'une voix faible.

– Bof, répond-elle, confirmant ainsi ses craintes.

– Moi aussi, je l'aimais.

Le visage d'Eivor illumine la cuisine fétide quand elle se met à raconter. Elle parle avec intensité et prend à peine le temps de respirer. Anders l'écoute, d'abord curieux, puis de plus en plus surpris. Lasse s'est-il réellement permis de lui faire croire des choses pareilles ? Oui, on dirait bien, hélas. C'est vrai que le garçon possède une imagination débordante, aucun doute là-dessus. On pourrait d'ailleurs l'exprimer autrement : ses rêves ont une logique naïve qui les rend crédibles. Anders ne peut pas s'empêcher d'éprouver une joie mélancolique devant sa capacité à rêver. Que la petite ne parvienne pas à faire la différence entre le rêve et la réalité est une autre paire de manches. Le fait qu'elle ne soit pas suffisamment adulte pour séparer l'imagination de la vérité ne transforme pas forcément les prouesses illusoires et les visions d'avenir de Lasse Nyman en mensonges.

Fasciné et perplexe, Anders ne sait pas quoi penser.

Lasse Nyman est arrivé dans la vie d'Eivor telle une bouffée d'air frais. Que cette force de la nature soit un délinquant évadé de la prison de Mariefred et pas le cousin d'Anders n'a pas d'importance en soi. Pour Eivor, il est celui qui a mis en paroles ses pensées et ses désirs profonds.

Que lui a-t-il donc raconté, cet étonnant jeune homme ?

Ils se sont rencontrés dans la rue. Il traînait devant sa porte, elle est sortie avec son vélo. Il a engagé la conversation dans son stockholmois en lui disant que ses pneus étaient mal gonflés. *À moins que vous ayez l'habitude de rouler sur les jantes, ici à Hallsberg ? C'est juste une question.* Elle ne se souvient plus de sa réponse. Elle se souvient juste qu'elle était rouge comme une pivoine. Sans doute n'a-t-elle pas répondu. Je rougis pour un oui ou pour un non, explique-t-elle avec un petit rire gêné.

Sa franchise étonne Anders. Cette gamine de quatorze ans s'adresse à lui, un vieillard qui se pisse dessus, comme s'il était son confident ou son journal intime. Il ne parvient pas à le comprendre mais peu importe. Allez, poursuis ton récit, Eivor. Continue…

Lasse a allumé une cigarette qu'il a laissée pendre à ses lèvres, puis il a pris la pompe des mains d'Eivor pour gonfler son pneu arrière jusqu'à ce que celui-ci soit sur le point d'éclater. Il a allumé une nouvelle cigarette en protégeant la flamme avec sa main et il lui a demandé son prénom. Eivor, c'est joli. Vachement joli. Comment peut-on vivre dans un trou comme Hallsberg ? Pourquoi tu n'habites pas à Stockholm ? C'est là que les choses se passent. Hallsberg, c'est quoi ce bled ?

Anders imagine très bien sa voix. Bruyante, nasillarde, insolente. Il sait que le mépris peut impressionner. Et il comprend qu'Eivor lui ait donné raison quand il a affirmé que c'était à Stockholm qu'il fallait habiter et pas dans « un trou paumé comme Hallsberg où il n'y a qu'une seule rue ».

Il lui a proposé d'entrer dans la maison puisque « le vieux était sorti ».

– Nous avons joué aux cartes, continue-t-elle. Il m'a expliqué qu'il allait partir à Göteborg chercher sa nouvelle voiture, une Ford Thunderbird, et qu'il irait ensuite se balader tranquillement dans la région. Vu qu'il est vendeur de voitures, il bosse quand il veut. Pas d'horaires fixes, seulement quand il en a envie.

Et elle ajoute une phrase importante :

– Moi aussi, j'aimerais vivre comme lui.

– Tu n'es qu'une enfant. Tu vas encore à l'école.

Quel commentaire idiot ! Quand on a quatorze ans, on veut être traité en adulte. C'est une insulte de prétendre qu'une ado de quatorze ans est toujours une enfant.

Il la voit se tasser et se refermer.

– Excuse-moi, ce n'est pas ce que je voulais dire. Un vieillard comme moi a tendance à tout confondre.

– Alors expliquez-moi ?

– Tu dis que tu veux vivre comme lui. Et maintenant ? Tu vis comment ?

– Vous le savez bien.

– Je ne sais rien et je ne comprends rien.

Eivor émet un petit rire. Elle doit se dire que c'est un drôle de type ce vieux qui ne sait et ne comprend rien alors qu'il est sur terre depuis si longtemps !

– Je n'ai jamais rencontré mon vrai père, dit-elle soudain.

Anders avale une gorgée de vin rouge qui coule

dans sa gorge en provoquant un pincement douloureux quelque part dans son corps.

– Et moi je me tue à l'alcool, dit-il.

Eivor continue son récit, toujours de façon aussi franche et directe.

– Je me tue à l'alcool, répète-t-il.

Elle poursuit imperturbablement, sans lâcher le fil :

– Ma mère ne sait pratiquement rien de lui. On n'a pas une seule photo et elle a du mal à le décrire. Il s'appelle Nils et ça s'est passé pendant la guerre. Le pire c'est qu'il ne sait même pas que j'existe. Peut-être qu'il est mort. Personne ne sait rien. C'est normal que je me fâche contre elle, non ? Erik fait des efforts, n'empêche qu'il ne pourra jamais devenir mon vrai père. Mais il est gentil.

Anders n'a aucune raison de mettre en doute ses propos, bien qu'il trouve étrange qu'elle n'en sache pas plus. Elle ne doit pas mentir, ce n'est pas son genre.

– C'est triste, dit-il d'une voix mal assurée.

– Quoi donc ?

– C'est triste de ne pas avoir de père.

– Ce n'est pas drôle d'être un accident.

Seigneur ! C'est donc comme ça qu'elle se voit ? Un accident qui aurait pu être évité !

– Chère petite, dit-il en tendant sa main au-dessus de la table.

Elle recule sur sa chaise, et on peut la comprendre. Elle est trop sale, cette main. De plus on est facilement dégoûté quand on est jeune.

– Et toi ? Qu'est-ce que tu veux ? demande-t-il.

Elle ne le sait pas, bien sûr. C'est trop flou. Elle veut s'en aller, c'est la seule chose dont elle soit sûre. Après on verra. Elle est prête à aller n'importe où. Pourvu qu'elle ne reste pas ici, pas une minute de plus que nécessaire ! C'est ailleurs que la vie se déroule. Est-ce qu'on parle de Hallsberg dans la presse ? Est-ce que Hallsberg a une relation quelconque avec le monde ? Qui descend du train ici ?

Anders hoche la tête, constatant que les réflexions d'Eivor suivent le même chemin que les siennes.

– Tu as raison d'aspirer à un ailleurs, dit-il. Mais fais attention à ne pas gâcher ta vie.

– C'est pour ça que je veux m'en aller. Vous ne comprenez rien, ma parole !

– C'est bien ce que je viens de dire.

– Vous êtes fâché ?

– Fâché ? Oh non. Mais dis-moi ce que tu reproches à ta mère. À Elna. Et à ton beau-père.

– Je n'ai pas dit que je leur reprochais quoi que ce soit.

L'après-midi est chaud, la conversation piétine. Anders n'arrive pas à décider s'il est intéressé par les propos de la jeune fille. D'un côté il est curieux, d'un autre côté il est plus tranquille quand il est seul. Se tuer à l'alcool n'est pas aisé. Il en a pris conscience. Il doit constamment se défendre contre la vie, contre ses souvenirs gênants et flous, contre la mélancolie qui vient souvent le surprendre à pas feutrés au moment où il s'y attend le moins. Contre la peur. Se protéger, voilà ce qui semble être la principale préoccupation de la vie. Il a l'impression que celle-ci ne tient pas compte de la vieillesse et de la décrépitude, ni de la solitude et d'une existence menée en marge de la réalité. Parfois il n'est même pas sûr de pouvoir faire confiance à sa volonté de mettre fin à son existence. Que serait-il sans sa volonté ? S'il se faisait abandonner par son unique compagnon d'armes ? Rien. Il ne serait plus rien. Il regarde Eivor. Est-elle consciente de ce qui se passe en lui ? Non, bien sûr que non. Elle est comme lui, elle a bien assez de ses propres problèmes. Comme tout le monde. Il admet que ça ne doit pas être facile de tout ignorer de son père. Mais d'un autre côté…

– Lasse a tranché l'oreille de son père, dit-il. Et il a raté son coup. C'est la tête qu'il avait visée.

– Qu'est-ce que vous racontez ? siffle-t-elle.

– Je ne dis pas de mal de Lasse, se défend-il. Oublie ce que j'ai dit, je suis un vieil imbécile.

– Vous êtes saoul.

– Oui, ça aussi. Je suis en train de me tuer à l'alcool. Tu veux savoir pourquoi ?

Elle ne répond pas. Mais il s'efforce quand même de le lui expliquer. Sans y parvenir. Elle ignore même ce qu'est un comique troupier.

– Mais qu'est-ce qu'on vous apprend à l'école de nos jours ?

– De la géographie, par exemple. Mais tout ça c'est bientôt fini.

– Lasse ne vend pas des voitures, l'interrompt-il. Il les vole.

Eivor s'en va. Elle ne veut pas le savoir. Et il la comprend. On préfère garder ses rêves, tant que cela est possible, et s'en débarrasser quand les temps seront mûrs. Il n'a pas le droit de piétiner son cœur. Mais comment va-t-elle pouvoir se débrouiller dans la vie si elle ne sait rien ? Si elle ne veut rien savoir ?

– Les gens ont une drôle de manière d'élever leurs gosses ! grommelle-t-il.

Eivor est déjà partie sur son vélo. Dans la même direction que Lasse Nyman.

Une direction qui ne mène nulle part.

À dix-sept heures, Anders entend klaxonner devant la maison. C'est Erik et Elna.

– Venez voir ! crie Elna.

Il se lève péniblement et sort dans le jardin. Il fait encore beaucoup trop chaud pour lui, la lumière est aveuglante. Il fronce les yeux. La voiture est là, une Volvo PV 444 d'occasion.

– Elle vous a coûté cher ?

– On a fait une bonne affaire, répond Erik, vêtu d'un costume noir.

Sa joie est palpable. Il faut donc être bien habillé pour s'acheter une voiture, en conclut Anders. Est-ce vraiment le même homme que celui qui se rend tous les matins à la gare de triage d'un pas lourd et avec le dos courbé ?

– Elle est belle, n'est-ce pas ? s'écrie Eivor, qui entre par une portière et sort par une autre.

Le capot, les portières et le coffre restent ouverts. On dirait une mouche qui vient de se poser et qui a oublié de replier ses ailes.

– Oui, elle est belle. Très belle. À qui l'avez-vous achetée ?

– À un boulanger.

– Un pâtissier, corrige Elna. Il nous a aussi donné une brioche.

Nouveaux rires.

Ô doux mois de mai ! Printemps jubilatoire !

– Vous ne voulez pas venir prendre une tasse de café ? propose Elna. Vous n'êtes jamais venu chez nous.

Un deux-pièces cuisine et une salle de bains. Le café est servi dans la salle de séjour. Anders ose un regard dans la chambre. Oui, il y a bien un grand lit. Et là, c'est la coiffeuse avec le miroir. Là, la brosse à cheveux…

– Moi je dors ici, explique Eivor en ouvrant un rideau qui cache son lit dans la salle de séjour.

Le mur au-dessus est tapissé de portraits d'artistes de cinéma découpés dans les journaux.

Devant la fenêtre, sur une table en bois clair, sont posées quelques photos encadrées.

– Là, c'est mon grand-père Rune, dit Eivor. Et là, ma grand-mère, Dagmar. Voilà Arne et Nils, mes oncles. Ils habitent tous à Sandviken.

– Sauf Arne qui vit à Huskvarna, précise Elna.

Anders s'installe sur le canapé moelleux en s'efforçant de contrôler sa vessie.

– M. Anders et moi on est allés manifester aujourd'hui, dit soudain Eivor. On est partis avant la fin.

– Ah oui ? s'étonne Erik, qui jette régulièrement un œil par la fenêtre pour s'assurer que la voiture est toujours là. Il y avait du monde ?

– Oui, plusieurs de tes collègues notamment.

– Ah oui ? Ah bon… Moi aussi je manifestais il y a quelques années.

– Aujourd'hui ça n'a plus de sens, ajoute Elna.

Non, bien sûr que non. Maintenant qu'on peut aller s'acheter une voiture un 1er mai.

Quelques jours plus tard, Erik vient proposer à Anders de partir en vacances avec eux. Une semaine en juillet.

– Il y a largement la place pour quatre dans la voiture, précise-t-il. Et nous avons une petite tente individuelle dont vous pourrez disposer.

Anders sent une boule se former dans sa gorge et des pensées contradictoires s'entrechoquer dans sa tête. Il voudrait hurler oui et non à la fois.

– Réfléchissez, dit Erik. Vous avez encore le temps. On avait prévu de faire un tour vers le lac Mälaren, et peut-être aussi vers l'île d'Öland. Ça dépendra de la météo.

Anders aimerait partir avec eux, ça serait malhonnête de prétendre le contraire. Partir sur les routes une dernière fois, loin de Hallsberg, puis rentrer et en finir. Oui, il en a envie. Mais pourquoi lui font-ils cette proposition ? Par compassion ou gentillesse ? Y a-t-il de la gentillesse dans ce nouveau monde ?

Pourquoi n'y en aurait-il pas ?

Il se prépare son mélange d'aquavit et de vin rouge. La soirée est belle et il sait qu'il va accepter la proposition. Il éprouve même de la reconnaissance. Les problèmes pratiques, il les résoudra en buvant moins. Juste assez pour tenir l'angoisse à distance.

Un jour, début juin, Anders s'installe sur un banc vermoulu à l'ombre d'un bouleau dans son jardin envahi par la végétation. Découragé, il se demande s'il va planter des pommes de terre cette année aussi. Il ne s'en sent pas la force. Il préfère rester assis à l'ombre de ce grand arbre. Il n'a pas sorti la bouteille et le verre vu qu'il y a des gens qui passent sur la route et que les rumeurs courent vite dans le village. Qui sait, quelques membres zélés de la Ligue antialcoolique pourraient avoir envie de l'envoyer se faire soigner ! Il paraît qu'il y a toute une flopée de centres de désintoxication dans ce pays. Dans le temps, on obligeait les poivrots à casser des cailloux pour les routes, mais depuis l'invention de l'asphalte ça ne se fait plus. Maintenant on les envoie tout droit dans un établissement de sevrage.

Et c'est là, assis sur le vieux banc, qu'Eivor le découvre en revenant de son dernier jour d'école. Elle est vêtue de sa robe blanche et rentre avec sa meil-

141

leure amie, Åsa Hansson. La fille d'une vendeuse de la coopérative Konsum. Les deux filles saluent Anders d'un signe de la main.

– C'est fini ! crie Eivor. Enfin ! Je te présente Åsa.

Elles s'approchent, Anders donne à chacune un billet de cinq couronnes pour qu'elles s'achètent une glace.

– Alors, vous êtes contentes ?

– Åsa Hansson va aller au collège à la rentrée, explique Eivor. À Örebro. Et pendant les grandes vacances, elle va aider un oncle à elle à ramasser des fraises. Elle a eu de très bonnes notes, ajoute-t-elle.

– Comme toi, réplique Åsa.

– Tu ne regrettes pas ? demande Anders.

– Qu'est-ce que je regretterais ?

– De quitter l'école ?

– Pas du tout. Je me débrouillerai très bien sans.

– Tu es d'accord, Åsa ?

– Oui, je crois qu'elle saura très bien se débrouiller.

Ils n'en parlent pas davantage. Elles ont tant rêvé de pouvoir traînasser, maintenant que l'école est finie, mais l'inaction ne leur semble plus aussi tentante. La grande liberté est toujours porteuse d'inquiétude.

Anders regarde les deux filles s'éloigner dans leurs robes claires et se retrouve de nouveau seul dans son jardin.

Voilà à quoi ressemble ma vie, songe-t-il. Elle est comme ce jardin, il y a de tout mais dans un désordre indescriptible. On ne voit pas la forêt à cause des arbres. Pourtant tout est là, la forêt comme les arbres. Ma vie…

Le 3 juillet 1956. La matinée est belle après une nuit pluvieuse. Le voyage inquiète Anders qui a eu du mal à dormir. Plusieurs fois dans la nuit, il a vu qu'Erik regardait d'un air lugubre la pluie à travers sa fenêtre. Mais depuis six heures, le ciel est parfaitement dégagé.

Le départ est prévu pour huit heures. Eivor dort encore quand Erik et Elna chargent la voiture. La valise qu'Anders vient de s'acheter est prête depuis quelques jours. Il a glissé autant de bouteilles que possible parmi les vêtements. Erik lui a prêté un sac de couchage. Jamais au cours de ses nombreuses années sur les routes il n'a été aussi bien équipé. S'ils savaient qu'il a souvent dû se contenter d'une couche de foin et de journaux et que, la plupart du temps, il dormait à même le sol. Mais pourquoi leur raconter ?

Il se pose des questions sur Erik, cet homme étrange qui ressemble à un cloporte asservi quand il se rend à son travail et à un papillon joyeux quand il s'occupe de sa voiture. Il n'a donc pas de position intermédiaire ? Qui est-il, cet homme, l'époux de la belle Elna et le beau-père d'Eivor ?

Bon. Il en saura davantage au bout d'une semaine passée dans la même voiture.

À huit heures, les tentes sont ficelées sous une bâche grise sur le toit et le coffre est plein à craquer.

– Tu veux monter devant ? propose Erik à Anders.

– J'aime autant monter derrière.

– Tu n'as pas mal au cœur en voiture ?

– Pas que je sache.

Anders se retrouve ainsi installé sur le siège arrière avec Eivor. Dès que la voiture démarre, il est pris de nausée mais il serre les dents.

Ils ont prévu de rouler tranquillement le premier jour et de s'arrêter dans un camping près de Västerås mais Erik, qui a pris un tas de raccourcis intéressants, se trompe rapidement de route et ils sont déjà loin quand il s'en rend compte. Quelle importance ? Ils ont deux semaines de vacances devant eux et celui qui est pressé n'a qu'à prendre le train…

Non, personne n'est pressé et les rives sud du lac Hjälmaren sont magnifiques. Puisqu'il est encore trop tôt pour pique-niquer, ils reprennent la direction de la route principale. Voilà l'avantage de la voiture, on peut toujours corriger une erreur et, vu le prix de l'essence, ça n'a aucune importance.

Eivor reste blottie dans son coin, le nez collé contre la vitre. Anders la regarde en catimini. Elle est en train de rêver. De quoi ? De l'avenir ? De Lasse Nyman ? Il se penche vers elle et lui pose la question en effleurant son oreille de ses lèvres. Il est tout propre, il s'est même lavé les dents ce matin.

– Où es-tu partie ? chuchote-t-il.

Elle sursaute et croise son regard mais ne dit rien. Elle lui adresse un sourire puis retourne à ses pensées.

Erik commente les voitures qu'ils croisent ou qui les dépassent. Tiens, voilà un crétin de Västergötland… Et tiens là, ça alors, une Ford Consul ! 59 chevaux sous le capot. Il doit bien y en avoir pour dix mille couronnes. Mais oui, bien sûr, je l'avais vu ce scooter ! Bon Dieu ce qu'il est chargé ! Tiens, regarde dans le rétroviseur, Elna ! Une Citroën, une DS 19 qui s'apprête à nous doubler. Il paraît qu'elle a une suspension fabuleuse. Une espèce de pompe. Mais elle coûte bonbon… Quinze mille couronnes au moins. Mille couronnes en droit d'accise… Tu es bien assise, ma chérie ?

Oui, Elna est bien assise, même si elle n'a pas beaucoup de place pour ses pieds à côté du panier de pique-nique et de la bouteille Thermos.

Ils font la première pause près d'un lac. Erik, qui se donne à peine le temps de boire son café qu'Elna lui a servi dans un gobelet en fer-blanc, a déjà la tête sous le capot pour s'assurer qu'il n'y a pas de problème. Anders s'installe dans l'herbe près du parking avec Elna et Eivor. Il fait chaud. Voyant Anders observer avec scepticisme sa tasse à café faite dans cette nouvelle matière qu'est le plastique, Elna dit :

– Il y a tant d'inventions de nos jours. Tant de choses dont on croit avoir besoin.

– Pas moi, je suis trop vieux.

– Il a été amuseur public, dit soudain Eivor allongée dans l'herbe, les yeux fermés. Dans les foires. Tu sais ce que c'est, maman ?

– Ça doit être une sorte d'artiste, répond Elna sur un ton hésitant.

Anders n'aime pas qu'on s'intéresse à lui et à son passé. Il n'a aucune envie d'en parler. Ce serait peut-être différent s'il se trouvait dans un café enfumé avec quelques bières.

– Ça n'a aucun intérêt, dit-il.

– Quand vous veniez d'emménager à côté de chez nous, on se demandait ce que vous faisiez, dit Elna. On nous avait dit que vous étiez le frère de Vera, l'ancienne propriétaire, mais c'est tout ce que nous savions.

– C'est fou comme on a parlé de vous ! intervient Eivor.

Soudain elle n'a plus la patience de rester au soleil, elle saute sur ses pieds et dévale la pente vers le lac. Elna se rappelle son amie Vivi qui avait couru de la même manière en poussant des cris joyeux avant de se rétamer dans une bouse de vache.

Il y a si longtemps.

Erik claque le capot, essuie ses mains pleines de cambouis en assurant que tout fonctionne et qu'ils peuvent reprendre la route.

– Déjà ? On est si bien ici. Tu n'as pas oublié qu'on est en vacances ? dit Elna.

Posséder une voiture donne visiblement la bougeotte, songe Anders.

Ils remontent dedans et entrent au cœur de l'été.

À Västerås, Erik invite tout le monde à dîner dans un milk-bar qui propose un steak haché et un verre de lait pour un prix raisonnable. Anders veut se charger de l'addition, mais Erik refuse. Anders est son invité, il n'est pas question qu'il paye, même pas l'essence. Erik profite de leur passage en ville pour passer à Systemet acheter une bouteille de cognac.

Des tentes, des vélos, des voitures et des poussettes encombrent déjà le petit camping de Västerås, mais ils finissent par trouver un coin libre. Une fois les deux tentes dressées de part et d'autre de la Volvo, Erik suggère qu'ils prennent un cognac-soda dehors. Elna et Eivor protestent, mais Erik insiste. Il y a bien deux Italiens qui se partagent une bouteille de vin devant leur tente, alors pourquoi pas eux ? En plus, ils chantent très fort, ces Italiens. Ils crient *ASEA, ASEA*[1]. On a bien droit à un verre en plein air quand on est en vacances, non ?

Anders a déjà eu le temps d'avaler discrètement deux petits verres d'aquavit et un demi-litre de vin de sa réserve personnelle. Il s'efforce de rester à distance d'Erik pour que celui-ci ne sente pas son haleine chargée. Mais qu'Anders soit alcoolique n'a cependant pas échappé à la famille Sjögren.

1. ASEA AB (de Allmänna Svenska Elektriska AB) : nom d'une importante entreprise d'ingénierie électrique suédoise, installée à Västerås.

Avec une planche et deux pierres, Erik a fabriqué un banc rudimentaire qu'il installe devant sa tente.

– Viens t'asseoir, dit-il à Anders. C'est l'été et il ne faut pas se surmener.

Le visage d'Erik s'empourpre rapidement et ses mouvements perdent de leur précision. Il devient surtout très bavard. Il n'est pas habitué à l'alcool. Anders l'observe. Le cheminot Erik Sjögren, un homme gentil, soigneux, honnête et plutôt taiseux. Si différent d'Elna et d'Eivor.

Anders en profite pour lui demander comment c'est d'être beau-père.

– Ça dépend des jours. C'est à la fois facile et compliqué.

– Eivor est une fille bien.

– Si seulement Elna pouvait arrêter de l'embêter.

– L'embêter ?

– Oui, avec l'école. Parfois elles font un de ces raffuts, toutes les deux. Elles crient, s'engueulent et claquent les portes tellement fort que j'ai peur que celles-ci sortent de leurs gonds. Elle n'a pas envie de faire des études, la petite, alors pourquoi elle ne se trouverait pas un boulot ? Comme moi. Et comme Elna. Pour nous, ça s'est très bien passé. Quoi qu'elle fasse, elle sera toujours une gosse d'ouvriers. Que son vrai père soit général ou clochard, c'est chez nous qu'elle a grandi.

– Tu as dit tout ça à Elna ?

– Certainement pas ! Ce n'est pas ma gamine. Je reste en dehors. Mais ça ne m'empêche pas de penser.

– Tu devrais lui en parler. Pour la petite.

– La petite, je l'ai eue en prime. Je ne me mêle pas de son éducation. Mais si un jour j'arrivais à mettre la

147

main sur son père, je lui serrerais le cou. Très fort. Je viderais son portefeuille et je lui couperais les couilles.

À présent, Erik est fin saoul. Il se balance d'avant en arrière sur le banc. Anders, qui perçoit des notes sombres dans son discours, se sentirait plus tranquille si Elna et Eivor étaient à proximité. Il les cherche du regard. L'alcool a transformé Erik. À peine s'est-il délesté de sa colère envers le père inconnu d'Eivor qu'il change de registre et se met à brailler : *Combien pour ce chien dans la vitrine !* Encore et encore.

– Tu devrais chanter moins fort, essaie Anders, prudemment. Les gens dorment et la toile des tentes n'isole pas du bruit.

– Il me semble avoir entendu quelques Italiens chanter à tue-tête tout à l'heure, ironise Erik en les imitant : *ASEA, ASEA !*

Soudain les deux Italiens sont là, devant eux. Pieds nus, en tricot de corps et pantalon. Anders ne les a pas entendus arriver. Ils ont dans les vingt-cinq ans et ils sont furieux. De leurs bouches se déverse un flot de paroles, un drôle de mélange de suédois et d'italien, adressé à Erik qui ne comprend rien.

– Santé ! leur dit-il, et il lève son verre en souriant.

Il n'aurait pas dû faire ça. Un des Italiens donne un coup de poing dans le verre, qui va s'écraser contre la portière de la voiture.

– Qu'est-ce qui vous arrive, merde ! crie Erik, surpris.

La bagarre ne dure pas longtemps. Les trois hommes sont hors d'eux et frappent tant qu'ils peuvent, mais souvent dans le vide. Le banc s'écroule et Anders tombe à la renverse. Le gardien du camping accourt et se prend les pieds dans les piquets et les cordes. D'autres campeurs alertés par le bruit surgissent de partout et chassent les deux Italiens à coups de pied et de jurons.

Sales macaronis…

Erik est encore sous le choc. Il a le nez en sang et sa chemise est déchirée. Anders s'est pissé dessus, évidemment. S'il y a une chose qui lui fait perdre le contrôle de sa vessie, c'est bien la violence. Il en a une peur bleue. Sans doute un souvenir cuisant du martinet de son enfance…

– Qu'est-ce qui s'est passé ? demande Erik, essoufflé, en s'essuyant le nez. Merde, je saigne…

– Tu as dû les insulter.

– Comment ?

– Quand tu as crié *ASEA, ASEA*.

– C'est ça, les insulter ?

– J'ai bien l'impression que oui.

– Quels sales…

Elna et Eivor, installées au bord de l'eau, rappliquent à leur tour. Elna s'occupe d'Erik pendant qu'Anders leur explique la situation en prenant partie pour les Italiens. Ils se sont sentis insultés, dit-il, mais il ne parvient pas à en persuader les autres. Erik et Elna tiennent à appeler la police bien que le gardien ait déjà viré les deux Italiens.

– On ne peut même pas être tranquilles dans un camping à cause de gens comme eux ! s'indigne Elna.

– Ils sont partis, ça ne vous suffit pas ? plaide Anders.

– Il faut les expulser du pays ! dit Erik, qui a repris ses esprits et qui est fou de rage. On ne va quand même pas accepter que des types pareils viennent nous emmerder quand on est tranquillement assis chez nous ? Je vais raser leur putain de tente.

Elna le retient et le gardien lui demande de parler moins fort.

– Il faut respecter le calme, on tient à notre réputation, ajoute-t-il.

Elna aide Erik à entrer dans la tente et Anders boit une grande gorgée de cognac pour se calmer.

Et Eivor ?

Eivor s'est réfugiée dans la voiture. Anders la retrouve en pleurs sur la banquette arrière. Elle se bouche les oreilles.

– C'est fini, dit-il.

– Non, rien n'est fini. Rien. Je veux qu'on me fiche la paix.

Anders respecte sa volonté et entre à quatre pattes dans sa tente. Il retire péniblement son pantalon souillé puis s'allonge sur le sac de couchage et boit quelques gorgées d'aquavit. Une faible lumière traverse la toile usée. Il croit entendre un moustique.

C'est donc comme ça qu'est Erik, se dit-il. Un Suédois mal embouché après quelques verres de cognac. Un abruti. La réaction des Italiens était exagérée, c'est vrai. Une bonne engueulade aurait suffi. N'empêche qu'il faut les comprendre. Certes, il y a des abrutis partout dans le monde, Anders en a rencontré un certain nombre au cours de ses voyages en Europe. Mais la brutalité suédoise est sans limites et elle est presque toujours le résultat d'une consommation d'alcool. Soit ils pleurent toutes les larmes de leur corps, soit ils sont pris d'une crise aiguë de violence.

Autrement dit, le cognac n'a dévoilé qu'un côté parfaitement banal du caractère d'Erik. Il y a cependant encore beaucoup de choses chez lui qui intriguent Anders. Que pense-t-il réellement au fond de lui ?

Anders est interrompu dans ses réflexions par Elna : elle parle avec Eivor à travers la portière entrouverte de la voiture.

150

– Il dort, lui dit-elle à voix basse. Viens te coucher maintenant.

Anders n'entend pas la réponse mais, d'après la réaction d'Elna, il devine qu'Eivor préfère rester là où elle est.

– Fais ce que tu veux, dit Elna. Dors bien.

Elle referme la portière.

Après quelques heures d'un sommeil agité par des rêves angoissés, Anders sort la tête par l'ouverture de la tente. Il est quatre heures du matin, le temps est brumeux et l'herbe humide de rosée. Son dos est raide et ses jambes douloureuses. L'espace dont il dispose est tellement étroit qu'il a du mal à s'extraire par la petite ouverture. Il se sent pareil à un escargot qui essaie de se défaire de sa coquille.

Erik est déjà assis sur le capot de sa voiture, silencieux, le regard dans le vide. Son nez est bleu et enflé, ses paupières lourdes.

Eivor dort encore, pelotonnée sur le siège arrière comme un chaton.

– Tu es réveillé ? demande Anders, histoire de dire quelque chose.

Il comprend la honte et les remords d'Erik.

– Que s'est-il passé ? Mon nez...

Anders fait un bref résumé de la soirée.

– Mais à part ça, la soirée était agréable, conclut-il. On devrait se parler plus souvent tous les deux.

Erik lui jette un regard suppliant. Le vieux lui dit-il la vérité ou lui raconte-t-il des bobards ? Et Eivor, pourquoi dort-elle dans la voiture ?

– Tu connais les gosses, dit Anders. À son âge, on a envie d'être tranquille. Et on est capable de dormir n'importe où.

– Il y a une chose qui me tracasse, avoue Erik au

151

bout d'un moment. Pourquoi les Italiens ont-ils crié *ASEA* ?

– Sans doute parce qu'ils travaillent là-bas. N'oublie pas que nous sommes à Västerås ! À moins qu'ils veuillent se faire embaucher. J'ai lu quelque part que l'usine a commencé à chercher des ouvriers à l'étranger.

– Pourquoi ?

– Parce qu'on ne trouve pas de Suédois pour faire le boulot, j'imagine.

Erik hoche la tête. Oui, ça doit être ça. Mais…

– Quoi ?

– Non… Rien. Je me sens tellement mal, merde.

– Ça va passer. Vu les quantités que j'avale, je suis bien placé pour le savoir.

– Hier j'ai dit des conneries ?

– Non.

– Sûr ?

– Absolument sûr.

– Oh putain !

– Ça peut arriver à n'importe qui.

Anders fait un petit tour dans le camping. Il marche lentement en veillant à ne pas se prendre les pieds dans les cordes et les piquets. La brume donne une étrange clarté grise à cette ville en toile qui lui semble soudainement déserte. Un champ de bataille évacué à la hâte… Un cimetière.

De violents ronflements provenant d'une des tentes le rappellent à la réalité.

Il frissonne et reprend le chemin du retour, mais il s'arrête en voyant Erik assis devant sa tente, le visage enfoui dans les mains. Il pleure. Anders attend qu'il ait essuyé ses larmes avant de s'approcher.

La brume se dissipe, le soleil apparaît, la rosée est en train de sécher.

Ils démontent les tentes et quittent le camping sans prendre le temps de se préparer du café. D'évidence, la famille Sjögren tient à quitter Västerås le plus vite possible. Anders observe les trois visages blêmes et les regards qui s'évitent.

J'aurais dû rester chez moi, songe-t-il. Je me demande comment cette histoire va se terminer.

Mais, de retour sur les routes, ils se sentent de nouveau en vacances. La gueule de bois et le nez enflé d'Erik sont vite oubliés et les Italiens n'ont eu que ce qu'ils méritaient. Ces imbéciles...

Ils roulent en direction de la ville de Strängnäs et traversent les eaux étincelantes du lac Mälaren. Encore une belle journée en perspective, pas un nuage, un ciel bleu tous azimuts. Si on s'arrêtait ? Qu'indique le panneau ? L'église de Dunker ? Drôle de nom ! Il faut quand même qu'on prenne le petit déjeuner. Que le premier qui voit une épicerie se manifeste !

Vers quinze heures, ils arrivent à Stockholm. Erik n'est pas très rassuré à l'idée de conduire dans la grande ville. Ils ont décidé de se rendre à Skansen mais même Anders, qui connaît pourtant bien la capitale, ignore comment s'y rendre.

Erik n'a pas le temps de lire le nom des rues et il tourne un bon moment dans le quartier de Södermalm avant de se retrouver à Slussen en suivant la rue Hornsgatan. Dans son rétroviseur, Erik voit le visage tendu d'Eivor qui scrute attentivement les gens sur les trottoirs.

Hornsgatan... Lasse Nyman. Lasse Nyman...

Ce serait ici que tu te caches ? Dans ce quartier ?

La visite de Stockholm est une grande déception pour Eivor. Non pas que la ville manque d'attractions, loin de là, mais ses envies sont tellement différentes

153

de celles d'Erik et d'Elna. Quant à Anders, il suit les autres d'un pas fatigué comme un vieux chien dépourvu de désirs. L'époque où il était jeune et fougueux est révolue. Eivor, qui ne voit aucun intérêt de s'arrêter pour assister à la relève de la garde du château (comme si on avait besoin de ça pour savoir qu'on est dans la capitale !), préférerait regarder les vitrines et les affiches des salles de cinéma. Et, surtout, essayer de trouver le paradis magique des jeunes qui se nomme Nalen. Elle voudrait voir des gens de son âge pour savoir comment ils s'habillent, se coiffent, se maquillent... Les monuments en pierre qui fascinent ses parents n'ont rien à voir avec la vie. Elle a beau protester, Elna la rabroue et Erik ne tient pas du tout compte de ses souhaits.

Eivor finit par adopter la seule attitude possible : elle se ferme comme une huître. Si c'est comme ça, cela ne valait pas le coup de venir à Stockholm.

Quatre personnes. Trois expériences différentes. Anders ne se donne même pas la peine de descendre de la voiture. Il garde la portière ouverte et en profite pour boire un coup en cachette. Par chance, Erik s'est arrêté à proximité d'un Systemet, si bien qu'il a pu renouveler son stock pendant que les autres visitaient il ne sait plus quoi. Il est content d'être assis là à regarder les gens passer.

Erik et Elna admirent les façades des immeubles, Eivor, elle, préfère observer les gens.

Il leur arrive aussi de croiser des personnes tellement étonnantes qu'elles attirent simultanément leur regard.

Un homme, par exemple, aux cheveux d'une longueur incroyable, qui marche en brandissant une trompette. Sans doute la variante stockholmoise du fou du village. En plus excentrique. Ici, il faut y aller fort pour ne

154

pas se fondre dans la masse… Et cette femme là-bas ! Avec ses talons ! Et cette coiffure !

Mais la plupart du temps, ils ne voient pas les mêmes choses.

Je reviendrai, décide Eivor en serrant les dents. Seule, cette fois.

Le soir, ils vont au parc d'attractions Gröna Lund. Anders est trop fatigué pour les accompagner et préfère rester à l'hôtel, un petit bâtiment coincé entre les immeubles du quartier Klara. En découvrant la réception sombre et le portier qui transpire et exhale une forte odeur de bière, Elna et Erik ont quelques réticences, mais les chambres ne sont pas chères et puisqu'ils ne restent qu'une nuit… Erik demande des chambres au rez-de-chaussée pour qu'ils puissent s'échapper rapidement en cas d'incendie.

Dès qu'Anders se retrouve seul dans sa chambre, qui donne sur les poubelles et les latrines désaffectées dans une arrière-cour, il sort ses bouteilles de la valise et se prépare sa mixture. Du lointain lui parviennent les bruits de la grande ville.

La vieillesse…, se dit-il. Ô cette vilaine vieillesse !

L'activité des gens dans la grande ville lui a fait ressentir l'impuissance désespérante de la vieillesse. Cette descente inexorable vers la grande obscurité. Comment peut-on trouver du charme à la vieillesse devant ces robes colorées, ces pantalons clairs, ces mouvements légers ? Qui veut être vieux ? Existe-t-il une vieillesse qui soit agréable ou même belle ? Certainement pas ! La vieillesse est le côté sombre de la vie et rien d'autre. Elle n'est qu'une illusion, un miroir aux alouettes. Qu'y aurait-il d'agréable d'avoir soixante-dix ans dans un corps comme le sien ? Vieillir, c'est se rider extérieurement et être rongé intérieurement.

Voilà une chose qu'il a enfin comprise. Une fois pour toutes. Était-ce pour admettre cette vérité qu'il a accepté de faire ce voyage ?

Peut-être.

Son cocktail rouge sombre l'attend. Anders serait-il devenu amer ? En fait, la question n'est pas là. Anders confie sa nouvelle certitude aux papiers peints de cette chambre sale : la vieillesse est laide et cet été sera son dernier.

Pendant ce temps, la famille Sjögren s'est mêlée à la foule parmi les lampions et les orgues de barbarie, les manèges et les balançoires.

Pour la première fois depuis le départ, la famille est joyeuse. Personne ne boude, pas même Eivor. La nuit naissante et l'ambiance enivrante lui ont remonté le moral. Elle apprécie de sentir les bras protecteurs de sa mère et de son beau-père autour de ses épaules.

La soirée est en tout point réussie. Eivor gagne un ours en peluche, Elna et Erik dansent sur une piste en plein air. Après le train fantôme, ils font un tour dans les montagnes russes où ils hurlent comme des cochons qu'on égorge. Oh, mon Dieu, quand on songe que les congés payés n'existaient pas il n'y a pas si longtemps ! Et qu'on n'avait pas de voiture !

Eivor pense soudain à Lasse Nyman. Un voleur de voitures ? Est-ce possible ?

– Pourvu qu'on ne nous la vole pas, dit-elle à Erik quand ils font la queue devant le marchand de hot-dogs.

– Qu'on nous vole quoi ?

– La voiture, évidemment.

– J'aimerais bien voir celui qui oserait toucher à ma voiture !

Mais Elna et Eivor se rendent bien compte qu'il n'est pas rassuré.

Ils mangent leurs saucisses et partent ensuite à la recherche d'une pissotière pour Erik. Ils en repèrent une, mais la file devant est longue. Pendant qu'Erik piétine et s'impatiente, Elna et Eivor se mettent discrètement à l'écart pour l'attendre.

La veille, quand Erik et Anders buvaient leur cognac-soda devant la tente, elles se sont promenées au bord de l'eau, étrangement euphoriques toutes les deux. Plus proches que jamais. Pour la première fois, elles ont réussi à parler de l'avenir d'Eivor sans se disputer. Et, pour la première fois, Elna a obtenu une réponse à sa question. Eivor aimerait devenir couturière. Elna l'a approuvée et a promis de lui apprendre ce qu'elle savait elle-même de la couture. Puis il faudrait lui trouver quelqu'un du métier à Hallsberg. Ou à Örebro. Mais Eivor a déclaré qu'elle voulait d'abord gagner de l'argent, quitte à accepter n'importe quel emploi, pour s'acheter les vêtements qu'elle avait vus dans les vitrines et qui lui étaient pour l'instant inaccessibles. Elna l'a très bien compris. En regardant sa fille, elle a senti une chaleur intense l'envahir. Elle lui ressemblait tellement...

— Tu t'es bien amusée ce soir, ma chérie ? demande-t-elle.

— Oui, beaucoup. Imagine qu'il soit là !

— Qui ?

— Mon vrai père. Nils.

Elna parvient aujourd'hui à penser à lui sans douleur.

— Je te l'aurais dit.

— Tu l'aurais reconnu ?

— Non, probablement pas, mais lui m'aurait reconnue.

Eivor ne comprend pas bien ce que veut dire sa mère

157

mais tant pis. L'essentiel c'est qu'elles aient réussi à se parler sans se disputer.

– On se ressemble, dit-elle.

– Oui, beaucoup.

– Mais toi tu es plus belle que moi.

– Tu trouves ?

– Pourquoi tu t'es mariée avec Erik ? demande Eivor.

– Parce que je l'aimais.

– Tu l'aimais ?

– Je l'aime.

– Si vous ne vous étiez pas rencontrés dans le train, ça aurait été plus difficile pour toi ?

– Quoi donc ?

– D'être seule avec moi.

Elna lance un regard étonné à Eivor. Il a donc fallu qu'elles viennent ici, dans le brouhaha d'un parc d'attractions, pour réussir à avoir une conversation sensée ! Il y a vraiment de quoi s'étonner.

Elna observe sa fille, à présent adulte. Elle a eu ses règles il y a trois ans et son premier soutien-gorge il y a deux ans.

Sa fille qui commence à s'éloigner d'elle et qui prend son avenir en main. Un être qui dessine son propre horizon...

Elle est tout émue lorsqu'elle sent la main d'Erik dans la sienne.

– *Me voici donc en ce jour. Je ne puis faire autrement*, déclare-t-il, une citation qu'il utilise souvent.

Il lui arrive de cacher son manque d'assurance derrière des phrases toutes faites. Elna le sait et elle s'y est habituée.

Ma vie, songe-t-elle. Maintenant qu'Eivor est prête à voler de ses propres ailes, je vais enfin pouvoir m'occuper de ma vie. Je n'ai que trente-deux ans.

158

– Vous êtes bien mystérieuses toutes les deux, dit Erik.

– Et comment ! réplique Elna.

Ils retournent à l'hôtel à pied en passant par Djurgården, le long de Strandvägen, de Hamngatan et en traversant Hötorget.

Ils se souhaitent bonne nuit dans le couloir. Anders est encore réveillé quand Erik ouvre la porte de la chambre qu'ils partagent mais il fait semblant de dormir et salue Erik d'un ronflement aimable.

Anders reste réveillé toute la nuit. De temps en temps il se lève sur la pointe des pieds pour aller boire un verre de sa mixture rouge comme le soleil couchant qu'il a vu se refléter dans une vitre.

Rouge comme le sang.

Quelle est la couleur de la mort ?

Est-elle réellement noire ?

Le lendemain, il fait aussi gris dehors que dans la voiture.

Ça commence en toute innocence.

Ils ont parlé d'aller sur l'île d'Öland, mais pourquoi cet endroit précisément ? Il n'y aurait pas d'autres sites à découvrir ?

C'est Eivor et Elna qui soulèvent la question.

Anders ne dit rien, il reste dans son coin, content de reprendre la route. Avant de partir, il a eu le temps de s'acheter quelques bouteilles de plus. De quoi tenir jusqu'à la fin de la semaine.

– Vous avez quelque chose contre Öland ? demande Erik.

– Non, rien. C'est vrai qu'on avait décidé d'y aller, mais la liberté n'est-ce pas justement de pouvoir changer d'avis au dernier moment ? C'est l'avantage de voyager en voiture, non ? fait remarquer Elna.

– Pas de problème. Je vous conduirai où vous voudrez, assure Erik avec élégance.

– Et si on partait au hasard, sans but précis ? propose Eivor.

Elna se rend compte qu'elle a une autre idée en tête. Une idée qui lui est venue depuis que ses relations avec Eivor se sont améliorées.

– Allons en Scanie, propose-t-elle. Pour voir Vivi.

– Certainement pas, s'oppose Erik. C'est trop loin.

– Pas beaucoup plus loin qu'Öland. Et tu as bien dit que tu nous conduirais où on voudrait !

Il pleut à verse, les essuie-glaces fonctionnent mal et la visibilité est mauvaise. Mais de là à s'énerver au point de manquer de quitter la route… Erik s'arrête brutalement sur le bas-côté.

– Pas question, on ne va pas en Scanie ! dit-il.

– On pourrait même faire un tour jusqu'au Danemark, ajoute Eivor.

Elle aussi aimerait aller voir Vivi.

Erik est vexé. Ce qui est décidé est décidé. Et puis, il est trop tard pour changer maintenant.

– Erik, puisque j'en ai envie…, dit Elna.

– Et moi aussi, renchérit Eivor.

Erik redémarre et, sans un mot, prend la direction de la Scanie. Elna et Eivor ne tiennent pas compte de sa mauvaise humeur et Anders s'en fiche. Qu'ils aillent en Scanie dans le sud ou à Lyckelse dans le nord, ça lui est égal.

Tard dans la nuit et sous une pluie battante, ils arrivent dans un endroit appelé Häglinge. Erik monte les deux tentes sur un petit bout de terrain herbeux près de la route. Elna et Eivor proposent de l'aider mais il refuse.

– Restons bien au sec dans la voiture à le regarder et à nous apitoyer sur son sort, dit Elna. Demain il ira mieux.

Les tentes ne sont pas étanches et ils passent une nuit horrible. Dès sept heures le lendemain matin, ils reprennent la route. Erik, trempé jusqu'aux os, est toujours d'une humeur massacrante. À Höör, ils trouvent un troquet ouvert et c'est seulement là qu'Erik se détend un peu.

– Quelqu'un connaît Malmö ? demande-t-il.

Non, personne.

– Alors, je vous dépose au centre. Après, à vous de vous débrouiller.

– La Scanie est une région magnifique, dit Elna, et tu sais que tu conduis très bien, ajoute-t-elle en lui caressant la joue.

Qu'est devenue Vivi Karlsson, la fille d'un ouvrier du chantier naval de Landskrona ? Les années ont passé, nous sommes en 1956. La guerre est finie depuis plus de dix ans. La dernière rencontre d'Elna et de Vivi remonte à huit ans. Les deux amies continuent de s'écrire mais pas aussi fréquemment et en se faisant moins de confidences que lorsqu'elles avaient l'âge d'Eivor.

Pour Vivi Karlsson, ces années ont été un combat de tigres. Vivi a la tête dure et maîtrise l'art de se battre contre les autres, elle n'a pas besoin d'aide pour ça. Mais elle n'est pas aussi douée quand il s'agit de se réparer une fois le combat terminé.

Elle n'a jamais oublié le jour où elle est tombée la tête la première dans une bouse de vache du côté d'Älvdalen. Elle garde cette image en elle comme une illustration de sa vie agitée où elle n'a jamais réussi à mettre de l'ordre.

Sa vie avait pourtant bien commencé, dans une famille pauvre mais unie à Landskrona. Une famille qui manquait parfois de nourriture et de vêtements, mais qui s'est toujours efforcée de faire d'elle un être autonome et fort. Une famille dont les membres allaient et venaient, sans cesse en mouvement, alors qu'à l'extérieur de leur petit appartement le monde continuait à se déchaîner. Le jour où Vivi a quitté l'école communale dans sa robe rouge, elle n'a eu que dix minutes pour foncer à l'hôtel et commencer son premier emploi de femme de chambre. Ce n'était qu'une parenthèse dans sa vie, une pause rémunérée pour lui permettre de souffler. Nettoyer derrière des représentants de commerce n'est pas pire qu'autre chose, se disait-elle. Son intention était d'entrer ensuite au collège, ce qu'elle fit sans problème. C'est au lycée que les difficultés ont commencé. Non parce qu'elle avait du mal à suivre l'enseignement, elle avait la tête bien faite et l'esprit aussi clair que le chant d'un oiseau. Mais à cause de son incapacité à se plier aux règles. Certes, il y avait d'autres moutons noirs des quartiers ouvriers qui avaient franchi le seuil doré du lycée public et s'étaient égarés à l'intérieur. Mais ceux-là n'avaient pas tardé à devenir blancs et dociles comme les gosses des bourgeois. Tous sauf elle. Son caractère anguleux, jusque-là une qualité, se retournait contre elle. Son opposition constante contre la servilité paralysante l'avait condamnée à l'échec. Pendant plus d'un an, elle avait résisté malgré les mises en garde. Mais ses professeurs, dont l'unique ambition était de l'anéantir, se sont jetés sur elle tels des chiens affamés. Ce n'était quand même pas cette rebelle qui allait changer le système scolaire ! Il y avait des exceptions parmi les enseignants, bien sûr, et certains élèves l'admiraient en silence. Mais en fin de compte, elle était seule. Irrémédiablement seule.

Un jour, au tout début du trimestre du printemps, lors de sa deuxième année de lycée, elle s'est soudain levée en plein cours d'histoire et a ramassé ses livres. Sous les regards silencieux des élèves et du professeur, elle a quitté la salle pour ne plus jamais revenir. Une fois dans la rue, elle a soulevé la grille des égouts et y a balancé son sac de cours. Dans la salle des professeurs on a regretté que la fille Karlsson, si douée, ait interrompu sa scolarité de façon aussi inattendue, mais derrière les masques des enseignants se pointait le visage grimaçant du Triomphe. La fille de l'ouvrier du chantier naval avait échoué. En rentrant chez elle, elle avait déclaré : « Une heure de plus et je me serais introduite dans un stock d'armes pour déclarer la guerre à l'école ! » Ses parents râlaient mais la comprenaient : la société de classes avait beau avoir changé de costume, elle demeurait une société de classes. Ils éprouvaient aussi de la fierté devant le refus de leur fille à sacrifier son appartenance sociale sur l'autel de l'école. Celui qui s'adaptait aurait dû connaître un sort pire que la mort, or c'était devenu une vertu blasphématoire maintenant que les sociaux-démocrates luttaient pour rendre la société bourgeoise accessible à tous. Mieux valait rester païen. Le jour viendrait où ce château de cartes gigantesque s'écroulerait. Strindberg l'avait déjà présagé et il devait se retourner dans sa tombe devant la lenteur insupportable de l'évolution des choses. Mais il fallait bien s'y faire.

Le père était content, sa fille ne le décevait pas. Un communiste n'aurait pas pu admettre que sa fille lèche les sabots du Veau d'or. Elle était forte, malgré l'âpreté de cette époque où M. Tout-le-monde éteignait la radio dès que M. Hagberg, le leader du parti communiste, intervenait pour apporter un peu de bon sens à la discussion anémique.

Vivi s'est alors lancée corps et âme dans une épreuve de force et s'en est magistralement sortie. L'année où ses anciens camarades de lycée sortaient de leur établissement coiffés de leur casquette de bachelier, elle a passé son bac par correspondance, amaigrie et épuisée, au bord de l'évanouissement. En se regardant dans la glace, la casquette blanche sur la tête, elle a fondu en larmes et s'est mise à saigner du nez. Mais Vivi était faite d'un bois résistant. Elle s'est inscrite à l'université de Lund et a loué une chambre chez la veuve d'un officier. Elle voulait étudier l'archéologie et elle s'est immergée dans les livres, mais, encore une fois, elle a dû déclarer forfait. Elle n'a pas supporté la vie estudiantine, avec ses rituels étranges, ce désert institutionnalisé pour lequel elle n'avait jamais été préparée. À Lund, il soufflait de drôles de vents qui n'avaient jamais soufflé dans leur appartement à Landskrona. Cela la rendait parfois furieuse au point d'accuser ses parents tout en sachant qu'elle était injuste. Jamais je ne deviendrai comme ces sacs de foin qui se traînent entre les séminaires et les cours, disait-elle. Un jour de printemps, alors que la veuve s'était absentée pour se rendre sur la tombe de son mari à Karlskrona, Vivi brûla ses livres dans la cheminée et sortit regarder la fumée épaisse monter vers le ciel bleu.

Et après ? Eh bien, elle a bu et baisé, elle a gueulé, elle a piétiné des plates-bandes, elle a giflé le second d'un bateau de Copenhague et elle a fait une fausse couche au cours de l'été. Dès qu'elle a de nouveau été sur pied, elle est partie en Europe en stop, elle a rencontré un cuisinier espagnol à Amsterdam qu'elle a suivi à Paris, à Pampelune, à Madrid, et puis elle est retombée enceinte. Après un avortement cauchemardesque sur une table dans une cave puante, elle a envoyé son ami espagnol se faire foutre. L'hiver elle est retournée chez ses parents à Landskrona, a vécu de petits boulots, a milité contre la guerre de Corée et a nourri un nouveau rêve : voir la Chine. Puis elle a embarqué sur un des bananiers de la Johnson Line, où elle a passé du bon temps avec son frère Martin qui était quatrième mécanicien. Mais à Santiago, elle a été victime d'une septicémie et, de retour à Göteborg, elle a dû définitivement quitter le navire. La matelote est descendue pour de bon sur la terre ferme...

Et puis ses deux parents sont partis. À quelques jours d'intervalle. Son père est tombé dans la cuisine, victime d'une hémorragie cérébrale. Sa mère, fidèle à son devoir, l'a suivi de près. Elle est morte dans son sommeil dès qu'elle a senti ses trois enfants capables de supporter un deuil de plus. Leur mort a été subite, mais leur succession était aussi claire et transparente que la vie qu'ils avaient vécue.

À l'âge de vingt-sept ans, elle a déménagé pour Malmö et a travaillé comme secrétaire dans une entreprise de transport. Elle avait prévu d'y rester un an, mais ce n'est qu'au bout de deux ans qu'elle a décidé de partir et de se réinscrire à la fac. Cette fois, elle a échoué parce qu'elle s'ennuyait. Elle a fini par retourner chez le transporteur.

À trente-deux ans, elle s'est de nouveau retrouvée le bec dans la bouse de vache.

Alors qu'Elna et sa famille luttent contre la pluie à Härlinge, Vivi dort dans son appartement de Fabriksgatan à Malmö. Elle est en congé mais n'a pas de projet de voyage. Elle a l'intention d'utiliser ses quelques jours de liberté pour décider de ce qu'elle va faire de sa vie. En tout cas, elle compte à son retour au travail balancer sa lettre de démission sur le bureau du transporteur. C'est cette idée qui la maintient debout. Une fois cette histoire réglée, elle mettra fin à sa relation avec un artiste qui n'a que trop duré. Elle en a plus que marre de ses ongles sales et de ses tableaux tristes et incompréhensibles. Elle l'a déjà prévenu qu'elle ne voulait pas de lui durant ses vacances.

Elle dort donc, pour récupérer suffisamment de forces afin d'affronter les épreuves qui l'attendent.

Pendant ce temps-là, la pluie se déverse sur les tentes à Häglinge.

Jusqu'aux retrouvailles entre les deux amies.

Vivi est surprise, submergée par une joie spontanée. Elles s'aiment tant toutes les deux.

Mais retrouvent-elles aussitôt leur complicité ?

Sont-elles embarrassées ? Mal à l'aise ?

C'est seulement quand Anders et Erik laissent les trois femmes entre elles qu'elles expriment leur émotion.

– Qu'est-ce qu'on fait maintenant ? demande Vivi. On va se baigner ? On va en ville ? Ou on reste ici ?

– C'est toi qui décides, dit Elna.

– Et toi, qu'est-ce que tu veux ? dit Vivi en se tournant vers Eivor. Tu es la plus jeune, dis-nous ce que tu aimerais faire.

Elles optent pour Copenhague.

Elna a peur qu'Erik et Anders s'inquiètent si elles rentrent tard, mais Vivi la rassure.

– Tant qu'il y a des troquets qui servent de la bière, nos hommes chéris seront à l'abri, dit-elle en riant.

Elles prennent le bateau de Malmö. La cafétéria à

bord est déjà bondée mais Vivi se fraie un chemin à travers la foule, leur trouve une table près de la fenêtre et parvient même à dissuader un homme qui s'apprêtait à s'y installer.

– C'est occupé, déclare-t-elle.

– Vous n'êtes que trois.

– On sera plus nombreux.

Vivi a besoin d'espace. Elle ne supporterait pas une présence étrangère trop près d'elle, surtout si c'est un homme qui, visiblement, est à la recherche d'une compagnie féminine.

Le temps est couvert et venteux, mais le bac traverse avec obstination le détroit entre la Suède et le Danemark. Des gouttes de pluie se fracassent contre le carreau et tracent des lignes discontinues vers la bordure métallique dont les rivets ont percé la peinture écaillée.

La dernière rencontre de Vivi et Elna remonte à si longtemps. Elna constate à plusieurs reprises que les années ont passé à une vitesse vertigineuse alors que Vivi, elle, se préoccupe davantage du présent.

– On s'est retrouvées, c'est l'essentiel, dit-elle. Le temps passe, c'est vrai, c'est même notre seule certitude dans ce drôle de monde.

– On en a souvent parlé dans nos lettres, dit Elna.

– Difficile d'éviter le sujet !

– Tout ça remonte à tellement loin !

– Encore heureux que le temps ne s'arrête pas ! Imagine si on était toujours en train de ramasser le foin chez ton oncle ! Ou de grimper les mêmes côtes à vélo !

– Tu n'as pas changé, constate Elna.

– Ne dis pas ça, dit Vivi en grimaçant.

– Pourquoi ?

– Il n'y a rien de pire que de ne pas changer ! Ça serait terrible.

Eivor n'est pas à l'aise avec Vivi. Elle n'a jamais rencontré quelqu'un d'aussi direct. Vivi fonce comme un lévrier, va droit au but, et cela la déstabilise. Sa manière de poser des questions en la regardant droit dans les yeux lui fait presque peur.

– Allez, Eivor, raconte, dit Vivi.

Eivor rougit, elle ne sait pas quoi dire.

– Je n'ai rien à raconter, murmure-t-elle en grattant la table avec ses ongles.

– Tout le monde a quelque chose à raconter, insiste Vivi.

– D'habitude tu n'es pas timide, fait remarquer Elna.

Le commentaire d'Elna rend Eivor furieuse même si elle ne le montre pas. Sa mère ne sait vraiment pas se taire ! Il faut toujours qu'elle expose sa fille comme si elle était un objet ou un chien. Merde !

Trois femmes dans un bateau en route pour Copenhague. Deux amies d'enfance et le fruit d'une nuit d'été d'il y a de nombreuses années. Le dragueur dans son costume clair les observe depuis une table à côté. Trois sœurs, devine-t-il. Très différentes physiquement et dans leur façon de s'habiller, mais qui semblent très proches. Elles sont forcément de la même famille et ont dû grandir ensemble. Celle qui a la langue bien pendue doit être l'aînée, la brune a pratiquement le même âge et puis il y la maigrichonne, la petite dernière. Et elles vont à Copenhague. Il aimerait bien leur servir de guide.

– Il nous observe, dit Elna.

– Si ça lui fait plaisir, réplique Vivi.

– Je trouve ça désagréable.

– Alors ne le regarde pas.

Que sa mère est agaçante avec son inquiétude. Quelle

plouc ! se dit Eivor. Elle aurait mieux fait de rester dans sa cambrousse !

En revanche, elle apprécie la franchise de Vivi. Elle est même séduite par la détermination dont elle fait preuve. Que ce soit pour repousser un homme collant ou pour dégoter une place dans la cafétéria du bateau.

Elle essaie d'imaginer que Vivi est sa mère. Que c'est elle qui l'a portée dans son ventre pendant la guerre ! Elle aurait alors parlé avec l'accent de Scanie et aurait échappé à Hallsberg. Elle aurait pu aller à Copenhague quand ça lui chantait et elle n'aurait pas eu à supporter Elna avec son air effrayé et son côté péquenaud.

C'est parfois agréable de penser du mal de sa mère. De donner une importance démesurée à des petits agacements et même d'en inventer d'autres, au besoin. D'écarter ce qui est familier. D'écarter sa propre mère. De s'en choisir une autre.

– On arrive, annonce Vivi.

Le bateau s'engage dans le chenal qui mène au port. D'énormes cargos aux pavillons étrangers sont amarrés le long d'un quai interminable. Un drapeau triangulaire rouge et blanc flotte sur un navire de guerre. Les immeubles ne sont pas pareils qu'en Suède. Se trouver à l'étranger donne le vertige.

Eivor descend sur le quai dans ce pays dont elle ne comprend pas un mot. Elle a l'impression que les gens sont en colère quand ils parlent. Mais elle les entend rire aussi. De la colère et des rires, voilà le Danemark. Eivor regarde Vivi et lui adresse un sourire.

– Allons dans le centre, dit Vivi.

– On dirait qu'il va pleuvoir, fait remarquer Elna en regardant le ciel.

Elle et ses commentaires ! Sa mère n'a rien d'autre

169

à dire en arrivant au Danemark ? Elle a peur qu'il pleuve ! Eh bien, qu'il pleuve ! Que le ciel s'ouvre et les inonde ! Quelle importance ? Elles pourront toujours aller au centre à la nage.

– S'il pleut, on s'abritera dans un troquet, répond Vivi. Ce n'est pas ça qui manque à Copenhague. Ici c'est facile d'aller boire une bière ou un schnaps. Allez, on y va.

Ströget. L'artère principale de la ville. Les gens affluent de partout, s'engouffrent dans les magasins ou dans des ruelles sombres et mystérieuses, sortent de l'obscurité des rues adjacentes pour se joindre à la foule. Eivor n'a aucune impression d'insécurité dans cette marée humaine. Les visages qu'elle croise sont agréables, bienveillants. Elle n'a pas peur, même quand elle s'aperçoit qu'elle a perdu Elna et Vivi après s'être attardée devant une vitrine. Elle poursuit son chemin et les retrouve au croisement suivant. Mais sa mère s'est inquiétée, bien sûr.

– Tu aurais pu te perdre, dit-elle.

– Si tu répètes ça encore une fois, je ferai exprès de me perdre, s'énerve Eivor.

Vivi lui jette un regard à la fois surpris et amusé.

– C'est vert, annonce-t-elle, coupant ainsi court à la dispute naissante entre la mère et la fille.

Voilà une bonne réaction, pense Eivor. Pour Vivi ça n'a rien de grave, alors que ma mère aurait été capable de reprendre le bateau et de passer le restant de la journée à bouder dans son coin. C'est étonnant qu'elles aient pu s'entendre si bien, ces deux-là ! Elles sont tellement différentes. L'une se plaint de la pluie et geint comme une vieille alors que l'autre avance, la tête haute, aussi à l'aise à Copenhague que dans sa propre cuisine.

Elna finit par avoir raison. Il se met effectivement à

pleuvoir. Lorsqu'elles arrivent à Rådhustorget, la place de la mairie, les nuages noirs s'ouvrent et déversent une pluie torrentielle.

— Vite, par là ! dit Vivi en pointant une porte du doigt.

Une salle bondée, un voile de fumée, le cliquetis de verres et de bouteilles, des tables en bois où les placcs sont rares, l'odeur de bière et de bottes mouillées. Vivi se surpasse en efficacité en trouvant trois chaises et un coin de table libre. À peine se sont-elles assises qu'un serveur avec un tablier sale noué autour de son gros ventre vient prendre leur commande.

— De la bière et des schnaps, dit Vivi. Un Coca pour toi ?

Eivor acquiesce d'un hochement de tête.

— Moi je ne veux pas de bière ! s'exclame Elna sur un ton effrayé.

— Tu es à Copenhague, lui rappelle Vivi. Je te croyais en vacances. Je n'arrive pas à comprendre pourquoi tu es si inquiète.

Eivor perçoit son agacement. Tu as raison, pense-t-elle. Allez, vas-y. Elle en a besoin, la pudibonde de Hallsberg.

— La pluie ne dure jamais longtemps ici à Copenhague, poursuit Vivi. Juste le temps de boire un verre de bière et un coup de schnaps.

— Je ne suis pas inquiète, dit Elna. Qu'est-ce qui te fait croire ça ?

— Je crois ce que je vois.

— Alors tu vois mal.

— Ah, au moins tu me contredis. Santé !

Deux bouteilles de Tuborg et deux petits verres de schnaps sont posés sur la table. Eivor se sert du Coca-Cola et lève son verre, elle aussi.

171

– Je ne comprends pas pourquoi tu dis que je suis inquiète, insiste Elna.

Eivor pousse un gros soupir. Sa mère est vraiment pénible.

– Je dis ce que je pense, c'est tout, réplique Vivi. J'ai toujours été comme ça. Tu as oublié ? Je me souviens que tu me l'avais fait remarquer quand on s'est rencontrées l'été de la guerre. Tu m'as dit que j'étais directe et que je disais ce que je pensais.

– Ah oui ? hésite Elna.

– Tu n'as quand même pas oublié ?

– Il y a si longtemps…

– Je ne te crois pas. Et tu sais pourquoi ?

– Non.

– Parce que tu m'as écrit que c'était une chose que je t'avais apprise.

– Laquelle ?

– La franchise.

– Ah bon…

Vivi fronce les sourcils et regarde Elna d'un air pensif. Est-ce possible qu'elle ait réellement oublié ? À moins qu'elle ne veuille pas s'en souvenir ? Mais pourquoi ?

– Tu n'as quand même pas oublié les Daisy Sisters ?

– Non, répond Elna sur un ton évasif.

– Tu ne veux pas en parler ?

– C'était il y a si longtemps…

Vivi lance un regard interrogateur à Eivor.

– Mais toi, tu en as entendu parler quand même ? Tu sais que ta mère et moi, on se faisait appeler les Daisy Sisters quand on se baladait à vélo en Dalécarlie ?

Les Daisy Sisters ? De quoi parle-t-elle ? Eivor tombe des nues. Mais elle ne veut pas rater l'occasion d'en savoir plus…

– Je ne sais absolument rien sur cet été-là, dit-elle en serrant fort le verre dans sa main. La seule chose que je sache, c'est que mon père a dû participer un peu… un tout petit peu.

– Eivor ! s'indigne Elna. Qu'est-ce que tu veux dire par là ?

Vivi l'interrompt avec un éclat de rire.

– Excuse-moi, dit-elle. Mais c'est tellement drôle… « un tout petit peu »…

– Je ne vois pas ce que ça a de drôle, rétorque Elna.

Vivi se met soudain dans une colère noire, ses yeux lancent des étincelles.

– Elna, dit-elle. Franchement, je ne vois pas pour-quoi tu es venue. Tu fais la gueule et tu refuses de parler. C'est quand même toi qui as voulu venir. Je ne comprends pas ce que tu as. Rien de ce que je te dis ne te convient. Si tu continues comme ça, on rentre dès que la pluie aura cessé.

Elna est blême. Immobile, le regard rivé sur la table. Eivor craint que sa mère ne fonde en larmes mais elle reste dans la même position. Silencieuse, sans défense, perdue.

Eivor a de la peine pour elle. Comme chaque fois qu'elle ne parvient pas à se défendre. En la voyant aussi désemparée, Eivor demande silencieusement pardon d'être venue au monde.

La porte de la brasserie s'ouvre, l'averse est terminée.

– Va faire un petit tour, dit Vivi à Eivor. On a besoin de parler toutes les deux. Tu ne vas pas te perdre, n'est-ce pas ?

Bien sûr que non, mais Eivor n'a aucune envie de s'en aller. Se promener seule et découvrir l'inconnu l'a toujours tentée, mais pas maintenant. Pas quand sa mère est dans cet état.

Vivi insiste, elle veut parler en tête à tête avec Elna. Eivor se lève et sort.

De quoi vont-elles parler ? Eivor est curieuse. Elle aurait tant voulu les écouter mais elle n'a pas le droit. Et ce n'est pas Elna qui la mettra au courant. À son retour, sa mère sera redevenue comme avant et fera comme si de rien n'était, elle en est certaine.

Eivor se promène, regarde les vitrines, regarde les gens, mais la question la hante : de quoi parlent-elles ? De quelque chose qui ne la concerne pas ? Qu'elle ne doit pas entendre ? Ce n'est pas facile d'être à la fois enfant et adulte selon ce qui arrange les parents.

Et si elle allait se saouler dans une brasserie ? Elle a un billet de dix couronnes dans son porte-monnaie et elle fait plus que son âge. Que se passerait-il si elle revenait en titubant ? Ou si elle ne revenait pas ? Si elle disparaissait ? Une disparition qui deviendrait une histoire que les gens se raconteraient au coin du feu pendant les longues soirées d'hiver. Comme cette Viola qui est allée au cinéma et qui n'est jamais revenue mais qu'on a cru voir à travers le monde.

Elle n'a qu'à s'évaporer là, dans la rue, et rejoindre les gens disparus. Peut-être est-elle d'ailleurs entourée de gens disparus. De personnes sorties pour acheter du lait ou pour vérifier que la grille du jardin était bien fermée et qui se sont soudain évaporées. Elle a vu des visages dans les journaux sous la rubrique « Avis de disparition ». Des visages aux yeux expressifs qui détenaient des secrets…

Elle les laissera là et, dans trente ans, elle reviendra et elle leur dira simplement que sa promenade a été un peu plus longue que prévu.

L'idée est insensée, bien sûr. N'empêche qu'elle est

tentante. Disparaître dans le monde. Se transformer en énigme.

Elle s'arrête devant la porte de la brasserie. Doit-elle entrer ? S'est-elle absentée suffisamment longtemps ? Probablement pas. Elle retourne dans Ströget, tourne le dos aux passants et regarde les vitrines.

Quand finalement elle décide de rejoindre les deux femmes, Elna est tout sourire et a retrouvé sa tête habituelle. Pas un mot, pas une allusion à ce qu'elles se sont dit. Elles ont visiblement bu quelques bières de plus.

– Ça y est, nous avons parlé, Elna et moi, dit Vivi. Elna sourit et acquiesce.

Eivor ne se donne même pas la peine de demander de quoi. Mais sa mère ne fait plus la tête, c'est déjà ça. Qu'elles gardent leurs secrets ! D'ailleurs, elle aussi a ses secrets.

Son secret à elle, c'est de voir son visage sous la rubrique « Avis de disparition » dans le journal et d'imaginer leur chagrin et leur sentiment de culpabilité. Le secret des deux femmes, ce sont les confidences qu'elles se sont faites pendant son absence. Elna a expliqué à Vivi qu'elle avait l'impression d'étouffer et qu'elle aurait aimé pouvoir s'échapper de temps en temps, qu'elle se sentait déjà vieille à trente ans. Vivi a répondu qu'il y avait toujours des solutions, qu'elle était bien placée pour le savoir vu qu'elle vivait en permanence en pleine tempête et qu'elle savait qu'il était possible de se relever après être tombée…

Il ne pleut plus. Les trois femmes refont un tour dans Copenhague, bras dessus bras dessous. Vivi entre la mère et la fille. Elles reprennent le bateau à la fin de la journée et pas une seule fois Elna n'a exprimé son inquiétude pour avoir laissé les hommes seuls à Malmö.

Quant aux hommes, ils sont restés tout le temps au troquet. Faute d'alternative et par sympathie pour Anders, Erik a dégoté une brasserie où ils ont pu paresser devant un stock inépuisable de bouteilles. Ils ont discuté de tout et de rien, ils ont écouté l'étonnant accent du coin, ils ont mangé des saucisses, ils ont bu et pissé. Leur ivresse est tiède, à peine perceptible, mais elle est là.

– Quel plaisir d'être libre, dit Erik, loin des emmerdements avec les wagons et leurs freins gelés. ASEA, répète-t-il pour la énième fois. ASEA… ces cons d'Italiens ont bu leur vin en slip, merde ! Tu te rends compte !

– Eh oui, dit Anders.

Que peut-il dire d'autre ? En Suède on ne boit pas dehors dans le plus simple appareil, enfin pas en slip, et surtout pas du vin !

– Des romanichels, voilà ce qu'ils sont, siffle Erik.

– Non, je ne pense pas, murmure Anders.

– Bien sûr que si ! Ce sont des romanichels, assure Erik.

Ils boivent encore une bière. Il fait chaud à Malmö.

– Santé ! dit Erik en levant son verre.

Ils passent tous la nuit sur des matelas et des lits de camp dans l'appartement de Vivi. Personne ne semble vouloir évoquer la journée qui a pourtant été bien remplie.

Deux d'entre eux, Anders dans la chambre de Vivi et Vivi sur un matelas dans la cuisine, restent éveillés à écouter les oiseaux chanter dans la nuit d'été.

Vingt-quatre heures plus tard, Erik décide qu'il est temps de repartir. Bien qu'ils ne soient pas pressés, il ne lâche pas le volant avant d'être arrivé au pied de l'immeuble. Comme si la mauvaise conscience d'avoir pris du bon temps imposait une limite aux vacances. Si on s'apercevait que les congés payés n'étaient qu'une blague, par exemple.

Anders a les jambes ankylosées quand il descend de la voiture. Il regarde sa maison en se disant qu'il ne lui reste plus maintenant qu'à finir sa vie, mais il n'en parle pas, bien sûr. Il attrape sa valise et remercie ses voisins pour le voyage.

Le chat l'attend devant la porte.

– Bon, voilà, on est chez nous, dit Erik, une fois la voiture vidée et fermée à clé.

– Demain, on écrira à l'atelier de couture de Jenny Andersson, dit Elna.

Eivor opine de la tête.

Quelques jours avant la fin des congés, Elna reçoit une lettre de Vivi. Elle ouvre l'enveloppe et s'installe dans le canapé à côté d'Eivor qui ne peut pas s'empêcher de jeter un œil sur la feuille. Celle-ci se termine par : *Bonne chance !*

Pourquoi *bonne chance* ?

Sans lui fournir d'explication, Elna remet la lettre dans l'enveloppe.

– Vivi t'embrasse, dit-elle. Comment tu l'as trouvée d'ailleurs ?

– Bien.

– C'est tout ?

– Oui. Bien.

– C'est ma meilleure amie. Ma seule amie.

Le lundi matin, Eivor se réveille à six heures. Elle entend Erik chantonner dans la cuisine. Il va reprendre son travail à la gare de triage et il se prépare son petit déjeuner.

Si c'est aussi agréable d'aller travailler, je veux bien commencer chez Jenny Andersson dès demain matin, songe-t-elle.

177

Erik s'en va en claquant la porte, Eivor reste un moment éveillée à essayer d'imaginer l'atelier de couture, puis elle se rendort.

L'automne flamboie dans les forêts de Närke. Le mois de septembre a commencé. Le mois des sorbiers. La nuit tombe de plus en plus tôt et la gelée matinale annonce l'arrivée du grand silence blanc. L'inquiétude d'Eivor grandit progressivement. Elle cherche à se blottir dans ses rêves fragiles pour maintenir à distance la réalité qui la menace de partout, mais celle-ci s'immisce par les interstices autour des fenêtres et écorche son cœur avec ses ongles sales. Le jour, Eivor fait de la couture avec Elna qui lui donne des conseils. Elle se concentre sur l'aiguille et sur ses pieds qui activent la machine. Cela l'aide à ne pas trop réfléchir. Mais au crépuscule, son inquiétude revient.

Le temps avance avec la lenteur d'un soldat, la peur au ventre sur un territoire ennemi. Eivor coche les jours sur le calendrier de la cuisine. Encore trois semaines avant le 1er octobre. Le temps est un escargot qui la nargue et elle ne peut qu'attendre. Dans le fond, est-elle certaine de vouloir devenir couturière avec un salaire qui couvrira à peine sa ration journalière de cigarettes ? Elle ne sait plus. Elle regrette déjà sa décision alors qu'elle n'a même pas commencé. Comment faire ?

Le nez collé au carreau, elle regarde les nuées de corneilles s'attaquer au sorbier qui se tient comme une sentinelle entre l'immeuble et la baraque avachie d'Anders. Tout est d'une tristesse inouïe. Les corneilles enfoncent leurs becs dans les grappes de fruits, le chat déplumé se frotte contre le soubassement en pierre.

Elle frissonne, secouée par un froid intérieur. Elle a beau être adulte, elle ne sait pas comment se débrouiller avec elle-même. Dans ses rêves, tout paraît simple. Elle agit à son gré mais il lui suffit d'ouvrir les yeux pour que la grisaille revienne. Elle se cogne sans cesse contre la réalité. La vitre est glaciale contre sa joue, froide comme la mort. N'existerait-il pas une porte dérobée derrière laquelle il y aurait un tunnel qui la conduirait vers un autre monde ? Un monde ayant une toute petite ressemblance avec ses rêves ?

Elle se réfugie de moins en moins souvent chez Anders mais, à table, elle parle de lui avec ses parents. Il paraît qu'il boit de plus en plus. On devrait peut-être intervenir ? Mais comment ? Anders tient à son indépendance.

Parfois elle le voit passer derrière la fenêtre telle une ombre.

Septembre. La première tempête de l'automne sévit sur la ville. Anders est assis devant la table de la cuisine, sa main enveloppée d'une chemise déchirée. Il s'est blessé en tombant sur une boîte de conserve qui traînait par terre. Ses jambes se sont soudain dérobées sous lui quand il préparait son café, comme si ses dernières forces l'avaient abandonné. Il a mis du temps à se relever, ne s'en sentant plus le courage. Sans doute aurait-il fini par s'endormir, mais pas pour de bon. Il n'en est pas encore là.

La tempête se déchaîne sur les tuiles du toit, elle cogne contre les murs et s'infiltre dans la maison mal isolée. Anders attend dans son mausolée, la tête vide.

Lorsqu'il sent une main se poser sur son épaule, il est persuadé que la mort est venue le chercher. Ce n'est que Lasse Nyman. La tempête a couvert le bruit de ses pas et les vieux yeux fatigués d'Anders n'ont rien vu.

Lasse est donc revenu.

– Je t'ai fait peur ? dit-il tout bas.

179

– Non. Et toi, tu as eu peur ?

– Pourquoi j'aurais eu peur ?

– Je n'en sais rien.

Le garçon a apporté quelques bouteilles de bière dans un sac en papier mais Anders préfère sa mixture rouge.

– Tu es toujours en vie, constate-t-il.

– Bien sûr que oui, qu'est-ce que tu croyais ? répond Lasse Nyman. Mais j'ai vécu un enfer. Heureusement, j'ai échappé à la police. J'ai dormi dehors, dans des caves, à l'hôtel aussi quand j'ai pu me le payer.

Il est encore plus amer que la dernière fois et plus vindicatif. Son corps est maigre sous son blouson de cuir. Son visage dur est blanc comme du plâtre.

– Je suis venu en voiture. Dans une Volkswagen que j'ai trouvée devant un temple à Södertälje, précise-t-il en ricanant. D'ailleurs, si le proprio veut la récupérer, c'est quand il veut, vu l'état lamentable de la bagnole.

– Tu comptes aller où ?

Anders observe le visage tendu du jeune homme, ses yeux écarquillés. De peur ou de douleur ? Comment ce corps maigre parvient-il à supporter autant de souffrance ? Combien de temps pourra-t-il encore tenir avant de se briser ?

– Ils ne m'auront pas, dit Lasse. Jamais. Je peux dormir ici cette nuit ? Je repars demain.

– Le lit est au même endroit que la dernière fois. Va te coucher. Moi, je reste ici.

– Comme avant ?

– Comme avant.

Le lendemain, Lasse Nyman demande à Anders d'aller chercher Eivor.

– Pourquoi ?

– Pour que je puisse lui dire bonjour, explique-t-il sur un ton soudain tendre et dépourvu de toute arrogance.

J'y serais bien allé moi-même, mais je suis un animal nocturne et je préfère ne pas me montrer.

– Sauf à Eivor ?

– Sauf à Eivor.

En faisant son tour quotidien pour s'approvisionner en boissons, Anders s'arrête sous le sorbier et appelle Eivor qu'il aperçoit derrière sa fenêtre. Une nuée de corneilles prend son envol. Eivor ne comprend pas immédiatement ce qu'il veut mais elle finit par descendre. Ses yeux ressemblent à ceux de Miriam, se dit-il, ils ont le même éclat.

– Il n'y a personne chez toi ? demande-t-il.

– Non, ma mère est partie faire des courses.

– Tu as de la visite.

Elle devine aussitôt de qui il s'agit. Son cœur se met à battre la chamade.

– Allez, vas-y. Il est arrivé cette nuit et il aimerait te dire bonjour.

De retour de Systemet, il voit que les deux jeunes ont fermé la porte de la chambre. Il s'y attendait. Mais ça ne l'agace pas, bien au contraire. Pour la première fois depuis longtemps il éprouve une sorte de chaleur intérieure. Un sentiment céleste.

Au bout de quelques heures, Eivor rentre chez elle et Lasse reprend sa place en face d'Anders.

– Alors, tu lui as dit bonjour ?

– Oui. Je repars cette nuit.

– Il paraît qu'elle va bientôt commencer à travailler à Örebro.

– Elle m'a dit ça, oui. Et toi, comment tu vas ?

– Comme tu vois, répond Anders.

– Tu bois trop. Tu devrais arrêter.

– Pourquoi ?

Lasse Nyman hausse les épaules.

– Il faut que tu manges. Si tu ne manges pas, tu vas mourir.

– Pas grave. Tu as besoin d'argent ?

– Oui, j'en veux bien un peu pour l'essence.

À minuit, le jeune homme fait un signe de la tête à Anders et s'en va. Il pleut et le vent souffle.

Anders se retrouve de nouveau seul avec sa tempête intérieure et son cœur qui, bizarrement, continue de battre.

À neuf heures le lendemain matin, Elna vient le voir. Elle est pâle, mal coiffée, et tient un papier froissé dans la main.

– Eivor est partie, dit-elle d'une voix tremblante. J'ai trouvé ce message.

Elle le lit à voix haute en s'efforçant de retenir ses larmes.

Ne vous inquiétez pas. Je sais me débrouiller. Ne partez pas à ma recherche. Si vous le faites, je ne reviendrai plus jamais.

Eivor

– Elle t'a vu hier, paraît-il.

– C'est vrai. Lasse Nyman était là.

– Mon Dieu ! Elle est donc partie avec lui ?

Anders parvient à garder sa lucidité malgré le vacarme assourdissant qui s'est déclenché dans sa tête. Ils se sont donc retrouvés dans la nuit et ils ont quitté Hallsberg dans la voiture volée par Lasse Nyman. Elna ignore que le garçon est un délinquant.

– En voilà une surprise, dit-il. Assieds-toi. Ça ne doit pas être bien grave. Que des jeunes s'absentent, ça n'a rien d'étonnant. Il a une voiture. Je suis sûr qu'ils seront de retour d'ici quelques jours. Il n'y a aucune raison de s'en faire.

Mais au fond de lui il a peur. Vu le désespoir du jeune homme, il serait bien capable d'entraîner Eivor dans une aventure dont elle ne pourrait pas mesurer les conséquences. C'est vrai que c'est inquiétant.

– Si elle n'est pas là ce soir, je vais à la police, dit Elna.

Ses yeux sont affolés.

– Attends au moins jusqu'à demain.

– Elle n'a que quinze ans.

– C'est déjà ça.

Quel risque fait-il courir à Eivor en empêchant Elna de déclarer immédiatement sa disparition ? Qui cherche-t-il à protéger ? Lasse Nyman ? Pour éviter qu'il ait une nouvelle crise de désespoir ? Oui, ça doit être ça...

Le jeune homme est capable de tout. Il l'a bien vu sur son visage cette nuit.

– Parlez-moi de ce Lasse Nyman, demande Elna. Qui est-il ? Est-il digne de confiance ? Où habite-t-il ?

Devant les hésitations d'Anders qui lui renvoie ses questions sans vraiment y répondre, Elna se transforme en tigresse. Elle veut protéger son enfant, son enfant unique, sa fille.

– Si elle n'est pas là ce soir à neuf heures, j'appelle la police, dit-elle en partant.

D'après le ton de sa voix, il est inutile de lui demander d'attendre et, dans le fond, c'est aussi bien comme ça. L'heure de vérité devra un jour sonner pour Lasse Nyman. Mais pourvu qu'Eivor n'en subisse pas les conséquences.

Anders a peur. Quelque chose de terrible est en train de se produire. Il le sent. Quelque chose qu'il est incapable d'empêcher. D'une main tremblante, il lève son verre et le vide avec détermination et désespoir. Sans pour autant réussir à apaiser sa peur.

Mon Dieu, que se passe-t-il ?

Mon Dieu, se dit aussi Eivor, mais avec un sentiment vertigineux de liberté. Elle et Lasse Nyman foncent dans la nuit à travers la forêt noire. Quand il lui a demandé de le suivre, elle n'a pas hésité un seul instant. Elle n'attendait que ça. Elle en rêvait depuis si longtemps. Elle aurait pu hurler de joie quand elle a traversé le bourg endormi sur la pointe des pieds pour le retrouver. Lasse lui a ouvert la portière de la Volkswagen et ils sont partis sur les chapeaux de roue.

La chaussée, brillante de pluie, se déroule devant eux, les pneus crissent dans les virages. Il conduit vite. Très vite. Les fugitifs sont toujours pressés. Il ne dit rien, sauf pour lui demander d'allumer une cigarette et de la glisser entre ses lèvres.

Et toi, pourquoi tu ne fumes pas ? Allez, fume, bordel.

Soudain il freine et s'engage sur un petit sentier. Il éteint les phares et ils sont dans une obscurité totale. Elle sent l'odeur de la gomina sur ses cheveux.

– Je ne suis pas marchand de voitures, dit-il brutalement. Je me suis évadé de prison. Tu es partie avec un homme en cavale. Si tu regrettes, je te dépose à Töreboda. On y sera bientôt. Tu pourras rentrer en stop, si tu veux. Alors, qu'est-ce que tu décides ?

– Je reste avec toi.

Il tourne la clé de contact et ils reprennent la route. À présent, il a un but. Il va lui montrer comment on se débrouille dans ce monde. Si elle savait ce qu'il a caché sous le siège.

À Skövde, ils n'ont plus d'essence et il est aussi temps de changer de voiture, même s'il est plus facile

184

de s'en procurer une le jour. La nuit, tout mouvement paraît suspect, mais rouler en Volkswagen est trop humiliant. Ils l'abandonnent dans une zone militaire et se rendent au centre à pied.

Avant de fermer la portière, Lasse a glissé quelque chose dans la poche de son blouson. Eivor s'en est aperçue, mais elle le suit sans un mot et surtout sans poser de question.

Dans une rue bordée d'immeubles aux façades sombres, Lasse voit une Ford Zéphyr verte au toit blanc. Ce n'est pas la grande classe mais au moins un cran au-dessus de la Volkswagen. Par chance, elle est garée dans un coin peu éclairé.

— Attends-moi là, dit-il en poussant Eivor contre le mur d'un immeuble.

Il traverse ensuite la rue et s'agenouille devant la portière gauche. Eivor entend un cliquetis métallique puis le moteur qui se met à tourner. Lasse lui fait signe de monter.

Tant qu'ils sont en ville, il respecte la limitation de vitesse, mais une fois sur la route il appuie sur l'accélérateur et fonce à toute allure.

— Haha, le réservoir est plein, constate-t-il. On pourra aller loin. Regarde si tu trouves quelque chose d'intéressant dans la bagnole.

— Comme quoi ?

— Qu'est-ce que j'en sais ? Regarde, c'est ton boulot, merde !

Eivor ouvre d'abord la boîte à gants, puis elle inspecte la banquette arrière mais ne voit rien d'autre qu'une couverture et un chapeau.

— Mets le chapeau, ordonne-t-il.

Elle n'ose pas lui désobéir.

— Il te va vachement bien, dit-il. Vachement bien.

Puis le silence s'installe de nouveau.

Où vont-ils ? Eivor observe Lasse à la dérobée. Il est pâle, son visage est tendu. Il paraît si petit derrière le volant. Était-il comme ça la première fois qu'elle l'a vu ? Dans ses souvenirs il était très différent mais ses rêves ont peut-être déformé son image ? Elle allume une cigarette et la lui tend. Il évite de croiser son regard. Son comportement est étrange, de quoi a-t-il peur ? Sans doute parce qu'il a volé une voiture. En fait, elle ne sait rien de lui. Et elle ne sait pas non plus où ils vont. D'ailleurs, lui non plus ne doit pas le savoir, mais elle est obligée de lui faire confiance.

Ils foncent à travers la nuit. Au lever du jour, Lasse Nyman quitte la route principale et s'engage sur un sentier forestier. Il coupe le moteur et reste un moment immobile, le regard fixe.

– Prends la couverture et couche-toi sur la banquette arrière, finit-il par dire. On va dormir quelques heures.

Elle se réveille parce qu'elle a froid. Combien de temps a-t-elle dormi ? Il fait jour, il n'y a plus de vent mais il fait vraiment très froid. De gros sapins se dressent autour d'elle dans un paysage sans vie. Lasse dort, le front appuyé contre le volant. Elle en profite pour sortir faire pipi mais quand elle remonte, il se réveille en sursaut et la regarde comme s'il ne la connaissait pas.

– Il faut qu'on mange, dit-il en jetant un œil à sa montre. Il est huit heures et demie. Tu as de l'argent ?

Elle fait non de la tête. Il fouille dans ses poches et retrouve le billet de cinquante couronnes qu'Anders lui a donné.

Dans le village le plus proche, ils s'arrêtent devant une épicerie qui vient d'ouvrir.

– Vas-y, dit-il, achète du pain et un truc à boire.

Le reste, tu le glisseras dans tes poches. Il faut garder de l'argent pour l'essence. N'oublie pas les cigarettes !

Comment ça, *le reste* ? Qu'est-ce qu'il veut dire ? Elle a bien compris qu'il lui demande de voler, mais quoi ?

– Dépêche-toi, siffle-t-il entre ses dents. Il ne faut pas qu'on s'attarde ici.

L'épicier est un homme aimable qui arpente son magasin en chantonnant.

– Que puis-je pour vous ? demande-t-il tout en rangeant des plaques de beurre.

– Je voudrais du pain et un litre de lait, s'il vous plaît.

– Et avec ça ?

– C'est tout.

Elle lui tend le billet. Quand l'épicier va chercher de la monnaie dans l'arrière-boutique, elle en profite pour attraper un morceau de cervelas et deux paquets de cigarettes dans un présentoir en verre derrière le comptoir. Elle fait tomber un troisième paquet mais elle n'a pas le temps de le ramasser avant le retour de l'épicier. Elle est morte de peur, il va forcément s'en rendre compte. Mais l'épicier lui adresse un grand sourire et lui rend quatre billets de dix couronnes, un de cinq et quelques pièces.

– Ça y est, l'automne est arrivé, dit-il.

Eivor opine de la tête et sort du magasin accompagnée du tintement de la cloche.

– Tu vois, dit Lasse avec satisfaction, ce n'était pas si difficile.

Eivor est encore sous le coup de l'émotion, mais elle n'ose pas le lui dire. Elle a peur de Lasse Nyman et regrette amèrement d'être partie avec lui.

Ils mangent dans la voiture. Eivor avale un petit bout de pain et une gorgée de lait alors que Lasse enfourne le cervelas avec avidité comme s'il n'avait rien mangé depuis des mois. Puis il vide la bouteille de lait, s'en débarrasse dans le fossé et allume une cigarette.

– Il nous faut plus d'argent, dit-il en soufflant la fumée par le nez. On ne peut rien faire sans fric. On ne peut même pas réfléchir. T'as compris ce que je veux dire ?

– Oui.

– J'en suis pas sûr mais tu finiras par comprendre, dit-il en pianotant nerveusement sur le volant. Tu vas te débrouiller pour faire du charme à quelqu'un.

– Quoi ?

– On va repérer une ferme avec un vieux et tu vas lui montrer tes seins et proposer qu'il te touche la chatte. Après j'entrerai à mon tour et je lui demanderai de nous refiler son fric. S'il refuse, tu pousseras des cris en disant qu'il a essayé de te violer et on dira qu'on va appeler la police. T'as compris ?

Un froid glacial s'empare d'elle. Oui, elle a très bien compris.

– Non, je ne le ferai pas, dit-elle d'une voix tremblante. Je veux rentrer chez moi.

Elle éclate en sanglots.

Il la frappe, pas fort, mais le coup est soudain et arrive de nulle part. Une gifle brûlante. Et encore une. Il se rue sur elle, l'embrasse, l'oblige à ouvrir la bouche tout en serrant ses seins et en forçant ses cuisses. Elle se défend comme elle peut, mais Lasse Nyman est fort, une force décuplée par la peur. La portière mal fermée cède et Eivor est éjectée dehors.

– Remonte dans la voiture ! crie-t-il. Remonte ! On peut nous voir.

Ne la trouvant pas assez rapide, il l'attrape par les cheveux. Elle pousse des cris de douleur.

– Ta gueule ! hurle-t-il. Tais-toi, sinon je te tue !

Elle se pelotonne dans un coin de la voiture. *Maman, au secours, aide-moi...*

La voiture démarre et ils repartent.

Lasse Nyman est paniqué. Son cœur est une boule d'angoisse. Sa grande solitude et son inquiétude constante lui mettent les nerfs à vif. À tout moment il risque de s'enflammer comme une bouteille de gaz. Il n'a plus les idées claires et serait capable de foncer dans une paroi rocheuse pour en finir avec sa vie compliquée.

Les pleurs d'Eivor le rendent fou. Il n'arrive pas à les supporter et a du mal à se contrôler.

— Tu feras ce que je veux, déclare-t-il. Autant que tu t'y fasses.

Elle n'ose pas le contredire. Une seule pensée la préoccupe : comment réussir à s'enfuir ? Comment faire pour rentrer chez elle ? Loin de ce rêve qui l'a piégée et l'a plongée dans une souffrance qu'elle n'aurait pas pu imaginer.

Dans l'après-midi du 15 septembre 1956, près de Mariestad, Lasse Nyman ralentit devant une petite ferme isolée. Ils n'ont pas échangé une parole depuis des heures. Les chemins interminables qu'ils ont parcourus ont tracé un véritable labyrinthe autour d'Eivor. Impossible de s'enfuir d'ici, il la rattraperait immédiatement.

La porte de la maison d'habitation s'ouvre et ils voient un homme âgé sortir et se diriger d'un pas traînant vers la remise à bois. Lasse et Eivor le suivent du regard.

— S'il avait une bonne femme, c'est elle qui serait allée chercher le bois, affirme-t-il à voix basse.

Il n'a pas forcément raison et il le sait, mais il ne peut plus attendre.

— Maintenant tu vas faire ce que je t'ai dit. Si jamais

il y a une bonne femme à l'intérieur, tu demandes juste la route de Mariestad puis tu t'en vas. Compris ?

Oui, Eivor a compris. Pourvu qu'il ne se doute pas de ce qu'elle a réellement l'intention de faire ! C'est dans cette vieille maison sombre qu'elle espère trouver de l'aide pour se sauver.

Le jour décline déjà quand Lasse Nyman pénètre avec la Ford dans la cour de la ferme. Il se gare de manière à pouvoir repartir très vite. Depuis qu'il est en cavale, il a appris un certain nombre de choses, notamment qu'il faut éviter de devoir faire une marche arrière quand on est pressé. Il n'a pas encore atteint le stade ultime d'un évadé de prison : *dormir d'un seul œil.*

Il fait signe à Eivor d'y aller.

Elle a peur. Qu'est-ce qu'elle va dire ? Au cinéma, elle a vu une femme poser un doigt manucuré sur ses lèvres maquillées pour demander à un homme de se taire.

Ses doigts ne sont pas manucurés et son rouge à lèvres a dû s'effacer dans la bagarre avec Lasse, mais elle peut essayer de tenter le coup…

Elle frappe à la porte, perçoit un faible marmonnement et entre.

Deux hommes âgés sont attablés dans la cuisine où flotte une odeur de betteraves et de pâté. Ils sont ridés et leurs cheveux sont blancs. Ça sent le vieux.

Comme dans la cuisine d'Anders.

C'est donc ici qu'elle est censée retirer son pull et baisser sa culotte. Lasse Nyman doit être fou !

– Aidez-moi, dit-elle. S'il vous plaît, aidez-moi…

Mais comment ces deux frères septuagénaires, durs d'oreille, pourraient-ils comprendre ce qu'elle veut dire ? Et que pourraient-ils faire ?

Un des deux vieux se lève. Son orteil sort par un trou dans sa chaussette de laine.

– Pardon ? dit-il.

Eivor jette un regard rapide dans la cuisine sombre, espérant trouver un téléphone. Mais qui pourrait-elle appeler ?

L'homme se tient tout près d'elle et la regarde en plissant les yeux.

– Vous avez un problème ?

Son frère est toujours assis devant la table, la fourchette dans la main.

Comment expliquer la situation à ces deux vieux ? Si seulement il y avait une femme !

Lasse ne va pas tarder à arriver. Il faut qu'elle parvienne à se sauver avant. Elle cherche désespérément une solution.

– Est-ce qu'il y a une autre sortie ? demande-t-elle en fondant en larmes. Vous n'entendez pas ce que je dis ? Une autre sortie, une AUTRE PORTE !

Le deuxième homme se lève à son tour alors que Lasse Nyman déboule dans la cuisine. Il brandit un revolver.

– Qu'est-ce que tu fous, merde ? rugit-il.

Les deux hommes abasourdis se figent. On dirait deux statues. Lasse se rue sur celui qui se trouve près de la table et pointe le revolver sur sa poitrine.

– Donne-moi ton fric, crie-t-il. Plus vite que ça !

Déséquilibré, l'homme s'agrippe à la toile cirée et l'emporte dans sa chute en même temps que les assiettes et les verres. Derrière lui, son frère pousse un grognement et lève les mains devant son visage pour se protéger.

Lasse Nyman se retourne et tire. Une fois. Deux fois. Le vieillard est projeté en arrière et s'écroule sur le sol. Il tente désespérément de boucher la plaie dans son cou avec sa main mais ses tentatives sont vaines, bien sûr. Tout est vain. Son sang jaillit de son corps par vagues, sa main retombe sans vie sur le lino marron, sa bouche émet quelques râles, puis c'est le grand silence.

Son frère, assis par terre le visage enfoui dans ses mains, se balance d'avant en arrière tout en poussant des cris. Pas une fois il ne lève les yeux vers le couple. Seul son frère mort occupe son esprit. Ses pleurs rappellent les cris de détresse des oiseaux.

Eivor a vu l'assassinat. Elle a entendu le bruit sourd du corps lorsqu'il est tombé et les pleurs désespérés qui ont suivi. Elle a aussi le sentiment d'avoir entendu le sang et la vie s'écouler hors du corps du vieillard. Prise de panique, elle sort de la cuisine et court loin de la maison. Elle court aussi vite qu'elle peut sur le chemin détrempé et boueux. Dans sa tête, elle revoit sans cesse le vieil homme mort. Ce n'est pas un cauchemar dont elle va se réveiller, elle le sait. L'objet que Lasse a glissé tout à l'heure dans la poche de son blouson était donc un revolver. Elle n'arrive pas à y croire.

Elle entend un bruit de moteur derrière elle. Lasse Nyman pile, la voiture dérape dans la boue et la heurte.

– Monte ! hurle-t-il.

Elle n'ose pas résister. Elle voit le revolver posé à côté de lui.

Il conduit comme un fou, le fou qu'il est. Il sait ce qu'il vient de faire mais il ne sait pas pourquoi. Enfin si. En réalité, il le sait très bien. Toute menace doit être éliminée, c'est une question élémentaire dans l'art de survivre, et il a bien vu que le vieux avait les mains levées, prêt à l'attaquer.

Sur la route principale, Lasse Nyman ralentit et conduit calmement bien qu'il soit démoli à l'intérieur.

– Ce sont des choses qui arrivent, lance-t-il à Eivor.

Tu peux comprendre ça, merde ! Ce sont des choses qui arrivent. C'est sa faute. Il n'aurait pas dû essayer de m'attaquer. Tu comprends ?

Eivor, muette de terreur, ne répond pas. Elle se concentre sur la route, sur les voitures qu'ils croisent, sur la forêt, sur les arbres. Elle s'efforce d'imaginer qu'elle est couchée dans son lit, qu'elle rêvasse en se laissant doucement emporter par le sommeil. Mais elle ne peut pas s'empêcher d'observer Lasse. De voir son visage livide, ses mains sales et égratignées cramponnées au volant. Oui, il est bien réel.

Soudain il freine, s'arrête sur le bas-côté et allume une cigarette avec des mains tremblantes.

– Merde ! dit-il. Il faut qu'on y retourne !

Y retourner ? Jamais de la vie ! Jamais elle n'accepterait d'y retourner ! Qu'il lui tire une balle dans la tête, s'il veut !

Elle est au bord des larmes mais il ne faut surtout pas qu'elle pleure. Il risquerait de la frapper de nouveau.

– Il nous a vus, dit-il. L'autre.

Elle comprend très bien ce que ça signifie. Le deuxième homme a été témoin de la scène. Il faut faire taire les témoins, elle le sait pour l'avoir vu au cinéma.

Il y a aussi une autre raison pour qu'il supprime l'homme. C'est à cause des cris plaintifs que le vieux a poussés. Si quelqu'un a des raisons de se plaindre dans ce bas monde c'est lui, Lasse Nyman. Tant pis pour les pauvres imbéciles qui se trouvent sur son chemin.

Il fait demi-tour.

– Non ! hurle Eivor.

Il lui jette un regard rapide et esquisse un sourire. Elle se tait.

À leur retour, la ferme est vide. Lasse Nyman se précipite dans la cuisine mais il n'y a personne. Le corps sans vie du vieux est toujours allongé par terre, maintenant enveloppé d'une couverture. Il est arrivé trop tard. Où est donc passé l'autre homme ? S'est-il caché ? Lasse ouvre brutalement une porte, donne un coup de pied dans un placard, cherche dans le garde-manger qui sent bon la confiture. La maison est vide. Le revolver levé, il entre dans l'étable où seules quelques vaches le regardent de leurs yeux fatigués. Il ressort dans la cour, mais rien n'attire son regard. La forêt est silencieuse, les champs sont déserts.

Est-ce à ce moment-là qu'il comprend que tout est fini ? Non, l'idée lui traverse rapidement l'esprit, mais il refuse de se résigner.

Il retourne dans la maison, fouille les tiroirs d'une commode et, pour la première fois depuis très longtemps, il a ce qu'on pourrait appeler « de la chance ». Sous quelques chaussettes reprisées, il trouve une boîte en fer-blanc qui contient deux cents couronnes en billets. Il les fourre dans sa poche, jette la boîte par terre, attrape un bout de fromage et du pain sur la table puis quitte la ferme.

En sortant de la maison, il entend le bruit d'un moteur à distance. Il tend l'oreille. C'est effectivement une voiture qui approche. Sans sirène et pas très vite.

Eivor est restée dans la Ford. Elle s'est bouché les oreilles en attendant le coup de feu qui n'est jamais venu. Quand elle voit Lasse Nyman revenir, elle espère qu'il a changé d'avis.

– Il a foutu le camp, annonce-t-il, la bouche pleine de fromage. Et il y a une voiture qui arrive.

Ils sont obligés de repartir par le même chemin, car il n'y en a pas d'autre. Ils croisent la voiture dans un virage, mais elle continue sa route.

La folle cavale recommence. Le seul endroit où

Lasse Nyman pourrait retourner c'est Stockholm, mais il ne le dit pas à Eivor. Il est content qu'elle soit avec lui et il la laisse tranquille dans son coin. Il supporte mal la solitude.

Le soir tombe. Ils traversent Örebro et Arboga. À la sortie d'un virage serré, juste avant Köping, ils tombent sur un barrage de police. Lasse s'y était préparé. Il est d'ailleurs étonné que ça ne soit pas arrivé plus tôt.

– Accroche-toi ! crie-t-il à Eivor avant d'appuyer à fond sur l'accélérateur. Pourvu qu'il n'y ait pas de herse à clous. Sinon je vais être obligé de me servir du revolver.

Pendant quelques secondes angoissantes, il s'attend à ce que les pneus explosent et qu'il perde le contrôle de la voiture, mais rien ne se passe.

– Il y en aura sans doute d'autres, prévient-il.

Lasse Nyman évite de nouveau les grandes routes. Les flics ont dû comprendre qu'il roulait en direction de Stockholm mais il n'est pas né de la dernière pluie, il sait comment les tromper, ces pourritures. Qu'ils installent leurs barrages, qu'ils alertent l'ensemble du territoire, s'ils veulent ! Un de ses codétenus à la prison de Mariefred lui a expliqué en long et en large comment échapper à la police et, à présent, Lasse va mettre ce qu'il a appris en pratique. D'abord, changer de voiture. La Ford a fait son temps, les flics connaissent sa couleur et son numéro d'immatriculation.

À Lindesberg, il ordonne à Eivor de descendre, il la suit après avoir glissé le revolver derrière la ceinture de son pantalon. Tant pis s'il est tôt dans la soirée et si les gens ne sont pas encore rentrés chez eux. Il prendra la première voiture qui lui tombera sous la main et en route !

Il explique rapidement ses projets à Eivor, qui n'a

qu'une seule pensée en tête : se sauver en courant. Mais le revolver l'en empêche. Serait-il capable de tirer sur elle ? Probablement. Ne s'est-il pas déjà servi de son arme, sans la moindre hésitation, pour abattre un vieil homme inoffensif ? Elle le suit donc avec une obéissance muette.

Plusieurs voitures sont garées devant la Maison du Peuple, quelques-unes dans la cour. C'est là que se rend Lasse Nyman. L'une d'entre elles n'est pas verrouillée. Une Saab, tant pis, il est obligé de s'en contenter. Il la fait démarrer à l'aide d'une clé que le propriétaire a eu la gentillesse de laisser dans la boîte à gants. Il fait une grimace : la jauge d'essence indique que le réservoir est à moitié vide. Merde ! Il enclenche une vitesse et ils reprennent la route en direction de l'obscurité qui s'intensifie. Lasse a l'intention d'entrer à Stockholm en venant du nord. Comme ça, ils seront bredouilles avec leurs foutus barrages, ces sales flics. Jamais ils n'imagineraient qu'un automobiliste venant de Mariestad aurait l'idée de s'approcher de Stockholm par le nord. Ils ne sont pas assez intelligents pour ça.

À minuit, Lasse Nyman s'arrête sur un sentier forestier et éteint les phares. Il est épuisé, il a besoin de repos. Et puis, plus ils attendront, plus il y aura de chances que les barrages soient levés.

Lasse fume cigarette sur cigarette. Eivor, elle, reste muette.

– Maintenant tu es recherchée par la police toi aussi, dit-il. Bienvenue au club. Comment tu prends ça ?

Si elle avait osé, elle l'aurait giflé.

Elle voulait découvrir le monde avec lui mais il lui a menti. Le monde ne peut pas être comme ça. Au catéchisme, le pasteur les a bien mis en garde contre les différents visages que le péché pouvait prendre, mais jamais elle n'aurait pu imaginer qu'ils puissent être aussi laids.

Ce qui s'est passé est absurde, totalement dépourvu de sens.

– Il n'aurait pas dû m'attaquer de dos, répète sans cesse Lasse Nyman.

Eivor n'en croit pas ses oreilles. Que se passe-t-il dans sa tête ?

Il a commis un meurtre !

Soudain elle sent la main de Lasse sur sa jambe. Elle tressaille, se raidit. Elle a l'impression qu'un serpent glacial rampe le long de sa cuisse, vers son ventre, entre ses seins, vers son cou. A-t-il l'intention de l'étrangler ?

Il lui serre légèrement le cou.

– Comme ça, dit-il. Comme ça.

– Non, murmure-t-elle. Non…

– Je ne vais rien te faire, dit-il. De quoi t'as peur, merde ? On n'est pas ensemble ?

Ensemble ? Eux deux ? Pense-t-il vraiment qu'ils forment un couple parce qu'elle a accepté de partir avec lui ? Oui, c'est visiblement ce qu'il pense. Et il brûle d'en avoir la confirmation. Il veut qu'ils s'installent tous les deux sur la banquette arrière. Elle est à la merci de ses caprices, de ses envies, et elle n'ose pas refuser.

Jamais elle n'oubliera ni ne pardonnera ce qui va se passer à l'arrière de la Saab volée. C'est la vie même qui va la trahir, Lasse Nyman n'est qu'une arme sans volonté propre. Ce sont ses rêves qui vont se montrer sous leur véritable apparence, toutes ces idées qu'elle s'est faites de la vie. Personne ne l'a préparée à ce qui s'est passé, ni à ce qui va se passer. Personne ne lui a rien dit. Elle n'a rien lu non plus dans les magazines, rien vu au cinéma. Sous un masque ricanant, la vie va lui percer le cœur de son doigt d'acier.

Elle a trop peur pour opposer une vraie résistance. En pleurant, elle supplie Lasse de ne pas abuser d'elle, mais la rage le rend sourd. Il déchire ses vêtements, la pénètre violemment et éjacule aussitôt. Plus dans la douleur que dans le plaisir. Pour Eivor c'est un supplice du début jusqu'à la fin. Dans son corps et dans son cœur.

Voilà donc à quoi ressemble sa rencontre avec la vie et avec le monde. Elle a assisté à l'assassinat d'un vieillard et elle s'est fait violer sur la banquette arrière d'une voiture volée.

Quand c'est fini, elle s'aperçoit qu'elle n'est pas seule à pleurer. Lasse Nyman lutte contre ses larmes comme il lutte contre tout ce qui l'agresse. Il retourne sur le siège avant et s'allume une cigarette. Eivor se rhabille.

Après un laps de temps dont elle est incapable d'évaluer la durée, elle se rend compte qu'elle n'a plus peur de lui. À présent, plus personne ne peut lui faire de mal. Rien de pire ne pourra lui arriver.

– Pourquoi tu as fait ça ? demande-t-elle.

Sa voix ne tremble plus.

Il ne répond pas.

– Pourquoi tu l'as tué ? Et pourquoi tu m'as fait ça ?

Que peut-il répondre à des questions qui n'ont pas de réponse ? Si, à la deuxième il y a une réponse. Une seule. Il démarre la voiture et reprend sa fuite désespérée. Elle reste couchée sur la banquette arrière et finit par s'endormir.

Quand elle se réveille, la voiture est arrêtée. Tout est silencieux.

Elle voit Lasse Nyman derrière le volant, le canon

du revolver enfoncé dans la bouche. Ses yeux sont clos et ses dents claquent contre le métal.

Au bout d'un temps infini, il repose l'arme sur le siège et démarre sans se retourner.

Ses yeux vides la regardent dans le rétroviseur. Elle fait semblant de se réveiller. C'est l'aube, la chaussée est blanche de givre.

Au nord-est d'Uppsala, ils tombent encore sur un barrage. Lasse Nyman le force comme la dernière fois, mais deux herses à clous les attendent une centaine de mètres plus loin. Le pneu avant gauche explose. Lasse essaie de maintenir la vitesse tout en luttant pour ne pas quitter la route, mais il est obligé de se rendre à l'évidence et de s'arrêter. Il saisit le revolver, ouvre la portière et fonce dans la forêt. Mais cette fois son heure a sonné. Des voitures de police arrivent de partout. Avant même qu'il ait pu brandir son arme, il se trouve déjà à terre, immobilisé. Un berger allemand aboie à côté de lui. Eivor voit les policiers le traîner vers une des voitures. Il est livide, détourne le visage, ne dit rien, n'oppose aucune résistance.

C'est la dernière image qu'elle a de Lasse Nyman.

Ensuite on fait monter Eivor sur la banquette arrière d'une autre voiture où elle s'installe entre deux policiers.

Elle est conduite à Uppsala. On l'interroge, on lui offre du café et un sandwich. Elle répond comme elle peut, en évitant d'expliquer pourquoi Lasse Nyman l'a envoyée seule dans la ferme. Quand on lui demande de décrire le moment de l'assassinat, elle fond en larmes.

– Je veux rentrer chez moi, sanglote-t-elle. À Hallsberg.

– Bientôt.

On promet de la ramener chez elle le soir même.

Lasse a déclaré qu'il était le seul responsable et qu'Eivor n'était pour rien dans ce qui s'est passé. Les policiers n'ont aucune raison de ne pas le croire, d'autant que ses explications ont été confirmées par d'autres sources, notamment par le frère de l'homme assassiné.

Elle s'endort dans la voiture. Peu avant Hallsberg, le policier qui l'accompagne lui propose de lui prêter un peigne pour qu'elle s'arrange un peu mais elle refuse.

– Je vais monter avec toi, dit-il. C'est fini maintenant.

– Ils savent ? demande-t-elle.

– Un avis de recherche a été lancé hier, dit-il. On n'était pas encore au courant de l'assassinat. Oui, ils savent que tu rentres ce soir. Tu es inquiète ?

– Non.

– C'est fini maintenant.

Elna guette le retour d'Eivor depuis sa fenêtre. Elle a demandé à Erik de s'absenter pendant quelques heures.

En voyant sa fille apparaître sur le seuil, pâle et fatiguée, elle fond en larmes et la prend dans ses bras. Le policier ferme discrètement la porte pour protéger les deux femmes de la curiosité des voisins.

Elna lui propose une tasse de café mais il décline l'offre en ajoutant sur un ton aimable :

– Occupez-vous bien de votre fille.

– Je n'ai jamais rien fait d'autre, réplique Elna, blessée. J'ai passé ma vie à m'occuper d'elle.

– C'est bien, dit-il, dans ce cas, elle s'en remettra.

Quand elles se retrouvent seules, Elna s'assied tout près d'Eivor sur le canapé et l'entoure de son bras.

– Tu veux quelque chose ? demande-t-elle.

– Non, rien. Seulement dormir. Où est Erik ?

– Il ne va pas tarder.

– Ne me pose pas de question. Pas ce soir. Demain.

– Je ne te demanderai rien.

On sonne à la porte. Elles craignent que le policier ait changé d'avis et qu'il revienne la chercher, mais c'est Anders qui veut s'assurer que tout est rentré dans l'ordre.

Ses yeux sont injectés de sang et il tient à peine debout. Il n'a pas arrêté de boire depuis la disparition d'Eivor. En apprenant la nouvelle par les journaux et par un Erik anéanti, il a été frappé par un énorme sentiment de culpabilité. C'est bien lui qui a laissé entrer ce fou chez lui ! C'est lui qui a mis un lit à sa disposition et qui lui a donné de l'argent pour s'acheter des chaussures et Dieu sait quoi encore, au lieu de le renvoyer sur-le-champ en prison ! Pourquoi ne sait-il toujours pas évaluer une situation correctement ? Pourquoi faut-il qu'il soit aussi gentil ? Le monde récompense la gentillesse par des emmerdements !

Quand il a entendu à la radio que Lasse Nyman avait été arrêté par la police au nord d'Uppsala, il n'a éprouvé aucun soulagement. Ses sentiments contradictoires ont soudain fait marche arrière. Une lourde tristesse s'est abattue sur lui et il a pleuré la vie gaspillée du jeune homme. Qu'est-ce que ce petit avait comme possibilités ? Aucune. En réalité, il a la tête posée sur le billot depuis sa naissance. Et l'amélioration générale des conditions de vie a dû être pour lui une ironie, une gifle. Non, sa douleur n'a pas diminué, elle a seulement changé de caractère.

Il était assis dans sa cuisine sombre quand il a vu Eivor arriver dans la voiture de police et il n'a pas pu s'empêcher d'aller prendre de ses nouvelles. Ce n'est pas tant les questions qui l'intéressaient, ni les réponses. Il voulait surtout voir son visage. Y lire les traces que ces jours cauchemardesques avaient laissées.

Elle n'en était pas sortie indemne, c'était une certitude, mais avec quelles séquelles ?

Voilà ce dont il veut se rendre compte quand il cherche à interpréter l'expression du visage d'Eivor.

– Ça va bien, dit Elna. Ça va.

Il hoche la tête, il aurait voulu s'approcher d'elle, mais Elna tient visiblement à être seule avec sa fille. Ce qu'il respecte, bien sûr, et ce qu'il comprend. Peut-être ne s'en est-elle pas si mal sortie, après tout ?

J'aimerais quand même le constater moi-même avant de mourir, se dit-il en descendant péniblement l'escalier pour retourner chez lui.

La nuit est claire, les étoiles scintillent dans le ciel. Il lève la tête, mais, pris de vertige, il chancelle et a du mal à faire les derniers pas jusqu'à sa maison. Il est tellement fatigué. Et découragé. Ce nouveau chagrin vient s'ajouter à son fardeau déjà bien lourd.

– Pauvre diable, dit-il à voix haute en levant le verre vers l'ombre invisible de Lasse Nyman. Mon pauvre gars...

Eivor dort quand Erik revient.

– Comment va-t-elle ?

– Je ne sais pas. Elle est épuisée. Et choquée.

– Elle a dit quelque chose ?

– Il faut la laisser tranquille. Où as-tu été ?

– Nulle part. J'ai roulé. Sans but.

La nuit, Elna se lève et va s'asseoir à côté d'Eivor dont elle ne voit que les cheveux sombres sur l'oreiller. Sa respiration est lourde. Elle reste à côté d'elle jusqu'au lever du jour.

Au même moment, à Uppsala, Lasse Nyman prend son élan et fonce la tête la première dans le mur de sa cellule. Le gardien perçoit le bruit, accourt et trouve Lasse sur le sol, inconscient. Mais il ne lui est pas encore permis de mourir. Sa fracture du crâne aura le temps de guérir avant le procès.

Il vivra suffisamment longtemps pour entendre sa condamnation. Il ne pourra pas y échapper.

Un matin à la mi-novembre, Anders se réveille par terre dans sa cuisine et constate que l'arbre devant la fenêtre est couvert de neige. L'hiver l'a pris au dépourvu et pourtant il l'attendait. Peut-être est-ce justement la raison pour laquelle il est si mal préparé ? Il l'a trop attendu. Aurait-il confondu l'attente et la préparation ? Oui, probablement. Le lino est froid contre son dos, son pantalon est raide de pisse et ses jambes sont deux bouts de bois. Comme à chaque fois qu'il se réveille, il a envie de rester allongé. Mais son heure n'est toujours pas arrivée. La soif prend le dessus, il se lève péniblement et s'assied sur la chaise devant sa table.

Dehors un tapis de neige recouvre le sol.

Son dernier hiver.

Le chat entre par la porte restée entrouverte et s'assied au milieu de la cuisine, à l'endroit même où Anders était allongé tout à l'heure. Il se lèche les pattes.

D'une main tremblante, Anders se prépare sa première mixture rouge de la journée en se disant que c'est effroyable de vieillir. Et plus effroyable encore de ne pas pouvoir vivre longtemps sans vieillir.

Les rideaux de l'immeuble d'en face sont fermés. Ça veut donc dire qu'on est dimanche matin. Il règne un silence profond dans le quartier.

Est-ce que je vais mourir aujourd'hui ? se demande-t-il mollement, comme tous les matins, toujours aussi surpris d'être en vie. Son cœur titube et gémit dans sa poitrine. Il s'épuise comme un ouvrier qui s'efforce de monter un énorme sac en haut d'un escalier sans fin.

Un homme qui n'aspire qu'à lâcher son fardeau pour pouvoir dormir, dormir... mais qui s'oblige à continuer, marche après marche.

Anders ignore le contenu du sac. Des cailloux ? De la ferraille ? Des ossements ?

Un courant d'air s'engouffre par la porte d'entrée, mais il n'a pas le courage d'aller la fermer. L'hiver peut bien lui mordiller les pieds s'il le souhaite, il n'aura pas pour autant sa proie.

Anders a mal à la gorge. Il essaie de localiser la douleur en avalant sa salive et en appuyant sur son larynx. Non, ça ne doit pas être une infection, il est juste un peu enroué, rien de grave.

Comment peut-il encore s'inquiéter d'une telle vétille ? Lui qui a décidé de se tuer à l'alcool ! Sans doute parce que la mort est trop grande pour se laisser appréhender, contrairement à une égratignure ou un mal de gorge.

Il est si fatigué. Les heures s'égrènent. Il boit, s'assoupit, se réveille, remplit son verre, se rendort.

De ses souvenirs enfouis remontent des images, des personnes et des événements qui se remettent à bouger de façon saccadée. Miriam est soudain là devant lui, coiffée de son chapeau blanc entouré d'un ruban en soie bleue. Elle sourit. Pour empêcher que le vent n'emporte son chapeau, elle le retient d'une main. La scène se déroule où ? Il lui semble apercevoir l'église de Masthugget dans le fond. Oui, ça doit être ça.

Il se rendort, le menton sur la poitrine et la bouche ouverte. Il ronfle et pousse des soupirs inquiets.

À son réveil, il découvre Eivor en face de lui. Ça fait maintenant un mois qu'elle est rentrée, ramenée par la police. Son visage s'est durci. Un air de gravité a remplacé l'expression douce et enfantine qu'elle avait autour de la bouche.

– Tu dormais ? demande-t-elle.

– Oui, je suppose. Je ne fais pas grand-chose d'autre.

– Je te dérange ?

La question est inutile et il ne répond pas. Mais elle fait partie du rituel.

Eivor n'a plus beaucoup de temps libre et ne peut pas venir le voir souvent. Depuis deux semaines, elle prend tous les matins le train pour Örebro et rentre le soir fatiguée. Non pas que son travail à l'atelier de couture soit très exigeant, mais elle n'est pas encore bien remise de son effrayant voyage avec Lasse Nyman. Elle aurait voulu pouvoir l'oublier, mais deux fois par semaine, au moins, un agent de police vient lui demander des renseignements complémentaires. Quand ce n'est pas une personne zélée de la protection des mineurs qui éprouve le besoin de débarquer chez eux pour s'entretenir à son sujet avec Elna et Erik. Elle n'est pas près de sortir de ce cauchemar.

En revanche, elle vient de reléguer aux oubliettes la plus grande de ses angoisses : elle s'est réveillée ce matin avec du sang dans son lit et cela l'a libérée d'une crainte qu'elle n'avait confiée à personne.

Elle aurait pu en parler à Anders, mais pour quelle raison lui ferait-elle une confidence qu'elle a préféré cacher à Elna ?

N'arrivant plus à rester dans son lit, elle a voulu sentir la douceur de la neige sous ses pieds et a décidé de sortir pour rendre visite à Anders.

– Tu m'avais mise en garde contre lui, dit-elle, mais je n'ai pas voulu t'écouter.

– Pourquoi l'aurais-tu fait ?

– Parce que tu avais raison.

– Ah oui ?

Elle le regarde avec un soupçon de surprise. Il se concentre, cherchant une explication valable.

– J'ai voulu que tu le voies tel qu'il est, un petit gars malheureux qui a été traqué toute sa vie. J'ai pensé que tu découvrirais ensuite ses bons côtés.

– Il n'en a pas, crache-t-elle.

Mon Dieu, si jeune et déjà amère. Mon Dieu…

Il fait une nouvelle tentative.

– Tout le monde a de bons côtés.

– Tu parles comme un pasteur. Lui n'en a pas.

– Même moi j'en ai, que tu le veuilles ou non.

Il fait une grimace et elle éclate de rire.

Elle est maintenant suffisamment adulte pour comprendre l'ironie, constate-t-il. Oui, elle a vraiment changé.

– C'est un vrai salaud, poursuit-elle. Pff, si tu savais. Je pourrais t'en raconter des choses…

– Ne le fais pas !

Il ne veut pas entendre ce qu'il sait déjà. Il aurait voulu lui expliquer que l'ortie possède aussi une certaine beauté et qu'il ne faut pas tout rejeter chez le diable, mais elle est trop jeune pour le comprendre. Et pour l'accepter.

– Comment vas-tu ? demande-t-il à la place.

C'est la perche la plus anodine qu'il trouve à lui tendre.

Comment elle va ? Mais qu'est-ce qu'il imagine ? Elle va mal, bien entendu, terriblement mal. Tous ces regards qu'elle croise dans la cage d'escalier, ces chuchotements, les sourires forcés d'Elna, sa gentillesse et son affection trop appuyées, les regards détournés d'Erik… Oui, qu'est-ce qu'il imagine ? Ce n'est pas un mauvais rêve qu'elle a vécu mais la réalité. Elle avait cru partir pour une aventure merveilleuse alors que Lasse Nyman, dans sa quête confuse et détraquée, l'a poussée dans un puits sans fond. Le pire c'est qu'elle a perdu sa joie de vivre, son espérance, ses rêves. Comment parvenir à poursuivre son existence dans des conditions aussi sombres ?

– Ça va passer, dit-il.

– Tu n'y crois pas toi-même.

– Si.

Elle se lève et se met à arpenter la cuisine. Soudain elle s'arrête et jette un regard dégoûté autour d'elle.

– C'est un vrai foutoir ici.

– Oui, admet-il d'une voix sourde.

– Et tu pues. Tu ne te laves jamais ?

Regrettant aussitôt ce qu'elle vient de dire, elle lui demande pardon.

– Tu as raison, marmonne-t-il. Mais je m'en fous.

– Je comprends. Tu ne vas pas mourir.

– Pourquoi pas ?

– Parce que je ne le veux pas.

– Arrête de faire l'enfant.

– Je n'ai que quinze ans.

– Tu seras une bonne couturière, j'en suis sûre.

– On ne parlait pas de ça.

– Tu préfères qu'on continue de parler de ma mauvaise odeur ?

– Si tu veux, je peux te donner un coup de main pour le ménage.

– Non merci. Mais je veux bien que tu me prépares un peu de café.

Le café lui brûle la gorge. Il doit effectivement être malade.

– Mon café n'est pas bon ? demande-t-elle en le voyant grimacer.

207

– Si, si, mais j'ai mal à la gorge.

– Ma mère c'est pareil. Ça doit être un virus qui traîne.

– Peut-être.

– Tu veux que je m'en aille ?

– Pourquoi tu me demandes ça ?

– Je ne sais pas. J'ai l'impression que tu fais la tête.

– Mais non, ma petite !

Il se sent nerveux et agité sans arriver à en discerner la cause. Est-ce l'hiver qui commence à lui pincer les doigts de pied pour lui rappeler sa décision ? Peut-être. Il ne sait pas, toujours est-il qu'il boit plus que d'habitude. Ne se contentant plus de raviver la cuite de la veille, il en fait un brasier vif et puissant.

– On est dimanche aujourd'hui ? balbutie-t-il.

– Oui et tu le sais très bien.

– Non, je ne sais rien.

– Arrête de boire !

– Pourquoi j'arrêterais ?

– Tu es assez bourré comme ça.

La conversation se traîne. Elle le scrute du regard. L'inquiétude d'Anders ne fait que s'intensifier. C'est un dimanche épouvantable. Un dimanche sans pitié.

– Tu as déjà été à l'église ? demande-t-il.

– J'ai fait ma communion solennelle l'année dernière. Tu as oublié ?

– J'ai oublié.

– Tu m'as donné de l'argent pour m'acheter une glace. Tu t'en souviens ?

– Ce n'était pas le jour où tu as quitté l'école ?

– C'était aussi ce jour-là.

– Ah bon. Je dois être un gentil vieillard, alors.

– Arrête !

– Tu crois en Dieu ?

– Je ne sais pas. Un peu, peut-être.

– Il ressemble à quoi ?

– Je ne sais pas. Et toi, tu crois en Dieu ?

– Non mais j'ai peur de lui.

– C'est le diable qu'on doit craindre.

– Tu es pourtant partie avec un de ses enfants…

– Tu es tellement saoul que tu dis n'importe quoi. Le diable n'existe pas.

– Mais si. Sans diable, il n'y aurait pas de Dieu. La vie n'aurait aucun sens. Qui a créé qui, à ton avis ?

– La Bible raconte de belles histoires, mais ce ne sont que des histoires. N'empêche qu'on peut croire en Dieu.

– Bien sûr. On peut croire en n'importe quoi. Ce sont les hommes qui créent les dieux et pas l'inverse.

– Le pasteur dit le contraire.

– Il est payé pour ça.

– Il doit y croire quand même.

– Bof… Mais je t'ai demandé ce que tu crois, toi.

– Je t'ai déjà répondu ! Tu es si bourré que tu ne sais plus ce que tu dis.

Oui, c'est vrai qu'il est bourré. Le monde flotte, sa gorge brûle et ses yeux sont injectés de sang. Malgré sa déchéance, il est soudain pris d'une énergie inexplicable. Il tente de se lever mais ses jambes se dérobent et il retombe sur sa chaise. Il demande alors à Eivor d'aller chercher sa vieille valise usée sous son lit puis il pousse quelques bouteilles vides pour faire de la place sur la table.

Tout au fond de la valise, il y a une petite housse qui contient quelques pinceaux sales, des tubes de couleur, une fausse moustache, un bout de coton souillé et un miroir fissuré. Il veut lui montrer à quoi il ressemblait quand il était encore un être humain. Un être vivant.

– Qu'est-ce que tu veux que je te montre ? demande-t-il. Un soldat, un fakir ou Anders de Hossamåla ?

– Le dernier.

Ayant réussi à piquer la curiosité d'Eivor, il se laisse porter par ses vieilles ailes et transforme son visage délabré en celui du jeune comique qui faisait rire les gens. De ses mains tremblantes il attrape les pinceaux, humidifie la peinture avec de la salive et se met laborieusement à l'œuvre. Eivor le regarde, la tête appuyée sur une de ses mains. En réalité, il ignore ce qu'il cherche à lui montrer, mais il ne veut pas que cette énergie inattendue se tarisse.

Le résultat n'est pas des plus réussis mais il ne peut pas faire mieux. La peinture forme des grumeaux, les traits ne sont pas droits et la moustache se décolle. Tant pis. Il se lève avec difficulté et avance d'un pas chancelant. Eivor le suit du regard.

Et maintenant ? Qu'est-ce qu'il va faire, merde ? Il essaie de se rappeler au moins une des chansons mais elles ont dû se noyer dans l'alcool. Il se rappelle seulement quelques fragments de texte. Le masque qu'il s'est fabriqué ne lui est d'aucune aide.

Avec sa voix chevrotante, il répète inlassablement les quelques mots dont il se souvient, espérant en retrouver d'autres.

– Il m'aurait fallu une canne aussi, s'excuse-t-il, essoufflé à force de rester debout. Et j'aurais dû me contenter de faire semblant d'être bourré. Qu'est-ce que tu en penses ?

– Tu avais vraiment cette tête-là quand tu faisais tes représentations ?

– Exactement.

– C'est un peu bizarre.

– Comment ça ?

– Enfin, ça fait un peu vieux. D'une autre époque, je veux dire.

Anders ne tient plus sur ses jambes, elles lui font trop mal. Il retourne s'asseoir.

– Pourquoi tu es fâché ? Ça m'a bien amusée. J'ai juste trouvé que tu avais une tête bizarre.

– Allez, va-t'en maintenant, grommelle-t-il. Je ne suis pas fâché, j'ai besoin d'être seul.

Elle hausse les épaules et se lève.

– Bon...

Elle s'apprête à franchir le seuil quand elle l'entend dire :

– Tu me promets de t'occuper de mon chat si je meurs ?

– C'est d'accord.

Elle s'en va, laissant Anders sur sa chaise, trop épuisé pour se démaquiller.

Le jour décline et avec la nuit arrive le froid. Il faut à tout prix qu'il aille fermer la porte. En prenant appui sur sa chaise, Anders se traîne dans la cuisine en déployant ses derniers restes d'énergie. Il est exténué, désespéré, le maquillage a séché et lui tire sur la peau. Comment trouver la force pour enlever cette saleté ? Il sort dans le vestibule. Pour quelle raison ? Il l'ignore. A-t-il jamais su pourquoi il faisait certaines choses ? Son existence n'a-t-elle pas été qu'une succession de coïncidences ? Il a passé sa vie à sauter d'une plaque de glace à une autre sur ce fleuve gelé qui l'emporte inexorablement vers les eaux noires. Il a constamment vécu dans un équilibre précaire où une simple chute aurait pu lui faire rejoindre l'armée hirsute des clochards. A-t-il connu le bonheur ? Oui, plusieurs fois. À des moments fugaces et lorsqu'il vivait avec Miriam. Il devrait plutôt se demander s'il a été malheureux. Il a

211

eu de bonnes jambes, des oreilles, un nez, des yeux. Et un corps résistant grâce à ses origines paysannes qui lui a été fidèle jusqu'à ce qu'il s'emploie à le détruire. Le vrai malheur lui a été épargné. Telle une taupe entêtée, il s'est creusé un chemin à travers la vie. De quoi pourrait-il se plaindre ?

Il veut sortir. Ne serait-ce que pour voir la pâle clarté de la lune qui lui rappelle la lumière d'un projecteur fatigué. Il paraît que l'homme a envoyé dans l'espace des objets métalliques qui tournent désormais en rond là-haut, dans l'obscurité.

Il veut respirer. Il veut appeler son chat.

Prudemment il franchit le seuil et sent le froid lui brûler la gorge, mais il n'y prête pas vraiment attention. Il descend les deux marches et avance sur la fine couche de neige qui estompe le bruit de ses pas. Il lève la tête pour regarder la lune.

Et c'est là qu'il meurt. La première neige de l'hiver collée sous ses chaussettes.

Au moment où il lève la tête, la hernie de l'artère carotide se rompt à l'endroit le plus faible de la muqueuse rongée par l'alcool. Il tousse et voit avec surprise le sang jaillir de sa bouche. Tout va très vite, mais il a le temps d'avoir peur. Durant quelques secondes, il se rend compte qu'il est en train de mourir. Avant de s'écrouler, il aperçoit la neige colorée de rouge. Le chat qui assiste à la scène se sauve comme devant un arbre qui tombe.

Il reste allongé, face contre neige, les yeux ouverts, le visage ensanglanté. Mort.

Le lendemain matin, un cheminot le découvre en se rendant à son travail. Effrayé par ce visage maquillé qui ressemble à un masque de théâtre oriental, il court vers l'immeuble et cogne à la première porte.

Ceux qui voient cette tête aux joues violettes et aux yeux cerclés de noir enchâssée dans la neige détournent le regard comme s'ils avaient été témoins d'une exécution. Le médecin légiste constate que le décès est dû à une hémorragie massive et qu'il n'y a pas eu crime. Une sorte d'aura surnaturelle flotte cependant autour du personnage et de sa mort.

Lorsque Eivor se réveille, le corps a déjà été enlevé et, pour la protéger, Erik a effacé le sang de la neige.

– Qu'est-ce qu'on va dire à Eivor ? demande Elna.

– Qu'il est mort, c'est tout.

– Elle saura quand même ce qui s'est passé. Et l'état de son visage.

– Sans doute.

L'après-midi, quand Eivor revient d'Örebro, Elna lui apprend la nouvelle. Eivor écoute sans rien dire, puis elle contemple la maison d'Anders par la fenêtre.

– J'ai été la dernière à le voir, dit-elle. C'est bizarre...

– C'est vrai ?

– Quand je l'ai quitté, il m'a demandé de m'occuper de son chat comme s'il savait que sa mort était proche.

Le soir, Erik va chercher le chat abandonné, mais Eivor ne veut pas l'accompagner. La maison sans Anders lui fait peur.

L'enterrement a lieu le dimanche, avant la grand-messe. À part le pasteur et l'organiste, seuls Elna, Eivor et Erik sont présents. Le pasteur parle du promeneur qui a posé son bâton pour entrer dans le royaume dont personne ne revient.

L'organiste joue, Eivor pense à Lasse Nyman et à Anders qu'elle ne parvient pas à imaginer allongé dans le cercueil quelques mètres plus loin.

Lorsqu'ils quittent l'église, la première neige a fondu.

Erik, qui n'a qu'une heure de pause, presse le pas. Eivor et Elna rentrent lentement à travers le bourg.

– Il me manque déjà, dit Elna.

– À moi aussi.

La sœur d'Anders avait stipulé que, dans le cas où Anders n'aurait pas établi de testament, la maison et les meubles iraient à l'Alliance missionnaire suédoise. Sa première mesure est de vider ce nid de péché qui exhale l'odeur de l'Antéchrist et de la perdition, de le nettoyer de fond en comble pour supprimer toute trace d'Anders de Hossamåla. Comme s'il n'avait jamais existé. Et qui sait, dans un avenir lointain, il réapparaîtra peut-être sous la forme d'une note en bas de page dans un livre sur l'histoire des comiques troupiers. Mais à part cela, il ne restera rien de lui.

Il retournera dans l'obscurité d'où il est venu. Sa dernière action aura été de dérober à l'hiver sa proie gelée.

Le monde poursuit sa course effrénée vers l'avenir. Présomptueux est celui qui pense pouvoir le rattraper.

Eivor ne se préoccupe pas de ce genre de considérations, elle a suffisamment de problèmes comme ça. Elle doit se lever tôt le matin et attraper le train de 7 h 03 pour Örebro. À huit heures moins cinq, elle grimpe l'escalier qui mène à l'atelier de couture de Jenny Andersson, situé sous les combles avec vue sur le château et le vieux théâtre. Elle est persévérante et douée pour la couture. Mme Andersson lui fait souvent des compliments, rarement des remarques. Eivor prétend aimer ce qu'elle fait, mais est-ce la vérité ?

Son impatience a été remplacée par un grand besoin de calme. Elle se pose tant de questions.

Pourquoi est-elle sur Terre ?

Pour quelle raison ?

Elle n'a pas la force d'y réfléchir. Elle passe son temps à coudre, à aller à la gare chercher des tissus ou à livrer des robes dans les beaux quartiers de la ville. Elle ignore si elle se trouve après ou avant la tempête. Pour l'instant, elle ne supporte pas qu'on élève la voix. Tout doit être feutré, il faut la traiter avec ménagement. Elle est si fragile que la moindre secousse la briserait.

Ses rêves, sa joie de vivre, sa volonté de conquérir le monde sont pour l'instant mis en jachère.

Il faut d'abord qu'elle guérisse. Plus tard, elle réapprendra à marcher. En attendant, elle coud et s'applique. Pour Noël, elle a une augmentation de salaire mais elle n'en éprouve aucune joie. Sauf quand elle rentre à la maison et qu'elle voit le plaisir que cela procure à Elna et Erik.

Dans le train entre Hallsberg et Örebro, elle pense souvent à Lasse Nyman. C'est nécessaire, même si ça fait mal. Elle sait qu'elle ne pourra pas commencer sa vie tant qu'elle n'aura pas compris ce qui lui a tant plu chez lui.

Fin de l'automne 1956. Le matin, quand Eivor se réveille, elle n'a qu'une envie : se rendormir. Mais pas une seule fois elle ne rate le train.

Quelques semaines après la mort d'Anders, Erik travaille de jour après être resté longtemps sur la liste d'attente. Fini le dur travail de nuit dans les wagons gelés. À présent, il se couche en même temps qu'Elna et prend son service à six heures et quart du matin.

Elna est donc seule pendant la journée. Elle apprécie la présence du vieux chat d'Anders. Un cœur qui bat dans le silence.

Elle regarde souvent la maison abandonnée depuis

sa fenêtre. En attendant de prendre une décision quant à son utilisation, l'Alliance missionnaire a condamné la porte d'entrée. Elna ne croit pas aux revenants mais elle a quelquefois l'impression de voir l'ombre d'Anders.

Elle savait qu'il la regardait le soir, quand elle se déshabillait. S'était-il rendu compte qu'elle le savait ? Elle ne lui a jamais rien dit et cela lui donne parfois un sentiment de culpabilité. Mais voir sans être vu lui a peut-être procuré une sensation de pouvoir. Pourquoi n'a-t-elle pas fermé les rideaux ? S'est-elle sentie exister en éveillant le désir éteint d'un vieillard ?

Une fois les lits et le ménage faits et le repas préparé, elle dispose de sa journée mais elle n'a envie de rien.

Pour l'instant.

Cet été, à Malmö, Vivi lui a rappelé qu'elle n'a que trente-deux ans et qu'elle n'est même pas à la moitié de sa vie. Dès qu'Eivor volera de ses propres ailes, elle s'occupera de son propre avenir. Avec ou sans Erik.

Erik. Elle sait très bien pourquoi elle l'a épousé. C'était une manière de quitter ses parents, d'organiser sa vie. Mais elle ne l'aurait pas épousé si elle n'avait pas eu Eivor. Il est possible qu'Erik l'ait compris aussi.

Elle aime bien être avec lui. Il est gentil et fidèle. Sauf que son absence d'exigences est insupportable. Il est toujours content, toujours la même routine, le même rythme tranquille, jamais un défi, jamais de désirs… Non, elle a tort. Elle est injuste. Elle sait qu'il aimerait avoir un enfant à lui, mais jusqu'à présent elle l'a obligé à utiliser un préservatif. Pour combien de temps ?

Parfois elle entre dans une rage incontrôlable à cause de ce qui lui est arrivé il y a quinze ans. Que celui qui l'a mise enceinte soit maudit ! Elle est heureuse d'avoir Eivor, bien sûr, n'empêche qu'elle ne parvient pas toujours à...

Depuis quelques années, elle fait davantage attention à sa fille. Elle se souvient de sa propre adolescence, de son hypersensibilité. Ce n'est pas facile pour Eivor d'avoir un père inconnu même si Erik est gentil avec elle.

Eivor a-t-elle couché avec Lasse Nyman ? Elle n'est pas tombée enceinte, encore une chance. Mais que s'est-il réellement passé ?

Elle est aussi seule que je l'ai été moi-même, se dit-elle. J'ai beau essayer, je ne réussis pas à franchir la barrière qui nous sépare. Qu'est-ce qui rend nos rapports aussi difficiles ? Pourquoi je n'arrive pas à lui parler de ce qui est évident ? Pourquoi je n'arrive pas à partager mes expériences avec ma propre fille ?

A-t-elle déjà parlé d'elle à Eivor ? Lui a-t-elle fait part de ses idées, de ses rêves ? Pas vraiment.

De temps en temps, Elna sort de sa commode les deux paquets de lettres entourés d'un ruban rouge. Ce sont les réflexions de Vivi mais aussi les siennes. Il lui arrive de les relire, mais la plupart du temps elle s'interrompt, n'ayant pas le courage de poursuivre. Pourquoi ne les montre-t-elle pas à Eivor ?

Bientôt sa fille saura se débrouiller seule. En attendant, elle reste. Mais Elna sait qu'elle partira dès qu'elle le pourra.

Avec quelques-uns de ses collègues, Erik est en admiration devant un des nouveaux wagons équipés pour transporter des produits surgelés. Il éprouve une grande satisfaction devant chaque progrès des chemins de fer, comme s'il y avait participé personnellement. Et, chaque fois, il lui tarde d'en parler à Elna et à Eivor.

Depuis qu'il travaille le jour, il se sent plus à l'aise, plus fort. Il est temps de faire comprendre à Elna qu'il veut un enfant, un enfant à lui. De préférence deux. C'est ça le vrai sens de la vie. Un argument qu'il a l'intention d'utiliser. Elle ne pourra pas lui reprocher de ne pas s'être occupé d'Eivor. D'ailleurs, elle ne peut rien lui reprocher du tout.

Lasse Nyman est maintenant détenu à Stockholm. Ses gardiens le traitent avec beaucoup de mépris, ses codétenus lui témoignent une compassion silencieuse. Il est si jeune, ce pauvre petit ! La seule personne à qui il peut se confier est son avocat commis d'office. Un homme pas beaucoup plus âgé que lui et qui s'exprime avec l'accent de Stockholm.

Mais que peut-il lui dire ? Qu'il regrette, bien sûr. Évidemment qu'il regrette, mais il ne comprend pas vraiment en quoi cela consiste. Il veut bien répondre aux questions qu'on lui pose, mais il n'en saisit pas souvent le sens.

Ceux qui l'entourent viennent d'un monde dans lequel il n'a jamais été qu'un intrus. Un monde où il aurait voulu vivre, lui aussi, mais dont il a toujours été rejeté.

Les murs gris de sa cellule sont incrustés de messages de prisonniers qui l'ont précédé.

Le procès aura lieu dans quelques semaines. Il y pense rarement et ne se préoccupe pas de savoir si sa peine sera lourde. Quand il ne somnole pas sur sa couchette, des réflexions d'une tout autre nature occupent son esprit. Il se demande comment réussir à s'évader...

Il est convaincu que sa cavale n'est que provisoirement interrompue. Il la reprendra dès qu'il trouvera une occasion. Jamais il ne s'avouera vaincu !

Loin de là, sur le faîte d'un toit à Örebro, est perché un choucas. Eivor est seule dans l'atelier. Elle observe les yeux inquiets de l'oiseau, sa tête qu'il tourne sans cesse, constamment aux aguets, scrutant, épiant…

En entendant Jenny Andersson ouvrir la porte, elle retourne à son ouvrage.

Lorsqu'elle lève de nouveau les yeux, l'oiseau s'est envolé.

1960

Se rendre à Borås de Hallsberg n'est pas difficile. Il suffit d'acheter un billet, de prendre un des nombreux trains en provenance de Göteborg, de changer à Herrljunga et de descendre devant le bâtiment en brique rouge qui est la gare centrale de Borås. C'est ce que fait Eivor ce jour de janvier 1960, peu après le Nouvel An. Il fait froid quand elle arrive dans cette ville dédiée au textile et la nuit est déjà presque tombée. D'un pas rapide elle monte la côte entre le lycée technique et l'hôtel Park, puis elle prend le pont, traverse les eaux sales de la rivière Viskan et se retrouve dans la rue Stora Brogatan. Elle marche vite, elle sait où elle va, c'est sa deuxième visite à Borås. La première remonte à environ un mois. Elle n'était pas à l'aise ce jour-là. La ville lui paraissait immense. Un dédale de rues grouillant de magasins et de monde. Mais elle a quand même fini par trouver les usines de Svenskt Konstsilke[1]. On lui a indiqué le bureau du personnel où elle a été reçue par un petit homme rondouillard à la démarche alerte qui lui a souhaité la bienvenue dans la ville, dans l'entreprise et dans l'atelier de texturation

1. Fabricant de différents types de fils machine dont les « nappes tramées pour pneumatiques ».

et tordage. Eivor avait répondu à une annonce dans le *Nerikes Allehanda* informant que Konstsilke cherchait du personnel, proposant même un logement. C'est surtout cela qui a été décisif pour elle. Elle aurait préféré travailler chez le légendaire Algot, le fabricant de vêtements, mais pour commencer elle se contentera de Konstsilke. Algot, ça sera pour plus tard.

Le petit homme lui a fait un bref résumé de l'histoire de l'entreprise Konstsilke en s'excusant de ne pas pouvoir lui consacrer plus de temps. L'usine étant en pleine expansion, il y avait de nombreux postes à pourvoir. Il s'est éclipsé après l'avoir félicitée de son choix et en affirmant qu'elle s'adapterait rapidement à leurs horaires de travail. Qu'elle se présente devant l'entrée à six heures quarante-cinq le 10 janvier. Quelqu'un sera là pour l'accueillir et l'accompagner à son poste.

– Il me semble qu'il était question d'une formation avant ?

– Inutile. Ce n'est pas un travail bien compliqué.

Est-il possible que ce travail soit à la fois simple et intéressant ? s'est-elle demandé. Erik l'a encouragée, trouvant sa décision raisonnable. Elna, en revanche, restait sceptique, elle savait que les produits de Konstsilke étaient destinés surtout à la fabrication de pneus.

– Si tu veux faire de la couture, c'est des vêtements que tu dois fabriquer, pas des pneus ! a-t-elle objecté. J'avais cru comprendre que tu voulais être couturière, alors attends de trouver un emploi chez Algot.

Elna a du mal avec Eivor qui n'en fait qu'à sa tête, mais, au fond d'elle, une pointe de jalousie la ronge. Eivor a la liberté dont elle rêvait mais dont elle a été privée lorsqu'elle est tombée enceinte. Elle souhaite la réussite de sa fille et aurait préféré qu'elle passe son certificat d'études. Tant pis, Eivor mènera sa vie comme elle l'entend. C'est sans doute le seul droit que nous ayons : disposer de notre vie et assumer nos erreurs.

Une autre inquiétude la taraude. Une inquiétude profondément ancrée en elle, datant de l'été de la guerre.

Un soir, entre Noël et le Nouvel An, elle a ouvert la porte de la chambre d'Eivor qui écoutait comme d'habitude Elvis et elle a dû crier pour couvrir la musique :

– Surtout, arrange-toi pour ne pas tomber enceinte !

– Quoi ?

– Oblige-le à se protéger.

– Tu parles de qui ?

– De celui que tu rencontreras.

Puis elle a laissé Eivor écouter sa musique.

Bien sûr qu'elle ne va pas tomber enceinte ! Qui veut se retrouver dans la même situation que sa mère ? s'est dit Eivor. N'empêche qu'elle éprouve un sentiment qui ressemble à de la tendresse pour Elna, maintenant qu'elle est sur le point de prendre son envol. La pauvre, elle a passé vingt ans à s'occuper d'elle au lieu de vivre sa vie !

Le 9 janvier, Elna et Erik l'accompagnent au train. Hallsberg est à présent pour elle une page définitivement tournée. Enfin.

De la gare de Borås, elle marche en direction de la place Södra Torget d'où partent les bus pour la banlieue de Sjöbo, où Konstsilke lui a proposé un studio meublé. Une solution temporaire en attendant de vous trouver un vrai appartement, a insisté le chef du personnel.

Elle s'arrête pour souffler. Sa valise pèse une tonne bien qu'elle n'ait pris que le strict nécessaire. C'est fou ce que les draps peuvent être lourds ! L'air froid lui brûle la gorge et elle a l'impression que la peau de son visage va craquer quand elle remue les lèvres. Ce n'est pas raisonnable d'être aussi maquillée par un froid pareil mais pas question d'arriver dans son nouveau logement le visage nu ! Elle empoigne la valise et traverse la place.

C'est l'heure de pointe, les gens affluent de partout, pressés de monter dans la chaleur du bus. Eivor est malheureuse avec sa grosse valise. Tout le monde doit se rendre compte qu'elle n'est pas habituée aux grandes villes. Elle aurait peut-être dû prendre un taxi ? Combien ça lui aurait coûté pour Sjöbo ? Elle n'en a pas la moindre idée. Enfin, c'est à son tour de monter. Elle paye et se retrouve rapidement coincée au fond du bus. Encore une chance qu'elle descende au terminus, Sjöbo Torg, la Grand-Place.

Les visages autour d'elle sont pâles et muets. Personne ne la regarde. Elle remarque une jeune fille qui semble avoir son âge et qui a les cheveux attachés en un gros chignon crêpé sur la tête, comme une *choucroute*, la coiffure de Brigitte Bardot. Eivor n'a pas encore osé s'en faire une, mais ses cheveux ont la bonne longueur. Comment va-t-elle s'habiller pour aller travailler ? Oh, la vie est bien compliquée !

La Grand-Place de Sjöbo est un carré de ciment triste entouré d'immeubles rectangulaires rouge et ocre. N'osant pas demander son chemin, elle tourne un moment avec sa valise qui pèse de plus en plus lourd avant de trouver la bonne rue et le bon numéro. Elle est épuisée et sur le point de fondre en larmes quand elle s'apprête enfin à sonner chez le gardien pour avoir les clés.

Cinquième étage, vue sur des forêts sombres et interminables. Une odeur de moisi flotte dans l'appartement qui, bien sûr, n'a rien à voir avec ce qu'elle avait imaginé. Pourquoi ne peut-elle pas arrêter de rêver ?

Dans la pièce, il y a un lit de camp instable doté d'un matelas sale, un canapé dont un accoudoir est rafistolé avec de la bande adhésive, une table, une corbeille à papier, le tout éclairé par un plafonnier à l'abat-jour déchiré. Quelques vieilles oranges traînent dans le coin-cuisine à côté d'un cendrier qui regorge de mégots. Elle retourne le matelas en espérant que l'autre côté sera moins taché. Une revue porno tombe par terre. Elle s'assied dans le canapé pour la feuilleter et note avec surprise qu'elle a été imprimée à Borås, à l'imprimerie de Sjuhäradsbygden. On édite donc ce genre de revues dans cette ville ! Elle en a déjà vu dans les kiosques à journaux mais elle n'en avait jamais tenu dans sa main. Elle la jette dans la corbeille à papier et va à la fenêtre regarder les immeubles d'en face éclairés. Un thermomètre indique moins dix-sept degrés.

Elle réalise qu'elle est seule pour la première fois de sa vie, dans un lieu totalement inconnu. Son point de départ.

Elle hésite entre éclater en sanglots et défaire sa valise.

Après avoir préparé son lit et pendu ses vêtements, elle va dans la salle de bains se regarder dans la glace. Voilà donc à quoi elle ressemble en arrivant dans la métropole du textile. Elle a presque dix-neuf ans. Ses cheveux noirs mi-longs et naturellement bouclés sont tirés en arrière, laqués et gonflés au-dessus de la tête. Elle porte du fond de teint, ses yeux sont fortement maquillés, ses sourcils épilés, ses lèvres rouge fuchsia ont le contour bien dessiné.

Eivor se demande si elle correspond aux normes de cette ville. Elle sait qu'elle n'est pas belle, mais elle pense avoir quelque chose de sexy quand elle sourit et montre ses dents. Après tout, ce n'est pas seulement le visage qui compte. Elle a la taille fine et des seins auxquels personne n'aurait rien à reprocher, à condition qu'ils soient correctement placés dans son soutien-gorge sous un pull moulant. Ses fesses sont un peu en forme de poire mais c'est supportable. Elle se met à genoux sur le battant des toilettes pour le vérifier dans la glace. Elle n'est pas mécontente de ce qu'elle voit.

À quatre heures elle se lève, s'habille, boit un verre d'eau en guise de petit déjeuner et passe ensuite plus d'une demi-heure dans la minuscule salle de bains. Il faut qu'elle se prépare pour sa première journée de travail et cela demande du temps. Sans maquillage et coiffure, elle serait trop vulnérable. À cinq heures et quart, elle est prête. Dehors, il fait moins vingt et un degrés. Il n'y a personne devant l'abribus, mais peu à peu des ombres surgissent. Des hommes, des femmes, des jeunes, des vieux. Enfermés dans leur propre monde, ils luttent contre le froid en tapant des pieds et en sautillant sur place. Personne ne parle ni ne lui prête attention, comme si elle faisait déjà partie de leur quotidien. Elle a les oreilles gelées mais un bonnet aurait abîmé sa coiffure qui lui a donné tant de mal.

Un petit vieux maigrichon en combinaison de travail poussiéreuse l'attend devant l'entrée de l'usine. Il tremble de froid.

– C'est toi, Skoglund ? demande-t-il.

– Oui, c'est moi.

– Alors suis-moi. Quel putain de temps !

Ils entrent dans l'usine en passant par un dédale de couloirs et d'escaliers.

– Et voilà, c'est ici, crie le vieux. Je m'appelle Lundberg. Allez, accroche-toi !

Il ouvre la porte et elle a l'impression d'être assaillie par des animaux sauvages en fureur. Elle recule malgré elle devant le bruit assourdissant, mais Lundberg la retient et la lourde porte se referme derrière eux.

– Voilà où se fait le tordage, lui crie-t-il à l'oreille. On va aller voir le contremaître.

Ruben Hansson est installé dans une cage en verre stratégiquement placée avec vue sur l'énorme salle des machines. Lundberg fait entrer Eivor dans la cage et ferme la porte avant de retourner à son travail. Le contremaître lève la tête d'un tas de fiches et se tourne vers elle en plissant les yeux.

– Skoglund ? vérifie-t-il.

Oui.

– Bienvenue ! Je t'ai déjà préparé la carte de pointage. On va te trouver quelqu'un pour t'expliquer le boulot. Normalement tu travailles avec une Finlandaise mais elle est absente aujourd'hui. Gueule de bois, probablement. Allez, on y va !

Hansson s'arrête devant la pointeuse près de la porte d'entrée pour noter qu'Eivor Maria Skoglund a pris son service à 6 h 45 le 10 janvier. Il range ensuite la carte sous la lettre S et lui dit qu'elle doit pointer chaque fois qu'elle arrive et qu'elle part et aussi quand elle s'arrête pour la pause.

Hansson traverse la salle pour confier Eivor à Axel

Lundin, qui vient tout juste d'installer de nouvelles bobines sur une des machines dont il est responsable.

Lundin a quarante-trois ans et travaille à Konstsilke depuis l'âge de trente ans. À lui seul, il gère sept machines et a le rendement le plus élevé de l'équipe. Eivor trouve qu'il ressemble à un instituteur avec sa barbe et ses fines mains blanches. Elle se rendra vite compte que le travail demande plus de technique que de force physique et que sa rapidité est due à une stratégie qu'il a mise au point.

Au lieu de donner des explications, Lundin lui demande de le regarder faire et, au bout d'une heure, il considère qu'elle est prête à se lancer.

Une machine se compose de plus de cent bobines. L'équipe de filature fournit différentes qualités de fils à l'équipe de tordage dont le travail consiste à installer des bobines vides sur une machine, à attacher les fils et à les enfiler dans des passe-fils et des œillets, puis aussitôt après se précipiter sur la machine suivante. L'énorme salle est pleine de ces bêtes affamées en attente de nourriture. C'est un éternel recommencement.

À huit heures et quart, Axel Lundin prévient Eivor que c'est le moment d'aller déjeuner. Ils pointent et descendent dans la cantine où des hommes et des femmes arrivent en courant pour ne pas trop entamer les précieuses vingt minutes dont ils disposent. Eivor achète une tasse de chocolat et une tartine de fromage.

– Après la pause je te trouverai une machine, dit Lundin. N'hésite pas à me poser des questions, mais normalement il n'y aura pas de problème. Il faut que tu saches qu'il y a souvent des inspecteurs qui passent. Si le fil est taché, par exemple, tu auras une réduction de salaire. Tu dois aussi marquer ton nom sur les étiquettes qui accompagnent les fils.

À seize heures quinze, quand sa journée se termine, Eivor se sent capable de maîtriser une machine.

On lui indique le vestiaire des fileuses et des tordeuses, où elle s'affale sur un banc, le dos douloureux et le bruit encore bourdonnant dans les oreilles. Des femmes pressées, des Finlandaises pour la plupart, se bousculent autour d'elle mais personne ne semble la voir. Quand tout le monde est parti, une femme de ménage s'étonne qu'elle n'ait pas de placard.

– On ne t'a même pas donné de tablier ou de combinaison ? se fâche-t-elle. Viens, je vais te montrer !

Elle lui indique un cagibi derrière les douches rouillées.

– Voilà, prends ce dont tu as besoin et quand c'est sale, tu le jettes dans ce bac. Et là-bas il y a un placard vide, la fille qui l'utilisait ne vient plus.

Lorsque Eivor se retrouve dehors, elle est fermement décidée à ne plus jamais revenir. Comment supporter une journée de plus dans une poussière et un vacarme pareils ? Ce n'est pas pour ça qu'elle est venue à Borås ! Elle veut fabriquer des vêtements, travailler avec d'autres filles, rencontrer des gens, avoir un appartement décent, acheter ce qu'elle veut. Vivre !

En rentrant, elle s'arrête à une épicerie pour s'acheter à manger. Et un paquet de coton pour les oreilles.

Une fois chez elle, dans un accès de rage elle frotte le sol et les murs du studio avant de s'écrouler d'épuisement sur son lit.

Le lendemain elle retourne à l'usine, grelottant de froid devant l'abribus avec les autres ombres.

Sirkka Liisa Taipiainen l'aborde dans le vestiaire.

– C'est toi, Eivor ? Moi, c'est Liisa. On va travailler ensemble, explique-t-elle avec son accent chantant. Il va falloir qu'on arrive à faire huit machines par jour. Tu as quel âge ?

– Dix-huit ans.

– Moi, j'en ai vingt-trois. On y va ?

Liisa est rousse et a le visage criblé de taches de son. Petite et fine, elle travaille avec une obstination renfrognée. Quand elle tombe sur un fil de mauvaise qualité qui se casse, un flot de jurons se déverse de sa bouche.

Il lui arrive aussi de sourire. Au moins une fois par jour.

Sachant quelles qualités de fil et quelles machines sont à éviter, Liisa prend les commandes avec un naturel évident. Le rôle d'Eivor est d'apporter les chariots avec les palettes de fil que les doigts rapides de Liisa fixent sur les bobines.

Cadence, rapidité, productivité.

Tout semble organisé selon ces trois critères. Eivor a l'impression que même son cœur et son pouls tendent vers ces buts. Elle trime et transpire, elle obéit aux mains de Liisa qui demandent, exigent, corrigent. Son cœur cogne, son dos lui fait mal, ses mains tremblent. Elle n'a pas le temps de penser.

Travailler, dormir, manger. La première semaine se termine. Le samedi, elle quitte l'usine à quatorze heures. Liisa l'attend dans le vestiaire.

– Tu fais quoi, ce week-end ?

– Rien. Je vais dormir.

– Tu auras tout le temps de dormir quand tu seras morte, commente Liisa.

Eivor dîne et s'allonge ensuite sur son lit pour se reposer avant de s'attaquer à la vaisselle. À huit heures le lendemain matin, elle se réveille dans la même position, toujours habillée. Le temps a changé. Le thermomètre indique quatre degrés.

Pleine d'une énergie retrouvée, elle veut profiter de cette première journée de liberté pour découvrir la ville. Elle avale une tartine et un verre de lait après avoir passé la demi-heure obligatoire dans la salle de bains. Puis elle prend le bus jusqu'au centre. Par où commencer ? La place Södra Torget – d'un côté bordée de la rivière Viskan, du jardin des plantes, du vieux théâtre, et de l'autre côté du cinéma Saga et du café Cecil – devrait constituer un bon point de départ pour découvrir la ville. Il n'est pas question d'aller au cinéma tant qu'elle n'a pas touché son premier salaire mais rien ne l'empêche d'aller jeter un œil sur les affiches.

Le Dernier Rivage avec Gregory Peck, Ava Gardner, Fred Astaire et surtout Anthony Perkins, cet acteur si mignon avec ses yeux de cocker et son sourire émouvant.

En se promenant dans le centre, elle compte jusqu'à six salles de cinéma. Mon Dieu, il y a tellement de choix ! Comment a-t-elle fait pour vivre aussi longtemps à Hallsberg sans étouffer ?

Ses parents lui manquent-ils ? Non, pas pour l'instant. Elle se sent en sécurité ici dans les rues encore calmes. Et à l'usine, elle est de plus en plus à l'aise. Liisa est une bonne collègue de travail malgré ses sautes d'humeur et ses gueules de bois tous les lundis matin. C'est elle-même qui l'a dit. Mais ce n'est pas pour autant que je te laisserai seule au travail, a-t-elle promis. D'ailleurs, elle ne peut pas se permettre d'être absente pour des raisons financières, il y a trop de choses qu'elle a envie de s'offrir.

Oui, déjà au bout de cette première semaine tout

semble plus facile et l'idée de toucher un salaire procure à Eivor un sentiment de liberté. Plus tard, quand elle sera plus habituée à la ville et à ses habitants, elle trouvera le moyen de se faire embaucher chez Algot. Elle sait coudre et le beau certificat de travail que Jenny Andersson lui a remis a de quoi rendre n'importe qui envieux.

Ces réflexions l'accompagnent dans les nombreuses rues dont elle s'efforce de retenir le nom. D'énormes villas cossues en pierre côtoient des immeubles miteux à la peinture écaillée. Je me demande si j'aurai un jour l'occasion de mettre le pied dans une de ces villas, se dit-elle. Ce serait forcément en tant que domestique. Elna lui a parlé de son travail dans une famille dont la femme était pronazie.

Il vaut mieux connaître ses limites et savoir rester à sa place. Qu'ils vivent dans leurs villas ! Elle, elle se contentera de son studio à Sjöbo. Pour l'instant.

Les vingt-quatre heures désastreuses qu'elle a passées avec Lasse Nyman, quatre ans auparavant, ont ouvert une plaie en elle par laquelle ses rêves d'avenir se sont échappés. Mais ils reviennent. Petit à petit. Elle s'est toujours promis de ne pas avoir un gamin sur le dos à dix-huit ans comme sa mère. Ni d'être femme au foyer dans un immeuble sinistre situé dans un endroit encore plus sinistre. Surtout pas ! Non, elle veut s'éloigner le plus possible d'une vie monotone à la campagne. Jamais elle ne deviendra une vache qui passe son temps à ruminer un brin d'herbe. Ce qu'elle a toujours voulu, c'est vivre en ville ! Avoir un travail bien payé ! Une vie autonome !

Elle a déjà fait un immense pas en avant en quittant Hallsberg pour Borås. Rien ne l'empêchera d'en faire encore un, puis un autre…

Autour d'elle, il y a de plus en plus de gens en mouvement, de plus en plus de voitures. Par exemple, cette grosse américaine qui n'arrête pas de tourner autour de la place.

Elle longe la rivière et prend la direction de l'usine Algot.

La grosse américaine s'arrête soudain à côté d'elle, le chauffeur, un *raggare*[1], baisse la vitre et se met à rouler au pas.

Qu'est-ce qu'elle va faire ? Elle ne peut pas s'en aller en courant. Le visage du chauffeur est aussi pâle que celui de Lasse Nyman. Il ne la lâche pas des yeux. Elle devine au moins cinq personnes à l'intérieur de la voiture, deux devant et trois derrière. Qu'est-ce qu'ils lui veulent ?

– Eh ! Approche-toi !

Elle continue de marcher. La voiture la rattrape.

– Viens qu'on parle un peu !

– Non, murmure-t-elle, et elle se sent rougir.

Ils ne comprennent donc pas que c'est trop tôt ? Qu'elle n'ose pas encore ? Ils doivent bien se rendre compte qu'elle vient d'arriver, non ?

– Tu pourrais répondre quand même ! Allez, approche-toi !

Elle fait demi-tour et prend une rue en sens unique pour les empêcher de la suivre. Derrière elle, le moteur s'emballe et la voiture démarre avec un crissement de pneus. Quelqu'un crie « Sale pute ! ».

---

1. Mouvement né en Suède dans les années 1950 vouant un culte à la vie sans foi ni lois de jeunes rebelles américains. Les *raggare*, généralement issus de la classe ouvrière, se regroupaient pour rouler dans des grosses voitures américaines, écouter du rock et boire de grandes quantités de bière.

Elle regagne la place aussi vite qu'elle peut. Par chance, le bus pour Sjöbo est déjà là et elle peut monter immédiatement. À travers la fenêtre, elle voit la voiture longer la rivière.

Plus jamais elle n'osera retourner dans cette ville ! Il lui a suffi d'une petite promenade par une matinée tranquille pour se faire traiter de...

Pourquoi ne s'est-elle pas arrêtée pour moucher ces types ? Elle a très bien compris ce qu'ils voulaient. Comment va-t-elle y arriver dans la vie si elle se comporte de façon aussi pitoyable ?

Partir en courant parce qu'on s'adresse à elle un dimanche matin en pleine ville ! Elle ! Une sale pute...

Non, il faut qu'elle se ressaisisse. Sinon, elle n'a rien à faire dans ce monde. Autant retourner à Hallsberg et à son travail chez Jenny Andersson.

Lundi matin. Sirkka Liisa Taipiainen a une terrible gueule de bois. Elle gémit et se plaint mais sa bonne humeur n'est pas atteinte pour autant. À la pause déjeuner, elle raconte ses exploits à Eivor. D'abord le bal à Parken, puis une fête à Rävlanda. On s'est éclatés !

– Et toi ?

– Je suis restée chez moi.

– Moi aussi, je suis passée par ce studio, dit Liisa. Bon sang... Si tu n'as pas quitté ce trou à rats de tout le week-end, c'est que tu n'avais rien d'autre à faire. J'imagine que tu ne connais personne à Borås, alors samedi prochain tu viens avec moi !

Il est temps de retourner à la salle des machines. Le vacarme infernal les accueille et les engloutit. Eivor trime, transpire, lutte avec les bobines récalcitrantes, peste quand un fil se casse ou qu'une machine se détraque.

Je tords un million de mètres par jour, se dit-elle.

Un beau jour, je serai happée par tous ces fils et littéralement engloutie.

Au bout de deux semaines, Eivor n'a qu'une idée en tête : empocher son salaire et quitter l'usine au plus vite.

Le samedi arrive. Au vestiaire, Liisa enfonce son doigt dans la poitrine d'Eivor en lui disant :

– Rendez-vous chez moi ce soir à six heures !

– Je ne sais même pas où tu habites.

– Alors, plante-toi au milieu de la place et crie mon nom. De deux choses l'une, soit tu te feras embarquer par la police, soit quelqu'un te donnera mon adresse.

– Je ne peux pas faire ça...

– Non, c'est vrai, il vaut mieux pas ! Engelbrektsgatan 19. Côté cour.

Eivor se souvient de cette rue pour l'avoir prise le jour de sa promenade avortée.

– Alors, on est d'accord. On ira danser à Parken.

Et elle s'en va. Comme emportée par le vent.

Liisa partage un deux-pièces au rez-de-chaussée avec une autre Finlandaise, Ritva. Leurs noms sont inscrits sur un bout de papier punaisé à la porte. Pendant qu'elle tâte le mur à la recherche de l'interrupteur, Eivor entend *Blueberry Hill* de Fats Domino. La sonnette ne fonctionne pas. Elle frappe et Liisa ouvre, un verre à la main.

– Salut, dit-elle. Bienvenue chez les fous. Entre !

Elles se préparent un mélange d'aquavit et de limonade et vont s'installer dans la chambre de Ritva. La vieille tapisserie est sale et l'ameublement rudimentaire, pourtant, aux yeux d'Eivor, cet appartement regorge de vie contrairement à son studio impersonnel à Sjöbo.

Ritva travaille dans l'usine de confection Lapidus.

Elle a le même âge que Liisa, mais leur ressemblance s'arrête là. Elle est petite et boulotte avec des cheveux blonds mi-longs.

Un tourne-disque est posé sur un tabouret et des vinyles sont éparpillés sur la table en acajou. Le son est au maximum.

Liisa remplit un verre qu'elle tend à Eivor.

– À la tienne, dit-elle.

C'est fort, Eivor avale en frissonnant. Elle n'est pas habituée à l'alcool, mais les deux filles ne semblent pas s'en rendre compte. Ritva pose un nouveau disque sur la platine. *Living Doll* de Cliff Richard.

À dix-neuf heures, Ritva et Liisa préparent la suite de la soirée. Des noms de garçons fusent mais la question semble surtout tourner autour de l'organisation pratique. Faut-il d'abord passer au café Cecil afin de trouver quelqu'un pour les emmener à Parken ou vaut-il mieux y aller directement en bus ?

L'heure étant déjà avancée, c'est la dernière solution qui l'emporte. Les deux filles se coiffent et se maquillent.

– C'est bien comme ça ? demande Liisa en se tournant vers Eivor.

Celle-ci constate avec soulagement que son maquillage n'est pas très éloigné du sien. Ses vêtements non plus, d'ailleurs. Comme ses amies, elle porte un chemisier et une jupe plissée.

Parken est situé sur la route de Sjöbo. Il y a foule. Elles payent et on leur applique sur la main un curieux tampon qui n'est visible que sous une lampe particulière.

À partir de maintenant, chacun de mes gestes compte, se dit Eivor. Est-ce que je vais réussir mon examen ? Avec qui dois-je accepter de danser ? Qui refuser ? Où dois-je me placer ? Que dois-je dire ? Quand dois-je me taire ? Qu'est-ce qui est bien ? Qu'est-ce qui est vrai ? Faux ?

Elle a la tête qui tourne un peu, mais elle n'est pas ivre comme Liisa et Ritva qui ont du mal à marcher. Ritva a même apporté la bouteille entamée que les deux amies s'apprêtent à aller terminer aux toilettes quand Eivor est invitée à danser.

Il a au moins quinze ans de plus qu'elle. Ses cheveux sont clairsemés et il sent la bière, mais elle accepte et le suit sur la piste bondée. C'est un slow. Il la serre contre lui, il est mal rasé et transpire, elle décide cependant d'en faire abstraction et de se concentrer sur la danse.

– C'est bien ici, dit-il entre deux morceaux.

– Oui.

– Mais c'était mieux samedi dernier.

– Oui. Beaucoup mieux.

La musique reprend. *Twilight Time*.

Une grosse boule scintillante tourne au plafond. L'homme danse mal, ce qu'elle trouve à la fois agaçant et rassurant. Il y a donc des gens qui dansent moins bien qu'elle.

La musique cesse et l'homme lui propose encore une danse qu'elle refuse, prétextant que ses amies l'attendent. Avant de pouvoir rejoindre Liisa et Ritva, elle est de nouveau invitée. Ce n'est qu'à la pause qu'elle retrouve Liisa installée à une table avec un garçon finlandais.

– Tu as vu Ritva ? lui crie Liisa.

– Non.

– Tu n'arrêtes pas de danser, dis donc !

– Oui, c'est vrai.

– Alors tu vois !

– Quoi donc ?

– Que c'est mieux de sortir avec moi que de rester chez toi !

Liisa reprend la discussion avec son ami en finnois. Ne comprenant pas un mot de ce qu'ils se disent, Eivor se retire pour aller se poudrer le nez. Aux toilettes, il y a un monde fou. Une fille a vomi et on lui passe la tête sous le robinet. Elle semble ivre morte et ne tient pas sur ses jambes. Sa pâleur fait peur. Comment a-t-elle pu boire autant ? Eivor jette un regard rapide dans la glace, arrange ses cheveux et sort. L'orchestre recommence à jouer et elle est immédiatement invitée par quelqu'un avec qui elle a déjà dansé. C'est un homme grand et maigre aux cheveux noirs et brillants et aux dents d'une blancheur éclatante. Il ne danse pas très bien lui non plus, mais au moins il ne l'écrase pas et ses mains restent sagement à leur place sans jamais essayer de descendre en dessous de sa taille.

La danse se termine et il lui propose d'aller boire un Coca-Cola. Elle accepte.

– Je m'appelle Tom, dit-il quand ils ont réussi à trouver deux chaises vides.

– Eivor.

– Tu viens souvent ici ?

– C'est la première fois.

Il lui pose des questions et elle lui parle de Konstsilke, de Liisa, de Sjöbo. Mais elle préfère dire qu'elle est originaire d'Örebro et non de Hallsberg. Et Tom, ce garçon aux dents incroyablement blanches ? Que fait-il, lui ? Il habite près de Borås, à Skene, où il travaille dans le garage de son père. Il a vingt ans et va à Parken tous les samedis, parfois aussi le mercredi.

– Tu aimes le sport ? demande-t-il.

– Je ne sais pas. Pourquoi ?

Il lui raconte alors qu'il a connu un des plus beaux

238

moments de sa vie deux ans auparavant. Lors de la Coupe du monde de foot. L'équipe du Brésil était logée à Hindås, entre Göteborg et Borås, et il a eu la chance de trouver un boulot d'été dans leur hôtel.

– J'ai les autographes de tous les joueurs, dit-il. De Pelé, Garrincha, Didi, Vava… De tous.

Eivor sait que la Coupe du monde a eu lieu en Suède, bien sûr, elle n'est pas totalement ignare, mais elle ne connaît pas les joueurs dont il parle.

Ils retournent sur la piste. Il la serre de plus en plus fort mais sans aller trop loin. La dernière danse terminée, Eivor cherche en vain Liisa et Ritva et accepte, après une petite hésitation, que Tom la ramène en voiture. Il semble très correct, elle n'a pas de raison de se méfier de lui.

Elle monte dans sa Volvo Amazon qui brille de mille feux. Il doit lui consacrer beaucoup d'amour et de temps. Les sièges sont recouverts de housses en velours rouge et ça sent bon la lotion après rasage.

– Je me repère assez bien dans cette ville, dit-il. Il suffit que tu me donnes l'adresse.

Il se gare devant son immeuble qu'il a trouvé sans hésiter.

– Je peux monter ? demande-t-il.

– Non.

– On peut se voir demain ? On pourrait aller au cinéma ?

– D'accord.

– Le Skandia passe un film allemand, *Les Mutins du Yorik*, avec l'acteur… comment s'appelle-t-il déjà ?

– Horst Buchholz ?

– Oui, c'est ça. Je peux venir te chercher si tu veux. Ou alors on se retrouve en ville.

– Oui, je préfère.

– Au Cecil. À dix-neuf heures ?

– D'accord.

Elle ignore pourquoi elle ne veut pas qu'il vienne la chercher. Peut-être pour ne pas paraître trop intéressée, pour garder une distance.

Le Cecil est situé près de la salle de cinéma Saga. Eivor monte l'escalier qui mène au café, trébuche et se cogne le front. Pas vraiment un bon début. Elle ferait peut-être mieux de rentrer chez elle, mais elle décide de continuer.

Ce lieu semble être le point de rencontre des *raggare*. Eivor se sent tout de suite à l'aise. Les gens sont habillés comme elle. Les garçons portent des blousons de cuir noir, des pantalons étroits, des cols roulés. Les filles ont les cheveux décolorés, les yeux maquillés et les lèvres rose clair. D'un juke-box vient une musique qu'elle connaît : *King Creole* d'Elvis, bien entendu ! Elle a le même disque. Elle cherche Tom-le-Garagiste du regard mais il ne semble pas être encore arrivé. L'horloge sur le mur indique dix-huit heures cinquante, elle commande un café, s'assied à une table et sort un paquet de cigarettes. Elle a beau s'entraîner, elle ne trouve pas ça bon.

Le café est tiède et le goût du tabac mauvais. À dix-neuf heures, Tom n'est toujours pas là. Un peu de retard doit faire partie du jeu. Il ne faut pas paraître trop intéressé. Les filles doivent savoir attendre et elle n'est pas une exception à la règle. Il fait chaud, la salle est bruyante, les disques du juke-box se suivent sans interruption. Enfin, l'essentiel est qu'il soit là à l'heure pour le début du film ! Il faut combien de temps pour aller au Skandia ? Cinq minutes, pas plus, à condition de marcher vite… OK, Tom, prends ton temps, je t'attendrai…

Au bout d'une heure, il n'est toujours pas arrivé. Elle n'est ni fâchée ni froissée, seulement triste. Elle a donc échoué à son examen. S'est-elle montrée trop réservée, trop sage ? Une fille qui ferme sa porte trop rapidement ?

On ne peut quand même pas inviter n'importe qui chez soi sous prétexte qu'on a accepté quelques danses à Parken ? À moins qu'elle ait mal compris ? Ils avaient peut-être rendez-vous devant le cinéma ? Elle était fatiguée hier soir, il se peut qu'elle ait oublié ce qu'ils ont réellement décidé.

Elle se précipite vers le Skandia et arrive dix minutes avant le début du film. Pas de Tom. Peut-être l'attend-il dans la salle ? Elle prend son billet et entre. La publicité a déjà commencé. Elle cherche un fauteuil dans l'obscurité en espérant l'entendre appeler son nom. Il n'y a pas grand monde et elle comprend vite pourquoi. C'est un vrai navet, même Horst Buchholz est mauvais !

La soirée est ratée. Si seulement elle savait pourquoi il n'est pas venu. Peut-être l'a-t-il trouvée si ennuyeuse qu'il n'a même pas voulu l'emmener voir un mauvais film allemand.

Le bus vient de partir et le suivant n'est que dans une demi-heure. Elle est frigorifiée. Pour ne pas se transformer en glaçon, elle commence à marcher et se retrouve soudain, sans s'en être rendu compte, devant le bâtiment en brique rouge qui porte l'enseigne « Algot ». Bien qu'on soit dimanche, il semble y avoir une grande activité. Eivor voit des ombres se déplacer derrière les fenêtres.

C'est là qu'elle veut travailler. Là et nulle part ailleurs. Là où on fabrique des vêtements et pas des pneus. Elle va leur montrer ce dont elle est capable !

Peut-être pourra-t-elle un jour participer à la conception de nouveaux modèles.

Elle repart en courant vers la place pour ne pas rater le dernier bus et a tout juste le temps de se glisser entre les portes qui se referment derrière elle.

Elle a eu tout faux ! Tom lui a posé un lapin et le film était nul, mais au moins a-t-elle pu constater qu'Algot est toujours à sa place. Qu'est-ce qu'elle fiche à Konstsilke ? Elle qui sait coudre ! Elle n'a donc aucune ambition ? Demain, elle demandera conseil à Liisa.

Le contremaître a fait savoir à Eivor et Liisa qu'elles rejoindront l'équipe des trois-huit dans une semaine. Cela signifie un meilleur salaire mais aussi qu'il va falloir se lever la nuit.

Le lundi, après le travail, Eivor fait un tour dans les grands magasins. Il y a tant de choses qui lui font envie.

– Je peux vous aider ?

La vendeuse, aimable mais qui semble s'ennuyer, a le même âge qu'elle.

– Je regarde, murmure Eivor.

– Je vous en prie.

Quarante-deux couronnes pour ce pull ! Le quart de son salaire.

– Vous l'avez dans ma taille ?

– Bien sûr. Vous voulez l'essayer ?

Le pull est parfait. Il lui donne même l'air d'avoir quelques années de plus. Pour seulement quarante-deux couronnes.

La vendeuse passe sa tête dans la cabine d'essayage.

– Il vous va bien.

– Oui… je le prends.

Eivor paie et termine cet après-midi onéreux par un

repas au restaurant du grand magasin Tempo. Sur le chemin du retour, elle s'arrête dans une papeterie pour acheter du papier à lettres et un magazine de mode. Le magazine pour elle et le papier à lettres pour écrire à ses parents à Hallsberg. Ils doivent se demander pourquoi elle ne donne pas de ses nouvelles.

Pelotonnée sur son lit, elle relit la lettre. Elle est presque gênée. Tout va bien, dit-elle, le boulot, l'appartement, Liisa, la ville, les magasins. Ce n'est pas la vérité, mais ce n'est pas non plus un mensonge. Au moins, ils seront rassurés. Il ne faut pas qu'ils s'inquiètent. Pourquoi leur dire qu'elle a bu de l'alcool et qu'un garçon lui a posé un lapin ?

Mardi. Une nouvelle journée de travail. Retour à Konstsilke. Retour aux machines, ces bêtes hurlantes et insatiables. Retour à ces fils interminables qui l'épuisent comme des vers solitaires.

Mais lorsqu'elle arrive, rien n'est comme d'habitude. Devant la pointeuse se tient le contremaître qui crie à travers le vacarme qu'aujourd'hui ils ne seront pas payés à la tâche mais à l'heure. Demain aussi peut-être. Voire jusqu'à la fin de la semaine…

Puis il se retire rapidement dans sa cage de verre sous les huées des ouvriers. Liisa, qui refuse de se laisser faire, le suit en entraînant Eivor avec elle. D'autres les rejoignent, mais leurs protestations restent sans effet. Pas de discussion possible, l'ordre vient de l'ingénieur en chef. Il y a une chute inattendue des commandes.

– Ça doit être sacrément inattendu ! ironise Evald Larsson. On ne vous a prévenus que cette nuit ?

– Je ne peux rien faire. Retournez à vos machines !

– Appelez le représentant syndical !

– Vous n'avez pas le droit de vous réunir pendant les heures de travail !

– Non, mais à la pause déjeuner il faut qu'il nous retrouve à la cantine et si ça déborde un peu, tu devras l'accepter.

– Impossible, je…

– Bien sûr que tu peux, merde ! l'interrompt Liisa.

Nilsson, le représentant syndical, arrive tout essoufflé de l'atelier de teinture. Il a les mains noires et les cheveux en bataille. Les ouvriers apprennent avec consternation qu'il n'était même pas au courant.

– On ne peut pas accepter ça ! rugit quelqu'un.

– Non, mais je vais essayer de trouver l'ingénieur en chef pour savoir ce qui se passe, répond Nilsson.

– Dis-lui qu'on veut être payés à la tâche.

– Ne crie pas, merde ! Je ne suis pas sourd !

Il s'en va en courant et les ouvriers retournent terminer leur déjeuner.

– Pourquoi ils agissent comme ça ? demande Eivor à Evald Larsson, son voisin de table.

– Parce que les ingénieurs croient qu'ils peuvent faire ce qui les arrange. J'espère que tu es syndiquée, ma petite ? ajoute-t-il. Il faut que tu sois au Syndicat du textile. Ici on doit être syndiqué, à moins que tu aies envie d'arrêter de bosser demain ?

– Non, pas vraiment.

Nilsson a eu du mal à pénétrer dans les sacro-saints bureaux des ingénieurs mais il a fini par rencontrer Levin, l'ingénieur en chef, qui lui a confirmé que les ouvriers seraient de nouveau payés à la tâche dès que la production serait redevenue normale. Ce qui ne saurait tarder. Nilsson rapporte ses propos aux ouvriers.

– Dans ce cas, on arrête de travailler, déclare Larsson, l'air sombre.

– Je ne vous le conseille pas, répond Nilsson.

Ce que fait l'ingénieur en chef est illégal, mais il

sait très bien que c'est le seul moyen d'obtenir un résultat. *La paix sociale a un caractère sacré mais cette sacralisation n'a pas le même sens pour les ouvriers.*

– Attendez demain, demande le représentant syndical. Levin m'a dit que… Demain, je tâcherai d'en savoir davantage.

Mais il n'en saura pas plus. Le secret est gardé bien au chaud chez l'ingénieur en chef, loin du vacarme assourdissant des machines. Mieux vaut que les ouvriers ignorent l'annulation sans préavis de deux contrats en cours et qu'ils restent persuadés que l'usine est dirigée d'une main ferme et dynamique. D'ailleurs, supprimer les salaires au rendement ne fera pas de mal. Ça rendra les ouvriers plus réceptifs lors des négociations à venir.

Un ensemble de réseaux verticaux compliqués sépare le grand patron de la masse des ouvriers, à laquelle appartient Eivor Maria Skoglund. Un labyrinthe pour elle. Une structure de pouvoir pour lui. Elle connaît l'ingénieur en chef, du moins de nom, alors que pour lui elle n'est qu'une petite ouvrière anonyme parmi d'autres.

Dans l'après-midi, ayant appris que les ouvriers du tordage grognent et menacent de s'arrêter, Levin donne l'ordre à la comptabilité de diminuer les salaires de ceux qui protestent. Hansson, le contremaître, va faire le tour pour vérifier que ceux qui continuent à travailler n'en pâtissent pas.

Levin a trente-sept ans. Il connaît le monde de l'industrie et suit de près son évolution technique. Il sait quels sont les produits qui ont un avenir et lesquels sont destinés à disparaître. Il sait que, dans six ou sept ans, il sera préférable de chercher du travail ailleurs car tout indique que l'usine de Konstsilke mettra la clé sous la porte. Lorsque les ouvriers apprendront les premiers préavis de licenciement, lui et les autres ingénieurs auront déjà pris leurs dispositions. Premier averti, premier servi. C'est ainsi et ce sera toujours ainsi.

Les ouvriers terminent le travail en cours et croisent ensuite les bras, mécontents. Le contremaître les regarde comme s'il assistait à une action profondément immorale.

Nilsson arrive, le visage cramoisi. Le représentant syndical sait qu'il va avoir droit à une terrible engueulade de la part de Levin.

– Vous auriez pu attendre jusqu'à demain, merde ! se plaint-il.

Evald Larsson fait un geste de refus, puis il désigne Eivor :

– En voilà une qui veut adhérer. C'est ton boulot de veiller à ce que les nouveaux payent leur cotisation.

– Oui, mais il y a une telle rotation de gens que je n'ai pas eu le temps.

Eivor se souvient de sa première rencontre avec le chef du personnel. Il avait bien parlé d'une « équipe stable ». Pourquoi arrêtent-ils tous de travailler ? Il va falloir que Liisa lui explique. Elle veut comprendre.

Le seul moyen de coincer Liisa à la fin de la journée c'est de l'attraper par le bras et de lui proposer d'aller prendre un café.

– Au Cecil ?

– Trop bruyant. Plutôt au café de la Maison du Peuple.

– Je n'y ai jamais été.

– Moi non plus.

Une fois le café et les gâteaux terminés, Eivor demande à Liisa si elle peut lui expliquer ce qui se passe.

– Non, mais je peux te parler de mon grand-père.

En le mentionnant, Liisa baisse la voix et sa façon de s'exprimer change. Son grand-père, c'est ses racines dans sa lointaine Finlande. C'est grâce à lui qu'elle a appris à se méfier des patrons. Les temps ont beau avoir changé, aux yeux de Liisa, les paroles d'Olavi Taipiainen sont toujours valables.

– Qu'est-ce que tu sais de la Finlande ? demande-t-elle.

– Pas grand-chose. Pratiquement rien. Je sais que votre drapeau est blanc et bleu.

Une fois lancée, Liisa est intarissable.

– Mon grand-père Olavi est né en 1889, commence-t-elle. Vu ce qu'il a enduré au cours de sa vie, c'est un mystère qu'il soit encore parmi nous. À neuf ans, il travaillait dans une usine à Tammerfors. De six heures du matin à huit heures du soir. Ses parents avaient une petite ferme à quelques dizaines de kilomètres de là et il a donc fallu qu'il habite dans un orphelinat où il ne mangeait que des pommes de terre, un peu de poisson et du lait caillé. Tu imagines, à neuf ans il s'épuisait déjà au travail ! Quoi de plus naturel qu'il devienne social-démocrate ? Mais ça n'a rien à voir avec les sociaux-démocrates d'aujourd'hui. Du temps de mon grand-père, ils voulaient tout foutre en l'air. La Finlande a eu son indépendance après la révolution russe et la guerre civile a éclaté en janvier 1918. Les sociaux-démocrates ont mis sur pied leurs propres forces de sécurité, les Gardes rouges, et sont partis en guerre contre les bourgeois, les Gardes blancs, qu'ils appelaient les Bouchers. Mais les Gardes rouges ont perdu. Peut-être parce qu'ils étaient mal organisés ou qu'ils avaient mal choisi le moment. Toujours est-il qu'une fois la guerre terminée, les Bouchers ont fait régner la terreur en exécutant les sociaux-démocrates : les hommes, les femmes et même les enfants. Mon grand-père a passé deux mois en prison. Tous les

matins, les Gardes blancs venaient chercher des prisonniers pour les exécuter. Il entendait les coups de
fusil et les cris… Il s'étonne encore d'y avoir échappé.
Sa condamnation à mort s'est transformée en prison à
perpétuité et en ce qu'ils appelaient la « confiscation
de la confiance citoyenne » jusqu'à la fin de ses jours.
Mais au bout du compte, il a été relâché. D'après lui,
la guerre civile dure encore aujourd'hui. Il a exercé
un tas de métiers. Forgeron et maréchal-ferrant, entre
autres. À présent, il est vieux mais il n'a rien perdu de
sa rage. Il vit avec nous à Tammerfors et quand j'étais
petite c'est lui qui m'a raconté tout ça. Sans lui, je
serais une imbécile ignorante. Je n'aurais pas compris
que les ingénieurs nous mangent la laine sur le dos.
Ici c'est pareil qu'en Finlande, même si ce n'est pas
aussi visible. Maintenant qu'ils ne veulent plus nous
payer à la tâche, il faut qu'on… On n'arrivera pas
à vivre avec un salaire horaire ! À moins de dormir
sous la tente et de ne plus manger. La seule solution,
c'est d'arrêter de travailler. Ce que nous avons fait
aujourd'hui. Et que nous ferons aussi demain s'ils ne
cèdent pas.

– Et si on nous met à la porte ?

– Qui leur tordra leurs putains de fils ? Ils feront
ça eux-mêmes, tu crois ? Non, il faut être conscient
de sa valeur.

Eivor lui pose encore quelques questions et Liisa
répond du mieux qu'elle peut, même si celles-ci sont
naïves.

– En fait, tu ne sais rien, finit-elle par dire en riant.
Tu faisais quoi avant de venir ici ?

– Je vivais à Hallsberg.

– Toute seule ?

248

– Non... Je me souviens d'un 1er mai où je suis allée à une manifestation.

– C'est tout ? Tu as encore beaucoup à apprendre.

– Sans doute.

– Moi aussi. Mon grand-père me manque tellement ! Plus que mes parents et mes frères et sœurs. Il a une telle force... Je vais le revoir cet été quand je retournerai en Finlande. Maintenant, rentre chez toi. Il faut qu'on soit bien reposées demain au cas où il y aurait encore des emmerdements. On ne sait jamais.

Le lendemain, le contremaître annonce que le grand patron a donné l'ordre de revenir « à la tâche ».

– Et pour hier on sera payés comment ? se renseigne Evald Larsson.

– Vous verrez ça dans votre enveloppe, répond Hansson avant de se retirer dans sa cage en verre.

– Merde ! lui crie Liisa, mais il ne l'entend pas.

Au début de la pause, Nilsson arrive à la cantine en courant pour annoncer qu'il fera ce qu'il pourra pour qu'ils soient quand même payés pour l'heure où ils ont arrêté de travailler. Enfin, il va essayer...

– Et il va réellement essayer ? demande Eivor.

– Non, répond Liisa.

– Mouais, répond Larsson.

– Je peux t'assurer que non, insiste Liisa.

– On verra bien, dit Larsson.

Et cette fois, c'est lui qui a raison. Il n'y aura pas de réduction de salaire. Non pas grâce à l'efficacité de Nilsson, mais à cause d'une erreur de comptabilité qui vaudra au responsable une sévère réprimande de la part de Levin.

L'hiver ne sera ni long ni rigoureux. Déjà, à la mi-février, le froid lâche prise comme s'il n'avait plus de force. Eivor regarde le thermomètre avec satisfaction. C'est plus facile de sortir quand le froid ne vous tombe pas dessus. Surtout maintenant qu'elle fait les trois-huit et qu'elle doit parfois se lever à trois heures du matin.

Un jour, elle reçoit une lettre du bureau du personnel lui signifiant qu'ils ont besoin du studio qu'elle occupe. Elle épluche les petites annonces dans les journaux locaux à la recherche d'un nouveau logement et, le dernier samedi de février 1960, elle va visiter un appartement. La femme qu'elle a eue au téléphone n'a pas été très aimable, mais elle décide quand même d'aller voir.

Elle a rendez-vous au deuxième étage d'un vieil immeuble sombre situé derrière le tribunal, pas loin de chez Liisa et Ritva. Le bâtiment est plutôt triste d'aspect, mais l'avantage c'est qu'elle pourrait aller au travail à pied.

Elle monte et sonne. Un jeune homme de son âge lui ouvre. Il est vêtu d'un pardessus marron, d'une écharpe et de gants en daim, visiblement prêt à sortir.

– C'est vous, Eivor Skoglund ? Je m'appelle Anders Fåhreus, se présente-t-il en expliquant qu'il remplace sa mère qui a eu un empêchement. Entrez, je vous en prie. L'appartement n'est pas chauffé vu qu'il est inhabité. Ma mère est la propriétaire de l'immeuble.

D'une voix légèrement nasillarde, il montre le lieu et explique.

L'appartement se compose d'une pièce défraîchie, d'une cuisine et d'une salle de bains avec une baignoire fissurée. Eivor sent des courants d'air passer sous les fenêtres, elle voit le lino usé aux bords mal ajustés et le jaune décoloré du papier peint. Tout est vieux et mal entretenu mais c'est bien situé et le loyer intéressant, d'après l'annonce.

– Quarante-cinq couronnes par mois, dit le jeune homme, comme s'il avait lu dans ses pensées.

Il allume sa pipe, penché contre le rebord de la fenêtre, et regarde dehors. La lumière du réverbère éclaire son visage pâle et dévoile quelques boutons sur son front. Il a l'air pressé, songe-t-elle. C'est samedi soir, il va certainement à une fête.

Eivor a fini par comprendre qu'il y a deux places importantes dans la ville, chacune constituant le territoire d'une catégorie de jeunes. Södra Torget, avec la gare routière, est le lieu de rencontre des *raggare*. C'est autour de cette place qu'ils tournent dans leurs grosses voitures américaines et c'est là qu'est situé le café Cecil. Les lycéens, eux, se retrouvent sur la Grand-Place, sur les bancs autour de la statue du roi Gustave II Adolphe. Ils draguent sans voitures. Leur lieu de rendez-vous, équivalent au Cecil, est le salon de thé Spencer. Entre les deux groupes règne une hostilité non dissimulée, un mépris ouvert. Si elle le sait, c'est grâce à Liisa.

– Alors ? s'impatiente-t-il, je suis un peu pressé. Il vous convient ? Il faut vous décider rapidement, beaucoup de gens sont intéressés.

– Oui, merci. C'est d'accord.

– OK. Trois mois de loyer d'avance, ensuite vous réglerez par trimestre. Allez voir ma mère lundi, elle préparera le contrat et vous donnera les clés. Et surtout, n'oubliez pas l'argent.

Il se lève.

– On y va, dit-il. Vous aussi vous êtes pressée, j'imagine.

– Pas vraiment.

Il ferme la porte à clé et ils descendent.

– Vous allez dans quelle direction ? demande-t-il poliment.

– Je prends le bus pour Sjöbo.

– Oh putain !

– Pourquoi ?

– Je comprends que vous vouliez déménager. Personne n'a envie de vivre à Sjöbo.

Eivor sent la colère monter en elle. De quel droit se permet-il de salir les gens de Sjöbo ? Le gouffre qui existe entre eux, celui dont Liisa lui a parlé, devient tangible.

– Qu'est-ce que vous reprochez à ceux qui habitent à Sjöbo ? demande-t-elle.

Il ne semble même pas être conscient de son arrogance.

– J'y suis allé une fois pour une fête, mais on est vite repartis. Là-bas il n'y avait que des ouvriers bourrés et des Finlandais.

– Moi aussi je suis ouvrière.

– Quoi ?

– Vous parlez de gens comme moi.

Se rendant enfin compte qu'il l'a vexée, il change de ton.

– Ne le prenez pas mal, dit-il, en lui saisissant le bras. Je ne parle pas de vous. C'est seulement que... Oui, les gens sont différents. Vous allez où ? À Södra Torget ? Je peux vous accompagner jusqu'à l'église, après je vais dans une autre direction. En fait, je vais à une soirée dansante au lycée.

– Ah bon ?

Elle a déjà entendu parler de ce genre de soirées, elle sait qu'ils y jouent une musique incompréhensible. Du jazz.

– Et après je vais à une fête. Vous voulez venir ?

252

La question est tellement inattendue. Il semble pourtant sérieux, il a même l'air gentil. Derrière ce triste pardessus il y aurait donc un être humain ?

– Non. Je ne crois pas.

– Pourquoi ?

– Ça ne me dit rien. Je ne connais personne.

– Moi non plus. Pas grand monde, en tout cas.

– C'est non.

– Bon, tant pis. Alors salut.

– Salut.

Et ils se quittent. À la hauteur de la bibliothèque, Eivor s'arrête et se retourne. Derrière l'église, elle voit se dresser le bâtiment en brique rouge du lycée. L'entrée est éclairée, de même que la salle. Des lycéens la dépassent et elle éprouve une légère tentation de les suivre. Une envie instinctive d'entrer sur un terrain inconnu bien qu'elle flaire le danger. Elle n'y a pas sa place. Son amie Åsa aurait pu y aller, elle qui connaît les codes, la langue et les gens. Non, le danger que dégage le bâtiment est plus fort que la tentation. Si elle veut sortir, ça sera au Cecil ou à Parken. C'est là que se trouve son monde à elle.

Elle se dit que les gens sont différents en tout. Aussi bien en ce qui concerne la manière de s'habiller que celle de parler, de rire, de penser. Même de fumer. Un garçon qui se pointerait au Cecil en fumant la pipe serait aussitôt rejeté.

Mais peu importe. Elle chantonne en dévalant les marches vers Södra Torget. Elle a trouvé un appartement. Du premier coup. Qui dit mieux ? Et en plein centre-ville. À dix minutes à pied de son boulot.

Elle pourra dormir une demi-heure de plus le matin, elle fera des économies sur les transports et n'aura plus besoin de se geler la nuit devant l'abribus. Si elle faisait un tour au Cecil pour voir si Liisa et Ritva y sont ? Non, elle est fatiguée. Et elle n'a pas d'argent. Vu ce qu'il y a à faire dans son nouvel appartement, elle a intérêt à mettre de côté chaque sou. Elle va enfin pouvoir proposer à sa mère de venir. D'autant plus qu'Elna lui donnera certainement un coup de main pour l'installation.

Lundi après-midi, Eivor prend le bus comme d'habitude. Non pas pour se rendre à Sjöbo, mais dans une banlieue lointaine bien plus chic, Brämhult, où elle a rendez-vous avec Mme Fåhreus, sa nouvelle logeuse, pour signer le contrat et payer trois mois de loyer d'avance.

Une grande plaque en cuivre confirme que la villa blanche est bien celle de la famille Fåhreus. Eivor s'engage dans l'allée gravillonnée et plus elle avance, plus elle se sent petite.

Ce n'est pas Mme Fåhreus qui lui ouvre la porte, mais son fils, Anders, qu'elle a rencontré samedi dernier. Aujourd'hui il est habillé d'une veste bleu marine avec un blason, d'une chemise et d'une cravate à fines rayures.

– Entre, dit-il aimablement en la tutoyant et en lui demandant si elle n'a pas eu de mal à trouver.

Le vestibule est une véritable salle à colonnes. Anders lui prend son manteau et la conduit dans un salon avec des canapés moelleux, une grande cheminée, des tableaux et des miroirs dans des cadres dorés.

– Assieds-toi, je t'en prie, dit-il. Ma mère a malheureusement dû aller voir le médecin. Mais je peux très bien m'occuper de ça, ajoute-t-il en désignant un livre jaune posé sur une table en verre, « Le livret du locataire ». Tu veux une tasse de café ?

– Non… oui, pourquoi pas, répond-elle en s'asseyant au bord d'un canapé en cuir.

Il se lève et commande du café à travers une porte entrebâillée.

Il y a donc quelqu'un d'autre dans cette maison. Un frère ? Une sœur ?

– Dommage que tu ne sois pas venue samedi, dit-il en se calant dans un fauteuil. La soirée était très réussie.

– Ah bon ?

Elle jette un regard circulaire dans la pièce.

– Oui, c'est assez beau ici, dit-il. Ça, ça vient de Rome, explique-t-il en indiquant une statue posée sur une colonne noire. Mon père l'a achetée il y a quelques années. C'est un dieu grec. Curieusement.

– Ah oui ?

– Je veux dire que c'est curieux de trouver un dieu grec en Italie. C'est une copie mais elle est très ancienne. Il était là-bas pour un congrès. Mon père, je veux dire, pas le dieu.

– Qu'est-ce qu'il fait ?

– Le dieu ou mon père ? Il est chef du service de chirurgie de l'hôpital ici, à Borås. Mais en ce moment il est en Californie en tant que professeur invité. Sa spécialité ce sont les tumeurs cérébrales inopérables. J'irai probablement le voir cet été.

Une domestique apporte un plateau qu'elle pose sur la table. Eivor a l'impression de l'avoir déjà vue quelque part, mais où ? Au Cecil ? À Parken ?

– Tu prendras du sucre ?

– Oui, deux morceaux.

– Ma mère m'a dit que tu travailles à Konstsilke. C'est bien ?

– Ça va…

– Tu fais quoi ?

255

– Tordage de fils.

– Merde alors !

– Et toi ?

– Je suis au lycée. Section scientifique. Il me reste encore un an. Ça demande pas mal de boulot...

Il lui tend un paquet de cigarettes par-dessus le gouffre, ici matérialisé par la table.

– Je me demande comment c'est, de bosser dans une usine, dit-il en bourrant sa pipe.

Elle voit qu'il se ronge les ongles.

– Pose-moi des questions si tu veux, dit-elle.

– Je n'ai pas le temps maintenant, je dois préparer un contrôle d'anglais cet après-midi. Il faut absolument que j'aie une bonne note. Ma mère me donne cinquante couronnes pour chaque note au-dessus de seize.

– On te paye pour tes notes ?

– Oui, pour m'encourager.

Cinquante couronnes ? Plus qu'un mois de loyer ! Mais comment vivent-ils, ces gens !

– On pourrait se revoir, non ? Mercredi soir, par exemple. Je serai débarrassé du contrôle et le lendemain j'ai une journée de plein air. Je dirai que je suis malade.

– Ah bon ?

– On pourrait aller boire une bière au Ritz. Tu as bien dix-huit ans, n'est-ce pas ?

– Oui, mais je ne suis jamais allée au Ritz.

– Alors il est grand temps ! Tu habites ici depuis quand ? Tu viens d'où ?

– Depuis deux mois. Je viens de Hallsberg.

– J'ai dû passer par là en train. Pour le Ritz, qu'en dis-tu ? Je t'invite.

Eivor hésite. Elle sait que le Ritz est un restaurant qui se trouve près d'un des ponts. De quoi vont-ils bien pouvoir se parler ? Il propose un mercredi soir, mais elle n'a pas de journée de plein air le lendemain et ne pourra pas se permettre d'être malade. Il faut qu'elle travaille, elle, pour avoir de l'argent. D'un autre côté, elle ne commence qu'à quatorze heures le jeudi...

– D'accord, mais pas plus d'une heure ou deux, dit-elle en le regrettant aussitôt.

– Parfait. Rendez-vous là-bas mercredi soir. À sept heures trente. Devant l'entrée.

Puis elle inscrit son nom dans le livre jaune, paye les trois mois de loyer, reçoit une quittance et un trousseau de clés.

– Je suis content, dit-il en l'aidant à mettre son manteau.

Elle trouve ça ridicule. Elle est quand même capable de s'habiller toute seule !

– Il y a un bus dans cinq minutes, dit-il. Tu l'auras si tu pars tout de suite.

Eivor raconte à Liisa qu'elle a rendez-vous au Ritz avec le fils de sa logeuse. Liisa hausse les sourcils et la regarde longuement avant de répondre.

– Mais vas-y, dit-elle. Vas-y.

Rien d'autre.

Est-elle fâchée ? Ironique ?

Mercredi soir, au Ritz, Eivor se sent aussi perdue qu'elle l'avait craint. Elle laisse son manteau au vestiaire et Anders la conduit à une table près de la fenêtre. À plusieurs reprises il s'arrête pour saluer des gens. Eivor voit dans leurs yeux qu'ils la considèrent comme un petit coucou qui se trouve dans un nid qui n'est pas le sien.

– Deux bières, commande-t-il à la serveuse. Elle a dix-huit ans, je m'en porte garant, ajoute-t-il en regardant Eivor qui rougit de colère. Elle ne te connaît

257

pas, explique-t-il en allumant sa pipe. Ici il leur arrive d'être assez pointilleux.

– Comment s'est passé ton contrôle aujourd'hui ? demande-t-elle pour changer de sujet.

– Pas mal, je crois. Je pense que j'aurai une bonne note.

Un de ses camarades s'arrête à leur table et lui pose la même question, mais la réponse d'Anders est différente :

– Je ne sais pas. Pas terrible. Tiens, je te présente Eivor.

– Tu es au lycée de filles ?

– Elle loue un de nos appartements.

– Ah bon. Très bien. À demain…

– Il veut faire médecine, dit Anders. Déjà à l'âge de sept ans il voulait être médecin et il n'a pas changé d'avis depuis.

– Son père est médecin, je suppose.

– Oui, sa mère aussi.

– Et toi ?

– Je ne sais pas. Avocat, peut-être. Ou écrivain. Je n'ai pas encore décidé. Une autre bière ?

– Non, je ne crois pas.

– Bien sûr que si. Mademoiselle !

Il commande deux bières.

Médecin. Avocat. Écrivain. Qu'est-ce qu'elle fait ici ? Elle comprend le sourire méprisant de Liisa.

– À quoi tu penses ? demande Anders.

– À rien.

– À ta santé !

– Tu veux venir prendre un thé chez moi ? J'ai quelques amis qui passeront pour écouter de la musique.

Elle n'en a pas envie mais elle n'ose pas refuser.

– Il y a encore des bus à cette heure-ci ?

– On va prendre un taxi, bien sûr.

– Pour rentrer chez moi après, je veux dire.

– On va trouver une solution. Prenons encore une bière avant de partir.

Il demande qu'on appelle un taxi. Celui-ci est déjà là quand ils sortent du restaurant. Toujours aussi poli, il lui ouvre la porte avant de faire le tour et de monter de l'autre côté.

– J'ai une voiture, dit-il, une Morris, mais en ce moment elle est en réparation.

La maison est vide.

– Ils arrivent quand, les autres ? demande Eivor.

– Ils ne vont pas tarder, dit-il en lui prenant son manteau. Je vais te faire visiter la maison.

Jamais elle n'en a vu une aussi grande. Dans une pièce il n'y a que des fleurs, dans une autre que des livres. La chambre d'Anders est située à l'étage. Il a sa propre salle de bains. Aux murs sont accrochées des images de femmes plantureuses qui se baignent toutes nues.

– Des reproductions de tableaux de Zorn, explique-t-il.

Puis il montre une photo d'un Noir qui joue du saxophone.

– Charlie Parker. C'est le meilleur. J'ai tous ses disques.

Ils redescendent au salon.

– Qu'est-ce que tu veux boire ?

– Ils arrivent quand, les autres ?

– Très bientôt, répond-il en sortant des bouteilles et des verres. Moi je vais prendre un gin pamplemousse, et toi ? Tu aimes bien Dizzy ?

– Je préfère Elvis Presley.

Il éclate de rire et allume l'électrophone.

– Je n'ai aucun disque de lui, dit-il en s'installant dans le canapé à côté d'elle.

– Ils arrivent quand, les autres ? demande-t-elle pour la troisième fois.

– Ne t'inquiète pas, on les entendra, allez, raconte maintenant.

– Raconter quoi ?

– Parle-moi de toi. De la vie, de la mort. Tu lis Hemingway ?

– Non...

– Tu devrais.

Le *drink* est fort. Elle frissonne, croise les jambes et se pelotonne dans un coin. Elle sait que la maison est vide et elle a compris que ses amis ne viendront pas.

– À ta santé, dit-il en se servant encore un verre. Ne sois pas aussi craintive.

– Je ne suis pas craintive.

Il met un autre disque et lui dit de bien écouter parce que c'est Charlie Parker. Elle essaie de se concentrer mais elle n'arrive même pas à repérer la mélodie dans ce vacarme.

– Écoute le solo, dit-il en mettant son bras autour de ses épaules.

Elle le laisse faire, elle n'a pas vraiment peur. Elle le trouve même gentil. Ce n'est pas sa faute s'il est maladroit. Il ne doit pas s'en rendre compte. Il fait semblant d'être totalement absorbé par la musique et descend sa main dans le dos d'Eivor. Elle sent ses doigts suivre son soutien-gorge.

C'est ma faute, se dit-elle. Je n'aurais pas dû accepter de venir. Je n'aurais même pas dû sortir avec lui au Ritz.

Il se penche pour l'embrasser, mais quand il commence à défaire les boutons de son chemisier, elle repousse sa main.

– Reste jusqu'à demain, dit-il.

– Non.

– Pourquoi pas ?

Elle entend à sa voix qu'il est un peu ivre. Tout en l'embrassant, il cherche encore une fois à déboutonner son chemisier et elle écarte de nouveau sa main.

– Pourquoi tu fais ça ?

– Parce que je ne veux pas. Je te connais à peine.

En silence, ils écoutent la musique. Dès que le disque est terminé, il se jette sur elle et lui écarte brutalement les jambes. Tout va trop vite, elle n'a pas le temps de se défendre. Mais lorsqu'elle sent sa main sur son sexe, elle le gifle violemment.

– Tu me prends pour qui ? crie-t-elle, furieuse.

– Pour une poule de rockeur, dit-il.

– Et ça te donne tous les droits ?

– Fous le camp ! dit-il d'une voix tremblante. Va te faire foutre !

Il semble à la fois méprisant et mal à l'aise.

– Ils viennent quand, les autres ? ironise-t-elle.

Elle n'a pas peur de lui. Il ne l'impressionne pas avec sa voiture, son argent et son immense maison.

– Dehors, dit-il en se levant. Fous le camp d'ici !

Elle prend son manteau et elle s'en va.

Quel petit merdeux. Ils sont tous comme ça ?

Pendant près d'une heure, elle attend le bus en grelottant de froid. Elle s'inquiète pour son contrat, mais elle se rassure en se disant qu'il ne se vantera pas d'avoir ramené une ouvrière de Konstsilke chez eux. Sa mère n'en saura rien.

Le lendemain, elle raconte sa soirée à Liisa.

– Alors, tu vois ! dit-elle. C'est bien ce que je t'avais dit.

– Tu ne m'avais rien dit, riposte Eivor.

La pause déjeuner se termine. Il y a beaucoup de

261

travail. La journée a mal commencé et ne va pas en s'améliorant.

Mardi après-midi, Eivor va chercher Elna à la gare de Borås. Les retrouvailles sont joyeuses et elles traversent la ville à pied, portant la valise d'Elna à tour de rôle.

– Tu restes combien de temps ? demande Eivor.

– Jusqu'à la fin de la semaine.

– Tout va bien à la maison ?

– Erik te dit bonjour.

Elles croisent un des collègues d'Eivor qui leur fait un signe de la tête. Eivor a du mal à dissimuler un petit sourire.

– C'était qui ? demande Elna au bout de cinq minutes.

– Quelqu'un du boulot.

– Il s'appelle comment ?

– Je ne sais pas. Il y a beaucoup de monde à l'usine.

– Tu ne connais même pas leurs noms ?

En arrivant devant la porte, Eivor voit le délabrement de l'immeuble à travers les yeux de sa mère. Elle ne peut pas s'empêcher de penser à la magnifique villa de sa logeuse, cette femme qu'elle n'a toujours pas rencontrée.

– C'est vraiment ici ? demande Elna, sans cacher sa déception.

– C'est un peu mieux à l'intérieur.

– J'espère.

Elna fait le tour de l'appartement sans dire un mot. Les meubles qu'Eivor a achetés à la salle des ventes et qui viennent d'une ancienne pension de famille n'ont pas de quoi lui remonter le moral. Il y a un lit, un canapé en velours défoncé, une table en teck, une lampe, quelques chaises en bois, une table de cuisine peinte en bleu sur laquelle quelqu'un a dessiné une tête de diable.

Eivor s'assied dans le canapé en attendant qu'Elna ait terminé son inspection.

– Comment va le chat ? demande-t-elle.

– Bien.

Elna sort de la cuisine. Elle semble moins tendue.

– L'appartement est très bien placé, je suis en plein cœur de la ville, comme je t'ai déjà dit dans ma lettre, rappelle Eivor. Je mets seulement sept minutes pour aller au boulot. En marchant vite.

– Comment sont tes voisins ?

Eivor n'en a aucune idée. Elle n'est là que depuis deux jours.

Elna ne pose pas d'autres questions sur son installation.

– Qu'est-ce que je peux faire pour t'aider ?

Eivor lui montre « le livret du locataire ». Dans les *clauses particulières*, il est écrit à l'encre noire que le locataire est autorisé à refaire la peinture et à changer le papier peint à ses frais.

– La cuisine est affreuse, dit-elle. Et il me faut des rideaux.

– Le tissu c'est cher, fait remarquer Elna.

– Pas à Borås, la ville du textile, répond Eivor. Je connais un petit magasin où on trouve des coupons pour presque rien. Et on va acheter de la peinture blanche pour la cuisine.

– Bleue, dit Elna.

– Les cuisines doivent être blanches, insiste Eivor.

– Bleu ce serait mieux ici, s'entête Elna. Bleu comme la mer.

– C'est ma cuisine et je veux qu'elle soit blanche !

Dans la soirée, elles font une promenade dans le

centre-ville. Elles vont jusqu'à l'usine de Konstsilke où les cheminées crachent de la vapeur d'eau.

– Tu t'y plais ? demande Elna.

– Bof. Dès que je serai mieux organisée, j'essaierai d'avoir un emploi chez Algot. Je suis quand même couturière.

– Jenny Andersson te trouvait douée.

Elna a raison. La lettre de recommandation de Jenny Andersson pourra peut-être l'aider.

Le soir, Eivor pose des questions sur Hallsberg. Est-ce que tout va bien là-bas ? Les yeux d'Elna s'assombrissent, elle n'a visiblement pas envie d'en parler. Elle paraît même agacée de devoir admettre qu'il n'y a rien de nouveau. Il n'y a jamais rien de nouveau à Hallsberg.

– En revanche, je peux te donner des nouvelles de ton grand-père. Il a mal aux jambes et il est possible qu'il soit obligé d'arrêter de travailler avant d'être à la retraite. Et il souffre aussi d'une angine de poitrine chronique. Et d'une hernie.

– On ne peut rien faire ?

– Toutes ces années à l'Usine l'ont usé. Non, il n'y a pas grand-chose à faire. Mais il te dit bonjour. Grand-mère aussi, bien sûr.

– Elle va bien ?

– Elle va toujours bien.

Elles se couchent à dix heures du soir. Le lendemain matin, Eivor doit se lever tôt.

La lumière de la rue éclaire la pièce à travers les fenêtres sans rideaux. Eivor s'endort aussitôt, mais Elna reste éveillée à écouter la respiration de sa fille.

Quand Eivor revient du travail, il y a des rideaux à toutes les fenêtres et la cuisine est repeinte. En bleu. La couleur est parfaite, mais Eivor ne veut pas l'admettre.

– J'avais dit blanc, dit-elle.

– Avoue quand même que le bleu va bien ici, insiste Elna, prête à défendre son choix.

L'espace de quelques secondes, la dispute menace d'éclater, mais Eivor se tait. Elle a de la peine pour sa mère qui l'a nourrie, élevée, et qui n'a jamais eu de vie à elle. Petite et grise, le pinceau à la main, elle lui fait penser à Charlot version femme. S'étant rendu compte qu'Eivor a grandi, Elna a sans doute voulu imposer cette couleur bleue comme si c'était encore elle qui décidait. Une dernière tentative de s'affirmer en tant que mère.

– Tu t'es vraiment donné de la peine, dit finalement Eivor.

Elle devrait l'embrasser, mais la pitié rend toujours mal à l'aise.

– Ça m'a fait plaisir, répond Elna. Comment tu trouves les rideaux ? Tu ne devineras jamais combien je les ai payés !

Elna va se nettoyer les mains pendant qu'Eivor s'occupe du dîner. Des haricots rouges avec du lard qu'elle sert dans ses assiettes ébréchées. Elles viennent tout juste de s'attabler quand on sonne à la porte. C'est Liisa.

– Oh, j'avais oublié que ta mère venait !

Eivor est partagée entre deux sentiments contradictoires. Elle aimerait montrer sa nouvelle vie à Elna, mais, en même temps, elle préfère la garder pour elle. Elle propose à Liisa de rester dîner tout en espérant qu'elle refusera. Mais Liisa accepte.

Le repas se passe aussi mal qu'Eivor l'avait craint. La présence de Liisa rend Elna nerveuse. Elle se livre à ce qu'Eivor déteste le plus : le bavardage. Des flots de paroles sans intérêt se déversent de sa bouche. Elle est provinciale, ringarde et obséquieuse, mais Liisa ne montre aucune irritation, au contraire. Eivor finit par se sentir exclue et ne dit plus rien.

– Pourquoi tu es aussi silencieuse, Eivor ? demande soudain Liisa.

– Je ne suis pas silencieuse, dit Eivor en jetant un regard assassin à sa mère.

Celle-ci ne s'aperçoit de rien et continue d'interroger Liisa sur la Finlande, sur Tammerfors, sur les hivers froids et les milliers de lacs.

Amusée, Liisa pose à son tour des questions sur Hallsberg. Pendant ce temps, Eivor débarrasse la table et en profite pour se réfugier dans la cuisine bleue.

– Un café ? propose Elna.

– Non, il faut que j'y aille, dit Liisa. Je n'avais pas l'intention de rester.

– Très sympathique, cette fille, commente Elna après le départ de Liisa.

– Qu'est-ce que tu peux être bavarde ! dit Eivor.

Elna se fige.

– C'est incroyable. Tu nous as tuées avec ton bavardage, insiste Eivor.

Elna regarde longuement sa fille, puis elle se retire dans la cuisine et revient au bout d'un moment.

– Je ne crois pas avoir embêté Liisa avec mon bavardage, dit-elle. J'en suis à peu près certaine, même si tu penses le contraire. Mais toi tu n'as pas ouvert la bouche, probablement parce que tu n'as pas su quoi dire et c'est ça que tu as mal supporté.

– Tu dis vraiment n'importe quoi ! siffle Eivor en serrant les poings.

– Ne me parle pas comme ça.

– Je dis ce que je veux.

– Pas à moi.

– Vieille peau !

Le silence n'est pas toujours équivalent au calme.
Quand les mots font défaut, les sentiments prennent
le pas. Elna a reçu une gifle à la place du câlin et des
fleurs auxquels elle s'était attendue. Eivor, le regard
rivé sur les murs sales, tremble de tous ses membres.
Elle ne dit rien mais son corps exprime son émotion.

Elle finit par rompre le silence.

– Écoute, maman, dit-elle d'une voix presque inaudible, je veux que tu me fiches la paix, tu comprends ?
Ici c'est ma vie, c'est mon appartement. Mon amie...

– C'est toi qui m'as proposé de venir.

– Je sais. Mais... ça ne marche pas.

– Qu'est-ce qui ne marche pas ?

Eivor regarde sa mère droit dans les yeux.

– On ne fait que se disputer. Je veux que tu me
fiches la paix. Je trouve que tu dis un tas de trucs
bizarres. Comme si tu étais...

– Quoi donc ?

– Jalouse.

– Oui, je le suis, répond Elna sans hésiter. Je pensais que tu l'avais compris. Repeindre ta cuisine a été
pour moi comme de renouer avec un rêve que j'avais
à ton âge. Si je l'ai peinte en bleu, c'est parce que
je rêvais d'avoir un jour une cuisine bleue. J'espérais
que ma vie serait différente. Je croyais que tu l'avais
compris. Mais j'ai dû me tromper.

Elle s'assied et poursuit.

– J'ai seulement trente-six ans. Bien sûr que je
t'envie. Ça me donne d'ailleurs mauvaise conscience
alors qu'il n'y a pas de raison. Ça me rappelle que
je porte en moi un rêve qui a échoué. Il ne se passe
rien dans ma vie et ça me rend folle. Aujourd'hui, je
n'ai plus besoin de m'occuper de toi, je vois que tu es

capable de te débrouiller seule, mais c'est comme si j'avais perdu la capacité de penser à moi et à ce que je veux réellement. Comme si j'avais oublié comment on fait. Ça fait vingt ans que j'attends ce moment. Depuis ta naissance, en somme. Je sais bien que ça ne tient qu'à moi, qu'il faut que je m'en sorte toute seule, mais jusqu'à maintenant ma vie a été… horrible.

– Et Erik ?

– Lui ? Il ne comprend pas grand-chose à tout ça.

– Tu lui en as parlé ?

– Non, bien sûr que non. J'appréhende sa réaction. En fait, tout m'inquiète. Mais je suis heureuse de voir que ça se passe bien pour toi. Si ça n'avait pas été le cas, je n'aurais pas été jalouse, tu comprends ?

Oui, Eivor comprend. Sa mère est aussi une femme. Elle aurait très bien pu vivre ici, travailler à Konstsilke et avoir Liisa pour amie.

– Je peux t'aider ? demande-t-elle.

– Non. Mais merci de me le proposer. C'est bien qu'on ait pu parler de tout ça. Mais ne me traite plus jamais de vieille peau. Tout sauf ça !

– Je ne voulais pas te…

– Bien sûr que si. J'accepte que tu te mettes en colère mais, s'il te plaît, utilise d'autres mots.

– OK… Tu veux du café ?

– Volontiers. Maintenant assez parlé de tout ça.

Elles n'ont rien à ajouter, ni l'une ni l'autre. Quand on a vidé son cœur, c'est bien de laisser les pensées aller et venir.

Le lendemain matin, lorsque Eivor se réveille, Elna n'est plus là. Les draps sont pliés et sur la table est posé un message écrit au crayon sur un sachet en papier.

Eivor,
Je n'ai pratiquement pas fermé l'œil de la nuit et
j'ai décidé de rentrer par le premier train. Il n'y a
pas de problème, j'ai pu voir que tu te débrouilles
bien. Dis bonjour à Liisa pour moi. Je rentre pour
m'occuper de ce qui me concerne. Je ne suis pas
fâchée et j'espère que tu n'es pas... (illisible) *non*
plus.
Je t'embrasse

Elna

Le mot *maman* a été rayé mais est encore visible…
Eivor lit, au bord des larmes.

Eivor retourne à l'usine et au bruit des machines
en se promettant de se prendre en main et de chercher
activement un emploi chez Algot. Il faut que ce soit
fait avant la fonte des neiges. Elle n'a plus d'excuse
pour tarder.

Mais par quel bout commencer ?

Au Cecil, Eivor fait la connaissance d'une certaine
Annika Melander, couturière chez Algot, qui lui donne
des explications.

C'est un samedi soir début mars, le Cecil est bondé.
La drague bat son plein, les chaises et les tables forment
sans cesse de nouvelles constellations. Eivor demande
du feu à sa voisine de table, Annika Melander. Mais
la première allumette s'éteint, la deuxième aussi. Elles
éclatent de rire toutes les deux et commencent à discuter. Des bouteilles de « soda amélioré » circulent
autour d'elles. Il est encore tôt, les garçons, déjà un
peu éméchés, guettent des proies potentielles en échan-
geant des informations. Leurs commentaires sur les
filles sont crus mais jamais méchants.

Les filles fument nerveusement, penchées sur leurs Coca-Cola, tout en surveillant du coin de l'œil les différentes possibilités qui s'offrent à elles. Le juke-box marche sans interruption. Le King lui-même avec *Won't You Wear My Ring* succède aux Streaplers.

Le patron demande à un garçon de baisser le ton.

– Il est magasinier, explique Annika Melander. C'est une grande gueule quand il a bu, mais en fait il est gentil.

– Magasinier où ? demande Eivor.

– Chez Algot ?

– Tu bosses chez Algot ?

– Oui. Toi aussi ?

– Non, mais j'aimerais bien.

Annika Melander a dix-neuf ans et est couturière chez Algot depuis un peu plus d'un an. Elle trouve le rythme trop soutenu, les chefs d'équipe trop pointilleux et le travail souvent monotone, mais devant l'enthousiasme d'Eivor elle ne peut pas s'empêcher d'en dire le plus grand bien.

– Tu n'as qu'à aller te présenter au bureau du personnel, dit-elle. Ils ont besoin de couturières et ils commencent à embaucher des Yougoslaves et d'autres nationalités.

– Tu as quelle formation ?

– Avant d'y aller, je n'avais jamais touché à une machine à coudre. Mais à présent, je peux te dire que j'en ai vu un certain nombre... j'en rêve même la nuit.

Leur conversation est interrompue par un garçon qui veut parler à Annika. Elle part mais sa chaise ne reste pas vide longtemps.

Eivor commence à se sentir bien parmi ces jeunes qui ne vivent que pour leurs grosses voitures et pour la drague du samedi soir. Elle est un électron libre et ici il y a toujours quelqu'un pour lui offrir de partager une bouteille ou de monter dans sa voiture.

Annika revient au bout d'un moment et propose à Eivor de faire un tour avec elle et des amis. Eivor accepte sans hésitation.

Les deux filles se retrouvent entre deux garçons sur la banquette arrière d'un énorme vaisseau blanc. Une Ford fabriquée en Amérique et qui a atterri chez un ferrailleur de Borås après quelques années de bons et loyaux services en tant que voiture de direction. À l'avant, il y a deux garçons en plus du chauffeur.

La voiture démarre et se joint à d'autres vaisseaux qui, lentement et non sans dignité, font plusieurs fois le tour de la place. On dirait un long serpent. De temps en temps, ils s'arrêtent pour échanger quelques renseignements sur un contrôle de police ou un problème technique.

Le garçon à côté d'Eivor lui tend une bouteille et elle avale une gorgée de ce qui semble être un mélange de vodka et d'orange. Comment s'appelle-t-il ?

Après un dixième tour, ils quittent le serpent et jettent l'ancre devant le marchand de hot-dogs en face du théâtre où quelqu'un lâche l'information prometteuse qu'un concert des Fantoms aura lieu à minuit à Gislaved. Le message passe d'une voiture à l'autre. Rendez-vous à Gislaved, mais d'abord quelques tours supplémentaires autour de la place ! Ceux qui n'ont pas encore embarqué de filles cherchent à attirer celles qui traînent du côté de la rivière.

Au dix-neuvième tour, la chance leur sourit : quelques amateurs de jazz, avec leurs gueules prétentieuses et leurs duffel-coats de snobinards, se sont égarés en zone interdite. Ils sont immédiatement chassés, bien entendu. Il n'est pas question d'accepter cette vermine sur leur territoire ! Qu'ils foutent le camp au plus vite, sinon impossible de répondre des conséquences. Personne n'a oublié le petit con qui, quelques mois auparavant, a eu la mauvaise idée d'arracher l'affiche d'un concert de rock et qui s'est fait embarquer dans le coffre d'une voiture. Après le mauvais quart d'heure qu'il a passé dans la forêt à la lumière des phares il n'a pas dû être en état de retourner au lycée le lendemain. Un sacré souvenir !

À vingt et une heures, il est temps de prendre la direction de Gislaved et ils se lancent sur les routes sombres. Un bras se pose autour de la taille d'Eivor. Elle tourne la tête et se fait embrasser. Elle ignore toujours le nom du garçon. Il sent l'aquavit et le tabac. Elle aussi.

À Gislaved, il règne un chaos terrible. La police arrête les voitures au hasard pour un contrôle technique, mais parmi celles qui viennent de Borås il n'y a pas d'épaves. Les flics peuvent toujours chercher…

La salle de concert est bondée et l'ambiance surchauffée. Les vigiles se tiennent prudemment à l'écart, se gardant bien d'intervenir pour éviter un massacre et une salle dévastée.

Les Fantoms jouent pendant exactement une heure. Le chanteur n'a rien d'exceptionnel, mais le batteur est incroyable. Il a bien compris qu'il fallait remuer les bras, les jambes, les cheveux. Après deux rappels – *Ghostriders* et un pot-pourri de Presley –, le concert se termine malgré les protestations du public.

Les vaisseaux démarrent dans une grande confusion. Et, au bout d'une éternité, le silence revient enfin. Les feux arrière disparaissent dans la nuit, les vigiles comptent treize chaises cassées et quatre vitres brisées. Un résultat plus que correct.

Vers deux heures du matin, la caravane de voitures avance en tanguant sur les routes nocturnes. Personne ne veut terminer la soirée et la proposition de la continuer à Sexdrega est acceptée à l'unanimité.

Il y a une fête dans une vieille maison délabrée, où trois électrophones diffusent simultanément une cacophonie de morceaux. Quelques personnes dansent, mais la plupart dorment ou se tripotent dans le noir.

Le garçon de la voiture ne lâche pas Eivor. Elle veut danser mais lui a d'autres projets en tête et l'entraîne derrière un canapé renversé.

– On va baiser, déclare-t-il.

– Certainement pas.

– Pourquoi ?

– J'ai mes règles.

Ce qui n'est pas vrai, mais ça reste le meilleur moyen de se tirer d'une situation désagréable.

À l'aube, ils repartent. Le chauffeur a la gentillesse de la ramener jusqu'en bas de chez elle.

Quand la voiture s'éloigne, elle aperçoit le visage endormi d'Annika collé à la vitre arrière.

Eivor n'a pas envie d'être cataloguée comme quelqu'un de compliquée et difficile à draguer. Elle préfère encore coucher, l'inquiétude de tomber enceinte n'étant pas plus grande que celle d'être exclue de la communauté. Car la communauté est une réalité. La plupart des gens qu'elle a rencontrés sont chaleureux et cachent une bonne dose d'humour derrière leurs masques froids et leurs visages maquillés. Les filles parlent d'enfants et les garçons ont leurs rêves à eux. Tous sont prêts à se donner un coup de main ou à s'avancer un peu d'argent au besoin. Au bout de quelques mois, Eivor fait réellement partie de cette ville qui, au départ, lui avait paru aussi infranchissable qu'un château fort.

Avril. Un vent doux annonciateur du printemps souffle du Skagerrak et de la plaine de Västergötland. La fumée de l'usine monte vers un ciel turquoise. Bien que le temps soit clair, il ne fait pas froid. Eivor a prétexté un rendez-vous chez le dentiste pour ne pas se rendre au travail. C'est la première fois que ça lui arrive. Elle est en route pour le bureau du personnel de l'entreprise Algot. Jusqu'au dernier moment, elle a hésité. En fait, elle se plaît bien à Konstsilke malgré le bruit, mais elle s'oblige à faire cette démarche pour ne pas trahir son rêve.

La porte s'ouvre et une femme brune à la peau sombre sort. Eivor se rappelle qu'Annika Melander lui a parlé d'une embauche de Yougoslaves, les Finlandaises ne suffisant plus.

Eivor est reçue par un jeune homme du nom de Hans Göransson. Bien qu'il n'ait que vingt-cinq ans, il a déjà une petite bedaine.

La lettre de candidature qu'Eivor lui a envoyée est posée devant lui sur le bureau.

– Ça me paraît très bien, dit-il après avoir lu le certificat écrit par Jenny Andersson d'Örebro. Si nous vous engageons, quand pourriez-vous commencer ?

– Quand vous voulez.

– Vous ne pouvez tout de même pas abandonner Konstsilke comme ça ! Disons dans un mois ? Le 15 mai ?

Elle acquiesce.

– Vous êtes payée à la tâche à Konstsilke ? se renseigne-t-il.

Elle acquiesce de nouveau.

– C'est parfait, dit-il en nouant ses mains derrière la nuque. Ça va vite ici, je ne sais pas si c'est à prendre comme une promesse ou une menace. Celui qui ne peut pas suivre la cadence n'a rien à faire chez nous. Le travail est dur mais bien payé.

– Je pense que j'y arriverai, assure-t-elle tout en se demandant ce qu'il veut dire par là.

Elle sait par Annika que les salaires ne sont pas plus élevés chez Algot qu'à Konstsilke.

– Très bien. Ici nous voulons des jeunes qui savent travailler. Pour l'instant, je ne peux rien vous promettre. On vous écrira.

– Quand ?

– Bientôt.

Elle quitte le bureau. Il ne se lève pas.

Ce n'était donc pas plus difficile que ça ?

Plutôt que de retourner travailler, elle aurait voulu se balader en ville, bouger, respirer, mais elle refoule rapidement son envie. Elle a besoin de chaque sou qu'elle gagne.

Un samedi soir en avril, la ville est plongée dans un calme tel que la Terre semble s'être arrêtée de tourner. Rien ne se passe et rien ne se prépare. Un mauvais orchestre joue à Parken et... Oh, quel samedi pourri ! Qu'est-ce qu'on va bien pouvoir faire ?

Eivor monte dans une voiture avec Unni, dont elle a fait la connaissance à une fête quelque part. C'est Roger, son copain, qui conduit. Ils rejoignent le serpent et tournent inlassablement autour de la place, tous les trois assis à l'avant. Unni mâche un chewing-gum avec frénésie, la tête posée sur l'épaule de Roger. Eivor pianote impatiemment avec ses doigts sur la poignée de la porte en pensant à Lasse Nyman. Est-il possible d'envoyer une carte postale en prison ?

Roger s'approche du trottoir pour parler avec quelqu'un. Eivor n'a même pas le courage de se pencher pour voir avec qui. Elle a envie de rentrer. Roger redémarre. Encore un tour. Puis Roger ralentit de nouveau au même endroit. Quelqu'un monte à l'arrière de la voiture.

– Tu connais Jacob ? demande Roger à Eivor.

Elle discerne à peine le visage du nouveau venu, elle note seulement qu'il a les cheveux blonds.

– Qu'est-ce qu'on fait ? dit Roger. Tu as une idée ?

– Non.

Encore un tour. La soirée ne veut pas démarrer, rien ne se passe.

– On peut aller chez moi, propose Eivor sans réfléchir. (Elle ignore d'où lui vient l'idée.) Mais je n'ai rien à boire, à part du café.

– Moi, j'ai ce qu'il faut, dit Roger.

Eivor met *Living Doll* de Cliff Richard sur son tourne-disque et ils lèvent tous leur verre. Elle s'aperçoit que Jacob a des taches de rousseur, de grands yeux bleus et une cicatrice au coin de la bouche. Il doit avoir quelques années de plus qu'elle, vingt-quatre ans peut-être.

Tout est calme, Unni et Roger sont affalés sur le canapé, Eivor est assise sur un coussin par terre près du tourne-disque et Jacob sommeille dans le fauteuil.

La soirée aurait pu continuer à traîner son ennui si des vociférations et des bruits de klaxon ne s'étaient pas fait entendre d'en bas. Deux grosses voitures bouchent la rue.

– Merde, c'est Kalle Fjäder ! s'exclame Roger en

regardant par la fenêtre. Comment il peut savoir que je suis ici ?

– Il a vu ta voiture, bien sûr, dit Unni.

– Je ne veux pas qu'ils viennent chez moi, dit Eivor.

Trop tard. Les portières s'ouvrent et libèrent un nombre impressionnant de gens. Comment ont-ils pu tous tenir dans deux voitures ?

– Roger ! braillent-ils. Roger !

– Je ne veux pas qu'ils montent, répète Eivor, craignant le pire.

La cage d'escalier résonne de pas et de bouteilles qui s'entrechoquent. Les fenêtres de l'immeuble d'en face s'allument. Le cœur d'Eivor cesse de battre.

– Arrêtez votre bordel ! crie Roger.

Onze personnes, six garçons et cinq filles, se ruent dans l'appartement comme des chiens fous. C'est de l'alcool qui coule dans leurs veines, pas du sang. Eivor, au bord des larmes, les dents serrées, regarde impuissante la horde braillante et titubante investir son salon. Quelqu'un tombe en entraînant une tringle à rideaux dans sa chute, un autre maîtrise mal sa force et casse le bras du tourne-disque. Son unique vase connaît quelques secondes de répit avant de s'écraser par terre.

Quatre policiers frappent à sa porte. Au bout de combien de temps ? Un quart d'heure ? Une demi-heure ? Elle ne parvient pas à évaluer.

– Qui habite ici ? demande un des policiers.

– Moi, dit Eivor.

– Vous dérangez tout le quartier. Nous avons déjà reçu quatre plaintes.

Eivor aurait bien voulu expliquer la situation mais elle se retient. Elle sait qu'il faut rester unis face à la police, quoi qu'il arrive, si on ne veut pas être exclu du groupe.

277

Quand tout le monde est parti, le policier le plus âgé se tourne vers Eivor qui a fondu en larmes.

– J'imagine que vous avez un nom, dit-il.

– Eivor Maria Skoglund, répond-elle entre deux sanglots.

– Vous habitez donc ici ?

– Oui.

– Espérons qu'on ne vous mettra pas à la porte. Qui est le propriétaire ?

– Mme Fåhreus.

– Bon, bon. Je vois. Surtout ne recommencez pas. Et cessez de pleurer. Ce ne sont pas vos larmes qui vont réparer votre rideau.

– Je ne voulais pas, dit-elle.

– Je sais bien. Bon, je vais y aller. Et je vous conseille de verrouiller la porte. Ça m'étonnerait qu'ils reviennent mais il y a peut-être des voisins furieux qui…

Elle se sent seule, terriblement seule.

Les joues inondées de larmes, elle commence à ranger l'appartement. Après avoir remis le rideau à sa place, bien qu'il soit troué et plein de traces de cambouis, elle se pelotonne sur son lit, se recroqueville, tourne le dos à la réalité. Elle se souvient d'avoir eu la même réaction dans la voiture de Lasse Nyman lors de son voyage infernal. Cette fois-là, elle savait qu'elle pourrait s'abriter derrière Elna et Erik, mais aujourd'hui les choses ont changé. Maintenant elle est désespérément seule. Quand Mme Fåhreus, dont elle n'a toujours pas vu le visage, viendra récupérer ses clés, elle ne pourra compter que sur elle-même.

À moins que son père inconnu ne se révèle être un ange et décide soudain d'assumer ses responsabilités envers sa fille…

Eivor est arrachée à ses réflexions par la son-

nette. On sonne encore une fois. Quelle heure est-il ?
Mme Fåhreus aurait-elle déjà été prévenue ?

Un autre coup de sonnette. Il faut qu'elle aille ouvrir.

Elle découvre Jacob derrière la porte. L'air désemparé, il repousse une mèche blonde sur son front.

– Je n'ai rien oublié, finit-il par dire, gêné par sa réplique maladroite.

Eivor a froid, elle grelotte. Que vient-il faire ici ? Arracher d'autres rideaux ? Il y a bien une raison à sa visite. C'est vrai qu'il n'a pas bougé de sa chaise toute la soirée, ni participé au saccage. Mais il n'a pas non plus essayé de l'empêcher...

– Je dormais, dit-elle. Tu veux entrer ou tu restes là ?

– Je veux bien entrer, dit-il.

À sa surprise, elle voit qu'il rougit.

Il s'assied sur le canapé, elle sur la chaise. Ils ne disent rien, ni l'un ni l'autre.

Finalement, il fait un gros effort, prend son élan, se tourne vers elle et murmure :

– Je regrette pour ce qui s'est passé cette nuit.

– C'était qui, ces types ?

– Des copains de Roger. Je ne les connais pas tous. Ils ont dû voir sa voiture dans la rue.

Il jette un regard autour de lui.

– Il n'y a pas eu trop de dégâts, constate-t-il.

– Ah non ?

– Ils auraient pu mettre le feu. La maison est encore là...

En le voyant si gêné, elle éclate de rire.

– Pourquoi tu ris ?

– Pour rien. Quelle heure est-il ?

– Presque vingt et une heures, je crois.

Pendant qu'elle prépare le café, elle l'entend ramasser les débris de son vase.

– Je travaille chez Valle, le magasin de sport, explique-t-il.

– C'est où ?

– Tu ne sais pas où se trouve Valle Sport ? Tout le monde le sait !

Eivor est fatiguée et aimerait retourner au lit, mais ce garçon calme et discret, presque timide, l'attire. Il n'est pas particulièrement beau avec son visage anguleux et sa cicatrice au coin de la bouche, mais il est rassurant.

– Je voulais juste savoir comment tu vas, explique-t-il. Je n'habite pas très loin.

– Où ça ?

Il mentionne une rue qui se situe pourtant à l'autre bout de la ville.

Il semble si innocent, si différent de tous ceux qu'elle a rencontrés jusqu'à présent. De Lasse Nyman...

En ce dimanche tranquille d'avril commence la nouvelle vie d'Eivor avec Jacob. À onze heures, les cloches de l'église Carolus sonnent en même temps que celles de l'église Gustave-Adolphe. Ils ne disent pas grand-chose et l'absence de conversation obligée met une couche de ouate moelleuse autour du souvenir de la nuit. Pour la première fois depuis son arrivée à Borås, Eivor a l'impression de se reposer. Il n'est pourtant pas question d'amour entre eux. Ni pour l'un ni pour l'autre. Lui a du mal à s'expliquer pourquoi il est allé chez elle et elle n'aurait pas imaginé qu'elle formerait un couple avec lui. Ce dimanche matin n'est pas empreint de grands sentiments bouleversants mais de calme et de tranquillité.

Jacob s'en va vers midi.

– À bientôt peut-être. La ville n'est pas très grande, dit-il.

– Quand je suis arrivée, je la trouvais beaucoup trop grande, dit-elle.

– Tu viens d'où ?

– Tu ne le devineras jamais. De Hallsberg.

– Hallsberg ?

– Oui. Salut.

Leur entourage ne s'aperçoit même pas qu'une relation est en train de naître entre eux. À peine s'en aperçoivent-ils eux-mêmes. Ils commencent à choisir la même table au Cecil, à danser ensemble, à monter dans la même voiture et, finalement, à aller au cinéma tous les deux. Quand Eivor a Jacob à ses côtés, elle se sent bien. Il la rassure. Il donne une stabilité à ses samedis soir. En plus, il ne boit pas beaucoup et ne devient jamais bruyant ni insistant. Il n'est jamais le premier à rire, jamais celui qui arrive en dernier, il se situe toujours quelque part au milieu. Parfois cela intrigue Eivor. Qui est-il, en fait ? Que pense-t-il ?

Quand elle couche avec lui, elle éprouve une certaine joie. Généralement ça va très vite, mais ce n'est jamais désagréable, et il n'est jamais brutal. Il la touche avec douceur et prudence.

Un dimanche matin, alors qu'ils fument une cigarette après avoir pris le petit déjeuner, il l'invite à dîner chez ses parents. Elle sait qu'ils habitent à Norrby, un des quartiers les plus mal famés de la ville.

– Aujourd'hui, précise-t-il. On dîne à dix-sept heures.

– Il y aura qui ?

– Mes parents. Toi et moi. C'est ma mère qui m'a dit de te le proposer.

– Et ton père ?

– Il était d'accord avec ma mère.

Ils habitent dans une HLM un trois-pièces qui sent la cuisine et le chien. Eivor franchit le seuil derrière Jacob lorsqu'un terrier ébouriffé se précipite sur elle.

– Qu'il est pénible ce chien, dit le père en lui tendant la main. Je m'appelle Artur. Bienvenue chez nous.

La main d'Eivor disparaît dans la grosse paluche d'Artur Halvarsson, un géant de plus d'un mètre quatre-vingt-dix. Son énorme ventre bouge au-dessus de sa ceinture serrée, ses chaussures ne sont pas lacées, il n'est pas rasé et son haleine témoigne d'une cuite de la veille. Mais c'est un visage aimable qui se tourne vers elle.

– Bienvenue, dit la mère à son tour. Je m'appelle Linnea.

Elle est toute petite à côté de son mari. Une robe marron enserre son corps potelé. Si elle avait eu un tablier blanc, Eivor l'aurait bien vue dans une boucherie ou une poissonnerie.

Les rebords des fenêtres de la salle de séjour rectangulaire sont surchargés de plantes vertes. Près de la porte de la cuisine, il y a un harmonium. Le canapé est usé, à un endroit quelques plumes ont percé le tissu.

– Il est vraiment pénible ce chien, répète Artur. Mais il est gentil.

– Qu'est-ce qu'on mange ? se renseigne Jacob.

– Des steaks hachés, répond Linnea depuis la cuisine.

C'est la même odeur qu'à Hallsberg, constate Eivor. Une bonne odeur qu'elle n'a pas su recréer dans son appartement.

– Tu n'aimes peut-être pas les chiens ? demande Artur.

– Si, répond Eivor. Moi j'ai un chat. Ou plutôt j'en avais un. Il est resté chez mes parents.

– Soit on aime les chiens, soit les chats, déclare Artur.

– Pas nécessairement, crie Linnea depuis la cuisine. C'est ce que tu crois. Les chats aussi c'est sympathique.

C'est la première fois que je t'entends dire ça, intervient Jacob.

Artur écoute en fronçant ses épais sourcils. Eivor ne sait pas comment interpréter ce géant qui occupe la moitié du canapé. Est-il sévère ou est-ce sa taille qui donne cette impression ?

– Du temps où je faisais de la lutte, dit-il, je changeais de train à Hallsberg. Viens, je vais te montrer mes prix.

– Ça ne l'intéresse peut-être pas, fait remarquer Jacob.

Mais Eivor s'est déjà levée pour aller admirer les coupes et aussi les plaquettes décernées au « Typographe Artur Halvarsson ».

– Tu as été typographe ? demande-t-elle.

– Je *suis* typographe, la corrige-t-il. À l'imprimerie de Sjuhäradsbygden ici à Borås, au cas où tu la connaîtrais.

– Oui, j'en ai entendu parler, dit-elle en se rappelant la revue qu'elle avait trouvée sous son matelas dans son studio.

– Alors tu dois savoir que nous imprimons aussi des revues pornographiques, dit Artur en la fixant du regard. Je préférerais bien sûr ne pas avoir à le faire, mais une imprimerie a beau être liée à un parti politique, c'est quand même les lois du marché qui décident. C'est comme ça. Mais je peux te garantir que ça n'a rien de drôle d'imprimer le programme des sociaux-démocrates un jour et des magazines porno le jour suivant ! Malheureusement on n'a pas le choix.

– Ce sont des torchons innommables, dit Linnea qui écoute dans l'embrasure de la porte.

– Assieds-toi, dit Artur à Eivor.

D'évidence c'est un homme qui a l'habitude qu'on lui obéisse. C'est lui qui décide, ça coule de source.

– Même un vieux social-démocrate comme moi qui a connu l'époque où les poux manifestaient parce que les gens étaient trop maigres doit comprendre que les temps changent, poursuit Artur. Pour votre génération, ce sont les voitures et le rock qui comptent. Aujourd'hui les gens se permettent de refuser un boulot parce qu'il ne leur convient pas. À votre âge, je me faisais un plaisir de ramasser de la merde à condition d'être payé.

– Ce n'est pas le moment, intervient Linnea. On va passer à table.

– Je dis seulement comment les choses sont, se défend Artur.

Eivor s'aperçoit qu'elle se sent bien ici. Le repas est plus bruyant qu'à Hallsberg mais les ressemblances avec Elna et Erik sont manifestes et elle se rend compte qu'ils lui manquent.

– Tu n'aimes pas ? demande Linnea en lui passant le plat.

– Si, mais je pensais à…

– Ce n'est pas conseillé pour la digestion, déclare Artur. C'est après le repas qu'il faut penser.

– Après le repas toi tu dors, dit Linnea en adressant un clin d'œil à Eivor.

– Ce qui est une forme supérieure d'activité cérébrale, répond Artur qui ne se laisse jamais démonter. Lénine résolvait toujours ses problèmes en dormant. Au réveil, il savait exactement ce qu'il avait à faire.

– Toi et Lénine ! dit Linnea.

– Parfaitement. Passe-moi la sauce.

Jacob raccompagne Eivor chez elle. Ils traversent la ville à pied.

– Ça a été pénible ? demande-t-il.

– Non, au contraire. Je les aime beaucoup. Mais eux, qu'est-ce qu'ils pensent de moi ?

– Que du bien.

– Comment tu sais ?

– Je l'ai senti.

– C'est la première fois que tu invites une fille chez toi ?

Jacob ne répond pas.

Arrivés à la porte d'Eivor, ils restent un moment serrés l'un contre l'autre avant de se séparer.

Ils passent de plus en plus de temps ensemble.

Un mercredi soir, début mai, ils décident d'aller au cinéma. Jacob a déjà choisi un film d'action qui passe au Skandia.

– Il paraît qu'il est vachement bien, dit-il.

Eivor trouve soudain agaçant que ce soit toujours lui qui choisisse.

– Il y a un bon film qui passe au Röda Kvarn, dit elle.

Elle ne se souvient plus du titre. C'est son collègue Evald Larsson qui lui en a parlé. Il n'a pas l'habitude d'aller au cinéma mais ses enfants l'y ont entraîné et le film était vraiment drôle.

– Ça parle de quoi ?

– Je ne me souviens pas.

– On ne va quand même pas aller voir un film sans savoir ce que c'est.

Quel était le titre déjà ? Ça y est, ça lui revient.

– *La souris qui rugissait*, dit-elle.

– Je n'en ai jamais entendu parler.

– Moi si. Et j'en ai marre des films de cow-boys.

– Je te parle d'un film de guerre.

– J'en ai marre des films de guerre aussi.

– Qu'est-ce que tu as ? demande-t-il, l'air sombre.

Ils prennent la direction du centre-ville, mais elle a envie d'être seule. D'aller au cinéma seule, de voir ce qu'elle veut sans avoir à demander l'autorisation. Elle observe Jacob du coin de l'œil. Il marche d'un pas rapide, la tête baissée et les mains enfoncées dans les poches de son blouson de cuir. Visiblement énervé.

Ils s'arrêtent devant le Skandia sans avoir échangé un mot. Eivor voit qu'un des rôles est tenu par Gregory Peck.

– Moi, je vais au Röda Kvarn, s'entend-elle dire.

Est-ce vraiment elle qui a prononcé cette phrase ? Le monde va-t-il s'écrouler ? Il la regarde avec étonnement, grommelle quelques mots inaudibles les dents serrées et entre dans le foyer du cinéma.

Elle ne le suit pas. Incroyable !

D'un pas résolu, elle va voir son film au Röda Kvarn. Elle s'efforce de suivre l'action, mais ses pensées reviennent toujours à Jacob. Que va-t-il se passer ? Est-ce la fin de leur liaison ? A-t-elle irrémédiablement franchi la limite ? Avec un père comme le sien, il doit considérer que c'est à lui de décider. Les bonnes femmes doivent rester dans la cuisine et se taire.

Le film n'est même pas drôle. Si Jacob lui pose la question, elle dira bien sûr qu'elle était morte de rire.

Il ne l'attend pas à la sortie. Elle ne le voit pas non plus devant le Skandia.

Elle rentre, rongée de remords. Qu'est-ce qu'elle a voulu prouver ? Ce n'est pas par méchanceté qu'il a pris l'initiative.

Mais elle déteste le ton qu'il a utilisé, l'évidence avec laquelle il prend les décisions. Ils sont tous pareils.

Les hommes nourrissent des projets, les femmes nourrissent des enfants.

Pourquoi compliquer les choses ? Cela ne la rend pas plus heureuse. Au contraire.

Devant sa porte, elle découvre Jacob dans l'obscurité. Il ne l'a donc pas abandonnée.

– Le film était bien ? demande-t-elle gentiment.

– Oui, répond-il avec froideur.

– Le mien était pas mal aussi.

Il ne dit rien. Mais son silence lui demande d'ouvrir la porte sans traîner.

Il a pris l'habitude de dormir chez elle le mercredi soir. Elle se demande si c'est encore son intention. Mais elle en a assez d'avoir mauvaise conscience. Ce qui est arrivé est arrivé, pas la peine de ressasser. Il vaut mieux l'oublier le plus vite possible.

Quand la lumière est éteinte et qu'il s'allonge sur elle, elle est préparée. Il ne faut pas ajouter un problème supplémentaire à cette soirée gâchée.

Il est trop tard quand elle se rend compte qu'il n'a pas de capote. Son corps se raidit, son cœur cogne fort dans sa poitrine comme s'il essayait de s'enfuir.

A-t-il oublié ? Non, on ne peut pas oublier ce genre de choses. Alors pourquoi ?

Elle tente en vain de refouler une pensée qui lui fait mal. Mais cette pensée est là. Impossible à repousser.

A-t-il voulu se venger ?

Non, quand même pas. Quoi qu'il en soit, elle ne peut pas tomber enceinte. Pas la première fois sans protection. Il y a des limites à la malchance.

C'est impossible juste parce qu'il ne faut pas que ce soit possible. C'est aussi simple que ça.

À moins que…

Le 18 mai, elle se rend au dispensaire de l'usine

pour faire une prise de sang. Une semaine plus tard, elle y retourne pour avoir la réponse. Elle la connaît déjà mais la refuse.

Elle est reçue par un vieux médecin qui est en train de se curer les oreilles avec une allumette. Il fume cigarette sur cigarette, le cendrier est plein de mégots. Des taches de cendre maculent le bloc d'ordonnances.

– Vous êtes enceinte, annonce-t-il avant même qu'elle ait eu le temps de s'asseoir.

– Non, dit-elle.

– Si. Vous accoucherez en janvier 1961. Vers la fin du mois. Ou les premiers jours de février.

– Ça ne peut pas être vrai, dit-elle en tremblant de tous ses membres.

Il jette un regard sur sa fiche.

– Eivor Maria, dit-il, c'est bien vous ? Si vous réfléchissez, vous savez que c'est vrai, n'est-ce pas ?

En sortant, elle va tout droit au magasin Tempo s'acheter un nouveau vernis à ongles, une paire de gants et une brosse à dents. Elle est parfaitement calme, elle sait qu'elle n'est pas enceinte. Bien sûr que non.

Elle rentre sous la bruine. C'est bientôt l'été, bientôt les vacances... L'hiver prochain est encore très loin.

Elle traverse la ville en se répétant qu'elle est enceinte tout en se persuadant qu'elle ne l'est pas.

Une lettre l'attend sur le paillasson devant la porte. Probablement d'Elna. De qui sinon ? Mais d'abord une tasse de café.

La lettre est de l'entreprise Algot.

Elle peut commencer à travailler le 10 juin et elle a droit aux vacances d'été.

Elle a donc réussi ! Chez Algot ! C'est bien ce qu'elle s'était dit, rien ne pourra l'arrêter !

Quelques brefs instants, son bonheur est total, mais lorsque Jacob arrive, elle éclate en sanglots.

– Je suis enceinte, dit-elle.

– C'est des conneries, répond-il. Bien sûr que non.

Pour Jacob Halvarsson, vendeur chez Valle Sport, la situation est très simple. Ce que lui dit Eivor est impossible. Il voit ses larmes mais il est incapable de comprendre qu'elle porte en elle la graine d'un enfant. Il a toujours fait attention. Sauf une fois où il avait oublié d'acheter des capotes mais il fallait absolument qu'il couche avec elle. Une revanche nécessaire pour une soirée dont il avait perdu la maîtrise. Une seule fois.

– C'était une fois de trop ! lui crie-t-elle.

Comment aurait-il pu savoir ? Merde ! Elle s'est bien rendu compte qu'il n'en avait pas, non ? Si elle savait qu'elle pouvait tomber enceinte, elle n'avait qu'à refuser ! Il ne pouvait pas sav...

Elle est hors d'elle. Jamais auparavant il ne l'a vue dans cet état. Il détourne la tête, incapable de croiser son regard.

On ne peut pas... murmure-t-il.

Non, on ne peut pas, dit-elle.

Si au moins il avait montré un peu de joie, songe-t-elle. Si au moins il lui avait offert un sourire. Sa réaction ne fait qu'augmenter sa détresse. C'est un malheur pour tous les deux, évidemment. Mais lui peut toujours s'en tirer en disant que c'était un accident. Il y a un gouffre entre la condition de l'homme et celle de la femme. Qu'il soit là plongé dans ses réflexions, sans rien dire, la blesse terriblement.

C'est de lui dont elle est enceinte, merde !

Chaque fois qu'ils couchent ensemble, ils savent ce qui risque d'arriver. Forcément. C'est du moins le cas pour elle. Mais bizarrement, alors que sa grossesse lui apparaît comme une catastrophe, elle sent pointer une petite joie qui tente désespérément de verrouiller sa peur.

Qu'il dise quelque chose ! S'il pouvait se redresser et ouvrir la bouche au lieu de rester planté là comme s'il était frappé d'une hémorragie cérébrale !

Jacob ne sait pas quoi dire, en revanche il sait ce qu'il pense.

Si Eivor est enceinte, il n'aura plus à craindre qu'elle le quitte pour un autre homme. Une crainte qu'il porte en lui depuis le jour où il l'a vue pour la première fois dans la voiture de Roger. Il n'en a jamais parlé. Pourquoi dévoiler une faiblesse qui l'aurait ridiculisé ? Elle ignore à quel point il a été jaloux. À certains moments il aurait pu la frapper ! L'idée d'être débarrassé de sa jalousie lui importe plus que celle d'être père.

Un gosse, c'est quoi en fait ? Un truc qui braille et qui rampe, qu'on peut porter dans ses bras. Mais qui deviendra aussi quelqu'un qui vous ressemblera et à qui il faudra donner un nom.

Tommy Halvarsson, par exemple. Ou Sonny Halvarsson…

Elle l'arrache à ses pensées en lui montrant une lettre posée sur la table. Elle ne semble plus fâchée, seulement triste.

Algot. Embauche. OK, bon, il n'a jamais compris pourquoi elle veut à tout prix travailler dans cette entreprise, mais parfois les filles sont bizarres. C'est comme ça, on n'y peut rien.

– Félicitations, dit-il.

Il a visiblement dit une connerie. Elle le regarde comme s'il l'avait giflée.

– Tu n'as rien compris ! dit-elle. Si je suis enceinte, je ne pourrai pas y aller ! Enfin, je pourrais toujours commencer mais pour combien de temps ? Comment veux-tu que je travaille quand je serai trop grosse pour nouer mes lacets ?

En cloque. Un ventre qui gonfle, une bonne femme qui aura du mal à bouger. Une poussette à acheter, un lit… Non, c'est trop. Il a envie de se lever et de se barrer.

Mais il ne peut pas faire ça ! Putain ! Il ne peut pas la laisser dans cet état-là, sur le point de chialer.

Ce qui lui pèse, c'est cette responsabilité. Ne pas pouvoir se barrer. Un gamin, il faut l'assumer. On l'a sur le dos jusqu'à la fin de sa vie, jusqu'à ce qu'on perde ses dents et la niaque. Oui, c'est ça, la responsabilité ! Qui est déjà trop lourde alors que le môme n'est encore que des paroles dans la bouche d'Eivor.

Il aimerait bien lui demander ce qu'il doit faire, mais il n'y arrive pas.

Alors il ne dit rien. C'est à elle de trouver une solution. S'il avait su, il se serait méfié.

Je ne veux pas être seule face à tout ça, songe Eivor. Tout sauf vivre l'enfer de ma mère. Surtout ne pas revivre ce qu'elle a vécu.

L'idée l'angoisse. Elle lui dit qu'il ne faut pas qu'il la quitte.

— Mais non, murmure-t-il. Non, bien sûr.

— Nous sommes deux, dit-elle. Deux.

— Oui, bien sûr, rassure-toi, pas de panique.

Mais elle n'est pas rassurée. Sa vie a pris un tournant aussi tordu qu'un visage dans un miroir déformant.

Après un silence douloureux, Jacob prononce les deux seules phrases possibles :

— On n'a qu'à s'installer ensemble. Et se marier.

— Tu veux ? Mais pas seulement à cause de ce qui nous arrive ! Dans ce cas, je ne veux pas.

— Non. C'est parce que je t'aime.

Le pire n'est pas toujours le pire. Le monde est versatile. La petite joie qui tout à l'heure avait pointé le bout de son nez s'emballe, rattrape son adversaire et franchit la ligne d'arrivée en premier. Maintenant que Jacob est prêt à assumer sa responsabilité, le fardeau s'est allégé. Au moins Eivor est assurée d'une certaine stabilité. Ils sont soudain capables de se sourire, bien qu'encore timidement. Une forme de conversation devient possible.

Ils ont un lieu où habiter.

Ils ont de bons boulots.

Elle n'a pas besoin de s'arrêter pour toujours. Un enfant, ça grandit.

Le plus difficile sera d'annoncer la nouvelle à leurs parents. Ils ne vont pas leur annoncer ça de but en blanc.

Il y a une seule possibilité envisageable : se marier.

Jacob invite Eivor à faire un tour sur la vespa qu'un copain lui a prêtée et qui les attend en bas. Ça serait bête de ne pas en profiter. Et c'est agréable de prendre l'air et de se changer les idées.

Eivor monte derrière, met ses bras autour de la taille de Jacob et le serre fort. Le vent qui souffle sur son visage est bien plus grisant que d'être enfermée dans une voiture !

En haut d'une côte, Jacob ralentit et lui lance :

– Alors, on se marie ?

– Oui !

Au temple.

Ils n'ont pas la foi, ni l'un ni l'autre. En tout cas, ils n'en parlent pas. Mais il existe ce qu'on appelle *la tradition*. Il y a des choses qu'on doit faire, d'autres non. C'est comme ça, pas la peine d'en discuter.

Il ne faut pas empirer la situation. Leur enfant naîtra dans la légalité. Il aura un père et une mère. Personne ne pourra leur reprocher de ne pas avoir fait ce qu'il fallait. Le gamin a été conçu en dehors du mariage, et alors ? Il faut vivre avec son temps ! Tant pis pour les rétrogrades.

De retour chez Eivor, ils prennent le café dans une ambiance fébrile. Jacob a du mal à s'en aller. À présent, ils sont liés l'un à l'autre. Bien plus que quelques heures auparavant.

– Ne dis rien à tes parents, lui conseille-t-elle. Pas encore. Je vais me renseigner.

Et c'est ce qu'elle fait. Le lendemain, elle l'attend devant le magasin de sport. Elle le voit vendre un ballon de foot à un père qui l'écoute en tenant la main de son fils qui bouillonne d'impatience. Dire que cet homme va bientôt être son mari !

Ils vont faire un tour au jardin des plantes et elle lui fait part de ce qu'elle a appris. Les démarches à suivre, les documents à fournir. Ils décident d'organiser les fiançailles dès que possible et de se marier la première semaine de juillet. Dès ce soir Eivor va écrire à ses parents, Jacob préviendra les siens aussitôt après.

Il veut passer la nuit chez elle mais elle refuse. Elle a besoin de calme pour trouver les bons mots.

Je peux écrire que tu es le gérant du magasin ? demande-t-elle.

– Tu peux écrire ce que tu veux. Mais je ne le suis pas. Du moins pas encore. Je pourrais d'ailleurs créer ma propre affaire. Il faut avoir de l'ambition dans la vie.

Elle adressera sa lettre à Elna. À elle d'en informer Erik. Ce sera son problème. Mais comment la formuler ? Il serait plus facile d'écrire qu'elle s'est fait amputer d'une jambe. Ce qui lui arrive est ce qu'Elna craignait par-dessus tout. Comment lui expliquer que, dans son cas, ce n'est pas une catastrophe. Elle est heureuse et, quand l'enfant viendra au monde, elle sera mariée avec un homme gentil qui s'appelle Jacob.

Heureuse ?

D'où lui est venu ce mot ? Sont-ils heureux, elle et Jacob ? Leur situation matérielle n'est pas trop mauvaise, c'est vrai, et elle a toutes les chances de s'améliorer. Mais heureux ? Un enfant, ça va les rapprocher. Forcément. À partir du moment où l'enfant sera né, les problèmes se résoudront. Que demander de plus ? Jacob a un emploi fixe et elle continuera de travailler aussi longtemps que possible.

Algot. Voilà, il faut commencer par là ! Montrer qu'elle a réalisé ses projets au bout de seulement cinq mois. Commencer par Algot et glisser ensuite le reste dans le cadre de sa réussite.

Mais elle n'y parvient pas. Elle parle de son emploi chez Algot mais quand elle annonce qu'elle est enceinte et qu'elle va se marier, elle se rend compte que c'est à ce moment-là que la lettre débute véritablement.

Elle relit ce qu'elle a écrit en essayant d'imaginer la réaction d'Elna. Elle la voit s'affaisser sur sa chaise, le visage enfoui dans ses mains.

Merde ! C'est elle qui est enceinte ! Et elle est adulte ! Elle a prouvé qu'elle est capable de se débrouiller seule. Tant pis pour la réaction d'Elna.

Une autre feuille, une nouvelle tentative. Quel que soit le résultat, ce sera la dernière. Elle termine la lettre par une invitation au mariage, puis elle marque l'adresse sur l'enveloppe et la pose sur la table devant elle. Demain matin, en allant au travail, elle mettra la grande nouvelle à la poste. Une bombe de la part d'Eivor.

Non, il faut qu'elle cesse de s'angoisser. Chaque réflexion inutile est à écarter avec fermeté. Elle est

294

obligée de faire front, à moins de fuir la réalité en se blottissant dans un coin.

Le lendemain soir, Jacob vient la chercher à dix-neuf heures pour l'emmener à Norrby. Il n'a encore rien dit, il a juste demandé à ses parents si Eivor pouvait venir prendre le café.

Ils boivent une tasse. Puis une deuxième. Puis une troisième sans que le sujet soit abordé. Eivor regarde Jacob à la dérobée, il baisse les yeux. Veut-il que ce soit elle qui parle ?

— Tu sembles préoccupée ce soir, Eivor, dit Artur.

Elle sursaute. Ça se voit ?

— Il y a une chose que…, commence Jacob en s'interrompant aussitôt.

— Vous allez avoir un enfant, c'est ça ? demande Artur en les fixant du regard.

— Mais enfin, Artur…, dit Linnea.

Eivor se sent rougir, ce qui en soi est une réponse suffisamment claire.

— Oui, dit Jacob. Et on va se marier.

Linnea semble ne pas savoir quoi dire, mais Eivor a l'impression que ça lui fait plaisir.

— Merde alors ! s'exclame Artur. En voilà une surprise. Bon…, ben… félicitations !

— Oui, félicitations, dit Linnea. C'est… oui… Comme Artur vient de le dire, c'est une surprise.

Eivor voudrait crier que c'est une surprise pour eux aussi, mais elle ne dit rien. Il est rare qu'elle transgresse les conventions.

Artur sort une bouteille de vodka et Linnea va chercher des verres. Ils trinquent et Eivor s'aperçoit avec émotion que Jacob a un grand sourire aux lèvres.

— Tu me parais être une fille bien, dit Artur en vidant son verre.

– J'ai envie de te prendre dans mes bras, dit Linnea.

Eivor éprouve un sentiment de sécurité quand Linnea la serre contre sa poitrine opulente. Voilà quelqu'un sur qui je peux compter si j'ai des problèmes, se dit-elle. Et des problèmes, elle en aura à coup sûr.

Artur renifle et Linnea la regarde avec tendresse. Elle se sent bien ici, elle voit qu'elle leur apporte de la joie. La cigogne s'est perchée sur leur balcon, que pourraient-ils souhaiter de plus ?

– Vous avez l'intention d'habiter où ? se renseigne Artur.

– Je vais demander à Mme Fåhreus si elle autorise Jacob à s'installer chez moi, répond Eivor. Il n'y a rien d'indiqué dans le livret du locataire.

– En tout cas, il vaut mieux lui poser la question, marmonne Artur. Il faut se méfier des propriétaires. Et cette bonne femme-là a une sale réputation, c'est moi qui te le dis.

– Qu'est-ce que tu en sais ? dit Linnea sur un ton de reproche.

– Autant que toi, la rabroue Artur. Ne fais pas celle qui ignore que c'est une sale bonne femme. Tout le monde dans cette ville sait qu'elle traite aussi mal ses appartements que ses locataires. Si on ne fait pas gaffe, on risque de recevoir le plafond sur la tête. Et si ça arrive, elle serait capable d'augmenter le loyer parce que vous avez eu la chance de vivre un événement exceptionnel. Pose-lui la question ! Mais ne te laisse pas faire !

Ne pas se laisser faire... Le 1er juillet est dans un mois. Eivor pense à tout ce dont elle doit s'occuper d'ici là.

– Que disent tes parents ? demande Linnea.

– Elle… ils ne sont pas encore au courant. Mais je leur ai écrit.

Elna et ses magazines féminins, Erik et ses wagons. Et, quelque part, un homme inconnu qui est son père et qu'elle ne parviendra jamais à contacter. Mais au moins Elna connaîtra le plaisir d'avoir un petit-enfant. Il y a tant de questions qu'Eivor aimerait lui poser. Le pourra-t-elle ? Peut-être.

Jacob la raccompagne dans la soirée printanière.

– Ça s'est bien passé, dit-il.

– J'ai affreusement rougi.

– Quelle importance ?

Ils parlent des travaux à entreprendre dans l'appartement. Changer les papiers peints et le vieux lino, acheter de la vaisselle, un berceau…

– On fera comme tu voudras, dit Jacob.

– Vraiment ?

– Je n'y connais rien à ces trucs-là.

– Moi non plus.

Elle s'arrête pour regarder un moineau mort dans le ruisseau. Il est couché sur le dos, les griffes raides tendues vers le ciel.

– Qu'est-ce que tu regardes ?

– Un oiseau mort, dit-elle.

Trois jours plus tard, Elna est là, devant sa porte. Eivor vient juste de rentrer de l'usine, encore toute remuée par les félicitations de Liisa. Elle a enfin eu le courage de lui annoncer qu'elle attend un bébé. Liisa l'a d'abord regardée avec scepticisme, puis elle l'a prise dans ses bras et a voulu lui apprendre une berceuse en finnois. Était-elle sincère ? Ou seulement polie ? Elle a peut-être pensé qu'Eivor était tombée dans le piège habituel ? Non, Liisa n'est pas comme ça. Elle est incapable de faire semblant. Elle ne maîtrise pas l'art de la politesse, c'est contre sa nature et, surtout, contraire aux convictions de son grand-père.

Elna est donc là, vêtue de son vieux manteau râpé.

– Je ne t'ai pas prévenue puisque tu n'as pas le téléphone.

– Je n'ai pas dit que tu tombais mal.

– On ne sait jamais.

– Si tu me dérangeais, je te l'aurais dit.

– Quelle surprise.

– Pas pour moi. Enfin, pas pour nous.

Vrai ou pas vrai, Eivor a décidé d'anticiper les réactions de sa mère. Ses arguments et ses remontrances, sa tristesse et son hostilité. Elle savait qu'elle viendrait, effarée et essoufflée comme si elle avait fait tout le chemin de Hallsberg en courant. Elle a préparé sa défense. Minutieusement. Comme si elle allait passer devant le juge.

– Je ne sais pas quoi dire.

– Tu n'as pas besoin de dire quoi que ce soit.

– Tu es heureuse ? Je veux dire, tout est comme tu as décidé ?

Encore ce bonheur ! Ce mot fugace et léger comme une plume. Oui, pourquoi pas ? Elle est en bonne santé, il est en bonne santé, il n'y a pas de guerre, ils ont du travail, le monde sera probablement là encore demain.

– Oui.

Mais ça sonne creux. Elle a quitté la maison il y a seulement cinq mois, on vient de lui promettre un emploi chez Algot et voilà qu'elle se retrouve enceinte.

Elna n'a jamais entendu parler de Jacob. Il est évident qu'elle a du mal à comprendre. Eivor aurait réagi de la même manière. Mais maintenant elle doit jouer avec les cartes qu'elle a en main. Elle construira a posteriori le grand amour planifié.

– Je ne m'y attendais pas.

– Je voulais que ce soit une surprise.

Elle voit très bien qu'Elna ne la croit pas. Elle doit penser que c'est un accident, qu'ils n'ont pas fait exprès.

Eivor dit que Jacob ne pourra pas venir ce soir parce qu'il a un match de foot. Il joue dans l'équipe de Valle Sport, mais elle le lui présentera demain soir.

– J'aimerais le rencontrer, dit Elna. Si ça ne le dérange pas.

– Bien sûr que ça ne le dérangera pas. Son père est typographe. Sa mère est comme toi, mère au foyer. Elle s'appelle Linnea.

Les yeux d'Elna sont pleins de questions non formulées.

Non formulées. Retenues. Eivor en a soudain marre de la situation.

– Tu vas être grand-mère, dit-elle avec fermeté.

– Oui.

– Je vais bien, maman. Ne t'inquiète pas. Tu sais que je me débrouille très bien toute seule.

– Je commence à le croire.

Mais elle ne le croit pas du tout, Eivor s'en rend compte. Dans les projets d'Elna, il n'était pas prévu qu'Eivor tombe enceinte à peine quelques mois après son départ pour le vaste monde. Ses projets sont les siens. Pas ceux d'Eivor. Lorsqu'on a une fille, il faut tout prévoir. Et quand Elna aura accepté l'idée que la réalité suit son propre chemin, elle parviendra peut-être à s'en réjouir.

Le soir, après le dîner, elles font une promenade en ville. Le moineau est toujours dans le ruisseau, les griffes tendues vers le ciel nocturne.

Elles s'arrêtent devant la vitrine d'une boutique de confection pour femmes.

– Je devrais peut-être m'acheter un nouveau manteau, dit Elna.

– Oui, tu en aurais besoin.

Jacob est mal à l'aise, mais il sait se tenir. Quand la mère d'Eivor lui ouvre la porte, il prend très vite le contrôle de la situation. Eivor s'en étonne même. Visiblement conscient de ce qui est important, il lui explique qu'il a un travail varié exigeant le sens des responsabilités. Eivor voit qu'Elna l'apprécie. Rien d'étonnant. Ses cheveux blonds sont éclatants, ses dents sont blanches, il est jeune, fort et en bonne santé. Et poli. Que demander de plus ?

– Il est sympathique, commente Elna quand il est parti.

– Je suis d'accord, dit Eivor. Sinon ça aurait été embêtant.

Le lendemain, Elna rentre à Hallsberg. Elle dit qu'elle est contente de sa visite, mais Eivor se demande ce qu'elle pense au fond d'elle-même. Est-elle déçue ? Inquiète ? Hésitante ?

Elle aurait voulu que sa mère soit aussi spontanée et ouverte que celle de Jacob.

Mais on ne choisit pas ses parents.

Parfois même pas son mari.

Et Elna est bien placée pour le savoir.

Dans le train de retour, c'est aussi ce qui la préoccupe.

Le mariage d'Eivor et de Jacob a lieu le dimanche 3 juillet 1960. La cérémonie à l'église Gustave-Adolphe est belle et émouvante. Personne ne prête attention à la pluie qui tombe dru et transforme la ville en une mare. Le pasteur Johan Nordlund lève ses mains couvertes de psoriasis au-dessus des deux jeunes qui ont décidé de s'abriter dans le mariage sacré. Jacob porte un costume bleu nuit et Eivor une robe blanche qu'elle a confectionnée elle-même. Les proches sont émus en voyant ce beau couple devant l'autel. Artur, au premier rang, tousse pour essayer de se débarrasser de la boule qui le gêne dans la gorge. Linnea est superbe dans sa robe rouge bordeaux bien tendue autour de sa poitrine.

De l'autre côté de l'allée centrale il y a Elna, Erik et le vieux Rune, venu de Sandviken pour être témoin du bonheur de sa petite-fille. Grand-mère Dagmar n'a pas eu la force d'entreprendre un voyage aussi long mais elle a chargé Rune de remettre une lettre à Eivor. Elles se verront plus tard.

Le pasteur Nordlund et ses mains. Normalement le psoriasis ne le démange pas, mais ce dimanche le pasteur est victime d'une crise d'une telle intensité qu'il est prêt à balancer le livre de cantiques pour pouvoir gratter ses mains écailleuses.

Qui sont ces gens devant lui ? La couturière Eivor Maria Skoglund et le vendeur Jacob Halvarsson. Des noms qui ne lui disent rien. Leurs visages sont graves et tendus. Certes, le mariage est un acte important. Et pourtant les gens divorcent si facilement de nos jours ! Répandre la parole divine dans le bruit infernal des guitares électriques n'est pas vraiment commode. Le rôle des prêtres a toujours été difficile, mais ces années de bien-être jubilatoire ne leur facilitent pas la tâche.

La jeune femme est-elle heureuse ? Il se pose souvent cette question. Son visage maquillé exprime seulement concentration et attention. Dieu a beau disposer, les événements suivront leur propre chemin.

Le moment de vérité est arrivé… Ses mains le

grattent… Voulez-vous prendre pour épouse… pour époux… La réponse de l'homme n'est qu'un murmure pâteux. La voix de la jeune femme tremble. Mais ce qui est dit est dit et il n'a pas d'autres couples à marier ce dimanche. Dieu soit loué.

Le bruit puissant de l'orgue emplit l'église et dehors il pleut à verse.

La vie est étrange, songe Eivor sur la banquette arrière du taxi. Je suis mariée et tout ce que j'éprouve c'est de l'inquiétude. Quand le pasteur parlait, j'avais la sensation que ça ne me concernait pas, que c'était quelqu'un d'autre qui se trouvait devant lui. Me voilà mariée avec l'homme assis à côté de moi. Nous sommes en route pour le repas de noce chez Artur et Linnea, et après nous partirons pour cinq jours de lune de miel dans une petite maison quelque part dans le Småland.

Et si elle demandait au chauffeur de s'arrêter et de la laisser descendre ? Pour aller où ? N'importe où. Au café Cecil boire un Coca-Cola.

Ce qui l'inquiète, c'est qu'elle n'est plus libre de ses mouvements. Être mariée signifie qu'il y a plein de choses qui ne sont plus autorisées. Même pas imaginables.

La pluie tambourine contre les vitres et Eivor se dit qu'elle pourra toujours divorcer. Drôle de réflexion juste après la cérémonie. Jacob se rend-il compte de ce qu'elle pense ? Non, il semble perdu dans son monde. Peut-être est-il en train de se faire les mêmes réflexions ?

Eivor décide qu'elle s'enfermera aux toilettes dès qu'ils seront arrivés chez Artur et Linnea. Elle a besoin de quelques minutes de solitude. Pas pour réfléchir, juste pour être seule. Pour arrêter le temps. Puis pour se regarder dans la glace et vérifier qu'elle a toujours le même visage, qu'on ne le lui a pas changé. Ensuite elle parviendra sans doute à être joyeuse. Si seulement Jacob…

Il la regarde soudain.

– Tu disais quelque chose ?

– Non.

– Il m'a semblé que…

– Non. C'est fou ce qu'il pleut.

– Oui.

Ils arrivent à Norrby. Le taxi s'arrête sur l'asphalte mouillé et le chauffeur regarde avec surprise le billet que Jacob lui tend.

La confusion a été grande autour des préparatifs du repas. Selon la tradition, c'est le père de la mariée qui en assure les frais mais que faire lorsque ce père n'est qu'un prénom ? Elna n'a pas voulu que ce soit Erik qui paye, bien qu'il soit disposé à le faire. Finalement ce sont Artur et Linnea qui ont tout pris en charge, Elna en était gênée mais elle n'a pas eu le choix. Un mois de délai pour marier sa fille, ce n'est pas suffisant. Tout va trop vite à l'époque actuelle.

Linnea s'est mise à l'œuvre avec résolution et efficacité. La contribution d'Artur s'est réduite à des conseils bougons et aux achats des boissons indispensables. En le voyant rentrer chargé de sacs, Linnea a osé lui demander s'il avait prévu quinze jours de festivités. Pour écarter d'autres questions inutiles, Artur a répondu qu'il détestait la mesquinerie plus que tout et qu'elle devrait le savoir pour avoir passé toute une vie avec lui.

Il n'y a que sept convives. Eivor et Jacob ont décidé de n'inviter que les proches. Eivor aurait aimé proposer à Liisa de venir, mais Jacob en aurait immédiatement profité pour convier un de ses amis. Donc, seulement les proches. Sept en tout, les jeunes mariés inclus.

Sandviken est représenté par grand-père Rune qui est arrivé après un voyage difficile. Ses jambes sont de plus en plus douloureuses et son cœur fatigue vite. Il a râlé de voir les jeunes se marier au temple. Qu'est-ce qui peut bien y attirer les gens ? À la moindre difficulté, ils se réfugient dans l'eau bénite. La classe ouvrière n'a donc pas progressé plus que ça ? Qu'un pasteur verse quelques pelletées de terre sur un cercueil, soit. Mais à quoi bon se soumettre au baptême, à la confirmation et au mariage ? Le plus étonnant, c'est que les travailleurs tiennent autant à ce que leurs gosses fassent leur première communion alors que les classes supérieures semblent s'en ficher. Vraiment étonnant…

Il a mis son vieux costume noir. Le col de sa chemise est usé mais propre et la chaîne de montre brille sur son gilet. Il fait bonne figure bien que ses jambes le fassent souffrir atrocement.

Bien coiffés et habillés avec soin, Elna et Erik sont descendus de Hallsberg en voiture. Elna sait qu'Erik est gêné de ne pas être le vrai père d'Eivor, mais, discret comme toujours, il n'a pas évoqué le sujet pendant le trajet.

Le mois a été pénible pour Elna. Elle a eu du mal à accepter que sa fille suive le même chemin d'infortune. Même si Eivor ne cesse d'affirmer que sa grossesse a été voulue, elle se doute que ce n'est pas le cas. Mais que peut-elle y faire ? N'a-t-elle pas déjà constaté de nombreuses fois que l'on ne maîtrise rien d'autre que ses propres décisions et ses propres erreurs ? D'ailleurs, pourquoi penser que ça va forcément mal tourner ? Le pire n'est pas toujours sûr.

Voilà donc le bouquet de personnes qui composent la famille d'Eivor. Du côté de Jacob, il n'y a que

Linnea et Artur, la génération qui les a précédés se trouvant sous terre.

Linnea a emprunté la nappe à une amie et les voisins ont complété les assiettes, les verres et les couverts. Il règne un climat de bonne entente entre les locataires de l'immeuble qui sont à peu près les mêmes depuis sa construction avant la guerre.

Les meubles ont été poussés pour laisser la place à la table qui trône au milieu de la salle ornée de gros bouquets de fleurs des champs cueillis par les gosses de l'escalier d'à côté contre la promesse d'une glace ou de bonbons. La vieille Sara du dessus, aux hanches abîmées par les nombreuses années passées au Grand Hôtel, a veillé sur la cuisson des plats pendant la cérémonie et lorsque les taxis s'arrêtent en bas sous la pluie battante, tout est fin prêt. L'appartement est saturé d'odeurs de mariage suédois : harengs, boulettes de viande, Tentation de Jansson...

— Pourquoi n'as-tu pas de voile ? demande Elna en caressant la joue de sa fille.

— Non, elle a raison, la petite. Il vaut mieux voir son joli visage, marmonne grand-père Rune en secouant sa jambe gauche qui s'est endormie.

Ils passent à table.

Au moment où ils s'apprêtent à porter le premier toast, on sonne à la porte : le premier télégramme arrive.

Jacob lit : *Le temps est disloqué, félicitations de Tandared !*

— Drôle de télégramme, dit Artur en jetant un regard mécontent à son fils comme s'il en était responsable.

— C'est Roger, explique Jacob. Son humour est un peu bizarre.

— Tandared, qu'est-ce que c'est ? se renseigne Rune.

— Un quartier de Borås, explique Linnea.

305

Artur propose qu'ils lèvent enfin leurs verres.

Eivor ne fait que tremper ses lèvres dans le sien. Elle ne doit pas boire d'alcool, lui a-t-on dit au centre de protection maternelle. En plus, elle commence à avoir des nausées et n'a pas envie de quitter la table pour aller vomir. Les toilettes sont si proches que tout le monde risquerait de l'entendre.

Rune se sert un deuxième verre d'aquavit. En l'absence du père d'Eivor, c'est lui qui doit prononcer le discours à la mariée. La tâche incomberait logiquement à Erik mais il n'en aura probablement pas le courage, se dit Rune. C'est un gars gentil et travailleur, il s'est bien occupé d'Elna et d'Eivor, on ne peut rien lui reprocher, n'empêche qu'il semble indécis et inconsistant. L'alcool réchauffe, la douleur dans ses jambes s'atténue. Il n'y a pas à dire, l'aquavit est le seul remède efficace. Qu'il embrouille un peu les idées est inévitable. C'est comme ça. Il faut faire avec. Comme pour tout le reste. Tiens, Elna est à côté de ce géant de typographe qui semble être un brave homme. J'échangerai quelques mots avec lui, dès que l'occasion se présentera. Et sa bonne femme semble pas mal elle aussi. Oui, ça doit être des gens bien. Apparemment ça ne leur est pas monté à la tête de vivre dans cette capitale du textile dont on n'arrête pas de s'égosiller. À quoi elle peut bien penser, Elna ? Ça doit être un soulagement pour elle de marier sa fille. Curieux, d'ailleurs, qu'ils n'aient pas de gosses à eux, Elna et Erik. Oh, il ne doit pas en être capable... Voilà que le vieux devient méchant !

Jacob craint de voir arriver d'autres télégrammes de la part de ses copains. Et pire, qu'ils se pointent, sans respecter leur promesse. Une bande de voyous devant la porte ! Tu parles d'un désastre ! Le vieux...

le grand-père d'Eivor picole pas mal... Ça se trouve où déjà, Sandviken ? Ils ont un bon footballeur, mais leur équipe est vraiment nulle... Pourvu que le père n'ait pas l'idée de faire un discours ! Si seulement ce dîner pouvait se terminer pour qu'on file tous les deux. Dire que me voilà marié. Marié. Mince alors. N'empêche qu'elle est belle. Si jamais c'est un garçon... Non, il ne faut pas se plaindre...

De la bière et de l'aquavit, un bon repas et un cigare. La conversation s'installe petit à petit autour de la table. Seule Eivor reste silencieuse, c'est vrai qu'elle n'a pas le droit de boire. On sait par expérience que ce n'est pas bon dans son état.

– Vingt-deux centimes, répond Artur à Rune qui veut connaître l'augmentation du salaire obtenue par les typographes. Alors tu comprends bien que désormais il nous faudra une grue pour soulever nos porte-monnaie.

Rune hoche la tête. Vingt-deux centimes, une misère ! Mais pas mal, l'image de la grue !

– Vous avez quand même obtenu plus que nous, dit-il. Il y a un gars à l'Usine qui a calculé que pour pouvoir se payer une barque il devrait économiser pendant cent quarante-deux ans.

– Qu'est-ce qu'il ferait d'une barque ? demande Artur. Et toi, Erik ?

– Comment ?

Erik a une boulette de viande dans la bouche et de la confiture d'airelles sur le nez.

– Qu'est-ce que t'as eu comme augmentation ? précise Artur.

– Je ne m'en souviens pas. Pas grand-chose, je crois.

C'est bien ce que je pensais, se dit Rune. Mais ça ne semble pas le tracasser plus que ça.

Elna se tourne vers son père, qui lui fait un signe

307

de la tête. Oui, il va le faire, son discours. Mieux vaut ne pas trop tarder, sinon il craint de ne plus jouir de toutes ses facultés mentales. Il tient à bien se tenir par respect pour Elna et Eivor. Il n'est pas un grand orateur, mais qui l'est, à part ces fous qui font de la politique et qui semblent avoir des bandes magnétiques dans la gorge. Qu'est-ce qu'il va bien pouvoir dire ? Il y a réfléchi pendant l'interminable voyage en train, mais il n'a rien trouvé.

Il se tourne vers Eivor qui lui adresse un sourire. Il l'aime tellement, cette petite… Il sent une grosse boule se former dans sa gorge, une mise en garde qu'il ne faut pas négliger. Les vieux qui deviennent sentimentaux, il faut à tout prix éviter ça.

Il tapote sur son verre à bière, le silence se fait aussitôt. Faut croire qu'ils n'attendaient que ça.

Il se lève. La pluie tambourine contre le carreau derrière lui. Qu'est-ce qu'il va dire, merde ? Comment il s'appelle déjà, le jeune homme ? Jacob ? Oui, c'est ça…

– Chère Eivor, commence-t-il, mais il est aussitôt interrompu par la sonnette de la porte d'entrée.

C'est un télégramme de la grand-mère d'Eivor et de ses oncles à Sandviken. Un texte banal, sans bizarreries. Quelqu'un le lit à voix haute, Rune perd le fil. Il ne sait plus du tout quoi dire. Il se lance :

– Vingt-deux centimes. Vingt-deux centimes, voilà ce que ton beau-père a obtenu après les dernières négociations. Je veux dire par là qu'il ne faut pas se fier aux apparences. La Suède traverse une époque glorieuse, n'empêche que le vent peut tourner plus vite qu'on ne croit. Une augmentation de deux pièces de dix centimes, ça ressemble bien à un miroir aux alouettes. Vous êtes tous les deux des gens ordinaires. Toi, Eivor, je sais que tu as appris un travail honnête.

Tu es couturière, tu dois être fière de ton métier et ne jamais te laisser marcher dessus. De toi, Jacob, je sais seulement que tu es vendeur. Tu n'es pas propriétaire du magasin, tu te trouves donc dans la même situation que ton... épouse... Eivor... De tout mon vieux cœur, je vous souhaite bonne chance dans la vie et vous demande de ne jamais oublier qui vous êtes... Oui... Levons nos verres aux jeunes mariés !

Ils trinquent et le père Rune reprend sa place. Qu'est-ce qu'il a bien pu raconter ? Des conneries ? Il regarde Elna, qui paraît satisfaite. Elle lui sourit en hochant la tête. Et Artur et Linnea ? Non, ça va, il ne semble pas avoir dit de bêtises. C'est quand même incroyable qu'il ne se souvienne plus de ce qu'il a dit. Vingt-deux centimes, et après ?

Il est interrompu dans ses réflexions par Artur qui soulève son corps de géant en s'éclaircissant la voix. Le silence s'installe de nouveau.

– Je vais aux chiottes, dit-il. Je parlerai plus tard. Quand on sera au café.

Les plats de Linnea se succèdent sans relâche, les verres ne restent jamais vides, d'autres télégrammes arrivent et les conversations fusent à travers le nuage de fumée qui enveloppe la table. Soudain un jeune homme boutonneux, chargé de sacs, de trépieds et d'ombrelles grises et blanches, surgit dans l'embrasure de la porte. Son air malheureux donne à penser qu'il s'est trompé d'adresse mais c'est précisément parce qu'il ne s'est pas trompé d'endroit qu'il est anxieux. C'est la première fois qu'il va faire des photos de mariage à domicile. Son patron, le photographe Malm, est immobilisé par un lumbago et espère que Rydén, son benêt d'assistant, montre enfin de quoi il est capable.

Vérifie bien qu'il n'y a pas de lumière latérale, lui

a-t-il intimé, allongé sur le canapé en velours rouge de l'atelier. Sinon on sera obligés de passer la semaine à faire des retouches. Et débrouille-toi pour avoir l'air professionnel. Passe-toi un peigne dans les cheveux, par exemple. Allez ouste !

Le jeune couple tient à être photographié debout. Le seul endroit qui s'y prête est un pan de mur près du balcon. Cela signifie qu'il faut pousser tout ce qui gêne, déplacer la grande table et les chaises, de même qu'une petite table surchargée de bouteilles. Tout le monde met la main à la pâte et ça se termine dans un chaos total. En voulant brancher une lampe, Rune fait sauter un fusible et éclater une ampoule. Artur est obligé de grimper sur une échelle branlante pour changer le plomb pendant que Rydén pousse le frigo afin d'accéder à une prise de terre. Quand la situation est à peu près sous contrôle, Rydén se rend compte que les jeunes mariés sont inondés d'une lumière latérale. Il tire sur les rideaux, déplace la mariée dont le visage est zébré d'ombres, il transpire à grosses gouttes et le matériel glisse dans ses mains moites. À l'aide de réflecteurs, de jurons, de prières, et grâce à la bonne volonté des invités et aux efforts embarrassés des jeunes mariés, il réussit à faire une série de prises. Puis il ramasse son barda et s'en va, parfaitement calme quand il charge le matériel dans sa voiture sous la pluie battante. Si les photos sont ratées, il changera de métier. Ses rêves de publier des livres de photos artistiques demeureront des rêves et il se trouvera un emploi de boulanger, par exemple.

Artur finit par prononcer son discours. Bien qu'il soit saoul, il n'a pas pour autant perdu le contrôle de ses propos, qui sont simples et gentils. Rien de choquant, mais rien qui restera dans les mémoires. Puis vient le moment de déballer les cadeaux.

Un service à café de la part des grands-parents et des oncles d'Eivor, des peignoirs de bain de la part de Linnea et d'Artur, confectionnés par Linnea. Un bleu pour lui, un rose pour elle. Elna et Erik leur ont offert un chèque-cadeau de deux cent cinquante couronnes dans un magasin de meubles.

Eivor est fatiguée et a mal à la tête. Jacob a trop bu et chancelle sur ses jambes. L'alcool l'a au moins aidé à surmonter ses doutes et il est plutôt content d'être marié. Eivor n'est pas une mauvaise prise et pourquoi changerait-il ses habitudes juste parce qu'il est passé devant le pasteur ?

Il est temps de débarrasser la table. La vieille Sara se charge de faire la vaisselle. Les meubles de la salle de séjour retrouvent leur place et le chien de la famille ressurgit de nulle part.

Eivor s'enferme aux toilettes pour avoir quelques minutes de répit. Erik et Jacob discutent voitures. Elna et Linnea regardent la pluie par la fenêtre. Linnea parle de son mariage avec Artur. Elna l'écoute tout en repensant à son été avec Vivi il y a longtemps, près de la frontière norvégienne.

Rune et Artur finissent par être assis côte à côte, un verre de whisky-soda à la main. Artur en sueur, les yeux mi-clos, respire lourdement. Rune l'observe en se disant que ce n'est pas le moment d'engager la conversation. Il a bu plus que de raison et sait que les réflexions les plus anodines peuvent se muer en explosifs. Non, mieux vaut rester tranquille et la fermer. C'est le mariage d'Eivor et il est entouré de gens sympathiques. Ça serait grossier et mal placé de se lâcher.

Mais son envie de gratter un peu la surface de ce typographe est la plus forte. Il faut bien vérifier ce qui se cache en dessous, sinon comment connaître ses idées ?

Ça n'a pas besoin de virer en bagarre pour autant. Il est capable de boire sans s'emporter, non ? Réflexion faite, si Dagmar a préféré rester à Sandviken, c'est qu'elle avait une bonne raison. Elle avait peur d'une explosion suivie d'une ambiance délétère.

Enfin, on devrait quand même pouvoir discuter un peu...

— Santé, dit-il.

Artur ouvre les yeux et le regarde avec surprise.

— Ben, voilà, poursuit Rune, il n'y a plus qu'à espérer qu'ils seront heureux.

— Ils ont tout pour, et vu l'époque... J'aurais bien voulu avoir les mêmes possibilités qu'eux !

Le commentaire est une pique enfoncée dans le cœur de Rune. Artur ne serait-il pas du genre à se faire de fausses idées sur l'époque actuelle ? Il ne comprend pas qu'elle n'est pas plus prometteuse que celle d'avant ? Rune tient à remettre les pendules à l'heure.

— Plus haut on croit pouvoir grimper, plus dure sera la chute, dit-il en fixant les yeux rougis d'Artur.

— Comment ?

— Quand j'étais jeune, je savais au moins que j'étais exploité et sous-payé, poursuit Rune sans lâcher Artur du regard. Mais aujourd'hui, tous ces gens semblent croire qu'on vit dans le meilleur des mondes.

Artur se tourne vers lui sans rien dire.

— Et ça sera d'autant plus rude si on n'est pas préparé quand ça commencera à redescendre, ajoute Rune.

— C'est des conneries, dit Artur, en bougeant son énorme corps. Rien que des conneries tout ça. À ton avis, on en serait où si on n'avait pas eu les sociaux-démocrates ? Tu peux me le dire ?

– Je suis moi-même social-démocrate, riposte Rune. Tu ne l'avais pas compris ?

– Ce n'est pas l'impression que j'ai eue.

– Mais ça ne m'empêche pas de rester vigilant.

– Tu as raison, mais tout va bien se passer à condition qu'on les laisse faire. Ils connaissent la question.

– Bon, bon. Mais…

– Si on se servait encore un whisky-soda ? l'interrompt Artur.

Rune est fatigué, sur le point de s'endormir sur sa chaise. Tout compte fait, il trouve Artur plutôt bien, c'est Jacob qui l'énerve, mais il s'efforce de ne pas le montrer. Dans un demi-sommeil, il l'entend glousser bêtement. Sa voix monte dans les aigus au fur et à mesure que la soirée avance. Les gens ont bien le droit de réagir comme ils veulent après avoir bu, mais de là à devenir ridicules ! Rune ne parvient pas à analyser ce qui l'agace tant chez Jacob. C'est tout le personnage, une insouciance comme s'il n'y avait pas d'ombres dans son monde, comme s'il n'existait pas de jour pluvieux. Ça doit être le résultat d'avoir passé ses journées à vendre des patins à glace. Comment pourra-t-il tenir debout quand le vent se mettra à souffler ? À moins qu'il ait tout faux ? Ils vivent peut-être dans le meilleur des mondes, après tout ? C'est peut-être lui qui n'a rien compris ?

Elna le réveille en lui secouant l'épaule.

– On s'en va, dit-elle. Il est minuit, Eivor et Jacob ont commandé des taxis.

Il s'est donc endormi ! Voilà ce qui arrive quand Dagmar n'est pas là pour lui donner un coup de coude !

Ils se retrouvent tous dans l'entrée exiguë pour se

dire au revoir. Rune serre la main de Jacob et embrasse Eivor qui est toute pâle. Ça n'a rien d'étonnant, pense-t-il, la nuit de noces ne doit pas être ce qu'il y a de plus simple, si on n'est pas déjà passé par là. Mais c'est vrai qu'elle est enceinte, alors il y a forcément autre chose !

– Je te souhaite beaucoup de bonheur, ma petite-fille, dit-il en la serrant fort contre lui. Bonne chance et ne nous oublie pas, nous à Sandviken.

– Je viendrai bientôt vous voir, embrasse grand-mère.

– Compte sur moi.

Eivor et Jacob partent les premiers.

– Ils sont gentils ces jeunes, dit Rune à Elna quand ils montent à leur tour dans un taxi. Elle sera comment leur vie, à ton avis ?

Pour toute réponse, Elna lui adresse un sourire difficile à interpréter.

Eivor et Jacob Halvarsson passeront leurs quatre jours de lune de miel dans une petite maison en bois au bord du lac Hären, sous une pluie battante et dans une humidité que ni le feu dans la cheminée ni leur amour ne parviendront à vaincre. Ils se chercheront, s'observeront, sans doute pour mieux se cerner.

Pendant la nuit de noces dans l'appartement d'Eivor, ils ont déjà commencé. Elle était fatiguée, il était d'humeur joyeuse. Il n'a pas supporté qu'elle lui tourne le dos dans le lit. Une nuit de noces sans baiser, ça ressemble à quoi ? Il ne l'a pas dit, bien sûr, il a d'abord cherché à lui faire entendre raison, puis il a utilisé la force. Elle a failli céder pour s'en débarrasser mais si elle se laissait faire déjà maintenant, qu'est-ce que ça donnerait plus tard ? Il ne s'est pas privé de lui montrer son mécontentement. Tant pis ! Il a fini par s'endormir et elle est restée dans l'obscurité à l'écouter ronfler avant de fondre en larmes. Il ne l'a pas entendue. Un premier secret s'est installé entre eux.

À présent, ils se trouvent dans une maison empruntée où ils se sont rendus avec une voiture empruntée. Elle est joliment située près du lac avec pour voisins les plus proches un couple de petits fermiers chez qui ils se fournissent en lait. Jacob décide d'aller pêcher malgré la pluie qui refuse de cesser. Depuis la fenêtre, Eivor le regarde marcher en équilibre sur les pierres glissantes en se disant que l'homme en imperméable sombre est son mari. Elle est désormais Mme Halvarsson, née Skoglund. Jacob et Eivor. L'acte est signé et enregistré, leur union a été bénie et ils disposent d'un appartement. Mme Fåhreus a seulement haussé les épaules et déclaré que Mme Skoglund avait bien le droit de se marier à condition de payer son loyer aux dates prévues. Il se pourrait d'ailleurs qu'il soit bientôt augmenté. Les charges, vous comprenez...

Eivor sort parfois, elle aussi, et se promène dans l'herbe humide en sentant les gouttes de pluie rebondir contre sa peau. Elle les écoute claquer contre les feuilles, étonnée par la tournure inattendue qu'a prise sa vie. Excitante d'une certaine manière.

Ni l'un ni l'autre ne veulent admettre qu'ils attendent impatiemment de pouvoir rentrer. Les premières confidences de leur vie commune sont échangées en silence.

Ils connaissent aussi des moments de tendresse. Debout dans l'embrasure de la porte de la cuisine, un sourire aux lèvres, Jacob regarde Eivor préparer le dîner. L'obscurité des nuits rend les choses plus faciles. Le contact physique, les conversations, les premiers tâtonnements... La nuit, le mot *couple* prend tout son sens. Au-delà des cérémonies, des télégrammes et des promesses. La sensation d'être deux. Un pont avec deux appuis.

– Si c'est un garçon, dit-il soudain, une nuit qu'ils sont allongés côte à côte.

– Si c'est une fille, dit-elle.

Jan. Stefan. Magnus. Annette. Mia. Louise. Ils s'amusent à chercher des prénoms. Ils rient, rejettent des propositions, jouent...

Dans ces moments-là Eivor est heureuse, elle se sent en sécurité. Ce sont des moments brefs et rares, mais ils existent ! Chaque jour qui passe, ils apprennent à mieux se connaître. Ils se rapprochent l'un de l'autre tout doucement, de façon imperceptible, les réactions de l'autre deviennent familières et prévisibles.

C'est ça le bonheur, songe-t-elle. Je n'aurais pas pu trouver de meilleur mari que Jacob. Il est sérieux, agréable à regarder... Aurait-elle été mieux avec quelqu'un d'autre ? Impossible à dire. Mais cela aurait pu être pire, ça c'est certain.

Le dernier soir, ils brûlent leurs déchets sur la plage. Ils sont assis devant le feu, serrés l'un contre l'autre, sous un même imperméable. Eivor éprouve un sentiment de bien-être, la douceur de partager le silence avec quelqu'un.

– Demain on rentre chez nous, dit-il.

Elle hoche la tête et pense à Konstsilke.

L'usine de Konstsilke où elle ne retournera plus jamais. Et Algot ? Sera-t-elle un jour une de celles qui fabriquent leurs célèbres vêtements ?

L'automne et l'hiver qui suivent constituent une époque heureuse pour Eivor. Elle fait sans doute preuve de naïveté et vit avec un bandeau devant les yeux, mais ne pas l'admettre serait nier la jeune femme qu'elle est devenue. Elle veut être heureuse, elle veut créer un foyer, un point d'ancrage. Même si sa maison ne sera jamais un palace, ce sera son foyer. Elle s'enferme dans des routines simples, auxquelles elle est attachée. Elle prépare le petit déjeuner pour Jacob qui sort de la salle de bains encore ensommeillé et avare de mots alors qu'elle est debout depuis plus d'une heure, habillée et maquillée. Parfois elle a même ciré ses chaussures. Quand il quitte l'appartement, elle aère, fait le ménage et les courses, remplit la journée d'activités. À son retour peu après dix-huit heures, le dîner l'attend, toujours un plat qu'il aime. Le soir, ils regardent la télé et s'il la désire la nuit, elle est d'accord, tant que sa grossesse le permet. L'enfant grandit en elle. Elle se sent souvent seule dans leur appartement vide. Il lui arrive d'avoir peur, peur pour l'enfant, peur de la vie de l'autre côté des murs. Des craintes qu'elle garde en elle. Inutile d'ennuyer Jacob. C'est lui qui leur permet de vivre la vie qu'ils mènent. S'il ne lui donne pas assez d'argent pour assurer la bonne marche de la maison, elle se contente de se priver d'un des magazines qu'elle a pris l'habitude de s'offrir. Quand il rentre en annonçant avec fierté qu'il a vendu trois vélos bien que l'hiver approche, elle se réjouit avec lui et écoute patiemment les détails autour de la vente...

Ils ont leur propre chronologie : Avant la Naissance de l'Enfant. Après la Naissance de l'Enfant. Avant c'est maintenant, l'attente, une période inutile. Après, en revanche, se compose de projets et d'une véritable débauche de rêves qui se tissent de façon invisible. C'est toujours lui qui mène la discussion, qui tient à ce qu'ils aient un appartement plus grand, si possible à Sjöbo. Ils se feront ensuite construire une maison, peut-être aussi une maison de campagne. Mais avant tout, il faut qu'ils se trouvent une voiture. Jacob fait ses calculs muni d'un stylo et d'une feuille de papier. Longtemps avant la naissance de l'enfant, ils achètent un landau et tout l'équipement nécessaire. C'est alors Eivor qui choisit, mais en tenant compte des désirs de Jacob. Elle mène la vie d'une Belle au bois dormant, d'une princesse endormie qui se demande chaque jour si elle est heureuse sans se donner la peine de chercher la réponse. Considérant qu'elle n'a pas le temps de lire de quotidiens, elle apprend les nouvelles du monde extérieur par Jacob et aussi par la télé qui la tient informée des guerres qui se déroulent toujours quelque part. Elle voit les images du jeune futur président américain. Un homme rassurant et invincible, avec ses épaules remontées, son dos rigide et ses dents blanches. Et son contraire, le sauvage aux cheveux clairsemés de l'Est, l'exemple vivant de ce qu'ils savent déjà : les communistes sont laids et pas fiables. Jacob rentre tous les jours à dix-huit heures, sauf le samedi où il travaille jusqu'à treize heures. Quand ils sont à table, il lui fait un compte rendu de sa journée avec le sérieux de celui qui règle le destin du monde. Ce qui est en partie vrai, vu qu'il constitue le pilier de leur foyer et, pour Eivor, l'assurance d'avoir toujours le gîte et le couvert. Elle a de la peine pour lui quand il est sombre après des journées de mauvaise vente, quand les clients ont été réticents et difficiles à convaincre. Mais en général les journées sont bonnes, le stock de vélos diminue, ainsi que celui des ballons de foot et des chaussures à clous. Un jour il sera gérant, dit-il, avant de faire le grand saut et d'ouvrir son propre magasin. Elle est convaincue qu'il a raison, il en a les capacités, c'est sûr...

– Le temps des loisirs se rallonge, dit-il, et c'est

justement ce que nous vendons. Des loisirs, il y en aura toujours.

– Toujours ?

– Toujours.

Fin octobre, tout un week-end, il se rend à un séminaire à Hindås dont l'objectif est de comprendre la différence entre *persuader* un client et le *convaincre*. Il propose qu'Eivor aille dormir chez Artur et Linnea pour ne pas être seule, ce qu'elle refuse. Une fois Jacob parti, elle est cependant prise d'angoisse et éprouve le besoin de parler avec quelqu'un. Au lieu d'appeler Linnea, elle compose le numéro de Liisa qui, par chance, est chez elle. Vers cinq heures, le samedi après-midi, Liisa sonne à sa porte et lui montre avec fierté sa nouvelle voiture : une vieille Ford rouillée.

Liisa regarde le ventre d'Eivor.

– Ça se voit à peine, constate-t-elle.

Depuis qu'Eivor est avec Jacob, elle voit Liisa moins souvent et elle ne se sent pas très à l'aise sous son regard scrutateur.

– Qu'est-ce que tu regardes ? demande-t-elle.

– Pourquoi as-tu si peur ?

– Je me demande seulement ce que tu regardes.

– Je ne regarde rien.

– Si.

– C'est toi que je regarde. Pour voir si je te reconnais.

– Et alors, tu me reconnais ?

– Je ne sais pas. Si, peut-être.

Elle jette un œil dans la pièce en grommelant.

– On voit bien qu'il y a un bonhomme qui vit ici maintenant, lâche-t-elle.

– Il y en a un.

– Je sais. Ne prends pas cet air inquiet !

– Je ne suis pas inquiète.

– Alors c'est ta tête normale. J'ai dû l'oublier.

La conversation est laborieuse et forcée. Eivor se sent agressée. Elle perçoit chaque commentaire, aussi anodin soit-il, comme une critique.

– Ne prends pas mal ce que je dis, c'est une simple question, précise Liisa, de plus en plus agacée.

– J'ai cru y sentir un reproche.

– Je dis ce que je pense, rien d'autre. Tu as oublié comment je suis ?

Puis elle ajoute, comme si elle avait enfin compris le problème :

– Il y a combien de temps que tu n'es pas sortie ?

– Comment ça ?

– Sortie, quoi. Sortie de cet appartement.

– Je ne sors plus. Ce n'est plus possible.

Liisa propose qu'elles fassent un tour en voiture. Eivor dit qu'elle ne peut pas mais Liisa insiste. Elle la traîne littéralement dehors, la pousse dans sa vieille Ford et démarre.

– Je ne sortirai pas de cette voiture, dit Eivor.

– OK, seulement quand on sera à Parken.

Eivor écarquille les yeux et regarde son amie comme si elle l'avait menacée avec une hache. Elles ne vont quand même pas aller danser à Parken ?

– Je blague, dit Liisa. Rassure-toi ! On va juste faire un tour pour que tu voies que le monde est encore là et qu'il continue de tourner.

Elle éclate de rire, Eivor se sent à la fois soulagée et stupide.

Elle a beau bien connaître la ville, elle a la sensation de faire une expédition dans un pays lointain. À la nuit tombante, elle voit Konstsilke aux murs suintant de vapeur. Elle demande des nouvelles de ses anciens collègues, elle ne porte pas seulement un enfant en elle

320

mais aussi des regrets. Ses collègues lui manquent. Même le vacarme de la salle des machines lui manque.

Liisa prend la direction de la place. Rien n'a changé. La caravane de voitures tourne toujours, longe le cinéma Saga et le café Cecil, passe devant la foule, ralentit. Quelques passagers descendent. D'autres montent. Liisa reprend de la vitesse, s'engage dans la rue Morte, entre la brasserie et une vieille maison jaune en bois, là où rien ne se passe, avant de parvenir à la rivière où un groupe de filles est en train de discuter. En voyant tous ces visages familiers, Eivor craint d'être reconnue autant que de ne pas l'être. Elle ne fait plus partie de cet endroit, elle se trouve en terre interdite. Elle aurait voulu que Liisa la ramène chez elle, mais elle s'efforce de se rendre invisible et ne bronche pas. Que se passerait-il si un des amis de Jacob la voyait ? La ville n'est pas grande et toute incartade sera ébruitée.

– On dirait que tu vois des fantômes, dit Liisa. Pourquoi tu ne dis rien ? Je vois bien que…

Eivor est rentrée chez elle et retrouve sa solitude. Pourquoi n'a-t-elle pas parlé à Liisa ? Pourquoi ne lui a-t-elle pas expliqué qu'elle avait peur de voir que son ancienne vie était devenue inaccessible, qu'elle ne pourrait plus y retourner, même si elle le voulait ? Ce qui est fini est fini, elle l'a constaté ce soir. Pourquoi le nier ? Liisa, elle, semblait l'avoir compris.

Pourquoi ?

Elle l'ignore. Elle essaie de ne plus y penser. Elle préférerait oublier qu'elle est montée dans la voiture de Liisa. Mais l'inquiétude est là, tapie en elle. Quand vient s'ajouter sa mauvaise conscience envers Jacob, rien ne peut plus l'aider, même pas les larmes. Elle a l'impression de lui avoir été infidèle en retournant à Södra Torget.

Le dimanche soir, Jacob revient. Fort de nouvelles acquisitions langagières (désormais il n'essaiera plus de *convaincre* ses clients mais de les *persuader*), il lui demande si tout s'est bien passé pendant son absence, elle répond que oui.

L'inquiétude d'Eivor s'atténue avec le temps. La sortie avec Liisa était une exception qu'une épaisse couche de routines quotidiennes finit par recouvrir. Quand il lui arrive de craindre que l'enfant soit mal formé, Jacob la rassure et lui tient la main. Avec maladresse, certes, mais il est là et c'est la seule chose qui compte.

Bien des années plus tard, Eivor se dira qu'elle ignorait comment Jacob avait vécu la période entre le mariage et la naissance de Staffan. Qui était-il, cet homme qui se cachait derrière ses rêves et ses projets d'avenir ? Elle ne se souviendra pas de l'avoir entendu exprimer ses sentiments, sauf quand il rentrait ivre des sorties avec ses amis, sentimental et larmoyant, et qu'il disait n'importe quoi. Au fond de ses yeux rougis elle devinait une certaine sincérité, mais elle n'avait jamais le courage de chercher à l'interpréter. Quand il avait bu, elle avait peur de lui. Même s'il ne s'était jamais montré violent. Elle se sentait seule, tout simplement. Quand il avait bu, il devenait un étranger.

En décembre, elle commence à se réveiller la nuit sans savoir pourquoi. Ce ne sont pas les rêves qui la sortent du sommeil, ni la nausée. Elle ouvre les yeux alors que Jacob ronfle à côté d'elle. Se réveiller sans raison la rend anxieuse. Elle reste un moment dans le noir avant de se lever, puis elle enfile ses chaussons et sa robe de chambre et se rend dans la salle de séjour sur la pointe des pieds. Elle allume la petite lampe avec l'abat-jour rouge sur le rebord de la fenêtre, s'installe dans le canapé en remontant ses jambes sous elle. Dans l'obscurité, les ombres sont immobiles...

Un an s'est écoulé depuis qu'elle est arrivée à Borås. Cette ville qui lui avait paru si grande. Voilà un an qu'elle est entrée dans le bureau du personnel de Konstsilke en se demandant avec angoisse si elle allait parvenir à se faire une place dans ce monde inconnu. Elle rêvait d'être autonome et d'avoir un emploi à l'usine Algot. Et maintenant elle est enceinte. Déjà au huitième mois. Grosse et lourde. Maladroite, des boutons plein le visage. En janvier, elle va avoir un enfant et elle n'aura même pas dix-neuf ans. Elle éprouve un grand étonnement devant la manière dont sa vie a évolué. Elle ne s'attendait pas à ça, vraiment pas.

Parfois elle reste debout devant la fenêtre à regarder la rue déserte. Elle regarde et s'étonne.

Ils fêtent Noël et le jour de l'an chez Linnea et Artur. Erik et Elna devaient descendre de Hallsberg, mais Elna a attrapé la grippe et ne veut pas contaminer Eivor. Elles se contentent de se parler au téléphone. L'année 1961 se présente sans véritable hiver. Les jours sont gris et humides. Jacob reprend son travail et Eivor entame la dernière partie de sa longue attente. Jacob s'impatiente et trouve de plus en plus souvent un prétexte pour sortir le soir. Mais il ne reste jamais longtemps et ne boit pas plus de quelques bières. Eivor doit accoucher le 22 janvier. Au fur et à mesure que la date approche, tout ça lui paraît de plus en plus irréel.

Le 27 janvier, un samedi soir, cinq jours après la date prévue – peut-être justement à cause de ça –, Jacob sort. Eivor s'endort en écoutant la radio (la télé s'est cassée quelques jours plus tôt). Elle se réveille soudain, prise de contractions violentes, et appelle Jacob. Mais il ne répond pas. Elle l'appelle de nouveau et est obligée de constater qu'il n'est pas encore rentré. Terrifiée à l'idée d'être seule, elle regarde la valise qui attend. Où est Jacob ? Il n'a pas le droit de ne pas être là ! Qu'est-ce qu'elle va faire ? Appeler Linnea ? Non, elle ne pourra lui être d'aucune aide. Son cœur cogne dans sa poitrine, elle a terriblement peur. Pourquoi l'a-t-il laissée seule ? N'importe quand mais pas maintenant ! D'un pas tremblant, elle va jusqu'au téléphone pour appeler un taxi. Le numéro est punaisé au mur depuis plusieurs mois, elle a eu le temps de l'apprendre par cœur. Mais elle ne se fait pas confiance et vérifie avant de le composer. Occupé. C'est vrai qu'on est samedi, mon Dieu...

Où peut-il bien être ? Elle compose de nouveau le numéro. Toujours occupé. Elle tremble de tous ses membres et fait une prière confuse tout en essayant de se calmer. Comme c'est son premier accouchement, ça ne sera sans doute pas très rapide... Elle compose le numéro encore une fois. Enfin, quelqu'un à l'autre bout. Mais la standardiste répond qu'il n'y a pas de taxis, que la queue est longue et qu'il va falloir patienter. Eivor crie qu'elle a perdu les eaux et qu'elle est toute seule. Alors tout va très vite. La standardiste lance un appel : *Une voiture pour le centre-ville, vite ! Une voiture !* Puis elle informe Eivor qu'un taxi est en route. Eivor commence à rédiger un message pour Jacob mais, submergée par une énorme déception, elle s'interrompt et lance le stylo à travers la pièce. Il aurait dû être là et assumer sa part de responsabilité ! Elle enfile son manteau qu'elle ne peut pas boutonner autour de son gros ventre, empoigne la valise et descend prudemment les marches. La voiture attend déjà en bas. Le chauffeur, un homme d'un certain âge, comprend la situation et l'accompagne jusqu'à la maternité tout en lui assurant que ça se passera bien et qu'elle ne doit pas pleurer. Pleurer ? Parce qu'elle pleure ? Elle ne s'en était même pas rendu compte. Elle jette un dernier regard derrière elle, mais toujours pas de Jacob.

La nuit s'annonce longue. Une infirmière regarde ses papiers et s'aperçoit que la jeune femme est mariée bien qu'elle soit arrivée seule. Elle lui demande si elle doit prévenir quelqu'un. Eivor fait non de la tête. Jacob n'était pas là quand elle avait besoin de lui, elle n'a plus envie de le voir. Non, il n'y a personne à prévenir. Tout va bien. Elle est seule, allongée dans une chambre aux murs blancs. De temps à autre on vient l'examiner : il y en a encore pour un bout de temps. Plus tard, quand Eivor évoquera ce moment, elle sera incapable de se rappeler ses pensées. Elle ne se souviendra que des murs blancs, des bruits dans le couloir, de la porte qui s'ouvre de temps en temps, de la lumière aveuglante, de sa déception furieuse. Et de sa désespérante solitude.

Entre dix heures du soir et une heure du matin le 28 janvier 1961, Eivor mène le plus grand combat de sa vie. Mille fois elle se dit qu'elle est épuisée et qu'elle n'en peut plus. Des infirmières se penchent sur elle, le sourire de la sage-femme la calme, des mots lui annoncent que son mari est dans la salle d'attente. Ces épouvantables contractions qui ne donnent aucun résultat ! Peu après une heure, ce dimanche d'hiver sans neige, tout est fini. Le cordon ombilical est coupé et Eivor a un fils. Quand Jacob entre dans la chambre, d'abord seul, puis en compagnie de Linnea et d'Artur, elle est exténuée et ne demande qu'à dormir. D'abord dormir, puis elle s'occupera de son petit qui est là, à côté d'elle, tout rouge, fripé. C'est incompréhensible.

Alors qu'elle est dans un demi-sommeil, elle entend Jacob balbutier la raison de son absence. Quelque chose sur une voiture en panne, une montre qui marchait mal et surtout qu'il ne pouvait pas se douter que ça irait aussi vite. Des excuses qu'elle rejette, qu'elle ne peut pas et ne veut pas accepter. Il n'était pas à la maison quand il aurait dû, il va falloir qu'ils vivent avec ça. Elle autant que lui. Un accident ou la mort auraient été les seules excuses recevables. Ses explications ne l'intéressent pas, qu'il les garde pour lui et pour sa mauvaise conscience.

Fin février, alors qu'elle est rentrée avec Staffan depuis plus de trois semaines, elle décide de s'attaquer à la montagne de linge sale qui l'attend en plus des vêtements du bébé. Elle étale le linge sur le sol, s'accroupit et se met à le trier. Elle attrape une chemise blanche en nylon, en se demandant quand Jacob a bien pu s'en servir, quand une petite boîte tombe de la poche. Des préservatifs. Pourquoi ? Ça fait plus de dix mois qu'il n'en a pas besoin. Elle prend la boîte dans sa main, l'ouvre et constate qu'il n'en reste plus qu'un. Ce n'est pas possible, c'est une situation qui arrive au cinéma mais pas dans la réalité !

Elle abandonne le linge par terre et se met à errer dans l'appartement. Infidèle ? Ça ne peut pas être vrai ! Quand ? Elle s'arrête devant la fenêtre, regarde la rue. Elle rassemble son courage pour réfléchir et avoir les idées claires. Depuis qu'elle est revenue de la maternité, Jacob est toujours rentré directement de son travail. Autrement dit, c'est pendant qu'elle était à la maternité qu'il aurait pu la tromper. Et le samedi soir quand elle a perdu les eaux. Une voiture qui n'a pas démarré… Quelle voiture ? Une montre qui marchait mal… Personne ne peut être assez odieux au point de tromper sa femme au moment où elle met leur enfant au monde ! Personne ! Ce serait une trahison impardonnable.

Elle place la boîte sur la table de la salle de séjour, à l'endroit où il a l'habitude de poser sa tasse de café quand il regarde la télé.

Je n'ouvrirai pas la bouche, se décide-t-elle, mais je le regarderai droit dans les yeux.

On dirait un mauvais film. La réalité peut-elle être aussi mauvaise ?

L'angoisse et la colère se livrent bataille en elle. Si ses soupçons sont confirmés, elle prendra Staffan et elle quittera la maison. Jacob ne mérite pas de vivre près du bébé.

Il en a perdu le droit par sa propre faute.

Dans la cuisine, ses yeux tombent sur le couteau à pain. Elle l'enfoncera dans son ventre, à l'endroit où elle portait l'enfant pendant que lui…

En rentrant du magasin, Jacob est passé par une pâtisserie pour acheter quelques gâteaux. Tes préférés, dit-il. Eivor affiche un air parfaitement calme. Il regarde Staffan et elle l'entend dire qu'il ressemble à son grand-père paternel (la veille, il ressemblait à Eivor…). Pendant le dîner, il lui demande si elle a passé une bonne journée. Le petit a pleuré ? Bien sûr qu'il a pleuré ! Tous les bébés pleurent ! Mais elle commence à savoir interpréter ses pleurs. Elle trouve rassurant de savoir que Linnea n'est pas loin et qu'elle peut l'appeler quand elle veut.

— Tu te souviens de tes craintes au début ?

— Évidemment ! La première fois que j'ai changé ses couches, j'avais peur de le faire tomber. Mais j'ai vite appris. Ah bon ? Tu trouves que j'ai l'air fâchée ? Je suis seulement fatiguée. Je n'ai pas dormi une nuit entière depuis que je suis rentrée et je sais que ça sera comme ça pendant encore des mois.

Eivor change le bébé et lui donne le sein. Jacob fait la vaisselle tout en la regardant. Avant, elle aimait quand il prenait Staffan dans ses bras mais aujourd'hui elle lui tourne le dos lorsqu'il tend ses mains. Elle dit qu'elle le mettra au lit elle-même.

Staffan s'endort, il est tout chaud et il sent bon. C'est surtout lui que Jacob a trahi. Encore plus qu'elle. Quand elle entend le cliquetis des tasses à café, elle se lève et s'installe dans la salle de séjour. Il va chercher les gâteaux dans la cuisine, les dispose joliment sur un plat et revient. En passant devant la télé, il l'allume puis change d'avis.

Il s'assied sur le canapé et c'est en portant la tasse à ses lèvres qu'il découvre la boîte. Il se fige, visiblement à la recherche d'une explication acceptable. À présent, elle en a la certitude. Elle lance sa tasse par terre, se précipite dans la chambre et ferme la porte à clé. La révolte gronde en elle. Assise sur le lit, elle tend l'oreille. Pas un bruit ne lui parvient de la salle de séjour. Il doit être en train de préparer son mensonge. La vérité peut prendre n'importe quel visage, elle serait capable de la supporter. Alors que le mensonge... Il n'y a rien qu'elle déteste le plus. S'il essaie de s'en sortir par un mensonge, elle s'en va.

Elle l'entend abaisser la poignée.

– Ouvre, dit-il. Pourquoi tu as fermé à clé ?

Elle ouvre la porte, le regarde droit dans les yeux, passe devant lui et retourne dans la salle de séjour. Il a ramassé les éclats de porcelaine et il a mangé son gâteau.

– Qu'est-ce qui t'a pris ? demande-t-il sur un ton irrité.

– Tu n'as rien d'autre à me dire ?

– Comme quoi ?

– Tu le sais très bien.

– Si tu fais allusion à… Ça vient d'où ?

C'est lui qui demande ça ! À elle ! Il croit vraiment qu'elle…

– Tu es un vrai salaud ! dit-elle calmement.

– Pourquoi tu dis ça ?

– Pendant que j'étais en train d'accoucher toi, tu…

– Qu'est-ce que tu racontes ?

– Tu me prends pour une idiote ?

– Je ne comprends pas pourquoi tu as mis cette boîte de capotes sur la table.

– Je l'ai trouvée dans ta chemise qui était au sale.

– Oh, ça doit être une vieille boîte. Comment veux-tu que je sache ? Qu'est-ce qui te prend ?

– Tu ferais mieux de me dire la vérité.

– La vérité sur quoi ?

– Sur ce que tu as fait quand j'étais à la maternité pour mettre ton fils au monde.

– Qu'est-ce que j'aurais fait ?

– Tu as dû en passer du bon temps !

– J'ai travaillé, merde ! Tu crois vraiment que j'ai eu une aventure ?

– Raconte !

– Quoi ! Ce n'est pas ma faute si tu trouves une vieille boîte de capotes dans ma chemise ! Arrête maintenant !

Elle devine les fissures dans la défense de Jacob. Elle les voit s'approfondir et insiste avec la force de sa colère et de son chagrin pour que le mur s'écroule.

– Comment peux-tu continuer à me mentir ?

– Je ne mens pas.

– Je sais que tu mens. Espèce de salaud !

– Ferme-la ! dit-il du fond de son désarroi. Va te coucher ! Plus un mot !

– Elle était comment ?

– Ce n'était pas quelqu'un qui… Merde !

Elle a réussi. Elle a fait s'écrouler le mur. Furieux, il se lance sur elle et la frappe. Elle pousse un hurlement.

– Je t'avais dit de fermer ta gueule ! Je ne sais pas de quoi tu parles, merde ! Sale bonne femme, tu m'as mis hors de moi !

Elle l'a mis hors de lui ?

Sale bonne femme ?

Elle le regarde. Au même moment, Staffan se réveille dans la chambre. Elle y va en se disant qu'elle s'enfermera dans le noir avec son fils jusqu'à la fin de sa vie.

Le petit se rendort. Alors c'est Jacob qui l'appelle en pleurant de la salle de séjour. Elle se bouche les oreilles. Il l'a traitée comme si c'était elle la coupable. Seigneur ! Il vient la rejoindre dans la chambre et la serre contre lui. Il lui demande pardon en sanglotant. Mais il n'explique rien et elle sait que si elle pose d'autres questions, ses larmes se mueront en gifles.

– Tu me pardonnes ? demande-t-il en la regardant.

Est-ce une menace ou un ordre ? Elle ne répond pas. Qu'est-ce qui pourrait mériter son pardon ? Rien. Les coups qu'il lui a donnés ?

– Il faut que je prépare les affaires pour demain matin, dit-elle en se levant.

Il la retient avec force et l'oblige à se rasseoir.

– Tu me pardonnes ?

Si elle ne dit pas « oui », il la frappera peut-être de nouveau. Il ne faut pas que l'enfant souffre de ce

330

qui est arrivé. Désormais, elle le fera toujours passer avant elle.

– Oui, murmure-t-elle. Maintenant laisse-moi.

Elle se lève, craignant à chaque instant qu'il se mette en colère et réveille le bébé. Il n'essaie pas de la retenir.

Petit à petit, Eivor constate avec surprise non seulement qu'elle réussit à vivre malgré ce qui s'est produit, mais qu'elle est même capable d'oublier. Parfois elle se demande si elle n'a pas rêvé. Rien ne prouve le contraire. Son visage ne porte pas de traces des gifles qu'elle a reçues. Ce qu'elle sait, elle le refoule au fond d'elle en se disant qu'il vaut mieux faire semblant pour le bébé. Elle joue le jeu comme si elle n'avait reçu que de bonnes cartes. Elle mettra du temps pour admettre que c'est l'infidélité de Jacob qui a détruit leur couple.

Son fils compte avant tout. Il grandit et il a besoin d'elle. Être mère signifie se sentir indispensable et, dans des moments de fatigue, elle trouve cette responsabilité démesurée. Mais les progrès de l'enfant sont autant de récompenses qui dissipent les nuages quotidiens. Elle assiste à son premier sourire, qui prouve qu'il a une vie intérieure, aux premiers pas chancelants qui se terminent par une chute suivie d'un hurlement de rage et de douleur. Elle n'est jamais libre, toujours enchaînée par cette dépendance. Linnea l'aide souvent, parfois aussi Elna, mais elle ne peut se défaire de l'idée qu'elle n'a pas le droit de se faire renverser par une voiture, qu'elle n'a pas le droit de mourir. Pas encore. Tant qu'il a besoin d'elle, elle a une assurance-vie. Les jours où elle dispose d'un peu de temps pour elle, elle rentre souvent précipitamment, plus tôt que nécessaire. Quand elle se promène en ville sans landau, elle se sent encore plus isolée que lorsqu'elle est enfermée derrière les quatre murs de l'appartement avec le bébé. Elle a coupé le contact avec les quelques amis qu'elle s'était faits avant d'épouser Jacob et il lui arrive de se dire que Jacob n'est pas indispensable, qu'elle saurait se débrouiller sans lui. La Suède est un pays où personne ne meurt de faim. Elle peut donc se passer de l'argent de Jacob. Cela ne signifie pas qu'elle souhaite qu'il disparaisse, mais elle est lucide.

Les relations entre Eivor et Jacob deviennent un tissu d'habitudes. Il faut du temps à Eivor pour qu'elle soit capable de reprendre une vie sexuelle, mais elle en a besoin, elle aussi ! Quelque chose est mort en elle. Si Jacob sort le soir, elle s'en moque. Elle ne sait pas s'il en est conscient. Ils parlent rarement de leurs sentiments. Elle se réjouit de ses augmentations de salaire, évidemment, et ne met pas en doute l'amour qu'il porte à leur fils. Jacob, de son côté, ne lui fait jamais de reproches quant à sa manière d'élever leur enfant et, bien qu'elle soit souvent hésitante et indécise, il lui donne toujours raison. Parfois, surtout après avoir bu, il dit qu'il la trouve courageuse, très courageuse…

Staffan a maintenant dix mois et Eivor éprouve une sensation de vide total. Debout devant la fenêtre, elle regarde les gens passer dans la rue, libres, en route pour des destinations inconnues. D'abord, elle ne comprend pas ce qui lui arrive, elle pense que c'est un coup de fatigue. Mais ce mal-être ne la quitte pas et elle finit par avoir conscience que la vie qu'elle mène ne lui suffit plus. *Elle n'a que dix-neuf ans.* Staffan aura bientôt moins besoin de sa présence et il faudra, d'ailleurs, qu'il soit en contact avec d'autres personnes. Son long chemin vers une vie d'adulte devra passer par d'autres bras capables de lui apporter consolation et câlins.

Pour la première fois, elle envisage la possibilité de reprendre le travail, ne serait-ce que quelques heures par jour. Reprendre une vie en dehors de son double enfermement : le mariage et l'enfant. L'idée réveille immédiatement sa mauvaise conscience. Ce sont des pensées irresponsables, empreintes d'immaturité. Sa jeunesse a été trop brève mais il est trop tard pour retourner en arrière.

Et pourtant...

Un soir, elle demande à Jacob ce qu'il dirait si elle recommençait à travailler. Seulement quelques heures. Absorbé par l'écran tremblotant de la télé, il ne l'entend pas. Elle répète sa question. Il se tourne vers elle en plissant les yeux.

– Pourquoi tu ferais ça ?

– Pour me changer les idées.

– Tu n'arrêtes pas de dire que tu as trop de travail à la maison.

– Ça serait pour me changer les idées, j'ai dit.

– Tu n'as pas oublié que tu as un fils ?

– *Nous* avons un fils !

– Bien sûr, merde... Et qui s'occuperait de lui ?

– Linnea me l'a proposé de nombreuses fois.

– Mais pourquoi ?

– Je t'ai déjà expliqué.

– Mon salaire n'est pas suffisant ?

– Quelques couronnes de plus ne nous feraient pas de mal.

– Tu veux donc dire que je ne gagne pas assez d'argent ?

– Ce n'est pas du tout ce que je dis ! Tu ne m'écoutes pas.

– Je regarde la télé.

– Ça nous permettrait de partir quelque part.

333

– Où ?

– Je n'en sais rien. N'importe où. Là où on a envie d'aller. On a parlé de voyager mais on s'est toujours dit que c'était trop cher.

– Il faut quand même que tu comprennes que tu ne peux pas laisser le petit. Assez parlé de ça maintenant.

La discussion s'arrête là et elle se résigne. Mais pas pour longtemps. L'idée refait surface et culmine début janvier 1962. Prétextant une visite chez le dentiste, elle confie Staffan à Linnea pendant quelques heures. En fait, elle a l'intention de se rendre au bureau du personnel de l'usine Algot. Elle marche vite. Sa décision est prise. Elle est pressée et elle se sent soudain rajeunir. Les gens qu'elle croise courbent le dos sous la bise glaciale. Elle les regarde en se disant que personne n'a une destination aussi importante qu'elle.

Voilà la porte de l'usine. Elle est donc toujours là, Dieu soit loué ! Et aussi l'enseigne, la majuscule tarabiscotée suivie des autres lettres pour former le mot *Algot* qui orne vêtements et catalogues de vente par correspondance. Elle croise quelques filles aux cheveux bruns qui parlent dans une langue étrangère. Elle les entend rire et presse le pas. Il ne faut pas qu'elle arrive trop tard, qu'elle soit accueillie par un « désolé, mais la place qui vous était réservée est déjà occupée ». Le monde n'attend pas, surtout pas celui qui se nomme Algot. Les temps sont propices, gare à celui qui rate le coche. Elle monte quatre à quatre les marches en pierre et perçoit le bruissement des centrales vapeur. Elle s'engage dans un couloir et… C'est là ! La même pièce que la dernière fois, mais l'homme qui la reçoit a changé. Il n'a pas lu la lettre qu'elle avait laborieusement formulée dans la solitude d une nuit de décembre. Il cherche dans des classeurs qui se bousculent sur des étagères, regarde un instant le téléphone comme si c'était lui qui avait égaré la précieuse lettre, puis il hausse les épaules, se cale sur sa chaise et demande à Eivor de formuler oralement sa requête.

Cela la rend nerveuse. Personne ne lui a appris à s'exprimer. Écrire une lettre lui pose déjà de gros problèmes mais, au moins, elle peut prendre son temps. Elle balbutie, se reprend, comprend à peine elle-même ce qu'elle dit. Des mots épars qui cherchent désespérément à s'accrocher à d'autres pour former des phrases sensées.

– Un mi-temps ou un temps partiel donc, conclut l'homme.

Eivor acquiesce d'un hochement de tête.

– J'ai un enfant,

– Vous venez de le dire.

– Mais je suis mariée !

– Tant mieux.

Elle perçoit son ironie mais s'en fiche.

– Vous dites que nous avons reçu votre lettre de recommandation.

Elle acquiesce de nouveau.

Il referme le classeur et la regarde. Elle constate qu'il est très jeune.

– Nous vous contacterons.

– Vous me donnerez quelque chose ?

Vous me donnerez quelque chose... On dirait une mendiante. S'il savait à quel point elle est malheureuse de s'humilier ainsi devant lui ! Et à quel point ce travail serait précieux pour elle !

– Comme je viens de le dire, nous vous contacterons.

Elle retourne dans la bise glaciale, la voix de l'homme résonnant dans sa tête. Y a-t-il un petit espoir ?

La réponse arrive une semaine plus tard. Eivor ouvre l'enveloppe de ses mains tremblantes : elle contient une proposition de temps partiel. Trois jours par semaine, cinq heures par jour.

Elle pose l'enveloppe sur la table, là où Jacob met sa tasse à café. C'est la deuxième fois en deux ans qu'il trouvera une surprise à cet endroit.

Il lit la lettre que l'entreprise a adressée à son épouse légitime. Il la lit puis il lui demande si elle a perdu la tête. C'est quoi, cette histoire ? Qu'est-ce qu'elle a manigancé derrière son dos ? Elle n'est donc jamais contente ! Ne s'est-elle pas rendu compte qu'il est fatigué quand il rentre du travail ? Si elle pense que les patins à glace se vendent tout seuls, elle se trompe. Trois jours par semaine... Quels jours ? Si au moins elle avait une raison valable ! Elle n'est pas bien chez elle ? Qu'est-ce qu'il a pu lui faire pour qu'elle...

Elle a décidé de le laisser parler et l'écoute patiemment. La réponse d'Algot lui a donné des forces. Qu'il râle autant et aussi longtemps qu'il veut ! Quand enfin elle essaie de s'expliquer, il l'interrompt :

– Tu comprends bien qu'il n'en est pas question !

Elle s'apprête à argumenter mais se ravise. Ce n'est pas la peine. Pas ce soir. Plus tard. Demain ou après-demain. D'après la lettre, elle pourra commencer son travail quand elle veut. Elle a deux mois pour réfléchir et n'est donc pas très pressée. Jacob a besoin de temps pour se faire à l'idée.

Le lendemain elle revient à la charge. Et aussi le surlendemain. La réponse de Jacob est invariablement la même. Il reste inflexible. Parfois il l'insulte, parfois c'est elle, quelquefois les deux en même temps. Au bout d'une semaine, elle a l'impression qu'il la regarde différemment, qu'il a fini par comprendre à quel point c'est important pour elle. Il change d'attitude, l'implore comme s'il se trouvait au fond d'un puits de chagrin. Mais dès qu'elle tente de s'expliquer, le combat reprend de plus belle. Il arrive à mettre Linnea et Artur de son côté.

La bataille décisive a lieu à un moment qui les surprend tous les deux. Tard un samedi soir, alors qu'ils se brossent les dents dans la cuisine, Jacob lance soudain le tube de dentifrice sur Eivor. Il le fait sans aucun commentaire et sans être en colère. Puis il la force à s'allonger par terre, lui arrache sa chemise de nuit en criant qu'il veut coucher avec elle ici et maintenant ! Tout de suite ! Elle n'a pas le temps de se ressaisir avant qu'il la pénètre et éjacule. Il dit qu'il a peur qu'elle le quitte. Que c'est ce qu'il craint le plus. Si elle recommence à travailler, elle s'éloignera de lui, il en est sûr. Eivor se sent humiliée. Elle est dégoûtée. Les mots de Jacob ne la touchent pas. S'il les avait prononcés quand ils étaient assis dans la salle de séjour, cela aurait été différent, mais pas ici, pas par terre dans la cuisine. Il a voulu prouver sa force et c'est sa fragilité qu'il a montrée.

– C'était agréable ? demande-t-il en se relevant.

– Comment peux-tu me poser cette question ?

– Alors excuse-moi.

– Oui… bien sûr…

Elle ramasse le tube de dentifrice et le range à sa place.

– À quoi penses-tu ? lui demande-t-il.

– À rien.

– Je vois bien que tu penses à quelque chose.

Il est en train de se fâcher de nouveau mais elle n'a plus peur. Elle s'approche de lui en le regardant droit dans les yeux.

– Je n'avais pas l'intention de te quitter, dit-elle. Mais si je n'ai pas le droit de reprendre le travail, je le ferai.

Elle va s'asseoir dans le canapé. Il la suit en pleurant de rage. Elle reste impassible. Jamais plus elle ne se laissera faire. Quoi qu'il dise. Tant pis s'il est malheureux. Il a beau crier, la supplier, la menacer, elle entend ce qu'il dit, mais elle sait qu'elle ira chez Algot dès qu'elle se sera mise d'accord avec Linnea. Ou bien avec quelqu'un d'autre. Elle ne fera pas marche arrière, c'est trop tard. Elle n'a que dix-neuf ans.

Au bout de quelques heures, comprenant qu'il n'arrivera à rien avec ses lamentations, il se tait.

– Tu ne m'aimes plus, dit-il en lançant sa dernière carte.

– Bien sûr que si. Ce n'est pas ça la question.

– Je ne te veux pas de mal.

– Non.

Il murmure « bonne nuit » et va se coucher. Elle est épuisée et elle a mal à la tête, mais elle reste dans la salle de séjour. Elle a besoin de tranquillité.

Quelques jours plus tard, elle va chez Liisa avec Staffan dans sa poussette. Ritva a déménagé dans une autre partie de la ville et s'est installée avec un boucher, si bien que Liisa occupe seule l'appartement. Les deux amies se préparent du café et essaient de discuter, mais Staffan, qui part à l'aventure sur ses jambes instables, les interrompt sans cesse. Liisa regarde avec horreur l'énergie qu'il déploie et dit qu'elle n'aurait ni la force ni la patience d'avoir un enfant.

– Je suis certaine que si, riposte Eivor. Quand on en a un, on s'aperçoit qu'on a beaucoup plus de force et de patience qu'on croit.

– Pas moi ! Sûrement pas.

338

– Toi aussi.

Eivor lui parle de ses projets. Liisa n'est peut-être pas la mieux placée car elle n'a pas d'enfant, mais Eivor ne sait pas à qui d'autre s'adresser. Et d'ailleurs, si elle est là, c'est justement pour avoir la confirmation que sa décision est bonne.

Pour Liisa, il faut être indépendant. C'est une évidence et il faut avoir son propre salaire. C'est ce vers quoi toute femme doit tendre. L'avenir appartient aux femmes, dit-elle. Elle met tous ses espoirs dans la jeune génération.

– Tu te serais mariée si tu avais su ce qui t'attendait ? demande-t-elle.

– Je ne sais pas, hésite Eivor. En fait si, puisque ça m'a permis d'avoir Staffan !

– On n'a pas besoin d'aller au temple pour être en cloque !

Elles éclatent de rire. L'expression de Liisa est un peu brutale mais c'est vrai qu'il est devenu de plus en plus fréquent d'avoir un enfant sans être mariée. Sur ce plan, elles vivent une période de mutation.

Eivor est enjouée en repartant. Enjouée et pleine d'énergie. C'est comme ça qu'elle aime se sentir.

Le 30 mars. Eivor va commencer son travail à l'usine Algot dans deux jours et Linnea a promis de garder Staffan pendant son absence. Jacob affiche un air offensé, mais c'est son problème. Eivor est d'excellente humeur, impatiente comme une enfant la veille de Noël. Jamais elle n'aurait pu imaginer que ça se passerait aussi facilement. Le vent a peut-être tourné en sa faveur. Enfin !

Ce matin-là, le téléphone sonne. Elle décroche en lançant un joyeux « allô ». La semaine précédente, elle s'est rendue chez le médecin du travail pour un examen obligatoire et c'est le secrétariat qui appelle.

– Vous êtes en bonne santé, lui annonce la voix d'une femme, et… enceinte.

– Non, dit Eivor. Impossible.

– Si, dit la femme.

– Non, répète Eivor, et elle raccroche.

Elle ne pleure pas, elle ne se frappe pas la tête contre le mur. Elle ne peut pas car Staffan, débordant d'énergie et de joie de vivre, a mis ses bras autour de ses jambes. Elle ne fait rien, ne réagit pas. Pendant la sieste de l'enfant, elle appelle Linnea pour lui dire que ce n'est pas la peine qu'elle vienne après-demain, ni un autre jour. Pour quelle raison ? Elle… elle a changé d'avis.

C'était donc ça son but, quand il l'a prise par terre dans la cuisine. À court d'argument, il a utilisé sa dernière arme. Et ça a marché. Elle est enceinte. Elle pourrait essayer de se faire avorter, mais elle n'a pas la force de s'exposer à ce commerce incertain et humiliant. Elle a été vaincue. Elle sera encore une fois obligée de renoncer à un emploi chez Algot. Dans un peu plus de huit mois, elle aura de nouveau des nuits sans sommeil, une maison débordant de couches et de linge sale. Et elle ne va pas tarder à retrouver ses nausées matinales.

Après avoir appelé Linnea, elle prévient l'entreprise Algot. Elle tient à se comporter correctement même si c'est douloureux. Il n'y a pas de raison qu'elle empêche une autre femme d'occuper son poste.

Peu de temps après le verdict, elle annonce sa grossesse à Jacob. Elle le dit d'un air naturel et en se détournant pour ne pas voir son soulagement.

Durant la période qui suit, elle n'est même pas

déprimée. Ça n'aurait pas de sens. En revanche, elle éprouve un sentiment de résignation angoissée dont elle ne peut parler à personne, même pas à Liisa qui vient un jour à l'improviste pour savoir si elle est contente de son boulot.

Quand elle est avec Staffan, elle fait comme si de rien n'était, il n'a pas à souffrir de ce qui lui arrive.

Tous les matins, elle a la sensation de se réveiller dans un trou noir. Mais il lui suffit d'entendre le gazouillement de Staffan et de voir sa joie de vivre pour s'obliger à remonter dans la lumière.

Début mai, elle reçoit un coup de fil de Hallsberg. Elna lui annonce que grand-père Rune est alité. Ce n'est pas vraiment une surprise puisqu'il souffre d'une angine de poitrine chronique et que ses poumons sont abîmés depuis de nombreuses années. Son heure semble approcher inéluctablement et il a fait comprendre qu'il aimerait les voir, elle et Staffan. Jacob aussi, bien entendu. Elna propose qu'elles aillent lui rendre visite ensemble. Il n'y a pas d'urgence mais il faut s'y préparer.

Eivor n'a pas caché à sa mère qu'elle est de nouveau enceinte. Elle l'a dit sans faire de commentaire et Elna a compris au ton de sa voix qu'il valait mieux ne pas poser de question. Tous ceux qui connaissent Eivor ont d'ailleurs constaté qu'elle a changé, sans pouvoir dire en quoi. Elle est plus pâle peut-être et moins loquace, même si elle n'a jamais été de ceux qui s'expriment inutilement.

Quelques semaines plus tard, Elna rappelle pour dire que l'état de Rune a empiré et qu'elles doivent prendre leurs dispositions pour se rendre à Sandviken. Après une légère amélioration survenue à l'approche

341

de l'été, le voyage est repoussé, mais, début août, elles décident d'y aller.

Jacob ne peut pas, ne veut pas, prendre un congé pour accompagner Eivor. Elle sait que Jacob a peur de la mort au point de fuir l'idée qu'il sera, lui aussi, un jour confronté à la nécessité de disparaître. Mais elle n'essaie pas de le raisonner et ne lui en veut pas. Jacob et Rune se sont rencontrés une seule fois, le jour du mariage, et ils n'ont pas eu le temps d'établir une vraie relation. Non, Jacob fera ce qu'il voudra. Comme d'habitude.

– Tu veux bien nous accompagner à la gare ? demande-t-elle.

– Oui, bien sûr.

C'est dimanche mais il est prêt à sacrifier sa grasse matinée.

À huit heures, ils sont à la gare. Staffan, perché sur les épaules de Jacob, est tout excité. Il sent que quelque chose d'inhabituel est en préparation. Eivor est fatiguée, son manteau d'été lui serre le ventre et ses nouvelles chaussures lui font mal. Elle a l'impression de marcher comme un canard et elle déteste son visage pâle avec ces saletés de boutons qui refusent de disparaître. Elle essaie de les cacher sous une épaisse couche de maquillage. La chaleur persistante lui donne des nausées et la rend nerveuse. Comment Jacob peut-il la supporter ? Enfin, c'est aussi son enfant à lui qu'elle porte dans son ventre...

Si seulement il n'était pas aussi silencieux ! À moins qu'il ne soit indifférent maintenant qu'il sait qu'elle ne va pas retravailler ?

Le haut-parleur annonce que le train pour Herrljunga va entrer en gare.

– J'espère que vous ferez bon voyage, dit Jacob.

– Le train n'est pas encore là, fait-elle remarquer.

Elle se rend compte que son ton est irrité. Sans le vouloir, elle lui lance sans cesse des piques.

– Tu arrives à te représenter ce que c'est que de porter un gosse ? demande-t-elle soudain.

Il ne comprend pas ce qu'elle dit. C'est lui qui porte Staffan sur ses épaules.

– Là-dedans, précise-t-elle en montrant son ventre.

Comment pourrait-il se représenter une chose pareille ? Aucun homme ne le peut.

Il les aide à monter dans le train, leur trouve des places, caresse maladroitement la joue d'Eivor et redescend sur le quai. Quand le train s'éloigne de la gare, Eivor tient Staffan dans les bras pour qu'il puisse faire un signe de la main à son père par la fenêtre ouverte. Jacob doit être content d'avoir quelques jours pour lui, de pouvoir traîner devant la télé, sans avoir besoin de se soucier de quoi que ce soit.

Staffan regarde avec fascination les forêts, les poteaux téléphoniques, les champs et les gares qui défilent devant la fenêtre.

Dans un accès de mélancolie, Eivor repense à son départ de Hallsberg et au voyage qu'elle a fait dans le sens inverse pour commencer son travail à Konstsilke. Elle essaie de se rappeler ses pensées d'alors sans y parvenir. Sa tête est vide. Et c'est aussi bien comme ça. Elle ne pourra rien changer. La vie est ce qu'elle est, faite de hasards et de coïncidences. C'est précisément ce qui la rend supportable et passionnante. Une fois dans ce monde, on ne peut rien faire d'autre qu'avancer, tant bien que mal, jusqu'au jour où tout se termine.

Le train ralentit et s'arrête à Hallsberg, où Eivor a à peine le temps de saluer Erik à travers la fenêtre du wagon avant que celui-ci ne redémarre. Elna a tout juste eu le temps de monter.

La voilà donc, sa mère. Assise en face d'elle. Inchangée. Comment peut-elle encore se promener dans son vieux manteau élimé ? Elle n'a pas les moyens de s'en acheter un autre ? Et elle aurait pu se mettre un peu de rouge à lèvres, quand même ! Mais Eivor ne dit rien, bien sûr. Elle reste silencieuse à regarder Staffan se démener dans les bras de sa grand-mère.

Grand-mère ! Mon Dieu ! Elna a à peine trente-huit ans et elle est déjà grand-mère ! Eivor pourrait très bien se retrouver dans la même situation au même âge ! L'idée lui est insupportable. Quand aura-t-elle la possibilité de vivre ? Ne plus être seulement une épouse et une mère, être enfin elle-même. Sinon, qu'est-ce que vivre ?

Un rêve impossible ?

– Tout va comme tu veux ? demande Elna.

Eivor sursaute, tirée de ses pensées. Staffan dort, pelotonné sur le siège comme un chaton, la tête sur les genoux de sa grand-mère.

Eivor n'a pas entendu la question. Elna la répète.

– Oui, tout va bien. Rien de nouveau. C'est comme d'habitude.

Elna, quant à elle, a des choses à raconter.

– On va quitter Hallsberg, annonce-t-elle.

– Pourquoi ? Pour aller où ?

– Tu te souviens de Vivi ?

– Oui, bien sûr.

Un grand changement se prépare, dit Elna. Eivor entend à la voix de sa mère qu'elle est heureuse. Ils vont déménager et s'installer à Lomma, dans le sud de la Suède, pas loin de Malmö. Vivi s'est mariée avec le chef du service des relations publiques de l'usine

Eternit Scandinave, où Erik a trouvé un emploi. Son salaire sera bien supérieur à celui qu'il a actuellement. L'entreprise va les aider à obtenir un emprunt pour l'achat d'une maison.

– On déménage en septembre, précise-t-elle.

Eivor ressent aussitôt une pointe de jalousie. Elle envie tous ceux qui osent changer de vie. Un sentiment désagréable dont elle a honte, n'empêche qu'il est là. En même temps, elle est ravie de voir Elna rayonner comme un soleil, soulagée de s'être enfin délestée d'un immense secret.

– Et toi ? demande-t-elle.

– Moi aussi je pourrai travailler si je veux, répond Elna.

– Je croyais que c'était rassurant d'être cheminot, dit Eivor.

– Les temps ont changé.

Eivor ne sait pas quoi penser. En ce moment, ce n'est apparemment pas le travail qui manque en Suède. Sinon pourquoi y aurait-il autant de Yougoslaves et de Grecs ? Être chômeur en Suède aujourd'hui tient du grand art. À moins d'être paresseux.

– Et je vivrai près de Vivi, ajoute Elna.

Ce n'est pas Vivi qui disait qu'elle ne se marierait jamais ?

– Tout le monde peut changer d'avis. Et il est chef des relations publiques.

– J'avais cru comprendre qu'elle était communiste.

– Tout le monde peut changer, j'ai dit.

Leur conversation est creuse.

– Qu'est-ce qu'il va faire, Erik ?

– Tu sais ce que c'est que l'Eternit ? Actuellement tout le monde veut recouvrir les murs de sa maison de plaques d'Eternit.

– Tant mieux.

– Et ce n'est pas fini, j'ai encore une chose à t'apprendre.

– Vous avez gagné au Loto ?

– Pas du tout. Tu vas avoir un petit frère ou une petite sœur.

Eivor met du temps à comprendre. C'est impossible qu'Elna attende un enfant comme elle ! Qu'elle porte un bébé sous ce manteau élimé et ringard ! L'idée donne le vertige. Insupportable.

– Tu es vraiment enceinte ?

– Ça t'embête ?

– Non, je suis seulement surprise. Pourquoi ça m'embêterait ?

– J'en ai eu l'impression.

Elna est dans son troisième mois de grossesse. Elle ignore pourquoi elle ne l'a pas dit plus tôt à Eivor. En revanche, elle sait très bien pourquoi elle est enceinte. C'est Erik qui l'a voulu, et elle a fini par céder. Elle a même craint qu'il ne la quitte pour une femme plus jeune si elle refusait. D'ailleurs, elle a commencé à avoir envie d'un enfant elle aussi. Et elle savait qu'il ne fallait pas trop attendre. La décision n'a pas été facile, mais à présent elle est heureuse.

– Je ne sais pas quoi dire.

– Tu peux toujours me féliciter.

– Bien sûr, mais j'ai du mal à me faire à l'idée que ma mère…

Le bonheur non dissimulé de sa mère la surprend. Elle n'a pas oublié combien sa mère s'est énervée contre elle durant des années. Et contre cette malheureuse grossesse qui avait gâché sa vie, d'après ce qu'elle racontait. Il n'y a pas de vraie logique dans tout ça. Le noir est devenu blanc. Soudain et sans explication.

Elle le dit aussi à sa mère. Mais Staffan se réveille et rend impossible la suite de la conversation.

– J'ai du mal à saisir que tu sois aussi heureuse d'attendre un enfant alors que tu m'en as tellement voulu d'être née. Je suis incapable de le comprendre, mais c'est peut-être mon problème.

Elles arrivent à Sandviken en fin de journée. Une douce pluie d'été arrose la ville lorsqu'elles descendent du train. Nils, le frère d'Elna, les attend à la gare. Ils s'entassent dans sa Volvo PV.

– J'espère qu'il ne vomira pas, dit-il à Eivor en faisant un signe de tête vers Staffan.

– Ce n'est pas son habitude.

– Je le lui interdis.

– On peut y aller à pied, si ça t'inquiète.

Elna monte devant, Eivor derrière avec Staffan. Elle est fatiguée. Nils allume une cigarette, Eivor lui demande de l'éteindre.

– Vous avez repeint la façade ? constate Elna lorsqu'ils se garent devant la maison

– Oui, l'intérieur et l'extérieur, dit Nils.

Rune est couché dans la chambre, Elna et Eivor sont affectées par sa maigreur et son teint gris. Impossible de nier qu'il est mourant. Elles savaient que la maladie finirait par briser cet homme obstinément accroché à la vie.

Il dort quand elles entrent dans la pièce.

Elles l'observent en silence. La mère et la fille. Deux femmes enceintes.

Rune se réveille seulement le lendemain matin. Il ouvre les yeux dans la pâle lueur de l'aube en se demandant où il est. Son rêve le suit avec une telle force qu'il ne reconnaît pas la chambre qui est pourtant la sienne depuis plus de quarante ans. Lentement, il revient à la réalité. Il n'a pas besoin de tourner la tête pour savoir que son épouse, Dagmar, s'est déjà levée. Il entend sa voix depuis la cuisine. Avec qui parle-t-elle ? Il tend l'oreille tout en vérifiant s'il a mal. Non, ses maigres jambes le démangent mais pas de douleur. À condition de rester immobile, il pourra peut-être compter sur quelques moments paisibles avant qu'elle ne se manifeste de nouveau. Avec qui parle-t-elle, Dagmar ? Quelle heure peut-il bien être ? La faible lumière qui s'immisce sous le store lui indique qu'il doit être à peine sept heures. Étrange…

Il observe les premiers rayons du soleil tout en extirpant les images du puits profond du sommeil. Dans son rêve, il était tantôt jeune tantôt vieux. Enfermé dans l'Usine, seul avec le métal en fusion. Les portes et les fenêtres étaient fermées et il courait dans tous les sens, cherchant désespérément une sortie. Quand il saisissait les poignées des portes, celles-ci se transformaient en bouts de fer rougis.

Dans un coin il y avait un téléphone qui n'arrêtait pas de sonner mais il n'osait pas répondre.

Mon Dieu, se dit-il. Les rêves sont encore plus incompréhensibles que la réalité. Est-il possible que ces images confuses soient dues à la douleur ? Heureusement qu'il dormait. Aucun cauchemar ne peut être pire que la douleur en état d'éveil.

Il écoute de nouveau les voix dans la cuisine. Il y en a plusieurs.

Puis il se souvient. Elna et Eivor. Sa fille et sa petite-fille… Elles devaient arriver hier. Oui, maintenant il se souvient. Le train a dû être en retard, il a pris des cachets et il a dû s'endormir. Tu parles d'un accueil ! Staffan doit être là, lui aussi. Un gosse, ça devrait faire du bruit, non ? Rune se passe lentement la main dans les cheveux. Les rares qui me restent, pense-t-il avec dégoût. De son épaisse chevelure noire il n'y a plus que quelques touffes grises qui forment une couronne mortuaire autour de sa tête. Il y a vraiment de quoi pleurer...

Agacé, il fronce les sourcils. Assez pleurniché comme ça ! Ce n'est pas pour partager sa décrépitude qu'il a souhaité voir Elna, Eivor et Staffan. Il faudrait que Dagmar vienne ouvrir la fenêtre pour chasser les odeurs âcres de la vieillesse.

Il tousse pour qu'elle l'entende.

– Tu es réveillé ? demande-t-elle en souriant.

– Faut aérer, souffle-t-il.

Elle ouvre la fenêtre.

– Tu as mal ?

Il fait non de la tête. Non, il n'a pas mal. Pas encore.

– Le petit est avec elles ? demande-t-il.

– Oui.

– Je suis comment ?

– Bien.

Voilà. Il est prêt à rencontrer sa famille. Son arrière-petit-fils le regarde avec des yeux étonnés. La douleur ne va pas tarder à se manifester mais Rune refuse obstinément de prendre des cachets. C'est le prix à payer pour garder la tête à peu près claire.

L'après-midi, quand Staffan fait la sieste, Eivor revient seule dans la chambre.

– Tu as très mal ? demande-t-elle.

Rune fait une grimace en guise de réponse.

– Et toi, comment tu vas ? C'est un bon petit gars, Staffan.

Sans savoir pourquoi, elle se met à tout lui raconter.

Elle lui explique qu'elle avait décidé de recommencer à travailler mais que Jacob s'y est opposé et qu'à la place elle va avoir encore un enfant. Elle lui donne tous les détails. Mais elle garde pour elle le moment humiliant par terre dans la cuisine.

– C'est bien dommage, commente-t-il quand elle a fini.

– Parfois c'est si difficile.

– Oui. Il faut être courageux. Dans la vie, la seule chose dont on peut être fier c'est d'avoir été courageux...

Il s'interrompt au milieu de sa phrase comme s'il en avait déjà trop dit. Il se souvient de ses propres réflexions au cours des interminables nuits d'insomnie et de douleur. C'est ici, dans ce lit, qu'il va entamer son dernier voyage. Il revoit sa vie et il pense à Dagmar avec qui il a vécu pendant plus de quarante ans. Sa femme qui l'a accompagné durant toutes ces années, qui a mis ses enfants au monde, qui lui a préparé ses repas, qui s'est occupée de son foyer. C'est grâce à elle qu'il a pu se montrer... courageux. Elle a porté des seaux d'eau, a lavé ses chemises dans le froid, lui a donné des moments de joie après lesquels il s'est toujours endormi le premier. Tous les matins quand il se réveillait, elle était déjà debout en train de lui préparer le café.

Silencieuse, de plus en plus voûtée, elle est présente dans toutes les images de sa vie qu'il passe en revue. Où a-t-elle puisé sa force ? Qu'a-t-il fait, lui, qui puisse se mesurer aux efforts quotidiens de Dagmar ? Elle qui s'enfermait dans la chambre quand il avait ses accès de colère... Elle qui, pendant toutes ces années, lui a toujours donné l'impression d'être le meilleur. Même dans les compétitions sportives alors qu'il n'a jamais réussi à obtenir le moindre prix.

Il regarde Eivor. Dagmar a été jeune, elle aussi.

Elle a dû avoir des rêves, elle aussi. Impitoyablement écrasés par la grosse voix de son mari et sa manière évidente d'occuper l'espace. L'idée lui fait mal.

– Tu souffres ? demande Eivor.

– Non, je réfléchis.

– À quoi ? Dis-moi !

– Je me dis que ce n'est pas la radio ni même la télé qui sont à l'origine des plus grandes transformations de nos foyers. C'est l'aspirateur et le lino.

– Pourquoi ?

– Toi tu devrais comprendre ça. Je suppose que c'est toi qui passes l'aspirateur et qui nettoies les sols chez vous. Moi, je sais comment c'était avant. Ou plutôt, Dagmar le sait. Elle et toutes ces femmes qui, à genoux, ont frotté la crasse de millions de planchers.

– J'ai du mal à imaginer la vie sans aspirateur.

– À l'époque, quelqu'un comme ta grand-mère n'aurait jamais pu imaginer l'existence d'un aspirateur. Et quand il y en a eu sur le marché, c'est moi qui ai freiné des quatre fers pour ne pas en acheter. Je trouvais ça trop cher. Moi, je me suis permis de prendre une décision pareille ! Tu te rends compte ! Mon Dieu...

Il se tait.

– Pour l'instant, tu ne peux pas changer grand-chose à ta situation, ajoute-t-il au bout d'un moment. Et je suppose que vous êtes contents d'avoir un deuxième enfant. Mais après... Arrange-toi pour que ça ne se reproduise pas. Il faut que tu retournes travailler ! Tu es encore jeune...

C'est une piètre consolation, il le sait, mais que pourrait-il lui conseiller d'autre ? Jacob n'est ni pire ni meilleur que la plupart des hommes en général. Eivor semble dotée de beaucoup de volonté, malgré son jeune

351

âge. Et aujourd'hui il existe des moyens pour empêcher qu'un enfant arrive par imprudence. Mais il ne peut pas se permettre de lui en parler. Un vieillard à l'article de la mort qui évoque un sujet pareil, ça ne serait pas très joli ! Quand il était jeune, soit, mais plus maintenant.

Le lendemain matin, Eivor confie Staffan à Dagmar pour aller se promener avec Elna. Elle lui fait part de la conversation qu'elle a eue la veille avec Rune.

Elles traversent la ville. Le centre est devenu méconnaissable mais l'Usine continue de bomber son torse et de dresser ses cheminées comme des cornes.

— Là, dans la montée, raconte Elna, autrefois il y avait une école. Là, une crémerie tenue par une vieille femme avec un pied-bot. Elle était toujours gentille et ne disait rien quand les enfants la singeaient. Et là, la villa blanche où j'étais bonne à tout faire chez l'ingénieur Ask et son horrible bonne femme qui adorait Hitler plus que tout sur Terre. Leur jardin a été mutilé par une route et par un magasin coopératif, mais la villa est encore là et arbore encore son air hautain. C'est dans cette maison que j'ai compris que...

Eivor écoute. Elle a envie de savoir. Chaque détail qu'Elna lui donne lui apprend quelque chose sur sa propre vie, sur ce qui l'a formée.

— Pourquoi tu t'interromps ? Qu'est-ce que tu voulais me dire ?

— Rien...

Toujours cette manière d'esquiver, songe Eivor.

— Pour une fois, tu ne peux pas me dire ce que tu penses ?

Elna baisse les yeux et se remet à marcher. Après avoir dépassé la villa blanche elle explique à Eivor que c'est là qu'elle a compris qu'elle était enceinte. En revanche, elle ne dit pas qu'elle s'est lavée minutieusement dans la cave avant de prendre le train pour Gävle afin de subir l'épouvantable avortement raté. C'est un secret qu'elle tient à garder pour elle.

À ce moment-là, elle n'avait qu'une seule idée en tête : se débarrasser d'Eivor.

Elles ont quitté le centre-ville quand Elna a soudain besoin de vérifier quelque chose.

– On continue encore un peu, propose-t-elle.

Eivor voit une lueur d'impatience dans les yeux de sa mère. Chaque moment avec elle lui est devenu précieux. Tout ce qui lui fait découvrir des pans du passé, lorsque sa mère avait son âge.

Elna se souvient très nettement de sa promenade dominicale en solitaire. Il y a déjà vingt ans de ça, c'est incroyable ! Elle n'est pas certaine de l'endroit exact où elle a quitté la route principale, d'autant plus que c'était en hiver.

Eivor ignore ce que sa mère cherche, mais elle la suit sans rien dire.

Tiens, voilà le chemin ! Cette fois, elle en est sûre. Elles s'engagent dans une allée de résineux odorants. Le sol est doux sous leurs pieds.

La forêt s'ouvre. La tour de surveillance aérienne est toujours là, recouverte de mousse, telle une ruine datant d'une ancienne grande puissance. Le sol est jonché de morceaux de planches vermoulues, comme si la tour avait commencé à perdre ses cheveux. L'escalier étroit est également là.

– On monte ?

Eivor regarde les marches déformées. Plusieurs se sont détachées. Si Elna ose monter, c'est qu'on doit pouvoir toucher le ciel de là-haut.

Elna grimpe avec précaution et Eivor la suit.

– C'est sûrement interdit, dit Elna.

– Allons-y doucement, sinon les planches qui restent risquent de céder.

Tout en haut, Elna se rappelle le vent glacial d'il y a vingt ans. À présent il est chaud, mais au bout de toutes ces années c'est pourtant le même vent qui souffle. Elle se penche en avant et scrute les planches grises. Là, dans le coin, elle trouve ce qu'elle cherche. Son cœur bat la chamade. L'inscription est encore là. Elle n'a pas disparu. Celle qu'elle a tracée avec un clou quand elle a pris la décision de ne pas se jeter dans le vide.

Elna, 16/1 1942.

Eivor s'accroupit à côté d'elle, suit le doigt d'Elna, lit la date.

– Deux mois avant ma naissance, constate-t-elle.

Elna hoche la tête puis lève le regard vers la forêt en se demandant si le skieur est arrivé à destination.

– Tu pensais à quoi quand tu étais là ? demande Eivor.

– J'avais l'intention de sauter.

Voilà, c'est dit.

– C'était donc si difficile que ça ?

– Oui. Pire encore. Je n'avais personne…

– Mais tu n'as pas sauté.

– Les gens le font rarement. La plupart de ceux qui le disent ne le font pas.

– Qu'est-ce que tu as pensé ?

Elna se tourne vers Eivor :

– Tu te souviens comme il m'arrivait de t'engueuler quand tu étais petite ?

– Comment j'aurais pu l'oublier ?

– Alors tu comprends ce que je pensais. Que je ne voulais pas…

– Oui, je comprends.

– C'était horrible. Je n'aurais même pas souhaité ça à mon pire ennemi. Je suis incapable d'expliquer ce que je ressentais.

Un coup de vent secoue la tour, les vieilles planches grincent.

– Je suis contente que tu m'aies amenée ici.

– Je n'en avais pas l'intention. L'idée m'est venue en marchant.

Elles restent un instant à regarder les forêts interminables. Chacune dans son coin...

– On descend ? propose Elna.

– Il y a d'abord une chose que je voudrais faire.

Eivor détache un clou d'une planche vermoulue et trace son nom à côté de celui d'Elna.

Eivor, 6/8 1962.

Elles descendent les marches et reprennent le chemin forestier.

– Sais-tu si quelqu'un faisait le guet dans cette tour pendant la guerre ?

– Non. Pas quand j'y étais, en tout cas. Il faut dire que c'était un dimanche matin. Ils pensaient sans doute que personne ne se permettrait d'attaquer un dimanche matin.

Elles éclatent de rire. Pour la première fois, elles s'autorisent à s'amuser ensemble. Pourquoi est-ce si difficile ?

Les jours suivants, elles passent beaucoup de temps dans la cuisine à attendre les moments où Rune sort de sa torpeur. Eivor apprend enfin à bien connaître sa grand-mère et elle repense souvent aux paroles de Rune. Dagmar est issue d'un monde qui disparaît. Elle est de la génération des femmes qui ont frotté les sols à genoux, qui ont porté de l'eau et qui se sont étonnées en voyant un aspirateur pour la première fois.

Depuis on a fait des progrès, et Eivor est au seuil d'un nouveau monde.

Les premières tempêtes de l'automne se déchaînent sur la ville le matin où Elna, Eivor et Staffan quittent Sandviken. Avant de partir, Eivor tient longuement la main de Rune. Elle est convaincue qu'ils se reverront. Il ne peut pas mourir ! Bien que son visage soit gris et ses mains maigres et froides.

Dagmar les accompagne à la gare. Le train démarre, Eivor voit sa grand-mère sortir un mouchoir. Elle a la gorge serrée et à son côté Elna est aussi émue qu'elle.

Fin septembre, Eivor, Jacob et Staffan emménagent dans un immeuble de trois étages à Sjöbo. Le fait de retourner dans le quartier où elle a vécu les premiers mois rend Eivor un peu mal à l'aise. Un épisode de sa vie qu'elle aurait préféré oublier. Mais s'installer dans un appartement moderne représente des avantages certains.

La date de la naissance de son deuxième enfant approche. Elle est moins inquiète que pour son premier accouchement. À présent, elle sait ce qui l'attend et que la douleur est passagère.

Elle s'adapte peu à peu à leur nouvel appartement, fait la connaissance de ses voisines, discute des produits de lessive et des prix de l'alimentation, se réjouit de voir Staffan jouer avec des enfants de son âge.

Non seulement elle accepte l'idée d'avoir un deuxième enfant, mais elle commence même à s'en réjouir. Au fur et à mesure que la date de l'accouchement approche, les souvenirs douloureux s'estompent et elle se sent prête à affronter l'avenir.

Elle n'a que vingt ans. Mon Dieu, elle a toute la vie

devant elle ! Rune avait raison. Rien n'est trop tard. Jamais. Il lui faut seulement être patiente.

Elle prend du temps pour expliquer à Staffan qu'il va avoir un frère ou une sœur. Même s'il ne réalise pas très bien, elle essaie de le lui faire comprendre, car elle aurait l'impression de le trahir si elle ne lui en parlait pas.

Et Jacob ?

Jacob est son mari et il est ce qu'il est. Il ne parle jamais de ce qu'il ressent. Quand il rentre le soir, il dîne, joue avec Staffan et s'endort devant la télé. Une fois par jour, il lui demande si elle va bien. Parfois il rapporte des gâteaux en rentrant du travail.

Eivor trouve plutôt reposant qu'il ne la questionne pas plus. Elle s'abrite derrière le son de la télé qui marche en permanence et se contente de parler avec Staffan. Et avec les femmes qu'elle croise dans la cage d'escalier et à l'épicerie.

Le jour, Sjöbo est le domaine des femmes et des enfants.

Le soir, les fenêtres des immeubles sont éclairées.

Il se passe rarement quelque chose de nouveau.

Eivor repense souvent à ce que disait Rune au sujet du courage.

Qu'il faut avoir du courage parce qu'on est obligé d'en avoir.

Une nuit de novembre, un mois avant la date prévue de l'accouchement, Eivor se réveille parce que le bébé gigote dans son ventre. Elle reste immobile dans le noir, la main posée sur son ventre tendu comme pour protéger l'enfant contre un danger. Jacob dort. Sa respiration est profonde et tranquille.

Quand le bébé s'est calmé, elle n'arrive pas à se

rendormir et décide de se lever. L'horloge sur le mur indique trois heures moins le quart.

Elle va dans la salle de séjour, appuie son front contre le carreau froid de la fenêtre et regarde l'immeuble où elle a vécu quelques mois, juste après son arrivée à Borås. Une seule fenêtre est éclairée sur la façade sombre. Elle compte les étages et vérifie. Oui c'est bien celle du petit studio qu'elle a occupé. Elle l'observe longuement. Elle a l'impression de voir quelqu'un se déplacer dans la pièce. Peut-être une jeune femme qui vient de s'y installer ? Quelqu'un qui a l'âge qu'elle avait elle-même à l'époque. Qui a les mêmes rêves qu'elle, les mêmes inquiétudes.

Son séjour dans ce studio remonte à combien de temps déjà ? À deux ans, à peine. Tant de choses se sont passées depuis !

À présent, elle attend son deuxième enfant. Son fils dort dans sa chambre et son mari dans le lit conjugal.

Deux ans. Le temps a filé à une vitesse vertigineuse. Ce n'est pas ainsi qu'elle imaginait son avenir quand elle vivait derrière cette fenêtre éclairée. Sjöbo n'était alors pour elle qu'une étape, un endroit qu'elle allait quitter pour ne plus y revenir.

Rien ne s'est déroulé selon ses prévisions. Mais est-ce fatalement un mal ? Elle a vingt ans, elle attend son deuxième enfant, elle est mariée à un homme qui ne boit pas, qui aime son fils et qui est heureux de devenir père à nouveau. Voudrait-elle changer de vie ? Contre quoi ? Avoir un travail stressant à l'usine Algot ? Aspirer frénétiquement à s'en sortir ? Se trouver dans une voiture qui tourne autour d'une place vide ? Elle ne sait pas. Elle est mariée, elle a un enfant, bientôt deux. Elle ne peut pas revenir en arrière. Sa vie est ce qu'elle est.

Et pourtant.

Au fond d'elle, un sentiment la ronge, résiste, refuse de renoncer.

Tant de réflexions lui viennent à l'esprit quand elle contemple cette fenêtre. À propos de son deuxième enfant qui s'est annoncé trop vite, de son mariage précipité. Elle a une sensation de manque.

Elle retourne au lit et remonte la couverture jusqu'au menton.

Oui, elle est heureuse. Bien sûr qu'elle est heureuse. Elle n'a aucune raison de ne pas l'être.

1972

Ce premier vendredi du mois de novembre 1972, Eivor est assise à une petite table, près de la piste de danse dans le restaurant « Le Baldaquin » à Göteborg. Elle éprouve une curieuse fascination, presque effrayante, en se rendant compte qu'elle fait partie de ces femmes divorcées qui vont danser pour, dans le meilleur des cas, repartir au bras d'un homme. Il est à peine vingt-deux heures, et la quête d'une compagnie pour la nuit n'a pas encore commencé. Eivor est seule à la table. Son amie, Kajsa Granberg (plutôt une collègue, car leur seul point commun est de travailler toutes les deux à l'aéroport de Torslanda), doit sans doute être partie aux toilettes. Devant elle est posé un verre de *singapore sling*, un mélange de glace pilée, de gin, de sherry, de liqueur et de soda. Avant de prendre le tram, Kajsa et Eivor ont partagé une bouteille de vin et une gorgée de liqueur de cacao. Elle se sent bien, un peu pompette, juste ce qu'il faut. L'orchestre n'est pas mal du tout. Une des enceintes est placée derrière elle. Tant mieux, ça lui évitera d'avoir à discuter avec Kajsa. Eivor regarde la piste se remplir de danseurs au son de *Mamie Blue*, un air à la monotonie envoûtante et irrésistible. Par quels chemins imprévisibles a-t-elle pu se retrouver ici, au Baldaquin, comme n'importe quelle

361

femme divorcée ? C'est dans des endroits comme celui-ci que se rendent les trentenaires en quête d'une nouvelle vie. Les gens qui, comme elle, ont leur jeunesse et un mariage raté derrière eux. Alors, pourquoi ne serait-elle pas ici ? Elle a trente ans, bientôt trente et un. Son mariage avec Jacob Halvarsson s'est terminé lorsque celui-ci est devenu gérant et qu'il a pu se payer une infidélité mieux organisée. Elle savait depuis longtemps qu'elle devait le quitter. Chaque jour lui apportait une certitude supplémentaire. Et il fallait qu'elle se décide vite. Elle aurait pu attendre qu'il trouve une femme plus jeune, bien sûr, et que ce soit lui qui demande le divorce. Ce qui serait arrivé tôt ou tard, elle en est certaine. Un silence pesant s'était installé entre elle et Jacob depuis trois, voire quatre ans. Si elle voulait partir sans y être poussée, il fallait prendre les devants. C'est ce qu'elle avait fait.

En janvier 1972, elle s'est installée à Göteborg pour vivre seule avec ses enfants. Elle avait mauvaise conscience d'avoir enlevé Staffan et Linda de l'école en plein semestre, mais, une fois sa décision prise, il lui était impossible de vivre avec Jacob plus longtemps. Il y a maintenant un an de cela et elle est venue au Baldaquin au moins dix fois depuis. Qu'a-t-elle fait de cette année ? De sa nouvelle vie à Göteborg ? De ses ambitions ? Elle s'est trouvé un appartement correct dans le quartier Frölunda au prix d'un trajet interminable jusqu'à Torslanda, où elle travaille et se rend deux fois par jour. Ce qui prouve qu'elle arrive à se débrouiller seule avec ses gosses. Personne ne peut rien lui reprocher de ce côté-là. Elle assume sa responsabilité envers ceux qu'elle a mis au monde. Quant au reste ? Quant à elle-même ?

Eivor Maria Halvarsson, née Skoglund, aurait bien

repris son nom de jeune fille, si ça n'avait pas été aussi compliqué de porter un autre patronyme que celui de ses enfants.

Tous les matins, lorsqu'elle se réveille, le fantôme de ses ambitions l'observe de ses yeux limpides. Ces yeux pleins de reproche qui la regardent préparer le petit déjeuner et envoyer les enfants à l'école en lui disant : *Ah bon, Eivor, aujourd'hui non plus il ne va rien se passer ? Alors, c'est pour quand ? Le temps file à toute vitesse. Tu dois te presser. Tu ne pourras pas demander au temps de ralentir et d'attendre que tu veuilles bien reprendre ta vie en main... C'est maintenant...* Mais que faire ? Deux enfants. Un de onze ans, un autre de dix, et un travail à plein temps. Ses forces ont des limites. Le soir quand Staffan et Linda sont couchés, que la vaisselle, la lessive et les comptes sont faits jusqu'au lendemain, elle est fatiguée à en vomir. Si seulement les enfants étaient plus grands, tout serait plus facile. Bientôt ce sera plus facile. Il n'y en a plus pour très longtemps...

Elle est invitée à danser. Encore un slow : *Let It Be...* Oui, pourquoi pas ? Il faut y aller. Ne pas penser... Le Baldaquin est une oasis. Il faut danser. Les petits passent le week-end à Borås chez leur père. Dimanche soir elle ira les chercher à la gare. Ils sont bien chez lui, sa nouvelle femme est gentille avec eux. Deux jours de liberté. Deux jours rien que pour elle. Elle réfléchira demain. S'il ne fait pas trop mauvais, elle ira se promener dans le centre-ville. Elle réfléchira, fera des projets... Rien n'est jamais trop tard. C'était difficile d'être jeune, avoir trente ans n'est pas mieux. Mais y a-t-il un âge facile ? La vie est comme ça, il est inutile d'anticiper les problèmes. Pas maintenant. Elle danse avec quelqu'un qui dit être chef éclairagiste au

Grand Théâtre, mais il raconte sans doute des bobards. Quelle idée de cacher sa calvitie en plaquant une mèche de cheveux sur le front ! Oh, ces hommes...

Elle pense à Bogdan qui faisait la plonge à la cafétéria de l'aéroport de Torslanda. Ce garçon joyeux avec son suédois incompréhensible qui chantait du Evert Taube, le poète et compositeur national. Elle ne peut pas s'empêcher de rire... Le prétendu éclairagiste la serre plus fort contre lui, s'imaginant probablement qu'elle le trouve bon danseur... Bogdan qui, un soir, s'est pointé chez elle avec un sac de provisions, un livre de cuisine et une bouteille de vin. Qui jouait avec ses gosses comme s'il avait fait ça toute sa vie. Qui revenait de temps en temps et qui a fini par rester aussi la nuit. Après six semaines à la cafétéria, Bogdan a jeté son tablier au visage d'Enoksson, le gérant, qui traitait tout le monde de bon à rien. Bogdan lui a dit d'aller se faire foutre et il est parti. Quelque temps plus tard, elle a reçu une carte postale d'une ville dans le Småland. Il avait trouvé un travail dans une fabrique d'isolation de fenêtres. Puis il y a eu le grand silence. Ce qui se produit souvent quand quelqu'un change de vie. Était-elle amoureuse de lui ? Elle ne l'a jamais vraiment su. Au bout de tant d'années avec Jacob... Il n'est pas facile de changer ses habitudes et Eivor est quelqu'un de méfiant. Elle a peur de s'engager de nouveau... Non, ce n'est pas vrai ! En fait, elle en a très envie et en même temps elle craint que cela ne mette un coup de frein définitif à ses ambitions.

Encore un slow, puis elle est reconduite à sa table par l'homme qui refuse d'assumer sa calvitie. Elle lui adresse un bref sourire. Autant lui signifier tout de suite qu'il ne l'intéresse pas.

Les musiciens en chemise argentée s'interrompent

pour une pause, Kajsa revient et la regarde de ses yeux nerveux. C'est après la pause que la soirée commence véritablement. Il n'y a plus une seule table de libre. Les hommes se promènent, observent, se préparent. C'est maintenant que ça se joue...

– C'est bon ce que tu bois ? demande Kajsa.

Eivor fait oui de la tête.

– J'ai lu que c'est un truc indonésien.

Eivor n'a plus la force de l'écouter. Elle se lève et se fraie un chemin jusqu'aux toilettes qui sont bondées. Elle s'enferme dans une des cabines. Une vieille habitude qu'elle a prise quand elle a besoin d'être tranquille. Elle se rappelle clairement s'être enfermée de la même manière le jour de son mariage avec Jacob, il y a plus de dix ans.

Va-t-elle verser une larme sur sa vie ratée ? Non, sa vie n'est pas encore terminée. Elle est en bonne santé et quand ses enfants seront suffisamment grands pour se débrouiller seuls, elle montrera au monde qu'elle a toujours de l'énergie à revendre. La question est de savoir comment l'utiliser. Elle n'a pas envie de reprendre la couture. Il doit bien exister d'autres perspectives, même pour quelqu'un dont la scolarité s'est arrêtée à la fin de l'école communale. Sur sa table de chevet, elle a un programme de formation pour adultes. À condition de ne pas jeter l'éponge avant d'avoir commencé, elle a encore sa chance. Quand on a le privilège d'être née dans ce pays prospère, il faut saisir les occasions qu'il vous offre.

Le plus dur, c'est d'être femme. Être femme et aspirer à autre chose que de passer sa vie dans la cuisine. Autrement dit : avoir du courage, oser aller plus loin. C'est là le fond du problème et ça vaut le coup d'y réfléchir. C'est justement ce qu'elle fait, enfermée dans les toilettes du Baldaquin à Göteborg, ce soir de novembre 1972. Elle entend les rires de l'autre côté de la porte, les conversations, le bruit des robinets et elle repense à son enfance. À l'odeur immobile de l'herbe humide à Hallsberg. Au boudin noir sur la table. Aux mains gercées d'Elna et aux doigts pleins de cambouis d'Erik. Au monde de son enfance qu'elle a passée dans un nœud ferroviaire. À ses rêves capricieux alimentés par les magazines pour adolescents, la radio et les camarades d'école. À un monde dans lequel elle a l'impression de s'être élevée seule. A-t-elle reçu une quelconque aide pour se préparer à sa vie d'adulte ? Dans le fond, le manque d'assurance est l'unique héritage que sa mère lui a transmis. En plus des remontrances et des conseils difficiles à interpréter : travaille, fais des efforts, va à l'école aussi longtemps que possible (Pourquoi ? Pourquoi aller à l'école ? Si seulement tu m'avais donné une explication valable, j'y serais restée jusqu'à la fin de ma vie), conduis-toi bien, sois sage, fais attention aux garçons. Puis elle a été poussée dehors, comme quelqu'un que l'on jette à l'eau pour vérifier s'il sait nager.

Manque d'assurance et absence de cohérence, voilà ma part d'héritage, se dit-elle, enfermée aux toilettes. Si quelqu'un avait pu me donner le goût de la vie ! Il a fallu que je tente d'y arriver seule, mais comment avoir envie de lire dans une maison où l'unique livre est l'annuaire téléphonique ? J'ai fait tout ce qu'on m'a dit de faire. J'ai appris à coudre et j'ai cherché du travail, puis j'ai rencontré un homme que j'ai épousé. On a décidé pour moi.

À présent, c'est de cette vie dont j'essaie de me sortir. Le premier pas a été de dire au revoir et merci à Jacob, maintenant gérant d'un magasin de sport et coureur de jupons. Incapable d'être fidèle même quand je me trouvais à la maternité. Quelle humiliation ! Non, je lève l'étendard pour mon droit à ne pas être mère au foyer et reproductrice à n'importe quel prix. J'ai osé faire le saut dans l'inconnu avec deux enfants. J'ai laissé mon pain quotidien pour me l'acheter moi-même. Voilà où j'en suis, mais ça ne suffit pas. Si je ne parviens pas à quitter la cafétéria à l'aéroport de Torslanda, je risque de me laisser entraîner dans une nouvelle relation et de reproduire exactement le même schéma.

Il faut pouvoir aller danser au Baldaquin sans que sa vie soit chamboulée. Il faut pouvoir rencontrer un homme sans que celui-ci s'installe chez vous avec ses chaussettes et ses caleçons. Ou qu'il les fasse venir, elle et ses gosses, quelque part dans son pavillon de banlieue.

Quelqu'un essaie d'ouvrir la porte. La musique a repris. Elle sort et jette un œil dans le miroir. Elle a toujours de grands yeux maquillés et les cheveux sombres. En revanche, elle a changé de coiffure. La choucroute et la laque sont devenues ringardes. À peine revenue dans la salle du restaurant, elle sent une main sur son épaule. Après un rapide coup d'œil (bourré ? trop vieux ? mal fringué ?), elle accepte sans conviction et évolue de nouveau sur la piste où elle aperçoit un homme installé à une table qui la regarde.

Il est arrivé après la pause de vingt-trois heures. À la fin de la danse, Eivor se rassoit et termine son *singapore sling*, fermement décidée à ne plus jamais en boire. Il a les cheveux sombres et bouclés, il porte un costume beige, une chemise blanche et la cravate obligatoire. Le résultat de sa vérification rapide est concluant : elle accepte de le suivre sur la piste lorsqu'il vient la voir.

Ils dansent sur plusieurs morceaux puis il s'installe

à sa table, à la place de Kajsa, qui a disparu. Le bruit rendant toute conversation impossible, ils décident de retourner sur la piste. Il s'appelle Kalle. Il est routier et assure un trafic plus ou moins régulier entre Göteborg et le sud-est de la Suède, mais il va parfois aussi jusqu'à Sundsvall et Härnösand, dans le Nord. Sa joie et son aisance font taire la méfiance d'Eivor. Elle sait, pourtant, que l'habit ne fait pas le moine. Elle le croit quand il lui dit qu'il a trente-quatre ans, qu'il vient de divorcer et qu'il a trois enfants. Elle est d'ailleurs persuadée qu'il a des photos de ses enfants dans son portefeuille, c'est ce genre d'homme. D'une certaine manière, il lui rappelle Jacob. Et il n'a pas bu. Comme il habite trop loin pour prendre un taxi, il est venu en voiture.

L'orchestre joue le dernier morceau et ils vont ensemble chercher leurs manteaux au vestiaire. Il lui propose de la ramener chez elle, mais sans insister.

Il ne faut pas monter dans la voiture d'un inconnu, elle le sait. Ça peut se terminer dans la forêt avec un couteau sous la gorge et un viol. Pour une femme, chaque homme est un danger potentiel. Connaître l'homme en question n'est d'ailleurs pas une garantie... Mais on ne peut pas vivre en se méfiant de tout et de tout le monde. Son intuition et sa jugeote lui disent de faire confiance à ce routier qui s'appelle Kalle.

À condition de ne pas verrouiller la portière de son côté et de faire attention, tout va bien se passer.

Il est très sympathique, cet homme ! Doté d'humour et d'un regard honnête sans pour autant manquer de caractère.

Pourrait-elle l'imaginer chez elle, dans son appartement ? Oui, pourquoi pas ? Ses ongles sont propres, il n'a pas un gros ventre qui tremblote sous sa chemise.

Et surtout, il est drôle ! Il lui a donné une définition de l'enfer. C'était comment déjà ? Un endroit où les Anglais sont chargés de la cuisine, les Français de la politique et les Suédois des programmes de divertissement à la télé.

– Volontiers, est la réponse qu'elle donne à sa proposition de la ramener chez elle.

Sa voiture, une Volvo break, est garée en face. Eivor repense à la Volvo PV de son enfance, le trésor d'Erik, et à leur voyage à Stockholm avec le vieil Anders. Il y a si longtemps...

– On va voir si je me souviens bien, dit-il.

– De quoi ? demande Eivor.

– Dans le temps, j'étais chauffeur de taxi. J'imagine qu'il faut d'abord passer par Västerleden, puis Tonhöjdsgatan.

Il se repère avec calme et assurance. Eivor ressent la même sécurité un peu molle que dans un taxi immunisé garanti contre tout accident ou accrochage. Kalle allume la radio. Ils roulent à travers la ville plongée dans la nuit. Un vent d'ouest souffle, une petite bruine à peine perceptible présage l'hiver, quelques rares personnes cherchent un taxi. Elle observe discrètement l'homme au volant et voit qu'il bouge les lèvres comme s'il prononçait les paroles de la chanson diffusée par la radio.

– Quel numéro ? demande-t-il quand il s'est engagé dans sa rue.

– 18B. Là, on dirait vraiment un chauffeur de taxi, fait-elle remarquer.

Il se range le long du trottoir et coupe le moteur.

– Si tu veux, je t'offre une tasse de café, dit-elle. Mais ne t'attends à rien de plus.

– OK.

Il s'installe dans le canapé pendant qu'elle va dans

la cuisine. Il est vraiment sympathique, se dit-elle encore. Un routier qui ne prétend pas être autre chose.

Mais elle a tort, bien entendu. Dans ce monde féroce, il ne faut faire confiance à personne. Même le soleil a des taches. Et cela arrive tellement vite qu'Eivor n'a pas le temps de sentir venir le danger. Ni d'activer son instinct de défense.

C'est si décevant que ça en devient comique. Il vide sa tasse, elle lui en sert une autre. Sur un fond musical, ils parlent de leurs enfants, de l'hiver qui approche. Un bref silence s'installe, il est en bras de chemise et, en voyant sa veste soigneusement pliée, elle se dit qu'il doit avoir peur de la tacher. Il est une heure et demie du matin et elle éprouve une grande tranquillité.

Il repose sa tasse et la regarde.

– Alors ? dit-il.

Elle le regarde.

– Alors quoi ?

– On baise ?

C'est comme si elle avait reçu une gifle de sa meilleure amie. Ou que le mur de la douche s'était soudain écroulé et qu'elle se trouvait nue sous le regard de milliers de gens. Comment peut-il oser ? Comme si c'était une évidence. Aussi tranquillement que s'il lui avait demandé des allumettes. Elle le regarde, abasourdie, tout en sachant qu'elle a très bien entendu. La voix de Nancy Sinatra à la radio, *To Know Him Is to Love Him*, une chanson de 1962. Elle l'écoutait quand elle était enceinte de Linda.

– Alors ? dit-il de nouveau.

Cette fois, elle sait. Au fond d'elle, elle est toujours préparée.

– Je t'ai dit qu'il ne fallait pas que tu t'attendes à autre chose qu'un café. Va-t'en.

Sa voix est dure de déception et de colère.

– Qu'est-ce qui te prend, merde ?

– Va-t'en.

– Tu as bien envie de baiser comme toutes les autres, non ?

– Peut-être mais certainement pas avec toi.

– Allez, sois pas emmerdante !

En le voyant s'extirper du canapé, elle se lève de sa chaise d'un bond. Elle a peur mais son humiliation est encore plus grande.

– Si tu me touches, je hurle. Les voisins vont m'entendre.

Il hésite, ne semble pas être du genre violent, heureusement.

Il la dévisage, un sourire figé aux lèvres. Pour Eivor, c'est incompréhensible qu'une même expression puisse cacher deux attitudes aussi opposées.

– Qu'est-ce que tu me reproches ? demande-t-il.

Alors elle comprend. Elle lui a proposé de venir chez elle, ce qui, pour lui, signifiait que toutes les portes étaient ouvertes. Elle lui a bien dit qu'il ne devait pas s'attendre à autre chose, mais il a pensé que cela faisait partie d'un rituel. Qu'ils coucheraient ensemble de toute façon. Elle voit sa surprise, son embarras. Quel sale monde pour les femmes, se dit-elle.

– Va-t'en, répète-t-elle, Va-t'en, sinon c'est moi qui te fous dehors !

Soudain, elle se rend compte qu'elle est très fatiguée.

Interloqué, il prend sa veste et part sans un mot. Un homme consterné qui n'y comprend rien. À qui on a refusé un droit évident.

Une musique nocturne à la radio et une humiliation au tréfonds de son être. *I never promised you a rose garden*. Non, personne ne lui a fait une telle promesse.

Et elle, à son tour, n'a jamais donné de faux espoirs. Assise dans le canapé, recroquevillée sur elle-même, elle tremble de colère. Où sont donc toutes ces femmes mal fringuées aux visages pâles affublées de lunettes rondes ? Ces femmes qui prêchent l'égalité entre les sexes avec des revendications plus ou moins stupéfiantes. Certaines estiment que la part de l'humanité qui est dotée d'un pénis ne présente aucune raison d'être et veulent la voir disparaître de la surface de la terre. Surtout qu'aujourd'hui il est possible, dans ce drôle de monde, d'assurer l'existence des générations à venir par insémination. Il suffirait de garder quelques beaux étalons… En revanche, il y a des revendications moins extrêmes sur les droits des femmes auxquelles Eivor adhère. Mais ces femmes qui se prononcent avec tant de certitude vivent toutes dans un autre monde, pas dans un immeuble ordinaire de la banlieue de Göteborg. La libération des filles des travailleurs ne les concerne pas. Combien parmi elles sont obligées de se lever aux aurores pour conduire leurs gosses à l'école avant de courir à l'autre bout de la ville pour un boulot sous-payé dans une cafétéria ?

Pourquoi s'attaque-t-elle à ces guerrières pétulantes et fraîchement écloses qui se battent pour la libération de la femme ? Elle l'ignore. Par jalousie ? Sa méfiance est constamment en éveil. Elna, sa mère, ne lui a jamais rien dit sur la vraie signification d'être femme. À bientôt trente ans, Eivor est un exemple merveilleux de naïveté et d'ignorance.

Non, pas tout à fait ! Elle a quand même mis le routier à la porte avec fracas.

Cette nuit-là, la phrase impitoyable martèle son esprit : *Si tu veux réellement mener une vie indépen-*

dante sans être entraînée dans un nouveau mariage, il ne faut plus attendre.

Dès lundi, elle ira à l'agence pour l'emploi et elle posera son énergie accumulée sur la table en disant : Me voilà ! Je suis prête ! Conseillez-moi ! Il me suffit d'entendre les mots justes pour que je trouve ma voie.

Elle a le vague rêve de devenir membre de cette corporation vêtue de blanc, dans le monde impressionnant de l'hôpital. Mais pas pour torcher des culs, pas pour faire la vaisselle, ni la lessive ! Elle veut être près des malades. Elle est aussi ouverte à d'autres propositions, à condition qu'elles aient du sens. Servir le café et vendre des sandwichs périmés à des touristes qui ont peur de l'avion est dénué de sens. Il n'y a que le responsable, Enoksson, pour penser le contraire, mais lui il ne compte pas. Il n'est qu'un raté méprisant et sans intérêt.

Soudain, elle respire plus facilement. Elle a pris sa décision. Il faut l'exécuter ou mourir. Nombreux sont ceux qui se sont déjà attaqués à l'impossible ! Notamment des générations de femmes exténuées avec des conditions de vie inimaginables. Il y en a même un exemple dans cet immeuble : Frida, trois fois mariée, chaque fois avec un homme qui buvait plus que le précédent. Sa vie n'a été qu'une suite de vaines tentatives effroyables pour survivre parmi les bouteilles vides et les gifles. Ses enfants terrifiés qu'elle a cachés sous ses jupes pour essayer d'en faire d'honnêtes gens et pour lesquels elle a sacrifié son cœur et son sang sont aujourd'hui assez grands pour la battre à leur tour et lui extorquer de l'argent destiné à se payer de quoi sniffer ou se shooter… Cette femme vit ici ! Il y a quelques semaines, elle a réussi à virer son dernier mari, à jeter les cadavres de bouteilles et, qui plus est, à suivre une formation pour adultes. Il existe des femmes qui mènent chaque jour une lutte contre l'impossible et cela non pas sur une lointaine planète mais juste à côté, à Göteborg, avec le vent de novembre hurlant dans les oreilles.

Quand Eivor se réveille le samedi matin, tôt comme d'habitude bien que ses enfants ne soient pas là, ses pensées de la nuit ne l'ont pas quittée. Elle se lève, prépare son petit déjeuner, encore fermement décidée à agir.

Elle éprouve presque de la reconnaissance envers le routier qui a jeté son masque et l'a mise dans une telle rage qu'il l'a poussée à agir. Le temps des échappatoires est révolu, à présent elle doit…

Mais Dieu, qu'elle a peur ! Peur d'affronter l'impossible sans autres armes qu'une éducation inconsistante à Hallsberg, un mariage brisé à Borås, six mois de travail dans le vacarme assourdissant d'une usine. Elle aurait pu être mieux préparée, se dit-elle pendant qu'elle fait griller son pain tout en regardant les gouttes de pluie s'écraser contre le bitume. À défaut, elle se battra avec sa volonté et son énergie, elle serrera les dents en espérant que les gosses comprendront qu'elle n'a pas perdu la tête, bien au contraire, que leur mère a pris un chemin qui mérite soutien et encouragements.

Et cette peur constante ? La peur de tomber enceinte, la peur d'être une mauvaise mère… Le résumé de sa vie.

Au lieu d'aller dans le centre-ville, elle fait le ménage, trie les vêtements des enfants, raccommode ce qui est encore utilisable, jette impitoyablement tout ce qui ne peut pas faire un hiver de plus.

Un rêve élevé au rang de décision n'est pas une mauvaise compagnie un samedi soir. Quand Kajsa Granberg téléphone pour demander si elle peut passer,

Eivor répond qu'elle est occupée. Et Kajsa comprend, du moins elle comprend ce qu'elle veut. Un homme est un homme et il faut le soigner avec douceur et attention pour éviter qu'il ne se sauve. Heureusement que je ne suis pas devenue comme Kajsa, se dit Eivor. Ses rêves se réduisent à une semaine de charter à Rhodes et au Baldaquin le vendredi soir.

Sa décision l'a rendue sûre d'elle, elle est même capable d'éprouver de la peine pour Kajsa Granberg.

Le dimanche soir, à sept heures, elle attend Staffan et Linda à la gare centrale. Elle est d'excellente humeur en pensant à ce qui l'attend le lundi.

Le train de Borås arrive avec dix minutes de retard. Elle voit ses enfants descendre en se tenant la main. Les voilà de retour. Elle va leur consacrer la soirée, bien sûr. Elle va leur prêter une oreille attentive et les rassurer en affichant une mine joyeuse quand ils parleront de leur père.

Le lundi matin, Enoksson, le responsable de la cafétéria, bouillonne de rage. La veille, la course de trot attelé à Åby a été un échec cuisant et il s'apprête à faire payer la faiblesse des chevaux et l'incompétence des drivers à son personnel qu'il mène à la baguette.

Il n'y a qu'à voir cette bonne femme, Eivor Halvarsson ! Ce qui est agaçant avec elle, c'est qu'elle est toujours irréprochable. Jamais une erreur dans la caisse, jamais une tache sur son tablier. Pire encore, elle ne courbe jamais l'échine. Il a beau s'agiter et exiger une réponse immédiate sur la quantité de serviettes à commander, le fonctionnement des machines à café, elle lui fournit aussitôt une réponse rapide et précise. Et elle le regarde sans lui manifester de respect bien qu'elle ne soit là que depuis un peu plus de six mois.

Quand il arrive, elle se contente de le saluer d'un petit signe de tête sans interrompre son travail. Sans ciller. Quelle insolence ! Elle lui fait perdre tous ses moyens. Les clients pourraient penser que c'est elle qui gère la cafétéria. Une bonne baise, voilà ce qu'il lui faudrait !

Ce malheureux lundi, Enoksson fonce dans son petit bureau qui jouxte les toilettes pour hommes et qui bénéficie de leurs odeurs. Là, au moins, il échappe aux regards de ses employés. Il vient de s'attaquer aux factures quand cette bonne femme surgit dans l'embrasure de la porte, sans même frapper.

– Je me suis mise d'accord avec Berit, annonce-t-elle. Elle va rester une heure de plus pour que je puisse partir à quatorze heures. J'ai une course à faire.

Il y a de quoi être estomaqué, non ? Voilà qu'elles organisent elles-mêmes leur planning ! C'est quand même lui, David Enoksson, qui a la haute responsabilité de cette cafétéria, le dernier lieu fréquenté par les malheureux voyageurs avant qu'ils ne s'envolent dans les couches d'air supérieures ! Or la seule réaction qu'il arrive à fournir est un hochement de tête et un murmure : « Très bien. Parfait. » Elle est trop forte pour lui. Il en a marre de cette société qui sera bientôt dirigée par une horde de caissières et il comprend le nombre grandissant de personnes qui quittent le pays pour mettre leur argent à l'abri de l'inflation, des impôts et de la participation des salariés à la gestion des entreprises. Le pouvoir des caissières, le pouvoir des femmes… Une époque déconcertante…

Torslanda est un aéroport situé à la périphérie du monde. Réservé essentiellement aux vols intérieurs, mis à part l'escale quotidienne que fait le Douglas DC-9 de KLM sur le vol entre Amsterdam et Oslo et quelques atterrissages forcés, par exemple ceux de la Sabena ou de la Spantax. Les seuls écarts à la routine sont dus aux charters qui transportent leurs cargaisons de corps suédois en manque de chaleur et de lumière. Partager le plaisir de ceux qui sont en route pour le soleil grec en leur servant une tasse de café aide Eivor à supporter ses fastidieuses journées de travail dans un aéroport balayé par un vent glacial. Les clients qui font la queue devant sa caisse dîneront quelques heures plus tard dans le vieux Rhodes, baignant dans les odeurs exotiques qui embaument la nuit méditerranéenne. Le jardin sombre de Casa Castelana, le soleil, et la Suède rejetée dans les limbes du souvenir. Eivor aimerait bien partir avec eux. Elle a dépassé la trentaine et elle n'est pas allée plus loin que Copenhague. Il y a combien de temps de ça ? Quinze ans ? Non, plus, bientôt vingt ans. Mais qui dit qu'il est trop tard ? Chaque jour est celui du Jugement dernier, et pourtant le monde résiste encore.

Ce lundi, justement, elle sent qu'elle peut encore attendre. Un jour, ce sera elle qui prendra un café rapide avant de monter dans un charter à destination d'un Autre Monde.

L'agence pour l'emploi. Un box. Une femme de son âge. Un badge : Katarina Fransman (patronyme changé, sans doute ! Plus personne ne veut s'appeler Andersson ou Svensson). Elle semble sympathique. Directe. Et elle ne dit pas immédiatement qu'elle est débordée. Des mégots écrasés dans un cendrier, les ongles rongés.

Eivor lui explique sa situation de façon calme et réfléchie. Elle n'a pas besoin de montrer son énergie tout de suite. À présent, elle est sûre d'elle. Et elle le montre.

– La route sera longue, dit Katarina Fransman en la regardant droit dans les yeux.

– J'en suis consciente.

– Je pense que vous y avez longuement réfléchi.

– Toute ma vie.

– Et maintenant vous voulez donc y remédier ?

– Exactement.

– Votre scolarité est très courte. C'est un problème.

– Oui.

Katarina Fransman lui adresse un sourire mais elle ne dit rien.

– À quoi pensez-vous ? demande Eivor en se penchant en avant.

– À rien. Pourquoi ?

– J'avais l'impression que...

– Devenir infirmière va vous demander de nombreuses années.

– Je serais satisfaite même si je ne pouvais travailler qu'une seule année avant la retraite.

– Oh non, quand même pas.

– Comprenez-moi, si ça vaut le coup, je saurai attendre, mais pas les mains dans les poches.

– Je comprends.

– Mais vous doutez de moi ?

– Pas du tout ! Je ne doute pas. J'entends ce que vous me dites. C'est la raison pour laquelle je suis ici. Pour conseiller. Pour évaluer vos possibilités.

– Dites-moi honnêtement !

– Quoi ?

– Si vous trouvez que je ferais mieux de continuer à servir le café à Torslanda et de laisser tomber mes rêves.

– Absolument pas. C'est l'impression que je vous donne ? Mais de là à vouloir être infirmière... Vous comprenez vous-même qu'il va falloir recommencer dès le début. Retourner à l'école. Probablement pendant des années.

– Qu'est-ce que je peux faire sans avoir besoin de tout recommencer ?

– Je vois que vous avez une formation de couturière.

– Non merci !

– Attendez un peu. Je pense que…

Oui, Katarina Fransman est quelqu'un qui pense. Eivor veut bien le croire. Quand le téléphone sonne, elle décroche et dit qu'elle est occupée. D'évidence, c'est quelqu'un de méthodique et qui tient à aller jusqu'au bout des choses.

Mais à quoi ça va la mener tous ces formulaires, ces prospectus, ces études niveau bac, ces cours du soir, ces limites d'âge ? Laborantine, maison de retraite, gériatrie ? Eivor s'attend à ce que Katarina Fransman lui dise : Voici le chemin qui conduit à la blouse blanche ! Suivez la flèche ! À la sortie vous serez infirmière. Mais la femme s'esquive. À l'évidence, elle ne croit pas aux rêves tenaces d'Eivor.

– Il faut qu'on réfléchisse toutes les deux, conclut-elle. Pensez à ce que j'ai dit, et moi je vous ferai des propositions sur le chemin à prendre. Nous en parlerons plus tard, quand vous reviendrez.

Eivor regarde la pile de papiers posée devant elle. Il a fallu combien de mètres cubes de bois pour produire toutes ces feuilles ? De l'information sur la Société qui conseille, sur la Société qui prête de l'argent, sur la Société des Grandes Possibilités. Bref, sur la Société d'Aujourd'hui.

– Revenez me voir dans une semaine ou deux, dit Katarina Fransman en regardant son agenda.

– Dès ce soir je lirai tous les papiers que vous m'avez donnés !

– Alors, disons lundi prochain. À dix heures et demie. Ça vous va ?

– À n'importe quelle heure.

Elle se lève et s'en va avec ses tickets d'entrée dans une autre vie.

Devant le bâtiment, elle découvre un grand nombre de personnes agglutinées devant les affiches d'offres d'emploi. Y aurait-il donc une réalité derrière les gros titres des journaux ? Une période de crise ? Aujourd'hui ? En 1972 ?

Elle presse le pas vers le tram. Göteborg, une ville dans le monde, un monde en soi. La société industrielle avec une technologie de pointe est sortie des vestiges des anciennes entreprises de commerce international et galope maintenant vers l'avenir. Et c'est là qu'elle va se trouver une place ! C'est dans cette cour qu'elle va jouer. Rester une spectatrice qui regarde les autres avec envie n'est plus son lot.

Dans le tram, elle se rend compte qu'elle porte en elle le sentiment d'une liberté infinie. Elle a trente ans, la moitié de sa vie devant elle, et elle peut encore réfléchir à ce qu'elle va en faire. Un deuxième départ. À présent, elle en sait tellement plus que le jour où elle a pris le train pour l'atelier de couture de Jenny Andersson. Sans parler du jour où, timide et balbutiante, elle a cherché un emploi à Konstsilke à Borås. Mon Dieu…

Rien n'est trop tard. Sa période de mère au foyer est terminée. Ses enfants ont grandi et elle va bientôt pouvoir vivre pour elle sans penser à ses devoirs envers les autres. C'est justement à cela qu'elle va se préparer. Si elle n'arrive pas à devenir infirmière, il y a d'autres métiers. De quoi parlait-elle déjà, Katarina Fransman ? Laborantine ?

Une place assise se libère. Elle se glisse entre deux femmes avec de gros sacs de courses.

J'aurais dû lui poser plein d'autres questions. Qu'est-ce qu'il faut pour devenir guide ? Accompagnateur de voyages ? Ou réceptionniste dans un hôtel ? La prochaine fois, il faut que je sois mieux préparée pour ne pas perdre de temps. Mais il ne faut pas non plus que je fonce la tête la première. Lundi, je n'irai pas au rendez-vous pour éteindre un incendie, je choisirai tranquillement mon chemin, sans stress.

Ce soir, une fois les gamins couchés, elle lira avec soin les papiers, elle réfléchira, pèsera le pour et le contre, notera les questions qu'elle posera à Katarina Fransman au prochain rendez-vous.

Elle descend du tram, fait ses courses chez Konsum. Arrivée chez elle, deux merveilleux enfants l'accueillent avec enthousiasme.

Comme elle les aime ! Comme elle est heureuse d'être leur mère ! Quand elle voit leur furieux appétit de vivre et leur joie de la retrouver, elle est submergée par un bonheur sans limites. Elle n'est pas du tout nostalgique de leur petite enfance. Ils ont dix et onze ans, et les voir voltiger autour d'elle c'est comme posséder tout l'univers dans son trois-pièces exigu.

Il est vingt et une heures. La télévision est allumée mais elle a coupé le son. Elle a étalé les formulaires et les prospectus sur la table et elle les lit, l'un après l'autre.

Certains sont faciles à comprendre, d'autres requièrent les explications de Katarina Fransman. Il en ressort qu'elle peut avoir accès à de nombreuses formations, à condition qu'elle fasse des efforts et se montre tenace. Elle peut apparemment aussi obtenir un prêt, et il est arrivé plusieurs fois qu'Enoksson accepte de diviser un plein-temps en deux mi-temps. Maintenant qu'elle est inscrite à l'agence pour l'emploi, peut-être pourrait-elle aussi trouver du travail près de chez elle, à Frölunda ? Ce serait formidable de ne plus avoir à faire les trajets quotidiens jusqu'à Torslanda.

Elle allume une cigarette et fume devant la fenêtre en observant l'obscurité du mois de novembre. Il y a du vent et la pluie se transforme lentement en neige fondue. Il lui faudra bientôt revêtir ses vêtements d'hiver. Quel dommage que l'être humain ne puisse pas hiberner !

Un homme se tient de l'autre côté de la rue, à l'extérieur du halo de lumière d'un réverbère.

Il regarde l'immeuble d'Eivor.

Instinctivement, elle fait un pas en arrière pour ne pas être vue. Il a peut-être oublié sa clé ? Ou été mis à la porte ?

En quoi ça la concerne-t-elle ? Elle retourne à la table, jette un regard à la télé muette et reprend ses papiers.

Il est vingt-trois heures trente quand elle a terminé. Elle éteint la lampe au-dessus du canapé, bâille et s'apprête à aller au lit. Mais avant, il faut aérer.

Elle ouvre la fenêtre pour chasser la fumée et s'aperçoit que l'homme est toujours dans la rue. Au même endroit, immobile. Un visage pâle dans le noir tourné vers son immeuble, vers sa fenêtre.

Elle fronce les sourcils. Qu'est-ce qu'il fait là dans la rue ? Il attend qui ?

Elle reste un long moment immobile à l'observer. À présent, elle est certaine que c'est sa fenêtre à elle qu'il fixe. Sa main tremble quand elle la tend pour éteindre la petite lampe sur le rebord de la fenêtre.

C'est bien ce qu'elle pensait. Quand tout est éteint chez elle, l'homme s'en va.

Elle va vérifier que sa porte d'entrée est bien verrouillée, puis elle met la chaîne de sécurité et reste sans bouger. Elle a peur. Mais pourquoi ? Juste à cause de cet homme dans la rue ? Elle est sûre que c'est sa fenêtre qu'il regardait et qu'il cherchait à entrer en contact avec elle.

Lorsqu'elle a mis la chaîne de sécurité, elle s'est rendu compte que l'homme lui rappelait quelque chose de familier. Sa manière de bouger, de remonter les épaules...

Elle s'assied dans le canapé et allume encore une cigarette. Qui ça pouvait bien être ?

Ne trouvant pas de réponse, elle préfère se dire que c'est son imagination qui lui joue des tours. Elle n'a pas d'ennemis. Elle ne connaît personne qui serait susceptible de l'espionner. Sauf Kalle le routier, peut-être, qui aurait eu du mal à digérer d'avoir été viré et qui serait revenu exiger son dû ? Non, elle est certaine que ce n'était pas lui.

Alors qui ?

Elle ne voit pas de candidat probable. Elle s'est forcément trompée. Il devait regarder la fenêtre d'un de ses voisins. Celle d'Aronsson à côté ou de Backman en dessous.

Il est pourtant parti quand elle a éteint. C'est quand même un drôle de hasard... Il est resté là plusieurs heures.

Qui ça peut bien être ?

Elle va se coucher, mal à l'aise. Les ombres nocturnes sont toujours porteuses de mauvais présages.

Elle s'est forcément trompée !

Elle se redresse dans son lit, furieuse. Elle n'a pas d'ennemis. Il n'y a pas d'hommes éconduits qui fouilleraient dans sa vie...

Elle se lève, va à la fenêtre sur la pointe des pieds.

La rue est vide, la pluie glaciale continue de se déverser sur le bitume.

Elle retourne au lit. Elle s'est fait des idées. Forcément.

Le lendemain, elle a tout oublié. Elle est si fatiguée qu'elle vacille sur ses jambes quand elle se lève pour préparer le petit déjeuner des enfants. C'est une matinée de disputes et de cris. Une des chaussures de Linda a disparu. Quand les enfants s'en vont enfin, elle a pris un tel retard qu'elle n'a même pas le temps de boire un café avant de partir.

La matinée est pluvieuse et venteuse. Elle s'inquiète pour les enfants. Sont-ils assez habillés ? Elle s'assoupit dans le tram et, arrivée à la cafétéria de Torslanda, elle s'enferme aux toilettes pour dormir encore un peu. Elle demande à Berit de la réveiller.

Au bout d'un quart d'heure, Berit cogne à la porte. C'est mardi, le jour de départ des charters pour Lanzarote et Majorque. Les machines à café marchent mal, les clients payent tous avec des billets de cent couronnes et il y a une agitation insensée.

Les haut-parleurs annoncent des retards importants. Mais même les journées les plus compliquées ont une fin. À quatorze heures, deux collègues prennent la relève. Enoksson ne s'est pas montré de la journée. Il paraît qu'il est en ville pour négocier avec le boulanger.

Eivor retourne dans la neige fondue et reprend le tram. Aujourd'hui ça sera saucisses-purée pour le dîner, elle n'a pas le courage de faire un vrai repas. Puis elle va dormir. Généralement les gosses respectent son besoin de repos.

Elle devrait peut-être expliquer ses intentions aux enfants ? Leur dire que leur mère se prépare à prendre une nouvelle direction pour leur bien à tous. Non, pas encore. Il faut d'abord qu'elle ait des projets concrets à leur présenter. Un but. Un délai. L'hiver prochain ou dans deux ans. Ce n'est pas la peine de les inquiéter trop tôt.

— On a livré des fleurs pour toi, annonce Linda dans l'entrée.

— Ah oui ? Où est Staffan ?

— Il joue au ping-pong.

C'est vrai. Elle avait oublié. Elle est décidément très fatiguée. Il joue au ping-pong tous les mardis et il dîne après chez son meilleur copain, Niklas. Linda devra donc subir seule les saucisses et la purée industrielle. Qu'est-ce qu'elle disait déjà ? Des fleurs ?

Eivor enlève son manteau trempé, retire ses bottes et va dans la salle de séjour. Sur la table est posé un bouquet de fleurs encore enveloppé. Intriguée, elle défait le papier. Linda la regarde avec curiosité.

Des fleurs jaunes et rouges. Sans carte.

— Elles sont de qui ? demande Linda.

— Je ne sais pas. Qui les a livrées ?

— Elles étaient accrochées à la poignée de la porte quand je suis rentrée. Comment ça se fait que tu reçois des fleurs de quelqu'un que tu ne connais pas ?

C'est une bonne question. Qui peut bien lui avoir envoyé des fleurs ? Et pourquoi ?

— Je dois avoir un admirateur secret. Elles sont belles.

— Je vais chercher un vase.

— Oui, tu n'as qu'à les mettre dans votre chambre. Je vais m'occuper du repas.

— On mange quoi ?

— Saucisses et purée.

— Super ! Staffan va faire la tête.

Eivor soupire et ramasse l'emballage des fleurs.

Qui a bien pu les lui envoyer ?

Le soir arrive. Les enfants sont couchés, Staffan a enfin réussi à se calmer. Il est rentré excité comme une puce après avoir battu le premier de sa catégorie au ping-pong. Un triomphe pour un garçon de onze ans ! Soudain Eivor croit savoir qui lui a envoyé les fleurs et cela la rend très mal à l'aise.

Un regard par la fenêtre lui confirme que l'homme est de nouveau là, en bas de chez elle.

L'expéditeur des fleurs anonymes ?

Elle devrait descendre vérifier. Ou peut-être demander à Aronsson, son voisin de palier, de l'accompagner. Non, ça ne se fait pas...

Elle laisse de côté les prospectus et les formulaires et essaie de se concentrer sur la télé, mais tant que l'homme est dans la rue, elle n'y parvient pas.

Appeler la police ? Pour dire quoi ? On lui rirait au nez.

Elle reste dans le noir pour l'observer sans être vue. Comment peut-il demeurer aussi immobile ? Il doit avoir froid.

Cette silhouette lui est effectivement familière. Elle essaie de se rappeler. C'est quelqu'un qu'elle connaît ? D'où et quand ?

Non, elle n'arrive pas à se souvenir, mais une angoisse grandissante l'envahit : au plus profond d'elle-même elle sait qui il est.

Elle s'installe devant la télé pendant quelques minutes et quand elle revient à la fenêtre, il n'est plus là. Elle se précipite dans l'entrée pour s'assurer que la chaîne de sécurité est bien accrochée. Il a pu traverser la rue et monter les marches... Elle plaque l'oreille contre la porte et écoute. Un bref instant, elle a l'impression de l'entendre de l'autre côté, à quelques centimètres d'elle.

Mon Dieu ! Mais pourquoi s'affole-t-elle ? Qui peut

lui vouloir du mal ? Personne ! Elle s'oblige à retourner à la télé avant un dernier coup d'œil dehors. La rue est toujours déserte.

Elle passe la nuit allongée dans son lit à dormir par intermittence.

À un moment donné, elle croit entendre quelqu'un entrer dans la chambre des enfants. Effrayée, elle s'y rend le cœur battant, un couteau de cuisine à la main, mais tout est calme. Elle remonte la couverture de Linda, caresse les cheveux ébouriffés de Staffan et s'en veut d'être si émotive. Si jamais l'homme revient demain soir, elle descendra, seule ou accompagnée d'Aronsson.

Elle a trente ans et à son âge elle ne va pas passer une nuit blanche à cause d'une menace imaginaire ! Que lui conseillerait Katarina Fransman si elle la voyait ? De consulter un médecin plutôt que de chercher du travail ?

Mercredi 7 novembre. Le ciel est clair et froid. Le changement de temps a été brutal. Un des météorologues de l'aéroport vient prendre un café et il explique qu'une dépression importante située à l'ouest de l'Angleterre va se déplacer vers la Suède dans la nuit.

— L'hiver arrivera quand ? demande Eivor.

— Ça dépend comment on voit les choses, répond-il.

— L'hiver ne peut être qu'une seule chose.

— Tout a deux faces. C'est vrai aussi pour le temps.

— Tu ne peux pas répondre à ma question !

Le météorologue prend un air offensé. C'est un homme d'âge mûr qui n'a pas l'habitude d'être contredit.

— Bientôt, dit-il sèchement. Cette année on aura peut-être un hiver précoce.

— *Peut-être ?*

— Je ne fais pas de prophéties ! Je regarde les cartes, j'interprète des images prises par satellite, je rédige des bulletins météo. Merci pour le café.

Il retourne à sa tour tandis que le gérant, Enoksson, sort de son bureau. À toute vitesse, comme s'il était poursuivi par un essaim d'abeilles. Quelqu'un a eu le culot d'appeler son numéro direct pour demander à parler avec une de ses employées. Inimaginable !

– On te demande au téléphone, dit-il à Eivor.

Elle le suit dans son bureau, craignant le pire. Ça doit être un des enfants. Sinon qui l'appellerait ici ?

Enoksson se poste devant la porte, tel un gardien de prison, et elle prend le combiné.

– Allô, dit-elle en retenant son souffle.

Elle perçoit un bruissement, une respiration, puis un petit clic et plus rien. La communication a été coupée.

Le combiné dans la main, elle regarde Enoksson comme s'il pouvait lui fournir une explication.

– Il n'y avait personne, dit-elle.

– Tu crois que j'ai le temps de plaisanter ? s'exclame Enoksson, furieux. Tu crois qu'un restaurant (oui, c'est bien le mot qu'il emploie) comme le mien tourne tout seul ? Je croule sous les factures et les commandes…

– C'était qui ? l'interrompt Eivor.

– Je n'en sais rien. Il ne s'est pas présenté. C'est d'ailleurs devenu très rare que les gens se présentent de nos jours.

– Mais…

– C'était un homme, c'est tout ce que je peux dire.

– Et c'est bien à moi qu'il a demandé à parler ?

– *Je voudrais parler à Eivor*, voilà ce qu'il a dit. Ni plus ni moins.

Elle sort et s'apprête à retourner dans le brouhaha de la cafétéria, mais elle s'attarde un instant devant la porte qu'Enoksson a fermée pour se replonger dans ses factures. Là, c'en est trop. Un homme dans la rue en bas de son immeuble, des fleurs anonymes, un coup de fil sans personne au bout de la ligne. Qui rôde comme ça autour d'elle ?

Elle frappe et entre de nouveau dans le bureau. Enoksson est en train de se curer les ongles devant sa table surchargée.

– Vous êtes sûr qu'il n'a rien dit d'autre ? demande-t-elle.

– Non, malheureusement. Et tu lui demanderas de t'appeler désormais en dehors des heures de travail.

Imbécile ! Elle ne sait même pas qui c'est ! Qu'il aille se faire foutre, cet abruti d'Enoksson ! S'il n'y avait pas eu les gosses, elle aurait fait comme Bogdan, elle lui aurait balancé une serpillière au visage et elle serait partie.

Autre chose ? demande-t-il.

En guise de réponse, elle s'en va en claquant la porte. Berit sourit en la voyant.

– Tonton Enoksson n'a pas été gentil ? ironise-t-elle.

– Un vrai con !

– On ne parle pas comme ça de son patron !

Berit rit et se tourne vers un client qui se présente à la caisse avec son plateau. Eivor, elle, va débarrasser et nettoyer les tables. Elles s'occupent à tour de rôle de la salle et de la caisse.

Une seule pensée occupe l'esprit d'Eivor : qui cela peut-il bien être ?

Qui ?

Le soir, quand les enfants sont couchés, elle regarde par la fenêtre et constate qu'il n'y a personne. Pas de silhouette à la lisière du cercle de lumière du réverbère. Le fantôme a disparu. Elle reste longtemps le regard plongé dans l'obscurité, comme si elle l'attendait.

Elle ne perçoit l'odeur de tabac qu'après un certain temps. Trop absorbée par ses réflexions, elle ne s'est pas rendu compte que quelqu'un fumait dans la salle de séjour. C'est seulement en voyant une volute blanche sortir par la fenêtre qu'elle réalise qu'il y a quelqu'un derrière elle. Juste derrière elle. À quelques pas. Quelqu'un qui est entré chez elle sans faire de bruit.

Elle pense immédiatement aux enfants et se retourne, prête à tout. Un face-à-face avec la mort...

Il est nonchalamment appuyé contre le montant de la porte, le visage plongé dans l'obscurité.

– Je ne voulais pas te faire peur, dit-il tout bas.

Comment a-t-elle fait pour ne pas comprendre tout de suite ? À moins que son subconscient ait refusé d'admettre ce qu'elle savait dès le début. Son vague pressentiment se confirme.

Lasse Nyman. Au bout de seize ans.

– Je ne voulais pas te faire peur, répète-t-il. Mais je n'ai pas trouvé d'autres moyens.

Sans un bruit, avec l'agilité d'un chat, il avance jusqu'à la table et écrase sa cigarette dans le cendrier. Elle devine un tatouage sur son bras.

Il la regarde et lui sourit. Elle reconnaît son sourire tourmenté, la douleur qu'exprime son visage pâle.

– Tu dois te demander comment j'ai réussi à entrer, dit-il à voix basse. Et aussi à te retrouver. Je vais tout t'expliquer. Tu n'as pas à avoir peur. Je ne suis pas dangereux. Je peux m'asseoir ?

Elle acquiesce d'un signe de tête. Ses cheveux sont maintenant plus courts et sans gomina, sinon il n'a pas changé. Un jean bleu sombre, des bottes vertes, un gros pull à col roulé, un manteau noir en popeline. Il est plus costaud mais son visage est aussi maigre qu'il y a seize ans. Les pommettes accentuées, les lèvres fines, des yeux intenses qui la fixent. Oui, c'est bien lui. Lasse Nyman revenu du passé et d'événements si

lointains qu'ils semblent n'avoir jamais eu lieu. Göteborg en 1972 est une réalité, alors que Hallsberg en
1956 n'existe plus. N'a jamais existé…

– Ça fait longtemps, dit-il. Tu ne veux pas t'asseoir,
toi aussi ? Je ne suis pas dangereux, répète-t-il. Je ne
veux pas t'effrayer.

– Les fleurs ?

Il hoche la tête.

– Le coup de fil ?

– Aussi. Mais j'ai eu peur que tu ne veuilles pas
me voir, alors j'ai raccroché.

– Pourquoi es-tu resté immobile dans la rue ?

Il réfléchit avant de répondre.

– Si tu avais été mariée, je ne serais pas venu. Il
fallait que j'en sois sûr avant de te contacter. J'avais
sans doute besoin d'être rassuré, de prendre confiance
en restant dans le froid. J'ai eu le temps de réfléchir.
Et de me souvenir…

Elle allume une lampe, s'assoit sur une chaise et se
demande si tout cela est bien réel. Si Lasse Nyman existe
dans la réalité. Le voleur de voitures, le meurtrier…
Soudain elle a l'impression de voir une pierre tombale
devant elle. Une église de campagne tourmentée par le
vent çt là, sous la terre, les restes d'un vieil homme
qu'elle a vu attablé dans sa cuisine avec son frère.

– Je ne sais pas quoi dire. Je suis tellement surprise.
J'ignorais que…

– Que j'avais été libéré ?

– Oui. Non. Je ne sais pas…

Il sort de la poche de son manteau une bouteille de
whisky à moitié vide.

– Tu as deux verres ?

– Moi, je n'en prendrai pas, dit-elle.

– Alors un verre ?

Oui, bien sûr. Elle se lève et va lui en chercher un dans la cuisine. À son retour, il a déjà enlevé le bouchon et bu une gorgée. Elle a souvent pensé à lui au cours de ces seize années, persuadée qu'elle ne le reverrait plus jamais. Elle l'a haï pour ce qu'il lui a fait, d'une haine d'autant plus intense qu'elle le considérait définitivement sorti de sa vie. Mais il est de nouveau là, devant elle. Elle n'éprouve rien d'autre qu'un grand étonnement.

– Ça fait seize ans, dit-il.

– Comment as-tu fait pour me retrouver ?

Il allume une cigarette, elle voit que ses doigts sont sales, comme la dernière fois.

Il ne prête pas attention à sa question. Il veut suivre son propre chemin, raconter à son rythme.

– J'ai pris douze ans, dit-il. Si je les avais faits jusqu'au bout, je serais sorti en 1969 mais j'ai été libéré après huit ans. Si j'avais eu un comportement exemplaire, je n'en aurais fait que six. Mais je me suis évadé deux fois. Ils m'ont relâché en 1964. Le 10 avril. Ma dernière année, je l'ai faite à Västervik. Avant, j'avais traîné dans pas mal de prisons. Norrköping, Härnösand, Falun, Härnösand. Ils déplacent les prisonniers mais oublient que toutes les prisons se ressemblent. Ou du moins se ressemblaient. En tout cas, en 1964 c'était fini. J'ai pu leur présenter mes remerciements et sortir par la grande porte. De Västervik, je suis descendu à Kalmar…

Il s'interrompt et se perd dans ses pensées.

1964. Staffan avait trois ans, Linda seulement deux. Dans le temps, quand elle pensait à lui, elle le voyait toujours vêtu de son blouson de cuir avec le col remonté, dans une cellule grise, avec une simple couchette et des barreaux aux fenêtres.

– C'est curieux, reprend-il. Je ne sais plus pourquoi je suis venu te voir. Avant je savais…

– Quoi ?

– Que je te reverrais. Ça a beaucoup compté pour moi durant toutes ces années.

– Je ne suis pas certaine de comprendre.

– Non, j'en ai bien l'impression…

Il se redresse soudain, comme pour s'en aller.

– Cette fois-là, j'ai fait huit ans de taule, commence-t-il. J'en ai refait depuis. Peut-être as-tu la patience de m'écouter pendant encore un quart d'heure ? Rien qu'un quart d'heure. Sans m'interrompre.

Le quart d'heure devient une heure et cette heure se prolonge. De sa voix nasillarde, un peu rauque, il construit un pont long de seize ans. Un pont entre le jour où leur voiture a été arrêtée par une herse à clous et cette nuit de novembre où Eivor l'écoute, assise sur une chaise à quelques mètres de lui. Il s'est souvent demandé ce qu'elle avait pensé en voyant son corps misérable disparaître, traîné sur le bitume par quatre policiers.

– J'ai écopé de douze ans, dit-il. Mais douze ou cinquante pour moi c'était pareil. J'entendais à peine ce que disait le juge, convaincu qu'il me suffirait de me trouver dans une vraie prison pour pouvoir m'évader. Une vraie prison avec de vrais prisonniers à qui me mesurer. Tu vois ce que je veux dire ? Je n'avais rien compris. Pour un ado, douze ans, ce sont des chiffres sans contenu. On m'a transporté à Norrköping et je n'avais qu'une pensée en tête : m'évader. Les autres détenus et les matons essayaient de me calmer et de me faire comprendre ce que représentaient douze ans. Mais je les ai envoyés se faire foutre et il m'a fallu une année avant de me rendre compte que j'étais réellement enfermé. Pour douze ans. J'ai tenté de m'évader en essayant d'escalader le mur. Mais tout ce que j'ai réussi à faire, ça a été de casser deux dents à un maton qui a voulu m'en empêcher. C'est là que j'ai reçu ma première grosse gifle : on m'a mis au mitard. J'ai vieilli de dix ans en une nuit. J'ai réalisé que j'aurais près de trente ans quand on me relâcherait. Si je n'avais pas de remise de peine. Tu peux imaginer ce que j'ai ressenti ? Si on ne m'avait pas surveillé de près, je me serais suicidé. J'ai d'ailleurs essayé, mais ils sont intervenus à temps. J'ai foncé dans le mur plusieurs fois, la tête la première. Il m'était insupportable d'être là, enfermé, alors que dehors la vie s'agitait.

» Je n'ai pas ouvert la bouche pendant six mois. Si quelqu'un essayait de me parler, je l'envoyais se faire foutre. Mais il y avait un gars, plus tout jeune et qui est mort depuis… Il avait tué son cousin sans faire exprès parce que celui-ci avait refusé de lui prêter de l'argent. Bon, bref, ce gars m'a compris. Il m'a appris que le temps est en fait mesurable. Que douze ans c'est la même chose que quatre mille trois cent quatre-vingts jours et nuits et qu'il est possible de les rayer, les uns après les autres… Les Chinois donnent un nom aux années. Pour moi ça a été les années du Chien et de l'Enfer. Je n'ai pas compris comment elles ont finalement pu passer. Je dormais, j'essayais de trouver un moyen de m'évader, je fabriquais des sacs postaux, je dormais. En fait, ces années n'existent pas. Elles…, non, je ne sais pas. Et puis, j'ai fini par sortir.

» Je n'étais qu'un merdeux tremblant de vingt-quatre ans qui s'est retrouvé à Västervik avec une valise et quelques billets en poche. Je me rappelle être descendu au port pour regarder l'eau. J'osais à peine croiser le regard des gens. Mais j'avais un copain à Kalmar, Nisse

Galon. Il avait été condamné pour meurtre et j'avais fait sa connaissance en taule. Il m'avait proposé de le contacter après ma libération. Il était bien placé pour savoir ce que ça voulait dire d'être propulsé dehors après des années derrière les barreaux… J'ai passé quelques jours chez lui et sa femme pour réapprendre à marcher dans la rue et essayer de comprendre les changements qui avaient eu lieu pendant ma longue absence. Mais j'étais plein de… enfin… j'avais huit ans à rattraper. Il fallait que j'arrive à retrouver mon âge, si tu comprends ce que je veux dire… Nisse Galon tenait à ce que je m'en sorte, il m'a déniché du boulot à l'Usine mécanique de Kalmar et une piaule dans un vieil immeuble. J'ai tenu quatre mois, puis j'ai foutu le camp. J'avais beau avoir passé huit ans derrière les barreaux, je n'avais pas peur de recommencer. Je me suis dit que je parviendrais toujours à m'en sortir et que rien ne pouvait être pire que ce que j'avais connu.

» À Kalmar, j'ai rencontré un gars qui avait à peu près le même parcours que le mien et il avait entendu parler d'un coffre-fort à Orrefors. À l'Usine mécanique, j'avais appris à faire de la soudure. Tout s'est bien passé pour nous et ça nous a rapporté gros. Quatre mille couronnes chacun. J'avais l'impression d'avoir racheté une de mes huit années perdues. Il n'en restait plus que sept. Je m'étais associé avec un type bien. Contrairement à moi, il était calme et réfléchi. Nous avons fait une belle tournée ensemble pendant quelques mois, ce qui a rendu Nisse Galon fou furieux. Et puis, mon copain avait une copine et, à un moment donné, il a trouvé qu'il avait ramassé suffisamment de blé et il a décidé d'arrêter. Quant à moi, me sentant à l'étroit à Kalmar, je me suis payé une voiture et je suis parti à Stockholm. À Norrköping, j'ai fait une pause pour aller pisser sur les murs de la prison. À Nyköping, j'ai pris une auto-stoppeuse, une habituée de la prison pour femmes à Hinseberg, et nous nous sommes éclatés à Södertälje. C'était la première fille depuis… Oui, depuis… Enfin, tu comprends, quoi ! On en reparlera plus tard… Mais il y avait un problème. Elle avait déjà un mec à Stockholm et elle n'a pas osé faire autrement que d'aller le retrouver. Je l'ai revue après, une fois ou deux. Elle faisait la pute à Stockholm. Elle était droguée et dans un sale état. Et puis, j'ai décidé d'aller voir mes parents. Je me suis garé en bas de chez eux, je me suis bourré la gueule et j'ai sonné à leur porte. Ma mère a eu si peur qu'elle s'est mise à pleurer. Mon père était saoul comme d'habitude. Il a caché son unique oreille derrière sa main en me demandant si j'étais venu lui prendre l'autre. Dès que j'ai pu, je suis reparti. Ça a été ma dernière visite chez eux. Ma mère est morte peu de temps après. Quand je l'ai appris, elle était enterrée depuis un moment déjà. Mon père vit encore. Mauvais comme il est, il doit être indestructible.

» Je suis resté à Stockholm en dormant par-ci par-là. C'est à cette époque-là, dans les années 1965, que le trafic de drogue a fait un véritable boom. Ça m'a toujours fait peur, je ne sais pas pourquoi. Peut-être parce que j'ai assisté à quelques scènes horribles. Deux gars sont morts sous mes yeux après avoir consommé cette merde. Si je me souviens bien, ça s'est passé dans un immeuble en démolition dans le quartier Klara, là où les grands quotidiens avaient autrefois leur siège. C'est une chose que je n'ai jamais pu oublier, si bien que je me suis toujours limité à l'alcool et, parfois, à un peu de hasch.

» Pendant ces années-là, je suis devenu un bon voleur.

On était quelques-uns à travailler ensemble, seul le fric nous intéressait. Rien d'autre. On savait qu'il y aurait tôt ou tard des problèmes si on passait par un receleur ou d'autres intermédiaires. Non, pour nous, il n'y avait que l'argent. À l'époque, les coffres-forts jouaient encore un rôle assez important. Mais les braquages de banque rapportaient bien plus. J'ai commencé par un bureau de poste à Bandhagen où j'ai ramassé dix-neuf mille couronnes sans le moindre problème. Alors pourquoi se donner tant de mal à forcer un coffre-fort ? À ce moment-là, les banques, c'était le bon plan. Un jour où je traînais autour d'une Caisse d'épargne à Jakobsberg, j'ai vu un gars qui nous matait, moi et la banque. C'était Göte Engström, dont tu as peut-être entendu parler. On l'appelle le criminel le plus dangereux de Suède. Bon, en tout cas, il était là pour la même chose que moi. Comme il était le premier sur place, je lui ai laissé la primeur et il en a profité un max. Je ne sais pas combien ça lui a rapporté, mais ce qui est sûr c'est qu'il a pu se payer plus qu'une bière et un sandwich… 1965, 1966 et une partie de 1967 ont été de bonnes années. J'avais une sous-location rue Skånegatan… Encore le quartier sud de Stockholm, et j'ai fait la fête avec tout l'argent que j'avais récupéré. J'avais encore de nombreuses années à rattraper. Mais ça finit toujours par foirer, bien entendu. J'avais décidé de braquer une banque à Enköping, un peu plus importante cette fois, mais j'avais besoin de quelqu'un pour m'y conduire et c'est ce qui m'a coulé. Seul, on arrive à s'en sortir. Si on s'associe avec quelqu'un, il faut s'attendre à des complications. J'avais donc trouvé un mec pour me servir de chauffeur. Au début ça s'est bien passé, puis je me suis rendu compte qu'il était tellement stone qu'il y voyait double. Il a foncé dans un poteau sur un viaduc. Il s'en est bien tiré puisqu'il est mort sur le coup alors que moi je me suis réveillé à l'hôpital avec la cage thoracique enfoncée et on a vite fait de m'expédier à la prison de Hall. J'ai écopé d'un an et quelques mois.

» Il a commencé à y avoir du changement chez les taulards. La solidarité n'était plus ce qu'elle avait été. Ce n'était pas parce qu'on était voleur qu'on était forcément tous d'accord. C'est l'époque où le radicalisme avait de beaux jours devant lui en Suède. Je me souviens d'un type qui avait réussi à détourner plein de pognon que des gens avaient investi dans un projet louche en Espagne. Un peu plus tard, il a braqué une banque et c'est là qu'il s'est fait embarquer, bien sûr. Avec lui il valait mieux éviter de parler politique pénitentiaire si on ne voulait pas recevoir une fourchette dans le ventre. Enfin, en tout cas, ça se mettait à bouger chez les taulards. La plupart étaient trop cons pour réagir et les vieux ne voulaient rien changer. Mais il y avait un groupe qui commençait à parler de dignité humaine et de traitement décent. Personnellement je m'en foutais un peu et je prenais un air arrogant. Je n'avais rien à apprendre de personne. Mais, malgré moi, certaines idées me faisaient réfléchir. Par exemple, qu'on n'était pas forcément criminel de naissance. J'avais toujours entendu dire que les brebis galeuses étaient reconnaissables dès le départ. C'était une sacrée révolution de se dire qu'on était devenu celui qu'on était. Toutes sortes d'assistants sont venus se balader dans les prisons et j'ai fini par prendre mon courage à deux mains et demander à l'un d'eux d'écouter mon histoire. C'était quelqu'un de bien vu qu'il était d'accord pour dire que si j'étais un voyou c'était sans doute à cause de mon milieu familial et un tas de trucs de ce genre. Mais il m'a aussi dit qu'on avait toujours une responsabilité personnelle. Ce n'est pas parce qu'on a reçu des baffes quand on était gamin qu'on a le droit d'en donner aux autres. Voilà à peu près ce qu'il me disait...

» Il faut dire que je n'étais pas très lucide à l'époque et que c'est seulement maintenant que les morceaux du puzzle se mettent en place. Mais c'était un début... N'empêche que j'étais un voyou sans véritable ambition de changer. Et s'il m'arrivait d'en avoir, elle avait une fâcheuse tendance à disparaître dès que je sortais de taule. Après avoir passé un an derrière les barreaux, on a une telle trouille quand on se retrouve dehors que rien que l'idée d'essayer de mener une vie normale est un coup de pied dans les couilles. Cette fois, ça a merdé immédiatement. Je me suis fait choper au premier bureau de poste, à Enskede. Le hasard a voulu qu'il y ait une patrouille de police juste au coin de la rue, et quand ils ont vu mon pistolet en plastique ils m'ont tiré dessus. Ça m'a valu un an de plus à Hall et c'est là que j'ai envisagé sérieusement de faire un choix : soit me laisser embarquer par la came, moi aussi, m'abrutir et oublier que je vivais, ou alors essayer de m'en sortir une bonne fois pour toutes. J'ai vu une autre assistante, une femme cette fois, qui m'a fait passer tout un tas de tests. La conclusion a été que je manquais d'assurance sur le plan affectif, que j'étais influençable et têtu comme une mule. Ce qui n'était pas vraiment une surprise. Comme j'avais des dispositions techniques, elle m'a conseillé de suivre une formation de réparateur-dépanneur. Elle m'a procuré des bouquins et m'a obtenu l'autorisation de faire des études. Je m'y suis mis. C'était en 1969, je crois, peu après le Nouvel An. J'ai rencontré une fille qui ne faisait pas partie des hors-la-loi et qui travaillait dans une librairie.

Elle était prête à miser quelques sous et son avenir sur moi. À condition que je laisse tomber les banques et les bureaux de poste. On était bien ensemble et j'en avais ma claque de faire la navette entre la prison et la liberté. La drogue ne me tentait pas du tout et je passais le plus de temps possible à étudier. Ça marchait pas mal et quand j'ai eu une remise de peine de trois mois pour bonne conduite, le bonheur était total. J'ai tout juste eu le temps de franchir le seuil de chez elle que j'ai appris qu'elle ne voulait plus de moi. Elle avait rencontré quelqu'un d'autre. Je suis parti, évidemment, et depuis je n'ai plus ouvert un livre. Ça fait quelques années maintenant… et… oui, merde… je me suis toujours dit que je te retrouverais un jour pour… pour te demander pardon pour ce qui s'est passé en 1955.

– 1956.

– OK, tu dois avoir raison.

– Ça fait si longtemps. N'en parlons plus.

– Mais je peux quand même te demander pardon, non ?

– Il est mort.

– Ce n'est pas à ça que je pensais. C'est de t'avoir entraînée. De t'avoir raconté des bobards… Merde ! J'étais un type arrogant qui a embarqué une petite provinciale dans une histoire infernale. J'en ai très mauvaise conscience. Depuis toujours.

Elle le regarde en se disant que s'il y a une chose qui aurait dû le préoccuper c'est d'avoir abusé d'elle sur la banquette d'une de « ses » voitures. Mais, visiblement, il n'y pense pas. Il ne doit même pas s'en souvenir. Il a pourtant détruit tant de choses en elle ce jour-là. Ses rêves profonds de tendresse et d'amour…

Mais seize ans ont passé et la mémoire est sélective. Les souvenirs se transforment avec le temps, comme les êtres. En écoutant le récit de Lasse Nyman, elle a découvert un monde qui lui était totalement inconnu. Qu'est-ce qu'elle sait, elle, de la vie carcérale, à part les articles effrayants qu'elle a lus dans la presse ? Comment a-t-il pu survivre à ce cauchemar ? Ce garçon qu'elle a connu tout jeune, si désemparé derrière son attitude de gros dur.

– Comment as-tu fait pour me retrouver ?

– Ça n'a pas été difficile. Quand on vit comme moi, on rencontre plein de gens. Je suis allé à Hallsberg et quelqu'un m'a appris que tu avais déménagé à Borås et que tu t'appelais Halvarsson. Alors je suis parti à Borås et au bout de quelques jours je suis tombé sur un type qui croyait savoir que c'était toi qui étais mariée avec Jacob du magasin de sport. J'ai appelé là-bas en disant que je téléphonais de la part des services fiscaux et que j'avais besoin de ton adresse. Ça n'a pas été plus difficile que ça. Mais je ne sais pas pourquoi j'ai forcé la serrure de ta porte pour entrer ici. Peut-être parce que j'avais peur que tu refuses de m'ouvrir. Tu l'aurais fait ?

– Je crois que oui…

– Tu n'en es pas sûre ?

– Si. Ça te va ?

– Ne te fâche pas. À présent, parle-moi de toi. Deux enfants… Göteborg…

– Tu sembles déjà tout savoir.

– Je ne sais rien. Mais si tu ne veux pas, tu n'es pas obligée.

Non, elle n'en a pas envie. Pas maintenant, en tout cas. Lasse Nyman a surgi des ombres. Il lui paraît encore trop irréel pour qu'elle lui raconte sa vie. Un autre jour, peut-être, mais pas là, pas en pleine nuit.

– Qu'est-ce que tu fais en ce moment ?

– Je n'ai personne à mes trousses, dit-il avec un

haussement d'épaules. Pas de flics prêts à me tomber dessus, si c'est ce que tu crains.

– Tu habites où ? Ici à Göteborg ?

Il fait non de la tête en vidant les dernières gouttes de whisky.

– Non, j'ai une piaule à Söder. Du moins j'en avais une la semaine dernière. Je suis venu ici pour... disons pour te rendre visite.

Il semble déçu, mais à quoi s'était-il attendu ? Qu'elle serait folle de joie de le revoir ? Si c'est le cas, il est encore bien naïf.

– Je me lève tôt demain matin, dit-elle.

– Je m'en vais, dit-il en glissant la bouteille vide dans la poche de son manteau.

Ne jamais laisser de traces, songe-t-elle. Toujours sur ses gardes, toujours en fuite.

– Tu vas où ?

– On verra bien, je trouverai.

Non, ça ne peut pas s'arrêter là. Puisqu'il est remonté à la surface au bout de seize ans, il faut au moins qu'elle arrive à dépasser ce sentiment d'irréalité et qu'ils se parlent. Demain, en plein jour. Pas maintenant, au beau milieu de la nuit.

– Si tu n'as pas d'endroit où aller, tu peux dormir sur le canapé, propose-t-elle.

– Et tes gosses ?

– Je leur expliquerai.

– Tu leur diras quoi ?

– Que tu es... un vieil ami, par exemple.

– J'accepte avec plaisir.

– Comme ça on pourra parler un peu demain après-midi. Maintenant il faut que je dorme. Tu comptes rester combien de temps à Göteborg ?

– Je n'ai pas de projets. Je partirai... plus tard.

– J'espère que tu arriveras à dormir, dit-elle en lui donnant une couverture et un oreiller.

– Je suis habitué à des conditions bien plus simples.

– Bonne nuit.

– Bonne nuit. Et merci…

Elle ferme la porte de sa chambre. Il est presque deux heures du matin. Elle met le réveil et se couche sur son lit sans le défaire.

Demain je saurai s'il est réellement là et quelle conclusion en tirer. Il y a seize ans, il représentait pour moi un rêve qui n'a pas résisté à la réalité. Peut-être s'est-il construit une image idéale de moi au cours de ces années ? Une image probablement tout aussi fausse. Serait-elle importante pour lui ?

Elle aimerait bien avoir la réponse à cette question. Elle en saura plus demain. À présent, il faut qu'elle dorme.

Quand elle se réveille dans la lumière grise de l'aube, il n'est plus là. La couverture est posée sur le canapé, pliée, l'oreiller n'a pas dû servir. Il y a un message écrit sur un bout du paquet de cigarettes coincé sous le verre vide. Elle se frotte les yeux et le lit.

Eivor,
Je m'en vais sans attendre que tu te réveilles. C'est mieux comme ça. Peut-être nous retrouverons-nous un jour. Merci de ton accueil. Prends soin de toi.

Lasse N

Oui, c'est peut-être mieux comme ça. Il vaut mieux oublier qu'il est venu. Pas la peine de ressasser le passé. Je vis ma vie, lui la sienne. Nous nous sommes rencontrés par hasard il y a seize ans et cela n'a plus de signification aujourd'hui.

Il valait mieux qu'il s'en aille.

Elle range l'oreiller et la couverture puis réveille les enfants. Elle appréhende le jour où ils ne seront plus là. Quand elle ne pourra plus commencer sa journée en serrant leurs corps chauds contre elle. Quand elle n'aura plus ce moment de bonheur parfait.

Katarina Fransman se révèle être une jeune femme étonnamment efficace. Elle surprend Eivor par ses propositions réfléchies et n'hésite pas à démonter ses rêves. Celui de devenir infirmière, par exemple.

– Rien ne vous empêche d'essayer, dit-elle. On peut pratiquement tout faire à condition de s'en donner les moyens, mais ça va vous demander six ou sept ans. Tout en élevant seule vos deux enfants ! Réfléchissez bien. Et n'oubliez pas qu'il y a d'autres possibilités, plus réalistes et plus rapides. Et, ajoute-t-elle, il faut pouvoir vivre pendant ce temps-là, c'est important. Ça va être dur, il va falloir renoncer, sacrifier, serrer les dents. Souvent.

» Vous m'avez dit que vous en aviez assez de l'école déjà en primaire. Aujourd'hui, vos motivations sont très différentes, certes, mais il ne suffira pas de reprendre les livres là où vous les avez laissés. Il vaut mieux que vous soyez consciente du travail qui vous attend pour ne pas être découragée plus tard. Si je me fais l'avocat du diable c'est pour votre bien. Croyez-moi, je suis une femme et je sais de quoi je parle. Commencez par renforcer vos connaissances de base. Puis, quand vous vous serez rendu compte des efforts que vous êtes capable de fournir, vous ferez votre choix définitif.

Cette femme sait ce qu'elle dit et elle a raison, bien sûr.

– C'est vrai que j'ai mes rêves, dit Eivor.

– C'est une bonne chose en soi, mais il faut les freiner pour qu'ils ne s'emballent pas et se terminent en déception.

Les prévisions désagréables du météorologue s'avèrent justes : l'hiver sera précoce. Déjà avant Noël, Göteborg est recouverte d'une fine couche de neige. Le 15 décembre, quand Eivor se rend à Frölunda Torg pour assister à la réunion d'information sur les cours qu'elle a l'intention de suivre, la température est descendue en dessous de zéro. Elle est en retard. Comme d'habitude. Respecter les horaires quand on a deux jeunes enfants est pratiquement impossible. Elle appréhende la rencontre avec le groupe. Katarina Fransman l'a rassurée en lui disant qu'ils seront tous dans la même situation qu'elle, voire plus compliquée. N'est-ce pas justement ce que vous vouliez ? a-t-elle ajouté en souriant. Relever un défi dans le quotidien pour sentir que vous êtes en vie ? Elle a raison, n'empêche qu'Eivor a le trac et préférerait faire demi-tour et rentrer à la maison.

Il est presque dix-neuf heures. La réunion commence dans quatre minutes. Elle sera en retard, même si elle court.

Les pensées tourbillonnent dans sa tête. Elle hâte le pas sur la chaussée glissante, tout en songeant aux événements de ces derniers mois. La visite nocturne de Lasse Nyman flotte au-dessus d'elle comme un rêve. À présent, elle doit être concrète, s'occuper de son avenir sans avoir à traîner derrière elle son enfance lointaine à Hallsberg.

Quel soulagement d'avoir pu échanger les trajets

interminables jusqu'à Torslanda contre un emploi à deux pas de chez elle ! Katarina Fransman lui a trouvé un poste à la succursale de Systembolaget à Frölunda et ça fait déjà quinze jours qu'elle a commencé. Elle s'y plaît beaucoup, ses collègues sont sympathiques et on lui a promis un mi-temps au cas où ses études l'exigeraient. Soit des demi-journées, soit trois jours par semaine. Tout cela ne peut pas être un simple hasard. Une bonne fée a dû mettre Katarina Fransman sur son chemin.

Frölunda Torg. Elle doit se rendre dans un bâtiment sur la place. Elle essaie de conjurer son trac en repensant à la réaction d'Enoksson quand elle lui a donné sa démission dans son bureau parfumé à l'urine. Il l'a traitée d'ingrate en affirmant qu'elle mettait son entreprise en péril.

Il y a trop d'Enoksson sur cette Terre. Trop de prétentieux qui croient que c'est grâce à leur mauvais café que le monde continue à tourner.

Voilà l'immeuble. Tout essoufflée, elle enlève son bonnet et se donne un coup de peigne. Elle a sept minutes de retard. Tant pis ! Le cours a commencé et il va falloir qu'elle fasse son entrée comme sur une scène de théâtre, exposée aux regards des autres.

Elle accroche son manteau et reste un instant la main posée sur la poignée.

Et puis merde, se dit-elle en ouvrant la porte.

La salle n'est pas du tout telle qu'elle l'avait imaginée. Pas de rangées de tables, pas de bureau sur une estrade. Au milieu de la salle trône une grande table ronde sur laquelle sont posés des chopes à café et des cendriers.

Un jeune homme d'environ vingt-cinq ans se lève et lui fait un signe de la tête.

– Eivor Maria Halvarsson ?

– Oui, désolée, je suis un peu en retard…

– Ça n'a pas d'importance.

Il semble sincère.

Elle repère une chaise libre et s'assied.

Huit personnes sont installées autour de la table. Sept hommes et une femme, plus Carl-Erik Norberg qui ne se dit pas professeur mais « consciller d'orientation ».

Eivor constate rapidement qu'au moins quatre hommes sont plus près de la quarantaine que de la trentaine. Elle n'est donc pas la plus âgée. Ça la rassure.

Une liste avec les noms circule et elle voit le sien écrit en dessous de celui de l'autre femme, Margareta Alén, née en 1945. Elle est donc un peu plus jeune mais pas tant que ça. Elles sont de la même génération. Margareta, qui est assise juste en face, lui adresse un sourire.

Il règne une ambiance agréable qui n'a rien à voir avec l'école telle qu'Eivor l'a connue. Elle ne peut pas s'empêcher de sourire en pensant à ce qu'elle avait imaginé : des élèves adultes habillés comme des enfants avec des rubans dans les cheveux et de la morve au nez…

Carl-Erik Norberg leur parle du programme d'études mais aussi de la patience qu'il leur faudra.

– Vous ne devrez vous comparer qu'à vous-même, il n'y aura pas de premier de la classe, ni de dernier. N'oubliez pas que la réussite ou l'échec, c'est seulement par rapport à vos propres exigences.

Je vais y arriver, songe Eivor, j'y crois. Je me sens déjà bien ici. Ça va marcher.

Immédiatement après la présentation de Carl-Erik Norberg, ils se séparent. Ils auront le temps de faire connaissance plus tard. Les cours débuteront le 10 janvier, dans un mois à peine. Eivor aurait préféré commencer dès le lendemain.

Elle va étudier une langue étrangère, l'instruction civique, la géographie, l'histoire. Elle va découvrir encore quelques secrets de la vie. Un jour, elle saura peut-être répondre aux questions de ses enfants.

Staffan et Linda n'échapperont pas à l'école, c'est certain. Elle leur dira à quel point elle a regretté elle-même de ne pas avoir poursuivi sa scolarité.

Pour être tout à fait honnête, elle ne l'a jamais regretté. Elle était différente à l'époque. Si elle tient à ce qu'ils aient envie d'étudier, il faut qu'elle leur serve d'exemple. C'est la seule manière.

Débordante d'enthousiasme, elle rentre chez elle dans la soirée de décembre. Le lendemain, dès qu'elle aura envoyé les enfants à l'école, elle pourra retourner au lit se reposer pendant encore une petite demi-heure, et le soir elle rentrera plus tôt. Plus de bus, plus de tram surchargé.

Que vouloir de mieux ?

Elle s'arrête et remplit ses poumons d'air frais. Peut-être est-elle heureuse tout simplement ? Elle repense à ce vendredi soir au Baldaquin il y a bientôt deux mois, quand elle s'est enfermée aux toilettes. Jamais elle n'aurait pu imaginer que sa vie prendrait un nouveau tournant aussi vite. Comme quoi, rien n'est impossible, à condition de ne pas rester les bras croisés. Le monde demeure toujours à conquérir, même quand on a trente ans et qu'on n'a pas fait d'études.

Elle presse le pas. Elle n'a pas une minute à perdre.

Dans dix jours, à peine, c'est Noël et elle n'a encore rien préparé. Il va falloir mettre les bouchées doubles. C'est important pour les gosses que les fêtes soient réussies. À partir du 10 janvier, elle sera moins disponible…

Elle a parlé de Noël au téléphone avec Jacob. Elle a aussi écouté Staffan et Linda pour connaître leurs attentes, leurs espoirs, et en a conclu qu'un réveillon sans la présence de leurs deux parents serait trop lourd. Ils ont pourtant accepté le divorce et le déménagement étonnamment bien. Peut-être parce qu'ils passent tous les week-ends avec Jacob. Se sont-ils rendu compte que leurs parents vont beaucoup mieux depuis leur séparation ?

Pour ne pas décevoir Linea et Artur, ils fêteront le réveillon à Borås. Ses beaux-parents n'ont jamais commenté le divorce et se sont toujours efforcés de se comporter avec elle comme avant. Pour eux, le changement n'a pas été très grand car ils voient leurs petits-enfants pratiquement tous les week-ends.

Jacob a demandé à garder les enfants pendant toutes les vacances de Noël, ce qu'Eivor a accepté sans problème. C'est important qu'ils aient plus qu'un week-end ensemble, tous les trois. Quant à elle, elle disposera ainsi de près de dix jours seule, avec la préparation de ses cours comme unique préoccupation.

Jusque-là tout va bien. C'est une chance que Jacob soit tel qu'il est. Il y a tant de pères qui ne s'occupent pas de leurs enfants.

Jacob était décidément un bon choix. Que leur relation n'ait pas tenu, ça c'est une autre paire de manches…

En montant chez elle, elle se dit qu'il va falloir écrire une lettre à Elna et Erik. Si elle est trop fatiguée pour la terminer ce soir, elle va au moins la commencer. Avant même qu'elle la mette à la poste, elle en reçoit une d'Elna lui annonçant qu'ils passeront par Göteborg en allant à Sandviken, où ils vont fêter Noël selon la tradition. Peut-être pourraient-ils se voir pendant une heure ou deux entre deux trains ? Le temps de bavarder et d'échanger leurs cadeaux...

Le matin de la veille de Noël, Eivor prépare les enfants et les valises. Elle réussit l'exploit de trouver un taxi qui veut bien les emmener à la gare, où règne un chaos indescriptible. Pendant vingt minutes, elle fait la queue à la consigne pour déposer ses nombreux bagages, déjà angoissée à l'idée qu'il faudra les récupérer quand il sera l'heure d'aller à Borås. Un gosse dans chaque main, elle se rend ensuite à la cafétéria de la gare.

Le train de Lomma a plus d'une demi-heure de retard, ce qui réduit d'autant le temps dont elle disposera avec sa mère, son beau-père et Jonas. Son petit frère qui a l'âge de Linda. Dix ans. Eivor ne cesse de s'en étonner.

Depuis que Rune les a quittés, emporté par une hémorragie cérébrale trois ans auparavant, Elna et sa famille passent les fêtes de Noël chez grand-mère Dagmar. Eivor a souvent eu envie de les accompagner mais Linnea et Artur accepteraient mal son absence. Quoi qu'elle fasse, elle lésera quelqu'un, si bien qu'elle s'est contentée d'envoyer une lettre à sa grand-mère et de charger Elna de lui acheter des fleurs.

Le temps passe vite et la conversation est forcée. Eivor avait prévu de parler de ses projets, mais elle n'y parvient pas. Elle dit seulement qu'elle a changé de boulot.

Elna la regarde avec une surprise amusée.

— Pourquoi as-tu décidé de travailler à Systemet ? s'étonne-t-elle.

— Je suis mieux payée et c'est situé à Frölunda, près de chez nous, explique Eivor.

Pourquoi n'arrive-t-elle pas à donner la vraie raison ?

Elle se rappelle sa jalousie en apprenant qu'Elna et Erik iraient habiter à Lomma. Il y a dix ans de ça. Elle aurait voulu leur dire qu'à présent c'est elle qui va changer de vie, mais Erik, en vieux cheminot, se lève pour aller vérifier les horaires des trains et Linda n'ose pas aller seule aux toilettes. Leur rencontre se réduit à un échange de cadeaux et de bons vœux.

– Ça va à Lomma ? demande Eivor.

– Très bien, répond Elna.

– Erik semble fatigué.

– Tu trouves ?

– Et à l'usine Eternit, ça se passe bien ? On parle pas mal dans les journaux de ce... comment ça s'appelle déjà ?

– De l'amiante.

C'est Jonas qui répond. Il regarde sa sœur avec gravité et prononce le mot sans hésiter.

– On raconte tellement de choses, dit Elna.

– Et toi, ça va ?

– J'ai l'intention de commencer à travailler l'année prochaine. Enfin. Au printemps.

– Tu vas faire quoi ?

– Des ménages, du moins au début. Après je ne sais pas.

– Vivi ne peut pas te trouver mieux ?

– Son mari, éventuellement. Mais... je crois que leur couple ne va pas très bien en ce moment.

Erik revient et Eivor n'en saura pas plus. Il faut qu'elle se dépêche pour ne pas rater le train. Erik l'aide à porter les valises. Vite essoufflé, il tousse au point d'en avoir les larmes aux yeux. De toute évidence, il est malade. Elna s'efforce de cacher son inquiétude, mais Eivor n'est pas dupe. Le train s'ébranle, ils se

411

font des signes de la main en se souhaitant bonnes fêtes une dernière fois.

Eivor est préoccupée par le visage blême et la violente quinte de toux d'Erik. Il y a combien de temps qu'ils habitent en Scanie ? Dix ans... non, onze. Dans les journaux qui traînaient à la cafétéria, elle a lu que l'usine Eternit présenterait des dangers pour la santé. Qu'il semblerait y avoir un rapport entre un problème découvert chez quelques ouvriers du bâtiment à Borås et ce matériau d'isolation dont son petit frère connaissait le nom, l'amiante. Erik et Elna n'en ont jamais parlé, ils n'ont même pas évoqué le sujet. C'est vrai que les journaux ont tendance à exagérer et eux, qui habitent à Lomma, devraient savoir. Personne ne sacrifie délibérément sa santé. N'empêche qu'Erik était pâle et sa toux inquiétante. Il avait aussi pris un méchant coup de vieux. Trop rapide compte tenu de son âge. Il n'a que quarante-cinq ans.

Eivor s'est souvent demandé ce qui les avait poussés à quitter Hallsberg. Un meilleur salaire, une promesse d'aide pour acquérir une maison, le fait de se rapprocher de Vivi, l'amie d'Elna ? Autant de raisons valables, sans doute, mais pas suffisantes. Erik était-il réellement prêt à quitter son travail en plein air à la gare de triage pour une usine sale et poussiéreuse ? Quant à Elna... elle aurait très bien pu dénicher un emploi de femme de ménage à Hallsberg ! Non, ça ne colle pas. Il y a quelque chose qu'Eivor ne s'explique pas.

Dans le fond, peut-on comprendre la manière d'agir des gens ? Se comprendre soi-même n'est déjà pas simple.

Elna va bientôt avoir cinquante ans. Un âge plus près de la vieillesse que de la jeunesse. Qu'est-ce que la vie lui a donné ? Deux enfants. Le premier est arrivé

412

beaucoup trop tôt, le second beaucoup trop tard. Et quand elle pourrait enfin commencer à vivre pour elle, elle ne trouve rien de mieux que de faire des ménages. En soi, ça n'a rien de méprisable, pourtant... Comment ressent-elle le fait qu'il soit effectivement trop tard pour recommencer ?

Si seulement elles pouvaient se parler. Rien qu'une fois. Dire les choses telles qu'elles sont. C'est étonnant que des gens comme nous ne parlent jamais de leur vie, songe Eivor. Comme si nos sentiments profonds étaient laids et dégoûtants et ne supportaient pas la lumière du jour. Comme si c'était un signe de faiblesse de reconnaître qu'il nous arrive de nous réveiller la nuit avec l'envie de hurler. Ça ne se fait pas. Pas quand on est issu d'une honnête famille d'ouvriers qui se contente de peu. Elle fait une grimace, refoule ses réflexions. Mon Dieu, comme le chemin est long.

Ses enfants jouent sagement dans le wagon, ils savent ce qu'ils ont le droit de faire. D'ailleurs, si près de Noël, ils ne se risqueraient pas à trahir sa confiance.

Prochain arrêt : Sjömarken. Ils ne vont pas tarder à arriver mais elle peut encore laisser errer ses pensées un instant avant d'être engloutie par les fêtes de Noël. Elle songe à grand-père Rune. Sa vie a été un travail long et pénible à l'usine sidérurgique de Sandviken. Maintenant qu'il est mort, c'est comme s'il n'avait jamais vécu. La modeste pierre tombale ne dit rien sur son honnêteté et sa contribution consciencieuse à la construction de ce pays. Rien. Il fait partie de ces nombreux êtres anonymes sans lesquels rien n'aurait existé. Ni les rails, ni le wagon dans lequel elle voyage, ni les gares... Rien. Jamais il n'a reçu le moindre remerciement. Enfin si, une médaille dont il n'a pas voulu et que grand-mère a dû cacher dans la commode pour qu'il ne la fiche pas en l'air. Dessus il y avait un texte gravé : *La Société Royale a attribué à Rune Skoglund... La médaille d'argent... avec l'effigie du roi... pour bons et loyaux services... à être portée autour du cou avec un ruban jaune et vert...* Elle se souvient encore de certains mots. Elna lui a raconté que la réaction de son père les avait tous surpris. Ce qui avait compté le plus dans sa vie, c'était de voir la lente transformation de la société. En revanche, il avait reçu cette médaille comme une gifle. Un coup de pied dans le ventre au lieu d'une poignée de main respectueuse. Celle-ci l'avait totalement changé. Il s'était refermé sur lui-même, avec l'amertume de celui qui aurait découvert une injustice gigantesque, une trahison... Aujourd'hui, il s'est tu pour de bon. Il a pointé une ultime fois en quittant son dernier poste : la vie. Il ne reste plus qu'un nom sur un formulaire, l'extrait de son acte de décès.

— Ça y est, on est arrivés, dit Linda.

— À quoi tu penses ? lui demande Staffan.

La gorge serrée, Eivor leur adresse un sourire.

— Au père Noël, dit-elle. Qu'est-ce que tu croyais ?

Jacob les attend sur le quai avec Artur, qui a aussi tenu à venir les accueillir. Linnea est restée à la maison pour préparer le repas de Noël.

Eivor a cependant du mal à se défaire de l'image de grand-père Rune dans son lit, muet, luttant, non pas tant contre la mort que contre un désespoir infini.

Le réveillon n'aurait pas pu être plus réussi. Les adultes se sont montrés à la hauteur et les enfants étaient heureux. Quand Eivor se glisse entre les draps sur le canapé que Linnea lui a préparé et qu'elle regarde le sapin illuminé, elle éprouve une grande satisfaction.

Dans quelques heures, elle prendra le train pour Göteborg. Jacob s'est proposé de la conduire à la gare, mais elle préfère marcher. Avant de partir, elle a décidé de faire un détour par Konstsilke pour voir si les bâtiments sont encore là.

La ville est vide quand elle se rend à la gare tôt le matin. Elle reste un moment devant l'usine. Tout est si calme, c'est presque effrayant. Les cheminées sont muettes, les ventilations par lesquelles la vapeur s'échappait ne fonctionnent plus, l'eau marron et épaisse semble immobile. Mais en elle résonne le vacarme et défilent des scènes. Tiens, là-bas, il y a Moses qui charge les machines, toujours à un rythme infernal.

Et Liisa ? Qu'est-elle devenue ? Que fait-elle aujourd'hui ? Peu de temps avant qu'Eivor quitte Borås, elles se sont rencontrées dans la rue par hasard et elles ont échangé leurs adresses. Liisa lui a annoncé qu'elle travaillait dans une entreprise de vente par correspondance et qu'elle habitait à Druvefors. Mais elles ne se sont jamais écrit.

Ce matin gris de décembre, Eivor éprouve un intense besoin de retrouver Liisa. Maintenant que l'usine n'est plus qu'une ruine aux vitres cassées et aux grilles rouillées, seules les personnes vivantes lui permettront d'établir des liens avec le passé. Elle suit la rivière Viskan, traverse la place Krokshallstorg et repère dans la gare vide un vieil annuaire déchiré. Elle trouve le numéro de téléphone de Sirkka Liisa Taipiainen, Trandögatan 9. À défaut de stylo, elle écrit le numéro avec son rouge à lèvres sur un ticket de caisse.

Il est possible qu'elle passe les fêtes de Noël en Finlande, se dit-elle, mais je vais l'appeler. Il faut que je garde mes amis, je n'en ai pas beaucoup.

Il n'y a presque personne dans le train. Un contrôleur

ensommeillé poinçonne les billets et creuse des trous dans le silence. De l'autre côté des vitres s'étirent les champs enneigés.

Une fois chez elle, elle fait le tour de l'appartement comme si elle tenait à s'assurer qu'il est bien vide et que personne ne risque de déranger sa solitude. Puis elle s'assied dans le canapé. Elle ne fait rien. Elle tripote son paquet de cigarettes mais ne l'ouvre pas, même ça, ça lui demanderait trop d'effort.

Quel plaisir d'être seule, sans enfant, sans obligations. Elle n'a pas une once de mauvaise conscience alors que jamais auparavant elle n'a pu se séparer de ses enfants sans être rongée par le remords. La mauvaise mère, la femme égocentrique qui a le culot de ne penser qu'à elle. Non, c'est la première fois et elle a envie de chanter. Quand Vivi et Elna faisaient du vélo en Dalécarlie pendant la guerre, elles s'étaient donné un nom. Les Daisy Sisters ! Deux filles heureuses, libres et indépendantes ! C'est cet été-là qu'elle a été conçue.

Quand on est une femme, il faut savoir profiter des brefs moments dont on dispose pour chanter. Saisir les occasions avant qu'il ne soit trop tard. Les différences entre Elna et moi sautent aux yeux, se dit Eivor, mais combien sont ceux qui voient nos ressemblances ? Ou plutôt, combien sont ceux qui comprennent à quel point nous aurions pu nous ressembler ?

La nuit tombe tôt. Elle allume la télé et va mettre de l'eau à chauffer pour se faire un thé. Elle devrait se préparer à manger mais elle n'en a pas envie. Encore une preuve de sa liberté.

Soudain, la sonnette de la porte retentit. Une erreur. Forcément. Qui viendrait chez elle le jour de Noël ?

On sonne de nouveau. Ça doit être Kajsa Granberg qui souffre de solitude. À Noël, on doit savoir se montrer généreux envers ses semblables, mais Eivor n'a pas la force de s'occuper de Kajsa aujourd'hui. D'ailleurs, elle devait passer les fêtes chez ses cousins à Arvika, non ? Un autre coup de sonnette. C'est visiblement quelqu'un qui n'a pas l'intention d'abandonner. Quelqu'un qui sait qu'elle est là. Elle éteint le feu sous la casserole et va ouvrir. Lasse Nyman attend derrière la porte, vêtu avec soin. Derrière une écharpe rouge sombre, elle devine une cravate bleue. Elle a du mal à le reconnaître. Il a changé depuis sa dernière visite. Et encore plus depuis seize ans.

— Juste un quart d'heure, dit-il. Après tu me mettras à la porte.

— C'est aussi ce que tu as dit la dernière fois.

— C'est toi qui m'as proposé de dormir sur ton canapé. Je n'avais pas refusé de m'en aller.

— Qu'est-ce que tu veux ? demande-t-elle sur un ton hostile.

Elle a vraiment besoin d'être seule et veut à tout prix échapper aux ombres du passé.

— Quinze minutes, insiste-t-il. C'est tout.

Elle ouvre la porte. Il enlève son manteau et l'accroche à un cintre. Depuis quand utilise-t-il des cintres ?

— Assieds-toi, dit-il.

— Qu'est-ce que tu veux ? répète-t-elle.

— Je vais te le dire. Assieds-toi.

Elle s'exécute. Il s'exprime avec résolution et rapidité, comme s'il était pressé, puis il sort un objet de sa poche.

— Tu vois ce que c'est ? demande-t-il.

— Une balle.

— Oui. Une balle de golf que j'ai achetée à ton ex-mari à Borås... Non, ne m'interromps pas. Je n'ai qu'un quart d'heure.

Il est entré dans le magasin de sport dont Jacob est maintenant le gérant, raconte-t-il. Il s'est baladé dans les rayons en attendant que Jacob ait fini de servir un client et il lui a acheté cette balle de golf. Ils ont parlé de Noël, il a demandé conseil à Jacob pour un cadeau susceptible de plaire à un garçon de onze ans et à une fille de dix ans. Jacob a répondu en riant qu'il avait lui-même des enfants du même âge et qu'il avait la chance de les avoir pendant dix jours à Noël. Et voilà. Lasse Nyman a obtenu l'information qu'il cherchait au prix d'une balle de golf.

– Je suis comme ça, ajoute-t-il. Je ne peux pas changer. Je me débrouille comme je peux et je finis toujours par obtenir les informations dont j'ai besoin. Mais avant que tu me fiches à la porte, tu aimerais peut-être savoir dans quel but j'ai fait tout ça ?

Eivor ne peut pas s'empêcher d'être fascinée par les errances surprenantes de cet homme autour d'elle et de sa vie. Elle est prête à l'écouter.

– Je t'offre un voyage dans le Sud, dit-il. Une semaine dans un pays chaud. Tous les frais seront à ma charge. Tu auras tout ce que tu voudras. Le meilleur hôtel. Une chambre pour toi toute seule, ça va de soi. On part demain matin et on sera de retour dans une semaine. Tu as bien un passeport ?

Elle acquiesce, un peu déroutée. Oui, elle a un passeport qu'elle a fait faire en espérant un jour pouvoir prendre l'avion de Torslanda, elle aussi.

De sa poche il sort une enveloppe d'une agence de voyages et étale sur la table des billets et des brochures. Des autocollants pour les valises, des papiers d'assurances.

– Tu dois me trouver fou, mais dis-toi plutôt que je suis quelqu'un qui agit vite quand j'ai pris une décision.

L'avion décolle de Torslanda à sept heures demain matin. Pour l'île de Madère. Je n'y suis jamais allé mais j'ai l'impression que c'est un peu moins banal que les îles Canaries. Départ demain matin à sept heures et nous serons de retour le 1er janvier à onze heures du soir. Si jamais il y a un problème, je te payerai un billet de retour au prix fort...

– Tu es dingue, dit-elle. Tu veux dire que tu me proposes d'aller à l'île de Madère demain matin ? Avec toi ? Toi et moi ?

Il opine de la tête.

– C'est ça. Nous ferons le voyage ensemble mais nous aurons chacun notre chambre. Et si tu n'as pas envie de me voir là-bas, je te promets de te laisser tranquille.

Incrédule, elle jette un regard sur les billets. Son nom est effectivement imprimé sur l'un des deux : Eivor Halvarsson, Funchal, heure de départ...

Il est donc sérieux !

Elle lève le regard et se tourne vers Lasse.

– Tu es forcément fou, dit-elle.

– C'est un cadeau de Noël. Chaque mot que j'ai prononcé est sincère.

Elle sent la colère monter en elle, avec une brutalité qui la désarçonne. Elle ne s'emporte pas souvent, mais cette fois elle voit rouge. Pour qui se prend-il ? Il y a seize ans, il l'a entraînée dans un voyage démentiel qui s'est terminé par un assassinat et un viol sur la banquette arrière de la voiture. Et maintenant il s'introduit dans sa solitude, persuadé que son rêve le plus cher serait de partir avec lui à Madère... Les hommes se croient décidément autorisés à tout faire ! C'est une insulte, même si son intention est bonne.

Elle le lui dit. Qu'est-ce qu'il imagine ? Elle ne veut

plus le voir. Qu'il parte à Madère si ça lui chante !
Elle en a marre de lui et de ce qu'il lui a fait.

Mais son indignation ne le touche pas le moins du
monde. Il semble même amusé. Il attend en pianotant
avec ses doigts sur la table.

— Ça fait longtemps, commente-t-il. Il y a prescription
maintenant. D'ailleurs j'ai payé.

— Pas pour ce que tu m'as fait à moi !

— Je ne m'en souviens pas.

— Moi si !

— Je vois que tu es fâchée, mais je ne comprends
pas pourquoi. Je viens t'offrir un voyage à Madère,
mais si tu préfères aller ailleurs, je m'arrangerai. J'ai
de l'argent.

Pour preuve, il montre le contenu de la poche de
sa chemise.

— Il vient d'où, cet argent ?

— C'est vrai que je suis un voleur, mais ce voyage
n'a rien à voir avec tout ça.

— Qu'est-ce qui le prouve ?

— Tu penses réellement que j'irais braquer une banque
pour te payer un voyage à Madère ?

— Que veux-tu que je pense ? Je ne te connais pas.

Pendant un bref moment, il semble presque offensé.
Mon Dieu, se dit Eivor, il doit vraiment être complètement fou.

— Je viendrai te chercher en taxi demain matin à
six heures moins le quart.

Il est de nouveau calme et sûr de lui.

— Ça suffit. Arrête maintenant. Je te prépare une
tasse de café et après tu t'en vas. Avec les billets !

— Oui, je vais m'en aller. Tu as largement le temps
de faire ta valise. Et d'appeler Borås. N'oublie pas ton

passeport ! Tu n'as pas besoin de prendre de l'argent. Moi, j'en ai.

Il ouvre son portefeuille et pose trois billets de mille couronnes sur la table.

– Prends ça en attendant. Et n'oublie pas d'emporter une petite laine.

– Une petite laine ?

– C'est conseillé dans les brochures. Il peut faire frais le soir. Sinon le temps est parfait. Il paraît qu'il y a beaucoup de fleurs sur cette île.

– Prends ton argent et va-t'en !

– À six heures moins le quart, répète-t-il. Il faut être à Torslanda au moins une heure avant le décollage.

Il s'en va en laissant sur la table les billets de banque et l'enveloppe avec les billets d'avion.

Plus tard, elle repensera à cette nuit comme à celle de ses Grandes Hésitations. Elle sort sa vieille valise du placard et la remplit, pour aussitôt après la vider, la remettre à sa place et retourner devant l'écran tremblotant de la télé. Puis elle se lève de nouveau, furieuse, jette l'argent et les billets d'avion dans la poubelle, puis va les ramasser en se demandant si elle est devenue folle. Non pas qu'elle envisage de partir. Pas question qu'elle aille à Madère avec Lasse Nyman ! Mais elle ne peut pas s'empêcher d'imaginer cette île dont elle ignore tout, sauf qu'elle se situe quelque part dans l'Atlantique et appartient soit à l'Espagne soit au Portugal. Des plages de sable… À moins que ce ne soient des rochers ? Une terrasse qui donne sur la mer et le ciel. Un soleil qui se lève, déjà brûlant. Une boule de feu qui descend à l'horizon. Un vent frais du soir qui rend nécessaire une petite laine… Des rêves, un collage romantique d'images repérées dans les brochures de voyages et à la télé. Non, elle ne devrait pas se mettre à rêver. Elle devrait penser à l'hiver en Suède. L'hiver avec la neige sale et les vents glacials qui viennent du golfe de Botnie...

Mais les billets sont bien là. À six heures moins le quart, il viendra sonner à sa porte pour lui annoncer que le taxi les attend en bas.

Je suis au bord d'un précipice, se dit-elle, c'est exactement ça. Ce moment terrible où on sent l'attraction et où on est à la merci d'une force étrange qui vous pousse à sauter, où on ne peut plus se fier à son propre jugement. Lasse Nyman incarne cette force, sinon elle ne l'aurait pas autorisé à s'en aller en laissant les billets. Elle ne l'aurait même pas autorisé à terminer sa phrase. Peut-être en est-il conscient ? Il doit connaître son pouvoir. Peut-être la croit-il toujours capable de l'accompagner au bout du monde, comme il y a seize ans.

En est-elle capable ?

Elle n'ose même pas se poser la question.

Il a certainement de bonnes intentions. Peut-être est-ce sa manière de payer sa dette envers elle ? Et il doit avoir envie de compagnie pour voyager. Elle ne sait rien de lui. À part ce qu'il lui a raconté de sa vie il y a un mois. Une vie si pauvre et si solitaire. N'empêche que ce serait de la folie...

Une scierie entièrement détruite par le feu dans le Värmland.

Les bombes qui pleuvent sur le Vietnam malgré la trêve de Noël.

Le pape qui donne sa bénédiction...

Elle regarde les actualités à la télé. Elle s'efforce d'écouter mais la lumière bleuâtre éclaire les billets sur la table.

Elle ne pourra jamais dire avec exactitude à quel

moment sa résistance a flanché. Mais ça a dû avoir un rapport avec les nouvelles à la télé et avec la lumière bleue.

Et si, pour une fois, elle se jetait dans le vide au risque de se blesser ? Partir à l'étranger lui a toujours paru irréalisable, mais à présent un billet d'avion l'attend sur sa table. Et si elle osait faire le saut ? Si elle osait prendre le risque ? N'est-ce pas justement ce dont elle a rêvé au cours de l'automne ? La vie est courte. Eivor a la sensation que le temps se raccourcit de plus en plus, comme si le plafond, les murs et le plancher se rétrécissaient autour d'elle. Elle a tout simplement le devoir de commencer à s'occuper d'elle.

Et si elle acceptait la proposition de Lasse Nyman mais sans pour autant lui faire crédit de ce qu'il lui a infligé seize ans auparavant ? Si elle lui permettait d'exprimer ses regrets sur une plage de sable loin de la neige ?

Elle sort sa valise du placard pour la énième fois en se disant que ce n'est pas difficile de téléphoner à Jacob et de lui annoncer qu'elle va passer le Jour de l'an à l'étranger.

Elle essaie d'imaginer leur conversation mais se fait aussitôt rappeler à l'ordre par sa mauvaise conscience. Une mère de deux enfants ne part pas à l'étranger sans avoir longuement et soigneusement préparé son voyage. Et, surtout, elle ne part pas seule et avec des notions d'anglais plus que rudimentaires. Non, une mère ne part pas comme ça.

Ces réflexions imbéciles l'agacent. Dans une excitation étrange, elle fourre ses sous-vêtements, ses robes et deux maillots de bain dans la valise. Elle ne réalise qu'après coup qu'elle a fini par céder.

Elle a vraiment envie de partir. Pas avec Lasse

Nyman, mais vu que sa présence en est la condition…
Pourquoi a-t-elle autant de mal à prendre une décision ?
Elle a toujours écouté les autres, d'abord Elna et Erik,
puis Jenny Andersson, sans parler de Jacob qui, lui,
décidait de tout avec la force de l'évidence. Une seule
fois, elle a imposé sa volonté et c'était pour aller voir
un film, ce qui lui a donné mauvaise conscience au
point de tout accepter par la suite.

Elle appelle Jacob, mais quand elle l'entend décrocher, elle ne sait plus quoi dire.

– Les enfants dorment ? demande-t-elle.

– Évidemment. Il est dix heures passées.

– C'était juste pour savoir.

– Tu ne te sens pas bien ?

– Si. Pourquoi tu me demandes ça ?

– Pourquoi tu m'appelles ?

Son ton est sévère comme s'il s'adressait à un enfant
désobéissant. Et elle peut le comprendre. Une bonne
femme désemparée qui supporte mal d'être séparée de
ses enfants et qui téléphone sans raison.

Ce n'est pourtant pas le cas !

– Je pars en voyage demain, annonce-t-elle.

– Quoi ?

– Je vais à Madère.

– Tu veux répéter ?

– Tu as bien entendu. J'ai dit que je pars à Madère.

– Écoute-moi, Eivor.

– Oui…

– Les enfants dorment et moi j'étais déjà au lit.
Demain matin on va faire du ski. Tu as quelque chose
de particulier à me dire ?

– Je prends l'avion à sept heures demain matin. Avec
la compagnie Tjäreborg. Je serai à l'hôtel Constellation.
Au cas où tu aurais besoin de me joindre, je laisse

les coordonnées sur la table de la cuisine. Embrasse les enfants.

– Tu es folle ? Tu...

– Pour une fois, tu dois avoir raison, l'interrompt-elle. Tu peux toujours essayer de m'appeler. À six heures demain matin, je ne serai plus chez moi.

Elle raccroche.

Elle a la sensation d'avoir surmonté une grande difficulté. D'avoir réussi une épreuve. La mauvaise conscience cherche bien sûr à reprendre le dessus, mais Eivor résiste.

À cinq heures, après une nuit pratiquement sans sommeil, elle est assise dans la cuisine avec une tasse de café et la valise prête.

Je suis vraiment folle, se dit-elle. Folle à lier.

À six heures moins dix-sept, on sonne à la porte.

– Tu n'as pas oublié ton passeport ?

– Non.

Lasse Nyman prend sa valise et la regarde verrouiller la porte.

Ils montent côte à côte sur la banquette arrière du taxi et n'échangent pas un seul mot pendant tout le trajet. Elle se rappelle une autre banquette à une autre époque mais refoule vite le souvenir.

Tandis que Lasse s'occupe de l'enregistrement, Eivor va faire un tour à la cafétéria. Les étals sont vides et la porte du bureau d'Enoksson est encore fermée. À double tour sans doute.

Le DC-9 avec les passagers pour Algarve et Funchal décolle à sept heures pile. *La durée du vol pour Lisbonne est estimée à...*

Après avoir traversé les nuages, ils volent au-dessus de ce qui ressemble à un paysage recouvert de neige et illuminé par un soleil éclatant.

C'est tellement irréel et je n'y comprends rien, se dit Eivor, mais ça y est, je suis partie et je ne peux plus faire marche arrière. Tant pis ! Pour l'instant, je laisse la responsabilité à Dieu ou à je ne sais qui...

– C'est agréable d'aller à un endroit où personne ne vous reconnaît, dit Lasse Nyman.

– Où personne ne vous connaît, tu veux dire ?

– C'est ce que j'ai dit, non ?

– Non, tu as dit *reconnaît* !

– C'est probablement par habitude. Voleur un jour, voleur toujours.

– Tu as vraiment les moyens de m'offrir tout ça ?

– C'est grâce à un cheval qui a très bien couru. On n'était pas nombreux à le savoir. Du trot attelé.

Avec une vitesse vertigineuse, l'avion emporte Eivor et Lasse Nyman vers la petite île dans l'Atlantique. Eivor garde le front collé au hublot pendant tout le voyage et observe les nuages d'en dessous qui s'ouvrent parfois et dévoilent, loin en bas, des champs et des villes.

Lasse ne parle pas beaucoup. Probablement pour ne pas déranger Eivor. Mais elle le sent inquiet et nerveux, des traits de son caractère qu'elle lui connaissait il y a seize ans. Comme si sa veste bleu marine avait du mal à dissimuler son blouson noir. J'essaierai de comprendre plus tard, se dit-elle. Je vole pour la première fois de ma vie et pour l'instant je profite de ce qui se passe autour de moi. Je ne crains rien, bien que je me trouve à une distance incompréhensible de la terre. Plus près de la lune et de Dieu que jamais auparavant. J'ai deux enfants qui ont besoin de moi et tant qu'ils sont là, rien ne pourra m'arriver.

Après une escale à Lisbonne, l'avion s'élève de nouveau au-dessus de la mer bleu sombre et prend la direction de l'étroite avancée sur l'eau où a été construit

Santa Catarina, l'aéroport de Madère. Eivor voit apparaître des falaises et un rocher qui surgit de la mer dans un écrin de verdure. L'avion descend progressivement. Une bande d'asphalte noir se précipite vers elle et les grandes roues en caoutchouc rebondissent contre le sol. Les volets de freinage se dressent et l'avion roule de plus en plus lentement pour enfin s'immobiliser, le nez pointé vers le bâtiment grisâtre de l'aérogare.

Une petite pluie douce les accueille quand ils descendent la passerelle. Des collines de lave boisées se dressent en toile de fond et se perdent dans les nuages.

À ce moment-là, Eivor est certaine que ce monde inconnu est réel, alors que Göteborg, Noël, le vent humide du Cattégat lui semblent faire partie d'un rêve.

– Sors ton passeport, dit Lasse Nyman.

– Il est là, dit-elle en montrant son sac à main.

Quand l'aimable douanier aux boucles noires et au visage bronzé vérifie que la photo du passeport correspond à son visage, Eivor a l'impression de vivre l'instant le plus important de sa vie. Elle passe un examen et elle est admise. Elle n'est comparée qu'à elle-même. Personne ne s'intéresse à son mari ni à ses enfants. Personne ne demande qui s'occupe maintenant des courses, des poubelles, de la lessive et des genoux écorchés. Ici il n'est question que d'elle, rien que d'elle. Un tampon est apposé sur son passeport : *Entrada, Aeroporto Funchal, Guarda fiscal serv. Fronteiras...*

Le 26 décembre 1972.

Rien n'est impossible, se dit-elle en attendant de récupérer sa valise sur le tapis roulant. Pour la plupart des gens, ça doit être évident de montrer son passeport et d'exiger d'être traité comme un citoyen libre et indépendant. Oh, si quelqu'un l'entendait, ses réflexions le feraient sans doute rire. Carl-Erik Norberg a bien insisté sur le fait qu'il ne fallait jamais regarder les autres, qu'il ne fallait se comparer qu'à soi-même. Oui, c'est bien ça. On ne peut pas dire qu'elle ait beaucoup avancé sur ce point, mais elle fait des progrès et c'est l'essentiel.

Le car les emmène à Funchal, sur un chemin sinueux creusé dans la roche. L'île ne se compose que de montagnes abruptes. Soudain la couche nuageuse se fend et le soleil les heurte avec une force inouïe. Il fait une chaleur torride.

Lasse Nyman est toujours silencieux. Tant mieux, ils auront largement le temps de parler, même plus qu'il n'en faut. Comme ça, elle peut imaginer qu'elle voyage seule et qu'elle n'est responsable que d'elle-même.

Seule au monde, libre et indépendante.

À Funchal, le bruit des klaxons est assourdissant. Le car s'engage dans Rua João de Deus, puis sur l'étroit pont qui enjambe Ribeira de Santa Luzia pour ensuite se diriger à l'ouest, vers la grande zone hôtelière située à l'extérieur de la ville. Tout est très dépaysant. Les couleurs, les gens, les odeurs. Près du chauffeur est assise une femme avec un micro. Elle se présente, pleine d'allant, et donne des informations dans un danois adapté aux oreilles suédoises. Mais le son est très mauvais et Eivor ne perçoit que quelques mots par-ci par-là... *Escudos... Une plainte* se dit visiblement *Reclamaçâo...* Tant pis, pour l'instant elle regarde et respire les odeurs.

Des gaz d'échappement et des magnolias. Des légumes et des feux de bois.

Elle est au cœur de la vie, au cœur du monde.

Qui aurait pu imaginer une chose pareille ? Qu'elle se trouve sur l'île de Madère !

Le soir arrive, puis le matin avec sa lumière dorée et la chaleur, suivi d'une journée bien remplie...

Le troisième jour, Eivor se réveille à l'aube. Elle reste allongée dans son lit et sent le vent doux se glisser dans sa chambre par la porte de la terrasse.

Le troisième jour... Elle essaie de se rappeler ce qui s'est passé le troisième jour selon la Bible. Le premier jour, le Saint-Esprit a volé au-dessus de la mer « et la lumière fut ». Oui, elle se souvient de cette phrase. Et après ? La nuit et le jour, les saisons, le ciel et les étoiles ? Non, avant il a dû y avoir la terre, l'herbe et les arbres... Ou... Non, elle ne se souvient pas. Elle décide que c'est le troisième jour que l'être humain fait son entrée fatale sur la terre.

Elle se lève, s'enveloppe dans une couverture et sort sur la terrasse. Elle ne cesse d'être étonnée par la rapidité du lever de soleil. De la même manière que le jour se mue en nuit sans qu'il y ait de soir. Au loin, elle aperçoit la mer. L'hôtel, comme toutes les constructions sur cette île, est bâti en équilibre à flanc de montagne. Elle voit de curieuses formations rocheuses émerger de l'eau à quelques centaines de mètres du bord et, sur le chemin qui mène vers la ville, une caravane de camionnettes brinquebalantes et de charrettes chargées de légumes et tirées par des ânes. L'aube brève est déjà finie. Un nouveau jour s'annonce, le troisième...

Elle retourne dans la chambre et se remet au lit. Une inquiétude la taraude, elle a besoin de réfléchir.

Les problèmes ont commencé la veille au soir lorsque sa mauvaise conscience s'est manifestée pour la première fois depuis son départ. Ses angoisses l'ont rattrapée. Pourquoi n'avait-elle encore une fois rien vu venir ?

Les deux jours se sont pourtant mieux passés qu'elle n'avait osé l'espérer.

À leur arrivée, peu de temps avant la tombée de la nuit, ils ont pris l'ascenseur ensemble. Leurs chambres étaient situées au même étage, mais de part et d'autre d'un couloir. Pour Eivor, c'était un soulagement que Lasse Nyman ne soit pas trop près.

Elle a remarqué une vague inquiétude dans son regard, comme s'il regrettait de l'avoir invitée à ce voyage. Derrière son apparence décontractée se dissimulaient visiblement des sentiments contradictoires.

Avant de se séparer, il a proposé qu'ils dînent ensemble et qu'ils se retrouvent au bar situé à l'étage en dessous de la réception. « À dix-huit heures trente, ça te va ? » Il a pris sa valise et chacun s'est dirigé vers sa chambre. Elle a rangé ses affaires et elle s'est changée.

Elle trouvait parfaitement normal qu'ils se voient de temps en temps. Lorsqu'il l'avait invitée, il avait clairement dit qu'il n'attendait rien en retour. Il paraissait sincère et c'est pourquoi elle avait accepté. Pourquoi a-t-il semblé gêné de lui proposer ce dîner ? Qu'il ne le fasse pas lui aurait paru bizarre.

Ils se sont donc retrouvés au bar. Il ne s'était même pas changé. Quand elle est arrivée, il a sursauté comme s'il avait eu peur. Elle a eu l'impression qu'il était là depuis un certain temps déjà. Il n'avait pas bu.

Le barman leur a recommandé un petit restaurant, près de l'hôtel, dont la salle était aménagée dans une cave voûtée. Au-dessus des tables en bois étaient suspendus des supports en fer destinés à recevoir des brochettes. *Espedata*. Lasse a commandé de la bière, Eivor une carafe de vin rouge. Ils ont parlé du voyage, de l'hôtel, du restaurant et du repas, une conversation banale et impersonnelle. De retour à l'hôtel, Lasse est allé au bar alors qu'Eivor, éprouvant le besoin d'être seule, a prétexté un coup de fatigue pour se retirer dans sa chambre.

– Le petit déjeuner sera servi en bas, lui a-t-il expliqué avant qu'ils se séparent.

– Très bien. Merci pour le dîner.

En plus des trois billets de mille couronnes que Lasse lui avait donnés à Göteborg et qui étaient toujours dans son sac à main, elle avait apporté quatre cents couronnes, sachant qu'elle ne supporterait pas de se laisser inviter en permanence.

Le lendemain, ils se sont promenés dans le centre de Funchal. De fréquentes averses les ont obligés à s'abriter dans des cafés. Se sentant un peu perdus dans cette ville, aucun des deux n'a osé prendre d'initiative, et Eivor a commencé à trouver que le silence de Lasse était gênant. Elle avait envie de parler avec lui de ce qu'elle voyait, de partager ses impressions, mais son attitude pesante, renfermée, l'en empêchait. C'est là qu'elle a compris que derrière son silence se cachait la véritable raison de son invitation à Madère. Cependant tout était si nouveau et si palpitant que l'inquiétude ne parvenait pas à prendre racine en elle. Pourquoi se tracasser ? S'il y avait un problème, elle le connaîtrait bien assez tôt.

– C'est beau ici, a-t-elle dit quand ils sont entrés dans l'English Country Club pour déjeuner.

– Oui, a-t-il confirmé.

– Je crois ne pas t'avoir dit à quel point je suis contente que tu m'aies invitée.

– Il n'y a pas de quoi.

– Tu veux un café ?

– Je prendrais bien une bière.

Un échange pour le moins succinct. Eivor a essayé de les imaginer vus de l'extérieur. Elle et Lasse. Un couple pas trop mal assorti. Deux touristes suédois qui se connaissaient suffisamment bien pour pouvoir se taire ensemble.

Sur le chemin du retour à l'hôtel, Eivor s'est arrêtée devant un magasin où étaient exposées quelques robes.

– Si quelque chose te fait envie, je te l'achète, a-t-il dit.

Le soir, ils ont pris un taxi pour aller dîner dans un restaurant de poisson qui servait de l'espadon, *espada*. À la surprise d'Eivor, Lasse a commandé du vin, lui aussi. Après quelques verres, il s'est mis à parler.

– On devrait voyager plus souvent, a-t-il dit.

– Oui, à condition d'avoir de l'argent.

– De l'argent… De l'argent… C'est ici, dans le Sud, qu'on devrait vivre pour échapper à cette saleté de neige. On devrait voyager plus souvent.

– À condition d'avoir de l'argent.

– De l'argent, a-t-il répété sur un ton de mépris. De l'argent… C'est quoi, merde ?

La bouteille de vin terminée, Lasse a appelé le serveur pour en commander une autre. Eivor trouvait son ton arrogant mais elle n'a pas fait de commentaire.

Elle lui a parlé d'une excursion vers « des gorges abruptes et une vallée surprenante » dont elle avait vu une présentation dans le classeur de l'hôtel.

– Si tu veux on ira, a-t-il dit. On louera une voiture.

Mais au petit déjeuner le lendemain matin, elle a attendu Lasse Nyman en vain. Quand le personnel a commencé à débarrasser les tables, elle est allée frapper à sa porte. Il a tardé à venir ouvrir, encore ensommeillé et sentant l'alcool. Il avait dû continuer à boire à l'hôtel.

Ou peut-être était-il retourné au centre-ville quand ils s'étaient séparés.

– Il va falloir que tu partes sans moi, a-t-il dit. Tu sais conduire ? Je te donnerai de l'argent, bien sûr.

Il a eu du mal à retrouver son portefeuille parmi ses vêtements qui jonchaient le sol. Eivor est restée sur le seuil, elle n'avait pas envie d'entrer dans sa chambre.

– Ce n'est pas la peine. Je vais me débrouiller. On se retrouve après ?

Elle est partie sans attendre sa réponse. Dans le fond, elle était plutôt contente d'être seule. L'aventure n'en serait que plus excitante.

Avec l'aide du portier, elle a loué une petite Morris et, une demi-heure plus tard, elle roulait en direction de l'ouest. Au bout d'une dizaine de kilomètres, elle s'est éloignée de la côte et a entrepris l'ascension de la montagne de lave sur une route en lacets qui montait tout droit vers les nuages. Après les bananeraies, la végétation a changé de caractère. Les eucalyptus sont devenus de plus en plus nombreux et des petits ruisseaux dévalaient des rochers un peu partout. Le sommet Eira do Serrado se trouvait seulement à quatorze kilomètres de Funchal, mais il lui a fallu près d'une heure pour y parvenir. Elle s'est arrêtée. L'air était frais et limpide, la vue vertigineuse. Loin en contrebas, elle devinait la Vallée des nonnes, dans laquelle était blottie Curral de Freiras, le but de sa promenade. Elle a amorcé la descente, en gardant le pied sur le frein, par manque de confiance en la vieille Morris. C'était là que des religieuses s'étaient réfugiées pendant une période difficile, à l'abri des assassins et des soldats impitoyables. Depuis, elles y étaient restées. Arrivée au fond de la vallée, Eivor est entrée dans le petit village. Le soleil avait disparu. Un brouillard disloqué flottait au-dessus des maisons en pierres grises, des chèvres maigres et des rares personnes qu'elle croisait sur son chemin. Elle est sortie de la voiture et a levé les yeux vers le sommet, où elle s'était trouvée peu avant. Elle avait la sensation d'être descendue sous la terre. Une étrange tranquillité régnait dans le village. Un chat ébouriffé est venu se frotter contre ses jambes et lui a rappelé celui du vieil Anders. Elle s'est promenée sans but précis, personne ne lui a adressé la parole, personne n'a semblé l'avoir remarquée. Elle a poussé la lourde porte de la petite église blanche et est entrée dans l'obscurité humide. Une fois ses yeux habitués à la pénombre, elle a vu des gouttes tomber du plafond disjoint. Les bancs étaient vermoulus et une large flaque d'eau s'était formée devant le grand crucifix.

Ce village doit vraiment être pauvre, s'est-elle dit. La maison de Dieu est la dernière chose que les croyants laissent à l'abandon.

Elle est sortie et s'est assise sur un muret en pierre qui courait autour de l'église. Au loin, quelques femmes silencieuses portaient des fagots sur le dos, suivies de leurs jeunes enfants.

La vallée des femmes. Des femmes qui se cachent, des femmes qui portent des fardeaux, des femmes qui veillent sur leurs enfants. Où sont les hommes ? Elle a regardé autour d'elle mais elle n'a aperçu qu'un vieillard voûté qui avançait péniblement en s'appuyant sur une canne, le regard tourné vers la terre qui l'attendait. Elle aurait voulu pouvoir parler avec ces femmes, savoir comment elles vivaient.

En fait, il lui suffisait d'ouvrir les yeux pour s'en rendre compte. Elles faisaient la lessive, la cuisine, elles s'occupaient des enfants. Comme elle. Comme toutes les femmes. Leurs vêtements étaient différents, leurs noms aussi, et elles s'exprimaient dans une autre langue. Pourtant, leur ressemblance était plus grande que leur différence. Consoler un enfant qui pleure n'est pas une question de langue, c'est naturel, tout comme savoir à quelle température il faut laver le linge.

Sans parvenir à mettre de l'ordre dans ses idées, elle s'est sentie proche de ces femmes silencieuses dans cette vallée enchâssée entre les montagnes. Si elle avait osé, elle aurait pris un enfant sur ses genoux, elle aurait préparé une pâte à pain. Elles se seraient comprises. Elle s'est dit que les gens sont différents et pourtant semblables. Des êtres humains. Des femmes.

Au moment de rejoindre sa voiture, elle a entendu un enfant pleurer et elle a découvert derrière elle une petite fille qui s'était écorché le genou en tombant. Sans réfléchir, elle s'est approchée de la gamine et elle a doucement nettoyé la plaie avant d'appliquer un sparadrap qu'elle avait dans son sac. L'enfant s'est arrêtée de pleurer et l'a regardée avec de grands yeux. Eivor s'est redressée et s'est alors aperçue qu'elle était entourée des femmes silencieuses qui lui souriaient. Leurs dents étaient gâtées à force de nombreuses naissances et d'une grande pauvreté. L'une d'entre elles lui a dit quelque chose dans une langue qu'elle ne comprenait pas. Eivor est remontée dans la Morris et a quitté le village, accompagnée de signes amicaux des femmes.

Elle est retournée à Funchal et a rendu la voiture. Cette excursion, elle ne la devait à personne. Elle l'avait payée avec ce qui lui restait de son dernier salaire de la cafétéria.

À son retour, ne voyant toujours pas trace de Lasse Nyman, Eivor a décidé de ne pas rester à l'attendre. Elle n'avait aucune envie d'aller de nouveau frapper à sa porte, il fallait qu'il assume ce qu'il avait dit. Elle a quitté la piscine et est allée dans le centre de Funchal pour s'acheter la robe violette avec une lisière blanche autour du cou qu'elle avait vue la veille.

Vers dix-sept heures, elle est revenue à l'hôtel où elle a pris un café. À une table à côté de la sienne était assis un homme de son âge qui fumait. Il l'a regardée en souriant et lui a demandé dans un anglais avec un fort accent portugais si elle était de Londres. Elle a fait non de la tête. *No. Scandinavia ?* Elle a acquiescé. Il lui a demandé si Madère lui plaisait, depuis quand elle était là et combien de temps elle allait rester. Eivor a fait de son mieux pour répondre dans son anglais misérable. L'homme était poli et aimable, et il n'a pas essayé de la rejoindre à sa table. Quand il a terminé sa cigarette, il s'est levé en lui disant au revoir. *Adeus.* C'est tout.

Dans la soirée, Eivor s'apprêtait à aller dîner dans un restaurant à proximité lorsqu'elle est tombée sur Lasse Nyman qui l'attendait devant la réception. Il venait visiblement de prendre une douche et semblait en bien meilleure forme que le matin. Mais sur la table devant lui, il y avait deux verres à whisky vides.

– Comment a été ta journée ? a-t-il demandé.

– Tu aurais dû venir.

– Je connais un restaurant de poisson, a-t-il dit en éludant sa remarque.

Il leur a fallu descendre de nombreuses marches pour se rendre au restaurant qui était situé au bord de l'eau. Les vagues grondaient tout près en projetant une écume impressionnante.

Lasse Nyman avait changé. Son attitude silencieuse et renfermée avait disparu. Il semblait enfin avoir réussi à adopter un comportement normal.

– C'est beau ici, a-t-il dit. Vachement beau.

– Pourquoi m'as-tu invitée ?

– C'est évident, non ?

– Non !

– Tu me plais. Tu m'as toujours plu.

– Nous nous sommes rencontrés il y a seize ans. Et ça n'a duré que quelques jours. Et tu sais très bien que... Je n'ai pas envie d'en reparler. C'était il y a seize ans. Rien n'est plus pareil.

– Toi si.

– Bien sûr que non.

– Pourquoi veux-tu que tout soit devenu différent ?

Il a bu une gorgée de vin en faisant une grimace. Son regard errait dans le vide et elle percevait une légère irritation dans sa voix. Mais elle ne voulait plus écarter la question. Elle tenait à savoir.

– Tu as braqué des banques, a-t-elle dit, et tu as fait de la prison pendant de nombreuses années. C'est toi qui me l'as raconté. Tu sais que j'ai été mariée et que j'ai deux enfants. Tu as même rencontré mon mari. Il est possible que j'aie toujours le même aspect et la même couleur de cheveux, mais à l'intérieur de moi rien n'est plus pareil. Tu comprends ce que je veux dire ?

Il ne semblait pas l'écouter.

– Tu me plais, a-t-il répété.

– Tu ne peux pas répondre ?

– À quoi ?

– Pourquoi m'as-tu invitée ?

– Je t'ai déjà répondu.

Il n'y avait pas moyen de savoir. Il s'était de nouveau replié dans sa carapace. Tant pis, s'est-elle dit avec un haussement d'épaules et elle a attrapé avec les doigts une grosse crevette.

– Tu sais ce que j'ai fait cette nuit ?

Elle s'est aperçue qu'il avait le regard aviné.

– Non.

– Il y a un casino ici. J'y suis allé et j'ai tout perdu.

Ah oui ! Elle n'a pas pu s'empêcher de tressaillir mais en se souvenant des trois mille couronnes qu'elle avait dans son sac elle s'est calmée.

– Tu as donc si mal joué ? Moi, je ne suis jamais entrée dans un casino. Jamais.

Il l'a regardée avec gravité, ses pupilles étaient dilatées et brillantes. Son visage s'est ouvert en un sourire exagérément grand et il a fait un mouvement de la tête.

– Non voyons, je raconte des conneries. J'ai perdu un peu d'argent, c'est vrai, mais pas tant que ça. Et les sous sont là pour être dépensés, non ? Je t'ai fait peur ?

– Peur ? Pourquoi ? Je vais d'ailleurs te rendre les trois mille couronnes que tu m'as données.

Elle a attrapé son sac qui était posé par terre à côté de sa chaise.

– Non ! a-t-il rugi. C'est à toi, putain !

La violence de sa réaction était si inattendue qu'elle a vraiment eu peur. Les yeux de Lasse Nyman étaient trop écarquillés, trop vacillants. Après ça, ils n'ont plus rien dit. Elle a décidé de mettre fin à ce dîner le plus vite possible.

– Maintenant, on va faire un tour en ville, a-t-il déclaré quand ils remontaient les marches.

– Je suis fatiguée.

– Dis pas de conneries !

Méfiante, elle a préféré ne pas répondre.

Soudain il s'est arrêté et il lui a saisi le bras. À la pâle lumière d'un hôtel situé un peu plus haut sur la pente, elle a vu ses yeux brillants et scrutateurs. Il s'est approché d'elle et elle a senti son haleine contre son visage.

– Je ne t'ai pas invitée ici pour que tu dragues un connard de Portugais ! Mets-toi bien ça dans le crâne !

Elle n'a pas compris ce qu'il voulait dire.

– Je vois tout, a-t-il poursuivi. Moi je te vois, mais toi tu ne me vois pas.

– De quoi parles-tu ?

– Au café. Devant l'hôtel. Tu étais là à te pavaner devant un connard de Portugais...

Il ne pouvait pas être sérieux ! L'homme de la table voisine avec lequel elle avait échangé quelques phrases anodines ?

C'était tellement ridicule ! Elle n'a pas pu s'empêcher de rire.

– Tu ne sais pas ce que tu dis ! Allez, maintenant on s'en va !

Les choses se sont ensuite passées à toute vitesse. Complètement prise au dépourvu, elle a reçu un violent coup de poing à la tempe au-dessus de l'œil et elle est tombée à la renverse.

– Ne te fous pas de moi, a-t-il soufflé d'une voix étranglée.

Il l'a attrapée et l'a relevée.

– T'as compris ? a-t-il dit sans la lâcher.

Elle était pétrifiée de peur et de douleur. Elle ne s'était pas préparée à ce qui lui arrivait.

Pourquoi tu me frappes ? Je ne t'ai rien fait.

Il a de nouveau levé la main sur elle.

– J'ai bien vu, a-t-il dit tout en la giflant. J'ai bien vu ton manège. Tu étais là à lui faire du charme... Sale...

– Arrête ! Arrête !

– Que ça te serve de leçon !

Il l'a secouée en la frappant encore et encore.

Il a fini par la lâcher et elle a essayé de se sauver, mais il l'a immédiatement rattrapée.

– Non. Non ! Tu ne t'en iras pas d'ici. On va partir

ensemble et il faut que tu comprennes que tout ça c'est ta faute. Tu devrais me demander pardon.

Elle avait les joues en feu et le cœur qui cognait dans sa poitrine. Le coup qu'elle avait reçu au-dessus de l'œil gauche avait été d'une violence inouïe. Soudain, elle a senti monter en elle une rage plus grande que sa peur.

– Lâche-moi, a-t-elle sifflé. Lâche-moi !

Elle a réussi à se libérer, mais il l'a attrapée de nouveau.

– Je vais te tuer, a-t-il dit d'un ton posé. Maintenant on s'en va d'ici et tu ne pourras t'en prendre qu'à toi-même.

Il l'obligeait à monter en la tenant fermement par le bras. Leurs talons claquaient contre les marches. Ils ont croisé un couple d'Anglais qui descendait à la mer. Les joues d'Eivor étaient inondées de larmes mais c'étaient des larmes de colère.

– Essuie-toi le visage, a-t-il ordonné, sinon je te frappe de nouveau. C'est ta faute. Tu m'as énervé, tu n'aurais pas dû. N'oublie pas que j'ai payé ton voyage.

– Je te rendrai ton putain d'argent ! a-t-elle crié.

Il a levé la main, mais elle a réussi à lui donner un coup de pied dans le tibia et elle s'est sauvée.

Il l'a rejointe devant l'hôtel.

– Maintenant on oublie tout ça, a-t-il dit. Tu as eu ta leçon.

Elle est entrée dans le hall, il l'a suivie sans la toucher. Elle a récupéré sa clé et s'est dirigée vers l'ascenseur, sans se retourner.

Quelques heures plus tard, il a toqué à sa porte en demandant si elle dormait. Elle n'a pas répondu.

Elle était anéantie, le visage blême et le regard perdu dans le vide.

Le matin du troisième jour… Elle est allongée de nouveau dans son lit après être sortie sur la terrasse pour regarder l'aube poindre. Elle s'est arrêtée devant la glace pour examiner l'hématome qui s'est formé au-dessus de son œil. Elle a bougé les mâchoires, oui, elle avait mal.

Elle s'efforce de réfléchir calmement pour essayer de comprendre ce qui s'est passé la veille au soir. Pourquoi l'a-t-il frappée ?

Elle pense à Jacob. Il lui est arrivé, à lui aussi, d'utiliser la force quand il avait mauvaise conscience ou qu'il était à court d'arguments. Il se servait de ses mains quand les mots lui manquaient.

Quant à Lasse Nyman, il l'a donc vue échanger quelques phrases avec le Portugais de la table d'à côté. Et cela a suffi pour le rendre… quoi ? Jaloux ? Mais c'est totalement absurde !

À moins que… Peut-être est-elle est en train de découvrir la raison de son invitation ? Serait-il assez fou pour croire qu'il a acheté une relation amoureuse au prix d'un voyage à Madère ? Ce n'est pas impossible. Eivor a entendu des amies dire qu'il n'y avait pas de limites à l'imagination des hommes.

Elle pense à Lasse Nyman. Ce voleur de voitures à la grande gueule dont elle est tombée éperdument amoureuse quand elle était adolescente. L'homme qui l'a épiée la nuit dans la rue et qui a ensuite forcé sa porte pour lui raconter son histoire… Il est si pitoyable ! Elle sent un tel aveuglement et une absence totale de discernement derrière ses fanfaronnades.

Un braqueur de banque qui, sur le plan affectif, n'a jamais dépassé le stade du nourrisson.

Sa colère ressurgit. Personne n'a le droit de la frapper.

Personne ! S'il considère qu'elle l'a déçu et que ses attentes lamentables n'ont pas abouti, elle remboursera chaque centime que ce voyage lui a coûté. Qu'il crève de jalousie ! Elle s'en fiche. Et, après tout, si elle avait envie de chercher la compagnie d'un Portugais sympathique ? Personne n'a le droit de la frapper ! Plus jamais elle n'acceptera ça !

Elle se lève, prend sa douche, s'habille et descend dans la salle du petit déjeuner. Elle n'a pas peur de le croiser. Au contraire, elle se sent forte et prête à lui faire face. Elle profitera des jours qui lui restent pour prendre des bains de soleil et se détendre.

Elle découvre Lasse Nyman dans un coin de la salle, penché au-dessus d'une tasse de café. Son visage est d'une pâleur extrême. Quand il l'aperçoit, il se détourne, mais elle prend son courage à deux mains et s'approche de sa table en le fixant du regard.

– Je te demande pardon, murmure-t-il. Je ne sais pas ce qui m'a pris...

– Personne n'a le droit de me frapper. Personne !

Puis elle va s'asseoir à l'autre bout de la salle en lui tournant le dos. À peine a-t-elle entamé son œuf à la coque qu'elle sent la pitié la submerger. Ça doit être terrible de se réveiller avec une gueule de bois et le souvenir d'avoir frappé quelqu'un. Mon Dieu... Elle jette un regard par-dessus son épaule. On dirait un enfant abandonné, un gosse qui n'a confiance qu'en ses poings. Elle essaie d'imaginer sa vie qui n'a été qu'une longue fuite. Il est passé d'une prison à une autre, poursuivi par le souvenir du pire des crimes : l'assassinat d'un être innocent.

Elle prend sa tasse et va le rejoindre à sa table. Il se tourne vers elle mais sans la regarder.

– Pourquoi as-tu fait ça ? demande-t-elle.

– Je ne sais pas.

– Au cas où ça t'intéresserait, je peux te dire qu'on a parlé de la pluie et du beau temps, ce Portugais et moi.

– J'avais trop bu.

– Tu n'as pas le droit de me frapper. Jamais. Et je vais te rembourser chaque sou que tu as dépensé pour moi. Dès qu'on sera de retour en Suède.

– Je ne veux pas.

– Pourquoi m'as-tu invitée ? J'estime avoir le droit de le savoir.

Il ne répond pas.

– Qu'est-ce que tu t'étais imaginé ?

– Rien, dit-il, toujours sans lever les yeux.

– Je ne te crois pas.

– C'est pourtant la vérité.

Elle voit à quel point il est mal, accablé par les remords et la peur. Un petit garçon piteux qui a fait pipi dans sa culotte. Honteux comme Staffan quand il avait cassé sa tirelire sans demander l'autorisation.

Lasse ne répond pas à sa question, mais Eivor se doute que l'explication est toute simple. Il avait probablement espéré vivre une idylle avec elle. Une référence obscure au passé. Il semble avoir oublié qu'ils n'ont rien vécu ensemble dans le passé. Enfin, rien d'agréable.

– Putain ! murmure-t-il en s'humectant les lèvres.

– N'en parlons plus, dit-elle.

La journée s'annonce chaude. Eivor somnole au bord de la piscine. Lasse Nyman est assis à l'ombre d'un parasol et se lève de temps à autre pour aller boire une bière au bar.

Eivor commence à se préparer mentalement à son départ.

Elle saute dans le bassin pour se rafraîchir et voit que Lasse est retourné au bar. Il est en train de discuter avec un homme bronzé aux cheveux bruns. Il daigne donc parler avec un Portugais ?

Elle sort de l'eau et ne peut pas s'empêcher d'être intriguée. Au bout de ces trois jours, elle n'a pas vraiment eu l'occasion de rencontrer des habitants de l'île. À part les réceptionnistes et la jeune fille joyeuse qui nettoie sa chambre et avec lesquelles elle échange souvent quelques phrases de politesse. Elle s'enveloppe dans son drap de bain et va rejoindre les deux hommes perchés sur des tabourets au bar. Lasse pourra difficilement l'accuser de draguer vu que c'est lui qui a pris l'initiative cette fois.

– Je te présente Lourenço, dit Lasse Nyman en ouvrant les bras. Et voici Eivor.

Elle voit qu'il a déjà pas mal bu.

Elle salue le Portugais avec un petit mouvement de tête en se faisant la réflexion que Lasse l'a présentée comme si elle était sa femme. L'homme, qui doit avoir environ trente ans, porte une chemise blanche et un pantalon blanc en coton. Il a des sandales aux pieds et une grosse bague en or au doigt.

– *Hej, hej*, dit Lourenço en suédois avec un fort accent portugais.

– Il a vécu en Suède, explique Lasse. À Södertälje, tu imagines ! Putain, il pouvait difficilement trouver pire !

– Södertälje, confirme Lourenço. Scania Vabis. Camions...

– Hall, dit Lasse.

– Pall ?

– Non, Hall. La prison.

– Non, jamais prison. Jamais police.

Lourenço fait un geste de rejet de la main et semble soudain dérouté, mais Lasse Nyman ricane en adressant un clin d'œil plein de sous-entendus à Eivor. A-t-il déjà oublié ce qui s'est passé la veille ? Est-il remis de sa gueule de bois ?

– J'ai été surveillant à la prison, ment-il. Maton.

– Maton ?

– C'est ça. Maton.

Lasse descend du tabouret et se dirige vers une table à l'ombre. Lourenço et Eivor le suivent.

– Apporte-nous de la bière ! lance-t-il à un serveur qui se trouve au bord de la piscine. *Beer*…

Il commence à parler beaucoup trop fort.

– Pas pour moi, dit Eivor. Je prendrai un soda, et je le paierai moi-même. Vous avez vécu en Suède ? demande-t-elle quand ils sont assis.

– Oui, cinq ans, dit Lourenço quand le serveur a posé les verres sur la table et qu'Eivor a répété sa question. Cinq ans à Södertälje.

– Mais vous venez d'ici ? De Madère ?

– Oui. De Funchal. Je suis rentré chez moi. J'ai acheté le magasin de chaussures de… comment on dit déjà ?… de mon oncle.

– Ils se font des sous en Suède et après ils rentrent chez eux, ironise Lasse Nyman sans essayer de dissimuler son mépris.

Il se balance sur sa chaise en faisant un sourire ironique à Lourenço.

– Bon salaire mais cher d'habiter en Suède, explique Lourenço.

– Ça ne doit pas être cher de vivre ici. Les maisons à Madère sont de mauvaise qualité, Lourenço. *Very bad*…

– Non. Elles sont bonnes. Fait chaud ici. Pas neige.

Eivor sent le malaise croître en elle. Lasse Nyman est en train de provoquer cet homme.

– Ça suffit maintenant, dit-elle, mais Lasse n'en tient pas compte.

– Beaucoup de filles à Södertälje, dit-il.

– Non, non, dit Lourenço en secouant la tête. Moi marié.

– À Södertälje ?

– Non. Ici. À Funchal. Trois enfants.

– Mais putain… tu as forcément eu des copines à Södertälje ? Plein de petites chattes ? Non ?

Lourenço rougit et regarde Eivor.

– Il faut que j'y aille, dit-il en reposant son verre.

– Personne n'achète de chaussures à cette heure-ci, dit Lasse. Calme-toi, putain ! Prends encore une bière !

– Non.

– C'est pas sympa. Allez, parle-moi de tes copines à Södertälje !

– Arrête immédiatement ! dit Eivor.

– Lourenço va nous raconter ce qu'il a fait à Södertälje !

D'un geste de colère, Lourenço pousse son verre qui tombe et se casse en mille morceaux.

– Je dis… la Suède c'est pays de merde. Pas tous, pas la plupart mais beaucoup… Comme toi… Les Suédois croient être meilleurs, les autres de la merde, n'aiment pas étrangers… Mais moi… je dis… Comment on dit *narrowminded*… Mous, bornés… Comme les Américains… Exactement pareils… Ils croient qu'ils possèdent le monde… Ici vous êtes bienvenus, on vous accueille. Pas comme en Suède… Pays de merde, de cons… Pas toi, lui…

Il s'en va. Toutes les conversations autour d'eux se sont interrompues. Eivor aurait voulu se cacher tellement elle a honte mais Lasse Nyman semble tout à fait indifférent. Deux serveurs s'approchent.

– On ne peut même pas avoir la paix dans son propre hôtel, déclare-t-il.

446

Un des serveurs ramasse les éclats de verre.

– Si jamais ce connard se montre ici encore une fois, j'irai me plaindre à la direction. Il s'appelle Lourenço Castanheiro, je crois.

– Il ne reviendra pas, promet le serveur.

– Ce n'était pas sa faute, dit Eivor. Ce n'est pas lui qui s'est mal comporté. Si Lourenço n'a pas le droit de revenir, c'est moi qui irai me plaindre !

– Arrête !

– C'est toi qui dois arrêter ! crie-t-elle, bien que tous les regards soient tournés vers leur table.

Comment ose-t-elle ? Elle ne se l'explique pas.

– Tu es un vrai con !

Tremblante de colère, elle s'en va en courant.

Le soir, elle dîne seule. Elle traverse la réception sans se retourner, hèle un taxi dans la rue et monte à l'arrière. Le chauffeur, qui est très jeune, lui sourit. Partout la même gentillesse, constate-t-elle. Elle lui demande de la conduire au Mercado dos Lavradores, le marché couvert de Funchal, en s'appliquant à bien prononcer. D'après les informations qu'elle a eues à l'hôtel, il y aurait de bons restaurants à proximité de ce marché. Le chauffeur acquiesce, s'engage sur la grand-route et pousse au maximum le son de la radio. Une musique pop inonde l'habitacle.

Le marché couvert est un bâtiment en brique ocre qui, aux yeux d'Eivor, ressemble à un temple. Un crucifix y aurait plus sa place que ces corps d'animaux sanguinolents et fendus en deux. L'espace ne résonne pas de prières feutrées mais de bruyantes discussions entre marchands et clients. Le sol en pierre est jonché de fruits écrasés et de viscères, l'odeur de sang séché suinte de partout. Elle se promène et observe mais n'est qu'à moitié présente. L'autre moitié mène un combat

447

ininterrompu avec Lasse Nyman. Dans ses pensées, c'est elle qui gagne et lui qui s'étale par terre avec un œil au beurre noir.

Elle choisit un restaurant au hasard, monte un escalier. Voyant que la salle est bondée, elle s'apprête à repartir mais le maître d'hôtel se précipite vers elle et la conduit avec autorité et un sourire aux lèvres à une grande table déjà occupée par des touristes allemands. Ils s'écartent et on lui apporte un menu graisseux qu'elle essaie de déchiffrer, aidée par un serveur qui lui indique avec insistance les plats les plus chers. Elle résiste à ses tentatives et pose son doigt sur le mot *caldeirada*, une soupe, et une carafe de vin rouge. Les Allemands en sont à la fin du repas et commandent une crème brûlée accompagnée d'une dernière chope de bière. Elle se fait la réflexion que les Allemands sont soit obèses, soit maigres comme des cancéreux en phase terminale. Pourvu qu'elle ne soit jamais aussi grosse...

La soupe à base d'oignons, de pommes de terre et d'huile d'olive est servie dans une assiette en terre cuite marron. Elle essuie la cuillère avec sa serviette avant de commencer à manger.

Soudain elle est submergée par le mal du pays, accompagné par ses fidèles compagnons de toujours : la culpabilité, la mauvaise conscience et le sentiment de ne pas être à la hauteur. Ça fait plusieurs heures qu'elle n'a pas pensé à Staffan et à Linda et elle en a honte. Elle sait qu'ils sont très bien chez leurs grands-parents avec Jacob, n'empêche que...

Avoir des enfants signifie renoncer à sa vie. Du moins en partie, se dit-elle confusément. Combien de femmes éviteraient de tomber enceintes si elles se doutaient des conséquences que cela aurait pour elles ?

Plutôt que d'en parler, on cache cette réalité derrière un épais rideau d'ignorance.

Le vin ne parvient pas à dissiper son mal-être. Un bref instant, elle envisage de commander une deuxième carafe, mais elle n'a pas le courage de rester dans ce restaurant bruyant plus longtemps que nécessaire. Elle appelle le serveur stressé et paye l'addition dont elle ne comprend rien sauf le montant total. Elle lui tend un billet, probablement trop important, et se lève.

La soirée est fraîche et elle frissonne quand elle se retrouve dans la rue. Elle est tentée de retourner à l'hôtel à pied mais elle ne sait pas si c'est raisonnable. L'obscurité et la rareté des lampadaires donnent un air menaçant à ce monde inhabituel. Elle décide cependant de marcher et s'engage dans la Rua de Alfândega. Qui se permettrait d'attaquer une femme qui a un œil au beurre noir ? Elle veut rentrer en Suède. Jamais plus elle n'acceptera une invitation à partir à l'étranger. En revanche, ce ne sera pas la dernière fois qu'elle voyagera dans un pays chaud pour fuir le froid hivernal ! Elle s'en fait solennellement la promesse tout en entamant la longue montée vers la zone hôtelière.

Elle vient de terminer d'écrire ses cartes postales, quand on frappe à la porte. Trop discrètement à son avis pour que ce soit Lasse Nyman. Mais c'est bien lui, dans l'embrasure, et il pleure. Elle s'écarte pour le laisser entrer au lieu de lui claquer la porte au nez. Elle ignore s'il a bu ou non, mais sa démarche semble stable. Il va s'asseoir dans le canapé en se frottant les yeux. Peut-être a-t-il un oignon dans sa poche ? se demande-t-elle avec sarcasme. Elle les a déjà vues, ses larmes. Sur la banquette arrière d'une voiture il y a vingt ans par exemple…

449

– Tu sais pourquoi j'ai voulu aller à Madère ? dit-il soudain d'une voix rauque.

– Tu m'as dit que les îles Canaries c'était trop banal.

– Non, fait-il en secouant la tête, c'est parce qu'ici on peut acheter des calmants sans ordonnance.

Pour preuve, il sort de ses poches des boîtes carrées contenant du Valium et du Stésolid.

– J'ai au moins mille cachets, dit-il. De vingt-cinq milligrammes. Achetés en pharmacie. En Suède, je pourrais éventuellement en acheter vingt-cinq avec une ordonnance mais d'ici je peux en emporter autant que je veux.

Pendant la demi-heure qui suit, Eivor l'écoute et comprend que ce sont de vraies larmes qu'il verse. Sa douleur est réelle. Son récit est à peu près le même que celui qu'il lui a fait dans son appartement à Göteborg quelques mois plus tôt. Mais cette fois il ne se cantonne pas à énumérer les événements qui ont jalonné sa vie. Il lui décrit le cauchemar que vit un être constamment en fuite. Lasse Nyman lui ouvre les portes de son âme. Le garçon de dix-sept ans au visage maigre et aux doigts sales réapparaît devant elle. Elle entend que sa douleur n'est ni fausse, ni exagérée, ni pathétique. Sa vie est très certainement aussi épouvantable qu'il le dit. Ses nerfs sont déchiquetés au point de ressembler aux épines d'un cactus. S'il tient encore debout, c'est donc grâce à ces boîtes blanches. Elles constituent le ciment de son destin fissuré...

Il s'exprime lentement et à contrecœur. Elle comprend qu'on peut avoir honte d'avoir été si malmené par la vie. Ce n'est pas celui qui tient l'arme qui porte la culpabilité mais sa victime. Elle regarde sa chemise au col sale, sa veste dont il manque un bouton, ses mains qui tripotent les boîtes comme si c'étaient les pièces d'une partie d'échecs depuis longtemps perdue. Son roi est échec et mat mais le joueur refuse d'abandonner.

Il se tait. Eivor entend des gouttes de pluie s'écraser contre la balustrade en plastique de la terrasse. Elle ne sait pas quoi faire. La compassion silencieuse ne suffit pas. Or quelqu'un qui livre le fond de son être, qui dévoile ce qu'il a vécu de plus humiliant, n'éveille pas forcément de l'empathie chez celui qui l'écoute, il rend mal à l'aise, génère parfois du dégoût.

– Je suis tellement seul, dit-il. Je suis un raté. Et, ajoute-t-il avec une bonne dose d'ironie, je n'ai même pas réussi à m'inscrire sur la liste des quinze plus grands criminels de Suède. Quelle valeur a-t-elle, ma putain de vie ? Aucune. À part pour ceux qui fabriquent ces cachets.

Ses problèmes sont trop importants pour moi, se dit-elle. C'est autre chose que les genoux écorchés de mes enfants. Mes angoisses de mère de famille sont des broutilles par rapport à ce qu'il vit.

– Regarde ça, dit-il en lui montrant ses poignets.

Eivor devine les cicatrices de tentatives de suicide avortées.

– Et ça, poursuit-il en écartant ses cheveux.

Le haut de son crâne est déformé, le résultat du jour où il a foncé la tête la première contre les murs de sa cellule.

– Je passe mon temps à essayer de mettre fin à ma vie. Tôt ou tard j'y arriverai.

– Ne fais pas ça.

– Pourquoi ?

Qu'est-ce qu'elle peut répondre ? Rien, évidemment.

– Je me comporte comme un salopard, répète-t-il sans cesse. Je m'en prends à toi sans raison, j'emmerde les gens qui ne demandent qu'à me faire plaisir. Je fais ça depuis toujours. Pour me venger.

– Je crois comprendre, dit-elle.

– Personne ne comprend. Si seulement j'avais quelqu'un à prendre dans mes bras, dit-il en la regardant.

Elle est aussitôt sur ses gardes. Il s'en aperçoit. Il ramasse ses boîtes de médicaments et se lève.

– Je m'en vais, dit-il.

– Tu peux rester, si tu veux.

– Je t'ai suffisamment dérangée comme ça.

– C'est toi qui le dis, pas moi.

Il a déjà la main sur la poignée de la porte.

– Tu ne devrais pas boire autant, dit-elle.

Il acquiesce d'un mouvement de tête.

Si elle avait osé, elle l'aurait serré dans ses bras. Elle aurait cédé un instant à la compassion, ce qui ne l'aurait engagée à rien.

Le lendemain matin, au petit déjeuner, elle le trouve changé. Il est propre et semble avoir bien dormi. Il lui fait signe de venir le rejoindre à sa table.

– Ça m'a fait du bien de te parler hier, dit-il. Vraiment.

– Tant mieux !

Ses mots sont pauvres et fades, mais que pourrait-elle dire d'autre ? Elle a beaucoup de mal à concevoir ce qui est arrivé à cet homme.

Ce moment de vérité a changé leur relation. Les trois jours qui leur restent sont tout à fait différents des premiers. Ils font des excursions ensemble, ils achètent des cadeaux, ils se baignent. Ils descendent en char à bœufs depuis le couvent de Santa Clara, au-dessus de Funchal. Ils dînent et écoutent des hommes âgés chanter des fados sentimentaux accompagnés à la guitare.

Un soir, il insiste pour qu'elle l'accompagne au casino et sans qu'elle comprenne comment, elle est en train de jouer au blackjack, au chemin de fer et à la roulette en suivant ses explications. Lasse Nyman est enjoué et attentionné. Après s'être assurée qu'il ne s'agit pas d'un état passager, elle ose enfin se décontracter. Elle lui trouve du charme et constate qu'il possède même une bonne dose de joie de vivre.

Le dernier soir, ils dînent dans le même restaurant que le jour de leur arrivée. Ils restent longtemps à table et boivent beaucoup de vin. Eivor est un peu éméchée, mais c'est une ivresse chaude et agréable. Lasse, qui semble s'être réconcilié avec lui-même, est devenu une compagnie agréable. Il répond avec sincérité à ses questions et raconte des anecdotes étonnantes sur sa drôle de vie. Ses codétenus deviennent, dans ses récits, des originaux aux désirs invraisemblables. Il cite l'exemple d'un escroc dont le plus grand souhait était de posséder une excavatrice ! Quand il est sincère comme ce soir-là et qu'il n'a pas besoin de se cacher derrière une attitude dure et violente, elle ne peut pas s'empêcher d'éprouver une certaine tendresse pour lui. Elle se sent en confiance.

Lorsqu'il lui propose d'aller boire un verre sur sa terrasse, elle ne voit aucune raison de se méfier. C'est leur dernier soir. Le lendemain, le Jour de l'an, ils repartiront en Suède. Eivor a décidé d'aller directement à Borås. Jacob dira ce qu'il voudra, mais il ne pourra pas la priver de voir ses enfants plus tôt que prévu.

– Qu'est-ce que tu comptes faire après ? demande-t-elle quand ils sont installés sur la terrasse de la chambre de Lasse.

Le phare du port de Funchal éclaire à intervalles réguliers l'écume blanche sur l'eau noire.

– J'irai sans doute à Stockholm. Ça s'arrangera toujours...

Il approche sa chaise de la sienne et lui prend la main, elle ne la retire pas. À quand remonte la dernière fois où elle a tenu la main d'un homme ? Bogdan… Il y a si longtemps. C'est insensé. Mais que lui arrive-t-il ? Elle a des pulsions, elle aussi. Ce qui s'est passé seize ans auparavant semble si lointain, de même que les gifles, les bleus… Non, elle n'y pense plus. Et elle s'en fout !

C'est seulement lorsqu'il se lève et qu'il la conduit vers sa chambre qu'elle marque un moment d'hésitation.

– Je ne veux pas tomber enceinte, dit-elle.

– Ah, je ne te l'avais pas dit ? s'étonne-t-il.

– Quoi donc ?

– Je ne peux pas avoir d'enfants. J'ai un problème là aussi. Les hormones…

L'acte n'est pas très réussi. Trop de vin, trop de timidité. Mais quand elle le voit calme, endormi à côté d'elle, ce n'est pas un sentiment désagréable qu'elle éprouve. Il a voulu prendre quelqu'un dans ses bras et c'est ce qu'elle a voulu, elle aussi. Même si elle ne se l'était pas avoué.

Elle se lève sans faire de bruit, prend ses vêtements et retourne dans sa chambre.

On se connaît si mal, se dit-elle confusément avant de s'endormir dans son lit. On a beau se dire plus jamais… Dans le fond, c'est peut-être ça qui nous aide à vivre… L'inattendu. Ce qui arrive contre toute attente…

Elle remonte sa couverture jusqu'au menton, ferme les yeux et écoute le bruissement de la mer.

L'avion heurte l'asphalte de la piste d'atterrissage, dérape légèrement puis freine, la neige virevoltant autour des moteurs à réaction. Le sol est blanc. Les hommes qui s'approchent de l'avion immobilisé ont de la buée qui sort de leur bouche.

Eivor est pressée. Il lui tarde d'aller retrouver ses enfants. Elle et Lasse se sont promis de garder le contact. Il semble avoir compris que ce qui s'est passé la veille ne se reproduira pas et cela la rassure.

– Il fait froid, dit-il quand ils font la queue devant le contrôle des passeports.

– Oui. Brrr.

Lorsqu'elle repensera à ce qui est arrivé à l'aéroport après leur retour de Madère, elle se dira que Lasse avait dû se douter de ce qui l'attendait. Elle n'est pas particulièrement sensible aux détails annonciateurs, mais ne s'était-il pas discrètement glissé devant les dames âgées dans la queue ? Peut-être avait-il tenu à ce qu'ils ne soient pas ensemble, Eivor et lui. Elle l'a compris plus tard, à la lumière de ce qui s'est produit ensuite.

Eivor attend donc patiemment son tour pour présenter son passeport, puis, quand elle va récupérer sa valise, elle constate que Lasse Nyman se trouve déjà devant le tapis roulant. Elle s'apprête à le rejoindre, lorsque trois hommes surgissent et s'approchent de lui.

Les événements se déroulent ensuite à toute vitesse. Les trois hommes se jettent sur Lasse. Il n'a même pas le temps de réagir. Il est menotté et emmené hors de la salle. Pendant les quelques secondes que dure la scène, seul un enfant a tout suivi de ses yeux grands ouverts.

Eivor n'est pas sûre de ne pas avoir rêvé. Pour s'assurer que Lasse Nyman a réellement disparu, elle retourne vérifier à l'endroit où elle l'a vu pour la dernière fois. Mais, dans le fond, pourquoi serait-elle étonnée ? *Je suis un voleur, c'est vrai, mais cet argent n'a rien à voir*, lui a-t-il répondu quand elle a voulu savoir comment il pouvait lui payer ce voyage. Sa réponse a été trop rapide. Elle aurait dû comprendre qu'elle devait son séjour à Madère à une caissière affolée, forcée à mettre l'argent dans un sac en plastique sous la menace du revolver de Lasse Nyman. Voleur un jour, voleur toujours. Elle n'a compris que ce qu'elle a bien voulu comprendre.

Elle attrape sa valise sur le tapis roulant et voit passer celle de Lasse. Elle n'a pas mauvaise conscience. C'est lui qui a commis le vol. Elle n'y est pour rien.

Elle se retourne et s'aperçoit que les douaniers vérifient les bagages de tous les passagers. Sur le tapis, la valise de Lasse continue de tourner. Seule et abandonnée, comme son propriétaire. Telle une météorite dans l'univers froid et infini, se dit Eivor. Par la suite, cette image lui reviendra souvent.

Elle est d'un calme absolu quand elle ouvre sa valise à la demande d'un douanier vigilant et elle constate qu'elle est capable de sang-froid.

De retour dans son appartement, elle sent alors à quel point elle est bouleversée. L'air confiné de la salle de séjour lui paraît hostile et plein de reproches. Lasse Nyman a toujours surgi dans sa vie au moment où elle ne s'y attendait pas. Plus d'une fois, elle l'a vu emmené par des policiers, les mains attachées dans le dos. Il lui fait penser à un hamster qui tourne désespérément dans sa roue. Comment ne pas plaindre cet homme qui n'a jamais pu profiter de sa liberté assez longtemps pour oser rompre avec sa vie ?

Qu'aurait-elle pu faire ? Elle n'a pas l'âme d'une bonne sœur ni celle d'une assistante sociale. Elle n'est même pas très douée pour écouter. Mais, avec un minimum de sensibilité, elle aurait peut-être pu lui offrir quelque chose ? Essayer de trouver un moyen de le sortir de cette spirale infernale ? Elle ne peut pas s'empêcher de s'en vouloir.

Elle ne part pas à Borås. Elle ne prend même pas le téléphone pour souhaiter une bonne année à ses enfants et dire qu'elle est bien rentrée. Ce premier jour de la nouvelle année, elle reste assise sur le canapé à réfléchir à elle-même et à son avenir avec une précision dont elle ne se pensait pas capable. Elle est seule et elle maîtrise sa situation. Sa vie est un paysage où elle se place sur le point le plus élevé. Se trouve-t-elle au début de la fin ou à la fin du début ? Sans en être totalement convaincue, elle se dit que, dans le cycle de sa vie, il s'agit plutôt de la fin du début. Et c'est maintenant, en ce début d'année, qu'elle va le prouver. C'est ce qui l'aidera à être plus conciliante avec son passé.

Le 1er janvier il n'y a pas de journaux, mais quand elle prend le train le 2 janvier pour aller chercher ses enfants à Borås, elle lit que « le braqueur de banque, Lasse Nyman, a été arrêté sans manifestation de violence à l'aéroport de Torslanda ». Elle lit aussi que l'argent qui a payé son séjour à Madère provient d'une agence d'Enskilda Banken, dans le centre de la Suède, à Katrineholm. Elle sent instinctivement qu'elle le reverra. Un beau jour, il surgira de nouveau devant sa porte et ce ne sera certainement pas dans seize ans. Tout en regardant défiler le paysage hivernal et les gares abandonnées où le train s'arrête à contrecœur, espérant récupérer un voyageur ou deux, elle se dit qu'elle l'accueillera alors sans lui donner l'impression qu'elle hésite. C'est une question d'amitié, se dit-elle. Si toutefois il est possible d'être amie avec un passif aussi lourd. Il m'a violée, il m'a envoyée neutraliser deux vieillards inoffensifs, il m'a forcée à assister à un assassinat, il m'a frappée une nuit sur une île dans l'Atlantique, il m'a aussi permis de faire une coupure dans mon quotidien… mais avec de l'argent volé. Ce sont des faits ineffaçables, gravés à tout jamais dans ma mémoire. Les brefs moments d'affection et de tendresse suffiront-ils à les contrebalancer ?

Elle ne sait pas. En revanche, elle sait qu'elle doit absolument prendre une décision avant sa prochaine rencontre avec Lasse Nyman.

Janvier 1973. Un mois d'hiver d'une rigueur telle que les hivers précédents paraissent doux et cléments. Les vents du nord-ouest soufflent sans interruption et transpercent les manteaux, les couches multiples de vêtements et de lainages. Eivor appellera cette période le Mois des Nez Bleus. Jamais auparavant les enfants n'ont eu si froid en rentrant de l'école ou de leurs jeux en plein air trop vite interrompus. Son séjour à Madère lui semble totalement irréel. La température descend souvent en dessous des moins vingt degrés. Seuls les restes de son bronzage prouvent que son voyage a vraiment eu lieu. Parfois elle a l'impression de mentir quand elle en parle avec les enfants ou avec ses collègues à Systemet. D'autant plus qu'elle est obligée de garder pour elle une importante partie du voyage : tout ce qui a trait à Lasse Nyman.

Lasse Nyman est extrêmement présent dans ses pensées ce mois de janvier glacial quand elle commence son combat qui la conduira vers sa nouvelle vie.

Jacob s'est montré très réservé en apprenant ses projets.

– Pourquoi ? a-t-il demandé. Tu dois avoir un but.

– C'est justement pour me permettre d'en avoir un que je vais faire des études, a-t-elle répliqué.

Il a continué à lui poser des questions et elle s'est

efforcée d'y répondre. La plupart du temps, sans pouvoir lui fournir des explications satisfaisantes. Elle a senti que ça l'agaçait. L'affirmation de Katarina Fransman lui est revenue : *les hommes ont peur quand les femmes rangent leur tablier pour prendre leur liberté*. Jacob a cependant fini par se taire en se rendant compte que ses arguments n'étaient plus recevables, même ceux concernant le bien-être des enfants. Comment lui reprocher de vouloir trouver un emploi plus près de son domicile ? Qui plus est, mieux payé !

La réaction d'Elna et d'Erik a été encore plus réservée. Ils lui ont juste envoyé un « Bonne chance ! » énigmatique sur une carte postale représentant l'usine Eternit. Ils exprimaient ainsi à la fois leur méfiance et leur scepticisme. Elle les a appelés un soir et ils ont réussi la performance de ne pas évoquer une seule fois les études qu'elle allait entreprendre. Le plus difficile a été d'en parler avec les enfants qui avaient du mal à comprendre que « maman retournait à l'école ». Devant leur mélange de curiosité et de crainte, Eivor ne pouvait pas s'empêcher de se dire que ses études étaient peut-être un caprice ridicule. Mais elle n'avait pas le droit de baisser les bras. Pas déjà. Si elle devait échouer, elle ne le supporterait pas.

Elle s'aménage un coin dans la salle de séjour où elle installe une vieille table de repassage récupérée dans la cave commune. Elle achète une lampe de travail et confectionne une housse pour la chaise de cuisine qu'utilise Jacob lors de ses visites. Elle déplace les pots de fleurs pour pouvoir ranger ses classeurs et ses cahiers. Elle donne l'ordre aux enfants de se contenter de jouer avec leurs jouets dans leur chambre et de ne plus les laisser traîner dans la salle de séjour. Le ton décidé de sa voix coupe court à toute contestation.

Il arrive cependant que des maquettes d'avion et des crayons de couleur traînent encore souvent sur sa table en rentrant du travail. Devant les mines innocentes des enfants, elle comprend qu'ils testent les limites à ne pas dépasser.

Plus tard, quand sa défaite sera une réalité, elle aura du mal à accepter de ne même pas avoir eu la possibilité de faire ses preuves. Quelques mois de répit auraient rendu son échec moins insupportable. Mais son entreprise soigneusement préparée fut brisée dès le premier jour.

Comme toutes les catastrophes, la sienne commence sans préavis et sans que les antennes de son intuition aient perçu le danger. Elle rentre à dix heures du soir de son premier cours, avec des devoirs à faire pour le lendemain. Le temps est exceptionnellement doux, le vent a molli et le froid ne lui écorche pas le visage. Elle se contentera de boire un thé et de manger une tartine avant d'ouvrir ses livres qu'elle porte dans un sac en plastique du magasin ICA. Elle éprouve la même impatience et le même enthousiasme que le jour où elle s'apprêtait à dépenser son premier salaire de Konst-silke. C'est un moment exaltant, elle est profondément convaincue qu'il n'existe aucun problème qu'elle ne saura surmonter. Mais l'ironie du sort a choisi précisément cet instant pour lui démontrer que rien n'est moins sûr. Eivor traverse la place de Frölunda et passe devant une série de magasins, dont une pharmacie, et c'est en jetant un regard distrait dans la vitrine qu'elle réalise soudain que ses règles ont une semaine de retard. La constatation ne change rien au rythme de ses pas, ni à ses réflexions. Elle continue de marcher, légèrement ramassée sur elle-même, tout en se disant que c'est déjà arrivé. Une semaine de retard n'a rien d'inquiétant. Mais une angoisse, d'abord imperceptible, prend peu à peu la forme d'une main de fer qui se resserre autour d'elle.

Devant son immeuble, elle cherche nerveusement sa clé tout en luttant contre l'anxiété. Elle lâche une des poignées du sac en plastique et fait tomber la trousse de crayons dans la neige sale. *Je ne te l'avais pas dit ? Je ne t'avais pas dit que je ne pouvais pas avoir d'enfants ? Les hormones.*

Elle ramasse la trousse et ouvre la porte. *J'ai un problème là aussi.* La tristesse d'un homme qui donne la preuve ultime de son existence ratée. Mais il se peut très bien qu'il ait menti ! Lasse Nyman ment. Sa vie est un kaléidoscope de mensonges. Leur forme change mais l'intention est toujours la même. Il dit ce qui l'arrange.

Il a très bien pu lui raconter des bobards encore une fois. Mais être ignoble à ce point ? Elle se fait des idées. Forcément. Son voyage à Madère, l'arrestation inattendue de Lasse Nyman, sa nervosité devant ses nouveaux projets… autant de raisons susceptibles de perturber ses règles.

Or sa grossesse est une réalité. La pharmacie lui envoie les résultats quelques semaines plus tard et ils ne font que confirmer ce qu'elle sait déjà. Elle a d'ailleurs pris sa décision : elle va demander à avorter. Ce n'est pas plus difficile que ça. Au moins, les choses ont changé. Aujourd'hui il y a d'autres issues que la noyade. *Je ne t'avais pas dit que je ne pouvais pas avoir d'enfants ?* Elle n'est même pas déçue du comportement de Lasse Nyman. Il lui inspire du mépris et de la colère : elle aimerait le voir attaché sur une chaise avec dix fusils dirigés sur son cœur. Ou avec une corde autour du cou. Pour une fois, elle ne lui trouve aucune circonstance atténuante. Qui sait s'il n'avait pas tout prévu dès le départ ? Depuis la nuit où il l'a épiée sous ses fenêtres jusqu'au moment où il a réussi à la mettre dans son lit. Avec son consentement ! *J'ai un problème là aussi*. Avec quelle habileté il a retourné la situation et fait appel à sa compassion pour porter le coup fatal ! Il n'a même pas eu d'efforts à fournir. Non, elle n'a réellement aucune raison d'avoir de la pitié pour lui.

À cette époque éclairée, personne ne s'opposera à sa demande de se faire avorter. Elle n'aura qu'à arranger son histoire en changeant quelques petits détails. Devant l'assistante sociale et le médecin, Lasse Nyman deviendra un Portugais sans nom. Sa grossesse sera la conséquence d'un excès de vin un soir à Funchal suivi d'un viol sur la banquette arrière d'une voiture. Non, il n'y aura aucun problème. Et elle est absolument décidée à ne pas garder l'enfant.

La date de l'intervention est prévue début février. Elle a du mal à se concentrer sur ses lectures et manque de patience envers ses enfants. Mais tout le monde peut glisser et se casser un bras ou une jambe, se dit-elle. Elle saura rattraper le temps perdu au cours du printemps.

À une semaine de son avortement, jour pour jour, elle lit par hasard le journal du matin pendant sa pause café et apprend que Lasse Nyman s'est évadé de la prison de Katrineholm. Un titre attire son regard : « Le braqueur s'est fait la malle », mais c'est seulement après avoir compris qu'il s'agit de Lasse qu'elle le reconnaît sur la photo floue. Vu sa coiffure, celle-ci ne doit pas dater d'hier. Mais ses yeux sont toujours les mêmes. Aussi peureux, aussi craintifs. On dirait qu'il a en face de lui un revolver et pas un appareil photo. Il va probablement essayer d'entrer en contact avec elle. Elle

462

ferait mieux de prévenir la police ! Mais l'idée d'être impliquée dans ses escroqueries la retient. Il ne va pas tarder à débarquer chez elle, c'est évident, et elle a intérêt à préparer ce qu'elle lui dira pour l'empêcher à tout jamais de franchir le seuil de sa maison.

Il arrive dès le lendemain soir. Il est plus de onze heures et Eivor vient tout juste de s'installer devant ses livres quand elle entend sonner. Comment a-t-il réussi à ouvrir la porte d'en bas ? A-t-il la clé ou l'a-t-il forcée ? Et comment a-t-il fait pour s'évader cette fois-ci ?

Elle voit tout de suite qu'il porte des vêtements volés. Il a peut-être honnêtement obtenu le bonnet tricoté avec le logo d'un club de sport, mais le pardessus marron n'est à coup sûr pas passé par les mains d'un vendeur. Pas plus que les bottes noires avec des fermetures Éclair sur les côtés.

Elle le fait entrer, évidemment. Le seuil interdit n'a qu'un sens symbolique. Ils ne vont pas discuter dans la cage d'escalier.

– Ce n'est pas la peine que tu enlèves ton pardessus, dit-elle. Tu vas bientôt repartir. Cette fois, tu ne peux pas rester.

Elle le voit se raidir et se demande s'il est désespéré au point de la tabasser.

– Ne parle pas trop fort, les enfants dorment.

Elle s'abrite derrière ses gosses.

Plus tard, elle se reprochera de ne pas avoir prévu qu'il aurait un avis, lui aussi, sur les conséquences de leur nuit d'amour désaxée à Funchal. Elle avait cru maîtriser son jeu, mais elle avait oublié de tenir compte de son partenaire.

Elle n'est pas du tout préparée à sa réaction.

– Tu m'as menti, dit-elle. Tu m'as dit que tu ne pouvais pas avoir d'enfants !

– C'est ce que je croyais, dit-il.

Sa mauvaise foi est si flagrante qu'elle ne prend pas la peine de lui dire qu'elle n'est pas dupe. En revanche, le bonheur qui irradie de Lasse Nyman n'a rien d'un mensonge.

– Un enfant ! s'exclame-t-il, c'est ce que j'ai souhaité le plus au monde. Un enfant ! Ça va tout changer. Plus jamais je n'irai en prison.

– Je ne vais pas le garder, dit Eivor. Tu feras ton enfant avec quelqu'un d'autre, pas avec moi.

– Tu n'as pas le droit de te faire avorter.

Il le dit tout bas, mais elle sent le désespoir dans sa voix tendue.

– Si. Je me fais avorter lundi. Je veux que tu partes.

– Si tu fais ça, je me suicide.

Elle frissonne en l'entendant. Un chuchotement fait plus mal qu'un cri.

– Maintenant il faut que tu t'en ailles, répète-t-elle.

– Si tu fais ça, je me suicide.

– Sûrement pas. Va-t'en tout de suite. Sinon j'appelle la police.

– Appelle la police, si tu veux. Ou alors je l'appellerai moi-même. Mais je veux cet enfant.

– Non.

Il part en courant.

Quelques jours plus tard, Eivor a la chance de rencontrer un policier aimable qui lui permet de connaître les détails de ce qui s'est passé cette nuit-là. Rien ne prouve que Lasse a délibérément mis fin à sa vie. Il a volé une voiture à quelques pâtés de maisons de chez elle avant de prendre la route vers Stockholm. Il a été vu à une pompe à essence au nord de Göteborg. Tout cela est indiqué dans le rapport. Dans un jargon administratif compliqué, Eivor suit les dernières heures de sa vie mais rien ne lui permet de trouver la réponse à sa question : s'est-il réellement suicidé ? Lasse a donc volé une Volkswagen de 1969. C'est étonnant, se dit-elle. Une Volkswagen ! Seize ans plus tôt, il aurait choisi une voiture plus prestigieuse. Mais ce soir-là rien n'avait probablement plus d'importance pour lui. *Je veux cet enfant.* Elle sera obligée de vivre avec son cri de désespoir. Elle poursuit sa lecture. Il a quitté la pompe à essence sans payer. Un certain G. Lind, vingt-trois ans, assurait le service du soir. Gustav ? Gottfrid ? Enfin, toujours est-il que ce G. Lind a eu la présence d'esprit de relever le numéro de la plaque d'immatriculation et d'appeler la police. Une course-poursuite a commencé. La Volkswagen a été repérée au nord d'Alingsås mais la voiture de police a crevé, un message a été mal interprété et il a fallu vingt minutes avant qu'un autre véhicule prenne la relève. *Je vais me suicider.* S'il en avait vraiment l'intention, il n'aurait pas eu besoin d'aller aussi loin, se dit-elle. Peut-être lui a-t-il fallu du temps pour trouver le courage…

Le périple de Lasse Nyman prend fin au nord de Vårgårda. Plus précisément, à trois kilomètres de l'église de Södra Härene, où la Volkswagen traverse subitement la route et fonce dans un arbre. La patrouille de police arrivée sur place n'a pas détecté de traces de freinage. Il n'y avait pas non plus de verglas et la Volkswagen était équipée de pneus neige. L'accident restera inexpliqué. Il ne sera jamais tiré au clair et demeurera une énigme.

C'est sans doute sur cette route sombre, au volant d'une Volkswagen, que Lasse Nyman a cessé de lutter.

Peut-être a-t-il aperçu l'arbre à la lumière des phares et a-t-il eu une pulsion irrésistible d'en finir ? Eivor ne saura jamais ce qu'il a pensé les dernières secondes de sa vie.

En reposant le rapport sur le bureau du policier, elle se dit qu'il y a malgré tout une certaine logique dans ce qui s'est passé. C'est dans une voiture que Lasse Nyman devait mourir. Sur une carte accrochée au mur, elle cherche Vårgårda et la croix noire qui indique l'église de Södra Härene. Elle connaît cet endroit, constate-t-elle. C'est à travers cette région qu'elle a foncé avec Lasse au volant. C'est là que ses rêves et son innocence ont été brisés, au cours de quelques jours terrifiants. Lasse s'est tué tout près de la ferme où il avait abattu le vieil homme. La course a duré seize ans et il est revenu au point de départ. La boucle est bouclée.

Quand elle sort du commissariat, il neige et la température a sensiblement augmenté. Elle devrait se renseigner sur la date et le lieu de l'enterrement de Lasse Nyman, mais elle sait qu'elle ne le fera pas. Sa présence dans une église inconnue ne changera rien à l'affaire et le fardeau qu'elle porte est trop lourd.

Les jours qui suivent ne laissent pratiquement aucune trace dans sa mémoire. Elle continue de se comporter comme si de rien n'était. Avec lassitude elle constate qu'elle possède une capacité importante à paraître indifférente, même quand le monde s'écroule autour d'elle. Elle s'étonne elle-même de son indifférence superficielle et de son étrange tranquillité intérieure. Plus tard, elle comprendra qu'elle a eu tout faux. Que son erreur fatale a été de ne pas demander de l'aide quand elle en avait le plus besoin. Elle garde tout en elle. C'est elle qui est enceinte, donc elle seule est habilitée à

466

prendre sa décision. Si elle avait consulté une personne raisonnable, celle-ci aurait certainement insisté pour qu'elle ne renonce pas à l'idée de se faire avorter. Une grande fatigue peut aussi mener à une lucidité inattendue. L'inaction n'est pas synonyme d'indécision. Le lundi matin, elle téléphone à l'hôpital pour annoncer qu'elle ne viendra pas. Sans explication. Et sans en être vraiment consciente, elle se prépare à accueillir un autre enfant. Elle continue ses cours du soir mais elle ne s'oppose plus à ce que les maquettes d'avion et les crayons de couleur encombrent sa table de travail. Petit à petit, elle s'invente une explication. Plus tard, elle se reprochera d'avoir laissé la situation évoluer jusqu'au point de non-retour. Si elle avait dit, dès le départ, que Lasse Nyman était le père de l'enfant mais qu'il était mort, les choses n'auraient peut-être pas été plus simples, mais, au moins, elles auraient été vraies. À la place, elle va chercher un personnage fictif d'origine portugaise qu'elle appellera Leon (un nom qu'elle a trouvé par hasard dans un journal de sport), à qui elle s'apprête à donner le rôle du père inconnu. Au printemps, quand sa grossesse devient visible et qu'elle l'annonce à Elna et à ses proches, personne ne la comprend. Sauf peut-être Katarina Fransman sur qui elle tombe un jour par hasard et qui est probablement habituée aux femmes qui se réfugient de nouveau dans une grossesse par peur de sortir de leur sacro-saint foyer. Jacob ne parvient pas à dissimuler une certaine joie ironique, même s'il n'approuve pas que leurs enfants se retrouvent avec un frère ou une sœur sans père. Pour Eivor, ce n'est pas une question de défaite ou de victoire. Pour elle, c'est la vie qui a encore une fois violemment tapé du poing sur la table. Pendant la période qui suit, elle se rapproche de ses enfants plus que jamais. Staffan et

Linda sont ceux qui comprennent la situation le moins bien. Eivor s'efforce de paraître calme et sereine pour ne pas mettre leur tranquillité en péril et elle présente ce Leon comme un personnage presque mythique. Elle est persuadée d'y être parvenue. Lorsqu'elle réalisera son erreur, il sera alors trop tard pour faire marche arrière. Car la petite sera là. La petite Elin.

Fin mars, quand elle sort de son dernier cours du soir, elle décide de tracer une ligne de défense autour d'elle et des enfants. Seul Jacob sera autorisé à la franchir et encore, à des moments précis. Elle s'applique à garder de la distance avec Elna qui la bombarde de lettres et de coups de fil. En dehors de son travail à Systemet, elle se concentre sur son foyer et ses enfants. Eivor ne voit pas sa situation comme un échec. Bien au contraire. Elle veut reprendre dès que possible sa lutte pour obtenir une identité professionnelle. Il lui faudra du temps, sans doute des années, mais son combat ne sera pas vain.

Personne ne comprend sa position. Elle-même ne la comprend pas. Elle qui voulait ne plus jamais mettre d'enfant au monde ! D'autant plus s'il s'agissait, comme elle l'a dit autour d'elle, d'une aventure de vacances bien arrosée ! Pourquoi ne s'est-elle pas fait avorter ? Les mots de Lasse Nyman, *je me suiciderai*, peuvent difficilement expliquer sa volte-face. Ce n'est pas non plus pour des raisons religieuses, personne au Ciel ne lui dicte son comportement. En fait, elle se retrouve encore une fois dans une situation pour laquelle elle n'a pas été préparée, pour laquelle elle est sans défense, désarmée. Elle ignore ce qu'elle aurait fait si Lasse n'était pas mort, et elle est trop fatiguée pour chercher à le savoir.

Le printemps 1974 arrive. Début mai, il fait déjà chaud, Eivor transpire derrière le comptoir de Systemet. On est jeudi et les clients sont nombreux. Malgré la forte augmentation du prix de l'alcool, les Suédois consomment de plus en plus d'aquavit quel que soit le jour de la semaine.

Un client demande une bouteille de Glenfiddich, le whisky de malt le plus cher qu'ils aient en stock. Eivor grimpe en haut d'une échelle branlante pour l'attraper. De la même manière qu'elle a gravi les différentes étapes de sa vie. Elle a maintenant trente-trois ans, Staffan vient d'en avoir treize, Linda douze, et Elin, née le 1er octobre 1973 après un accouchement facile, a déjà entamé son huitième mois.

L'heure de fermeture approche. Madsén, le gérant, agite ses clés devant les clients qui ont la mauvaise idée d'arriver si tard. Eivor vend une bouteille de vodka à un jeune homme qui exhale l'odeur acide de vieil alcool et dont les yeux sont voilés. Elle aurait dû lui demander sa carte d'identité, mais elle se contente d'enregistrer le montant de son achat et lui tend la bouteille dans un sac en plastique. Il faut qu'elle aille récupérer Elin chez l'assistante maternelle, une jeune femme arrivée en Suède de Hongrie en 1956, qu'elle a eu la chance de trouver dans son immeuble. Ce n'est pas Elin qui la préoccupe pour l'instant, mais Staffan, son ado de treize ans. Il ressemble tellement à son père que c'en est presque drôle. Staffan, dont la voix se casse soudain, fait des sorties mystérieuses le soir et a commencé à négliger son travail scolaire pour lequel il avait pourtant tant de facilités. Il répond à peine quand elle lui parle et balance sans raison des coups de poing à Linda. Eivor a essayé de se dire que son comportement était normal pour un ado qui avait du mal à trouver sa voie et a préféré le laisser tranquille. Son attitude désagréable a cependant empiré. Mais elle n'avait pas de raison sérieuse de s'inquiéter jusqu'à la veille, lorsque le professeur principal l'a appelée pour la prévenir que son fils avait des fréquentations peu recommandables, qu'il consommait de la bière et sniffait des solvants. Elle a décidé d'en parler ce soir avec Staffan. Elle ignore par quel biais aborder le sujet. Elle avait naïvement cru que ses enfants étaient protégés contre ce genre de problèmes.

Quand Eivor rentre, Elin dort et Linda est restée chez une copine après son cours de gym. Eivor guette Staffan depuis la fenêtre mais ne voit qu'un gamin de huit ans en train de jouer seul dans la soirée printanière. Il lui rappelle Staffan quand il était petit, souvent enfermé dans ses pensées et dans ses rêves. Elle a vaguement envisagé de se remonter le moral avec un verre de vin rouge mais elle y renonce. Comment reprocher son comportement à son fils si elle-même sent l'alcool ? Mais pourquoi faire une question morale d'un verre de vin ? C'est ridicule ! La situation serait différente si elle en buvait de façon quotidienne.

Le professeur principal a peut-être exagéré ? Il est nouveau dans l'établissement et elle ne le connaît pas encore. Son avertissement n'est peut-être pas justifié ? Il lui a semblé stressé au téléphone, comme s'il passait ses soirées à prévenir des parents inconscients des risques que couraient leurs enfants. N'empêche qu'elle ne peut pas ne pas en tenir compte. Il se peut qu'il ait raison.

Quand Staffan rentre enfin, il est sale et semble énervé. Il enlève son blouson d'un geste agacé et se débarrasse de ses bottes d'un coup de pied avant de marmonner une phrase inaudible. Puis il prend la direction de sa chambre mais Eivor le retient.

– J'ai quelque chose à te dire.

– Quoi ?

– J'aimerais savoir ce que tu fais le soir.

– Rien.

– Au lieu de rester debout dans l'entrée, je propose qu'on aille s'asseoir.

– Je suis très bien ici.

– Staffan…

– Arrête !

– Ton prof principal m'a téléphoné hier soir.

On pense parfois tenir un chat docile dans ses bras alors qu'il s'agit en réalité d'un tigre. Staffan se précipite sur elle en hurlant :

– Qu'est-ce qu'il t'a dit, cet enfoiré ? Je vais lui couper les couilles ! Qu'est-ce qu'il t'a dit ?

Fivor n'en revient pas de voir son fils se transformer en une bête sauvage. Malgré son affolement, elle note qu'il est très pâle, que ses joues et son menton sont recouverts de plaques d'acné qu'elle n'avait pas remarquées auparavant. Elle lui demande de se calmer et il s'immobilise immédiatement comme si elle l'avait frappé.

Quand l'a-t-elle pris dans ses bras pour la dernière fois ? Il y a un an ? Un beau jour, il n'a plus voulu qu'elle s'approche de lui.

– Il suffit que tu répondes oui ou non, dit-elle. As-tu l'habitude de boire de la bière et… de sniffer ?

– Non.

– Jamais ?

Pour la première fois, elle s'aperçoit que c'est un vrai mensonge qu'il lui fait. Un mensonge d'adulte. Il est déjà arrivé à Staffan de s'arranger avec la vérité après avoir volé quelques pièces dans son porte-monnaie par exemple, mais là, c'est beaucoup plus grave. Il lui tient tête. Et, visiblement, il a l'intention d'en assumer les conséquences, même s'il paraît plus effrayé qu'agressif.

– Jamais !

Plutôt que de l'obliger à admettre que c'est un mensonge, ce qu'ils savent tous les deux très bien, elle choisit de ne pas tenir compte de sa réponse.

– Tu ne comprends pas que c'est dangereux ?

– Je ne bois pas et je ne sniffe pas, j'te dis !

– Tu veux finir comme un de ces ivrognes qui traînent sur la place ? Je ne te le permettrai pas ! Ton père non plus !

– Bonne nuit.

Il va dans sa chambre, claque la porte derrière lui et tourne la clé. Eivor le suit et frappe, mais au lieu d'ouvrir, il augmente le son de son magnétophone pour former un mur impénétrable entre eux. Pour la première fois, Eivor pressent que la transformation de son fils a un rapport avec le père d'Elin, le mystérieux monsieur Leon. Cette prise de conscience arrive progressivement après une douloureuse démarche mentale. Ses efforts pour préserver sa famille ont échoué. Pour Staffan, l'annonce de sa nouvelle grossesse a dû être vécue comme une trahison, la négation des témoignages d'amour qu'elle lui avait donnés jusqu'alors.

L'été 1974, elle connaît des nuits d'angoisse en cherchant son fils dans les caves et les arrière-cours. Différentes idées lui traversent l'esprit mais elles ne s'emboîtent pas dans son puzzle. Il arrive encore que Staffan montre son côté joyeux et enfantin et qu'Eivor se remette à espérer que ses difficultés font partie d'un chapitre clos. Ces périodes sont cependant de courte durée. En août, quelques jours avant la rentrée des classes, deux policiers se présentent un soir devant sa porte en traînant Staffan derrière eux. Il est sale et il a presque perdu connaissance. Au fond d'elle, elle savait que la situation ne ferait qu'empirer si elle ne trouvait pas de solution pour sortir Staffan de son bourbier. Les deux enfants devaient passer l'été avec Jacob et sa nouvelle femme. Il était prévu qu'ils restent un mois, mais au bout de quatre jours Jacob a téléphoné en disant qu'il n'y arrivait plus et qu'il avait mis Staffan dans le train pour Göteborg. L'espoir qu'il irait vivre avec son père s'est ainsi évanoui. La voilà de nouveau seule avec ses difficultés. L'explosion menaçait, Elin avait des rhumes à répétition et la patience de la loyale Linda avait des limites. Si Eivor n'avait pas enfin compris qu'elle avait besoin d'aide extérieure, le désastre aurait été une réalité.

Mi-août, Eivor réussit à trouver la trace de Sirkka Liisa Taipiainen en Dalécarlie, dans la ville de Borlänge. Elle compose le numéro de téléphone et s'annonce. Liisa pousse un cri de joie. Eivor sent que son amie pourra l'aider. Bien que leur dernier contact remonte à plusieurs années, leur complicité est restée intacte. Liisa, qui n'a rien perdu de son enthousiasme, déclare qu'il faut qu'elles se voient tout de suite. Tout de suite.

– J'ai des enfants, dit Eivor.

– Moi aussi. On se donne rendez-vous à mi-chemin ?

– Où ça ? Je ne sais pas bien où se trouve Borlänge.

– Tu n'as jamais rien su, Eivor, mais ce n'est pas grave. À mi-chemin c'est… la ville où tous les trains s'arrêtent. Elle s'appelle comment déjà ?

Hallsberg ! Voilà le nom que Liisa cherche. Eivor ose à peine le prononcer. Son cœur bat la chamade.

– Oui ! C'est bien ça, Hallsberg ! s'écrie Liisa. Quand peux-tu y aller ?

Eivor parvient, non sans mal, à obtenir que Jacob s'occupe des enfants le dernier week-end d'août.

Quand elle descend du train à Hallsberg, Liisa est déjà là pour l'accueillir. Elle repère immédiatement son visage dans la foule.

D'aspect, elles sont si différentes. Eivor a passé un bon moment devant son armoire à se demander quelle image elle aimerait donner à Liisa et elle s'est finalement décidée pour une robe d'été couleur rouille et des escarpins assortis. Quant à Liisa, elle porte un vieux jean, une grande chemise blanche et des sabots aux pieds. Les deux amies ont du mal à cacher leur surprise en se voyant. Le soir, devant des grillades au buffet de la gare, elles évoqueront leurs différences en concluant qu'elles ont suivi des chemins très différents.

Eivor ne peut pas s'empêcher d'être un peu déçue de son retour à Hallsberg. Dans le train, elle avait imaginé qu'elle croiserait des camarades d'école et qu'elle retrouverait la tranquillité endormie de sa petite ville, mais rien n'est plus pareil et les visages qu'elle croise dans la rue lui sont inconnus. Lorsqu'elle passe devant l'immeuble en brique jaune dans lequel elle a grandi, elle constate avec tristesse que la petite maison rouge d'Anders a été rasée. À la place du jardin et du grand sorbier devant la fenêtre de sa cuisine, il y a maintenant un parking bitumé et une rangée de pavillons identiques. Un rappel angoissant de la nature éphémère de l'existence. Cela la rend profondément mal à l'aise. Elle aimerait partager ses souvenirs avec Liisa et lui faire comprendre qui était Anders et à quoi ressemblait sa vie à l'époque, mais elle y renonce. Les mots lui manquent et elle a hâte de s'en aller. Elle ne reconnaît même plus l'odeur de Hallsberg. Ses sentiments devant les ombres diffuses de son enfance sont contradictoires. On ne peut pas remonter le temps et espérer retrouver ce qu'on a perdu...

Installées sur un banc en face d'un hôtel, Liisa et Eivor prennent conscience de tout ce qui s'est passé durant ces dix années.

Liisa livre son récit tout en enfonçant la pointe de son sabot dans le gravier plein de mégots et d'allumettes brûlées. Avec son accent finlandais, elle construit un pont de dix ans qu'elle pose sur deux appuis : d'un côté sur une série interminable de trahisons, de l'autre sur la résistance qu'elle a fini par acquérir. Dans les années soixante, elle a rencontré à Borås un Yougoslave arrivé avec la première vague de travailleurs étrangers recrutés pour l'industrie suédoise lorsque l'immigration finlandaise ne suffisait plus. Ça a été le coup de foudre. Puis le Yougoslave a trouvé un emploi mieux payé à Olofström et Liisa n'a pas hésité à le rejoindre après avoir touché son dernier salaire à Konstsilke. Elle a cru que l'amour éternel l'attendait derrière la porte d'un baraquement à Olofström, mais elle a découvert son homme dans les bras d'une autre femme. La couleuvre avalée, elle est restée malgré des trahisons répétées et des promesses rompues, jusqu'au jour où il lui a arraché de grosses touffes de cheveux dans un accès de jalousie non justifiée. Elle a plié bagage et est partie à Stockholm, où elle a survécu grâce à des petits boulots et des relations passagères. Sa situation s'est progressivement dégradée et elle a fini par traîner dans le quartier de la gare centrale, sale et ivre, les bras et les mains recouverts de plaques d'eczéma. Ce qui l'a sauvée et qui lui a évité de mourir étouffée par son vomi dans la crasse d'une cage d'escalier, c'est qu'elle ne s'est jamais fait payer en argent pour

475

ses services. Seulement en nourriture et en alcool. Elle a souvent aussi obtenu un lit pour la nuit. Elle a toujours réussi à garder quelques restes de fierté, même quand elle avait l'impression d'être attaquée par le monde entier. Un jour où, pour une raison qui lui échappe, elle avait un peu d'argent, elle s'est acheté un aller simple pour Helsinki après avoir lancé une chaise sur un de ses compagnons de picole. À bord du bateau, elle a rencontré un matelot finlandais qui, au lieu de lui offrir à boire, l'a engueulée et l'a forcée à prendre une douche. Il habitait à Gustavsberg, dans la banlieue de Stockholm. Au bout de deux jours, ne supportant plus Helsinki, Liisa a décidé de retourner en Suède avec son matelot et, quelques mois plus tard, ils se sont mariés. Elle était alors déjà enceinte et elle pensait avoir trouvé son havre de paix. Ce qui n'était pas le cas, bien entendu. Le matelot en a eu vite assez des pleurs incessants du bébé et a failli le lancer par terre. Liisa est partie. Elle a ensuite vécu dans des logements de fortune, a rencontré des gens plus ou moins fiables. Puis elle a atterri à Borlänge, où elle a trouvé un emploi à l'usine sidérurgique de Domnarvet.

– Voilà ! Et j'y suis encore ! Mais, ajoute-t-elle en regardant distraitement un moineau perché au bord d'une empreinte profonde de chaussure, ce que je viens de te raconter n'est pas le plus important. Ma véritable histoire, c'est comment tout ça a fait ce que je suis. Que reste-t-il de la jeune Finlandaise partie en Suède pour filer de l'or à Borås ? De la fille qui possédait le meilleur gage de départ possible dans la vie : la sagesse transmise par son vieux grand-père Taipiainen ? Selon lui, le monde se compose d'une suite d'événements qu'il faut savoir décrypter et transformer. À nous de repérer ce qui les lie entre eux !

Liisa a toujours su réagir quand l'injustice prenait des libertés trop grandes, mais il a suffi qu'un Yougoslave pose sur elle ses yeux de velours pour qu'elle oublie ses principes et rejoigne la horde des exclus et des marginaux. Ceux qui, englués dans la vase, voyaient la société de bien-être d'en dessous. Elle est finalement remontée à la surface et elle a récupéré Arvo, le fils qu'elle avait perdu. Qui était-elle alors et qui est-elle aujourd'hui ? C'est le véritable sujet de l'histoire de ces dix années de ma vie, conclut-elle en plissant les yeux sous le soleil de l'après-midi.

– J'ai une théorie, ajoute-t-elle : les gens viennent tout juste de découvrir qu'il existe effectivement un lien entre les événements. Ce qui s'est passé à la fin des années soixante, au Vietnam par exemple, ne nous a pas préoccupés plus que ça, vu que l'économie suédoise se portait bien. Mais maintenant que de nouveaux problèmes pointent leur nez, les gens commencent à comprendre qu'il y a une relation entre les événements et à s'intéresser à la politique.

Ne sachant pas quoi dire, Eivor propose qu'elles aillent prendre un café. Liisa l'observe un instant, l'air pensif, puis elle sourit et se lève.

Une amie du frère de Liisa leur a prêté son appartement situé à l'étage supérieur d'une maison en bois mal entretenue dans le centre de Hallsberg. C'est là qu'elles vont passer la nuit. Eivor se pelotonne dans un canapé en velours rouge, Liisa s'installe dans un fauteuil et pose ses pieds nus sur une table.

C'est maintenant à Eivor de faire le récit de ses dix années. Pour la première fois, elle raconte la véritable histoire de Madère. Elle parle du faux Leon et du vrai

Lasse Nyman. Quand elle sent que Liisa a envie de poser une question, elle lève la voix pour ne pas être interrompue. Elle termine en expliquant qu'elle avait besoin de la retrouver et de lui demander conseil pour sauver Staffan. Liisa reste silencieuse un bon moment.

– La vie nous a bien malmenées ! finit-elle par dire tout bas.

Puis elle se lève d'un bond et déclare qu'elle meurt de faim, qu'elle doit manger beaucoup pour avoir le courage de vivre.

– Ce n'est pas pour autant que je suis grosse, ajoute-t-elle. Je pèse moins maintenant qu'à Borås.

– Moi, je ne sais pas combien je pèse, dit Eivor.

– Toi, tu n'as jamais rien su.

Pour la première fois, Eivor sent qu'il y a une vérité derrière le commentaire taquin de Liisa.

Eivor essaie de nouveau d'évoquer ce qu'elle a ressenti en revenant à Hallsberg, mais Liisa l'interrompt.

– Ces souvenirs ne te servent à rien, affirme-t-elle. On a tous été mômes. De sales mômes même. Quand j'avais sept-huit ans, une fille de ma classe a fêté son anniversaire, mais ma copine et moi, on n'a pas été invitées. Alors on a chié dans des morceaux de papier qu'on a repliés et entourés de ruban rouge pour en faire des cadeaux. On les lui a offerts, puis on est parties en courant. Tout le monde a des souvenirs d'enfance. Quels qu'ils soient.

– Pour moi c'est important, réplique Eivor, qui éprouve le besoin de se défendre. Mais si tu crois que ce sont ces vieux souvenirs qui me font vivre, tu te trompes. Je peux quand même difficilement oublier que j'ai passé dix ans de ma vie ici.

– D'accord, consent Liisa, mais… Viens habiter à Borlänge, dit-elle après réflexion. Tu trouveras à te loger. Tu trouveras du boulot aussi. À Domnarvet. Comme moi.

– Tu veux que je retourne à l'usine ?

– Nous sommes destinées à bosser en usine, affirme Liisa avec force. En tout cas, dans un endroit où travaillent des gens ordinaires, comme nous.

Avec une énergie inépuisable, Liisa explique à Eivor qu'il est nécessaire pour elle et surtout pour Staffan qu'elle déménage et recommence sa vie ailleurs. Borlänge est une petite ville où les problèmes sont plus faciles à cerner et à maîtriser qu'à Stockholm et Göteborg, dit-elle. Si Eivor veut s'en sortir, il faut qu'elle arrache ses racines provisoirement enterrées. Liisa ne cesse de répéter qu'il est important de savoir se débarrasser de ses vieux meubles au moins une fois tous les trois ans. Leur discussion se poursuit toute la soirée et une partie de la nuit. Quand elles se séparent le lendemain, Eivor a promis de réfléchir. Liisa, de son côté, lui dit qu'elle va se charger de lui trouver un emploi et un appartement dans un quartier à Borlänge qui lui conviendra.

Eivor repense à ce que Liisa lui a dit à un moment donné, lorsqu'elles étaient confortablement installées dans le canapé rouge. Eivor lui avait demandé ce qu'elle entendait quand elle lui reprochait de ne jamais rien savoir.

– Tu n'as toujours pas compris ? s'était étonnée Liisa. Comment c'est possible ?

En déployant son énergie et ses dons de pédagogue, elle a expliqué les fondements de la vie qu'elle nomme Relation et Contexte. Eivor, elle, n'a jamais su se placer dans un contexte plus large que celui de sa famille et de son travail. Avec tout ce qu'elle a dû subir, pourquoi ne s'est-elle jamais posé de questions ? A-t-elle réellement cru qu'elle était la cible d'une série de circonstances malheureuses ? Qu'elle était un terrain d'atterrissage pour des avions sinistrés ? Elle ne s'est tout de même pas imaginé que l'histoire dérapait chaque fois qu'elle sortait dans la rue ou qu'elle ouvrait les rideaux de sa chambre ? Elle a toujours commis l'erreur de croire qu'elle était seule – enfin, on le lui a fait croire –, alors qu'elle fait en réalité partie d'un tout. Elle n'est pas un satellite qui tourne tout seul dans l'univers. Tant qu'elle ne cherchera pas les explications *à l'extérieur* d'elle-même, elle sera condamnée à avancer dans la vie comme une handicapée à qui on a volé ses béquilles.

Bien que les affirmations de Liisa soient déstabilisantes, Eivor comprend qu'elle doit y réfléchir. Et c'est justement ce que veut Liisa.

– C'est vrai. Parfois j'ai besoin d'un bon coup de pied dans le derrière, admet Eivor.

Mais les retrouvailles de Sirkka Liisa Taipiainen et d'Eivor Maria Halvarsson n'ont pas seulement été graves et sérieuses. Les deux femmes ont aussi beaucoup ri et partagé leur joie de vivre plus ou moins écorchée. À quatre heures du matin, elles ont soudain décidé d'échanger leurs vêtements et elles ont éclaté de rire en voyant le résultat. C'est d'ailleurs là qu'Eivor a compris le sens du commentaire fait par Liisa dans la soirée : « Tu n'es pas habillée comme la personne que tu es mais comme celle que tu penses *devoir être*. »

Peu avant trois heures le dimanche après-midi, Eivor monte dans le train. Elle repart à Göteborg avec le sentiment d'avoir été libérée d'un étau. Elle croyait vivre dans la réalité, mais elle a compris qu'elle n'a souvent fait que l'esquiver. À quelques exceptions près : sa décision de faire des études, son voyage à Madère, sa rencontre avec Katarina Fransman, son nouvel emploi. En réalité, elle a surtout regardé son propre nombril.

Elle sent l'impatience grandir en elle.

Elle a une décision importante à prendre.

Elle descend du train à Göteborg à 18 h 29.

À la gare, elle aperçoit un homme ivre qui agite sa main dans laquelle il tient une écrevisse.

1981

Il y a longtemps, elle a fait un rêve.

Cela remonte à une nuit au milieu des années soixante-dix. C'était un rêve étrange qu'elle a gardé en mémoire et qui lui revient sans cesse. Chaque fois qu'elle y pense, elle a l'impression de découvrir de nouveaux éléments.

Généralement, Eivor ne prête pas attention à ses rêves. Souvent elle les a déjà oubliés au réveil. S'il lui en reste un vague souvenir, elle s'en débarrasse vite fait quand elle part à son travail, les yeux et le corps encore pleins de sommeil.

Mais ce rêve n'est pas comme les autres.

Elle se tient dans une pièce qui est un mélange entre l'atelier de Jenny Andersson, où elle a appris la couture vingt ans auparavant, et un espace qu'elle ne connaît pas. Elle ne sait pas pourquoi elle est là. Sa mère Elna, ses deux filles et Linnea, la mère de Jacob, viennent la rejoindre. Elles s'y retrouvent donc entre femmes, et elles se regardent en pouffant de rire. Soudain, elle s'aperçoit qu'il n'y a pas de différence d'âge entre elles. Elles ont toutes environ seize ans. À en juger par leurs coiffures et leurs vêtements, ça se passe dans les années cinquante mais, curieusement, c'est une chanson chantée par Barbara Streisand qui est en fond sonore. Tout d'un coup, elles cessent de rire et se mettent à parler toutes en même temps. Eivor ne se souvient pas des répliques qu'elles s'échangent, en revanche elle sait à l'avance ce qu'elles vont se dire. Cela transforme l'ambiance joyeuse en un cauchemar qu'elle veut fuir à tout prix.

Elle se réveille en nage, la couverture par terre. Elle a du mal à se repérer dans sa chambre qui est plongée dans le noir mais elle se rendort rapidement. Ce n'est que quelques jours plus tard qu'elle repense à cette scène née de son imagination.

Eivor porte ce rêve en elle et elle continue d'y réfléchir comme s'il contenait une énigme qu'il fallait absolument élucider.

Au crépuscule, un jour de novembre 1981, Eivor quitte son travail à l'usine sidérurgique de Domnarvet à Borlänge. Elle sort par la porte ouest pour aller chercher son vieux vélo dans le garage à vélos. Il fait froid, elle serre sa veste matelassée autour d'elle en grelottant. C'est alors que son vieux rêve ressurgit. Elle essaie de le refouler. Pour l'instant, elle n'a pas la force de s'en occuper. À peine a-t-elle l'énergie de s'occuper d'elle-même. Elle vient d'avoir ses règles. Elle a trente-neuf ans et sa fertilité n'est plus ce qu'elle était, une réalité qu'elle refuse obstinément d'accepter. Mais ce n'est pas aussi simple, bien entendu. En fait, elle n'a pas vraiment envie d'être enceinte et elle doit lutter aussi contre cela.

Elle se dirige vers le garage à vélos en se disant que la vie n'est qu'un long calvaire sans fin. Jour après jour, elle doit se bagarrer avec des décisions impossibles. Jour après jour, elle doit grimper dans la cabine du pont roulant tout en sachant qu'elle ne pourra probablement pas garder son emploi encore longtemps vu les difficultés de l'époque. Sa vieille indécision dont elle se croyait définitivement débarrassée en quittant Göteborg pour Borlänge s'est donc de nouveau emparée d'elle. Ses angoisses ne sont que l'expression de ses hésitations et de ses doutes. C'est évident. Si elle ne l'admet pas c'est qu'elle est stupide ! Elle fait ce qu'elle veut, elle est libre dans un pays libre.

Quand elle se penche en avant pour défaire la chaîne autour de son vélo, elle entend une Saab qui démarre sur les chapeaux de roue. D'après le bruit, c'est son collègue Åke Nylander, surnommé Lazare, qui est pressé de rentrer regarder ses vidéos, essentiellement des films porno. S'il est surnommé Lazare, c'est parce qu'il a l'habitude de s'assoupir à la pause café et de se réveiller en sursaut quand il est l'heure pour lui de reprendre son poste.

Le cadenas refuse de s'ouvrir... Merde ! Elle n'en peut plus ! Elle donne un coup de pied au vélo qui se renverse. Elle hésite entre le piétiner et fondre en larmes, mais elle ne fait ni l'un ni l'autre. Elle comprend qu'elle ne peut plus continuer comme ça. Si elle ne prend pas sa situation en main immédiatement, il sera trop tard ! À moins que ça ne le soit déjà...

Elle relève le vélo, le range et décide de rentrer à pied en longeant le lac Siljan. Elle a besoin de réfléchir dans le froid revigorant.

Les mains enfoncées dans les poches de sa veste, elle essaie de mettre de l'ordre dans son chaos intérieur. Un de ses collègues la dépasse et la salue, mais Eivor ne s'en aperçoit même pas. Elle dispose de peu de temps et il faut qu'elle utilise chaque seconde pour trouver une solution. Une fois chez elle, elle aura le repas à préparer pour Peo, son gardien de nuit bien-aimé, et pour Elin qui a maintenant huit ans. Il se peut aussi que Linda soit là et qu'elle ait besoin de parler… Son temps est précieux. Il y a tant de choses qu'elle doit maîtriser et comprendre pour pouvoir avancer !

Eivor traverse le centre qui grouille de monde. Le marché de Noël a déjà commencé. Le cœur de la ville n'est qu'une accumulation anarchique de magasins et doit, pour un étranger, ressembler à un véritable labyrinthe. De temps à autre Eivor jette un regard distrait dans une vitrine en se demandant ce qu'elle pourrait offrir à Elin pour Noël. Quel peut bien être le souhait d'une fillette de huit ans au début de cette nouvelle décennie ?

Un ivrogne trébuche et tombe devant l'hôtel Brage. Voyant que c'est un jeune garçon, Eivor est parcourue de frissons. Elle perd un instant le fil de ses réflexions.

Elle retourne sept ans en arrière. Au jour où elle a décidé de quitter Göteborg pour s'installer en Dalécarlie. Aurait-elle pris cette décision si elle avait connu la suite ? Oui, sans doute. Elle ne la regrette pas. Déjà après quelques mois, elle avait presque oublié qu'elle avait vécu à Göteborg. Et qui sait comment Staffan aurait évolué s'ils étaient restés ? À présent, son fils a vingt ans et a quitté le cocon familial.

Ses pensées s'évadent, elle perd de nouveau le fil mais le rattrape aussitôt. Cette fois, elle ira jusqu'au bout.

En juin 1975 commence la Longue Marche d'Eivor Maria Skoglund, qui a finalement repris son nom de jeune fille. (Elin s'appelle Skoglund comme elle.)

Peu de temps après la fête de fin d'année de Staffan et de Linda, le camion de déménagement est arrivé pour emporter tous ses meubles dans un trois-pièces dans le centre de Borlänge. Voilà la fin d'une époque plutôt que le début d'une nouvelle, s'est dit Eivor. En voyant ses cartons dans le camion, elle a été submergée par une grande tristesse : lorsque le chauffeur, un ami de Jacob, a recouvert le tout d'une bâche sale, elle a eu la sensation que c'était un amas de déchets destiné à une décharge puante. Ces réflexions pessimistes, elle les devait à une grosse fatigue. Pendant la semaine précédant le déménagement, elle avait à peine fermé l'œil. Comme chaque fois qu'elle se trouvait en face d'un grand changement dont elle ignorait tout, elle était prise d'une impression d'irréalité. Dans son esprit, ce camion aurait tout aussi bien pu partir au Mexique que dans une ville située sur le fleuve Dalälven. Mais sa destination était bien Borlänge en Dalécarlie.

Quand Jacob a fini par comprendre que sa décision de déménager était irrévocable, il a tout fait pour l'aider, bien plus que lorsqu'ils vivaient ensemble. C'est lui qui a tout organisé et qui a loué le camion à un prix dérisoire, « à condition qu'il n'y ait pas de facture ». Elle a accepté son aide avec reconnaissance. Le chauffeur, dont Eivor ne connaissait que le prénom, était un de ses amis.

Avec un mélange de malaise et de soulagement, elle a parcouru l'appartement vide une dernière fois, puis elle a verrouillé la porte et glissé la clé dans la boîte aux lettres. Les enfants passaient quelques jours chez Jacob à Borås et devaient la rejoindre à Borlänge le surlendemain, lorsqu'elle était censée avoir eu le temps de tout ranger. Liisa avait promis de l'accueillir à Borlänge avec deux amis aux bras musclés.

Il était dix heures le samedi matin quand elle est montée dans la cabine à côté du chauffeur qui écoutait de la musique française.

– Prête ? a-t-il demandé.

Elle a acquiescé.

Elle s'est pelotonnée sur son siège en fermant les yeux et ses pensées se sont immédiatement mises à vagabonder et à prendre des formes mystérieuses.

Peu de temps après leurs retrouvailles, Eivor et Liisa avaient entrepris une correspondance intense. Par lettres et cartes postales. Elles s'étaient aussi beaucoup téléphoné. Se loger à Borlänge ne poserait pas le moindre problème, lui avait assuré Liisa.

Conséquence de la consommation arrogante des années soixante et du boom immobilier, de nombreux quartiers nouvellement construits avaient une difficulté croissante à trouver des locataires. Borlänge ne faisait pas exception à la règle. Liisa avait contacté différentes agences immobilières qui lui avaient envoyé des propositions plus ou moins alléchantes. C'est aussi à cette époque-là, mi-septembre 1974, qu'Eivor avait commencé à évoquer l'idée d'un déménagement devant les enfants. Staffan, visiblement marqué par son retour humiliant entre deux policiers, avait écouté ses projets avec une indifférence pas tout à fait dénuée de curiosité. La réaction de Linda s'était résumée en un *non* catégorique. Elle ne voulait pas changer d'école, quitter ses amies et ses amourettes. Pour Eivor, l'attitude de sa fille avait été plus facile à gérer puisqu'elle lui avait au moins permis d'argumenter. Leurs discussions s'étaient cependant souvent terminées par des larmes et des claquements de porte. Eivor avait continué à hésiter. Qu'irait-elle faire à Borlänge ? Il n'était pas impossible que d'autres difficultés, peut-être plus grandes encore, l'attendent derrière l'image idyllique de la Dalécarlie. N'était-elle pas en train de fuir les problèmes plutôt que de les résoudre ? Elle en avait parlé avec Liisa qui avait aussitôt fait une véritable déclaration de guerre à ses hésitations. Mais tant qu'elle n'aurait pas de travail, ce qui était la condition *sine qua non* du déménagement, il n'y avait aucune raison de précipiter les choses. D'autant plus que Staffan s'était éloigné de ses mauvaises fréquentations et avait repris les cours avec sérieux. Mais, au début de 1975, la situation avait subitement changé. Liisa avait téléphoné en annonçant avec enthousiasme qu'elle lui avait trouvé du travail et Staffan avait de nouveau relégué ses livres scolaires dans le coin le plus sombre de sa chambre. La résistance de Linda ayant faibli suite à une déception amoureuse, Eivor avait pris une série de résolutions qui avaient démarré le processus. On aurait dit qu'elle était montée en haut d'une côte et que son vélo s'était soudain mis à dévaler la pente de plus en plus vite.

L'emploi dont Liisa lui avait parlé était en réalité temporaire, en attendant qu'un poste se libère à l'usine sidérurgique de Domnarvet. Bref, dès qu'elle le souhaitait, Eivor pourrait être embauchée dans une maison de retraite située en plein centre-ville pour, rapidement après, rejoindre la noble famille des conducteurs de pont roulant. Liisa le savait de source sûre. En réalité, Eivor avait dû attendre trois ans pour avoir le poste et elle s'était même demandé si Liisa ne lui avait pas menti. Mais comment lui en vouloir ? Liisa s'était donné tant de mal pour la faire venir et beaucoup de choses avaient mieux marché qu'Eivor n'avait osé l'espérer.

Lorsqu'elle était enfin montée dans le camion de déménagement plein comme un œuf, elle avait eu l'impression d'entamer un voyage dont elle n'avait pas entièrement la maîtrise.

Les premiers jours à Borlänge s'étaient déroulés sous le signe du chaos. Liisa et ses hommes aux bras musclés l'attendaient comme prévu, aucun problème de ce côté-là. Liisa lui avait même cueilli un bouquet de fleurs, ce qui l'avait beaucoup touchée. Le camion avait été rapidement déchargé et l'ami de Jacob avait pu repartir. En revanche, l'état de l'appartement... Eivor n'avait vu que les plans, elle avait fait confiance au jugement de Liisa.

Il était situé au deuxième étage d'une tour déprimante dont elle n'avait pas le courage de compter le nombre d'étages. Malgré la peinture fraîche, la vétusté était indéniable. Quand elle était montée chez elle à pied pour la première fois, avec une plante verte qui lui servait d'ange gardien, elle avait croisé son voisin de droite. C'était un homme titubant au pantalon taché avec un pan de chemise sale sortant de sa braguette ouverte. Bref, un homme ivre et vacillant qui lui avait souhaité la bienvenue en lui déposant un baiser bruyant sur la joue. Son haleine fétide l'avait fait reculer et Eivor était entrée chez elle en se protégeant derrière sa plante verte. Sa réaction avait cependant vexé son aimable voisin qui l'avait suivie. Si Liisa n'était pas arrivée sur ces entrefaites, Eivor se serait enfermée dans les toilettes. Blanche de colère, Liisa avait empoigné Arvid Andersson, le voisin, par le col de la chemise et l'avait expulsé *manu militari*. Eivor avait assisté à la scène le cœur tambourinant.

– Il y a des gens comme lui partout, avait commenté Liisa pour donner des proportions raisonnables à l'incident.

– Il habite ici ? s'était inquiétée Eivor.

– L'immeuble est surtout habité par des gens bien, avait riposté Liisa. Il y en a qui picolent, d'autres non, c'est comme ça. Tu sais ce que c'est, toi qui as travaillé à Systemet.

Les bras musclés avaient installé les meubles aux

endroits indiqués par Eivor. Une fois le plus gros rangé, son mal de ventre s'était calmé.

Sa voisine de gauche, Mme Solstad, était venue la saluer à son tour et quand Eivor avait compris qu'elles avaient la même opinion concernant M. Andersson, elle s'était sentie moins vulnérable. Les hommes musclés s'étaient retirés en souriant timidement et en murmurant quelque chose en finnois.

– C'est étonnant qu'ils n'aient pas voulu que je les paye, avait dit Eivor quand elle prenait le café avec Liisa.

– On se donne un coup de main quand on peut, avait expliqué Liisa. La prochaine fois, ça sera à nous de les aider.

Il faisait beau à Borlänge et suffisamment chaud pour que la porte du balcon reste ouverte.

– Sois la bienvenue, avait dit Liisa en soulevant sa tasse.

– Merci.

– Comment te sens-tu ?

– Je ne sais pas encore. C'est trop tôt.

Eivor avait passé la nuit à préparer l'arrivée des enfants. Elle tenait à ce que l'appartement soit bien rangé, pas simplement pour eux mais aussi pour éviter des commentaires désagréables de la part de Jacob. Encore une fois, elle était en train de créer un foyer toute seule.

Mais le dimanche matin, lorsque Jacob a débarqué avec les enfants, rien ne s'était passé comme elle l'avait prévu. Elin avait été malade dans la voiture, Staffan était d'une humeur exécrable et Linda n'avait plus aucune envie d'habiter à Borlänge. Elle avait même refusé de quitter la voiture. Rien ne leur plaisait. Jacob ne voyait que les défauts et les mauvaises finitions de l'appartement. Seule Elin avait un peu remonté le moral d'Eivor qui s'était mise à préparer le repas en serrant les dents. Elle avait décidé de résister. Comme toujours ! Que se serait-il passé si elle avait fait la tête comme eux ? Le rôle de la femme est d'endurer et d'être conciliante. Elle avait posé les plats sur la table et était ensuite descendue chercher Linda, qui s'était coupée du monde derrière sa musique et ses magazines. En affichant un calme apparent, Eivor lui avait annoncé que le repas était prêt et Linda avait accepté de la suivre.

Jacob était reparti dans l'après-midi et un semblant de tranquillité s'était enfin installé dans l'appartement de Hejargatan. Le soir, une fois les enfants couchés, Eivor, bien qu'épuisée, n'avait pas réussi à trouver le sommeil. Elle se retrouvait seule face à ses responsabilités et sa mauvaise conscience. Elle avait imposé un grand changement à ses enfants mais pouvait-elle leur garantir que d'autres problèmes ne les attendaient pas ? Peut-être avait-elle seulement déplacé les difficultés vers le Nord ?

Or, le fait qu'ils soient arrivés à Borlänge au début de l'été se révéla positif. Suscitant de l'intérêt parce qu'ils venaient d'une grande ville, Linda et Staffan avaient rapidement trouvé des amis dans l'immeuble. Au lieu d'atténuer leur accent de Göteborg, ils l'avaient accentué. Au bout d'une semaine, Staffan avait commencé à s'intéresser à une fille dans la cage d'escalier d'à côté et Linda n'était pas en manque de garçons qui tournaient autour d'elle.

Eivor et les enfants avaient profité de la belle saison pour faire des promenades. Ensemble, ils avaient découvert la ville et avaient fait la connaissance de quelques personnes. Eivor avait enfin pu concentrer ses pensées sur l'amour qu'elle portait à ses enfants.

Le lendemain de la Saint-Jean, par une matinée claire et saturée d'odeurs, elle s'était rendue à la maison de retraite pour la première fois. Elle avait enfin osé se dire que c'était peut-être une bonne décision d'être venue vivre ici avec sa famille. Elle allait peut-être pouvoir prendre à Borlänge un nouveau départ.

Elle ne gardera pas un mauvais souvenir de la période précédant 1977, même si rien ne s'est déroulé comme prévu. Elle s'est consacrée à son travail et à ses enfants. Elle s'est efforcée de guider Staffan et Linda pendant la difficile période de l'adolescence. Et la petite Elin devenait de plus en plus autonome. Liisa était d'une fidélité irréprochable, mais tant qu'elles ne travaillaient pas dans la même entreprise, elles ne se voyaient pas très souvent. Elles se promettaient de mieux s'organiser.

C'est au cours d'un de ces hivers qu'elle a fait son rêve étrange dont elle continuera à chercher la signification.

Un vendredi après-midi de septembre 1977, Liisa s'engouffre dans son appartement pour lui apporter la bonne nouvelle : son amie est invitée lundi à rencontrer les hommes du bureau du personnel de la grande usine. Eivor est seule chez elle et s'est assoupie sur le canapé de la salle de séjour. Quand elle comprend de quoi il s'agit, elle n'est même pas sûre d'en avoir encore envie. Elle se plaît bien à la maison de retraite, même si son absence de qualification lui vaut les tâches les plus pénibles, mais elle est à l'aise avec les vieux. Les résidents sont majoritairement des femmes dont presque toutes ont les ombres de leurs maris derrière elles. Pour la plupart, d'anciens ouvriers de l'usine sidérurgique. Eivor a réussi à établir un bon contact avec ces femmes, les abandonner maintenant demande de la réflexion.

— Ne réfléchis pas trop longtemps, dit Liisa. Si tu veux travailler à Domnarvet, il va falloir que tu ailles te présenter lundi. Mais n'oublie pas que les temps ont changé.

— Comment ça ?

— Le marché est à eux. Ils sont nombreux à se battre pour les meilleurs morceaux. Ça a toujours été le cas sans doute, mais on nous a fait croire autre chose.

— Je ne suis plus certaine de vouloir.

— Il va falloir que tu prennes ta décision avant lundi. Lundi matin !

Pour souligner l'importance de ses mots, elle refuse de rester prendre un café. *Tu as besoin de calme pour réfléchir*. Elle ramasse ses sacs en plastique et quitte l'appartement aussi précipitamment qu'elle est venue, soulevant un nuage de poussière comme un cow-boy sur son cheval au coucher du soleil.

Comme chaque fois qu'Eivor doit faire un choix, elle ne se donne pas le rôle principal. Ce n'est pas elle le centre autour duquel tournent un certain nombre de satellites. Dans son esprit, c'est exactement le contraire. Les satellites se trouvent au centre, elle-même n'occupe qu'un rôle secondaire. Avant de décider de quitter la maison de retraite et d'oser franchir les portes de Domnarvet, elle doit tenir compte de Staffan, de Linda et d'Elin. Quel est le meilleur choix pour eux ? Préféreraient-ils que leur mère soit conductrice de pont roulant ou une assistante sans qualification (mais appréciée !) dans une maison de retraite ? Voilà les questions auxquelles elle doit répondre avant de s'occuper de ses préférences personnelles.

La scolarité de Staffan touche à sa fin. Depuis leur

arrivée à Borlänge, ça se passe plutôt bien pour lui et Eivor a pu se libérer des craintes qu'elle portait en elle depuis Göteborg. Malgré ses facilités évidentes, il n'a aucune envie de continuer ses études. À la grande déception de sa mère. Pour lui faire plaisir, il a accepté de faire des efforts jusqu'à la fin de l'école obligatoire, mais pas plus. Eivor ignore tout de ses projets. *Gagner de l'argent* est sa seule réponse quand elle lui pose la question. Quelques heures après la visite de Liisa, Staffan rentre pour se changer et manger quelque chose vite fait. Eivor lui soumet son choix. Il lui dit seulement de prendre l'emploi le mieux payé puis il repart en laissant ses vêtements éparpillés dans la pièce.

Le dimanche après-midi, elle fait un tour de vélo du côté de l'hippodrome de Romme avec Elin sur le porte-bagages. Linda a réussi à décrocher un boulot de vendeuse de hot-dogs les dimanches de courses et Eivor aimerait voir comment elle se débrouille. C'est la première fois qu'un de ses enfants a un travail rémunéré.

Fascinée par les chevaux aux noms bizarres, Elin reste le nez collé à la barrière pendant qu'Eivor s'approche discrètement du kiosque à hot-dogs qui, d'après la description, est celui où travaille Linda. En découvrant sa fille devant les gens qui font la queue, elle ressent une grande joie. Contrairement à beaucoup de femmes, elle attend avec impatience que ses enfants prennent leur autonomie. Cela lui permettrait, à elle, de reprendre la sienne à son tour.

Eivor observe Elin qui ramasse des tickets perdants de différentes couleurs qui traînent par terre. Sa petite, la fille de Lasse Nyman. Un beau jour, elle ne pourra plus se contenter de dire que son père s'appelle Leon et vit à Madère. Sera-t-elle capable de lui expliquer la vérité ? Jusqu'à présent, elle s'est cachée derrière l'excuse peu convaincante qu'elle ne connaît pas son père elle-même.

Tout en regardant d'autres chevaux s'apprêter à courir, elle se demande quelle serait sa réaction si elle-même voyait son père surgir des ombres du passé. Ce Nils qui surveillait la frontière suédoise. Pas loin de Borlänge, d'ailleurs. Il doit avoir maintenant dans les cinquante-cinq ans. Elna, sa mère, lui a raconté que les Daisy Sisters s'étaient rencontrées pour la première fois à Borlänge, justement ! Quand Elna est retournée à Sandviken, Eivor était une petite graine dans son ventre. Les destins de la mère et de la fille se croisent de façon étonnante…

Aimerait-elle réellement rencontrer son père ? Elle regarde Elin et son paquet de tickets d'illusions perdues. Non, elle n'en a pas envie. Dieu sait quels problèmes supplémentaires il pourrait lui apporter ! Elle en a bien assez comme ça…

La course continue. Les chevaux foncent, poussés par les cris des drivers. Un sulky a pris un sérieux retard. Eivor entend soudain quelqu'un pester à côté d'elle avec un fort accent de Dalécarlie. Elle se retourne et voit un homme blond qui, l'air dégoûté, regarde un cheval qui est parti au galop. L'homme s'apprête à s'en aller quand son regard croise celui d'Eivor.

— Vous avez vu ça ! Quelle putain de course !

— Je n'y connais rien aux chevaux.

— Ce driver non plus ! Tiens, ajoute-t-il en tendant un ticket vert à Elin.

Elin jette un regard interrogateur à sa mère qui lui fait un signe rassurant de la tête.

— J'avais pourtant misé sur deux chevaux, dit-il. Mais que faire quand les deux perdent ? Celui-là va forcément gagner, poursuit-il après avoir consulté le programme, à condition que je ne le joue pas.

– Il a quel numéro ? demande Eivor.

– Elle ! Pas *il* ! Le numéro neuf. Elle a ses chances.

– Je croise les doigts.

– Parfait ! Ça l'aidera peut-être. Mais j'en doute.

– Elle s'appelle comment ?

– Fleur de Trèfle.

– C'est beau.

– Un peu trop...

L'homme s'éloigne en direction du bureau des paris et elle n'y pense plus. En revanche, elle surveille le cheval qui porte le numéro neuf et voit qu'il se fait battre sur la ligne d'arrivée.

Il n'y a plus de queue devant le kiosque à saucisses et elle s'approche avec Elin. Linda fait un mouvement de surprise en les voyant, mais, au grand soulagement d'Eivor, elle n'a pas l'air gênée de rencontrer sa mère et sa petite sœur en public.

– Qu'est-ce que vous foutez ici ? demande-t-elle.

– On regarde les chevaux.

– Tu aurais pu me dire que vous aviez l'intention de venir.

– Tu étais déjà partie ce matin quand je l'ai décidé. Deux hot-dogs, s'il te plaît.

– Mais...

– Je suis sérieuse. On a faim. Tu veux une saucisse, Elin, n'est-ce pas ? Avec de la moutarde. Et, rassure-toi, je payerai.

Après une rapide vérification par-dessus son épaule, Linda repousse le billet de dix couronnes qu'Eivor a posé sur le comptoir.

– Non, tu ne peux pas faire ça, dit Eivor, inquiète

de voir sa fille transgresser le principe fondamental du commerce.

— Reprends ton argent, siffle Linda entre ses dents.

— On ne va pas tarder à rentrer. Tu dînes avec nous ce soir ?

— Je n'en sais rien.

— Il y a une chose dont j'aimerais te parler.

— C'est quoi ?

— C'est trop long pour en parler ici.

— Dis de quoi il s'agit.

— Rentre dîner et tu le sauras. Salut ! Merci pour les hot-dogs !

Eivor se dirige vers la sortie en tenant Elin par la main quand le son d'une cloche tinte derrière son dos. Le brouhaha des spectateurs s'intensifie et se divise en deux parties : un grondement de déception et des applaudissements.

Elle se dit que Linda a à peu près l'âge qu'elle avait elle-même quand elle a rencontré Lasse Nyman pour la première fois devant l'immeuble en brique jaune à Hallsberg. Lasse, le futur père d'Elin. Elle observe sa petite qui avance d'un pas décidé à côté d'elle, un paquet de tickets perdants dans la main. Une enfant pleine de vie qui ressemble de plus en plus à son père. Le même visage maigre, les mêmes yeux bleu clair. Il est arrivé à Eivor de se demander comment étaient les parents de Lasse Nyman. Mais, chaque fois, l'image de son père à la tête sanguinolente et l'oreille tranchée lui apparaît. Elin sera obligée de vivre également sans grands-parents paternels...

Et Linda, sa Linda chérie, qui hier encore était une petite fille. Combien de fois s'est-elle promis de faire tout ce qu'elle pouvait pour qu'elle n'entre pas dans le monde des adultes aussi ignorante et vulnérable qu'elle ? A-t-elle réussi ? La société a tellement changé en vingt ans et Eivor n'est pas certaine que ses propres expériences aient une quelconque valeur pour Linda. Leurs conversations concernant des sujets délicats aboutissent toujours en un silence gêné. Chaque fois, Linda regarde sa mère comme si celle-ci avait perdu la tête et Eivor se sent ridicule. Linda a probablement plus de choses à lui apprendre que le contraire. En même temps, elle se dit que ce n'est qu'un prétexte et qu'elle a du mal à assumer son rôle. Sa fille n'est pas encore adulte et c'est son devoir de mère de lui dire où se trouvent les récifs. Mais Linda a installé un rideau invisible qu'elle n'arrive pas à écarter. Ce n'est que quand sa fille est malheureuse, généralement à cause d'un chagrin d'amour, qu'Eivor réussit à l'approcher.

A-t-elle déjà couché avec un garçon ? Eivor l'ignore et elle n'ose pas lui poser la question. Pourquoi n'ose-t-elle pas ? Se décidera-t-elle à en parler quand il sera déjà trop tard ? Enfin, si le pire arrivait, elle pourrait toujours se faire avorter. Heureusement. Le temps de l'obscurantisme semble tout de même révolu. Il reste cependant des forces sombres qui grondent dans leurs cachettes...

Il faut que je lui parle, se dit-elle. Ce soir.

Vu la curiosité qu'elle a discernée dans son regard, elle est certaine que Linda apparaîtra à l'heure du dîner, pensant sans doute que ça la concerne.

Eivor est en train de défaire le cadenas récalcitrant de son vélo quand elle entend quelqu'un l'appeler. Elle se retourne et découvre l'homme qui pestait tout à l'heure contre un cheval et qui court vers elle en agitant un ticket.

— Tiens, il est pour toi, dit-il à Elin en souriant.

— Fleur de Trèfle ?

– Oui, c'est ça. Tiens, prends-le ! insiste-t-il en s'accroupissant devant Elin.

Eivor est étonnée de voir Elin, d'habitude si timide, aussi à l'aise avec un inconnu. C'est peut-être grâce au comportement naturel de cet homme aux cheveux blonds. Il n'a rien d'affecté, rien d'hésitant.

– Et voilà, dit-il en se relevant. Vous voyez, il ne faut pas jouer. Ça n'a aucun intérêt.

– Ah non ?

– Non ! Quel intérêt ça a de savoir qu'on va perdre ?

– Je croyais que... enfin, on doit quand même toujours garder un espoir, non ?

– C'est ce que vous faites, vous ?

– Moi ? Je ne joue pas. C'est la première fois que je viens ici.

– Mais vous gardez espoir ?

– Pardon ?

– Non... Oubliez ce que j'ai dit. Je parle trop. La petite doit monter derrière ?

Eivor hoche la tête. Il soulève Elin et l'installe sur le porte-bagages.

– La course est finie ? demande Eivor.

– Pour moi, oui. Mais il y a encore quelques chevaux qui vont courir.

– Vous venez souvent ?

– Trop souvent.

Eivor avance en poussant le vélo. Il marche à côté d'elle.

Le soleil de septembre est aveuglant.

– Un jour comme celui-ci, on devrait plutôt se promener en forêt, dit-il.

– Oui.

– Si vous ne jouez pas, pourquoi êtes-vous venue ? Vous avez un cheval ?

– Non, mais une fille qui travaille dans le kiosque à saucisses.

Il s'arrête brusquement, comme frappé de douleur.

– Ça alors ! s'exclame-t-il. Je pars à pied alors que ma voiture m'attend là-bas, près du champ de courses.

Il fait une grimace. La lumière crue et sans ombre du soleil de septembre se concentre sur son visage qui exprime un grand désarroi. Eivor se fait la réflexion qu'il doit réellement être tel qu'elle le voit là, un peu perdu au milieu de la route, les mains enfoncées dans les poches de son blouson de cuir.

Ses cheveux blonds fraîchement lavés, mal coupés, tombent en mèches inégales sur son front. Ses yeux sont bleus, son visage pâle est maigre. Il porte un jean, des chaussures de ville sans lacets et son blouson de cuir a une marque bizarre sur une des manches. On dirait une grosse mouche poilue.

– Je m'appelle Peo, dit-il un peu découragé, comme s'il avait perdu une bataille. Il faut que j'aille chercher ma voiture.

– Il vaut mieux. Quelqu'un d'autre pourrait la prendre à votre place.

– Il m'arrive de l'espérer, dit-il avec un sourire.

Il s'apprête à ajouter quelque chose mais se ravise, se retourne et part dans la direction du champ de courses. Eivor regarde le vide qu'il laisse, puis elle monte sur son vélo et se met à pédaler. Derrière elle, sur le porte-bagages, Elin lâche les tickets multicolores, les uns après les autres, qui s'envolent telles des ailes de papillon cassées.

En voyant l'homme désemparé au milieu de la route, Eivor pense à sa propre solitude. Une femme seule, sortie pour une simple promenade à vélo, alors qu'en réalité elle est en train de sortir de sa jeunesse.

Arrivée à la maison, Eivor trouve Linda en train d'enlever ses sabots devant la porte.

– Alors qu'est-ce qu'il y a ? demande-t-elle.

Eivor lui parle du bureau du personnel de Domnarvet où elle est censée se présenter mais est vite interrompue par sa fille qui veut savoir ce qu'elle a *réellement* à lui dire.

– C'est ça que j'avais à te dire, répond Eivor, rien d'autre. Et je ne peux pas prendre une décision sans vous en avoir d'abord parlé.

– Ce n'est pas moi qui vais commencer à travailler à Domnarvet.

– En fait, tu te fous de ce que je fais ?

– Non.

– À quoi tu penses ? s'énerve Eivor.

– À rien. Quand est-ce qu'on mange ?

– Quand Staffan sera rentré.

– Il rentre quand ?

– Je ne sais pas. Disons que le restaurant sera ouvert d'ici une heure.

– Quel restaurant ?

– Le restaurant « Chez Skoglund ».

– Tu es complètement folle.

– Pas du tout.

– Ce n'est pas un restaurant ici !

– Parfois je me le demande.

Linda se lève comme si elle avait subi une insulte personnelle.

– Qu'est-ce que tu dirais si je devenais punk ?

– Si tu te teignais les cheveux en vert ? Si tu découpais tes vêtements ?

– Oui.

– Rien.

– Rien ?

502

– Qu'est-ce que tu veux que je te dise ?

– Tu te fiches de ce que je fais ?

– Bien sûr que non ! Bon, maintenant il va falloir que je m'occupe du repas.

– Mais vite, je suis pressée.

– Comme toujours.

– Qu'est-ce qu'on mange ?

– Des côtes de porc.

– Pas de gras !

– Non, il n'y aura pas de gras.

En préparant le dîner, Eivor repense à cette conversation absurde et elle ne peut pas s'empêcher de rire. C'est peut-être ainsi qu'elle devrait parler avec Linda. La logique des temps modernes : un bavardage en apparence dénué de sens qui, tout d'un coup, cerne l'essentiel. Pourquoi pas ? Tout a tellement changé depuis sa propre jeunesse. Jamais, même pas en rêve, elle n'aurait pu imaginer à quel point… Comme si le monde, une fois par génération, devait se retourner et mettre la tête en bas pour pouvoir ensuite tenir debout.

Dans un accès de serviabilité inattendue, Linda a débarrassé la table et a fait la vaisselle. Au lieu de lui demander pourquoi elle n'est plus pressée, Eivor reste assise à la regarder laver les assiettes avec une lenteur infinie.

– Qu'est-ce que tu dirais si je me remariais ? lance-t-elle soudain.

– Quoi ? s'exclame Linda en lâchant la brosse à vaisselle. Tu veux bien répéter !

– Je voulais juste savoir ce que tu dirais si je me remariais.

En guise de réponse, Linda éclate d'un rire méprisant.

– Alors ?

– Je finis la vaisselle et après je m'en vais, dit Linda

en lançant une fourchette sale dans l'évier. Tu n'as pas besoin de me tenir compagnie et de me raconter des histoires, si c'est ce que tu crois.

– Je suis sérieuse.

– Tu vas te remarier ?

– Ce n'est pas ce que j'ai dit. Je voulais seulement savoir ce que tu dirais *si* je le faisais. Ce n'est pas pareil.

– Tu n'as qu'à le faire, comme ça tu seras débarrassée de moi pour toujours !

– Tu ne penses pas ce que tu dis.

– Si ! Je n'ai pas envie d'avoir un vieux bonhomme qui traîne ici.

– Tu n'es pas seule à vivre dans cet appartement.

– Tu m'as demandé et je t'ai répondu.

– Oui, mais...

– Je t'ai répondu !

La conversation s'arrête là.

Avant de s'en aller, Linda veut se rassurer :

– C'était pour rire, hein ?

– Oui, répond Eivor résignée.

– Bon, très bien, alors je m'en vais.

– Salut.

Les jours suivants, Eivor remarque que Linda lui jette parfois des regards scrutateurs, comme si elle la surveillait. A-t-elle parlé avec Staffan des réflexions étranges qui préoccupent leur mère ?

Mais cette attitude à la fois prudente et méfiante au sein de la famille Skoglund-Halvarsson est vite dépassée par le grand bouleversement qui suit la visite d'Eivor au bureau du personnel de Domnarvet.

Ce lundi matin d'octobre, Eivor se présente tôt devant la porte ouest de l'usine sidérurgique. Elle grelotte de froid et se dit qu'elle a eu tort de donner sa démission à la maison de retraite. Atrocement tort. Elle aurait dû rester auprès des vieilles veuves au lieu d'aller frapper à la porte de ce gigantesque bâtiment en acier et en brique dont une flamme bleue s'échappe de la cheminée. N'est-ce pas justement cette flamme qui a éveillé sa curiosité et lui a donné envie d'aller voir ce qui se passe derrière les murs ? Avant de venir, elle a lu une brève présentation de l'entreprise dans une brochure sur papier glacé et écouté la version de Liisa de ce qui l'attend. La description enthousiaste de son amie était souvent confuse et contradictoire mais elle correspondait à ses propres expériences de la vie. Eivor sait bien que le chemin le plus court entre deux points n'est jamais droit.

Ce lundi matin, la mise en garde de Liisa lui trotte dans la tête : *Les gars vont te charrier, rends-leur la pareille dès le début !* Elle ne se sent vraiment pas prête à franchir le seuil.

Une foule composée exclusivement d'hommes, ou presque, passe devant elle. Il faut qu'elle se décide. Entrer ou partir ? Le ventre noué, elle finit par entrer et se dirige vers la guérite de contrôle de l'autre côté. Vingt ans auparavant, presque jour pour jour, elle a franchi une autre porte : celle de Konstsilke à Borås.

Même si Eivor ne le confiera jamais à personne, les années qui suivent seront les plus difficiles de sa vie, frôlant même l'enfer. D'une part à cause des conflits répétés sur son lieu de travail, d'autre part à cause de ses difficultés sur le plan personnel. Plus tard, quand elle en sera sortie, plus ou moins écorchée, ses proches prétendront qu'elle a beaucoup changé, parfois au point d'être méconnaissable. Elle-même se sentira surtout libérée.

Ce qui était au départ une petite bruine rafraîchissante se mue rapidement en une violente averse. Pour commencer, Eivor met en pratique le conseil de Liisa : *Rends-leur la pareille dès le début.* L'équipe qu'elle a rejointe se compose uniquement d'hommes, bien sûr. Sauf la première semaine où une femme, Ann-Sofi Lundmark, qui la précédait à son poste et qui part en congé de maternité, lui a appris à conduire le pont roulant. Ann-Sofi n'est pas quelqu'un de bavard et refuse d'aborder des sujets qui ne sont pas strictement professionnels. Tant qu'elles sont deux femmes dans l'équipe, il n'y a pas de conflits ouverts, mais Eivor sent souvent le regard critique des hommes quand elle s'efforce d'apprivoiser la machine. La moindre erreur de sa part est commentée par des soupirs et des échanges de regards pleins de sous-entendus. Le jour du départ d'Ann-Sofi Lundmark, un vendredi, Eivor se permet de lui demander comment elle a vécu sa situation. Ann-Sofi esquive sa question avec un petit sourire : *Ça va sûrement bien se passer.* Puis elle part à toute vitesse sans même prendre le temps de se changer, comme si elle courait vers la plage après un hiver trop long. Seule devant le vestiaire des femmes, Eivor tombe sur Albin Henriksson.

C'est le doyen de l'équipe, un homme de soixante-deux ans qui travaille à Domnarvet depuis sa jeunesse. Il est petit et trapu avec des touffes de cheveux gris derrière les oreilles et un dentier qui fait du bruit quand il parle. Le lundi précédent, il l'a présentée aux autres membres de l'équipe. C'est aussi lui qui, peu auparavant, a commenté sa présence par un « Encore une bonne femme dans la cabine du pont roulant ! », tout en se grattant la tête comme s'il avait une équation difficile à résoudre. Il lui a ensuite serré la main en lui recommandant de l'écouter lui, Albin Henriksson, sans se préoccuper des commentaires des autres.

– L'imbécile là-bas, on l'appelle Lazare, tu comprendras vite pourquoi, a-t-il dit. Et celui-là, c'est Holmsund. C'est comment, ton prénom, déjà ?

– Comme si tu ne le savais pas ! a répliqué Holmsund, qui avait visiblement passé une nuit bien arrosée.

– Tiens, ça me revient, tu t'appelles Janne, a poursuivi Albin, impassible. Cet enfoiré croyait que l'équipe de Holmsund jouait en première division et d'autres conneries de ce genre. Ça ne s'oublie pas, ça, tu es bien d'accord ?

– Je n'en sais rien, a répondu Eivor en s'efforçant de paraître à l'aise.

Albin l'a entraînée vers les autres hommes, tous les deux d'environ trente ans. Le premier, Göran Svedberg, n'avait pas de surnom. Il faisait la navette entre Borlänge et sa famille à Dala-Järna. Peu bavard, il se laissait difficilement approcher. Quant au second, il était affublé d'un surnom dont plus personne ne se rappelait l'origine : Makadam.

– Et moi, je m'appelle donc Eivor Skoglund, s'est-elle présentée en faisant un signe de tête vers les hommes qui l'observaient.

– Mariée avec Nacka ? a demandé Holmsund.

Ce n'était pas la première fois qu'on l'associait au fameux footballeur.

– Plus maintenant, a-t-elle répliqué.

Voyant la mine amusée de Holmsund, Eivor en a conclu qu'elle s'en était correctement tirée.

Depuis, une semaine s'est écoulée. Quand Eivor est seule avec Albin Henriksson, il est différent. Il n'est plus obligé de tenir le rôle qu'il a au sein de l'équipe. Elle a constaté la même chose chez d'autres hommes

507

qui subissent la même transformation en dehors de leur territoire masculin.

– Alors, ça se passe bien ? s'enquiert-il.

– Qu'est-ce que tu en penses ?

– Un peu lente. Mais pas mal. Le temps de t'habituer. Après, quand il y aura moins de boulot tu seras bien là-haut. La plupart des bonnes f… font du tricot. D'ailleurs, j'aurais besoin de gants pour l'hiver.

– Et à part ça ?

– Ça s'arrange toujours, comme disait le condamné à mort. Mais je n'ai plus le temps de bavarder avec toi. Allez, rentre chez ton bonhomme.

– Je suis divorcée.

– Alors, va danser au Brage.

– Sûrement pas.

– Alors je ne sais pas quoi te dire. En tout cas, moi je m'en vais. Il va falloir que je m'occupe de cette saleté de pot d'échappement qui déconne encore.

Eivor part à son tour. Elle monte sur son vélo et s'éloigne de l'aciérie et de son bruit infernal en inspirant profondément l'air frais d'octobre. Elle s'arrête à la quincaillerie pour s'acheter un antivol, mais, trop fatiguée pour faire les courses, elle les repousse au lendemain.

Tout en pédalant, elle réfléchit à son nouvel emploi. Elle soulève et transporte de grandes plaques d'acier avec le pont roulant mais sans savoir à quoi elles vont servir. À la construction de bateaux ? À l'industrie mécanique ? En fait, elle se trouve dans la même situation que lorsqu'elle se démenait comme une dératée pour charger les machines de tordage à Konstsilke. Sa tâche constituait une petite partie isolée d'un processus dont elle ignorait la finalité. Elle se sentait comme un cheval qui avançait dans la vie avec des œillères.

Travaillera-t-elle un jour dans un domaine où elle aura une vision globale et où elle ne sera pas obligée de combler le vide par des suppositions plus ou moins fantaisistes ? À la maison de retraite, ses efforts avaient un sens et le résultat était visible. Alors qu'à l'aciérie...

Sa voisine de palier, Mme Solstad, s'est proposé de garder Elin, moyennant une somme symbolique. Eivor a eu beaucoup de chance d'avoir trouvé cette solution. En principe elle va chercher Elin tout de suite après le travail, mais elle a besoin de quelques minutes de solitude et rentre directement chez elle. Sa mauvaise conscience se manifeste aussitôt. Une bonne mère ne se permettrait pas une chose pareille ! Mais tant pis !

En voulant se laver les mains, elle ouvre la porte de la salle de bains et tombe sur Staffan qui a oublié de fermer à clé. Il est assis sur le bord de la baignoire, le jean aux chevilles, en train de se masturber devant une revue porno. Elle a le temps de remarquer qu'il a ses escarpins à talons aux pieds. Il lève un regard effaré et elle referme la porte à toute vitesse en rougissant. Quel désastre pour lui ! Comment le rassurer et lui dire que ce n'est pas grave ? Plus que tout elle aurait voulu pouvoir faire semblant de n'avoir rien vu, d'avoir déjà tout oublié, de n'avoir jamais ouvert cette porte. Elle en est malade pour lui. Mais comment réagir ? Le mieux serait sans doute de ne rien dire, de faire comme si de rien n'était. Staffan quitte la maison peu de temps après et elle en est presque soulagée. Pourvu qu'il ne se sente pas humilié au point de faire une bêtise...

La soirée se passe sous le signe de l'angoisse. Quand Eivor se résout enfin à aller chercher Elin chez la voisine, elle est incapable de lui manifester un élan de joie. Elle l'écoute à peine quand elle raconte sa journée et refuse de lui lire plus d'une histoire quand elle est au lit.

Elle sait que Staffan se masturbe, elle a vu des taches sur ses draps, mais elle a le sentiment de l'avoir trahi, et cela accroît ses remords. Aider ses filles à se trouver une place dans ce monde compliqué lui a toujours paru naturel, mais il ne lui est pas venu à l'idée que Staffan ait besoin d'elle, lui aussi. Elle ne peut pas compter sur Jacob pour le guider, et cela lui incombe, comme tout le reste. Jacob est une vague silhouette en arrière-plan qui l'aide financièrement et pour d'autres occasions, par exemple le déménagement. Mais tout ce qui concerne les enfants, c'est son domaine à elle, et elle est consciente de son insuffisance.

Ses chaussures à talons, elle les a achetées sur un coup de tête un an auparavant quand elle se sentait seule et en manque d'homme. Elle a choisi ce qu'elle a trouvé de plus sexy. Combien de fois les a-t-elle mises ? Pas souvent. Et voilà que son fils s'en sert ! Mais cela n'a certainement rien d'anormal, se dit-elle en s'efforçant de rester calme et objective. Le désir est toujours à la recherche de nouvelles voies pour obtenir satisfaction. Elle aurait voulu pouvoir en parler avec ses collègues masculins. Les pauses à l'usine devraient servir à échanger des expériences et des opinions, mais leur sujet de prédilection est le sexe. Il suffit de voir les images cochonnes qu'ils ont collées sur les murs et d'écouter leurs commentaires machos. Comment fait-elle pour supporter tout ça ? Les femmes qui entrent sur le territoire sacré des hommes, souvent au prix de grands efforts, doivent accepter pas mal de choses. À l'instar d'Ann-Sofi Lundmark qu'elle a vue muette et visiblement résignée.

Eivor est indignée et en colère. Liisa lui a bien dit

que ses futurs collègues n'étaient pas des enfants de chœur, mais elle n'aurait jamais pu imaginer qu'ils seraient grossiers à ce point-là… Elle ne tolère plus leur comportement misogyne !

Et Staffan… Sa colère se transforme en une tendresse émue. Elle aimerait tant le prendre dans ses bras et comprendre tous ces sentiments avec lesquels il semble se débattre. Par où commencer ? Comment s'y prendre ? Encore une fois, elle doit naviguer à vue.

Il est tard. Elle s'est assoupie et est réveillée par l'écran de la télé qui se met à grésiller, les émissions étant terminées. Elle vérifie qu'Elin dort. Staffan et Linda ne sont pas encore rentrés. C'est vrai, elle avait oublié, Linda doit passer la nuit chez une copine. À moins que… Qu'est-ce qu'elle en sait, en fait ? Eivor s'installe devant la table de la cuisine pour vérifier ses comptes. Elle s'est acheté un cahier quelques mois auparavant, mais à quoi bon faire son budget quand on dispose de si peu d'argent ? Quel effet ça lui ferait d'être la propriétaire d'une aciérie, de ne jamais avoir à penser à l'argent ? De ne pas tourner en rond dans la poussière d'une usine comme un lièvre blessé pour, à la fin du mois, recevoir un salaire qui ne permet pas le moindre écart. Révolution, songe-t-elle. Voilà ce que je vais faire, moi, camarade Skoglund, qui connais à peine l'organisation et le fonctionnement du parlement suédois, qui vote pour les sociaux-démocrates parce que la plupart de mes collègues le font et parce que la droite me rappelle un conte effrayant que j'ai entendu quand j'étais enfant…

Elle repousse le cahier en se disant qu'elle a trente-cinq ans mais qu'elle ne sait pas grand-chose. Elle est pourtant constamment bombardée d'informations par la presse et la télé sur le monde qui semble se trouver dans un état déplorable. Elle la perçoit, cette information, mais elle ne l'intègre pas. Elle sait que des gens ont faim et elle donne quelques pièces de monnaie à différentes organisations qui font la quête. Elle sait qu'il y a des armes atomiques partout sur la Terre. Elle constate que les prix augmentent, qu'il faut payer de plus en plus cher pour se nourrir et qu'il faut *se battre* pour toucher un salaire. Mais à part ça ? Bien que le monde soit immense, il n'y en a qu'un seul. Lui arrive-t-il d'y penser ? Estime-t-elle important d'y penser ? Pas vraiment. Staffan et Linda ? Ils n'en disent pas un mot. Elna ? Non plus. Erik ? Non, il faut qu'elle remonte jusqu'à grand-père Rune pour trouver quelqu'un qui se soit senti concerné. Pour qui c'était indispensable d'agir. Et Jacob ? Lasse Nyman ? À ce moment-là, était-ce elle qui avait abandonné ou le contraire ? Est-ce que quelqu'un l'a préparée à tout ça ? Jenny Andersson qui l'a initiée à la couture lui expliquait à l'époque que ses clients étaient des gens importants et qu'elle devait les servir ! À Konstsilke, des contremaîtres furieux tournaient en rond tout en donnant des ordres. À la cafétéria de Torslanda, dieu le père se curait les ongles dans son bureau puant pendant que ses employés trimaient. Il ne reste plus que Liisa qui soit capable de s'enflammer. Contrairement à Eivor, Liisa est curieuse, a du flair comme un chien et sait considérer les événements avec méfiance. Mais Liisa et Eivor vivent différemment, leurs univers se frôlent à peine.

N'y a-t-il pas moyen de faire autrement ? Bien sûr que si. Mais comment trouver le temps ? Les enfants ne sont pas qu'un prétexte. Elle est trop fatiguée et il faut qu'elle utilise le peu de temps dont elle dispose pour se reposer. Une grande fatigue étouffe sa curiosité, son envie de s'informer et de participer. Qui est capable de lire les journaux quand le linge sale s'accumule dans la salle de bains ? Qui peut aller manifester quand son fils est retrouvé ivre mort dans un fossé ? J'ai trente-cinq ans, se dit-elle, j'ai trois enfants que j'aime, mais je sais que la vie n'est pas encore finie et que rien n'est encore trop tard...

Malgré l'heure tardive, elle se fait couler un bain. Elle observe son corps et se dit qu'elle n'aimerait pas le changer contre un de ceux qui sont affichés sur les murs à certains endroits de l'aciérie, surtout là où elle prend ses repas et boit son café.

Plus tard, quand Eivor repensera à la longue période qui a suivi et pendant laquelle elle s'est trouvée en état de guerre contre ses collègues, elle se dira que le jeu en valait la peine. Elle l'a payée cher, sa victoire, mais elle a acquis de l'expérience et elle a réussi à transgresser une frontière qu'elle avait respectée jusque-là. Cela compense largement l'enfer qu'elle s'est imposé. Comment a-t-elle osé ? Elle se le demande encore.

Le début du conflit remonte à ce lundi où elle se retrouve à son poste sans Ann-Sofi à ses côtés. Elle a mal dormi et arrive à l'usine avec plus d'une demi-heure d'avance. Albin Henriksson, sans cesse préoccupé par de sombres appréhensions, est cependant déjà sur place. En voyant Eivor ce matin-là, il la regarde comme s'il avait vu un spectre. Il lui empoigne le bras avec ses maigres doigts en déclarant que la peste a débarqué à Borlänge. Il l'a appris par la radio le matin même. Les temps où le nom de Domnarvet signifiait « qualité et efficacité » dans le monde entier semblent irrévocablement révolus. Le journaliste à la radio a parlé de périodes difficiles, de réductions de personnel drastiques *si rien n'est fait*. Et ce sont justement ces derniers mots au contenu vague qui lui font penser que, cette fois, c'est sérieux. Avant chaque négociation de convention collective, la direction cherche à intimider les ouvriers en annonçant qu'une période difficile les attend, mais ça fait partie du jeu. Il le sait par expérience. Mais cette fois, c'est différent et il tient à en informer Eivor. Pour elle, l'idée même d'être licenciée au bout d'une semaine paraît impossible. Dans d'autres pays peut-être, mais pas chez eux ! Voyant son incrédulité, Albin Henriksson alerte d'autres collègues mais sans rencontrer plus de compréhension. *Qui a le temps d'écouter la radio le matin, merde ?* dit Holmsund ébouriffé, sale et titubant après une nuit de beuverie.

Leur indifférence met Albin Henriksson hors de lui. Il lui faut attendre l'arrivée de Göran Svedberg qui, lui aussi, a entendu l'information, pour trouver un interlocuteur valable. Celui-ci cherche cependant à dédramatiser la situation : les nouvelles de la radio, surtout le matin, sont toujours exagérées, comme s'il fallait que le peuple suédois ait peur pour réagir. Rien n'est encore décidé, et à Domnarvet les ouvriers sont suffisamment nombreux pour résister.

Quand Eivor s'installe dans la cabine du pont roulant, en sueur et le cœur battant, il faut qu'elle se concentre sur le maniement de la machine et cesse de prêter attention aux discussions des gars d'en bas. À la pause, elle n'apprend rien de plus. Personne n'a envie d'en parler, la menace semble trop réelle. Mieux vaut continuer à se raconter des bêtises et faire comme s'il ne s'était rien passé.

Après quelques jours, l'inquiétude s'est propagée parmi les ouvriers.

Ce lundi matin, sans avoir senti venir l'agressivité de ses collègues, Eivor devient leur cible. Ils ont décidé de vérifier ce que « la nouvelle bonne femme avait dans le ventre », probablement pour tenir leurs craintes à distance. Elle fait de son mieux pour riposter lorsque Albin Henriksson désigne Lazare qui dort, la tête dans les mains. Lazare est devenu une sorte d'avant-gardiste puisqu'il s'est payé cette nouvelle merveille qui se nomme *magnétoscope* et qui signifie qu'il peut regarder des films porno toute la nuit dans sa chambre. Un progrès technique qui semble ouvrir des possibilités extraordinaires.

À la pause ce lundi, Eivor prend son courage à deux mains pour demander s'il est indispensable qu'il y ait ces images sur les murs. Elle pointe du doigt la photo d'une femme noire aux formes généreuses et aux jambes écartées accrochée juste devant elle et déclare qu'elle n'a pas trop envie d'avoir ça sous le nez quand elle prend son café. (Bluffée par son courage, Liisa en parlera souvent plus tard.) Sa remarque est accueillie par un silence retentissant et Lazare se réveille en sursaut. Devant l'absence de réponse, Eivor croit que ses mots ont touché les hommes et que le silence est leur manière d'exprimer leur embarras, voire leur regret. Mais le lendemain, elle comprend sa méprise. Tous les murs sont recouverts de photos, du sol au plafond. Quelqu'un a même eu la délicatesse de scotcher un pénis gigantesque sur sa chaise. Les images sont plus nombreuses, mais aussi plus grossières. Elle pique un fard et comprend qu'elle aura du mal à s'en sortir toute seule. Elle n'a qu'une envie : partir en courant, mais quelque chose la retient. Elle ne va pas déjà baisser les bras. À moins d'accepter d'être réduite au silence et poussée à la soumission telle une Ann-Sofi Lundmark. Elle s'assoit donc sur la chaise et ne fait aucun commentaire. Que peut-elle bien dire en entendant les ricanements et en voyant leur satisfaction ? Seuls Albin Henriksson et Göran Svedberg semblent mal à l'aise. Mais la vraie confrontation n'a lieu qu'à la fin de la pause, déclenchée par Makadam qui lui demande si sa chaise est confortable. La question met Eivor dans une rage folle et elle leur dit d'aller se faire foutre avec leurs images.

– Faute de mieux, il faut bien qu'on ait quelque chose d'agréable à regarder, lui répond Makadam.

– Sales porcs ! crie Eivor en quittant la salle.

Ce jour-là, il n'y a pas d'autres commentaires, mais Eivor peste dans la solitude de sa cabine et ne peut pas empêcher ses larmes de couler. À la fin de la journée, elle part en se disant qu'elle ne reviendra plus jamais. Pas tant qu'il existe des gens dans les maisons de retraite qui ont besoin d'elle et de ses mains pour sentir qu'ils sont encore en vie.

Le mardi soir, elle va sonner à la porte de Liisa. Elle veut connaître son avis et savoir si elle a vécu la même expérience. Mais il n'y a que son fils, Arvo, qui ne sait pas où est sa mère. Peut-être devrait-elle en parler avec les deux autres femmes qui conduisent un pont roulant comme elle ? À trois, elles trouveront bien une solution ?

Encore sous le choc après ce qui s'est passé dans la journée, Eivor décide de faire un tour à pied, malgré le froid, avant de rentrer se coucher. Elle finit par se retrouver dans une zone industrielle et s'apprête à faire demi-tour quand une voiture s'arrête à côté d'elle. Méfiante et toutes griffes dehors, elle se retourne et s'aperçoit que la voiture porte le logo d'une société de gardiennage. Le chauffeur baisse sa vitre et elle reconnaît l'homme aux cheveux blonds qu'elle a rencontré quelques semaines auparavant au champ de courses. Se connaissant à peine et ignorant même leurs noms réciproques, ils commencent une conversation tâtonnante. Eivor est emportée dix-sept ans en arrière, à Borås, où les grosses voitures américaines tournaient autour de Södra Torget et où il fallait rapidement décider si on devait se méfier du chauffeur ou non.

L'homme au volant est en uniforme. Il est veilleur de nuit, un soldat de l'armée nocturne, qui exerce son métier dans des bâtiments industriels et des locaux de la municipalité, explique-t-il. Quand il croise quelqu'un dans les couloirs sombres et silencieux, il s'agit toujours d'un ennemi. Il lui demande ce qu'elle fait là et elle répond qu'elle marche pour pouvoir trouver le sommeil et qu'elle est justement en train de rentrer chez elle. Il lui propose de la ramener en voiture, bien que ce soit interdit. Elle accepte. À cause du froid ou de la fatigue ? Elle ne sait pas elle-même. Bercée par la chaleur et la musique douce diffusée par la radio, elle aurait voulu continuer à rouler longtemps à travers les forêts interminables… Mais Hejargatan et son immeuble ne sont pas loin. Il s'arrête devant sa porte et, un peu gênée, elle lui redemande son nom. Il répond en riant qu'il s'appelle Peo, un raccourci de Per-Olof. Ils se souhaitent bonne nuit. Elle se dirige vers sa porte et entend la voiture redémarrer derrière elle.

Le lendemain, quand Eivor dîne avec ses trois enfants, ce qui n'arrive plus très souvent, le téléphone sonne. Linda se précipite pour aller répondre mais revient en annonçant : *C'est pour toi, maman.* Eivor voit une lueur de méfiance dans ses yeux. C'est le veilleur de nuit qui propose qu'ils se voient un soir, *à condition qu'elle en ait envie.* Sa première réaction est de refuser, gentiment mais fermement. Non, elle n'a pas le temps. Et pourtant, elle dit oui. Qui plus est, un oui

517

avec conviction. Ils décident de se rappeler le samedi matin pour plus de détails. Linda et Staffan lui posent tellement de questions qu'elle finit par se mettre en colère. *Oui, j'ai rendez-vous avec un veilleur de nuit qui s'appelle Peo. Un point, c'est tout !* Peu habitués à une réaction aussi agressive de la part de leur mère, Linda et Staffan se taisent. En voyant l'air effrayé d'Elin, Eivor lui adresse un grand sourire en lui ébouriffant les cheveux.

Le dîner terminé, Staffan débarrasse vite la table avant de se préparer pour sortir. Eivor voit du défi dans son regard, à moins que ce ne soit de la mauvaise conscience ou peut-être de la honte. Elle lui caresse rapidement la main pour lui montrer sa tendresse, et ne sait comment lui dire que ce qui s'est passé dans la salle de bains n'a aucune importance et n'enlève rien de l'amour qu'elle a pour lui.

Il part en claquant la porte. Tout ce qui reste de lui est un pull avec un grand accroc sur la manche...

Presque à contrecœur, elle sent une chaleur agréable naître en elle à l'idée de revoir le veilleur de nuit. N'a-t-elle pas répondu à son invitation uniquement parce qu'elle est privée d'affection masculine depuis trop longtemps ? Non ! Certainement pas ! Il lui a paru sympathique. Et timide au point d'être comique. En plus, il a regardé Elin comme si elle comptait pour lui. Eivor ne sait pas bien à quoi elle s'attend et, d'ailleurs, elle n'a pas envie d'y penser. Rêver d'un homme et essayer d'imaginer son caractère, son comportement... non, ce n'est pas son genre.

Elle n'a pas encore réglé l'histoire des photos porno à l'usine. Aujourd'hui, le deuxième jour, il y en a un peu moins et elle décide de ne pas commettre d'autres imprudences tant qu'elle ne se sent pas à l'aise dans la cabine du pont roulant. Une chose à la fois.

Le jeudi, Katarina Björk, une fille maigre et pâlotte qui conduit le pont roulant dans l'équipe qui précède celle d'Eivor, s'attarde dans le vestiaire pour lui demander si tout va bien. Eivor répond qu'elle n'est pas encore tout à fait à l'aise, mais que personne ne l'a expulsée de la cabine. Leur conversation s'arrête là, la confiance a besoin de temps pour s'installer. Mais Eivor sent qu'elles ont franchi le premier obstacle et se sont rapprochées l'une de l'autre. Quelques jours plus tard, elle croise Mari Velander, une femme costaude qui prend le relais à son poste. Mari a le même caractère bien trempé que Liisa. Elle est aussi entière et directe qu'elle. Le genre de personne pour qui les détours n'existent pas. Eivor s'apprête à quitter son poste quand Mari la prévient qu'elle a l'intention d'arracher les photos qui se multiplient à grande vitesse. Vu que les hommes la craignent, il vaut mieux que ce soit elle qui le fasse. *C'est fou ce que les hommes peuvent être puérils !* Eivor n'est donc pas seule à être mal à l'aise devant ces images. Eivor est à la fois reconnaissante et rassurée en repartant. Il y a peut-être moyen d'arriver à bout de cette sale affaire, malgré tout !

La guerre est donc ouverte au sujet du maintien ou de la suppression des photos porno. Eivor a encore une fois la preuve que les changements se font par à-coups et rarement quand on les attend. La lutte traîne en longueur jusqu'au jour où Eivor a une idée qui change tout et grâce à laquelle la « bande des ponts roulants » franchit définitivement la ligne de l'ennemi.

Mari Velander arrache donc les images, mais le lendemain les murs en sont de nouveau recouverts. Elles s'y mettent alors toutes les trois. Holmsund se permet de gifler Eivor qui l'a traité de gros porc et une grande agitation s'ensuit. Göran Svedberg essaie de calmer le jeu, mais Makadam et Lazare prennent parti pour Holmsund en clamant qu'ils ont le droit de coller ce qu'ils veulent aux murs et qu'ils se foutent de l'opinion d'Eivor. Albin Henriksson claque du dentier en répétant : « C'est insensé ! On se croirait au Texas, ma parole. Mais, Eivor, avoue que certaines de ces femmes sont quand même bien roulées ! » Il y a cependant quelques moments d'accalmie. Ils ont tous un travail à assurer et les pauses ont également d'autres fonctions. Les photos ne constituent qu'une infime partie du problème, Eivor et ses consœurs en sont conscientes. Les sarcasmes des hommes, leurs commentaires désagréables quant à la manière de travailler des femmes, leurs insinuations sexuelles sont dures à avaler. Sans parler de l'impossibilité pour les femmes d'établir une relation de confiance avec les autres membres de leur équipe de travail. Liisa, informée du combat, se joint immédiatement à la bande. Elle et Mari leur rappellent qu'il faut du temps, que la sidérurgie est un monde masculin depuis mille ans et que les hommes sont agressifs parce qu'ils ont peur.

C'est une période pénible. Parfois Eivor craque et verse quelques larmes dans la cabine du pont roulant. Il lui arrive même de vouloir donner sa démission, mais la bande se regroupe autour d'elle et la persuade de serrer les dents. Eivor se rend compte aussi que l'avenir de l'usine se présente sous de très mauvais augures. Elle est concernée directement par la Crise, car, dans ces moments-là, les femmes sont toujours les plus durement frappées : elles doivent libérer leurs postes puisqu'elles sont censées avoir des maris qui subviennent à leurs besoins. Elles n'ont qu'à rentrer chez elles pour s'occuper des enfants et en mettre d'autres en route. Une femme a toujours à faire, alors qu'un homme désœuvré…

La première fois qu'Eivor participe à une réunion syndicale, elle constate avec surprise qu'elle comprend ce qu'on dit. Il s'avère que l'usine s'en sort pour cette fois (le pire sera pour plus tard). Eivor a l'agréable sensation de faire partie d'un groupe et de saisir la situation.

C'est aussi à cette période que débute sa relation avec le veilleur de nuit. Comme convenu, Peo téléphone tôt le samedi matin. Eivor dort encore et il rappelle une heure plus tard.

Il vient la chercher en voiture et il l'invite à dîner dans une pizzeria à Falun. Ils se promènent ensuite dans la ville, grimpent en haut des crassiers près des mines puis retournent à Borlänge. Mais tout ça n'a rien d'exaltant et Eivor met du temps à se sentir attirée par Peo. Ils continuent cependant à se voir et se découvrent des points communs. Progressivement, ils ont un vrai plaisir à se retrouver. Peo n'a jamais été marié, il a trente-deux ans et vit dans un petit appartement à l'endroit où le fleuve Dalälven fait une grande boucle. Il est veilleur de nuit depuis son service militaire à Skövde. Il a deux grands centres d'intérêt dans la vie : le trot attelé et la cueillette de champignons ! Mais Eivor sent que des sentiments, des réflexions et beaucoup de rêves se cachent sous sa timidité.

En décembre, Borlänge connaît des chutes de neige ininterrompues. Eivor et Peo comprennent finalement tous les deux qu'ils sont amoureux. Eivor présente Peo à ses enfants qui lui donnent une bonne note. Comment a-t-elle pu vivre aussi longtemps sans coucher avec un homme ? Sans doute faut-il chercher l'explication dans les nombreuses relations avortées qu'elle a eues à Göteborg (à l'exception de celle avec Bogdan). Elle s'est même dit que, pour elle, le spectacle était terminé, qu'elle pouvait fermer le rideau et se retirer de la scène. Le timide veilleur de nuit réveille en elle la flamme qu'elle croyait éteinte et met le feu à ses désirs.

C'est un après-midi de décembre, environ quinze jours avant Noël, qu'Eivor a une idée incongrue. Elle rentre de l'usine dans la neige tourbillonnante, ulcérée par les références constantes au sexe de ses collègues masculins. Quelle serait leur réaction si elle mettait des photos d'hommes nus aux murs de la cantine ? *Pour avoir quelque chose d'agréable à regarder, faute de mieux.* D'abord elle se dit que c'est idiot mais avant de s'endormir le soir, elle décide de mettre son idée en pratique, et de le faire seule. Serait-il plus sage d'en parler d'abord avec la « bande des ponts roulants » ? Est-elle prête à en assumer les conséquences ? Ne trouvant pas de réponses à ses questions, elle prend une voie intermédiaire et informe Mari Velander de son idée. Mari éclate d'un rire retentissant en disant : *Fais-le !*

Encouragée, elle va au bureau de tabac s'acheter un magazine où elle a repéré une publicité destinée aux homosexuels (pourquoi pas aux femmes ?). Et le lendemain, elle passe sa commande par écrit. Quelques jours après, elle reçoit en toute discrétion un paquet et se barricade dans sa chambre pour découper des images.

Le soir suivant, elle règle le réveil pour qu'il sonne une demi-heure plus tôt que d'habitude. Le gardien dans sa guérite lui lance un coup d'œil méfiant en la voyant arriver si tôt et elle croise les doigts pour qu'Albin ne soit pas encore là. Après avoir arraché toutes les photos des murs de la cantine, elle y colle les siennes. Elle sait exactement quelle photo mettre sous les yeux de

Holmsund et de Makadam. Après un dernier regard sur sa création, elle se retire dans le vestiaire.

Tenant absolument à se trouver à la cantine avant les hommes, elle descend de la cabine du pont roulant quelques minutes avant l'heure du repas pour ne rien manquer du spectacle. Elle s'assoit à une table et, tout en dévissant le couvercle de sa Thermos, elle les observe d'un œil mi-amusé mi-inquiet. Devant leur désarroi qui est encore plus grand qu'elle n'a osé l'espérer, elle en croit à peine ses yeux. Ils sont là, bouche bée et les yeux exorbités. C'est Lazare qui rompt le silence. Après avoir laissé son regard errer entre les images et Eivor, l'air d'avoir assisté à un assassinat, il s'exclame :

– Merde alors ! Quel putain de... Qui a fait ça ?

– Il faut bien avoir quelque chose d'agréable à se mettre sous les yeux, faute de mieux, réplique-t-elle.

– Mais c'est dégueulasse ! Enlève ces merdes ! dit Holmsund.

– Tu ne le trouves pas beau celui-là ? demande-t-elle en montrant un homme nu sur une des photos.

– Beau ?! Putain...

Comme d'un commun accord, Holmsund, Makadam et Lazare arrachent les images tandis qu'Albin Henriksson déglutit et fait claquer son dentier en murmurant « Je n'avais encore jamais vu ça ! », mais il ne bouge pas.

La rage avec laquelle les trois hommes se mettent à l'œuvre est telle qu'Eivor a peur qu'ils s'en prennent à elle par la suite. Car elle les a humiliés et insultés : individuellement et collectivement. Cependant, une fois les murs nettoyés, plus personne ne dit rien. Chacun prend son café avec recueillement comme si la tasse contenait un philtre mystérieux. Le lendemain, Eivor recommence, mais avec moins de photos. Son stock n'est pas illimité et elle ne peut pas prévoir la durée du combat. La rumeur se propage dans les différents services et personne ne peut rester indifférent. Mais seules les femmes font des commentaires. Les hommes, eux, se contentent d'arracher les photos. Pour eux, il n'y a pas de réponse possible à une offense de cette envergure. La lutte dure deux semaines et s'arrête quelques jours avant Noël. Pour combien de temps ? Les corps des femmes nues vont-ils revenir ? La taciturne Katarina Björk a l'idée d'occuper l'espace par des illustrations du monde animal que personne n'enlève.

Au bout de quelques jours de silence, Albin Henriksson commente l'image d'un renard en racontant une incroyable histoire de chasse. Ce jour-là, Eivor croit qu'elle a réussi, ce qui est en partie vrai même si elle et les autres conductrices de pont roulant ne sont pas épargnées par les remarques sarcastiques des hommes. Mari Velander constate que « les gars ont été bien secoués » tout en rappelant qu'il ne faut pas baisser la garde. Toujours est-il que l'ambiance change : on la charrie moins pour ses maladresses et on commence à l'accepter dans l'équipe. Elle découvre même des côtés agréables derrière l'attitude tendue et parfois méprisante de Holmsund et de Makadam. Personne ne l'interrompt quand elle intervient dans les discussions concernant les problèmes qui les menacent et personne ne balaie plus ses opinions d'un revers de la main. Elle est de moins en moins tentée de retourner à la maison de retraite, même s'il lui arrive encore de regretter les mains des vieux et leur immobilité. C'est à l'usine que la vie se déroule. Chaque jour lui apporte un nouveau défi. Jamais auparavant elle ne s'est sentie aussi bien. Tous les matins, elle se réveille heureuse et impatiente de retourner au travail. Son enthousiasme a aussi un effet positif sur les enfants.

Au cours de cette période intense, Eivor reçoit un coup de fil qui lui rappelle qu'on n'a jamais entièrement la maîtrise de sa vie. Que rien n'est certain ni durable dans un monde en mutation constante. C'est pourtant une erreur que beaucoup de gens commettent. Ne croyait-elle pas elle-même qu'elle vivrait un bonheur éternel en épousant Jacob ? Elle décroche le téléphone ce samedi après-midi, croyant avoir Peo au bout du fil, mais elle a la surprise d'entendre la voix d'Elna. Plusieurs mois se sont écoulés depuis son dernier appel et Eivor a été trop occupée à l'usine pour s'en étonner.

Elle sent aussitôt qu'il y a un problème. Au lieu de l'évoquer tout de suite, Elna s'approche prudemment du sujet en s'enquérant d'abord de la santé de ses petits-enfants et de la quantité de neige qui est tombée à Borlänge. Eivor finit par s'impatienter et lui demande d'en venir au fait. Après un long silence, Elna annonce que l'usine Eternit va fermer et qu'ils sont licenciés tous les deux avec la totalité du personnel. Trois cent cinquante employés. Pourquoi ? Personne ne connaît la vraie raison. D'après la direction, la faible rentabilité de l'usine ne supportera pas la baisse du seuil de tolérance de l'amiante qu'impose la Direction nationale de sécurité et d'hygiène du travail. Eivor demande quand la fermeture aura lieu. Elna l'ignore, comme elle ignore ce qu'ils vont faire de la maison. À Lomma, il n'y a pas d'emplois pour trois cent cinquante personnes.

Leur conversation dure près d'une heure. À un moment donné, Elna fond en larmes. Désemparée, Eivor se contente de l'écouter, et c'est sans doute ce qu'elle peut faire de mieux. Elle cherche à connaître la réaction d'Erik mais ne comprend pas la réponse de sa mère et préfère ne pas insister. D'après la fébrilité qui règne à Domnarvet depuis quelques mois, elle sait que l'industrie suédoise est en danger et qu'il n'y a pas d'amélioration en vue. Y compris pour les entreprises bien établies. Seuls les politiciens continuent à faire de vagues promesses.

Après avoir raccroché, Eivor a la tête embrouillée et éprouve comme un grand vide.

Sa relation avec Peo commence réellement le Jour de l'an, après une fête chez des amis. Pour la première fois, ils couchent ensemble. Eivor est un peu éméchée quand elle accepte de l'accompagner chez lui mais elle est consciente de ce qu'elle fait. Elle a surtout envie de sentir la chaleur de son corps et veut rester blottie contre lui. Elle ne s'oppose pas à ses avances et ce n'est, en fait, pas désagréable.

Le lendemain, le regard timidement rivé au sol, il lui dit qu'il l'aime et qu'il veut l'épouser. Croyant à une blague, Eivor éclate de rire mais elle voit qu'il est sérieux. Elle l'aime bien, mais est-ce suffisant pour qu'ils s'installent ensemble ? Et qu'ils se marient ? C'est une décision trop importante. Et prématurée.

Se marier ? Vivre ensemble ? Mon Dieu, ils se connaissent à peine. Les hommes sont décidément des êtres mystérieux. Elle lui a pourtant dit qu'elle se plaisait à l'usine et que, pour elle, son travail était essentiel maintenant que les enfants savent se débrouiller seuls. Pas question pour elle d'envisager le mariage. En revanche, elle veut bien continuer à le voir. Volontiers plus souvent. Mais se marier ? Vivre ensemble ? Non, surtout pas.

Elle a l'intention de lui expliquer clairement ce qu'elle ressent et qu'elle ne changera pas d'avis. En même temps, elle sait qu'il lui manquerait s'il la quittait. Mais elle sait aussi qu'elle finirait par s'y faire. La solitude, elle connaît. Rien ne l'empêchera de réaliser ses projets. Rien !

Le mercredi suivant, ils vont au cinéma, puis ils dînent dans un restaurant chinois et il réitère sa demande. Elle se rend alors compte qu'il est devenu très important pour elle. Elle a besoin de lui pour se sentir femme et de sa compagnie pour échanger des idées. Elle a peur de le perdre ! Pourquoi n'accepterait-elle pas de vivre avec lui ? Qu'est-ce qui s'opposerait à ce qu'elle continue de travailler ? Pourquoi craindre le pire ? Ça peut très bien se passer !

– À quoi tu penses ? Tu réfléchis tellement !

En guise de réponse, elle lui adresse un sourire.

Cette année, la neige tombe en abondance. Le jour du trente-sixième anniversaire d'Eivor, en mars 1978, la ville repose sous une épaisse couche blanche...

Trois années ont passé.

En décembre 1981, Eivor prend le train pour aller voir son beau-père, Erik, une dernière fois. Il est atteint d'asbestose après avoir coupé et manipulé pendant des années des panneaux d'amiante et en avoir inhalé la poussière. À présent, il est hospitalisé en pneumologie à l'hôpital de Lund et il va bientôt mourir. Le travailleur de l'amiante, l'ancien cheminot de la gare de triage de Hallsberg, sait ce qui l'attend : les fibres d'amiante se sont enracinées dans ses poumons et vont lentement l'étouffer.

En montant dans le train pour Lomma, Eivor a la sensation d'avoir de nouveau échoué. Sa vie s'est encore engagée sur des chemins qu'elle aurait préféré éviter. Son sentiment d'échec est dicté par sa résignation et son découragement. Pourra-t-elle un jour, au moins une fois, remonter au vent ? Épuisée au point de se moquer de tout, elle n'est même plus certaine de le souhaiter. Il y a cependant une chose dont elle ne se moque pas !

Quelques jours plus tôt, Linda est venue s'asseoir sur son lit pour lui annoncer qu'elle était enceinte. Linda, qui a dix-huit ans, est au chômage et vit encore avec elle. Un long silence a suivi l'annonce. *Même ça ne lui sera donc pas épargné !* Eivor s'est assise à côté de sa fille, silencieuse mais la tête bouillonnante de questions et de réflexions. Elles sont restées là, l'une à côté de l'autre, comme devant un cercueil. Eivor ne savait pas quoi dire. Linda a finalement rompu le silence en déclarant qu'elle avait l'intention de garder l'enfant. *Qui est le père ?* La réponse de Linda a confirmé ses craintes. De plus en plus renfermée et amère à cause de l'impossibilité de trouver du travail, Linda fréquentait depuis quelque temps un garçon qui était dans la même situation qu'elle. Il s'appelait Tomas, son père travaillait à Domnarvet (évidemment !) et il semblait tout aussi perdu. L'unique espoir du jeune homme était de gagner au Loto, avait constaté Eivor avec inquiétude. À part les chevaux et le foot, rien ne l'intéressait. C'était donc avec lui que Linda attendait un enfant ! Un sentiment d'impuissance avait rendu Eivor muette. Comment parvenir à faire comprendre à sa fille qu'elle commettrait une immense erreur en mettant un enfant au monde dans la situation où elle – enfin eux – était ? Comment lui expliquer qu'un enfant n'était pas une solution ? C'était trop tôt, elle était trop jeune. Eivor était bien placée pour le savoir !

La grossesse de Linda remonte à seulement un mois. Il n'est pas trop tard pour réagir. Dès son retour de Lomma, elle consacrera toute son énergie à lui expliquer qu'un avortement est la seule solution possible. Linda n'a pas encore vingt ans, il ne faut pas qu'elle s'enferme dans une situation sans issue. Chacun a le droit de disposer de sa vie comme bon lui semble, mais Eivor ne peut pas regarder sa fille foncer droit dans un mur sans rien dire.

Le paysage blanc de l'autre côté de la vitre est un monde gelé, aussi gelé qu'elle… Et au terminus attend la mort. Un vendeur ambulant lui propose du café mais elle refuse d'un signe de tête et se recroqueville sur son siège pour se protéger des courants d'air. Le froid s'immisce de partout, impossible de lui échapper. Elle pense à Staffan : il a maintenant vingt ans et vit seul depuis plus d'un an. Il a obtenu un travail dans cette nouvelle branche qu'est la vidéo. Des amis à lui ont ouvert un magasin qui loue des films et il leur donne un coup de main. Il est content, d'après ce qu'il dit, bien qu'elle le trouve parfois tendu et sache que le contenu de certaines cassettes ferait passer pour d'innocents dessins d'enfants les images qu'elle a arrachées des murs de l'usine. Elle lui en a parlé. Il s'est défendu en disant qu'il faut donner aux gens ce qu'ils veulent.

Le vendeur ambulant revient, cette fois Eivor achète un café dans un gobelet en carton.

Mais il se débrouille, conclut-elle, et aujourd'hui, compte tenu de l'état du monde, ce n'est déjà pas si mal.

Derrière la beauté gelée du paysage hivernal se cache une société en décomposition qui ne propose pas d'alternative. La division est plus grande que jamais alors qu'il aurait fallu appeler à la mobilisation et à la résistance contre les forces qui pillent le pays. Elle a remarqué la même chose dans sa propre équipe depuis que la menace de 1977 s'est concrétisée sous forme de licenciements. Chacun se cache dans son coin et essaie de se rendre invisible : *du moment que je m'en sors, moi...* Ça doit être un peu comme dans le couloir de la mort lorsque les gardiens viennent chercher les prisonniers les uns après les autres. Chercher à se rendre invisible, fermer les yeux et se croire invulnérable...

Le train fonce à travers un pays étranglé par son angoisse et ses pauvres rêves. Un pays qui s'accroche à l'idée que la situation ne peut pas être désespérée à ce point. Mais Eivor sait qu'il est raisonnable d'avoir peur de l'avenir et elle est convaincue que ce sont surtout les femmes qui sont conscientes du danger. Elle en a parlé avec les autres conductrices de pont roulant qui, comme elle, regardent la vérité en face. Comment ne pas le faire ? C'est là que se trouve la volonté de résister.

Dans quelques mois elle aura quarante ans. Ça fera vingt ans qu'elle a quitté Hallsberg pour entrer dans la vie... Elle boit son café et laisse ses pensées errer librement. Cet été, ça fera quatre ans qu'elle vit avec Peo. Elle a beaucoup hésité et il a beaucoup promis avant qu'elle finisse par céder et lui faire confiance. Peo n'est pas Jacob. Avec lui, elle ne se trouvera jamais dans une position d'infériorité, a-t-il promis. Fin mai 1978, il est donc venu s'installer chez elle. Il s'est tout de suite bien entendu avec les enfants et Eivor a constaté que la vie était plus facile avec Peo à la maison. Une fois sur deux il faisait les courses, une fois sur deux il préparait le dîner, et participait pour moitié à l'entretien du foyer. Le seul inconvénient c'était qu'il travaillait la nuit et qu'il avait besoin de dormir quand Staffan voulait écouter de la musique. Grâce à des boules Quiès et à sa bonne composition, ils ont trouvé un compromis. En fin de compte, elle avait une vie agréable et facile. Une vie qui valait tous les efforts !

Quand a-t-elle commencé à sentir le changement ? Elle balaie du regard le paysage hivernal en essayant de se rappeler le moment exact où l'axe de rotation s'est mis à changer de direction. Sans y parvenir, bien évidemment, vu que le mouvement est constant et que les changements ont rarement une origine décelable. À part une exception puissante : la mort. Quand la vie cesse, de façon inattendue ou après une longue période de maladie, il est possible d'établir le moment exact. Il lui semble que Peo a commencé à se montrer exigeant vers la fin de leur deuxième année commune. « Tout le monde peut changer », a-t-il affirmé quand Eivor lui a rappelé leur accord. Elle pouvait difficilement soutenir le contraire. « Pourquoi tu fais tout le temps la gueule ? a-t-il dit. Tu ne serais pas en train de devenir une vieille mégère ? » Après leurs engueulades, le calme revenait généralement. Jusqu'au jour où elle s'est aperçue que c'était elle qui avait la responsabilité des courses, du ménage et de tout le reste. Et puis, cerise sur le gâteau, cet été-là il lui a expliqué qu'il aimait beaucoup ses enfants mais qu'il souhaitait en avoir un à lui. Un silence pesant s'est alors installé entre eux. Elle ne sait plus quoi faire...

Le train s'arrête à la gare de Sala, puis redémarre. Elle repense à cette fin de journée, il y a un mois, où elle a abandonné son vélo devant la porte ouest de l'usine et où elle s'est promis d'assumer ses décisions même si son monde risquait de s'écrouler. Elle ignorait alors que Linda était enceinte. Ce jour-là, il était question d'elle et de ses propres hésitations. Allait-elle mettre encore un enfant au monde, quitter le pont roulant et céder aux accusations de voler l'emploi d'un père de famille qui en avait plus besoin qu'elle ? N'avait-elle pas compris que la tempête menaçait ? Que de plus en plus de gens perdaient leur travail ? Elle avait bien un gardien de nuit pour l'entretenir, non ? Voilà quelques-uns des commentaires qu'elle entendait. M'accrocher, se disait-elle, il faut que je m'accroche ! C'est *mon* emploi. Je ne suis pas responsable du chômage des autres. Ce n'est pas parce que je pars que leur situation sera meilleure.

Elle arrive à Lomma tard le soir, bien décidée à ne pas retourner à Borlänge tant qu'elle ne saura pas ce qu'elle doit faire. Elle s'est donné un ultimatum qu'elle va tenir. Coûte que coûte.

Le lendemain de bonne heure, elle se rend à l'hôpital avec Elna. Erik est dans son lit, décharné, la peau tendue sur les os. Il souffre le martyre et on lui donne de l'oxygène pour l'aider à respirer. Il est abruti par la douleur et la peur au point d'être incapable de confier son amertume à Eivor, mais ses yeux hurlent sa terreur.

Elle passe trois jours à Lomma. Un vent glacial souffle du détroit entre la Suède et le Danemark. Les champs noirs tachetés de blanc lui font penser à un mendiant en haillons. Un manteau de neige immaculé aurait donné un sentiment de chaleur à ce paysage.

Voir sa mère vieillir, c'est se trouver en face de sa propre vieillesse. Elna n'a que cinquante-sept ans, mais aux yeux d'Eivor elle pourrait tout aussi bien en avoir soixante-dix. Ses cheveux sont grisonnants, ses vêtements ternes et difformes sur son corps amaigri. Mais ce qui effraie Eivor, c'est sa manière de tordre ses mains. Cela lui rappelle les veuves à la maison de retraite dont les doigts squelettiques étaient sans cesse en mouvement, incapables de s'habituer à l'absence d'activité.

Petit à petit et dans une grande souffrance, Elna explique les détails concernant l'usine Eternit et le sort cruel de ses ouvriers. Eivor perçoit sa colère à l'égard de la plus grande des trahisons : le mensonge qu'ils sont en train de payer de leur vie. La direction de l'entreprise et le médecin du travail savaient que l'amiante, dont la poussière brillait si joliment au soleil, était porteuse d'une mort lente et douloureuse. Depuis quand ? Tant que l'usine était rentable, le danger était renié et démenti. On organisait des réunions pour calmer les esprits, on envoyait des lettres pour ramener les employés inquiets à la raison : *Nous affirmons que le travail dans nos locaux ne comporte aucun danger pour la santé de nos employés. Il n'y a aucun risque de cancer, ni d'asbestose... Lomma, le 10 septembre 1975.* À la fermeture de l'usine, il était déjà trop tard. Ceux qui ont travaillé dans la poussière garderont l'amiante dans leur corps à tout jamais. Les fibres faucheront leurs victimes pendant de nombreuses années encore, probablement jusqu'au siècle suivant, l'an 2000 et au-delà...

Eivor repense au jour où Elna lui a annoncé leur départ pour Lomma. C'était au début des années soixante, sa mère était pleine d'enthousiasme et Eivor jalouse. À présent, Erik est hospitalisé, condamné à une mort par étouffement et Elna porte en elle une colère d'une violence à laquelle elle n'ose pas donner libre cours de peur qu'elle ne l'emporte. Il n'y a rien à faire. Quand il n'y a plus de vie, il n'y a plus rien. Erik va mourir, rien ne pourra le sauver. Elna sera obligée d'aller jusqu'au bout de son deuil. Eivor pourra l'aider, bien sûr, la consoler, mais on ne peut pas se charger du chagrin de l'autre. Même d'une petite partie. Lui parler de l'avenir tant qu'Erik est encore en vie serait indécent. Elle a passé une soirée avec Jonas, son demi-frère, qui est du même avis qu'elle. Il n'y a rien à faire avant la disparition d'Erik. Jonas semble être un jeune homme sage avec la tête sur les épaules. Il parvient à maîtriser sa colère et, donc, à s'en servir. Ce qui est important à ses yeux, c'est de comprendre comment on en est arrivé à une telle situation afin d'éviter qu'elle ne se reproduise. *N'aie confiance en personne. Prends ta vie en main !* dit-il et il lui apprend que le théâtre où il travaille projette de monter une pièce sur le sort des ouvriers de l'amiante. Elle observe son visage résolu, la volonté qui l'anime, en pensant avec un petit pincement au cœur à Staffan qui vend des films violents sous le manteau... Mais elle est injuste ! Si elle doit s'en prendre à quelqu'un, c'est à elle-même. Et si elle a du temps devant elle, Staffan en a encore plus.

Le lendemain, elles retournent à l'hôpital. Erik fond en larmes. Incapable de le voir si désespéré, Eivor quitte la chambre. Un peu plus tard, Vivi vient leur rendre visite. Elna devait être au courant mais elle ne lui en avait rien dit. Sans dissimuler sa rage, Vivi leur apprend qu'elle a quitté son mari, responsable du service des relations publiques d'Eternit et auteur de la lettre adressée aux ouvriers de l'usine, dès qu'elle a compris la situation. À présent, à cinquante-sept ans, elle a repris ses études à l'université et compte enfin réaliser son rêve de jeunesse : devenir archéologue. Elle consacre pourtant le plus clair de son temps à la politique. Contrairement à Elna, elle donne l'impression d'avoir gardé ses forces. Elle n'a pas un mari qui est en train de mourir, mais la vie n'a pas été tendre avec elle non plus.

– Qui aurait pu imaginer il y a quarante ans qu'on serait ici un jour, toutes les deux ? dit Vivi devant le café du soir. Ici, à Lomma. Toi avec une fille adulte. Nous les... Comment on s'appelait déjà ? Oh, mon Dieu, j'ai oublié !

– Les Daisy Sisters, complète Elna.

Elle parle lentement, comme si elle n'avait pas la force de prononcer les mots.

– Tu te souviens ? dit Vivi.

Elle fredonne une chanson en se penchant vers Elna.

– Tu te souviens de cette chanson que nous avions chantée tellement fort que les oiseaux avaient failli tomber de leurs branches ?

– J'ai essayé de t'en parler quand nous sommes allés te voir à Malmö, fait remarquer Elna avec une pointe d'amertume dans la voix. Mais tu m'as dit qu'il ne fallait pas s'attacher aux souvenirs.

– Tu sais bien que j'ai toujours été grande gueule ! Parfois ça a des avantages, mais pas toujours. Et j'ai dû changer depuis...

– Pourquoi les Daisy Sisters ? intervient Eivor. Vous ne me l'avez jamais expliqué.

Vivi jette un regard interrogateur à Elna.

– Tu sais, toi ?

– Non, pas vraiment. « Daisy » sans doute parce que ça faisait américain et que ça sonnait bien.

– Mais pourquoi vous aviez besoin d'un nom ?

– À l'époque, ça se faisait. Aujourd'hui aussi, non ?

Eivor écoute la conversation de Vivi et d'Elna. Deux femmes qui sont parties à vélo pour chercher l'invisible et excitante frontière de la guerre. Elle les écoute rire en évoquant leurs souvenirs. Qu'elles le veuillent ou non, elles ont atteint un âge où il est nécessaire de faire un résumé de sa vie. Pas pour un bilan, non, ni pour éviter d'aller de l'avant, mais pour en avoir une vue d'ensemble. Tout en les écoutant, elle pense à ses propres problèmes. À Linda qui veut garder son enfant. À elle-même qui ne sait pas réellement ce qu'elle veut mais qui a bizarrement été furieuse en constatant qu'elle n'était pas enceinte !

Et à l'usine.

Est-elle de nouveau prête à s'effacer, à sacrifier son identité professionnelle et sa joie de travailler parce qu'elle est une femme ? Dans le fond, quelle valeur a sa volonté ? Aucune ?

Soir d'hiver en Scanie. Vivi s'apprête à s'en aller après avoir promis de revenir rapidement voir Erik. Elna et Eivor la regardent enfiler son manteau noir. Sa voiture, une Volkswagen, l'attend en bas pour l'emmener à Lund où elle a un petit appartement. Le divorce a signifié un changement radical pour Vivi. En quittant son mari, elle a quitté la maison et tout ce qu'ils possédaient ensemble. Elle n'a emporté que ce qu'elle avait au départ. N'ayant pas d'enfant, elle a eu la liberté de s'en aller. Mais Eivor aurait-elle aimé avoir la liberté à ce prix ? Non, certainement pas. C'est la seule chose dont elle soit réellement sûre. Que serait-elle sans ses enfants ? Les enfants, c'est la trace qu'elle laissera derrière elle.

Après le départ de Vivi, Elna et Eivor se retrouvent de nouveau toutes les deux.

– Tu vas bien ? demande Elna.

Eivor hoche la tête.

– Oui, oui, ça va.

– Et… Per-Olof ?

– Peo. Oui, il va bien.

– Il travaille toujours la nuit ?

– Il est veilleur de nuit.

Pourquoi se croit-elle obligée de me faire la conversation ? se demande Eivor. Seigneur, ou quelqu'un d'autre, dis-lui que ce n'est pas la peine !

Eivor finit par interrompre Elna. Elle lui parle de Linda, de Peo, de la pression permanente au travail, des questions qu'elle se pose concernant un enfant de plus…

– Je ne sais pas quoi dire, commente Elna quand elle a terminé.

– Ne dis rien. Tu m'as écoutée, ça suffit.

– J'aimerais tant pouvoir t'aider.

– Je sais.

Cette nuit-là, Eivor ne dort pas. Elle entend Elna déambuler dans la maison. Soudain elle sait ce qu'elle doit faire. Comparé à Erik et à sa lutte illusoire contre l'étouffement, tout paraît simple. Il faut qu'elle apprenne à s'écouter, sinon elle ne pourra pas vivre sa vie, ni pousser Linda à prendre la bonne décision. Elle doit aussi apprendre à écouter Elna, dont le silence est l'expression de la même trahison que celle qui a eu raison d'Erik ; à écouter Vivi, les conductrices de pont roulant et tous ceux qui, avec des mots simples, expriment le vrai sens de la vie. À bientôt quarante ans, elle a enfin compris que la vie est un effort sans fin.

Elle se lève et va se poster devant la fenêtre. Dans

le lointain, elle voit les lumières de Malmö. Elle pense à son rêve, celui où toutes les femmes se retrouvent dans l'atelier de couture de Jenny Andersson. À présent, est-elle capable d'interpréter cette scène étrange où se mêlent sentiments et expériences ?

Elle voit une ombre bouger dans la nuit : un chat qui se détache sur une plaque de neige. C'est peut-être ça, la vie ! Une irruption rapide dans l'obscurité. Il n'y a qu'à regarder les étoiles et l'insignifiance – ou la grandeur – de l'être humain. Il s'agit de saisir l'instant pendant lequel nous sommes visibles et de nous accrocher autant que nous le pouvons. Puis de mourir après avoir fait un effort qui a donné un sens à cet instant.

Il ne faut pas mourir comme Erik, le cou broyé par les serres de l'usine Eternit.

Il faut mobiliser toutes ses forces pour lutter contre ces serres en acier qui cherchent à nous étrangler, comme l'enfant de Linda, l'usine, les regards accusateurs...

Il ne faut pas mourir étranglé par des serres en acier.

Elle retourne se coucher. Sur le mur il y a un tableau qui lui rappelle son enfance. Il représente des bateaux de pêche remontés sur la berge, quilles en l'air.

Aura-t-elle la force ? se demande-t-elle. C'est si facile de s'esquiver quand on est seule et encerclée par les armées grises de la vie quotidienne.

De quel choix dispose-t-elle, en fin de compte ?

D'aucun.

Elle s'interroge. Elle appréhende. Et pourtant... Erik dans son lit...

Elle doit dire ce qu'elle pense. Défendre ce qu'elle exige.

Aujourd'hui elle le sait. Mais demain, le saura-t-elle encore ?

Elna, l'insomniaque, se tient immobile dans la salle de séjour, telle une statue abandonnée, oubliée.

Eivor s'endort. Dans ses rêves, elle se voit devant l'aciérie avec son vélo. Absente et pourtant là.

Une image, un rêve qu'elle aura oublié à son réveil.

Meurtriers sans visage
Christian Bourgois, 1994, 2001
et « Points Policier », n° P1122

La Société secrète
Flammarion, 1998
et « Castor Poche », n° 656

Le Secret du feu
Flammarion, 1998
et « Castor Poche », n° 628

Le Guerrier solitaire
prix Mystère de la Critique
Seuil, 1999
et « Points Policier », n° P792

La Cinquième Femme
Seuil, 2000
et « Points Policier », n° P877

Le chat qui aimait la pluie
Flammarion, 2000
et « Castor Poche », n° 518

Les Morts de la Saint-Jean
Seuil, 2001
et « Points Policier », n° P971

La Muraille invisible
prix Calibre 38
Seuil, 2002
et « Points Policier », n° P1081

Comédia Infantil
Seuil, 2003
et « Points », n° P1324

L'Assassin sans scrupules
L'Arche, 2003

Le Mystère du feu
Flammarion, 2003
et « Castor Poche », n° 910

Les Chiens de Riga
Trophée 813
Seuil, 2003
et « Points Policier », n° P1187

Le Fils du vent
Seuil, 2004
et « Points », n° P1327

La Lionne blanche
Seuil, 2004
et « Points Policier », n° P1306

L'homme qui souriait
Seuil, 2004
et « Points Policier », n° P1451

Avant le gel
Seuil, 2005
et « Points Policier », n° P1539

Ténèbres, Antilopes
L'Arche, 2006

Le Retour du professeur de danse
Seuil, 2006
et « Points Policier », n° P1678

Tea-Bag
Seuil, 2007
et « Points », n° P1887

Profondeurs
Seuil, 2008
et « Points », n° P2068

Le Cerveau de Kennedy
Seuil, 2009
et « Points », n° P2301

Les Chaussures italiennes
Seuil, 2009
et « Points », n° P2559

L'Homme inquiet
Seuil, 2010
et « Points Policier », n° P2741

Le Roman de Sofia
. Flammarion, 2011

Le Chinois
Seuil, 2011
et « Points Policier », n° P2936

L'Œil du léopard
Seuil, 2012
et « Points », n° P3011

La Faille souterraine
Les premières enquêtes de Wallander
Seuil, 2012
et « Points Policier », n° P3161

Le Roman de Sofia
Vol. 2 : Les ombres grandissent au crépuscule
Seuil, 2012

Joel Gustafsson
Le garçon qui dormait sous la neige
Seuil Jeunesse, 2013

Un paradis trompeur
Seuil, 2013
et « Points », n° P3357

RÉALISATION : Nord Compo à Villeneuve-d'Ascq
IMPRESSION : CPI FRANCE
DÉPÔT LÉGAL : AVRIL 2016. N° 130921 (3015497)
IMPRIMÉ EN FRANCE

Éditions Points

le cercle

Le catalogue complet de nos collections est sur
Le Cercle Points, ainsi que des interviews de vos
auteurs préférés, des jeux-concours, des conseils
de lecture, des extraits en avant-première…

www.lecerclepoints.com